MIRA®

Der Preis dieses Bandes versteht sich einschließlich der gesetzlichen Mehrwertsteuer.

Umwelthinweis:
Dieses Buch wurde auf chlor- und säurefreiem Papier gedruckt.

Sommerzauber

MIRA®

MIRA® TASCHENBUCH
Band 20023
1. Auflage: Juli 2011

MIRA® TASCHENBÜCHER
erscheinen in der Cora Verlag GmbH & Co. KG,
Valentinskamp 24, 20350 Hamburg
Geschäftsführer: Thomas Beckmann

Titel der nordamerikanischen Originalausgaben:
From This Day

erschienen bei: Silhouette Books, Toronto

The Demetrios Virgin

erschienen bei: Harlequin Enterprises Ltd., Toronto

The Leopard's Woman

erschienen bei: Silhouette Books, Toronto

A Bridge to Dreams

erschienen bei: Silhouette Books, Toronto

Published by arrangement with
HARLEQUIN ENTERPRISES II B.V./S.àr.l.

Konzeption/Reihengestaltung: fredebold&partner gmbh, Köln
Umschlaggestaltung: pecher und soiron, Köln
Redaktion: Bettina Steinhage
Titelabbildung: Getty Images, München
Satz: Buch-Werkstatt GmbH, Bad Aibling
Druck und Bindearbeiten: CPI – Ebner & Spiegel, Ulm
Printed in Germany
Dieses Buch wurde auf FSC®-zertifiziertem Papier gedruckt.
ISBN 978-3-89941-873-6

www.mira-taschenbuch.de

Nora Roberts

Pension der Sehnsucht

Roman

Aus dem Amerikanischen von
Ingrid Hermann

MIRA®

1. KAPITEL

Der Frühling in Neuengland hielt immer erst spät Einzug. An vor der Sonne geschützten Stellen blieb der Schnee lange liegen, und das erste junge Grün an den kahlen Ästen der Bäume und Büsche zeigte sich nur zaghaft. Doch schon lag eine erwartungsvolle Stimmung über dem Land, und die Luft roch frisch und würzig.

Schwungvoll öffnete Nelly ihr Schlafzimmerfenster und sog die kühle Luft tief ein. Heute ist Samstag, dachte sie zufrieden und flocht ihr langes weizenblondes Haar zu Zöpfen. Das Hotel „Lakeside Inn“ war nur zur Hälfte belegt. Erst in drei Wochen begann die eigentliche Saison.

Wenn alles nach Plan verlief, würden Nellys Pflichten als Hotelmanagerin sie an diesem Wochenende nicht sehr in Anspruch nehmen. Das Personal war Nelly treu ergeben, wenn auch vom Temperament her etwas schwierig. Im „Lakeside Inn“ ging es zu wie in einer großen Familie. Man stritt, ärgerte und neckte sich, aber wenn es darauf ankam, hielt man zusammen wie Pech und Schwefel und ließ sich auch von Schwierigkeiten nicht unterkriegen. Und ich, dachte Nelly, bin das Oberhaupt dieser Familie.

Nelly zog sich uralte verwaschene Jeans an und kam gar nicht auf den Gedanken, wie wenig ihr Äußeres zu ihrer Stellung passte. Aus dem Spiegel blickte ihr eine zierliche, kindlich aussehende Frau entgegen. Die saloppe Kleidung verbarg ihre weiblichen Kurven. Die Zöpfe und die Stupsnase wirkten frech, der fein gezeichnete Mund verriet viel Sinn für Humor, und die großen grauen Augen funkelten schelmisch.

Nachdem Nelly in ausgetretene Tennisschuhe geschlüpft war, verließ sie ihr Zimmer. Vor ihrem Spaziergang wollte sie sich noch davon überzeugen, ob mit den Frühstücksvorbereitungen auch alles klappte. Als sie die große Diele durchquerte, hörte sie aus dem Speisesaal das Klappern von Besteck und einen hitzigen Wortwechsel. Sie stöhnte auf. Die beiden Kellnerinnen lagen sich also schon wieder in den Haaren.

„Wenn Männer mit Schweinsäuglein dein Typ sind, kann ich mir vorstellen, dass du sehr glücklich bist.“ Liz zuckte abfällig die Schultern.

„Walt hat keine Schweinsaugen", widersprach Maggie. „Du bist ja bloß neidisch."

„Neidisch? Ha, dass ich nicht lache! Bildest du dir ernsthaft ein, ich sei neidisch auf einen Mann, der … ach, guten Morgen, Nelly."

„Guten Morgen, ihr zwei. Liz, bei diesem Gedeck hast du zwei Löffel und ein Messer hingelegt. Ich glaube, statt des einen Löffels wäre eine Gabel angebrachter."

Maggie lächelte hämisch, als Liz das Besteck auswechselte. „Heute Abend fährt Walt mit mir ins Autokino", verkündete sie.

Nelly hörte Liz' Antwort nicht mehr, denn sie befand sich schon auf dem Weg in die Küche.

Dies war der einzige Platz in dem altmodisch eingerichteten Hotel, der daran erinnerte, dass man im zwanzigsten Jahrhundert lebte. Überall blitzte polierter Edelstahl. Regale und Schränke aus Kunststoff standen an den Wänden, und im Linoleumfußboden konnte man sich spiegeln. Es duftete nach frischem Kaffee.

„Morgen, Elsie." Die rundliche Frau, die sich an der Arbeitsplatte zu schaffen machte, ließ ein undeutliches Gemurmel verlauten. „Wenn nichts Besonderes anliegt, mache ich jetzt erst einmal einen Spaziergang."

„Betty Jackson will uns kein Brombeergelee mehr verkaufen."

„Was? Du liebe Zeit, warum denn nicht?" Verärgert nahm sich Nelly ein frisch gebackenes Brötchen aus dem Korb und biss hinein. „Mr. Conners fragt immer extra nach ihrem Gelee, und wir haben das letzte Glas angebrochen."

„Sie hat gesagt, wenn du keine Zeit hast, eine einsame alte Frau zu besuchen, dann hätte sie keine Lust, uns noch weiterhin damit zu versorgen."

„Einsame alte Frau?" brachte Nelly trotz ihres vollen Mundes heraus. „In ihrem Haus treffen sich mehr Leute zum Tratschen als im ganzen Ort zusammen. Verflixt noch mal, Elsie, wir brauchen das Gelee. Aber letzte Woche hatte ich so viel zu tun, dass ich wirklich keine Zeit aufbringen konnte, mir stundenlang den neusten Klatsch anzuhören."

„Machst du dir Sorgen, weil am Montag der neue Besitzer kommt?"

„Unsinn." Mit finsterer Miene vertilgte Nelly ein zweites Brötchen. „Aber als Managerin des Hotels will ich natürlich, dass alles in bester Ordnung ist."

„Eddie hat mir erzählt, du hättest vor Wut mit den Türen geknallt, als du hörtest, dass er herkommt."

„Habe ich nicht." Nelly schenkte sich ein Glas Orangensaft ein. „Es ist Mr. Reynolds gutes Recht, sich seinen neuen Besitz anzusehen. Aber zum Teufel, mich stören diese verschwommenen Andeutungen über irgendwelche Modernisierungen. Er soll bloß die Finger vom ‚Lakeside' lassen und sich um seine anderen Hotels kümmern. Hier braucht nichts verändert zu werden. Wir haben alles, was wir benötigen."

„Außer Brombeergelee", wandte Elsie mürrisch ein.

Nelly holte tief Luft. „Na schön", stöhnte sie und ging zur Tür. „Ich hole welches. Aber wenn Betty noch einmal anfängt, mir zu erzählen, Howard Beall wäre der ideale Ehemann für mich, dann fange ich an zu schreien."

Nachdem Nelly diese Drohung ausgestoßen hatte, verließ sie das Hotel. Draußen in der milden Frühlingssonne besserte sich jedoch ihre Laune. Sie schwang sich auf ihr altes klappriges Fahrrad und radelte munter los.

Mit geröteten Wangen erreichte Nelly die Ortschaft Lakeside, eine kleine Stadt mit alten, aber gepflegten Häusern in liebevoll angelegten Gärten. Im Osten erhoben sich hohe bewaldete Berge, und im Westen schimmerte die ruhige Wasseroberfläche des Champlain-Sees.

Lakeside war von dem Trubel und der Hektik der modernen Zeit unberührt geblieben. Für Nelly, die hier aufgewachsen war, hatte dieses friedliche verschlafene Städtchen nie seinen Reiz verloren. Sie war froh, dass es hier noch ein einfaches Leben gab.

Vor einem kleinen Haus mit grün gestrichenen Fensterläden stellte Nelly das Rad ab, entschlossen, mit allen Mitteln der Überredungskunst um das Brombeergelee zu kämpfen.

„Na so etwas, Nelly, das ist aber eine Überraschung!" Betty öffnete die Haustür und strich sich vorsichtig über das graue Haar. „Ich dachte schon, du seist nach New York gezogen."

„Im Hotel gab es ungewöhnlich viel zu tun", antwortete Nelly demütig.

„Ach ja, der neue Besitzer kommt." Betty nickte wissend und ließ

Nelly eintreten. „Ich habe gehört, dass er viele Änderungen vornehmen will."

In der Gewissheit, dass man vor Betty Jackson nichts geheim halten konnte, weil ihr Nachrichtensystem perfekt funktionierte, nahm Nelly in dem kleinen Wohnzimmer Platz.

„Weißt du schon, dass Tom Myers an sein Haus noch ein weiteres Zimmer anbaut?" Betty nahm eine gehäkelte Schondecke von einem Sessel, ehe sie sich ebenfalls setzte. „Leonie scheint wieder mal in anderen Umständen zu sein." Sie schnalzte mit der Zunge, um ihren Unmut über den zügellosen Lebenswandel der Myers zu bekunden. „Drei Babys in vier Jahren. Aber du magst ja Kinder, nicht wahr, Nelly?"

„Ich war schon immer sehr kinderlieb, Miss Jackson", antwortete Nelly und überlegte, wie sie das Gespräch auf das Brombeergelee bringen sollte.

„Mein Neffe Howard auch."

Nelly unterdrückte den Wunsch, einen Schrei auszustoßen, und entgegnete ruhig: „Zurzeit haben wir bei uns im Hotel auch einige kleine Gäste." Ihr kam eine Idee, und beherzt fuhr sie fort: „Kinder essen ja so gern Süßes. Unsere Marmeladen und Gelees haben sie buchstäblich verschlungen. Gestern mussten wir das letzte Glas anbrechen. Aber so gute Gelees können auch nur Sie kochen, Miss Jackson. Wenn Sie damit ein eigenes Geschäft eröffnen würden, hätten Sie in kürzester Zeit die großen Firmen vom Markt verdrängt."

„Tja, das will gekonnt sein." Betty sonnte sich sichtlich in dem Lob, und Nelly wähnte sich bereits als Siegerin.

„Ich müsste das Hotel wahrscheinlich schließen, wenn Sie mich nicht mit Gelee versorgten", fuhr sie kühn fort. „Mr. Conners wäre tödlich beleidigt, wenn ich ihm irgendein im Laden gekauftes Zeug vorsetzte. Von Ihrem Brombeergelee schwärmt er geradezu. Es sei einfach göttlich, sagt er immer."

„Einfach göttlich." Betty nickte zufrieden.

Eine Viertelstunde später stellte Nelly einen Karton mit zwölf Gläsern Gelee in den Gepäckkorb ihres Fahrrads, winkte Betty zum Abschied zu und radelte davon.

„Ich kam, sah und siegte." Stolz blickte sie zum Himmel hinauf.

„Und ich brauchte nicht einmal zu schreien."

„Hallo, Nelly!"

Nelly drehte sich um, als sie ihren Namen hörte, und fuhr an den Rand des Spielfelds, auf dem einige Jungen Schlagball spielten.

„Wie steht die Partie?" fragte sie einen kleinen Knirps, der herbeigelaufen kam.

„Fünf zu vier. Juniors Mannschaft gewinnt."

Nelly beobachtete Junior, einen hoch aufgeschossenen, schlanken Burschen, der an der Abschlagstelle stand und breit grinste.

„Eingebildeter Bengel", murmelte sie. „Dem werde ich zeigen, was Schlagball ist." Sie nahm dem kleinen Jungen die Schirmmütze ab, zog sie sich über den Kopf und marschierte auf das Spielfeld.

„Spielst du auch mit, Nelly?" Eine Gruppe Halbwüchsiger umringte sie. Nelly ließ sich ein Schlagholz geben und prüfte, wie es in der Hand lag.

„Aber nicht länger als eine Minute. Ich muss nämlich zurück."

Junior kam langsam näher, die Hände lässig in die Hüften gestemmt, und sah Nelly herausfordernd an. „Wollen wir wetten, dass du nicht mal bis zur nächsten Ecke kommst?"

Sie warf ihm einen vernichtenden Blick zu. „Ich will dich nicht um dein Taschengeld berauben."

Mit der Unbefangenheit eines Fünfzehnjährigen zog Junior kräftig an Nellys Zopf. „Wenn ich den Ball fange, ehe du an der ersten Ecke bist, musst du mir einen Kuss geben."

„Geh an deinen Platz, du Möchtegern-Casanova, und werde erst einmal zehn Jahre älter."

Geringschätzig lächelnd schlenderte Junior über das Spielfeld und nahm seine Stellung ein. Nelly zog sich die geborgte Mütze tiefer in die Stirn. „Seht euch diesen Ball noch mal gut an, Jungs", prahlte sie, „denn der fliegt jetzt gleich bis nach New York."

Mit lautem Knall traf das Schlagholz den harten Lederball. Nelly beobachtete kurz, welche Flugbahn der Ball nahm, dann spurtete sie los. Während sie mit angewinkelten Armen und gesenktem Kopf den Spielfeldrand entlangflitzte, hörte sie das Gejohle und die anfeuernden Rufe der Jungen. In gebückter Haltung, mit ausgebreiteten Armen, hielt sich Junior bereit, den Ball aufzufangen, als Nelly sich bäuchlings über die Markierungslinie warf. Eine Staubwolke wirbelte auf, und die Jungen schrien aufgeregt.

„Schade, du hast es nicht geschafft."

„Was?" Nelly sprang hoch und baute sich vor Wilbur Hayes auf, der den Schiedsrichter spielte. Sie stand so dicht vor ihm, dass sich beinahe ihre Nasenspitzen berührten. Wütend funkelte sie ihn an. „Du spinnst wohl! Ich war schon an der Ecke, als der Ball noch stundenlang durch die Luft segelte. Vielleicht solltest du dir eine Brille kaufen."

„Du hast es nicht geschafft", wiederholte Wilbur würdevoll und verschränkte die Arme vor der schmächtigen Brust.

„Wir brauchen einen Schiedsrichter, der nicht auf beiden Augen blind ist." Empört wandte sie sich an die Zuschauer. „Wer von euch ist unparteiisch?"

„Du hast es nicht geschafft."

Nelly wirbelte herum, als sie die fremde Stimme hörte. Stirnrunzelnd betrachtete sie den Mann, der lässig am Rand des Spielfelds stand. Er lächelte spöttisch, strich sich die schwarzen Locken aus der Stirn und kam auf sie zu.

„Du hättest den Ball höher schlagen müssen."

„Ich habe die Ecke erreicht", widersprach Nelly hartnäckig und rieb sich die schmutzige Nase.

„Nein", erwiderte Wilbur seelenruhig.

Nelly bedachte ihn mit einem vernichtenden Blick, ehe sie sich wieder dem Fremden zuwandte, der die hitzige Meinungsverschiedenheit amüsiert verfolgte. Sie betrachtete ihn mit einer Mischung aus Groll und Neugier.

Er war groß gewachsen und schlank, und das dunkle Haar schimmerte leicht im Sonnenlicht. Der beigefarbene Anzug wirkte leger, doch Nelly erkannte, dass er erstklassig geschnitten und mit Sicherheit sehr teuer war. Das Lächeln des Mannes vertiefte sich, als er merkte, wie kritisch Nelly ihn musterte. Ihre Abneigung gegen ihn wuchs.

„Ich muss jetzt zurück", verkündete sie und klopfte sich den Staub von den Jeans. „Und Wilbur, mach dich darauf gefasst, dass ich deiner Mutter sage, sie soll mal mit dir zum Augenarzt gehen."

„He, warte mal."

Nelly, die sich bereits auf ihr Fahrrad geschwungen hatte, stieg noch einmal ab. Der Fremde kam auf sie zu.

„Wie weit ist es noch bis zum ‚Lakeside Inn'?"

Offenbar hielt er sie für eine Spielgefährtin der Jungen. Nelly packte der Übermut. „Meine Mami hat mir verboten, mit fremden Männern zu sprechen", antwortete sie mit kindlicher Stimme.

„Das ist auch richtig so. Aber ich will ja nur wissen, wie weit es bis zu dem Hotel ist. Ich schenke dir keine Bonbons, um dich in mein Auto zu locken."

„Tja." Sie zog die Stirn kraus und tat so, als dächte sie angestrengt nach. „Fahren Sie einfach der Straße nach. Es sind noch ungefähr fünf Kilometer."

Er sah sie nachdenklich an. „Vielen Dank, mein Kind. Du hast mir sehr geholfen."

„Keine Ursache." Sie schaute ihm nach, als er zu einem metallblauen Mercedes zurückging, und konnte sich nicht verbeißen, ihm hinterherzurufen: „Und ich habe es doch geschafft. Sie brauchen auch eine Brille." Dann gab sie dem kleinen Knirps die Mütze wieder, die sie sich ausgeborgt hatte, und radelte quer über eine Wiese zum „Lakeside Inn" zurück.

Schon bald tauchte das viergeschossige rote Backsteinhaus mit seinen Erkern und Giebeln vor Nelly auf. Sie hatte eine Abkürzung gewählt, und als sie die breite geschwungene Zufahrt hinauffuhr, stellte sie voller Genugtuung fest, dass sie noch vor dem Mercedes angekommen war.

Sie stellte das Fahrrad ab und hob den Karton mit dem kostbaren Brombeergelee aus dem Korb.

„Guten Morgen." Lächelnd begrüßte sie das frisch getraute Ehepaar, das über den Rasen geschlendert kam.

„Ach, guten Morgen, Miss Clark. Wir wollen einen Spaziergang am See machen", erklärte der junge Mann freundlich.

„Dafür ist das herrliche Wetter wie geschaffen", erwiderte Nelly. Sie betrat das kleine Foyer und stellte den Karton auf dem Rezeptionspult ab.

Danach sortierte sie die eingegangene Post. Als sie einen Brief von ihrer Großmutter entdeckte, riss sie hocherfreut den Umschlag auf und begann sogleich zu lesen.

„Du hast dich aber beeilt."

Nelly schaute überrascht auf, legte den Brief zur Seite und begegnete dem Blick des Mannes mit dem Mercedes. Er hatte dunkelbraune Augen.

„Ich kenne eine Abkürzung." Sie ließ sich von seiner gepflegten Erscheinung nicht einschüchtern, richtete sich zu ihrer vollen Höhe auf und hob das Kinn. „Kann ich etwas für Sie tun?"

„Ich glaube nicht. Du könntest mir höchstens sagen, wo ich den Manager finde."

Sein herablassender Tonfall ärgerte sie. Sie zwang sich jedoch zur Höflichkeit. „Gibt es irgendwelche Probleme? Wenn Sie ein Zimmer suchen, können Sie eins bekommen."

„Sei so gut und hol mir die Managerin." Er sprach zu ihr wie zu einem schwierigen Kind. „Ich habe etwas Wichtiges mit ihr zu klären."

Nelly straffte die Schultern und verschränkte die Arme über der Brust. „Die Managerin steht vor Ihnen."

Er zog die Brauen hoch und sah sie ungläubig an. „Hilfst du nach der Schule und am Wochenende hier aus?"

Nelly schoss das Blut in die Wangen. „Ich helfe nicht aus. Seit fast vier Jahren bin ich für die Leitung dieses Hotels zuständig. Wenn Sie ein Problem haben, das Sie mit mir erörtern wollen, können wir das hier oder in meinem Büro tun. Suchen Sie jedoch nur ein Zimmer, dann tragen Sie sich bitte hier ein." Sie deutete auf das aufgeschlagene Gästebuch.

„Sie sind Nelly Clark?" fragte er stirnrunzelnd und sah sie ungläubig an.

„Richtig."

Er nickte kurz, nahm den Kugelschreiber aus dem Halter und schrieb seinen Namen und seine Adresse in das Buch. „Nehmen Sie es mir bitte nicht übel, aber ich habe mich durch Ihre sportlichen Übungen auf dem Spielplatz und Ihre ziemlich jugendliche Erscheinung täuschen lassen."

„Was ich in meiner Freizeit tue", gab Nelly schnippisch zurück, „wirkt sich in keiner Weise abträglich auf das Geschäft aus. Das werden Sie während Ihres Aufenthalts bei uns bestimmt feststellen, Mr. ..." Nelly drehte das Gästebuch herum, damit sie den Namen lesen konnte, und erschrak.

„Reynolds“, stellte er sich vor und lächelte, als er Nellys Verblüffung bemerkte. „Percy Reynolds.“

Nelly rang um Fassung und bemühte sich um eine möglichst geschäftsmäßige Haltung. „Wir hatten Sie erst am Montag erwartet, Mr. Reynolds.“

„Ich habe meine Pläne geändert.“

„Ja, na schön … ich heiße Sie im ‚Lakeside Inn‘ herzlich willkommen.“ Sie lächelte gezwungen und warf die Zöpfe zurück.

„Danke. Solange ich hier bin, benötige ich ein Büro, in dem ich arbeiten kann. Lässt sich das einrichten?“

„Unser Platz ist begrenzt, Mr. Reynolds.“ Nelly nahm den Schlüssel zum besten Zimmer des Hotels vom Haken und trat hinter dem Pult hervor. „Aber selbstverständlich können Sie mein Büro mitbenutzen. Ich glaube, damit werden Sie auskommen.“

„Mal sehen. Ich möchte ohnehin die Geschäftsbücher und die Akten überprüfen.“

„Natürlich“, stimmte sie zähneknirschend zu. Es ging ihr gegen den Strich, dass sich plötzlich ein Fremder in die Angelegenheiten des Hotels einmischte. „Kommen Sie bitte mit.“

„Nelly, Nelly!“ Eddie kam die Treppe zum Foyer heruntergepoltert. Die Brille war ihm auf die Nasenspitze gerutscht, und das braune Haar, das dringend geschnitten werden musste, flog um seinen Kopf herum.

„Nelly“, wiederholte er atemlos, „mitten in einem Zeichentrickfilm ging Mrs. Pierce-Lowells Fernsehgerät kaputt.“

„Verflixt. Bring ihr meins und ruf Max, damit er ihren Apparat repariert.“

„Er ist übers Wochenende weggefahren.“

„Macht nichts, ich werde es schon überleben.“ Nelly klopfte ihm aufmunternd auf die Schulter und bugsierte ihn zur Tür. „Erinnere mich daran, ihm am Montag Bescheid zu sagen.“ Dann wandte sie sich an den neuen Besitzer des Hotels. „Entschuldigen Sie, aber Eddie neigt dazu, alles zu dramatisieren, und Mrs. Pierce-Lowell ist süchtig nach Zeichentrickfilmen. Sie gehört zu unseren ältesten Stammgästen, und unser Haus rühmt sich, möglichst jeden Wunsch der Gäste zu erfüllen.“

„Aha, ich verstehe“, entgegnete Reynolds.

Nelly öffnete die Tür ihres Büros und ließ Percy Reynolds den Vortritt.

„Groß ist es nicht", meinte sie, während er sich in dem kleinen, voll gestopften Zimmer umsah. „Aber für die paar Tage, die Sie hier sein werden, wird es für uns beide reichen."

„Ich bleibe zwei Wochen", erklärte Reynolds. Er schlenderte zum Schreibtisch und nahm den Briefbeschwerer, eine grinsende Schildkröte aus Bronze, in die Hand.

„Zwei Wochen?" wiederholte Nelly entsetzt.

„Sie haben richtig gehört, Miss Clark. Passt Ihnen das nicht?"

„Doch, selbstverständlich." Reynolds prüfender Blick machte Nelly nervös. Sie senkte die Lider und betrachtete das Durcheinander auf ihrem Schreibtisch.

„Spielen Sie jeden Samstag Baseball, Miss Clark?"

„Nein, natürlich nicht. Ich kam nur zufällig vorbei, und ..."

„Ich fand es sehr mutig von Ihnen, wie Sie über die Ecklinie gehechtet sind." Reynolds streckte unvermutet die Hand aus und strich Nelly mit dem Zeigefinger über die Wange. „Geschont haben Sie sich nicht, das sieht man Ihrem Gesicht an."

Leicht verwirrt blickte sie auf seinen schmutzigen Finger. „Und ich war doch eher da als der Ball", behauptete sie trotzig, während ihr das Herz auf einmal bis zum Hals klopfte. „Wilbur ist als Schiedsrichter untauglich."

„Ich frage mich, ob Sie das Hotel ebenso energisch leiten, wie Sie Ball spielen. Heute Nachmittag gehen wir mal gemeinsam die Bücher durch."

„Sie werden alles korrekt und ordentlich vorfinden", entgegnete Nelly steif. „Der Hotelbetrieb läuft reibungslos, und wie Sie ja wohl wissen, erwirtschaften wir einen hübschen Gewinn."

„Mit ein paar Änderungen könnte das Hotel noch viel mehr abwerfen."

„Änderungen?" wiederholte sie misstrauisch. „Welche Änderungen schweben Ihnen vor?"

„Ehe ich konkrete Pläne mache, muss ich mir das Hotel erst einmal genau ansehen. Jedenfalls steht fest, dass seine Lage einmalig günstig ist."

Geistesabwesend wischte er sich den Schmutz vom Zeigefinger

und schaute aus dem Fenster. „Was man aus diesem Hotel alles machen könnte! Ich denke da an einen Swimmingpool, Tennisplätze, an ein Fitnesszentrum … kurz und gut, man müsste den ganzen Bau von oben bis unten modernisieren und die verschiedensten Einrichtungen hinzufügen."

„An diesem Haus gibt es nichts auszusetzen. Wir beherbergen keine Mitglieder der Schickeria, Mr. Reynolds." Aufgebracht stemmte Nelly die Fäuste in die Hüften. „Das ‚Lakeside Inn' ist ein Familienhotel mit allem, was dazugehört – gutbürgerlichem Essen, gemütlichen Zimmern und einer ruhigen, gediegenen Atmosphäre. Das wollen unsere Gäste, und deshalb kommen sie immer wieder zurück."

„Wenn man hier einige sportliche Einrichtungen schafft, wird sich ein etwas anderer Personenkreis hergezogen fühlen. Vor allem, weil der Champlain-See buchstäblich vor der Haustür liegt."

„In Ihren übrigen Hotels können Sie von mir aus Diskotheken und Trimm-dich-Keller einrichten", brauste Nelly auf. „Aber wir sind hier in Lakeside, einer friedlichen, ruhigen Gegend, und nicht in Acapulco. In meinem Hotel wird nichts geändert, es bleibt genau so, wie es ist."

Reynolds lächelte spöttisch. „Ihr Hotel, Miss Clark?"

„Stimmt. Sie haben sich nicht verhört. Rein rechtlich gesehen sind Sie der Eigentümer, Mr. Reynolds, aber ich kenne diesen Betrieb. Unsere Gäste kehren jedes Jahr zurück, weil sie bei uns etwas bekommen, das sie anderswo nicht finden. Sie werden hier keinen einzigen Stuhl oder Tisch umstellen, wenn ich es nicht will."

„Miss Clark, wenn es mir beliebt, sämtliche Möbel auf den Sperrmüll zu werfen, dann werden Sie mich bestimmt nicht daran hindern. Egal, welche Entscheidungen ich treffe, Sie werden sich fügen müssen. Auch wenn Sie hier Managerin sind, haben Sie noch lange kein Mitspracherecht."

„Und der Umstand, dass Sie der Hotelbesitzer sind, bedeutet noch lange nicht, dass Sie Verstand haben", schoss Nelly zurück. Mit wippenden Zöpfen verließ sie das Büro und schlug die Tür krachend hinter sich zu.

2. KAPITEL

Zornig warf Nelly die Tür zu ihrem eigenen Zimmer ins Schloss. Sie war außer sich vor Wut. Dieser Mann war eine Zumutung! Warum musste er ausgerechnet hierher kommen und sich einmischen? Besaß er nicht schon genug Hotels, die er nach Herzenslust modernisieren konnte? Allein in Amerika gab es bestimmt hundert Betriebe, die zur Reynolds-Hotelkette gehörten. Dazu kamen noch die in den ausländischen mondänen Badeorten. Warum baute er sich nicht ein Hotel in der Antarktis?

Nelly erschrak, als sie zufällig in den Spiegel schaute. Ihr Gesicht war schmutzverschmiert. Sweatshirt und Jeans trugen die Spuren ihrer Bauchlandung auf dem Spielfeld. Die Zöpfe baumelten ihr halb aufgelöst über den Rücken. Du liebe Zeit, dachte sie entsetzt, ich sehe aus wie eine Zwölfjährige, die draußen herumgetobt hat.

„Verflixt noch mal." Flink löste sie die Zöpfe. „Ich habe mich ja schön blamiert. Aber rauswerfen lasse ich mich nicht von ihm. Eher kündige ich selbst. Ich bleibe nicht hier und sehe mit an, wie er mein Hotel verschandelt."

Eine halbe Stunde später bürstete Nelly sich das Haar, bis es ihr in duftigen Wellen über die Schultern fiel. Inzwischen hatte sie ein cremefarbenes Kleid mit einem weinroten Gürtel angezogen, der zu den winzigen Rubinen in ihren Ohrläppchen passte. Sie trug Schuhe mit hohen Absätzen und wirkte dadurch größer. Nelly betrachtete sich zufrieden im Spiegel und war davon überzeugt, dass sie nun nicht mehr wie eine Zwölfjährige aussah. Mit einem säuberlich beschriebenen Blatt Papier in der Hand verließ sie energisch ihr Zimmer, um den Löwen in seiner Höhle aufzusuchen.

Nelly klopfte leise und wartete nicht etwa auf eine Antwort, sondern drückte die Klinke nieder und betrat selbstbewusst ihr Büro. Hinter dem Schreibtisch saß Percy Reynolds. Wortlos legte sie ihm das Schriftstück auf die Tischplatte und begegnete ungerührt dem Blick aus den braunen Augen.

„Aha, ich nehme an, Sie sind Miss Clark. Welch eine Verwandlung." Er lehnte sich zurück und musterte sie von Kopf bis Fuß. „Verblüffend, was sich unter einem Sweatshirt und ausgebeulten Jeans alles verbergen kann ... Was ist das?" Mit spitzen Fingern hob er das Blatt hoch und wedelte damit herum.

„Meine Kündigung." Nelly stützte sich mit den Händen auf der Tischplatte ab, beugte sich vor und machte ihrem aufgestauten Zorn Luft. „Und weil ich jetzt nicht mehr Ihre Angestellte bin, Mr. Reynolds, ist es mir ein Vergnügen, Ihnen mitzuteilen, was ich von Ihnen halte. Sie sind", fuhr sie mit erhobener Stimme fort, „ein eiskalter, geldgieriger Geschäftsmann, der nur an Profit denkt. Sie haben ein Hotel gekauft, das seit Jahrzehnten für seine familiäre Atmosphäre und die ausgezeichnete persönliche Betreuung seiner Gäste bekannt ist. Nur um jährlich ein paar Dollar mehr herauszuschinden, wollen Sie dieses gemütliche Haus in ein Vergnügungszentrum verwandeln. Damit bringen Sie nicht nur eine Reihe von älteren Hotelangestellten, die zum Teil seit zwanzig Jahren hier beschäftigt sind, um ihre Arbeit, sondern Sie zerstören auch eine Gegend, die bis jetzt noch intakt ist. Lakeside ist kein Ort, der auf Massentourismus eingestellt ist, sondern ein ruhiges, verträumtes Städtchen. Unsere Gäste kommen hierher, weil sie die gesunde Luft und eine unverdorbene Landschaft genießen wollen und nicht etwa, um die neueste Tennismode vorzuführen oder sich in einer Diskothek auszutoben."

„Sind Sie endlich fertig, Miss Clark?" schnitt Percy Reynolds ihr das Wort ab. Sein Ton war gezwungen ruhig.

„Nein, noch lange nicht." Mutig schleuderte sie ihm entgegen: „Graben Sie sich hier ruhig Ihren Swimmingpool, von mir aus auch zwei, wenn Sie wollen, aber ich wünsche Ihnen, dass Sie darin ertrinken."

Sie wirbelte auf dem Absatz herum und wollte den Raum verlassen, wurde jedoch unsanft zurückgerissen und mit dem Rücken gegen die Türfüllung gedrückt.

„Miss Clark", begann Percy Reynolds, während er sie an den Schultern festhielt, „aus zwei Gründen habe ich Ihnen erlaubt, Ihre Wut an mir auszulassen. Erstens geben Sie einen entzückenden Anblick ab, wenn das Temperament mit Ihnen durchgeht. Das fiel mir schon auf, als ich Sie noch für einen frechen Teenager hielt. Zweitens bin ich für Ihre berufliche Meinung durchaus empfänglich, wenn auch nicht für Ihre Art und Weise, sie an den Mann zu bringen."

Mit einem jähen Ruck ging die Tür auf. Nelly verlor das Gleichgewicht und wäre gestürzt, wenn Percy sie nicht geistesgegenwärtig festgehalten und an seine Brust gezogen hätte.

„Wir haben Julius' Mittagessen gefunden“, verkündete Eddie fröhlich und verschwand wieder.

„Sie haben sehr lebhaftes Personal“, bemerkte Percy trocken, während er sie immer noch umschlungen hielt. „Wer, um alles in der Welt, ist Julius?“

„Mrs. Franks Dänische Dogge. Sie nimmt das Tier überallhin mit.“

„Bewohnt der Hund ein eigenes Zimmer?“ spöttelte er.

„Nein, er hat im Hof einen kleinen Auslauf.“

Percy lächelte plötzlich. Sein Gesicht war ihrem ganz nahe. Ein seltsames Gefühl durchzuckte sie wie ein elektrischer Schlag. Sie riss sich von ihm los und glättete ihr zerzaustes Haar.

„Mr. Reynolds“, hob sie so würdevoll wie möglich an. Doch das Wort blieb ihr im Hals stecken, als er ihre Hand ergriff, sie zum Schreibtisch zurückzog und sie dort ohne viel Umstände auf einen Stuhl drückte.

„Seien Sie endlich still, Miss Clark“, bestimmte er und nahm ihr gegenüber Platz. „Darf ich jetzt vielleicht auch einmal etwas sagen? Was ich letzten Endes mit diesem Hotel tun werde, ist allein meine Angelegenheit. Aber ich bin gern bereit, mir Ihre Meinung anzuhören, denn Sie kennen sich in dem Betrieb und in der Umgebung aus.“ Er nahm Nellys Kündigungsschreiben, riss es entzwei und ließ die beiden Hälften auf die Tischplatte fallen.

„Dazu haben Sie kein Recht“, platzte sie heraus.

„Ich habe es mir aber genommen.“ Es klang gereizt.

Nelly kniff die Augen zusammen. „Macht nichts, ich schreibe eine neue Kündigung.“

„Verschwenden Sie nicht das teure Papier“, riet er ihr und lehnte sich zurück. „Im Augenblick denke ich nicht daran, Ihre Kündigung anzunehmen. Später können wir darüber reden. Wenn Sie allerdings nichts mehr hier halten kann“, setzte er achselzuckend hinzu, „steht es natürlich nicht in meiner Macht, Sie zurückzuhalten. Leider sehe ich mich dann gezwungen, das Hotel für ein paar Monate zu schließen, bis ich einen entsprechenden Ersatz für Sie gefunden habe.“

„Das kann doch nicht Monate dauern, bis Sie eine neue Managerin finden“, protestierte Nelly.

Percy legte den Kopf in den Nacken und blickte an die Zimmerdecke. „Ich rechne mindestens mit einem halben Jahr", entgegnete er gedankenverloren.

„Ein halbes Jahr?" Sie furchte die Stirn. „Aber das geht nicht. Wir haben Reservierungen, demnächst beginnt ja schon die Sommersaison. Sie können doch die Gäste nicht enttäuschen. Und das Personal wäre dann arbeitslos."

„Richtig." Er lächelte und nickte. Fromm faltete er die Hände.

Sie riss die Augen auf. „Aber ... das ist ja glatte Erpressung!"

„Stimmt. Das ist der einzig passende Ausdruck dafür." Er schmunzelte. „Sie sind sehr schnell von Begriff, Miss Clark."

„Das kann nicht Ihr Ernst sein ..." Nelly verhaspelte sich vor Aufregung. „Sie schließen doch wohl nicht das Hotel, nur weil ich kündige."

„Glauben Sie, das brächte ich nicht fertig?" Er schaute sie unergründlich an. „Wollen Sie es darauf ankommen lassen?"

Eine Zeit lang herrschte Schweigen. Ihre Blicke begegneten sich, und sie versuchten einander einzuschätzen.

„Nein", sagte Nelly schließlich mit dünner Stimme. Wesentlich lauter setzte sie hinzu: „Nein, das bringe ich nicht fertig. Und das wissen Sie. Trotzdem verstehe ich Ihre Handlungsweise nicht."

„Sie brauchen mich auch nicht zu verstehen", fiel Percy ihr schroff ins Wort.

Nelly seufzte und ermahnte sich, ihre Zunge im Zaum zu halten. „Mr. Reynolds, ich kann mir zwar nicht denken, warum Sie darauf bestehen, mich als Hotelmanagerin hier zu behalten, aber ..."

„Wie alt sind Sie, Miss Clark?" schnitt er ihr erneut das Wort ab.

Verdutzt sah sie ihn an. „Was geht Sie das an?"

„Zwanzig, einundzwanzig?"

„Vierundzwanzig", erwiderte Nelly. „Was hat mein Alter denn mit Ihrem Entschluss zu tun?"

„Vierundzwanzig", wiederholte er, ohne auf ihre Frage einzugehen. „Ich habe Ihnen also acht Lebensjahre voraus und an beruflicher Erfahrung noch viel mehr. Ich eröffnete mein erstes Hotel, als Sie noch mit Puppen spielten."

„Ich habe nie mit Puppen gespielt", antwortete sie kühl.

„Ist ja auch egal." Er hob die Schultern und ließ sie wieder sinken. „Rein rechnerisch bleibt der Unterschied bestehen. Der Grund, weshalb ich Sie wenigstens eine Zeit lang noch hier behalten möchte, ist ganz einfach. Sie kennen das Personal, die Gäste, die Lieferanten und so weiter. Während dieser Übergangsperiode brauche ich Ihre Unterstützung. Ich möchte von Ihrer Erfahrung profitieren."

„Na schön, Mr. Reynolds." Nelly entspannte sich wieder, als sie merkte, dass ihr Gespräch sich nun auf beruflicher Ebene weiterbewegte. „Aber machen Sie sich darauf gefasst, dass Sie in allem, was darauf hinausläuft, den Charakter des Hauses zu verändern, von mir keine Hilfe erwarten dürfen. Ich sage Ihnen ganz offen, dass ich dann alles tun werde, um Ihnen Sand ins Getriebe zu werfen."

„Worauf Sie sich bestimmt sehr gut verstehen", entgegnete Percy fröhlich. Nelly wusste nicht, ob sein Lächeln gekünstelt oder echt war. „Und jetzt, da wir beide unsere Standpunkte klargelegt haben, Miss Clark, möchte ich mir gern das Hotel ansehen und mir einen Überblick verschaffen, wie der Betrieb läuft. Ich nehme an, dass zwei Wochen genügen, um mich gründlich zu informieren."

„In zwei Wochen sind Sie ebenso schlau wie vorher", schleuderte sie ihm entgegen. „Sie glauben doch wohl nicht im Ernst, dass vierzehn Tage genügen, um all das zu verstehen, was ich Ihnen vorhin zu erklären versuchte."

„Ich begreife schnell, und ich bin ein Mann von raschen Entschlüssen", erwiderte er. Er lächelte und blickte sie prüfend an. „Wenn mir etwas gehört, dann weiß ich auch, was ich damit anfangen will." Sein Lächeln wurde breiter, als sie die Stirn runzelte. Dann erhob er sich. „Wenn Sie wollen, dass das Hotel so bleibt, wie es ist, dann behalten Sie Ihren Posten als Managerin und sorgen dafür, dass der Gewinn stimmt." Er nahm ihren Arm und zog sie vom Stuhl hoch. „Lassen Sie uns jetzt einen Rundgang machen."

Freundlich wie ein Regentag führte Nelly Percy durch das Erdgeschoss und beschrieb ihm in allen Einzelheiten Vorratsräume und Wäscheschränke. Die ganze Zeit über hielt er ihren Arm fest, als befürchte er, dass sie fortlief.

Der ständige körperliche Kontakt verwirrte sie, und sie atmete den herb-männlichen Duft seines Rasierwassers ein. Percy bewegte sich völlig ungezwungen. Trotzdem spürte sie seine Kraft und Energie. Seine Stimme klang tief und melodisch, und manchmal ertappte Nelly sich dabei, dass sie mehr auf den Tonfall achtete als auf das, was er sagte. Wütend auf sich, antwortete sie ihm noch frostiger als zuvor.

Wenn Percy doch nur klein und glatzköpfig wäre oder einen dicken Bauch und ein Doppelkinn hätte. Aber ein Mann, der so gut aussah wie er, befand sich im Streitfall einer Frau gegenüber immer im Vorteil.

„Wo sind Sie eigentlich mit Ihren Gedanken, Miss Clark?"

„Was?"

Sie gab sich einen Ruck und blickte zu ihm hoch. Im Stillen verwünschte sie ihn, weil er so dunkle, faszinierende Augen hatte. „Ich überlege gerade, ob es nicht Zeit fürs Mittagessen wäre." Sie beglückwünschte sich zu ihrer Geistesgegenwart.

„Von mir aus gern, ich habe Hunger." Er ließ sich von ihr in den Speisesaal führen.

Der große Raum war in rustikalem Stil eingerichtet. Die Holzbalken der Decke hatten Altersrisse, und die Tapeten waren ein wenig verblichen. Doch der Saal besaß eine gemütliche Atmosphäre. Lampenschirme aus gelbem Glas verbreiteten abends ein anheimelndes Licht, und wo Platz war, standen ausgesuchte Antiquitäten oder Gegenstände aus schwerem alten Silber.

Die Kaminwand bestand aus einem Gestein, das in der Gegend abgebaut wurde. Schürhaken und Schaufeln aus Messing zierten die leere Feuerstelle. Die Tische waren so angeordnet, dass sich die Gäste miteinander unterhalten konnten. Für die Besucher, die sich gern ein wenig abseits hielten, gab es eigens ruhigere Plätze. Aus dem Raum drangen Stimmenlärm und das Klappern der Bestecke. Der Duft frisch gebackenen Brotes wehte Nelly und Percy entgegen. Auf der Schwelle blieb er mit einem prüfenden Blick stehen. Jede Einzelheit erregte sein Interesse, und schweigend schaute er sich so lange um, als wolle er später aus dem Gedächtnis eine Skizze machen.

„Sehr hübsch", stellte er dann nüchtern fest.

Ein kräftiger, wohlbeleibter Mann näherte sich ihnen. Theatralisch hob er den Kopf. „Wohlan denn, spielt auf, wenn Musik die Nahrung der Liebe ist", rezitierte er.

„Gebt mir ein Übermaß davon, damit der Hunger mir vergehe und so schnell nicht wiederkehre", erwiderte Nelly schlagfertig und strahlte ihn an.

Der Mann schmunzelte über Nellys Antwort und trabte trotz seines Übergewichts überraschend behände in den Speisesaal.

„Wer war das denn?" erkundigte sich Percy. Nelly lachte. Gegen ihren Willen schmolz ihre Zurückhaltung.

„Das war Mr. Leander. Seit zehn Jahren ist er Stammgast bei uns. Früher war er Schauspieler an einer Provinzbühne. Er überrascht mich gern mit Zitaten aus irgendwelchen Schauspielen und wartet immer auf eine passende Antwort von mir."

„Fällt Ihnen denn immer etwas Entsprechendes ein?"

„Zum Glück habe ich mich seit jeher fürs Theater interessiert, und um besser gerüstet zu sein, stöbere ich stets noch ein bisschen in den bekanntesten Dramen herum, wenn Mr. Leander bei uns reserviert."

„Gehört das mit zum Service?" fragte Percy spöttisch.

„Das könnte man sagen."

Durch Erfahrung gewitzt, spähte Nelly durch den Raum, um zu sehen, wo das Ehepaar Dobson mit seinen Zwillingen saß. Dann dirigierte sie Percy an einen Tisch, der so weit wie möglich von dieser Familie entfernt stand.

„Nelly." Liz eilte auf sie zu, und ihre Augen funkelten eifersüchtig, als sie Percy ausgiebig musterte. „Wilbur hat die Eier gebracht, und sie sind schon wieder so klein. Elsie droht, ihm etwas ganz Fürchterliches anzutun."

„Schon gut, Liz, ich kümmere mich darum." Sie übersah Percys fragenden Blick. „Liz, serviere bitte Mr. Reynolds das Mittagessen. Entschuldigen Sie mich jetzt, Mr. Reynolds, ich werde in einer wichtigen Angelegenheit gebraucht. Wenn Sie Fragen oder Beschwerden haben, schicken Sie nach mir. Ich wünsche Ihnen guten Appetit."

Nelly benutzte die Eier als willkommene Gelegenheit, sich von Percy zurückzuziehen, und eilte in die Küche.

„Wilbur", sagte sie schadenfroh, als die Tür hinter ihr zufiel, „diesmal bin ich der Schiedsrichter."

Am Nachmittag erledigte Nelly tausend kleine Dinge. Die hohe Kunst der Diplomatie und die Fähigkeit, rasche Entscheidungen zu treffen, gehörten mit zu ihrem Beruf. Zum Glück wusste Nelly instinktiv, wie man Menschen behandelte und wen man mit wichtigen Aufgaben betrauen konnte.

Ohne die Ruhe zu verlieren, diskutierte sie ausführlich mit den Zwillingen der Dobsons darüber, ob es ratsam sei, einen Frosch in die Badewanne zu setzen, und tröstete gleich darauf ein Zimmermädchen, das sich in der Wäschekammer vor Liebeskummer die Augen ausweinte.

Während Nelly sich Gefühlsergüsse anhörte, Trostworte fand und Urteilssprüche fällte, kreisten ihre Gedanken unablässig um Percy Reynolds. Es war kein Problem, ihm aus dem Weg zu gehen, doch sein Bild folgte ihr überallhin. Ständig schien er bei ihr zu sein, was sie auch tat oder dachte. Er hatte sich in ihr Leben gedrängt, und sie konnte ihn nicht vergessen.

Verdrossen grübelte sie unentwegt darüber nach, wo er gerade sein mochte oder was er wohl tat. Vielleicht, dachte sie entmutigt, hockt er jetzt gerade in meinem Büro, geht mit der Lupe in der Hand meine Bücher durch und überlegt sich, wo er seine dummen Tennisplätze anlegen kann und ob er die Liegewiese lieber zubetonieren sollte.

Als es Zeit zum Abendessen war, beschloss Nelly, es ausfallen zu lassen und sich stattdessen einige ruhige Stunden zu gönnen. Erst spät suchte sie den Gesellschaftsraum auf. Fast alle Lampen waren ausgeschaltet, und die Dreimannkapelle, die immer am Samstagabend spielte, hatte bereits ihre Instrumente eingepackt. Nur eine Hand voll Leute saß noch bei ihren Drinks und unterhielt sich leise. Der Abend neigte sich dem Ende entgegen.

Nelly gestattete sich, ihre Gedanken wieder um Percy kreisen zu lassen. Ich habe zwei Wochen Zeit, um ihn zur Einsicht zu bringen, sagte sie sich. Eigentlich müsste das reichen, um selbst einen hart gesottenen Geschäftsmann von der Richtigkeit meiner Argumente zu überzeugen.

Zerstreut erwiderte Nelly die Gutenachtwünsche der Gäste, die sich allmählich in ihre Zimmer zurückzogen. Ich habe das Problem von Anfang an falsch angepackt, überlegte sie. Morgen beginne ich mit einer neuen Strategie noch einmal ganz von vorn. Ich werde mich beherrschen und meinen weiblichen Charme einsetzen. Ich kann sehr charmant sein, wenn ich will.

Nelly erprobte ihr Talent an dem älteren Herrn von Zimmer 224, und ihr Selbstvertrauen wuchs im gleichen Maß wie dessen Verwirrung. In gewissen Situationen, stellte sie fest, kommt man mit einem Lächeln weiter, als wenn man die Krallen zeigt. Ein bisschen Charme, ein gefälliges Aussehen und ein selbstbewusstes, entgegenkommendes Auftreten, dann kann eigentlich nichts mehr passieren. Mit dieser Strategie werde ich den Feind schlagen, ehe er überhaupt dazu kommt, den Krieg zu erklären.

Gut gelaunt wandte sie sich an den Barkeeper, der mit einem Tuch die Theke sauber wischte. „Geh jetzt nach Hause, Don, den Rest mache ich selbst."

„Danke, Nelly." Der junge Mann wartete auf keine zweite Aufforderung und verschwand gleich durch die Tür.

Nelly wanderte durch den Raum, um die Körbchen mit den Erdnüssen und die leeren Gläser einzusammeln. Zur Unterhaltung schaltete sie sich das kleine Fernsehgerät ein.

Im Hotel kehrte Ruhe ein. Jetzt endlich fand Nelly die Stille und Einsamkeit, nach der sie sich sehnte.

Aus dem Fernsehgerät erklang leise, Unheil verkündende Musik. Die Töne wehten und schwebten durch den matt beleuchteten Raum. Nelly blickte zum Bildschirm hinüber, und gleich darauf fesselte sie ein Gruselfilm. Sie zog sich die Schuhe aus und kuschelte sich in einen Sessel.

Der Film war alt und die Geschichte einfältig, doch die unheimlichen Bilder zogen sie in ihren Bann. Fasziniert beobachtete sie, wie dunkle Wolkenfetzen vor einem Vollmond dahinjagten. Geistesabwesend griff sie nach einem Körbchen mit Erdnüssen, nahm ihn auf den Schoß und knabberte davon. Das Fernsehbild zeigte inzwischen dichte Nebelschwaden in einem tiefen Wald, und Nelly erschauerte, als sie schwere, tappende Schritte und keuchende Atemzüge hörte. Der Nebel lichtete sich und enthüllte die Fratze eines zähnefletschenden Ungeheuers. Nelly hielt sich die Augen zu und wartete auf den Schrei, den die Heldin des Films beim Anblick des Monsters unweigerlich ausstoßen würde.

„Wenn Sie die Hände vom Gesicht nehmen, sehen Sie mehr."

Nelly schnellte mit einem Aufschrei hoch, sodass die Erdnüsse nach allen Seiten flogen. „Machen Sie das nicht noch einmal!" schimpfte sie und blitzte Percy wütend an. „Sie haben mich zu Tode erschreckt."

„Das tut mir leid." Mit dem Ellenbogen stützte er sich auf die Bartheke und zeigte auf das Fernsehgerät. „Warum setzen Sie sich vor den Kasten, wenn Sie doch nicht hinschauen?"

„Ich sehe für mein Leben gern Gruselfilme, es ist eine richtige Sucht. Aber bei den spannenden Szenen muss ich einfach die Augen schließen. Schauen Sie sich das mal an, bald wird es ganz dramatisch, den Film kenne ich nämlich schon." Mit einer Hand griff sie nach seinem Arm, mit der anderen zeigte sie auf den Bildschirm. „Die Heldin öffnet jetzt gleich die Tür und geht nach draußen. Ich frage Sie, welcher Mensch, der nicht komplett schwachsinnig ist, verlässt im Stockfinstern sein Haus, weil er ein unheimliches Kratzen an der Fensterscheibe hört? Normalerweise würde man sich in einer solchen Situation doch ganz anders verhalten. Wer schlau ist, versteckt sich unter seinem Bett und wartet darauf, dass das Monster verschwindet. Ach du liebe Zeit." Unwillkürlich zog sie Percy näher an sich heran, und als das gebleckte Gebiss des Ungeheuers in Großaufnahme erschien, drückte sie ihr Gesicht gegen seine Brust. „Das ist ja schrecklich, ich kann gar nicht hinsehen. Sagen Sie mir Bescheid, wenn es vorbei ist."

Plötzlich wurde Nelly bewusst, dass sie sich an Percy kuschelte. Sie hörte das Klopfen seines Herzens. Er streichelte ihr Haar, so wie man ein Kind tröstet. Sie verkrampfte sich und wollte sich aus seiner Umarmung lösen, doch er hielt sie fest.

„Nein, warten Sie einen Moment, das Monster schleicht immer noch um die Hütte. Da. Eine Bildstörung hat die Heldin gerettet." Er klopfte ihr auf die Schulter und ließ sie los.

Nelly stand auf und versuchte die verstreuten Nüsse und ihr seelisches Gleichgewicht wiederzufinden. „Heute Nachmittag war ich leider sehr beschäftigt, Mr. Reynolds. Ich muss mich bei Ihnen entschuldigen, weil wir unseren Rundgang durch das Hotel nicht beenden konnten."

Er sah ihr zu, wie sie auf Händen und Knien über den Boden rutschte, wobei ihr das Haar wie ein Vorhang über das Gesicht fiel.

„Ja, leider. Aber ich habe mich auf eigene Faust ein bisschen umgesehen. Ich traf Eddie, der ausnahmsweise einmal nicht wie ein aufgescheuchtes Huhn durch die Gegend flatterte. Ich finde, er ist ein sehr sympathischer junger Mann."

Sie kroch weiter, um die Erdnüsse aufzulesen, die unter einen Sessel gerollt waren. „In ein paar Jahren wird aus ihm einmal ein guter

Hotelmanager. Was ihm jetzt noch fehlt, ist Erfahrung."

„Ich lernte auch einige Gäste kennen. Sie scheinen hier allgemein beliebt zu sein, Nelly." Percy kam zu ihr und strich ihr das Haar aus dem Gesicht. „Verraten Sie mir mal, was das für eine Abkürzung ist."

„Was?" Seine Finger berührten ihre Wange, und sie konnte sich nicht mehr auf das Gespräch konzentrieren.

„Nelly." Lächelnd sah er in ihre verstörten Augen. „Wie heißen Sie mit vollem Namen?"

„Ach so." Sie erwiderte sein Lächeln, erhob sich und rückte ein Stück von ihm ab. „Das ist ein streng gehütetes Geheimnis. Ich würde es nicht mal meiner Mutter verraten."

Die Bildstörung war offenbar behoben, denn die Heldin stieß einen lang gezogenen, schrillen Schrei aus. Nelly ließ die Nüsse, die sie aufgelesen hatte, wieder fallen und warf sich an Percys Brust. „Ach, entschuldigen Sie, aber damit hatte ich nicht mehr gerechnet." Verlegen hob sie das Gesicht und wollte rasch einen Schritt zurücktreten.

„Na so etwas. Jetzt liegen Sie schon zum dritten Mal in meinen Armen." Er umschlang ihre Taille, und mit der freien Hand streichelte er ihr Haar. Ehe sie protestieren konnte, senkte sich sein Mund auf ihre Lippen, und er küsste sie leidenschaftlich. Er zog sie so eng an sich heran, dass sie sich an ihm festhalten musste, um nicht das Gleichgewicht zu verlieren. Ihr Herz klopfte wild. Dann dachte sie an gar nichts mehr und überließ sich ganz ihren Gefühlen …

„Sie sind wunderbar", sagte Percy leise und küsste sie. Seine Lippen glitten ihre Wange entlang zu ihrem Ohr und dann zu ihrem Mund zurück. „Ich probier es gleich wieder."

Doch diesmal ließ Nelly sich nicht überrumpeln. Nur nicht die Fassung verlieren, ermahnte sie sich. In einer solchen Situation gibt man sich am besten kühl und überheblich. „Mr. Reynolds, ich bitte Sie, Ihre romantischen Annäherungen zu unterlassen."

„Ich heiße Percy", entgegnete er ungerührt und blickte lächelnd auf ihre kleinen Hände, die sich nicht sehr wirksam gegen seine breite Brust wehrten. „Heute Morgen, als Sie mich im Büro mit Ihrer Kündigung überfielen, nahm ich mir vor, Sie etwas näher kennen zu lernen."

„Mr. Reynolds …"

„Percy", erwiderte er, und sein Gesicht näherte sich ihrem. „Im Übrigen stoße ich einen einmal gefassten Vorsatz niemals um."

„Na schön, Percy“, gab sie nach. Mit Nebensächlichkeiten wollte sie sich jetzt nicht aufhalten, denn sie spürte, wie er sie trotz ihres Sträubens immer näher an sich zog. „Verfahren Sie eigentlich mit all Ihren Hotelmanagern so wie mit mir?“ Nelly hoffte, ihn mit dieser bissigen Bemerkung zu verletzen, und sie kochte vor Wut, als er lediglich den Kopf in den Nacken legte und schallend lachte.

„Nelly, mein Vorsatz, Sie näher kennen zu lernen, hat mit Ihrer Stellung in diesem Hotel nicht das Geringste zu tun. Ich gebe nur meiner Schwäche für Frauen nach, die mit Hängezöpfen ganz entzückend aussehen.“

„Wagen Sie ja nicht, mich noch einmal zu küssen“, drohte sie. Gleichzeitig wehrte sie sich so verzweifelt gegen seine Umarmung, dass er sie losließ.

„Sie müssen sich entscheiden, Nelly, zwischen der Rolle eines liebenswerten Mädchens oder einer Kratzbürste.“ Seine Stimme klang leise, jedoch verärgert. „Egal, wie Sie sich mir gegenüber verhalten, das Spiel gewinne ich ohnehin. Aber ich wüsste nur gern, woran ich mit Ihnen bin.“

„Ich spiele Ihnen keine Rolle vor“, fauchte sie. „Ich bin weder ein liebenswertes Mädchen noch eine Kratzbürste. Für Sie bin ich Managerin dieses Hotels, und als solche wünsche ich auch behandelt zu werden.“

„Sie sind lieb und zugleich störrisch wie ein Kätzchen.“ Er schob die Hände in die Taschen seines Jacketts und wippte auf den Absätzen. „Eine interessante Mischung“, spöttelte er. „Aber das wissen Sie vermutlich, sonst würden Sie sich nicht so geben.“

Nelly vergaß ihren Vorsatz, sich zu beherrschen, und trat einen Schritt auf Percy zu. „Ich weiß nur, dass mir absolut nichts daran liegt, Ihr Wohlgefallen oder Ihr Interesse zu erringen. Mein einziger Wunsch ist, dass Sie aus diesem hübschen ruhigen Familienhotel kein supermodernes Ferienzentrum machen.“ Sie ballte die Hände. „Wenn Sie mir einen Gefallen tun wollen, dann fahren Sie nach New York in Ihre Eigentumswohnung zurück und lassen sich hier nie wieder blicken.“

Ohne seine Antwort abzuwarten, wirbelte sie herum und rannte aus dem Zimmer. Sie lief durch das dunkle Foyer, ohne sich noch einmal umzusehen.

3. KAPITEL

Percy Reynolds hatte sich selbst zuzuschreiben, dass Nelly am letzten Abend so aus der Rolle gefallen war. Ab heute, dachte sie, während sie eine weiße Seidenbluse und einen grauen Blazer anzog, unterhalte ich mich nur noch über geschäftliche Dinge mit ihm.

Jetzt schämte sie sich, weil sie sich kindisch Schutz suchend an seine Brust geworfen hatte. Wenn sie sich weiterhin so benahm, konnte er sie ja gar nicht ernst nehmen. Anstatt Selbstbewusstsein auszustrahlen, hatte sie sich blamiert, indem sie sich von einem Gruselfilm aus der Fassung bringen ließ und auf seine zärtliche Annäherung wie ein dummes Schulmädchen reagierte.

Das soll mir nicht noch einmal passieren, schwor sich Nelly und steckte sich das Haar zu einer damenhaften Frisur hoch. Ich habe mich von ihm übertölpeln lassen. Kein Wunder, dass ich mich vor ihm lächerlich gemacht habe.

Doch noch während sie sich beschimpfte, kehrten ihre Gedanken wie von selbst zu der Umarmung zurück. Sie fühlte wieder seinen Mund auf ihren Lippen, den warmen Atem, der ihre Wange streifte. All das war neu für sie, ihre Knie wurden seltsam weich, und es kam ihr so vor, als ginge sie auf Watte.

Sie musste sich ständig ermahnen, wie wichtig es war, Percy Reynolds nicht als attraktiven Mann zu beurteilen, sondern als Besitzer des „Lakeside Inn", der das Schicksal dieses Hotels bestimmte.

Eingebildeter Kerl, dachte sie, als sie sich an seine Drohung erinnerte, das Haus zu schließen, wenn sie kündigte. Das war glatte Erpressung. Er wusste, dass er alle Trümpfe in der Hand hielt.

Na schön, wie Sie wollen, Percy Reynolds, dachte sie schließlich, während sie sich den schwarzen Faltenrock glatt strich. Wenn ich will, kann ich auch gemein sein. Nachdem sie vor dem Spiegel mehrere Arten zu lächeln ausprobiert hatte – höflich, herablassend, gleichgültig –, verließ sie mit federnden Schritten das Zimmer.

Die Sonntagvormittage verliefen im Allgemeinen ruhig. Die meisten Gäste schliefen lange und frühstückten erst spät. Gewöhnlich verbrachte Nelly diese stillen Stunden mit Büroarbeit, denn sie wusste aus Erfahrung, dass sie dann ungestört arbeiten konnte.

In der Küche trank sie schnell eine Tasse Kaffee, ehe sie sich in den Papierkrieg stürzte.

„Welch ein Zufall.“ Nelly zuckte zusammen, als Percys Hand sich unter ihren Ellenbogen legte und er sie zum Speisezimmer schob. „Jetzt brauche ich nicht allein zu frühstücken.“

Nelly unterdrückte eine schnippische Bemerkung und lächelte gekünstelt. „Wie nett von Ihnen, dass Sie mit mir frühstücken wollen. Haben Sie gut geschlafen?“

„Wie es in Ihrer Broschüre steht, bürgt die ruhige Atmosphäre des Hotels für einen guten Schlaf.“

Nelly steuerte auf einen freien Tisch zu, der etwas abseits von den anderen in einer Nische stand. „Sie werden feststellen, Mr. Reynolds, dass meine gesamte Werbung auf Tatsachen beruht.“ Nelly nahm auf einem Stuhl Platz. Sie bemühte sich, hell und freundlich zu sprechen. Sie erinnerte sich immer noch an den Streit in ihrem Büro und an die ... persönlichere Begegnung im Aufenthaltsraum.

„Bis jetzt habe ich tatsächlich noch keine Unstimmigkeiten bemerkt.“

Verträumt vor sich hin lächelnd, stand Maggie am Tisch. Gewiss dachte sie an ihr Rendezvous vom vergangenen Abend.

„Ich bekomme Toast und Kaffee, Maggie“, sagte Nelly bestimmt, aber nicht unfreundlich, und riss Maggie aus ihrer Versenkung. Die Kellnerin lief rot an und kritzelte die Bestellung auf ihren Block.

„Ich gebe zu“, meinte Percy, nachdem er seine Wünsche geäußert hatte, „dass Sie von Ihrer Arbeit etwas verstehen.“

Nelly haderte mit sich, weil sie sich über dieses unverhoffte Lob maßlos freute. „Wie kommen Sie darauf?“ fragte sie mit falscher Bescheidenheit.

„Nicht nur Ihre Geschäftsbücher sind tadellos geführt, Sie wissen auch, wie Sie Ihr Personal behandeln müssen. Vorhin haben Sie mit einem einzigen Blick etwas ausgedrückt, wozu andere Leute eine zehnminütige Predigt gebraucht hätten.“

„Es ist eine große Hilfe, wenn man das Personal auch persönlich kennt.“ Verschmitzt lächelnd zog sie die Brauen hoch. „Wissen Sie, zufällig ahne ich, dass Maggie im Geist immer noch bei dem Film weilt, den sie und ihr Freund gestern Abend aus bestimmten Gründen nicht gesehen haben."

Percy lächelte.

„Das Personal hält zusammen wie eine große Familie", fuhr Nelly so unpersönlich wie möglich fort. „Und unsere Gäste spüren das. Es gefällt ihnen, wie ungezwungen es hier zugeht, obwohl der Service durch und durch korrekt ist. Den Regeln unseres Hauses entsprechend geht das Personal auf die individuellen Wünsche der Gäste ein. Das ‚Lakeside' ist kein Hotel für Leute, die Luxus suchen oder ständig Zerstreuung brauchen. Unsere Gäste legen Wert auf frische Luft, gutes Essen und eine gemütliche Atmosphäre. Und genau das bieten wir ihnen."

Sie unterbrach sich, als Maggie ihnen das Frühstück brachte.

„Haben Sie Vorurteile gegen groß angelegte Ferienzentren, Nelly?"

Nelly überlegte und beobachtete Percys lange schmale Hände. Er war gerade dabei, Betty Jacksons Brombeermarmelade auf eine Scheibe Toast zu streichen. Etwas verwirrt stotterte sie: „Nein … warum sollte ich etwas dagegen haben?" Sie dachte daran, dass diese Hände gestern Abend mit ihrem Haar gespielt hatten. „Nein", wiederholte sie energisch und zwang sich dazu, Percy in die Augen zu sehen. „Ferienzentren sind eine gute Einrichtung, aber mit Betrieben wie dem ‚Lakeside Inn' kann man sie nicht vergleichen. Dazu ist das Publikum zu unterschiedlich. In einem Ferienzentrum herrscht ständig Betriebsamkeit, immer ist etwas los. Hier bei uns ist alles auf Entspannung und Erholung eingerichtet. Man kann angeln, segeln, rudern, im Winter Ski laufen, und darüber hinaus ist das Essen gut. Mit einem Wort: Das ‚Lakeside Inn' ist vollkommen." Es klang kampflustiger als gewollt, und sie bemerkte, wie Percy Reynolds die Brauen hochzog.

„Das muss sich erst noch herausstellen." Er hob die Kaffeetasse an die Lippen.

Seine Stimme klang nicht unfreundlich, doch Nelly entdeckte in seinen Augen eine Spur von Ärger. Sie senkte den Blick und schaute auf ihren Teller, als gäbe es dort etwas Interessantes zu sehen.

„Lächelnd blickt der grauäugige Morgen auf die dahinscheidende Nacht", hörte sie plötzlich eine vertraute Stimme.

Bei dem Zitat hob Nelly erschrocken den Kopf und schaute direkt in Mr. Leanders erwartungsvolles Gesicht. Sie forschte in ihrem Gedächtnis. „Färbt die Wolken im Osten mit zartem Licht …“ Zum Glück ist mir die richtige Antwort eingefallen, dachte Nelly und sah Mr. Leander hinterher, der mit jugendlichem Schwung auf seinen Tisch zuging.

„Eines Tages überrascht er Sie mit einem Zitat, auf das Ihnen nichts mehr einfallen wird.“

„Das ganze Leben ist ein Risiko“, erwiderte sie schnippisch. „Damit findet man sich am besten schon in jungen Jahren ab.“

Er hob die Hand und strich ihr eine übermütige Haarsträhne hinter das Ohr. Bei dieser Berührung zuckte sie wie elektrisiert zurück.

„Ich glaube, dass Sie jede schwierige Situation als Herausforderung betrachten“, sagte er gedehnt. „Dadurch wirken Sie noch interessanter. Darf ich Ihnen Kaffee nachschenken?“

Nelly schüttelte verneinend den Kopf. Sie wollte das Frühstück nicht weiter als unbedingt nötig in die Länge ziehen.

Sonnenlicht strahlte durch die Sprossenfenster und malte geometrische Muster auf den Fußboden. Weit entfernt brummte ein Rasenmäher, irgendwo in der Nähe sang ein Vogel.

Nelly saß mit Percy in ihrem Büro und konzentrierte sich auf die Geschäftsvorgänge. Der Berg aus Rechnungen und Betriebsbüchern zwischen ihnen stärkte ihr Selbstbewusstsein. Wenn Nelly über die Leitung des Hotels sprach, befand sie sich auf sicherem Boden. Aber sie musste auch zugeben, dass Percy Reynolds sich in kaufmännischen Dingen bis ins letzte Detail auskannte. Gewissenhaft wie ein Buchhalter prüfte er die Bücher, und geschickt wie ein Kaufmann sortierte und studierte er die Rechnungen.

Glücklicherweise behandelt er mich nicht wie ein dummes Schulmädchen, das Soll und Haben nicht unterscheiden kann, dachte Nelly. Im Gegenteil, Percy hörte sich ihre Erklärungen aufmerksam und respektvoll an. Er hielt sie offenbar für intelligent, und deshalb hoffte sie, ihn schließlich doch noch von ihrer Meinung überzeugen zu können.

„Wie ich sehe, beziehen Sie Ihre Ware von vielen kleinen Einzelhändlern und den hiesigen Bauernhöfen."

„Das stimmt."

Percy zündete sich eine Zigarette an, und Nelly suchte in der untersten Schreibtischschublade nach einem Aschenbecher. „Das ist für alle von Vorteil. Die Produkte, die wir direkt vom Erzeuger bekommen, sind ganz frisch. Notfalls werden wir auch samstags und sonntags beliefert. Damit fördern wir die einheimische Wirtschaft." Unter einem Stapel privater Briefe fand Nelly endlich den Aschenbecher und stellte ihn auf den Tisch.

„Das ‚Lakeside Inn' ist für die Umgebung von großer Bedeutung. Wir schaffen Arbeitsplätze und sind ein Markt für einheimische Erzeugnisse." Nelly fand die Antwort nicht sehr befriedigend und wollte alles noch ausführlicher erklären, als die Tür heftig aufgestoßen wurde.

„Nelly!" Auf der Schwelle stand Eddie, seine Unterlippe zitterte verdächtig. „Die Bodwins sind da."

„Ich komme gleich." Nelly unterdrückte einen Seufzer. Sie würde Eddie sagen, dass er künftig anzuklopfen hatte, ehe er ein Zimmer betrat.

„Wer sind die Bodwins? Eine Naturkatastrophe oder eine Virusepidemie?" fragte Percy, nachdem Eddie wieder davongeeilt war.

„Nichts dergleichen." Nelly stand auf. „Entschuldigen Sie mich bitte, in einer Minute bin ich wieder zurück."

Sie schloss die Tür fest hinter sich und lief ins Foyer hinunter.

„Herzlich willkommen, Miss Patience, herzlich willkommen, Miss Hope." Nelly begrüßte das ältliche Geschwisterpaar zuvorkommend.

Die Schwestern Bodwin, große, hagere, unverheiratete Damen, waren Stammgäste im „Lakeside".

„Ich freue mich, Sie gesund und munter wiederzusehen."

„Wir kommen immer wieder gern hierher zurück, Miss Clark", antwortete Miss Patience, und Miss Hope nickte zustimmend. Meistens war Miss Patience diejenige, die sprach, und Miss Hope beschränkte sich auf einsilbige Kommentare. Das war einer der wenigen Unterschiede zwischen den beiden Schwestern. Davon abgesehen wirkten sie wie Zwillinge, hatten die gleichen Gewohnheiten, die gleiche Art, sich zu bewegen und zu kleiden. Sie trugen orthopädische Schuhe und altmodische Nickelbrillen.

„Eddie, sorge bitte dafür, dass das Gepäck hochgebracht wird", ordnete Nelly an.

Miss Patiences Miene hellte sich auf, und Nelly bemerkte, wie ihr Blick sich auf einen Punkt heftete, der sich hinter ihrem Rücken befand. Sie drehte sich um und entdeckte Percy.

„Miss Patience, Miss Hope, das ist Mr. Reynolds, der Besitzer des Hotels."

„Es ist mir ein Vergnügen, Sie kennen zu lernen, meine Damen." Percy verbeugte sich galant und gab ihnen die Hand. Miss Hopes faltige Wange rötete sich.

„Sie sind ein Glückspilz, junger Mann." Miss Patience musterte Percy eingehend, dann nickte sie zufrieden. „Ich nehme an, Sie wissen, dass Miss Clark ein Schatz ist. Hoffentlich würdigen Sie das entsprechend."

Nelly knirschte mit den Zähnen. Lächelnd legte Percy die Hand auf ihre Schulter und entgegnete: „Ich bin davon überzeugt, dass Miss Clark ein Goldstück und mein Lob ganz unzureichend ist."

Miss Patience nickte beifällig.

Nelly schüttelte Percys Hand ab und verhielt sich kühl und unpersönlich. „Sie bekommen denselben Tisch wie immer, Nummer zwei."

„Wie schön." Miss Patience kräuselte die Lippen und tätschelte Nellys Wange. „Sie sind ein liebes Mädchen, Miss Clark."

Die Damen entfernten sich in ihr Zimmer.

„Na, hören Sie mal." Spöttisch lächelnd wandte sich Percy an Nelly. „Sie wollen diesen beiden alten Jungfern doch wohl nicht den zweitbesten Tisch geben?"

„Im ‚Lakeside'", entgegnete sie kühl, während sie wieder dem Büro zustrebte, „wird den Gästen im Rahmen des Möglichen jeder Wunsch erfüllt. Ich sehe keinen Grund, den Schwestern Bodwin dieses harmlose Ansinnen abzuschlagen. Mr. Campbell gab ihnen immer den Tisch Nummer zwei."

„Mr. Campbell", erwiderte Percy so ruhig, dass sie zornig wurde, „ist nicht mehr der Besitzer dieses Hauses, sondern ich."

„Das ist mir nicht entgangen." Trotzig schob sie das Kinn vor. „Verlangen Sie von mir, dass ich die Schwestern Bodwin von ihrem Lieblingsplatz verscheuche und ihnen einen Tisch in der Nähe der Küche gebe? Sehen sie Ihnen nicht vornehm genug aus? Versuchen Sie mal, die beiden Frauen als Menschen zu sehen und nicht als kleine schwarze Zahlen auf Ihren Bankauszügen."

Sie verschluckte sich beinahe, als er fest ihre Schultern packte.

„Leider", begann er drohend, „haben Sie ein aufbrausendes Temperament und ziemlich merkwürdige Vorstellungen, was meinen Charakter angeht. Aber niemand hat mir vorzuschreiben, wie ich meine Betriebe leite. Kein Mensch, haben Sie mich verstanden? Wenn ich Ihren Rat brauche, dann frage ich Sie vielleicht danach, aber die Entscheidungen treffe ich allein, und ich allein ordne an, was zu geschehen hat."

Stumm vor Schreck sah Nelly zu ihm hoch.

„Haben Sie mich verstanden?"

Nelly nickte. Dann nahm sie ihren Mut zusammen und fragte: „Was soll ich jetzt mit den Schwestern Bodwin machen?"

„Nichts. Diese Entscheidung haben Sie mir ja schon aus der Hand genommen. Aber jedes Mal, wenn Sie etwas tun, das mir missfällt, werde ich kein Blatt vor den Mund nehmen und es Ihnen zu verstehen geben." Leise fuhr Percy fort: „Sie sind eine sehr raffinierte Frau. Sie haben mit mir zusammen gefrühstückt und im Büro gearbeitet, ohne mich ein einziges Mal mit meinem Namen anzusprechen. Mit geradezu akrobatischem Geschick haben Sie jede Gelegenheit vermieden, meinen Namen nennen zu müssen. Das hat mich, offen gestanden, fasziniert."

„Seien Sie nicht albern." Sie wollte die Schultern zucken, doch das gelang ihr nicht, denn seine Hände lagen noch immer fest darauf. „Ihre Fantasie geht mit Ihnen durch."

„Aber vielleicht …" Nelly wollte sich ihm entziehen, doch er zog sie noch näher an sich heran. „Vielleicht sagen Sie jetzt mal meinen Namen." Sein Mund berührte fast ihre Lippen. Sie fühlte, wie ihre Knie nachgaben.

„Percy", flüsterte sie kaum hörbar.

„Sehr schön. Und von jetzt an sagen Sie das öfter zu mir." Um seine Mundwinkel huschte ein Lächeln. „Haben Sie Angst vor mir, Nelly?"

„Nein." Es klang nicht sehr überzeugend. „Nein", wiederholte sie energisch.

„Sie schwindeln ja." Er lachte amüsiert auf und hauchte einen sanften Kuss auf ihren Mund. Sie stöhnte leicht und schlang die Arme um seinen Hals.

Nelly schien es, als stürze sie einen tiefen Schacht hinunter, in dem bunte Sterne umeinander kreisten. Unwillkürlich erwiderte sie seine Küsse. Percys Hände folgten dem weichen Schwung ihrer Hüften, und während ihre Sinne taumelten, erforschte er die intimeren Stellen ihres Körpers. Nellys Sehnsucht wuchs, und sie schmiegte sich immer enger an ihn. Sie konnte nicht mehr denken, die Welt rings um sie versank.

Doch plötzlich mischte sich Angst in ihre Leidenschaft, und sie befreite sich aus seiner Umarmung. Bestürzt und verwirrt rückte sie von Percy ab. „Ich ... ich muss nachschauen, wie weit das Mittagessen ist." Zitternd umschloss sie die Türklinke.

Percy schob die Hände in die Taschen seines Jacketts und wippte auf den Absätzen. „Natürlich ... lauf jetzt und kümmere dich um deine Pflichten, aber mach dich darauf gefasst, dass ich dich früher oder später besitzen werde, Nelly. Wenn es sein muss, bringe ich eine Zeit lang sehr viel Geduld auf."

Nelly fand die Sprache wieder. „Das ist doch der Gipfel! Ich bin kein Objekt, das du über deinen Makler erwerben kannst."

„Nein, in diesem Fall kümmere ich mich ausschließlich selbst darum." Er lächelte sie aufreizend an. „Ich weiß immer genau, ob mir etwas gehört oder nicht. Anschließend ist es dann nur noch eine Frage der Zeit."

„Aber mich bekommst du nicht!" Außer sich vor Wut trat sie dicht vor ihn. „Ich bin kein Besitz, den du deiner Trophäensammlung einverleiben kannst. Du behauptest, du hättest Geduld. Dann warte ruhig bis zum Jüngsten Tag."

Sein Lächeln schürte nur noch ihren Zorn. Nelly drehte sich um und verließ türenknallend das Büro.

4. KAPITEL

Montags gab es für Nelly immer viel zu tun. Sie war davon überzeugt, dass größere Katastrophen sich nur an einem Montag ereigneten, denn das war der Tag, an dem sie sich am wenigsten in der Lage fühlte, mit Schwierigkeiten fertig zu werden.

Percys Anwesenheit in ihrem Büro war eine zusätzliche Belastung. Seine Absicht, sie eines Tages zu erobern, ärgerte sie noch immer.

Frostig erklärte sie ihm jedes Telefongespräch, das sie führte, jeden Brief, den sie schrieb, jede Rechnung, die sie ablegte. Sie schwor sich, ihm keinen Grund zu der Behauptung zu geben, sie verweigere ihre Mitarbeit. Ich entziehe mich ihm als Frau, dachte sie schadenfroh, aber nicht als Managerin seines Hotels.

Percy verhielt sich korrekt und unpersönlich, was Nelly wiederum auch nicht gefiel. Sie hatte noch keinen Mann kennen gelernt, der sich so in der Gewalt hatte wie er. Seine Ruhe war geradezu aufreizend. Sie liebäugelte mit dem Gedanken, ihm ihre Tasse Kaffee über den Kopf zu gießen, nur um ihm irgendeine Reaktion zu entlocken. Die Vorstellung erheiterte sie.

„Denkst du gerade an einen Witz?" fragte Percy, als Nelly still vergnügt vor sich hin kicherte.

„Was?" Gleich wurde ihr Ton wieder kühl. „Nein, ich habe nur gerade an etwas anderes gedacht. Und jetzt entschuldige mich bitte", fuhr sie fort, „ich muss mich davon überzeugen, dass die Zimmer alle aufgeräumt sind. Wo möchtest du zu Mittag essen? Hier im Büro oder im Speisezimmer?"

„Im Speisezimmer." Percy lehnte sich zurück und klopfte mit dem Kugelschreiber auf die Schreibtischplatte. „Leistest du mir Gesellschaft?"

„Es tut mir schrecklich leid", heuchelte Nelly mit scheinheiliger Miene, „aber vor lauter Arbeit werde ich heute gar nicht zum Mittagessen kommen. Ich empfehle dir das Roastbeef. Meine Köchin bereitet es so zu, dass es auf der Zunge zergeht." Zufrieden mit ihrer Ausrede, verließ sie das Büro.

Einfallsreichtum und Glück halfen Nelly, Percy den ganzen

Nachmittag lang aus dem Weg zu gehen. Das Hotel war beinahe leer, denn die meisten Gäste gingen spazieren und genossen das milde Frühlingswetter.

Nelly huschte durch die stillen Gänge, ohne Percy zu begegnen. Sie fand sich zwar kindisch, genoss aber trotzdem das Versteckspiel. Sie hatte sich vorgenommen, jedes Zusammentreffen mit Percy bis zum Abendessen zu vermeiden.

In der Stunde vor dem Dinner war es ruhig im Haus. Vor sich hin summend, zählte Nelly den Bestand des Wäscheschranks im dritten Stockwerk. Da sie bezweifelte, dass Percy sie bis in diesen entlegenen Winkel verfolgen würde, entspannte sie sich und ließ ihren Gedanken freien Lauf. Sie stellte sich Bootsfahrten auf dem See vor, Spaziergänge im Wald und lange Sommerabende. In ihre schönen Tagträume mischte sich jedoch ein Gefühl der Unzufriedenheit. Sie vermisste irgendetwas, oder besser gesagt, irgendwen.

Mit wem sollte sie auf dem See Boot fahren? Wer würde sie auf ihren Spaziergängen begleiten? Für wen lohnte es sich, die langen Sommerabende wach zu bleiben?

„Ich brauche ihn nicht", murmelte Nelly und legte einen Stapel frisch gebügelter Bettlaken in den Schrank zurück. „Er ist völlig überflüssig." Sie verließ die kleine Kammer und zog die Tür leise hinter sich zu. Als sie sich umdrehte, prallte sie mit Percy zusammen, der offenbar in unmittelbarer Nähe gestanden hatte. Sie schrie auf.

„Bist du immer so nervös?" Tröstend legte er ihr den Arm um die Schultern und sah sie amüsiert an. „Selbstgespräche führst du auch. Vielleicht brauchst du Urlaub."

„Ich … ich …"

„Einen langen Urlaub", ergänzte er und tätschelte väterlich ihre Wange.

Inzwischen hatte Nelly sich wieder gefangen. „Kein Wunder, dass du mich erschreckst, wenn du wie ein Gespenst durch die Gänge schleichst."

„Ich dachte, das wäre hier so üblich", erwiderte er lächelnd. „Du hast es doch selbst den ganzen Nachmittag lang getan."

Erbost, weil er ihre Taktik durchschaut hatte, entgegnete sie: „Ich habe keine Ahnung, wovon du sprichst. Entschuldige mich bitte, ich habe zu tun …"

„Weißt du eigentlich, dass du eine tiefe Falte zwischen den Augenbrauen hast, wenn du wütend bist?"

„Ich bin nicht wütend, sondern nur sehr beschäftigt." So ein elender Kerl, dachte sie, weil sie seinem Lächeln nicht gewachsen war. „Wenn du mir etwas Geschäftliches zu sagen hast, dann tu es bitte gleich. Meine Zeit ist begrenzt", fügte sie hinzu.

„Ich habe eine Nachricht für dich entgegengenommen", erwiderte er, hob die Hand und fuhr mit einem Finger über ihre Stirnfalte. „Eine sehr wichtige Nachricht."

„Ach?" entgegnete sie leichthin und wünschte, er würde sich etwas von ihr entfernen. Sie stand zwischen ihm und der Kammertür und fühlte sich wie eine Gefangene.

„Ich habe sie mir notiert, damit ich sie auch richtig wiedergebe." Er zog ein Blatt Papier aus der Tasche und las: „Der Anruf stammt von einer Miss Peabody. Sie wollte dich davon in Kenntnis setzen, dass Cassandra ihre Babys bekommen hat. Vier Mädchen und zwei Jungen. Sechslinge." Er senkte das Schriftstück und schüttelte den Kopf. „Wirklich erstaunlich."

„Nicht, wenn die Mutter eine Katze ist." Nelly spürte, wie sie rot anlief. Warum musste ausgerechnet er den Anruf entgegennehmen? Warum hatte Cassandra mit ihrem Wurf nicht warten können? „Miss Peabody gehört zu unseren ältesten Stammgästen. Sie kommt zweimal im Jahr hierher."

„Ach so", meinte Percy. Um seine Mundwinkel zuckte es. „Jetzt, wo ich meine Pflicht erfüllt und die Botschaft weitergegeben habe, bist du an der Reihe." Er nahm ihre Hand und führte sie durch den Korridor. „Die gute Landluft macht Appetit. Du weißt doch, was es heute zum Abendessen gibt. Was würdest du uns empfehlen?"

„Ich habe keine Zeit zum Essen", versetzte sie borstig.

„Du musst aber essen", widersprach er. „Stell dir vor, ich wäre dein Gast. Du rühmst dich doch, deinen Gästen im Rahmen des Möglichen jeden Wunsch zu erfüllen. Ich möchte, dass du mir beim Abendessen Gesellschaft leistest."

Nelly fühlte sich durch ihre eigene Aussage in die Enge getrieben. Wenige Minuten später saß sie Percy am Esstisch gegenüber, nachdem sie ihm den ganzen Nachmittag erfolgreich aus dem Weg gegangen war.

Entgegen ihrer Erwartung verlief das Essen recht harmonisch. Gelegentlich ertappte sich Nelly sogar dabei, dass sie sich von Percys Charme regelrecht umnebelt fühlte. Doch jedes Mal, wenn sie merkte, dass ihre Feindseligkeit schwand, besann sie sich wieder und setzte eine verschlossene Miene auf.

Sie tranken ihren Kaffee, als Eddie sich dem Tisch näherte. „Mr. Reynolds?“ Nelly atmete auf, als Eddie weder verlegen um den heißen Brei herumredete noch aufgeregt mit einer Neuigkeit herausplatzte, sondern ruhig und sachlich meldete: „Da ist ein Anruf für Sie, aus New York.“

„Danke, Eddie. Stellen Sie das Gespräch bitte auf den Apparat im Büro. Es dauert bestimmt nicht lange“, sagte er zu Nelly und erhob sich.

„Meinetwegen brauchst du dich nicht zu beeilen.“ Nelly deutete ein Lächeln an. „Ich muss mich ohnehin gleich wieder um meine Arbeit kümmern.“

„Bis gleich dann.“ Ihre Blicke begegneten sich, und unvermittelt bückte Percy sich und küsste Nelly auf die Wange.

Nelly öffnete den Mund, rieb sich die Stirn und wunderte sich, woher das plötzliche Schwindelgefühl kam. Sie zwang sich dazu, ruhig durchzuatmen, trank ihren Kaffee aus und begab sich dann eilig in den Aufenthaltsraum.

Die Montagabende im „Lakeside Inn“ verliefen nach alter Tradition. Im Aufenthaltsraum wurde die Geselligkeit gepflegt. Auf der Schwelle blieb Nelly kurz stehen und blickte sich prüfend um.

In den Kutscherlampen brannten schon die Kerzen. Tische, Stühle und Sessel waren zur Seite gerückt, sodass eine Tanzfläche frei blieb. Nelly war mit der Atmosphäre zufrieden und trat an den Plattenspieler. Das viel benutzte, aber zuverlässige Gerät befand sich in einer Mahagonitruhe. Andächtig streichelte Nelly den polierten Deckel.

Die ersten Gäste trafen ein, während Nelly noch die Schallplatten aussuchte. Die gedämpften Stimmen im Raum waren Nelly so vertraut, dass sie kaum in ihr Bewusstsein drangen. Gläser klirrten, Eiswürfel klapperten, und gelegentlich erklang Gelächter.

Geschickt wie ein geübter Mechaniker setzte Nelly das leicht antiquierte Gerät in Gang und legte die erste Platte auf. Die dicke schwarze Scheibe begann sich zu drehen, Nelly setzte den Tonarm in die Rille, und eine Melodie ertönte, dünn, von kratzenden Geräuschen untermalt, jedoch stimmungsvoller als manches moderne Musikstück. Ehe die Platte zur Hälfte abgespielt war, bewegten sich drei Paare auf der Tanzfläche. Wieder hatte ein Montagabend begonnen.

Während der nächsten halben Stunde spielte Nelly eine alte Melodie nach der anderen. Sie hatte festgestellt, dass den meisten Gästen, unabhängig von ihrem Lebensalter, ein Ausflug in die musikalische Vergangenheit gefiel. Vielleicht, weil diese einfachen Melodien zu der Schlichtheit des Hotels passen, überlegte sie. Doch achselzuckend verzichtete sie darauf, weiter darüber nachzugrübeln, und schaute lächelnd einem älteren Paar zu, das zu einem Foxtrott über die Tanzfläche wirbelte.

„Was, in aller Welt, ist hier los?"

Nelly zuckte bei dieser zischenden Frage zusammen. Sie blickte Percy fest in die Augen. „Aha, wie ich sehe, hast du deinen Anruf beendet. Es war hoffentlich keine schlechte Nachricht?"

„Nichts Besonderes." Er wartete, bis sie die Platten ausgewechselt hatte, dann wiederholte er seine Frage. „Nelly, ich will wissen, was hier los ist."

„Hier wird getanzt", entgegnete sie schnippisch. An dem vernehmlichen Kratzen der Platte merkte sie, dass die Nadel ausgewechselt werden musste. „Nimm irgendwo Platz, Percy, ich sage dann Bescheid, dass man dir was zu trinken bringt. Du liebe Güte, diese Stahlnadeln sind auch nicht mehr das, was sie mal waren." Mit spitzen Fingern zog Nelly einen Ersatz aus dem Kästchen und machte sich an die Arbeit.

„Wenn du damit fertig bist, hättest du dann vielleicht die Güte, dich mir zu widmen?"

Nelly war von der Schwierigkeit ihrer Aufgabe so beansprucht, dass sie den beißenden Unterton überhörte. „Natürlich." Sie setzte den Tonarm mit der neuen Nadel behutsam auf die Platte zurück. „Was möchtest du denn, Percy?" Sie hob den Kopf und blickte zur Bar hinüber.

„Zunächst eine Erklärung."

„Eine Erklärung?" wiederholte sie spöttisch. „Was soll ich dir denn erklären?"

„Nelly." Sie merkte, dass er gereizt war. „Stellst du dich absichtlich so begriffsstutzig an?"

Nelly missfiel sowohl die Frage als auch der Ton. „Wenn du dich etwas deutlicher ausdrücken könntest, wäre ich vielleicht nicht so begriffsstutzig."

„Bis jetzt hatte ich geglaubt, dass dieser Aufenthaltsraum über eine gut funktionierende Stereoanlage verfügt."

„Diesen Glauben will ich dir nicht nehmen." In Nelly regte sich der Widerspruchsgeist. „Aber ich begreife immer noch nicht, worauf du hinauswillst."

„Warum wird die Stereoanlage nicht benutzt? Warum bedienst du diesen vorsintflutlichen Apparat?" Mit dem Kinn deutete er auf den Plattenspieler.

„Die Stereoanlage wird nicht benutzt, weil heute Montag ist." Sie betonte jedes einzelne Wort.

„Ach so." Percy blickte zur Tanzfläche hinüber, wo ein Paar einem anderen zeigte, wie man korrekt Tango tanzte. „Das erklärt natürlich alles."

Seine Ironie brachte Nellys Blut in Wallung. Sie verbiss sich eine Reihe frecher, aber unkluger Bemerkungen und stöberte hektisch in dem Plattenvorrat. „Montagabends spielen wir immer alte Platten. Im Übrigen ist es kein vorsintflutliches Gerät", fügte sie allen guten Vorsätzen zum Trotz hinzu, „sondern eine Antiquität, ein Museumsstück."

„Nelly, warum spielst du montagabends alte Platten?" Er sagte es in einem Ton, als spräche er mit einer geistig behinderten Person.

„Darum." Nelly kniff die Lippen zusammen.

Percy winkte ab, als sie zu einer Erklärung ausholen wollte. „Warte." Rasch durchquerte er das Zimmer und sprach kurz mit einem der Gäste. Nelly schäumte vor Wut, denn sie beobachtete, wie er dabei sein charmantestes Lächeln aufsetzte.

Doch sein Gesicht war todernst, als er wieder zu ihr zurückkam. „Du wirst für eine Weile am Plattenspieler abgelöst. Und jetzt komm mal mit nach draußen."

Ohne viel Umstände nahm er ihren Arm und schob sie zur Tür. Die kühle Nachtluft trug nicht dazu bei, Nellys Pulsschlag zu senken. Percy zog hinter sich die Tür zu und lehnte sich mit dem Rücken gegen die Hauswand. „Jetzt darfst du mir erzählen, was du auf dem Herzen hast."

„Ach, du regst mich so auf, dass ich vor Zorn schreien könnte." Nach dieser Drohung wanderte Nelly die Veranda auf und ab. „Warum musst du solch ein ... ein ..."

„Spielverderber sein?" schlug Percy vor.

„Ja, genau das wollte ich sagen." Nelly war aufgebracht, weil ihr das Wort selbst nicht eingefallen war. „Alles lief wunderbar, bis du kamst, um von deinem hohen Ross auf uns herabzublicken."

Eine Zeit lang schwieg Nelly. Dann fuhr sie fort: „Die Leute da drinnen haben Spaß an der Sache." Mit ausgestrecktem Arm deutete sie auf ein offen stehendes Fenster. Ein langsamer Walzer erklang. „Du hast kein Recht, diese Art von Vergnügen zu kritisieren. Nur weil wir keine Kapelle engagieren oder Schlager aus der Hitparade spielen, heißt das noch lange nicht, dass sich unsere Gäste nicht gut unterhalten. Ich verstehe wirklich nicht, was du daran auszusetzen hast ..." Sie verstummte, als er ihren Arm ergriff.

„Schon gut. Reg dich wieder ab." Percy drehte sie energisch zu sich herum, und das Haar fiel ihr ins Gesicht. Ungeduldig strich sie es sich aus der Stirn. „Ich schlage vor, wir fangen noch mal ganz von vorn an."

„Weißt du was", stieß sie mit zusammengebissenen Zähnen hervor, „mit deiner Ruhe machst du mich noch wahnsinnig."

„Du bist zu temperamentvoll", entgegnete er, „und neigst dazu, in deiner Erregung weit übers Ziel hinauszuschießen." Ihr fiel auf, dass seine Stimme gefährlich leise klang. „Wenn du mir gegenüber nicht so viele Vorurteile hättest, bräuchtest du dich nicht durch jedes Wort von mir beleidigt zu fühlen."

Wütend funkelte sie ihn an. Er fuhr fort: „Falls du dich erinnerst, begann dieses denkwürdige Gespräch mit einer ganz einfachen Frage von mir."

„Und ich gab dir eine ganz einfache Antwort." Sie stockte. „Wenigstens glaube ich das." Verzweifelt warf sie die Arme hoch. „Du kannst nicht von mir verlangen, dass ich mich noch genau an das erinnere, was du sagtest und was ich darauf erwiderte. Du brauchst ja mindestens zehn Minuten, um überhaupt zum Thema zu kommen." Sie atmete tief durch, als sie merkte, dass ihr Temperament schon wieder mit ihr durchging. „Na schön, fangen wir noch mal von vorn an. Wie lautete doch gleich deine ganz einfache Frage?“

„Nelly, du schaffst es, einen Heiligen zur Weißglut zu bringen. Bei dir braucht man wirklich eine Engelsgeduld.“ Er stöhnte leise. „Ich möchte wissen, warum ich mitten in einen Nostalgie-Abend platzte, als ich vorhin den Aufenthaltsraum betrat.“

„Jeden Montagabend“, sagte sie forsch und nüchtern, „bieten wir unseren Gästen diese Form der Unterhaltung. Der Plattenspieler steht seit über fünfzig Jahren im Hotel und wird seither immer montags benutzt. Die Gäste, die schon einmal hier waren, freuen sich darauf. Natürlich“, fuhr sie leicht zerstreut fort, denn sie merkte, wie Percy sie näher an sich heranzog, „benutzen wir an anderen Abenden auch die Stereoanlage. Und in der Saison engagieren wir samstags und sonntags eine Tanzkapelle. Aber montags wird nach alten Melodien getanzt, und diese Tradition ist so alt wie dieses Haus.“

Die weichen, dunklen Klänge eines Blues wehten durch das offene Fenster. Nelly wiegte sich in diesem Rhythmus, und Percy begann langsam mit ihr zu tanzen.

„Den Gästen macht es Spaß. Und ich habe festgestellt, dass das Alter dabei überhaupt keine Rolle spielt. Ob junge oder alte Leute, alle lassen sich für einen Abend gern mal in die Vergangenheit zurückversetzen.“

Ihre Stimme klang längst nicht mehr so forsch. Während sie sich zu der sanften Melodie des Blues bewegten, spürte sie, wie die Gedanken ihr entglitten.

„Das war eine vernünftige Antwort.“ Percy zog sie näher an sich, und sie legte den Kopf in den Nacken, um ihm weiterhin in die Augen schauen zu können. „Ich fange an, mich selbst für diese Idee zu erwärmen.“ Ihre Gesichter waren sich jetzt so nahe, dass sein Atem ihre Lippen streifte.

„Ist dir kalt?“ fragte Percy, als er spürte, wie sie zitterte. Obwohl sie den Kopf schüttelte, zog er sie noch enger in seine Arme, um sie mit seinem Körper zu wärmen. Ihre Wangen schmiegten sich aneinander, bis sie zu einer einzigen Kontur verschmolzen.

„Ich muss jetzt wieder hineingehen“, sagte Nelly leise, tat aber nichts dergleichen. Sie schloss die Augen und ließ sich von Percy und der Musik führen.

„Hm!" Sein Mund lag dicht an ihrem Ohr.

Die leisen Geräusche der Nacht mischten sich in die Melodie, die aus dem Fenster erklang. Blätter raschelten im Wind, ein Käuzchen schrie, Nachtfalter flatterten geräuschvoll gegen die erleuchtete Fensterscheibe.

Die Nachtluft streichelte Nellys erhitzte Wangen. Es duftete leicht nach Hyazinthen. Mondlicht sickerte durch das Geäst der hohen Ahornbäume und malte ein kompliziertes Muster auf den Boden.

Nelly lauschte, wie Percys Herz schlug. Sein Mund glitt ihre Schläfe entlang und über ihr Haar, seine Hände streichelten ihren Rücken.

Ihr eigener Wille schmolz, während ihre Sinne gleichzeitig immer empfindlicher reagierten. Trotz der Musik hörte sie Percy atmen, spürte durch die Kleidung seine Haut, genoss den herben Duft seines Rasierwassers. Was um sie herum geschah, nahm sie nicht mehr wahr. Nur noch sie und Percy existierten. Sehnsüchtige Gefühle stürmten auf sie ein, denen sie keinen Namen zu geben vermochte. Sie verlangte grenzenlos nach ihm.

„Nein, bitte." Sie löste sich aus seiner Umarmung. „Ich will das nicht." Sie stützte sich am Geländer der Veranda ab und sah ihn an.

Percy kam auf sie zu und streichelte sanft ihren Hals. „Doch, du willst." Sein Mund senkte sich auf ihre Lippen. Nelly glaubte den Boden unter den Füßen zu verlieren.

Ihre Gefühle überwältigten sie, bis sie meinte, nicht mehr atmen zu können. Percy zog sie noch näher an sich heran. Instinktiv wusste Nelly, dass sie sich sofort von ihm lösen musste, denn sonst brächte sie nie mehr die Kraft dazu auf.

„Nein!" Sie wehrte sich mit beiden Händen gegen ihn und befreite sich aus der Umarmung. „Ich will nicht", keuchte sie, drehte sich um und hastete die Verandatreppe hinunter. „Woher weißt du, was ich möchte und was nicht?" schleuderte sie ihm noch zu, ehe sie im Laufschritt um die Ecke des Gebäudes bog.

Bevor Nelly ins Haus zurückging, blieb sie stehen, um Atem zu schöpfen und darauf zu warten, dass ihr wild pochendes Herz sich wieder beruhigte. So aufregend war im „Lakeside Inn" noch nie ein

Montagabend für sie verlaufen, gestand sie sich mit einem Anflug von Humor ein. Unbewusst summte sie die Bluesmelodie vor sich hin, doch als sie sich dabei ertappte, gab sie sich innerlich einen Stoß und betrat zielstrebig das Hotel. Sie steuerte auf die Küche zu, um Liz daran zu erinnern, am nächsten Morgen die Blumenvasen auf die Frühstückstische zu stellen.

5. KAPITEL

An manchen Tagen ging eben alles schief. Ein klarer blauer Morgen brach an, doch die heitere Stimmung trog. Nelly trug ein schlichtes grünes Hemdblusenkleid und flache Schuhe, als sie die Treppen hinunterlief und sich predigte, heute nur „dienstlich" zu sein.

Sie nahm sich vor, ganz die Hotelmanagerin hervorzukehren, die dienstlich mit dem Besitzer des Hotels zu tun hatte. Es gab weder Mondschein noch Musik, die sie dazu verleiten konnten, ihre guten Vorsätze zu vergessen. Sie wollte Percy höflich, aber kühl einen guten Morgen wünschen und sich dann unter irgendeinem Vorwand in die Küche zurückziehen. Als sie jedoch den Speisesaal betrat, saß Percy bereits vor einem Berg Rührei und unterhielt sich angeregt mit Mr. Leander.

Er winkte Nelly zerstreut zu, ohne das Gespräch mit seinem Tischnachbarn zu unterbrechen.

Sie ärgerte sich, weil jetzt aus ihrem Vorsatz, Percy bewusst die kalte Schulter zu zeigen, nichts mehr wurde. Sie blickte Percy finster an, ehe sie in die Küche ging. Zehn Minuten später scheuchte Elsie sie wieder hinaus, weil sie ihr im Weg stand. Nelly blieb nichts anderes übrig, als in ihrem Büro ohne Publikum vor sich hin zu brüten.

Eine halbe Stunde lang beschäftigte sie sich mit ihren Akten, während sie mit einem Ohr ständig lauschte, ob Percy sie aufsuchen würde. Die angespannte Haltung machte ihrem Nacken und ihren Schultern zu schaffen. Je stärker die Schmerzen wurden, desto wütender war sie auf Percy. Sie gab ihm die Schuld für ihre schlechte Laune, obwohl sie nicht sagen konnte, was er ihr zu Leide getan hatte. Allein die Tatsache, dass er existiert und dass er hier ist, stört mich, dachte sie. Dann brach die Spitze ihres Bleistifts ab.

„Nelly!" Sie stand wütend vor dem Papierkorb und spitzte den Bleistift, als Eddie ins Büro platzte. „Es ist was passiert."

„Das merke ich", antwortete sie trocken.

„Die Spülmaschine ist kaputt." Eddie war betroffen, als handle es sich um einen Todesfall. „Mitten in einem Spülprogramm blieb sie auf einmal stehen."

Nelly atmete nervös. „Ist gut, Eddie, ich rufe Max an. Wenn wir

Glück haben, läuft sie vor dem Mittagessen wieder wie geschmiert."

Doch das Glück ließ sie im Stich.

Eine Stunde später sah Nelly zu, wie Max, der für die Reparatur zuständig war, die defekte Spülmaschine inspizierte. Sein ständiges Murmeln und Seufzen ging ihr auf die Nerven. Die Zeit flog dahin, und Nelly hatte den Eindruck, dass Max unglaublich langsam arbeitete. Ungeduldig beugte sie sich über seine Schulter und musterte das Gewirr von Schläuchen und Drähten.

„Könnte der Fehler nicht da …"

„Nelly." Max seufzte und entfernte die nächste Schraube. „Stör mich nicht und lass mich meine Arbeit tun. Davon verstehst du nichts."

Nelly entfernte sich ein wenig und streckte die Zunge heraus. Im nächsten Moment errötete sie bis in die Haarwurzeln, weil Percy an der Tür stand.

„Gibt es ein Problem?" erkundigte er sich. Es klang nüchtern, doch sie merkte ihm an, dass er sich über sie amüsierte. Sein versteckter Spott reizte sie noch mehr.

„Ich werde schon damit fertig", schnauzte sie Percy an. „Du brauchst dich nicht darum zu kümmern. Ich nehme an, dass du genügend mit anderen Dingen beschäftigt bist."

„Für dich habe ich immer Zeit, Nelly." Percy näherte sich ihr, und ehe sie seine Absicht erkannte, nahm er ihre Hand und zog sie galant an seine Lippen. Max räusperte sich vernehmlich.

„Was soll der Unsinn?" Sie zog ihre Hand zurück und wischte sie am Rock ab. „Es ist nicht nötig, dass du dich hiermit abgibst." Mit dem Kinn deutete sie auf die Spülmaschine. „Max hat das Ding noch vor dem Mittagessen repariert."

„Nein, das schaffe ich nicht." Max hockte sich auf die Fersen und schüttelte den Kopf. Er hielt ein kleines Zahnrad in der Hand.

„Was heißt das, du schaffst es nicht?" fragte Nelly aufgebracht. „Du musst es schaffen. Wir brauchen die Spülmaschine. Was meinst du, was hier mittags los ist?"

„Was du brauchst, ist so etwas hier." Max hielt ihr das Zahnrad hin.

„Na und." Nelly nahm ihm das Stück aus der Hand und betrachtete es stirnrunzelnd. „Dann tausch dieses Ding eben aus. Ich verstehe nicht, dass wegen so eines winzigen Rädchens die Maschine versagt."

„Wenn dem Rädchen ein Zahn fehlt, dann kann es manchmal großen Ärger geben", erklärte Max geduldig. „Das ist nämlich so, Nelly, in meinem Lager habe ich kein solches Zahnrad. Du musst es in Burlington besorgen."

„Burlington?" Nelly erkannte die verzweifelte Situation und durfte in der Wahl ihrer Mittel nicht zimperlich sein. Mit einem flehenden Blick, der einen Stein zum Erweichen gebracht hätte, sah sie Max an. „Ach, Max, was soll ich denn jetzt tun?"

Max war zwar schon weit über fünfzig, aber dennoch längst nicht immun gegen einen bittenden Blick aus großen grauen Augen. Er trat von einem Fuß auf den anderen, seufzte ein paarmal und nahm Nelly dann das Rad aus der Hand. „Na schön, ich fahre für dich nach Burlington. Vor dem Abendessen läuft die Maschine wieder, aber früher bestimmt nicht. Hexen kann ich auch nicht."

„Danke, Max, du bist ein Schatz." Nelly stellte sich auf die Zehenspitzen und drückte ihm einen Kuss auf die Wange. „Ohne dich wäre ich verloren."

Max packte sein Werkzeug zusammen und machte sich davon.

„Komm heute Abend mit deiner Frau zum Essen. Es geht auf Kosten des Hauses." Mit einem selbstzufriedenen Lächeln sah Nelly Max hinterher. Dann fiel ihr plötzlich Percy wieder ein. Sie räusperte sich und wandte sich ihm zu.

„Für deine Augen brauchst du einen Waffenschein", meinte er. „Jeder Mann ist dir ja hilflos ausgeliefert."

„Ich weiß gar nicht, wovon du sprichst." Gespielt gleichgültig rümpfte sie die Nase.

„Tu nicht so scheinheilig." Percy lachte und nahm ihr Kinn zwischen Daumen und Zeigefinger. „Ich habe noch nie einen derart berechnenden Blick gesehen. Armer Max."

„Vielleicht brauchst du eine Brille", erwiderte sie schnippisch. Ihr Herz klopfte wieder einmal viel zu schnell. „Ich habe lediglich im Interesse des Hauses gehandelt. Schließlich ist es meine Pflicht, mich für den Betrieb einzusetzen."

„Sehr richtig", stimmte er zu. Dann beugte er sich über die defekte Spülmaschine. „Hast du schon einen Plan, wie du den Abwasch bewältigst, bis dieses Ding hier wieder funktioniert?" fragte er dann.

„Natürlich." Sie blickte auf die beiden Spülbecken aus blitzendem Edelstahl. „Kremple dir schon mal die Ärmel auf."

Nelly wunderte sich überhaupt nicht darüber, dass sie wenige Minuten später Seite an Seite mit Percy vor der Spüle stand und Geschirr abwusch. Die gemeinsame banale Tätigkeit schien sie miteinander zu verbinden, denn sie vertrugen sich hervorragend. Sie unterhielten sich und scherzten miteinander, als hätte niemals eine Spannung zwischen ihnen bestanden. Als Elsie in die Küche kam, um mit den Vorbereitungen für das Mittagessen zu beginnen, nahmen sie kaum Notiz von ihr.

„Ich habe kein einziges Teil zerbrochen", erklärte Percy stolz, während Nelly den letzten Teller in den Schrank stellte.

„Aber nur, weil ich zweimal im letzten Moment zugegriffen habe, als ich merkte, dass dir was aus der Hand rutschte."

„Das ist eine ganz infame Unterstellung." Percy legte den Arm um ihre Schultern und führte sie aus der Küche. „Mach dich bloß nicht unbeliebt bei mir. Stell dir vor, Max schafft es nicht, bis zum Abendessen die Spülmaschine zu reparieren. Was tust du dann?"

„Daran wage ich gar nicht zu denken. Trotzdem habe ich mir über diese Möglichkeit Gedanken gemacht." In ihrem Büro ließ sich Nelly auf den erstbesten Stuhl fallen. „Ich kenne ein paar junge Leute hier im Ort, die ich im Nu mobil machen könnte. Aber Max lässt mich schon nicht im Stich."

„Dein Vertrauen möchte ich haben." Percy setzte sich an den Schreibtisch.

„Du kennst Max eben nicht. Wenn er sagt, dass die Maschine vor dem Abendessen wieder läuft, dann funktioniert sie auch zu diesem Zeitpunkt. Im Zweifelsfall hätte er geäußert: ‚Ich werd's versuchen', oder: ‚Mal sehen, ob es geht', oder so ähnlich. Aber wenn Max etwas verspricht, dann hält er es auch. Das ist eben der Vorteil, wenn man jeden, mit dem man zu tun hat, persönlich kennt."

Percy nickte zustimmend. Gleich darauf klingelte das Telefon. Nelly sprang auf und hob ab.

„Hotel Lakeside Inn. Ach, du bist es, Marilyn. Hallo. Nein, ich war den ganzen Vormittag über beschäftigt." Sie hockte sich auf die Schreibtischkante und stöberte in einem Papierstapel herum. „Ja, deine Liste habe ich hier. Nein, tut mir leid, ich bin gerade erst ins Büro gekommen. Ich würde sagen, du wartest ab, bis du ganz genau weißt, wer alles kommt. Dann können wir mit dem Essen und den Getränken besser planen. Wir haben ja noch genug Zeit. Du heiratest doch erst in vier Wochen. Verlass dich ganz auf mich, ich habe schon mehr Hochzeitsfeiern ausgerichtet. Ja, ich kann verstehen, dass du besorgt bist. Nimm's nicht so tragisch. Von einer Braut erwartet man, dass sie nervös ist. Ruf mich an, wenn du weißt, wie viele Leute kommen. Du kannst jederzeit anrufen, Marilyn. Nein, du störst mich überhaupt nicht. Auf Wiedersehen."

Nelly hängte ein und streckte ihren verspannten Rücken, ehe sie bemerkte, dass Percy sie erwartungsvoll ansah. „Das war Marilyn", erklärte sie. „Sie wollte sich bei mir bedanken."

„Ja, den Eindruck hatte ich auch."

„Nächsten Monat heiratet sie." Nelly rieb sich mit der Hand den verkrampften Nacken. „Hoffentlich bekommt sie nicht vorher einen Nervenzusammenbruch. Junge Leute sollten von zu Hause durchbrennen und irgendwo heimlich heiraten, dann würden sie sich und anderen das ganze Theater ersparen."

„Ich bin davon überzeugt, dass viele Brautväter das Gleiche sagen, wenn sie erst die Kosten solch einer Hochzeit beglichen haben." Percy stand auf, ging um den Schreibtisch herum und stellte sich vor sie hin. „Lass mich mal." Mit leichten Bewegungen massierte er ihr den Nacken und die Schultern. Nellys Protestschrei verwandelte sich in ein hörbares Aufatmen. „Wird's schon besser?" lächelte Percy.

„Mm. Ich spüre bereits, wie die Verspannung nachlässt." Sie streckte sich unter seinen Händen wie ein zufriedenes Kätzchen. „Seit der Hochzeitstermin feststeht, ruft Marilyn mich mindestens dreimal in der Woche an, um irgendetwas wegen der Feier mit mir zu besprechen. Komisch, dass die Leute sich wegen einer Hochzeit so aufregen können."

„Tja, nicht jeder ist so sachlich und nüchtern wie du." Percys Finger berührten ihren Haaransatz. „Im Übrigen solltest du deine Idee mit dem Durchbrennen nicht so laut verkünden. Ich könnte mir vorstellen, dass Hochzeitsfeiern im Hotel einen guten Profit abwerfen."

„Profit?" Nelly riss die Augen auf und versuchte sich zu konzentrieren. Es fiel ihr schwer, denn seine massierenden Hände benebelten ihren Verstand. „Profit?“ wiederholte sie. Ein paarmal schluckte sie krampfhaft. „Ach so ... ja, ja.“ Sie glitt vom Schreibtisch herunter, um sich seinen Händen zu entziehen. „Ja, im Allgemeinen schon ... das heißt ... manchmal.“ Sie lief im Zimmer auf und ab. Bei der gemeinsamen Tätigkeit in der Küche hätte sie beinahe vergessen, wer er war. „Das kommt natürlich ganz drauf an, weißt du, wer die Leute sind und so ...“

„Vielleicht könntest du das alles einmal in eine allgemein verständliche Sprache übersetzen“, schlug Percy vor.

Mit einem flauen Gefühl in der Magengrube beobachtete Nelly, wie er sich erneut hinter den Schreibtisch setzte. Jetzt geht's wieder los, dachte sie, sah ihn jedoch gefasst an.

„Das ist nämlich so: Gelegentlich richten wir Hochzeitsfeiern oder andere Gesellschaften kostenlos aus. Natürlich“, beeilte sie sich hinzuzufügen, als er sie erwartungsvoll musterte, „berechnen wir das Essen und die Getränke, aber nicht die Benutzung des Gesellschaftszimmers ...“

„Warum nicht?“

Einige Sekunden lang war es absolut still im Zimmer.

„Warum nicht?“ wiederholte Nelly schließlich und blickte an die Zimmerdecke. „Tja, das hängt natürlich von gewissen Umständen ab und ist auch eher die Ausnahme als die Regel.“ Weshalb lerne ich nicht, den Mund zu halten? fragte sie sich. „In diesem Fall tun wir es, weil Marilyn die Cousine von Liz ist. Du kennst Liz, sie ist eine unserer Kellnerinnen“, erklärte sie, als Percy beharrlich schwieg. „In der Hochsaison hilft Marilyn gelegentlich auch bei uns aus. Wir beschlossen, wie es bei uns hin und wieder üblich ist, Marilyn als Hochzeitsgeschenk eine Feier auszurichten.“

„Wir?“

„Das Personal“, erläuterte Nelly. „Marilyn bezahlt das Essen, die Kapelle, die Blumen, und wir stellen ihr das Gesellschaftszimmer, unsere Zeit und unsere Arbeitskraft zur Verfügung.“ Kaum hörbar fügte sie hinzu: „Die Hochzeitstorte bekommt sie auch von uns.“

„Ach so.“ Percy lehnte sich zurück und verschränkte die Finger ineinander. „Das Personal stiftet also seine Zeit, seine Arbeitskraft und das Hotel.“

„Nur das Gesellschaftszimmer.“ Unerschrocken hielt Nelly seinem vorwurfsvollen Blick stand. „Das kommt im Jahr doch höchstens ein paarmal vor. Ich kann das auch vom kaufmännischen Standpunkt her vertreten, denn es ist eine gute Reklame für unser Haus. Vielleicht könnte man den Aufwand sogar von der Steuer absetzen. Frag mal deinen Steuerberater." Gereizt wanderte sie unruhig auf und ab. Percy blieb regungslos hinter dem Schreibtisch sitzen. „Ich verstehe gar nicht, was du daran auszusetzen hast. Das Personal opfert für diese Gesellschaften seine Freizeit. Seit Jahren ist das bei uns so Sitte. Es ist einfach ..."

„Geschäftspolitik", ergänzte Percy. „Vielleicht solltest du mir eine Liste mit euren etwas exzentrischen Richtlinien zusammenstellen. Aber ich muss dich daran erinnern, Nelly, dass sie nicht unumstößlich sind."

„Du hast doch nicht etwa vor, Marilyn um ihre Hochzeitsfeier zu bringen?" Nelly war entschlossen, sich für Marilyn einzusetzen wie eine Glucke für ihr Küken.

„Da ich die Verantwortung für Marilyns Nervenzusammenbruch nicht auf mein Gewissen laden möchte, bin ich einverstanden. Allerdings", setzte er hinzu, ehe sich das zufriedene Lächeln auf Nellys Gesicht ausbreiten konnte, „glaube ich, dass wir zwei uns einmal ausführlich über Sinn und Unsinn von Reklame unterhalten sollten."

„Jawohl, Sir", antwortete sie frostig. Eine weitere Antwort erübrigte sich, weil das Telefon läutete.

Percy bedeutete Nelly, den Hörer abzuheben. „Ich werde uns inzwischen Kaffee holen."

Sie nahm das Gespräch entgegen, und er verließ das Büro.

In dem Augenblick, als Nelly den Hörer erzürnt wieder auf die Gabel warf, kam Percy zurück. „Der Blumenhändler kann mir meine sechs Dutzend Narzissen nicht liefern", herrschte sie ihn an.

„Das tut mir aber leid." Percy stellte die Kaffeetassen auf den Schreibtisch.

„Das sollte dir auch leid tun. Dies hier ist dein Hotel, und es wären deine Narzissen gewesen."

„Aber das war doch gar nicht nötig, Nelly. Es ist sehr lieb von dir, dass du mir Blumen schenken willst, doch gleich sechs Dutzend Narzissen finde ich ein bisschen übertrieben."

„Sehr witzig", zischte sie und hob ihre Tasse hoch. „Dir wird das

Lachen noch vergehen, wenn keine Blumen mehr auf den Tischen stehen. Wie sieht das denn aus!"

„Warum hast du keine anderen Blumen bestellt? Es gibt doch sicher noch mehr Gewächse als Narzissen."

„Für wie dumm hältst du mich eigentlich?" wollte Nelly wissen. „In so großer Anzahl hat der Händler überhaupt keine Blumen vorrätig, frühestens erst wieder nächste Woche. Mit dem Treibhaus scheint irgendetwas nicht in Ordnung zu sein. Es ist wie verhext." Sie nahm wütend einen großen Schluck Kaffee.

„Du liebe Zeit, Nelly, in Burlington gibt es bestimmt ein halbes Dutzend Blumengeschäfte. Lass dich doch von dort aus beliefern." Achselzuckend tat Percy das Problem ab.

Nelly warf ihm einen Blick zu, als zweifle sie an seinem Verstand. „Ich soll die Blumen in Burlington bestellen? Hast du eine Ahnung, was die Narzissen dann kosten würden?" Sie erhob sich von ihrem Platz und nahm die Wanderung durch das Zimmer wieder auf, während sie ihm ihren Standpunkt auseinander setzte. „Mit künstlichen Blumen kann ich mich einfach nicht anfreunden. Dann lieber gar keine Blumen auf den Tischen. Bleibt also nur noch Betty Jackson. Doch das geht mir gegen den Strich, denn es ist schon schlimm genug, sie um ihr Gelee anbetteln zu müssen. Jetzt muss ich sie auch noch um Blumen anflehen. Aber etwas anderes bleibt mir gar nicht übrig. Sie hat den größten Blumengarten im ganzen Ort." Nelly ließ sich auf den Drehstuhl fallen.

„Bist du fertig?"

„Nein." Nelly zog sich das Telefon heran. „Erst muss ich Betty die Blumen abschwatzen." Sie biss die Zähne zusammen. „Drück mir die Daumen."

Geduldig lehnte Percy sich zurück und schlug die Beine übereinander. „Ich drück ja schon", sagte er kameradschaftlich und hob demonstrativ beide Fäuste.

Nachdem Nelly das Gespräch beendet hatte, schüttelte Percy ehrlich bewundernd den Kopf. „Bravo", rief er und prostete ihr mit seiner Kaffeetasse zu. „So viel plumpe Schmeicheleien auf einmal habe ich noch nie gehört."

„Mit Feinfühligkeit richtet man bei Betty Jackson nichts aus." Selbstgefällig nahm Nelly das Lob entgegen, dann stand sie auf. „Ich gehe jetzt sofort die Blumen pflücken, ehe sie ihre Meinung ändert."

„Ich fahre dich hin", erbot sich Percy. Er nahm ihren Arm und ging mit ihr zur Tür.

„Danke, aber es ist wirklich nicht nötig. Du brauchst dir keine Umstände zu machen." Die körperliche Berührung erinnerte sie daran, dass es ihr in seiner Nähe immer schwer fiel, einen klaren Kopf zu behalten.

„Es macht mir nichts aus", entgegnete er und begleitete sie hinaus. „Ich muss unbedingt die Dame kennen lernen, die, wie du sagtest, mit der Hand eines Engels Blumen zum Erblühen bringt."

„Habe ich mich wirklich so ausgedrückt?" Nelly lächelte amüsiert.

„Das war noch eines deiner harmlosesten Komplimente."

„Verzweifelte Situationen erfordern verzweifelte Maßnahmen", erklärte Nelly und setzte sich in Percys Mercedes. „Im Übrigen hat Miss Jackson tatsächlich den grünen Daumen, wie man so schön sagt. Ihr Garten ist ein wahres Musterexemplar. Voriges Jahr gewann sie mit ihrem Rosenbusch einen Preis. Hier musst du links abbiegen", rief sie, als sie eine Straßenkreuzung erreichten. „Ich finde, anstatt dich über mich lustig zu machen, solltest du mir lieber dankbar sein. Wenn es nach dir ginge, würde das Hotel allein für Lieferantenkosten ein Vermögen ausgeben."

„Meine liebe Miss Clark", entgegnete Percy gedehnt, „ich kann beim besten Willen nicht abstreiten, dass Sie eine erstklassige Managerin sind. Eine Gehaltserhöhung wäre durchaus vertretbar."

„Wenn ich eine Gehaltserhöhung will, dann frage ich danach", fuhr Nelly ihn an. Darauf blickte sie starr geradeaus auf die Straße. Sein Tonfall und die Art, wie er sie angeredet hatte, passten ihr nicht.

Aber schließlich standen sie in einem Dienstverhältnis zueinander. Nelly schloss die Augen und kaute an ihrer Unterlippe. Bis jetzt war der Tag so harmonisch verlaufen. Umso mehr störte sie seine Bemerkung.

Sie konnte ihren Gedanken nicht weiter nachhängen, denn sie erreichten Miss Jacksons Haus. Percy nahm Nellys Arm, und zusammen gingen sie durch das Gartentor.

Nelly vermutete, dass der metallblaue Mercedes und Percys Hemd aus reiner Seide genügten, um Miss Jackson für die nächsten sechs Monate mit Stoff für Klatsch zu versorgen. Nellys Finger lag noch auf der Klingel, als die Tür auch schon geöffnet wurde.

„Guten Tag, Miss Jackson", begann Nelly und wollte sich gleich überschwänglich bedanken. Sie unterbrach sich jedoch, als sie bemerkte, dass Betty über ihren Kopf hinwegblickte. „Miss Jackson, das ist Mr. Reynolds, der Besitzer des Hotels Lakeside. Percy, das ist Miss Jackson." Während Nelly redete, riss Betty sich die Schürze von der Taille und die Metallklipse aus dem Haar.

„Miss Jackson, es freut mich, Sie kennen zu lernen." Percy ergriff Bettys linke Hand, da sie mit der rechten Schürze und Klipse hinter dem Rücken versteckte. „Ich habe schon so viel Gutes über Sie gehört, dass es mir vorkommt, als seien wir alte Bekannte."

Betty errötete wie ein Teenager und war vermutlich zum ersten Mal in ihrem sechzigjährigen Leben sprachlos.

„Wir wollten die Blumen abholen", warf Nelly ein und wunderte sich über Bettys offenkundige Verwirrung.

„Blumen? Ach ja, natürlich. Treten Sie doch bitte ein." Aufgeregt hetzte sie ihre Gäste durch den Flur und ins Wohnzimmer.

„Entzückend", rief Percy und betrachtete ausgiebig die bestickten Kissen und Häkeldeckchen. Er bedachte Betty mit einem charmanten Lächeln. „Ich kann Ihnen gar nicht sagen, Miss Jackson, wie dankbar wir Ihnen sind, dass Sie uns aus dieser Verlegenheit helfen."

„Ach, das ist doch nicht der Rede wert", zwitscherte Betty. „Nehmen Sie bitte Platz. Ich brühe uns inzwischen ein schönes Tässchen Tee auf. Komm mit, Nelly." Sie flatterte aus dem Zimmer, und Nelly blieb gar nichts anderes übrig, als ihr zu folgen.

In der Küche setzte Betty in Windeseile Wasser auf und holte die Teebüchse aus dem Schrank. „Warum hast du mir nicht gesagt, dass du ihn mitbringst?" tuschelte sie Nelly zu, während sie die Kanne auf Hochglanz polierte.

„Ich hatte ja keine Ahnung …"

„Ach du meine Güte, in diesem Fall hätte ich mir wenigstens das Haar kämmen und ein bisschen Puder auflegen müssen." Im Küchenschrank stöberte Betty nach ihrem besten Teeservice und wischte die Tassen mit einem Geschirrtuch aus.

Nelly verbiss sich ein Lächeln. „Tut mir leid, Miss Jackson, aber ich wusste selbst nicht, dass Mr. Reynolds mitkommen wollte."

„Macht ja nichts." Nervös winkte Betty ab. „Jetzt ist er jedenfalls hier. Ich brenne darauf, mich mit ihm zu unterhalten. Lauf schnell in den Garten und schneid schon mal die Blumen." Sie drückte ihr eine Gartenschere in die Hand. „Nimm dir, soviel du willst." Sie scheuchte Nelly buchstäblich aus der Küche. „Du brauchst dich nicht zu beeilen."

Ungefähr zwanzig Minuten später betrat Nelly wieder die Küche und hörte Betty ausgelassen kichern. Vorsichtig legte sie den riesigen Strauß aus Narzissen und frühen Tulpen auf dem Tisch ab und ging ins Wohnzimmer.

Percy und Betty saßen einträchtig nebeneinander auf dem Sofa und tranken Tee.

„Ach, Percy", säuselte Betty kokett, „Sie erzählen mir ja Geschichten. Ich weiß gar nicht, ob ich Ihnen glauben soll."

Verdutzt verfolgte Nelly das Geschehen. Sie war davon überzeugt, dass Betty Jackson seit dreißig Jahren nicht mehr so heftig geflirtet hatte. Und kopfschüttelnd bemerkte sie, dass Percy ebenso hemmungslos auf Bettys Annäherungsversuche einging.

Nelly räusperte sich und trat an den Tisch. „Miss Jackson, Ihr Garten ist wirklich ein Gedicht."

„Danke, Nelly, aber er macht mir auch viel Arbeit. Hast du alles gefunden, was du wolltest?"

„Ja, und noch einmal vielen Dank. Ich weiß gar nicht, was ich ohne Sie getan hätte."

„Na schön." Seufzend erhob Betty sich vom Sofa. „Ich hole dir einen großen Karton für die Blumen."

Anschließend rang sie Percy das Versprechen ab, sie bald wieder zu besuchen. Eine Viertelstunde später saß Nelly neben ihm im Mercedes. Auf dem Rücksitz standen zwei Kartons. In dem einen befanden sich die Blumen, im anderen ein halbes Dutzend Gläser mit Gelee, die Betty Percy geschenkt hatte.

„Weißt du was", begann Nelly mit gespielter Strenge, „du solltest dich schämen."

„Ich?" Percy sah sie scheinheilig an. „Weswegen?"

„Das weißt du sehr genau. Noch zehn Minuten länger, und Betty wäre vor Entzücken ohnmächtig in deine Arme gesunken."

„Ich kann doch nichts dafür, dass ich so unwiderstehlich bin."

„Angeber. Du hast dieser Frau völlig den Kopf verdreht. Ein Wort von dir, und sie hätte ihren preisgekrönten Rosenbusch aus dem Boden gerissen und ihn vor unserer Eingangstür wieder eingepflanzt."

„Unsinn", protestierte Percy. „Wir haben uns nur ganz reizend unterhalten."

„Wie hat denn der Tee geschmeckt?" fragte Nelly spitz.

„Sehr gut. Du hast ihn gar nicht probiert, oder?"

„Nein." Nelly rümpfte die Nase und verschränkte die Arme über der Brust. „Sie hat mir ja keinen angeboten."

„Aha, jetzt geht mir ein Licht auf." Seufzend stellte Percy den Motor ab, denn sie waren beim Hotel angekommen. „Du bist eifersüchtig."

„Eifersüchtig?" Nelly lachte gekünstelt und strich ein paar Staubkörnchen vom Rock. „Sei nicht albern."

„Oh ja, ich weiß Bescheid", behauptete er genießerisch. „Du bist ein dummes Mädchen." Er drehte sich zu ihr um und senkte, immer noch lächelnd, seinen Mund auf ihre Lippen. Nelly sträubte sich nur halbherzig dagegen. Doch als seine Küsse immer leidenschaftlicher wurden, bekam sie Angst und wehrte sich gegen ihn.

„Percy, lass mich los." Sie atmete hastig und rang nach Fassung: „Percy, ich finde, es wird Zeit, dass wir eine Grenze ziehen."

„Zwischen Mann und Frau gibt es keine Grenzen, und wenn es welche gäbe, würde ich mich nicht daran halten." Es klang so arrogant, dass es Nelly einen Moment lang die Sprache verschlug. „Ich lasse dir jetzt deinen Willen, weil es etwas kompliziert ist, dich bei hellem Tageslicht auf dem Vordersitz meines Wagens zu lieben. Aber irgendwann werden die Umstände bestimmt günstiger sein."

Nelly kniff die Augen zusammen und fand die Sprache wieder. „Glaubst du etwa im Ernst, dass du dich mir aufdrängen kannst?"

„Wenn es so weit ist, Nelly, dann werde ich dich nicht mehr zu drängen brauchen."

„Worauf du lange warten kannst", fauchte sie und stieg aus. „Wir zwei werden uns nie einig werden." Deftig schlug sie die Tür zu.

6. KAPITEL

Nelly stand auf dem weitläufigen Rasen und genoss die warme Frühlingssonne. Sie hatte beschlossen, Percy Reynolds möglichst aus dem Weg zu gehen und sich auf ihre tausend kleinen Pflichten zu konzentrieren. Leider war das nicht so einfach, wie sie es sich vorgestellt hatte. Täglich mussten sie über irgendwelche geschäftlichen Dinge miteinander verhandeln.

Im Augenblick ging es im Hotel sehr ruhig zu, doch Nelly wusste, dass in drei Wochen, wenn die Saison begann, der eigentliche Betrieb erst richtig anfing. Liebevoll betrachtete sie das Haus. Die Ziegel hoben sich hell von den hohen Fichten ab, und die Fenster blitzten in der Sonne. Auf der rückwärtigen Veranda saßen zwei Gäste und spielten Karten. Nelly hörte, wie sie sich miteinander unterhielten, ohne jedoch ein Wort verstehen zu können.

Bald wäre es mit dem Frieden und der Beschaulichkeit vorbei. Dann würden sich auf dem Rasen wieder Kinder balgen und die Motorboote auf dem See die jetzt so angenehme Stille stören.

Doch selbst im Trubel der Hochsaison wirkte das „Lakeside" immer noch wie eine Oase der Ruhe und des Friedens. Alles war auf Entspannung und Erholung abgestimmt. Der weiche Rasen lud zum Barfußgehen ein, und im Winter konnte man dort herrlich Schlitten fahren und Schneemänner bauen. Eleganz mochte viele Leute anziehen, aber das Familienhotel besaß noch einen altmodischen Charme, der unter gar keinen Umständen zerstört werden durfte. Und wehe, wenn Percy Reynolds es wagen sollte, etwas daran zu ändern.

Mir bleiben noch zehn Tage, um ihn zu überzeugen, sagte sich Nelly. In zehn Tagen reist er wieder ab. Sie seufzte tief.

Der sorgenvolle Seufzer galt sowohl ihr als auch dem Schicksal des Hotels. Ich wünschte, er wäre nie hierher gekommen und ich hätte ihn nie kennen gelernt, dachte sie. Mit finsterer Miene wanderte sie zum Haus zurück.

„Mit diesem Gesicht vergraulst du noch die Gäste." Erschrocken hob Nelly den Kopf, als Percy ihr den Weg durch die Tür versperrte. „Für das Geschäft ist es bestimmt günstig, wenn ich dich für eine Weile unter meine Fittiche nehme." Er kam auf sie zu, nahm ihre Hand und zog sie mit sich über den Rasen.

„Ich muss reingehen und unbedingt mit der Wäscherei telefonieren“, protestierte Nelly.

„Das hat bestimmt noch Zeit. Deine Pflichten als Fremdenführerin gehen vor.“

„Fremdenführerin? Würdest du mich jetzt bitte loslassen? Wo willst du denn hin?“

„Irgendwohin, wo wir Elsies berühmtes Picknick genießen können.“ Percy zeigte ihr den Korb, den er in der anderen Hand hielt. „Ich will mir den See anschauen.“

„Deshalb brauchst du mich nicht mitzuschleppen. Du kannst ihn gar nicht verfehlen. Das ist diese große Wasserfläche, weißt du. Du brauchst nur ein Stück geradeaus zu gehen, und dann bist du da.“

„Nelly.“ Er blieb stehen und sah sie an. „Seit zwei Tagen meidest du mich. Ich gebe zu, unsere Ansichten über das Hotel gehen ein bisschen auseinander, aber …“

„Das hat doch damit nichts zu tun …“

„Sei still“, schnitt er ihr das Wort ab. „Ich verspreche dir, keine größeren Änderungen vorzunehmen, ohne dich nicht vorher darüber zu informieren.“ Es klang unpersönlich und geschäftsmäßig, doch er hielt sie noch immer fest. „Ich weiß deine Loyalität und Opferbereitschaft dem Hotel und dem Personal gegenüber zu schätzen.“

„Aber …“

„Aber“, fuhr er ihr wieder über den Mund, „noch bin ich der Besitzer, und noch bist du meine Angestellte. Ich gebe dir jetzt ein paar Stunden frei. Du sollst nicht nur arbeiten, sondern dich auch amüsieren. Hättest du Lust zu einem Picknick?“

„Nein, ich …“

„Wie schön. Ich selbst liebe Picknicks auch über alles.“ Lächelnd ging er weiter und zog Nelly hinter sich her.

Der Pfad führte durch einen Wald, in dem der Frühling erst zögernd seinen Einzug hielt. Hin und wieder lugten aus dem halb vermoderten Laub Schneeglöckchen hervor. Eichhörnchen kletterten flink die Baumstämme hinauf, und Vögel trugen Material für den Nestbau zusammen.

„Erpresst du dir immer gewalttätig fremde Gesellschaft?“ fragte Nelly wütend. Sie musste rennen, um mit Percy Schritt zu halten.

„Nur, wenn es nicht anders geht“, erwiderte er.

Der Pfad führte Nelly und Percy an das grasbewachsene Seeufer. Kein Windhauch regte sich, das Wasser war eine spiegelglatte Fläche. Am gegenüberliegenden Ufer erhob sich eine wellige Bergkette. Die Stille wurde nur gelegentlich durch den Ruf eines Vogels unterbrochen.

„Wie bezaubernd", sagte Percy nach einer Weile, ohne eine Spur von Ironie. „Schwimmst du hier manchmal?"

„Seit meinem zweiten Lebensjahr." Nelly bemühte sich um einen leichten Ton. Sie wollte nur, dass er endlich ihre Hand losließ.

„Wirklich?" Er drehte sich zu ihr um. „Stimmt. Du stammst ja aus dieser Gegend, nicht wahr?"

„Ich habe fast mein ganzes Leben lang in Lakeside gewohnt." Nelly nahm ihm den Korb ab, um ihre Hand zu befreien, und tatsächlich lockerte Percy seinen Griff. Sie hockte sich auf den Boden und breitete das ordentlich zusammengefaltete Tuch aus. „Als ich neunzehn war, zogen meine Eltern nach New York, und ungefähr ein Jahr lang blieb ich bei ihnen. Aber dann hielt ich es nicht mehr aus. Mitten im Semester ging ich dort vom College ab und trug mich hier neu ein."

„Wie findest du New York?" Percy setzte sich neben sie ins Gras und krempelte sich die Ärmel seines weißen Hemdes auf. Bewundernd blickte Nelly auf die muskulösen gebräunten Arme.

„Ich finde New York laut und verwirrend", erwiderte sie, während sie gegrillte Hühnerschenkel auf Pappteller legte. „Und ich lasse mich nicht gern verwirren."

„Nein?" Er lachte sie an. Mit einer raschen Bewegung zog er ihre Haarschleife auf. „Jetzt siehst du aus wie meine kleine Nichte." Nelly griff nach der Schleife, doch er warf kurzerhand das Band fort.

„Du bist unverschämt." Zornig funkelte sie ihn an.

„Das stimmt", pflichtete er ihr lächelnd bei, zog eine Weinflasche aus dem Korb und entkorkte sie mit der Geschicklichkeit eines gelernten Kellners. „Sag mal, wie kamst du eigentlich dazu, Managerin des ‚Lakeside' zu werden?"

Die Frage überraschte sie. Sie sah zu, wie er den besten Weißwein, den das Hotel zu bieten hatte, in Pappbecher goss. Dann antwortete sie: „Es hat sich so ergeben." Sie nahm ihm den Becher aus der Hand, den er ihr entgegenhielt, und merkte ihm an, dass er sich mit dieser vagen Antwort nicht zufrieden gab. „Als ich noch zur Schule ging, half ich in den Sommermonaten im ‚Lakeside' aus. Ich verrichtete alle möglichen Arbeiten, die in einem solchen Betrieb eben anfallen. Als ich vom College abging, war ich schon so etwas wie die Assistentin des damaligen Managers. Und als Mr. Blakely dann in den Ruhestand ging, empfahl er mich weiter, und ich übernahm seine Stelle." Sie hob die Schultern und biss in eine Käsestange.

„Und wann hast du die Zeit gefunden, Schlagball spielen zu lernen wie ein Profi?"

„Meine sportliche Laufbahn begann, als ich vierzehn war", erzählte sie, und während sie sich daran erinnerte, kicherte sie unwillkürlich. „Damals war ich bis über beide Ohren in einen älteren Mann verliebt. Er war schon siebzehn." Sie setzte eine ernste Miene auf. „Er interessierte sich für sämtliche Sportarten, und ich eiferte ihm nach. Und wenn er mich dann seine Sportsfreundin nannte, kribbelte es mir bis in die Zehen."

Percy lachte so laut auf, dass eine in der Nähe herumhüpfende Amsel erschrocken davonflog. „Nelly, du bist einmalig. Und was passierte mit deinem Sportplatz-Casanova?"

Sie lächelte. „Ach, jetzt ist er verheiratet, hat zwei Kinder und verkauft Gebrauchtwagen."

„Sein Pech", kommentierte Percy trocken und schnitt den Käse in Scheiben.

Nelly brach sich ein Stück von Elsies frisch gebackenem Brot ab und hielt es Percy hin, um eine Käsescheibe zu erwischen. „Verbringst du viel Zeit in deinen übrigen Hotels?" erkundigte sie sich. Sie wollte dem Gespräch eine andere Wendung geben, denn sein Ton war ihr zu persönlich.

„Das kommt ganz darauf an."

„Worauf?" Sie bemühte sich, ihm fest in die Augen zu sehen und seinem nachdenklichen Blick nicht auszuweichen.

„Ich sorge dafür, dass meine Manager sehr fähige Leute sind, mit dem Erfolg, dass in den Hotels eigentlich immer alles reibungslos läuft." Er lächelte. „Und sollte ein besonderes Problem auftauchen, dann kümmere ich mich selbst darum. Wenn ich ein Hotel neu dazugekauft habe, mache ich mir erst mal ein Bild von dem Betrieb und entscheide dann später, ob irgendein Wechsel oder eine

Veränderung angebracht wäre."

„Dann kommst du sicher viel herum." Die neue Richtung des Gesprächs war Nelly bedeutend sympathischer. Sie entspannte sich.

„Und ob. Weißt du, dass dein Haar mich an Weizenfelder erinnert, die ich mal in Kansas gesehen habe?" Er hob die Hand und griff spielerisch nach einer Strähne. Nelly schluckte überrascht. „Und deine Augen sind grauer als der Londoner Nebel."

Nelly befeuchtete ihre spröden Lippen. „Wenn du jetzt nicht isst, wird dein Hähnchen kalt."

Er schmunzelte über ihren Versuch, ihn abzulenken, spielte jedoch immer noch mit ihrem Haar. „Hähnchen kann man auch kalt essen." Mit der anderen Hand schenkte er sich Weißwein nach. „Ach übrigens, da war ein Anruf für dich."

Nelly zwang sich, ruhig zu bleiben, und trank einen Schluck Wein. „War es etwas Wichtiges?"

„Mm." Percy blickte sie durchdringend an. „Es war ein gewisser Howard Beall. Du sollst zurückrufen. Er sagte, du hättest seine Nummer."

„Ach so." Nelly kräuselte die Stirn und dachte daran, dass wieder einmal die Zeit für ihr Pflichtrendezvous mit Betty Jacksons Neffen gekommen war. Unbewusst seufzte sie auf.

„Du liebe Zeit. Du strömst ja vor Begeisterung über."

Percys trockener Kommentar zauberte ein Lächeln auf ihre Lippen. „Ach, das ist nur ein Bekannter."

Über Nelly und Percy spannte sich ein postkartenblauer Himmel. Nicht ein einziges Wölkchen war zu sehen. Nelly legte sich auf den Rücken, verschränkte die Arme hinter dem Kopf und genoss den Anblick.

Das Gras war weich und duftete nach Frühling. Die dunklen Zweige der Ahornbäume schimmerten in einem grünen Hauch, das junge Laub begann zu sprießen.

„Im Winter", sagte Nelly verträumt, „wenn Schnee gefallen ist, herrscht hier absolute Stille. Alles ist dann weiß. Der Schnee liegt dick auf den Bäumen, und der See glänzt wie ein Spiegel. Das Eis ist so klar, dass man bis auf den Grund sehen kann. Man vergisst, dass es noch andere Orte auf der Welt gibt und dass es irgendwann wieder Frühling wird. Läufst du Ski, Percy?" Sie rollte sich auf den Bauch und stützte das Kinn in die Hände. Sie lächelte Percy zu. Das Gefühl der Feindseligkeit war verschwunden.

„Ja, ich hab's jedenfalls versucht." Forschend betrachtete er ihr Gesicht, das von der Sonne und dem Wein gerötet war.

„Hier gibt es herrliches Gelände zum Skilaufen. Abends kommen viele Skiläufer zum Essen zu uns. Es gibt nichts Schöneres, als sich nach einem Tag im Schnee an Elsies Eintopf zu laben." Nelly pflückte einen Grashalm und drehte ihn zwischen den Fingern.

Percy legte sich neben sie auf den Rücken. „Gibt's auch Glühwein?" wollte er wissen.

Nelly lachte. „Selbstverständlich. Man kann auch einen steifen Grog bekommen oder heißen Kakao mit einem Schuss Rum."

„Schade, dass ich die Skisaison verpasst habe."

„Dafür bist du gerade zur Erdbeerzeit gekommen", tröstete Nelly ihn. „Warte, bis du Elsies Erdbeertörtchen genossen hast. Und Fisch gibt es das ganze Jahr über. Wenn du willst, kannst du dir dein Abendessen selbst angeln."

„Ich bin mehr für aktivere Sportarten." Percy begann ihren Arm zu streicheln.

Nelly bemühte sich, das angenehme Gefühl nicht zu beachten, das diese Berührung in ihr auslöste. „Tja." Nachdenklich zog sie die Stirn kraus. „Ungefähr fünfundzwanzig Kilometer von hier entfernt gibt es einen fabelhaften Reitstall, im Yachthafen kann man Boote mieten, und ..."

„So etwas habe ich nicht gemeint. Hast du keine besseren Vorschläge?" Er schlang den Arm um sie und zog sie auf seine Brust.

„Man kann auch wandern." Nellys Stimme klang belegt.

„Wandern", wiederholte Percy. Mit einer schnellen Bewegung rollte er sich und Nelly herum, sodass sie unter ihm lag.

„Ja, der Sport wird immer beliebter." Krampfhaft bemühte sie sich, einen klaren Kopf zu behalten. „Und im See kann man natürlich schwimmen."

„Mm." Zärtlich strich er mit dem Finger über ihre Wange.

„Ganz in der Nähe gibt's auch Campingplätze, wirklich sehr zu empfehlen."

„Wirklich?" flüsterte er dicht an ihrem Ohr.

„Ja, allerdings ist das wohl eher etwas für junge Leute." Nelly stöhnte leise, als sich sein Mund auf ihren Hals legte.

„Und wie ist es mit dem Jagen?" fragte Percy ironisch, während seine Lippen zu ihren Mundwinkeln wanderten.

„Ach so, ja sicher. Was hast du gefragt?" Nelly seufzte auf und schloss die Augen.

„Ich wollte wissen, ob man hier jagen kann." Er küsste ihre Augenlider. Seine Hand glitt unter ihren Pullover und streichelte sanft ihre Taille.

„Weiter im Norden in den Bergen gibt es Luchse."

„Fantastisch." Mit den Lippen streifte er leicht über ihren Mund, während sich seine Finger zu ihrem Busen emportasteten. „Der Fremdenverkehrsverein wäre stolz auf dich."

Nelly zitterte, als er mit dem Daumen ihre Brust umkreiste. „Percy", flüsterte sie und schob die Hand in sein dichtes Haar. „Küss mich."

„Gleich", sagte er leise. Er bedeckte ihren Hals mit Küssen, und es kam Nelly wie eine Ewigkeit vor, bis sich sein Mund endlich auf ihren legte.

Nelly fühlte ein unbekanntes Verlangen in sich aufsteigen. Sie zog Percy enger an sich, bis er nicht mehr mit ihren Lippen spielte, sondern sein Kuss leidenschaftlicher wurde. Voller Hingabe erwiderte sie seine Zärtlichkeiten, fortgerissen von Empfindungen, die ihr völlig fremd waren.

Schließlich wurden Percys Hände dreister, die Liebkosungen fordernder. Blitzartig kam es Nelly zu Bewusstsein, dass sie beide sich sehr schnell einem Punkt näherten, an dem es kein Zurück mehr gab. Die Stärke ihrer Gefühle erschreckte sie, und unwillkürlich versteifte sie sich.

Percy spürte ihren Widerstand und hob den Kopf. Sein unregelmäßiger, warmer Atem streifte ihre Wange.

„Bitte, lass mich los." Nelly hasste sich selbst dafür, dass ihr Tonfall nicht sehr überzeugend klang.

„Warum denn?"

Auf seinem Gesicht lag ein Ausdruck unverhüllten Begehrens. Nelly wusste, wenn er sie jetzt nehmen würde, könnte sie weder die Kraft noch den Willen aufbringen, sich ihm zu widersetzen.

„Bitte, Percy."

Lange sah Percy sie an. Dann stieß er einen leisen Fluch aus und richtete sich auf.

„Die Zöpfe passen doch besser zu dir, als ich gedacht hatte." Er zündete sich eine Zigarette an. „Frauen in deinem Alter sind normalerweise keine Jungfrauen mehr. Aber das macht nichts, ich werde eben etwas mehr Geduld aufbringen müssen." Als er Nellys verständnislosen Blick auffing, setzte er lächelnd hinzu: „Ich sagte dir doch schon, dass ich immer bekomme, was ich will, Nelly. An den Gedanken solltest du dich gewöhnen."

Empört sprang Nelly auf. „Ich denke nicht daran, deine neuste Errungenschaft zu werden. Vorhin, das war …" Ihr fiel kein passendes Wort ein, und sie brach hilflos ab.

„Das war bloß der Anfang", ergänzte Percy. Er ergriff den Picknickkorb, stand auf und packte Nellys Arm. „Wir zwei sind noch lange nicht miteinander fertig. Im Augenblick will ich mich aber nicht mit dir streiten, Nelly."

Gerade wollte Nelly etwas erwidern, als er sie warnte: „Wenn du nicht still bist, dann nehme ich mir vielleicht doch noch hier und jetzt, was du mir vorhin so bereitwillig angeboten hast."

„Du eingebildeter, arroganter Kerl …", fauchte sie.

„Das genügt, Nelly", unterbrach Percy sie. „Sag lieber nichts, was du später bereuen könntest." Mit festem Griff zog er Nelly mit sich zum Hotel zurück.

7. KAPITEL

Beim „Lakeside“ wünschte Nelly sich nichts sehnlicher, als sich aus Percys Armen zu befreien und sich in einen dunklen Winkel zu verkriechen. Leider wusste sie nur zu gut, dass sie es Percy sehr leicht gemacht hatte. Viel schlimmer noch – sie hatte sogar die Initiative ergriffen. Das verstand sie selbst nicht. Noch nie zuvor hatte sie Mühe gehabt, den romantischen Anwandlungen eines jungen Mannes zu widerstehen, oder hatte es überhaupt so weit kommen lassen. Doch wenn Percy sie berührte, setzte offensichtlich ihr Verstand aus.

Es muss mit irgendeinem Instinkt zu tun haben, schloss sie und sah Percy verstohlen von der Seite an, während sie sich der Veranda näherten. Ein Mann wie Percy Reynolds wirkte auf jede Frau attraktiv, er brauchte sie nur anzusehen. Und wenn er eine Frau streichelte, schwebte sie gleich im siebten Himmel. Er ist anders als alle Männer, die ich je kennen gelernt habe, dachte sie. Und ich habe ihn auch noch gebeten, mich zu küssen. Als sie sich daran erinnerte, stieg ihr das Blut in die Wangen. Das muss am Wein gelegen haben. Es ist die einzige Erklärung.

Nelly wandte sich wieder an Percy, als sie das Haus durch einen Seiteneingang betraten. „Ich bringe den Korb in die Küche. Brauchst du mich noch?“

„Das ist eine gute Frage“, schmunzelte er.

Sie warf ihm einen vernichtenden Blick zu. „Ich muss arbeiten“, entgegnete sie resolut. „Und jetzt entschuldige mich bitte.“

Nellys Vorsatz, sich einen würdevollen Abgang zu verschaffen, erstarb im Keim, als sie die allgemeine Aufregung in der Eingangshalle bemerkte. Neugier besiegte ihren Stolz.

Am Empfang stand eine groß gewachsene, schlanke, dunkelhaarige Frau, umgeben von einer Anzahl grellrosa Gepäckstücken. Sie trug ein todschickes blaues Kostüm aus Rohseide. Der Duft eines exotischen Parfüms wehte Nelly entgegen.

„Wenn Sie sich jetzt bitte um mein Gepäck kümmern, Schätzchen, und Mr. Reynolds Bescheid sagen würden, dass ich angekommen bin, wäre ich Ihnen sehr dankbar.“ Diese Wünsche richtete sie mit rauchiger Altstimme an Eddie, der den Mund aufsperrte und aussah, als könnte er nicht bis drei zählen.

„Hallo, Eliza. Was tust du denn hier?"

Die rassige Brünette drehte sich um. Nelly bemerkte, dass ihre Augen ebenso intensiv blau waren wie das Seidenkostüm.

„Percy." Eliza schwebte auf hohen Absätzen durch die Halle und fiel ihm um den Hals. „Ich komme gerade aus Chicago. Du hast es doch sicher gern, dass ich mir diesen kleinen Betrieb hier einmal anschaue und dir ein paar Vorschläge mache."

Percy befreite sich aus Elizas Umarmung und lächelte zurückhaltend. „Wie umsichtig. Nelly, das ist Eliza Trainor. Eliza ist für die Innenausstattung meiner Hotels verantwortlich. Eliza, das ist Miss Clark, die Managerin des ‚Lakeside'."

„Wie interessant."

Eliza nahm Nellys Jeans und den Pullover zur Kenntnis und strich sich liebevoll über ihre perfekte Frisur. „Wenn mich nicht alles täuscht, gibt es hier für mich sehr viel zu tun." Hochnäsig musterte Eliza die handgeknüpften Teppiche und die altmodischen Lampenschirme.

„Bis jetzt hat sich noch kein Gast über die Einrichtung unseres Hauses beschwert", erklärte Nelly nachdrücklich.

„Na ja." Eliza lächelte herablassend. „Aber finden Sie nicht auch, dass hier alles ein bisschen bieder und muffig wirkt? Herr und Frau Meier schätzen das vielleicht, aber Leute mit etwas Niveau legen Wert auf eine schicke Einrichtung. Percy, wenn du vorhast, diesen Raum zu vergrößern, sag es mir. Ich habe da schon verschiedene Ideen. Als Grundfarbe würde ich Rot nehmen, Rot ist immer ein Blickfang. Rote Samtvorhänge und einen roten Teppich stelle ich mir sehr dekorativ vor."

Aus Nellys Augen schossen Blitze. „Wissen Sie was, nehmen Sie Ihre roten Samtvorhänge und stecken Sie sie sich …"

„Ich glaube, wir verschieben diese Diskussion auf später", mischte sich Percy ein und hielt Nellys Arm noch fester. Sie beherrschte sich, um nicht laut aufzuschreien.

„Ich nehme an, Sie wollen jetzt Ihr Zimmer sehen." Nelly biss die Zähne zusammen.

„Allerdings." Mit flatternden Wimpern hatte Eliza Nellys Wutausbruch zur Kenntnis genommen. „Komm mit auf einen Drink,

Percy. Hier gibt es doch hoffentlich einen Zimmerservice?"

„Selbstverständlich. Schicken Sie zwei Martini in Miss Trainors Zimmer", wandte sich Percy an Eddie. „Welche Nummer hast du, Eliza?"

„Bis jetzt habe ich überhaupt noch kein Zimmer." Eliza blickte Eddie schmelzend an, der wie betäubt dastand. „Wir haben nämlich einige Verständigungsschwierigkeiten."

„Gib Miss Trainor den Schlüssel von 314, Eddie, und bring ihr Gepäck nach oben." Nellys militärischer Befehl riss Eddie aus seinen Träumen, und er gehorchte beflissen. „Ich hoffe, das Zimmer genügt Ihren Ansprüchen." Sie lächelte gekünstelt und wandte sich ihrem neuen, unwillkommenen Gast zu. „Wenn Sie irgendetwas brauchen, sagen Sie mir Bescheid. Ich sorge dafür, dass Sie Ihre Drinks bekommen."

Percy hielt noch einen Moment lang ihren Arm fest. „Wir zwei sprechen uns später."

„Aber gern", erwiderte Nelly schnippisch. Percy ließ Nelly los, und sie spürte, wie das Blut langsam wieder pulsierte. „Ich stehe Ihnen jederzeit zu einem Gespräch zur Verfügung, Mr. Reynolds. Herzlich willkommen im Hotel Lakeside, Miss Trainor. Ich wünsche Ihnen einen angenehmen Aufenthalt."

Für Nelly war es kein Kunststück, Percy aus dem Weg zu gehen, da er sich den Rest des Tages bei Eliza aufhielt. Nelly glaubte schon, die beiden würden das Zimmer 314 nie mehr verlassen. Um ihr Selbstvertrauen wiederzugewinnen, rief sie Howard an. Sie verabredeten sich für den kommenden Abend. Howard würde sich nie mit so einer aufgetakelten Person einschließen und literweise Martini trinken, dachte Nelly aufgebracht. Aber der Gedanke an Howards soliden Lebenswandel tröstete sie nicht.

Zum Dinner zog Nelly ein schwarzes, raffiniert schlichtes Kleid an. Der weiche Stoff schmiegte sich beinahe zärtlich an ihren sanft gerundeten Körper. Das Kleid war hochgeschlossen, doch gerade der strenge, klassisch einfache Schnitt betonte ihren kleinen festen Busen und ihren langen schlanken Hals. Die zierlichen Knöpfe wirkten wie Perlen. Nelly ließ das Haar offen, und es fiel wie eine duftige Wolke über ihre Schultern. Ehe sie ihr Zimmer verließ, um in den Speisesaal hinunterzugehen, tupfte sie sich noch etwas Parfüm hinter die Ohrläppchen.

Percy und Eliza saßen an einem Ecktisch, und Kerzenschein verbreitete eine intime, anheimelnde Atmosphäre. Als Nelly die beiden sah, furchte sie unwillkürlich die Stirn. Percy und Eliza waren zweifellos ein gut aussehendes Paar. Wie füreinander geschaffen, dachte sie grimmig. Eliza trug ein weinrotes Kleid mit einem tiefen Ausschnitt, der ihren üppigen Busen betonte. Percys dunkler Anzug saß wie angegossen und unterstrich seine breiten Schultern. Nelly stockte der Atem, als sie sich ungewollt an die harten Muskeln seiner Arme erinnerte.

Percy musterte Nelly eingehend. Sie merkte, wie ihr das Blut in die Wangen stieg, doch ohne mit der Wimper zu zucken, hielt sie seinem Blick stand. Dann hob Percy eine Braue und winkte sie an den Tisch.

Entrüstet über diese Unverschämtheit, machte Nelly einen Umweg und blieb fast an jedem Tisch stehen, um einige Worte mit den Gästen zu wechseln.

„Guten Abend." Teilnahmslos, aber höflich begrüßte sie Percy und seine Tischnachbarin. „Ich hoffe, es schmeckt Ihnen."

„Das Essen ist wirklich ausgezeichnet wie immer." Percy stand höflich auf und rückte für Nelly einen Stuhl zurecht. Er kniff leicht die Augen zusammen und blickte sie herausfordernd an. Aber Nelly wollte sich nicht ausgerechnet jetzt auf einen Machtkampf mit ihm einlassen.

„Sind Sie mit Ihrer Unterkunft zufrieden, Miss Trainor?" fragte sie, während sie Platz nahm.

„Es geht, Miss Clark. Doch ich bin entsetzt über die Einrichtung des Zimmers."

„Du trinkst sicher ein Glas mit uns", bestimmte Percy, und ohne Nellys Antwort abzuwarten, winkte er eine Kellnerin herbei. Nelly blitzte Percy wütend an.

„Für mich das Übliche", sagte sie knapp zu Liz. Damit meinte sie ein Glas Bier. Dann widmete sie sich wieder Eliza. „Und was genau hat Sie so schockiert, Miss Trainor?"

„Also wirklich, Miss Clark." Eliza tat so, als wäre dieser Punkt nicht diskutabel. „Die Ausstattung ist doch hoffnungslos provinziell. Sicher, es gibt ein paar hübsche Antiquitäten, aber Percy und ich ziehen ein modernes Design vor."

Nelly war erzürnt – und etwas eifersüchtig. Ironisch entgegnete sie: „Vielleicht könnten Sie mir, einem Mädchen vom Land, mal erklären, was Sie unter einem modernen Design verstehen. Weiter als bis zu der hiesigen Woolworth-Filiale bin ich nämlich noch nicht vorgedrungen."

Liz brachte Nellys Bier und zog sich schleunigst wieder zurück, da sie die Anzeichen des drohenden Sturms erkannte.

Eliza achtete nicht auf Nellys Ironie. „Zunächst würde ich die gesamte Beleuchtung ändern. Diese gläsernen Lampenschirme mit der Kette, an der man ziehen muss, sind ja geradezu vorsintflutlich. Dann brauchen die Zimmer einen Teppichboden. Die handgeknüpften Läufer und die verblassten Perserbrücken müssten verschwinden. Und das Bad würde ich von Grund auf erneuern." Seufzend hob Eliza ihr Glas an die Lippen und nippte an dem Champagnercocktail. „Badezuber mit Füßen gehören ins Museum, nicht in ein Hotel."

Nelly musste sich mit einem Schluck Bier abkühlen, damit ihr Temperament nicht überschäumte. „Unsere Gäste fanden die Bäder immer ganz entzückend."

„Kann sein", erwiderte Eliza herablassend. „Ihre jetzigen Gäste mögen das ja schön finden, aber wenn erst einmal alles modernisiert worden ist, wird hier ein ganz anderes Publikum verkehren." Aus einem Etui zog sie eine Zigarette und ließ sie sich von Percy anzünden.

„Hast du auch etwas gegen Badewannen mit Füßen und Lampen mit Ziehketten einzuwenden?" fragte Nelly ihn und betonte jedes einzelne Wort. Ihre Augen gaben Sturmwarnung.

„Sie passen zum gegenwärtigen Stil der Einrichtung." Er antwortete genauso artikuliert, doch er blickte sie kühl an.

„Vielleicht kann ich auch ein paar Ideen beisteuern, Miss Trainor, falls Sie hier Änderungen vornehmen." Nelly setzte das Glas ab, und Percy zündete sich eine Zigarette an. „Ich finde, Spiegel gäben den Räumen gleich eine andere Atmosphäre, besonders wenn man sie an der Decke anbringt. Ein Hauch von Dekadenz spricht die meisten Leute an. Die Möbel müssten ganz aus Chrom und Plexiglas bestehen, das ist ja heutzutage gefragt. Auf Farben sollte man völlig verzichten und alles in Weiß halten. Hier und da vielleicht einige rote Tupfer als Blickfang. Ach ja, und die Zimmer bekommen große runde Betten mit Felldecken. Magst du Felldecken, Percy?"

„Ich kann mich nicht erinnern, dich in Fragen der Innendekoration um Rat gebeten zu haben, Nelly." Percy zog lässig an seiner Zigarette. Der Rauch entschwebte in dünnen Schwaden zu den Holzbalken der Decke.

„Ich fürchte, Miss Clark", bemerkte Eliza, ermutigt durch Percys Einwand, „dass Ihr Geschmack etwas vulgär ist."

„Meinen Sie wirklich?" Nelly tat, als wäre sie überrascht. „Das liegt vielleicht daran, dass ich zu lange auf dem Land gelebt habe."

„Verlass dich ganz auf mich, Percy. Was ich plane, wird dir bestimmt gefallen." Eliza tätschelte vertraulich seinen Arm. „Aber du solltest mir etwas länger Zeit lassen als sonst, weil so außergewöhnlich viel geändert werden muss."

„Nur keine Eile", sagte Nelly großzügig und stand auf. „Aber lassen Sie ja die Finger von meinen Badezubern."

Ihr Abgang war nicht ganz so würdevoll wie gedacht, weil sie beinahe mit Liz zusammengeprallt wäre, die diskret gelauscht hatte. „Eine Runde Arsen für Tisch drei auf Kosten des Hauses", zischte Nelly der Kellnerin zu und rauschte mit wehendem Rock aus dem Speisesaal.

Nelly kam nicht dazu, sich in ihr Zimmer zurückzuziehen, um dort ihr erhitztes Gemüt wieder abzukühlen, denn sie musste sich um viele kleine, aber nervenaufreibende Einzelheiten kümmern. Erst nach zehn Uhr konnte sie aufatmend die Tür hinter sich schließen und ihrem Zorn Luft machen.

„Provinziell", schimpfte Nelly. Sie blickte auf einen Tisch, der mindestens achtzig Jahre alt war. Die Person da unten zog wahrscheinlich schwarz-weiß-karierte Plastikmöbel vor. Nacheinander betrachtete Nelly liebevoll die antike Aussteuertruhe, das alte Schulmeisterpult und den Ohrensessel, dessen grüner Bezug bereits an einigen Stellen zerschlissen war.

Jedes Zimmer des Hauses hatte eine besondere persönliche Note. Nelly schloss die Augen und stellte sich den Raum vor, den Eliza bezogen hatte. Nelly liebte die zart geblümte Biedermeiertapete, den glänzend gebohnerten Dielenfußboden und den gepolsterten Fenstersitz im Erker.

Das Prunkstück war jedoch eine altmodische hohe Walnusskommode mit tropfenförmigen Messinggriffen. Jeder Gast dieses Zimmers war davon bezaubert.

Eliza Trainor soll ja nicht wagen, mein Hotel auf den Kopf zu stellen, schwor sie sich. Nelly betrachtete sich in einem Spiegel und seufzte tief. Elizas Gesicht wirkt wie ein Juwel, dachte sie, und meins wie eine Reklame für Butter, Milch und Käse. Dann schloss sie sich in ihrem Zimmer ein.

Wie soll ich Percy davon überzeugen, dass das Hotel so bleiben muss, wie es ist, wenn sie ihm ständig Modernisierungen einflüstert? Ich glaube ohnehin nicht, dass sie ausschließlich seine Dekorateurin ist. Nelly runzelte wütend die Stirn. Mir können sie nicht weismachen, dass sie sich einen ganzen Tag lang in ihrem Zimmer über Stoffmuster unterhalten haben.

Ihr Privatleben geht mich natürlich nichts an, überlegte sie, aber wenn sie ohne meine Einwilligung die Tapeten von den Wänden reißen wollen, haben sie sich geirrt. Die beiden werden noch etwas erleben. Erschrocken drehte Nelly sich um, als plötzlich die Tür aufging und Percy ins Zimmer trat.

Erstaunt beobachtete sie, dass er die Tür absperrte und den Schlüssel wütend in seine Jackentasche steckte.

„Nur, weil du der Besitzer bist, hast du noch lange kein Recht, ohne triftigen Grund den Zweitschlüssel zu benutzen."

„Mir scheint, ich habe mich nicht klar genug ausgedrückt", erwiderte Percy mit trügerisch sanfter Stimme. „Bis auf Weiteres ließ ich dir bei der Führung dieses Betriebes freie Hand, denn ich hatte nicht die Absicht und habe sie auch jetzt noch nicht, die tägliche Routine zu stören. Aber …" Er trat einen Schritt näher, und Nelly rückte von ihm ab, bis sie an die Kante des Tisches stieß. „Ich lasse mir das Heft nicht ganz aus der Hand nehmen. Sämtliche wichtigen Entscheidungen treffe ich allein."

„Du bist der geborene Tyrann …"

„Das hier ist keine Plauderei. Deine Meinung über meinen Charakter interessiert mich nicht", schnitt er ihr das Wort ab. „Ich verbitte mir, dass du über meinen Kopf hinweg irgendwelche Befehle erteilst. Eliza ist meine Angestellte. Ich bestimme, was sie zu tun hat und wann sie es tun soll."

„Du wirst doch wohl nicht zulassen, dass sie all diese schönen alten Stücke hinauswirft und durch Plastikmöbel ersetzt. Die Anrichte im Esszimmer ist reines Hepplewhite. Allein in deinem Zimmer stehen zwei Chippendale-Möbel, und …"

Nelly verstummte, als Percy ihren Nacken umfasste.

„Welche Anweisungen ich Eliza geben werde, ist allein meine Sache, die dich nicht das Geringste angeht." Sein Griff wurde fester. „Und du behältst deine Ansichten für dich, es sei denn, ich frage dich ausdrücklich nach deiner Meinung. Misch dich nicht dauernd in meine Angelegenheiten, sonst könnte es dir noch leid tun. Hast du mich verstanden?"

„Vollkommen. Miss Trainors Einfluss hat dich meinen Argumenten gegenüber blind und taub gemacht."

„Und wenn schon. Auch das geht dich nichts an."

„Deine private Beziehung zu Miss Trainor ist mir vollkommen gleichgültig", erwiderte sie, „aber alles, was dieses Hotel betrifft, geht mich sehr viel an. Ich gab dir meine Kündigung, aber du hast sie zerrissen. Inzwischen habe ich beschlossen, hier nicht von der Stelle zu weichen. Wenn du mich loswerden willst, musst du mich schon rauswerfen."

„Reiz mich nicht bis zur Weißglut." Er ließ die Hand sinken und berührte mit den Fingerspitzen den obersten Knopf ihres Kleides. „Ich habe meine Gründe, dich hier zu behalten, aber ich lasse mir von dir nicht alles bieten. Ich habe dir zwar versprochen, dich über jede Veränderung zu informieren, aber wenn du weiterhin so frech zu meinen anderen Angestellten bist, wirst du dich noch wundern."

„Miss Trainor wirkt nicht, als sei sie auf den Mund gefallen", entgegnete Nelly schnippisch.

„So?" Er lächelte. „Weißt du eigentlich, dass du mich am meisten reizt, wenn du wütend bist? Du siehst bezaubernd aus. Das Kleid ist so brav, dass es schon wieder verführerisch wirkt. War es Zufall oder Absicht, dass du es heute Abend angezogen hast?"

Wie nebenbei öffnete er einen Knopf nach dem anderen. Sie sträubte sich nicht.

„Was meinst du damit?" Nelly wollte sich losreißen, doch ihre Füße versagten den Dienst. „Verlass jetzt bitte mein Zimmer, Percy."

„Du lügst ja", warf er ihr sanft vor. Seine Hand schob sich in das offene Mieder ihres Kleides. Er streichelte ihre weiche Haut und berührte ihren Busen. „Sag mir noch mal, dass ich gehen soll."

Der Boden schien wie ein Schiffsdeck unter Nelly zu schwanken. „Ich will, dass du jetzt gehst." Ihre Stimme klang belegt.

„Das glaube ich dir nicht, Nelly. Dein Körper spricht eine andere Sprache." Er massierte leicht ihren Rücken, ehe er sie eng an sich zog. „Du willst mich genauso, wie ich dich will." Sein Mund umschloss ihre Lippen.

Nelly kapitulierte vor einer Macht, die stärker war als sie, schmiegte sich in Percys Arme und ließ sich bereitwillig von ihm küssen.

Percy hatte ihr Herz erobert. Nelly war zugleich beseligt und verzweifelt. Dass sie sich in Percy verliebt hatte, war eine Katastrophe. Sie brauchte ihn, und das machte sie wehrlos und verletzlich. In seinen Armen zu liegen bedeutete für sie höchstes Glück und tiefsten Kummer. Sie hatte sich im Netz ihrer eigenen Wünsche und Sehnsüchte verstrickt, und jeder Versuch, sich daraus zu befreien, musste scheitern.

„Gib's zu", drängte er, während seine Lippen ihren zarten Hals entlangwanderten. „Gib zu, dass du mich willst. Sag mir, dass ich hier bleiben soll."

„Ja, ich will dich." Sie stöhnte auf und lehnte sich an seine Schulter. „Ja, ich will, dass du hier bleibst."

Sie spürte, wie er zurückzuckte, und drückte ihr Gesicht tiefer in den Stoff seiner Jacke. Doch er zwang sie, ihn anzusehen. In ihren Augen glitzerten die mühsam zurückgedrängten Tränen, und ihr Mund zitterte. Nelly musste sich beherrschen, um nicht ihren Liebeskummer an seiner Brust auszuweinen. Eine Ewigkeit lang sah er sie unbewegt an. Sie verstand nicht, warum seine Züge sich verhärteten. Was er anschließend sagte, traf sie wie ein Fausthieb.

„Ich glaube, wir sind etwas vom Thema abgewichen." Er trat einen Schritt zurück und vergrub die Hände in den Taschen seines Jacketts. „Ich habe mich doch unmissverständlich ausgedrückt, als ich meine Wünsche äußerte."

Verwirrt schüttelte sie den Kopf. „Percy, ich ..."

„Wir unterhalten uns besser morgen weiter." Beim Klang seiner Stimme prallte sie zurück. „Ich verlange von dir, dass du Miss Trainor rücksichtsvoll und mit der gebotenen Höflichkeit behandelst. Vergiss nicht, dass sie auch ein Gast ist und entsprechend respektiert werden muss."

„Selbstverständlich." Nelly konnte die Tränen nicht länger zurückhalten. „Ich werde Miss Trainor die Wünsche von den Augen ablesen." Nelly zog die Nase hoch, wischte sich übers Gesicht und fügte würdevoll hinzu: „Darauf gebe ich dir mein Ehrenwort."

„Dein Ehrenwort?" Percy trat einen Schritt auf sie zu. Nelly flüchtete sich ins Bad und verriegelte die Tür hinter sich.

„Verschwinde", schluchzte sie. „Verschwinde endlich und lass mich in Frieden. Ich habe dir mein Versprechen gegeben, und jetzt hast du nichts mehr bei mir zu suchen. Geh zu deiner Miss Innenarchitektin und lass mich in Ruhe. Deine Befehle werde ich bis aufs i-Tüpfelchen genau ausführen, aber mach dich jetzt aus dem Staub."

Percy schimpfte und knallte die Tür zu. Wie ein Häufchen Elend ließ Nelly sich auf den gekachelten Boden sinken und weinte herzzerreißend.

8. KAPITEL

Du lernst wohl nie dazu, was?“ Nelly stand vor dem Spiegel und sprach mit sich selbst. Die Morgensonne enthüllte gnadenlos, dass ihre Augenränder vom Weinen immer noch geschwollen waren. „Du hast dich mal wieder unglaublich blamiert.“

Seufzend fuhr sie sich mit allen zehn Fingern durchs Haar, ehe sie sich vom Spiegel abwandte. Wie konnte es mir nur passieren, dass ich mich in ihn verliebt habe, fragte sie sich, während sie die hellgrüne Bluse zuknöpfte. Aber gegen die Liebe war kein Kraut gewachsen. Sie kam angeflogen wie die Masern.

„Es ist wie verhext.“ Nelly zog einen zur Bluse passenden Rock an. „Gegen meine Gefühle komme ich einfach nicht an. Er braucht mich nur zu berühren, und mein Verstand löst sich im Nu auf.“

Nelly schüttelte verständnislos den Kopf, als sie daran dachte, dass sie Percy am vergangenen Abend gebeten hatte, bei ihr zu bleiben. Was für eine Dummheit von ihr! Sie wusste doch, dass er lediglich eine flüchtige Affäre suchte. Und sie errötete vor Scham, als sie sich an seine Abfuhr erinnerte. Warum sollte er auch seine Zeit mit ihr verschwenden, wenn er die rassig-schöne Eliza besaß?

Während der nächsten zehn Minuten überhäufte Nelly sich mit den bittersten Selbstvorwürfen. Unnachgiebig und ernst betrachtete sie sich im Spiegel und schlang sich das Haar im Nacken zu einem lockeren Knoten zusammen. Anschließend straffte sie die Schultern und verließ zufrieden ihr Zimmer.

Von Eddie erfuhr sie, dass Percy bereits im Büro saß und Eliza noch nicht aufgestanden war. Nelly nahm sich vor, beiden aus dem Weg zu gehen, was ihr auch den ganzen Vormittag über gelang.

Die Mittagszeit verbrachte Nelly im Aufenthaltsraum, um die Bestände der Bar zu prüfen. Hier war es still. Die Geräusche aus dem Speisesaal drangen nicht herein. Die Ruhe war Balsam für Nellys Nerven.

„Das ist also der Aufenthaltsraum.“

Die rauchige Stimme riss Nelly aus ihrer Versunkenheit. Mit einem Ruck drehte sie sich um, wobei sie zwei Likörflaschen gegeneinander stieß.

Eliza schwebte herein. Das blassgelbe, klassisch geschneiderte Kostüm unterstrich ihre atemberaubende Schönheit. Die gepflegten schlanken Hände hielten einen Schreibblock und einen Bleistift. Eliza betrachtete die weiß gedeckten Tische, die briefmarkengroße Tanzfläche und den aus zweiter Hand erworbenen Flügel. Prüfend fuhr sie über die Wandtäfelung aus Kiefernholz und trat dann an die mit Eichenholz verkleidete Bar.

„Wie nüchtern das alles aussieht“, kommentierte sie, „viel zu langweilig. Dem Raum fehlt der Pfiff.“

„Danke“, erwiderte Nelly betont höflich, ehe sie die beiden Likörflaschen auf das Regal zurückstellte.

„Geben Sie mir bitte einen süßen Vermouth.“ Eliza schwang sich anmutig auf einen Barhocker und legte den Schreibblock auf den Tresen.

Nelly wollte ihr eigentlich scharf antworten, doch noch rechtzeitig besann sie sich auf das Versprechen, das sie Percy gegeben hatte. Deshalb schwieg sie und schenkte Eliza den gewünschten Drink ein.

„Sie müssen berücksichtigen, Miss Clark“, lächelte Eliza zuckersüß, „dass ich hier lediglich meine Arbeit tue. Diese Äußerungen dürfen Sie nicht persönlich nehmen.“

Nelly versuchte ihre Abneigung gegen Eliza zu bändigen und antwortete versöhnlich: „Sie haben natürlich Recht. Aber alles, was das ‚Lakeside Inn‘ betrifft, geht auch mich etwas an. Für mich ist das Hotel mehr ein Zuhause als ein Arbeitsplatz.“ Sie stellte das Glas Vermouth vor Eliza hin und zählte weiter die Flaschen.

„Ach ja, Percy erklärte mir, dass dieses Haus Ihnen sehr ans Herz gewachsen ist. Er fand das äußerst amüsant.“

„Wirklich?“ Nellys Hände zitterten. „Percy scheint eine merkwürdige Auffassung von Humor zu haben.“

„Nun, man muss ihn sehr gut kennen, um solche Äußerungen richtig zu deuten.“ In dem Spiegel, der sich hinter den Regalbrettern befand, trafen sich ihre Blicke. Eliza lächelte und hob das Glas. „Percy hält Sie für eine sehr tüchtige Angestellte. Sie könnten gut mit Leuten umgehen, meinte er.“ Eliza lächelte erneut und nahm dann einen Schluck. „Von seinen Untergebenen verlangt Percy sowohl eine erstklassige Leistung als auch Gehorsam. Manchmal greift er auf recht ungewöhnliche Methoden zurück, um seine Leute dazu zu bewegen."

„Ich dachte mir schon, dass Sie in dieser Hinsicht Ihre Erfahrungen gesammelt haben." Langsam drehte Nelly sich um.

„Schätzchen, Percy und ich haben nicht nur beruflich miteinander zu tun. Ich verstehe aber, dass er sich manchmal sehr intensiv mit einem geschäftlichen Problem befasst."

„Wie großzügig von Ihnen."

„Wer mit Percy auskommen will, muss ihm ziemlich viel Spielraum lassen." Sie fuhr mit dem Finger über den Rand ihres Glases. „Und für weibliche Gefühlsausbrüche oder hysterische Szenen hat er schon gar kein Verständnis."

Nelly erinnerte sich an ihren Tränenschwall und daran, wie Percy heftig schimpfend das Zimmer verlassen hatte. „Endlich kann ich Ihnen einmal Recht geben, Miss Trainor."

„Die erste Warnung kommt immer in freundlicher Verpackung, Miss Clark." Elizas Stimme klang so scharf, dass Nelly verdutzt zurückprallte. „Überspannen Sie den Bogen nicht. Ich schätze es nämlich nicht, wenn jemand in meinem Revier wildert."

„Sprechen wir immer noch über Percy?" erkundigte sich Nelly scheinheilig. „Oder ist mir entgangen, dass das Thema gewechselt wurde?"

„Nehmen Sie meinen Rat an." Eliza beugte sich vor und packte schmerzhaft Nellys Arm. „Aber wenn Sie unbelehrbar sind, dann sorge ich dafür, dass Ihr nächster Arbeitsplatz ein Hundezwinger ist."

„Lassen Sie mich sofort los", drohte Nelly, denn Elizas lange Fingernägel taten ihr weh.

„Hauptsache, Sie verstehen, was ich meine." Eliza strahlte Nelly an, zog ihre Hand zurück und widmete sich wieder ihrem Drink.

„Ich glaube Sie sogar sehr gut zu verstehen." Nelly nahm Eliza das Glas aus der Hand und stellte es ins Spülbecken. „Die Bar ist geschlossen, Miss Trainor." Dann kehrte sie ihr den Rücken zu und zählte demonstrativ den Flaschenbestand weiter.

„Aber, aber, meine Damen." Nelly erstarrte, als sie im Spiegel sah, dass Percy den Raum betrat. „Kaum zu glauben, dass ihr euch schon zu dieser frühen Stunde an der Bar aufhaltet." Es war wohl heiter gemeint, doch er sah sehr ernst aus.

„Ich bin durchs Haus gegangen und habe mir Notizen gemacht", erwiderte Eliza. Zornig beobachtete Nelly, wie ihre Hand vertraulich über seinen Rücken strich. „Ich fürchte, das einzig Gute an diesem Gesellschaftszimmer ist die Größe. Es wäre kein Problem, hier die doppelte Anzahl von Tischen aufzustellen. Aber ehe ich konkrete Pläne mache, muss ich wissen, ob du den Raum rustikal eingerichtet haben willst oder modern. Natürlich könnte man aus diesem Raum auch zwei machen und sie dann so gestalten, wie ich das in deinem Hotel in San Francisco getan habe. Du musst nur sagen, was dir besser gefällt."

Er sagte etwas Unverständliches und behielt Nelly im Auge, die sich am nächsten Regal zu schaffen machte.

„Wenn die Gäste mit dem Mittagessen fertig sind, sehe ich mir mal in aller Ruhe den Speisesaal an", schmeichelte Eliza lächelnd. „Komm doch mit, Percy, dann kannst du mir besser erklären, welche Änderungen du dir vorstellst."

„Wie bitte?" fragte Percy zerstreut. „Ach so, nein, konkrete Vorstellungen habe ich noch gar nicht. Aber der Speisesaal ist jetzt leer. Du kannst ja schon mal hingehen und dich umschauen. Vielleicht komme ich später nach."

Eliza zog die Brauen hoch, doch sie antwortete freundlich: „Wie du willst, Percy. Ich kann auch später mit meinen Notizen zu dir ins Büro kommen."

Sie entfernte sich, und die Absätze klapperten leise auf dem Holzfußboden. Der Duft ihres schweren Parfüms schwebte im Zimmer.

„Wolltest du etwas trinken?" fragte Nelly nüchtern und kehrte Percy noch immer den Rücken zu.

„Nein, ich wollte mit dir reden."

Nelly hob eine Flasche hoch und überprüfte den Inhalt. „Haben wir denn nicht schon alles besprochen?"

„Nein, noch lange nicht. Dreh dich bitte um, Nelly. Ich habe keine Lust, mich mit deinem Rücken zu unterhalten."

„Jawohl, du bist der Boss." Sie wandte sich um und blickte in seine zornig blitzenden Augen.

„Provozierst du mich eigentlich absichtlich, Nelly, oder kannst du nichts dafür?"

„Das weiß ich nicht. Denk, was du willst." Plötzlich kam ihr eine Idee. „Percy", rief sie aufgeregt, „jetzt möchte ich mal mit dir verhandeln. Was hältst du davon, wenn ich dieses Hotel kaufe? Du hängst doch nicht so an diesem Betrieb wie ich. Bau dir ein Ferienzentrum weiter im Süden, das du dann ganz nach deinem Belieben einrichten kannst. Wenn du mir etwas Zeit gibst, bringe ich das Geld auf."

„Sei nicht albern." Sein Vorwurf dämpfte ihre Begeisterung. „Womit willst du denn ein solches Objekt bezahlen?"

„Das müsste ich mir noch überlegen." Hinter dem Tresen wanderte sie auf und ab. „Ich würde es schon irgendwie zusammenkratzen. Ein Darlehen bekäme ich bestimmt, und den Rest müsste ich dann in Raten abtragen. Ich habe auch noch Ersparnisse ..."

„Nein." Er ging um den Tresen herum und versperrte ihr den Weg. „Ich habe nicht die Absicht, dieses Hotel zu verkaufen."

„Aber, Percy ..."

„Ich habe Nein gesagt. Schlag dir die Sache aus dem Kopf."

„Warum bist du denn so eigensinnig? Willst du es dir nicht wenigstens einmal überlegen? Wenn du mir etwas Zeit gibst, dann machst du aus dem Handel vielleicht noch ein gutes Geschäft." Unsicher brach sie ab.

„Ich sagte, ich wollte mit dir sprechen. Im Augenblick habe ich keine Lust, über dieses Hotel zu diskutieren."

Er packte ihren Arm und berührte genau die Stelle, die von Elizas Griff noch schmerzte. Nelly schrie auf, und Percy ließ sie sofort erschrocken los. Mit dem Rücken prallte sie gegen die Regale und stieß dabei mehrere Gläser um, die auf dem Boden zerbrachen.

„Was, in aller Welt, ist in dich gefahren?" wollte er wissen, während sie sich die schmerzende Stelle am Oberarm rieb. „Ich habe dich doch kaum angerührt. Wie kommt es eigentlich, dass du jedes Mal vor mir zurückschreckst wie ein verängstigtes Kaninchen? Ich habe dir nicht wehgetan. Hör auf damit." Er zog ihre Hand fort und schaute verblüfft auf die blutunterlaufenen Flecken an ihrem Arm. „Du liebe Zeit, ich könnte schwören, dass das nicht meine Schuld ist." Sein Selbstbewusstsein wankte. Er war so erschrocken und verunsichert wie noch nie zuvor.

„Nein, du bist nicht daran schuld. Die Flecken hatte ich schon vorher.“ Nelly schlug die Augen nieder. „Der Arm tut mir nur ein bisschen weh, und du hast ausgerechnet die schmerzende Stelle berührt.“

„Wo hast du dir das denn geholt?“ Er trat näher, um sich den Arm genauer anzusehen, doch Nelly wich ihm schnell aus.

„Ich habe mich wohl irgendwo gestoßen.“ Sie bückte sich, um die Scherben aufzulesen.

„Lass das sein“, befahl Percy. „Sonst schneidest du dich noch.“

Er hatte es kaum ausgesprochen, als sich Nelly auch schon den Daumen an einer spitzen, scharfkantigen Scherbe verletzte. Stöhnend vor Schmerz und Wut über ihre Ungeschicktheit richtete sie sich auf.

„Lass mich mal sehen.“ Percy packte ihr Handgelenk und ließ es auch nicht los, als sie sich wehrte. „Ach, Nelly.“ Seufzend zog er ein sauberes Taschentuch aus der Tasche und betupfte die Wunde. „Ich glaube wirklich, dich muss man an die kurze Leine nehmen.“

„Halb so schlimm“, sagte sie leise. „Lass mich los, Percy, sonst beschmierst du dich noch.“

„Eine Kriegsverletzung.“ Er zog den blutenden Daumen kurz an seine Lippen, dann wickelte er das Taschentuch darum. „Musst du eigentlich immer dein Haar aufstecken?“ Mit der freien Hand zog er ihr die Haarnadeln aus dem Knoten und warf sie auf den Boden zu den Scherben. Dann lächelte er sie an. „Wie kommt es bloß, dass du mich ständig bis zur Weißglut reizt? Im Augenblick siehst du so lieb aus wie ein Kätzchen.“

Percys Finger strichen über Nellys Haar und blieben dann auf ihrer Schulter liegen. Sie spürte, wie ihre Knie wieder nachgaben.

„Warum hast du gestern Abend geweint, Nelly? Tu das nie wieder. Gestern Abend war ich drauf und dran, die Tür zu deinem Badezimmer einzutreten. Deine Tränen bringen mich um den Verstand.“

„Normalerweise weine ich auch nicht.“ Sie hob das Kinn und befürchtete, im nächsten Moment wieder die Fassung zu verlieren. „Es war deine Schuld.“

„Ja, das stimmt. Und es tut mir jetzt sehr leid.“

Sie wunderte sich über diese unverhoffte Entschuldigung. Er hauchte einen weichen Kuss auf ihre Lippen.

„Schon gut, wir wollen den Vorfall vergessen.“ Sie versuchte seinem Mund auszuweichen, doch hinter ihr befand sich der Tresen.

Anstatt sie in die Arme zu ziehen, fragte Percy: „Wollen wir heute gemeinsam zu Abend essen? Oben in meinem Zimmer, wo wir uns ungestört unterhalten können?"

Sie schüttelte den Kopf. Noch ehe sie ihre Ablehnung begründen konnte, stand er dicht vor ihr.

„Nelly, ich lasse nicht zu, dass du vor mir davonläufst. Wir müssen uns irgendwo in aller Ruhe aussprechen, ohne Zeugen. Du weißt, was ich für dich empfinde, und ..."

„Warum gibst du dich nicht mit deinen anderen Errungenschaften zufrieden?" erwiderte sie schroff.

„Wie bitte?" Sein Lächeln schwand bei ihrem scharfen Ton, und er ließ die Hand, mit der er ihr Haar streicheln wollte, wieder sinken.

„Du wirst mich schon verstehen, wenn du ein bisschen darüber nachdenkst."

„Es fiele mir bestimmt leichter, wenn du mir deine Andeutung näher erklären würdest."

„Ich denke nicht daran. Und selbst auf die Gefahr hin, deine männliche Eitelkeit zu verletzen, möchte ich dir mitteilen, dass ich nicht vor dir davonlaufe, sondern heute Abend schon etwas anderes vorhabe. Ich bin nämlich verabredet."

„Verabredet?" Er schob die Hände in die Taschen und wippte auf den Fersen.

„Du hast dich nicht verhört. Ich glaube, ich habe ein Recht auf ein bisschen Privatleben. Mein Arbeitsvertrag schreibt mir nicht vor, dass ich dir vierundzwanzig Stunden am Tag zur Verfügung stehen muss." Vernichtend fügte sie hinzu: „Ich nehme an, dass Miss Trainor heute Abend bestens für deine Unterhaltung sorgen wird."

„Ganz bestimmt", pflichtete er ihr bei. Seine Gelassenheit brachte Nelly aus der Ruhe, und ihr Temperament ging mit ihr durch.

Wütend fauchte sie: „Na, dann ist ja alles in Ordnung. Ich wünsche dir einen vergnügten Abend, Percy. Auch ich werde mich köstlich amüsieren. Und jetzt entschuldige mich bitte, ich habe zu arbeiten." Sie wollte an ihm vorbeirauschen, doch er hielt sie fest.

„Da wir beide heute Abend anderweitig beschäftigt sind, können wir vielleicht gleich erledigen, was mir auf dem Herzen liegt."

Er küsste sie so leidenschaftlich, dass sie Angst bekam. Anfangs biss sie die Zähne fest zusammen, doch dann öffneten sich ihre Lippen unter dem Druck seines Mundes. Gerade, als ihr innerer Widerstand schmolz, ließ er sie los.

„Bist du fertig?" fragte sie betont spöttisch. Sie sehnte sich danach, nochmals von ihm geküsst zu werden, und war gleichzeitig wütend auf ihre Empfindungen.

„Nein, Nelly." Es klang aufreizend zuversichtlich. „Ich bin noch lange nicht fertig." Eine freche Antwort lag ihr auf der Zunge, doch er ließ sie gar nicht zu Wort kommen. „Ich rate dir jetzt, den Daumen zu verbinden."

Erzürnt stürzte Nelly aus dem Aufenthaltsraum. Für einen würdevollen Abgang war sie viel zu aufgeregt.

Um diese Tageszeit ging es in der Küche immer ruhig zu. Nelly betrat sie unter dem Vorwand, eine Tasse Kaffee zu trinken.

„Was hast du denn mit deinem Daumen gemacht?" fragte Elsie beiläufig. Sie war damit beschäftigt, Obst auf Tortenböden zu schichten.

„Ach, das ist nur ein Kratzer." Nelly blickte missbilligend Percys Taschentuch an und steuerte auf die Kaffeemaschine zu.

„Tu dir lieber etwas Jod auf die Wunde."

„Das brennt bloß."

Elsie schüttelte nachdenklich den Kopf und wischte sich die Hände an der Schürze ab, ehe sie in dem kleinen Medizinschrank herumstöberte. „Setz dich hin und stell dich nicht so an."

„Das ist doch weiter nichts. Es blutet nicht mal mehr." Aber Nelly wusste, dass aller Widerstand vergebens war. Hilflos ließ sie sich auf einen Stuhl fallen und sah zu, wie Elsie ein Fläschchen und Verbandzeug holte. „Mach nicht so viel Wirbel um einen Kratzer. Verflixt noch mal, Elsie! Ich sagte dir doch, dass das ekelhafte Zeug brennt."

„Na, siehst du."

Zufrieden lächelnd befestigte Elsie den Verband mit einem Stück Heftpflaster. „Aus den Augen, aus dem Sinn."

„Das sagst du so." Nelly stützte das Kinn in die Hand und starrte trübsinnig in die Kaffeetasse.

„Diese Schnüffeltante wollte in meine Küche kommen", verkündete Elsie naserümpfend.

„Wer? Ach, du meinst Miss Trainor." Nelly vergaß ihren schmerzenden Daumen und wandte sich neugierig an die Köchin. „Erzähl schon, was ist passiert?"

„Ich habe sie natürlich hinausgeworfen, was dachtest du denn." Selbstbewusst entfernte sie etwas Mehlstaub von ihrem üppigen Busen.

„Fabelhaft!" Nelly lehnte sich zurück und lachte schallend. Sie konnte sich lebhaft vorstellen, wie Elsie die vornehme Eliza aus ihrer Küche komplimentiert hatte. „War sie wütend?"

„Reif für die Zwangsjacke", erwiderte Elsie vergnügt, und Nelly strahlte. „Du triffst dich heute Abend mit Howard?"

„Ja." Nelly wunderte sich nicht im Geringsten, dass Elsie im Bilde war. „Ich nehme an, dass wir ins Kino gehen."

„Warum verschwendest du deine Zeit mit diesem jungen Burschen, wenn Mr. Reynolds hier ist?"

„Na ja, erstens freut sich Betty Jackson, und …" Nelly unterbrach sich. „Was hat Percy … ich meine, Mr. Reynolds denn damit zu tun?"

„Ich verstehe nicht, wieso du mit Howard ausgehst, wenn du in Mr. Reynolds verliebt bist", erklärte Elsie nüchtern, während sie sich eine Tasse Kaffee einschenkte.

„Das stimmt ja gar nicht", protestierte Nelly. Sie nahm einen großen Schluck und verbrühte sich Zunge und Gaumen.

„Aber natürlich", widersprach Elsie und goss sich reichlich Sahne in die Tasse.

„Nein, wirklich nicht."

„Doch."

„Von wegen. Das muss ich ja wohl am besten wissen. Wie kommst du eigentlich auf diesen absurden Gedanken?"

„Ich bin fünfzig Jahre alt, und seit vierundzwanzig Jahren kenne ich dich. Das dürfte wohl genügen", antwortete Elsie überzeugt.

„Und du irrst dich wohl nie?" meinte Nelly bissig.

Elsie überhörte die Frage und fuhr in aller Gemütsruhe fort: „Ich fände es richtig schön, wenn du heiraten und dich hier in der Nähe niederlassen würdest. Solange keine Kinder da sind, kannst du das Hotel weiterführen."

„Bleib bei deinen Brathähnchen und Tortenböden, Elsie", riet

Nelly. „Als Wahrsagerin bist du nämlich eine Niete. Mr. Reynolds würde mich weder heiraten noch sich hier niederlassen. Außerdem bin ich für seinen Geschmack viel zu provinziell und unerfahren."

„Unsinn." Elsie rümpfte die Nase und schüttelte den Kopf. „Du solltest nur mal sehen, wie er die Augen nach dir verdreht."

„Meine liebe Elsie, da du in deinen fünfzig Jahren ja sehr viel Weisheit und Lebenserfahrung gesammelt hast, kennst du bestimmt auch den Unterschied zwischen dem Wunsch nach einer oberflächlichen Affäre und dem Bedürfnis, zu heiraten und sesshaft zu werden. Selbst wenn man wie wir in der Provinz aufgewachsen ist, kennt man den Gegensatz zwischen Sex und Liebe."

„Du liebe Zeit, Mädchen, was du dir da zusammenreimst, ist lächerlich", entgegnete Elsie so nachsichtig, als hätte sie es mit einem launischen Kind zu tun. „Trink jetzt deinen Kaffee aus und dann lass mich allein. Ich muss noch die Törtchen vorbereiten und die Sahne schlagen. Und wehe, du nimmst den Verband ab", drohte sie Nelly hinterher, die bereits zur Tür ging.

Während Nelly sich für ihr Rendezvous zurechtmachte, gelangte sie zu dem Schluss, dass ihr Aussehen offenbar nicht dem Bild entsprach, das man sich von einer Respektsperson machte. Sie war immer noch darüber verärgert, dass Elsie sie abgekanzelt und aus der Küche vertrieben hatte. Dagegen muss ich etwas unternehmen, dachte sie.

Nelly stöberte in ihrem Kleiderschrank und holte das Geburtstagsgeschenk ihrer Großmutter hervor. Die weiße Seidenbluse betonte den zierlichen Busen, und die elegante schwarze Hose schmiegte sich eng an die sanft gerundeten Hüften und die schlanken, wohlgeformten Beine.

„Mir ist nicht klar, ob ich damit wie eine Respektsperson wirke", murmelte Nelly, während sie sich vor dem Spiegel drehte. „Ich bin neugierig, wie Howard darauf reagiert." Sie kicherte, als sie sich sein gutmütiges Gesicht vorstellte.

Er hatte treuherzige Augen wie ein junger Hund, und über der Oberlippe spross ein kümmerliches Bärtchen. Er sähe gar nicht so übel aus, wenn er nur ein markantes Kinn hätte, überlegte Nelly. Howards Gesicht verschmolz schon vom Mund abwärts mit dem Hals.

Aber er ist ein feiner Kerl, gestand Nelly sich ein. Howard war freundlich, sympathisch, unkompliziert und vor allem offen. Sie schlüpfte in leichte schwarze Sandalen, nahm ihre Handtasche und verließ das Zimmer.

Sie hoffte, ungesehen nach draußen entwischen zu können, wo sie auf Howard warten wollte, doch Eddie fing sie völlig aufgelöst in der Diele ab.

„Nelly! Nelly, warte mal!" Er rannte ihr bis zur rettenden Tür hinterher.

„Eddie, falls das Hotel abbrennt, sag es mir lieber erst morgen. Ich wollte nämlich gerade gehen."

„Nein, Nelly." Aufgeregt griff er nach ihrer Hand. „Liz hat Maggie erzählt, dass Miss Trainor das ganze Hotel umkrempeln will. Mr. Reynolds hat vor, hieraus ein Ferienzentrum zu machen, mit einer Sauna in jedem Zimmer und einem illegalen Spielcasino im Keller." Verzweifelt klammerte er sich an sie und blickte Nelly durch seine starke Brille flehend an.

„Mr. Reynolds beabsichtigt keineswegs, ein illegales Spielcasino einzurichten", erwiderte sie geduldig.

„Aber er besitzt doch eins in Las Vegas", tuschelte Eddie.

„In Las Vegas darf gespielt werden. Ein Spielcasino zu betreiben verstößt nicht gegen das Gesetz."

„Aber Nelly, Maggie sagt, Miss Trainor will den Aufenthaltsraum ganz neu gestalten. Die Einrichtung soll in Rot und Gold gehalten werden, und an die Wände kommen Bilder mit nackten Frauen."

„Das ist doch Unsinn." Sie tätschelte seine Hand und amüsierte sich über Eddies Verlegenheit. „Bis jetzt ist noch gar nichts entschieden. Und wenn Mr. Reynolds dafür ist, dass der Aufenthaltsraum renoviert wird, dann bestimmt nicht in Rot und Gold und auch nicht mit Bildern von nackten Frauen."

„Vielen Dank", hörte sie hinter sich Percys Stimme. Nelly zuckte zusammen. „Eddie, ich glaube, die beiden Damen Bodwin haben nach Ihnen gerufen", fügte er hinzu.

„Ich bin schon unterwegs, Sir." Mit hochrotem Kopf eilte Eddie davon und überließ Nelly ihrem Schicksal.

„Nanu." Percy musterte sie eingehend. „Dein Freund scheint ja einen sehr hohen Siedepunkt zu haben."

Sie wollte ihm zufauchen, dass Howard überhaupt keinen Siedepunkt hätte, dann besann sie sich. „Gefalle ich dir?“ Kokett strich sie das Haar über die Schultern zurück und lächelte Percy so verführerisch wie möglich an.

„Tja, unter anderen Voraussetzungen fände ich diese Bluse ausgesprochen entzückend“, antwortete er trocken und betrachtete sie eingehend.

Er war offensichtlich verstimmt. Übermütig strich Nelly kurz über seine Wange und schwebte zur Tür. „Gute Nacht, Percy. Warte heute nicht mehr auf mich. Es kann sehr spät werden.“ Triumphierend trat sie hinaus in den rosabewölkten Abend.

Howards Reaktion auf Nellys Kleidung war Balsam für ihre Seele. Er schluckte, blinzelte heftig und stammelte während der Fahrt in die Stadt unverständliche, abgehackte Sätze. Nelly sonnte sich in seiner Bewunderung.

Im Ort waren kaum Leute unterwegs, nur bei dem Kino im Außenbezirk ging es etwas lebhafter zu.

Howard parkte den Wagen präzise in einer Lücke, half Nelly beim Aussteigen und schloss das Auto ab. Dann umfasste er zu ihrer maßlosen Verwunderung Besitz ergreifend ihren Arm und führte sie zum Kino.

Eine Stunde später hatte Nelly den Eindruck, dass mit Howard irgendetwas nicht stimmte. Er verschlang weder sein Popcorn mit dem üblichen Heißhunger noch rutschte er auf dem unbequemen Sitz hin und her. Seine geistesabwesenden Augen glänzten fiebrig und leicht verstört.

„Howard“, flüsterte Nelly und berührte seine Hand. Er zuckte zusammen, als hätte sie ihn gekniffen. „Howard, fühlst du dich nicht wohl?“

Statt einer Antwort ließ er die Popcorntüte fallen, riss Nelly an sich und küsste sie ebenso unbeholfen wie leidenschaftlich.

Nelly war entgeistert. Bisher hatte Howard sich darauf beschränkt, sie beim Abschied vor der Haustür brüderlich zu umarmen. Als die Leute in den Sitzreihen hinter ihnen kicherten, riss sie sich von ihm los.

„Howard, benimm dich!“

Er ergriff jedoch ihren Arm und zog sie aus dem Kino.

„Sag mal, Howard, hast du den Verstand verloren?"

„Ich hielt es da drinnen nicht mehr aus", brummte er und drängte sie zu seinem Wagen. „Es war so stickig und voll."

„Voll?" Sie blies sich eine verwegene Locke aus der Stirn. „Im ganzen Kino können nicht mehr als zwanzig Leute gewesen sein. Vielleicht solltest du zu einem Arzt gehen." Sie klopfte ihm freundschaftlich auf die Schulter. Dann betastete sie prüfend seine Stirn. „Du fühlst dich ganz heiß an, vielleicht hast du ein bisschen Fieber. Ich schlage vor, du fährst gleich nach Hause, und ich nehme mir ein Taxi."

„Nein", widersprach Howard so heftig, dass Nelly zusammenfuhr.

Sie blickte ihn nachdenklich an, ehe sie sich ins Auto setzte. In der Dunkelheit konnte sie nicht viel erkennen, aber er raste in hohem Tempo über die kurvenreiche Landstraße. Eine Weile später blinkten die erleuchteten Fenster des Hotels auf.

Plötzlich lenkte Howard den Wagen an den Straßenrand, stellte den Motor ab und schlang die Arme um Nelly. Im ersten Moment war sie mehr überrascht als böse.

„Lass mich sofort los. Howard! Was, in aller Welt, ist denn nur in dich gefahren?"

„Nelly." Seine Lippen suchten ihren Mund, und diesmal war sein Kuss weder unbeholfen noch brüderlich. „Du bist so schön." Seine Hand tastete nach dem Ausschnitt ihrer Bluse.

„Howard, du solltest dich schämen!" Nelly stieß ihn energisch fort und rutschte ein Stück zur Seite. „Du fährst auf der Stelle nach Hause, nimmst eine kalte Dusche und legst dich ins Bett."

„Aber, Nelly ..."

„Keine Widerrede." Sie öffnete die Tür und sprang aus dem Wagen. Draußen am Straßenrand strich sie sich das Haar aus der Stirn und glättete ihre Kleidung. „Ich laufe jetzt zum Hotel, bevor deine Gefühle noch mal mit dir durchgehen. Du kannst dich freuen, wenn ich deiner Tante nichts von deinem Wahnsinnsanfall erzähle." Sie machte auf dem Absatz kehrt.

Zehn Minuten später stapfte Nelly keuchend den steilen Hügel hinauf. Sie trug die Sandalen in der Hand und verwünschte alle Männer. Über ihr raschelte das erste Laub der hohen Bäume. Ein einsames Käuzchen stieß einen Schrei aus. Doch Nelly befand sich nicht in der Stimmung, den Zauber der Nacht zu genießen.

„Du hältst den Schnabel“, beschimpfte sie den Vogel.

„Ich habe doch noch gar nichts gesagt“, antwortete eine tiefe Stimme. Nelly wollte schreien, doch Percys Hand verschloss ihr den Mund.

„Was, in aller Welt …?“

„Gehst du spazieren?“ erkundigte er sich freundlich. „Wolltest du noch ein bisschen frische Luft schnappen?“

„Sehr witzig.“ Sie wollte weiterlaufen, doch er hielt sie am Handgelenk fest.

„Was ist los? Ging deinem Freund das Benzin aus?“

„Deine Ironie hat mir gerade noch gefehlt.“ Erst jetzt merkte Nelly, dass ihr vor Schreck die Sandalen entglitten waren, und sie suchte auf dem dunklen Boden danach. „Ich bin nämlich gerade hundert Kilometer gelaufen, nachdem ich mich gegen einen Verrückten gewehrt habe.“

„Hat er dir wehgetan?“ Percy musterte sie prüfend.

„Natürlich nicht.“ Nelly schnaubte. „Howard könnte keiner Fliege etwas zu Leide tun. Ich weiß auch nicht, was plötzlich in ihn gefahren ist. So merkwürdig hat er sich noch nie benommen.“

„Bist du wirklich so naiv, oder tust du nur so?“ Percy packte sie bei den Schultern und schüttelte sie leicht. „Werd endlich erwachsen, Nelly. Schau mal in den Spiegel. Der arme Howard konnte ja gar nicht anders.“

„Sei nicht albern.“ Sie befreite sich aus seinem Griff. „Howard und ich kennen uns von klein auf. Und so hat er sich noch nie benommen. Vielleicht hat er in letzter Zeit zu viele Liebesromane gelesen, oder dergleichen. Du liebe Güte, als ich zehn Jahre alt war, haben wir noch zusammen nackt im See gebadet.“

„Hat dich noch niemand darüber aufgeklärt, dass du jetzt nicht mehr zehn Jahre alt bist?“ Sein Tonfall verwirrte sie. „Keine Angst, Nelly, ich tue dir nichts.“ Sie spürte, wie ihre Knie zitterten. „Ich käme mir vor wie ein Puma, der sich an einer Hauskatze vergreift.“

Einen Augenblick lang schauten sie sich nur an. Über ihnen schimmerten die Sterne, der Mond schien sie zu beobachten, und ein

Nachtvogel stieß einen klagenden Ruf aus. Dann schmiegte sie sich in seine Arme.

Nelly stellte sich auf die Zehenspitzen, um Percy zu küssen. Die Bäume flüsterten, und sie seufzte hingebungsvoll. Vergangenheit und Zukunft waren ihr gleichgültig, sie gab sich ganz der Gegenwart hin. Sein Mund berührte ihren Hals, und sie stöhnte auf, schob die Finger in sein Haar und öffnete die Lippen, um seine Küsse zu empfangen.

Eng umschlungen standen sie im Schatten der hohen Bäume, umgeben von den Geräuschen der Nacht. Doch plötzlich ging die Eingangstür des Hotels auf, und ein breiter Lichtstrahl fiel über den Hof.

„Ach, Percy, da bist du ja. Ich habe schon auf dich gewartet."

Niedergeschlagen löste Nelly sich aus Percys Armen. Lässig lehnte Eliza am Türrahmen. Ein Negligee aus schwarzer, hauchdünner Spitze umschmeichelte ihren faszinierenden Körper. Das dunkel glänzende Haar fiel lose über ihren Rücken.

„Warum?" fragte Percy brüsk.

„Percy, Liebling, stell dich doch nicht so dumm", schmollte Eliza.

Nelly war zumute, als hätte ihr jemand einen Kübel Wasser über den Kopf gegossen. Sie fühlte sich ausgenutzt. Percy hatte sie geküsst, während eine andere Frau schon auf ihn wartete. Sie bückte sich nach ihren Sandalen.

„Wo willst du hin?" Percy ergriff ihr Handgelenk, als sie hastig den Rückzug antreten wollte.

„In mein Zimmer, wohin denn sonst. Mir scheint, heute Abend hast du schon etwas vor."

„Moment noch, eine Minute."

„Lass mich bitte sofort los. Mein Bedarf an Ringkämpfen ist für heute Abend gedeckt."

Der Griff um ihr Handgelenk wurde härter. „Am liebsten würde ich dir das Genick umdrehen."

Dann ließ Percy sie los. Mit den Sandalen in der Hand stürmte Nelly die Treppe hinauf ins Haus, während Eliza triumphierend lächelte.

9. KAPITEL

Nelly holte sich die Akten und Geschäftsbücher in ihr Zimmer. Dort konnte sie am ehesten ungestört arbeiten, ohne durch Percy abgelenkt zu werden. Sie vergrub sich in dem Papierwust und versuchte, sich darauf zu konzentrieren.

Draußen herrschte trübes Wetter. Nieselregen sprühte gegen die Fensterscheiben und bildete den passenden Hintergrund für ihre Stimmung.

Nelly schrak hoch, als die Tür plötzlich aufgestoßen wurde. Percy trat ein. Ihr stockte der Atem.

„Versteckst du dich?" Seine Lippen wurden zu einem schmalen Strich, und auch seine Laune hatte sich seit dem vergangenen Abend nicht gebessert.

„Nein." Instinktiv hob sie das Kinn. „Ich finde es nur praktischer, in meinem Zimmer zu arbeiten, solange du das Büro beanspruchst."

„Aha." Drohend beugte er sich über den Schreibtisch, sodass sie sich klein und hilflos vorkam. „Eliza hat mir von eurem Streit gestern im Aufenthaltsraum berichtet."

Überrascht öffnete Nelly den Mund. Sie wunderte sich, dass Eliza den Mut besaß, ihr Verhalten zu erklären.

„Habe ich nicht ausdrücklich gesagt, Nelly, dass du Eliza, solange sie in diesem Hotel wohnt, mit der gleichen Höflichkeit zu behandeln hast wie alle anderen Gäste?"

Nelly wunderte sich immer mehr. „Entschuldige, Percy, aber heute Morgen bin ich offenbar besonders begriffsstutzig. Würdest du mir diese Frage bitte einmal erläutern?"

„Sie erzählte mir, du seiest regelrecht unverschämt zu ihr gewesen. Du hättest dich dazu hinreißen lassen, ihr ein Verhältnis mit mir zu unterstellen, hättest dich geweigert, ihr etwas zu trinken zu geben und außerdem das Personal angewiesen, ihr die Arbeit nach Möglichkeit zu erschweren."

„So, das hat sie gesagt?" Nelly wurde zornig. Bedächtig legte sie den Bleistift zur Seite und erhob sich, obwohl Percy so bedrohlich nahe vor ihr stand. „Ist es nicht erstaunlich, wie unterschiedlich zwei Menschen ein und dieselbe Situation auslegen? Na schön." Sie schob die Hände in die Taschen ihres Rocks und straffte die Schultern.

„Jetzt will ich dir etwas sagen ...“

„Wenn du mir deine Version von dem Streit erzählen willst, dann bitte“, forderte Percy sie auf. „Ich bin gespannt.“

„Ach du.“ Sie verlor die Beherrschung und boxte Percy mit der Faust auf die Brust. Nachsichtig lächelnd betrachtete er die kleine Hand. „Wie großmütig von dir“, höhnte Nelly. „Du bildest dir wohl ein, du seiest besonders fair?“ Sie wirbelte herum und wanderte unruhig auf und ab. Sie fragte sich, ob sie ihm ihren Streit mit Eliza wörtlich wiedergeben sollte oder nicht. Schließlich siegte ihr Stolz über ihren Wunsch, sich vor Percy zu rechtfertigen. „Nein danke, auf so viel Gnade verzichte ich. Es war meine Schuld.“

„Nelly.“ Mit zwei Schritten war Percy bei ihr, umfasste ihre Schultern und drehte sie zu sich herum. „Musst du mich ständig reizen?“

„Und musst du ständig auf mir herumhacken?“ erwiderte sie.

„Ich hacke nicht ständig auf dir herum“, verteidigte er sich.

„Glaubst du. Dabei muss ich mich andauernd in irgendeiner Weise vor dir rechtfertigen. Ich habe keine Lust mehr, dir alles, was ich tue oder sage, zu erklären. Ich habe es satt, Blitzableiter für deine Launen zu sein. Wie komme ich dazu, mich ständig deinen Stimmungen anzupassen? Ich weiß ja nie, ob du mich im nächsten Moment küsst oder mich in die Ecke schiebst wie ein ungezogenes Kind. Ihr beide behandelt mich, als sei ich naiv, untüchtig und dumm. Ich bin es nicht gewöhnt, mich zu ducken.“

Die Worte sprudelten aus ihr heraus, während Percy sie nachdenklich musterte.

„Und vor allem bin ich deine kostbare Eliza leid. Ich lasse mir nicht gefallen, dass sie an diesem Haus kein gutes Haar lässt und mich ständig betrachtet, als sei ich eine Magd, die gerade die Kühe auf die Weide getrieben hat. Ich wehre mich dagegen, dass sie dir Lügen über mich auftischt. Und dich hasse ich, weil du mich dazu benutzt, dich als Mann zu bestätigen, während Eliza schon halb nackt auf der Suche nach dir durch das Hotel rennt und darauf wartet, dass du ihr das Bett anwärmst. Und ...“

Das Telefon läutete und unterbrach ihren Redeschwall. Nelly riss den Hörer von der Gabel und fauchte: „Was los ist? Nichts ist los. Was gibt’s, Eddie?“ Während sie lauschte, rieb sie sich den Nacken, der bereits wieder schmerzte. „Ja, er ist hier.“ Sie drehte sich um und hielt Percy den Hörer hin. „Für dich. Ein Paul Bailey."

Percy nahm Nelly den Hörer ab. Als sie sich jedoch umdrehte, um das Zimmer zu verlassen, hielt er sie am Arm fest. „Du bleibst hier." Er ließ sie erst los, nachdem sie zustimmend genickt hatte. Dann ging sie zum Fenster und starrte in den strömenden Regen hinaus.

Percy sagte nur wenig. Er wirkte konzentriert, und gelegentlich antwortete er einsilbig. Nelly fühlte sich bedrückt, leer und ausgebrannt, nachdem ihre größte Wut und ihr Groll verraucht waren. Sie erkannte erschrocken, welchen Fehler sie begangen hatte.

Jetzt bleibt nur noch die Arbeit im Hundezwinger übrig, dachte sie erbittert. Eliza wird sich freuen, wenn sie merkt, dass sie Recht behalten hat. Verflixt noch mal!

Sie legte die Stirn gegen das kühle Fensterglas. Warum musste ich mich auch in diesen unmöglichen Mann verlieben, überlegte sie betrübt.

„Nelly!" Sie zuckte zusammen. Als sie sich umdrehte, sah sie, wie Percy gerade den Hörer auf die Gabel zurücklegte. „Pack deinen Koffer", sagte er kurz angebunden und ging zur Tür.

Jetzt ist es passiert, dachte sie, aber damit musste ich ja rechnen. Sie versuchte, sich damit zu trösten, dass es besser wäre, wenn sie ginge, um mit Percy und seinem Hotel nie wieder etwas zu tun zu haben. Sie nickte stumm und sah aus dem Fenster.

„Nimm dir genug Sachen für drei Tage mit." Er legte die Hand auf den Türgriff.

„Wie bitte?" Verdutzt drehte Nelly sich um und blickte Percy entgeistert an.

„Wir werden drei Tage unterwegs sein. In einer Viertelstunde erwarte ich dich." Percys Züge entspannten sich, als er ihre traurige Miene sah. „Nelly, du bist nicht entlassen. Ein bisschen mehr Niveau solltest du mir ruhig zutrauen."

Ihr fiel ein Stein vom Herzen. Percy lehnte sich gegen die geschlossene Tür.

„Der Anruf kam von dem Manager eines meiner Hotels. Er hat da ein Problem, um das ich mich selbst kümmern muss. Und du kommst mit."

„Ich soll mitkommen?" Sie war fassungslos. „Warum das denn?"

„Erstens, weil ich darauf bestehe." Er verschränkte die Arme über der Brust und sah sie streng an. „Und zweitens, weil ich will, dass meine Manager etwas herumkommen. Für dich ist es eine gute Gelegenheit, dich in einem anderen Betrieb von mir ein bisschen umzusehen."

„Aber ich kann hier doch nicht so ohne weiteres abreisen", entgegnete sie. „Wer soll denn sonst für Ordnung sorgen und sich um alles hier kümmern?"

„Eddie. Es wird höchste Zeit, dass er mehr Verantwortung übernimmt. Er verlässt sich viel zu sehr auf dich. Das andere Personal übrigens auch."

„Aber am Wochenende kommen fünf neue Gäste, und …"

„Jetzt hast du nur noch zehn Minuten Zeit zum Packen, Nelly", ermahnte er sie nach einem Blick auf seine Armbanduhr. „Und wenn du dich nicht beeilst, dann reist du mit den Kleidern ab, die du gerade trägst."

Sie merkte, dass es keinen Sinn hatte, mit Percy zu diskutieren, und versuchte, nicht daran zu denken, was es für sie bedeutete, mit ihm zu verreisen. Es ist eine reine Geschäftsreise, sagte sie sich immer wieder. Absolut nichts Privates.

Als er ging, rief sie hinter ihm her: „Dann sag mir wenigstens, wohin wir fahren. Schließlich muss ich ja wissen, ob ich Skistiefel oder einen Bikini einpacken soll."

Lächelnd drehte er sich um. „Bikinis. Wir fliegen nach Palm Beach."

Nelly stellte fest, dass die Überraschungen an diesem Vormittag kein Ende nahmen. Percy ließ sie gar nicht erst ausreden, als sie Eddie mit Ratschlägen und Anweisungen überhäufte, sondern schob sie kurzerhand durch den strömenden Regen zu seinem Auto. Während der Fahrt zum Flughafen stellte sie sich im Geist alle möglichen Katastrophen vor, die in den nächsten drei Tagen passieren konnten. Sie öffnete den Mund, um Percy in ihre Befürchtungen einzuweihen, doch sein Blick schüchterte sie so ein, dass sie lieber schwieg.

Die nächste Überraschung erlebte sie auf dem Flughafen. Sie sollten nicht mit einer Verkehrsmaschine, sondern mit Percys Privatflugzeug fliegen.

Es wartete schon startbereit auf der Piste. Regungslos betrachtete Nelly die schnittige Maschine, während Percy sich um ihr Gepäck kümmerte.

„Nelly, du brauchst doch nicht hier im Regen zu stehen. Geh schon rein."

„Percy." Sie achtete nicht auf den Regen, der sie durchnässte. „Ich muss dir etwas gestehen. Ich fliege nicht gern."

„Halb so schlimm." Er klemmte sich ihren kleinen Koffer unter den Arm und ergriff ihre Hand. „Das Meiste macht das Flugzeug ganz allein."

„Percy, ich meine es ernst", jammerte sie, als er sie in die Maschine zog.

„Wirst du luftkrank? Ich geb dir eine Pille."

„Nein." Sie schluckte krampfhaft und ließ die Schultern hängen. „Wenn ich fliege, bin ich wie gelähmt. Gelegentlich tragen mich die Stewardessen in den Frachtraum, damit die anderen Passagiere meinetwegen nicht in Panik geraten."

Er zauste liebevoll ihr nasses Haar. „Endlich habe ich deine schwache Stelle entdeckt. Wovor hast du Angst?"

„Dass die Maschine abstürzt."

„Das ist alles nur Einbildung", behauptete er, während er ihr half, die Jacke auszuziehen. „Dafür gibt es einen medizinischen Fachausdruck."

„Ja, sterben", pflichtete sie ihm bei, worauf er lachte. Beleidigt, weil er sie nicht ernst nahm, wandte sie sich ab und sah sich in der luxuriösen Kabine um. „Hier sieht es aus wie in einem Salon, gar nicht wie in einem Flugzeug." Andächtig streichelte sie den dunkelbraunen Samtbezug eines Sessels. „Jeder Mensch hat ein Recht auf Angst", sagte sie leise.

„Das stimmt."

Offenbar hätte er am liebsten gelacht. Sie wirbelte herum, um ihn abzukanzeln, doch sein Schmunzeln entwaffnete sie. „Dir wird das Lachen schon vergehen, wenn ich gleich als stöhnendes Häufchen Elend auf deinem kostbaren Teppich liege", behauptete sie.

„Dann werde ich bestimmt ganz ernst." Er kam auf sie zu, und sie verkrampfte sich unwillkürlich. „Nelly, wollen wir nicht Frieden schließen? Wenigstens für die Dauer unserer Reise?"

„Na ja, ich …" Seine Stimme klang so sanft und einschmeichelnd, dass sie eingehend die Knöpfe seines Hemdes betrachtete, um ihm nicht in die Augen sehen zu müssen.

„Was hältst du von einem Waffenstillstand?" schlug er vor. Er nahm ihr Kinn zwischen Daumen und Zeigefinger und zwang sie, ihn anzuschauen. „Wenn wir zurückkommen, können wir uns ja weiterstreiten." Er lächelte, und ihr innerer Widerstand schmolz.

„In Ordnung, Percy, ich bin einverstanden." Gegen ihren Willen erwiderte sie sein Lächeln.

„Dann setz dich jetzt in einen Sessel und schnall dich an." Er küsste sie auf die Stirn, und ihr versagten wieder einmal die Knie.

Nellys Angst hielt sich während des Starts in Grenzen, weil Percy sich unablässig mit ihr unterhielt. Zum ersten Mal in ihrem Leben flog sie, ohne dass ihr vor Nervosität heiß wurde.

„Es ist so flach hier und so warm", staunte Nelly, als sie mit Percy die Gangway hinunterstieg und sich dabei umsah.

Schmunzelnd führte er sie zu einem schnittigen schwarzen Porsche. Percy wechselte einige Worte mit einem Parkplatzangestellten, ließ sich die Wagenschlüssel geben und schloss auf.

„Wo steht dein Hotel?" fragte Nelly.

„In Palm Beach. Hier sind wir in West Palm Beach. Wir müssen den Worth-See überqueren, um auf die Insel zu kommen."

„Ach so." Dann schwieg Nelly und betrachtete verzückt die hohen schlanken Palmen an der Straße.

Die Landschaft, durch die sie fuhren, war so anders als ihre Heimat in Neu England, dass sie sich vorkam wie in einer fremden Welt. Das Wasser des Worth-Sees, der Palm Beach vom Festland trennte, glitzerte in der Nachmittagssonne. Am Strand standen vornehme, elegante Hotels.

Nelly erkannte die Initialen „P.R." an einem turmartigen weißen Gebäude, das sich zwölf Stockwerke hoch über den Atlantik erhob. Hunderte von Fenstern spiegelten das Sonnenlicht wider. Percy fuhr die halbkreisförmige Auffahrt entlang und hielt vor dem Hoteleingang.

Nelly kniff leicht die Augen zusammen und staunte über die gepflegte Anlage. Neben der Glastür, die in das Hotelfoyer führte, standen üppig wuchernde tropische Pflanzen in Marmorkübeln. Die unterschiedlichen Farben waren gut aufeinander abgestimmt. Alles an diesem Hotelkomplex wirkte harmonisch.

Percy ging um den Wagen herum und öffnete die Tür. „Komm." Er half Nelly galant beim Aussteigen und führte sie an seiner Hand ins Hotel.

Das Foyer kam Nelly vor wie ein tropisches Paradies. Der Boden war gekachelt, in der Mitte befand sich ein künstlich angelegter Felsengarten mit einem Springbrunnen. Das Hotel war rund gebaut. Verschiedene architektonische Effekte erweckten den Eindruck einer Spirale, die nach oben strebte. Die Decke war blau und wirkte offen wie der Himmel. Einen krasseren Gegensatz zu der anheimelnden, familiären Atmosphäre des „Lakeside Inn" konnte Nelly sich nicht vorstellen.

„Guten Tag, Mr. Reynolds." Ein schlanker, gut gekleideter Mann störte Nelly in ihren Betrachtungen. „Wie schön, dass Sie wieder einmal hier sind."

„Paul." Percy schüttelte ihm lächelnd die Hand. „Nelly, das ist Paul Bailey, der Manager. Paul, das ist Miss Nelly Clark."

„Es ist mir ein Vergnügen, Sie kennen zu lernen, Miss Clark." Paul Bailey begrüßte Nelly und betrachtete sie interessiert.

„Kümmern Sie sich um unser Gepäck, ich bringe Miss Clark nach oben. Später komme ich dann zu Ihnen."

„Selbstverständlich. Alles ist für Ihre Ankunft vorbereitet." Die Zähne blitzten in dem tief gebräunten Gesicht auf. Er ging zur Rezeption und griff nach einem Schlüssel. „Ihr Gepäck wird gleich hochgebracht, Mr. Reynolds. Kann ich noch etwas für Sie tun?"

„Wie bitte?" Nelly betrachtete noch immer gedankenverloren das luxuriöse Foyer.

„Hast du irgendeinen Wunsch?" Percy lächelte und strich ihr eine Locke aus dem Gesicht.

„Ach nein, eigentlich nicht. Vielen Dank."

Percy nickte Bailey zu, nahm Nellys Hand und führte sie zu einem der drei Aufzüge. In einem achteckigen gläsernen Gehäuse glitten sie aufwärts.

In der obersten Etage stiegen sie aus. Sie gingen den mit weichem Teppich ausgelegten Flur entlang, dann schloss Percy eine Tür auf.

Nelly betrat den Raum und wandte sich gleich dem riesigen Fenster zu, das eine ganze Wand einnahm. Aus Schwindel erregender Höhe blickte sie hinab auf den weißen Strand und das azurblaue weite Meer.

„Das ist ja eine fantastische Aussicht“, schwärmte sie. „Ich hätte Lust, gleich vom Balkon ins Wasser zu springen.“ Sie drehte sich um und sah Percy an, der mitten im Zimmer stehen geblieben war und sie anblickte. „Es ist herrlich hier“, fügte sie endlich hinzu, um das Schweigen zu brechen.

Ausgiebig musterte Nelly das Zimmer und fragte sich, ob Eliza es eingerichtet hatte. Wenn das der Fall ist, dann besitzt sie tatsächlich einen hervorragenden Geschmack, dachte Nelly widerstrebend.

„Möchtest du etwas trinken?“ Percy drückte auf einen Knopf. Die Spiegelwand hinter der Bar glitt zurück. Auf einem Regal waren Flaschen und Gläser angeordnet.

„Sehr geschickt“, lobte Nelly. „Ich hätte gern ein Sodawasser.“ Mit dem Ellenbogen stützte sie sich auf den Tresen aus poliertem Ebenholz.

„Nichts Stärkeres?“ fragte Percy und goss das Sodawasser über die Eiswürfel. „Herein“, rief er, als es an die Tür klopfte.

„Ihr Gepäck, Mr. Reynolds.“ Ein Page in einer schwarz-roten Livree brachte die Koffer. Nelly bemerkte seinen neugierigen Blick und errötete verlegen.

„Danke, es ist gut so.“

Der Page nahm das Trinkgeld entgegen, entfernte sich respektvoll und schloss leise die Tür. Percys eleganter grauer Koffer stand einträchtig neben Nellys altem braunen Gepäckstück.

„Warum hat er beide Koffer hier gelassen?“ Sie setzte ihr Glas ab und sah Percy an. „Wäre es nicht besser gewesen, er hätte meinen Koffer gleich in mein Zimmer gebracht?“

„Das hat er ja getan.“ Percy wandte sich der Bar zu und schenkte sich einen Whisky ein.

„Aber ich dachte, dies wäre deine Suite.“

„Das stimmt auch.“

„Aber sagtest du nicht gerade …“ Nellys Stimme stockte, und sie errötete. „Du glaubst doch wohl nicht, dass ich …“

„Woran denkst du?“ erkundigte Percy sich amüsiert.

„Du sagtest, dass ich mir einen Eindruck von deinen anderen Hotels verschaffen sollte. Es war nicht abgemacht, dass ich ..."

„Du solltest dir angewöhnen, in vollständigen Sätzen zu sprechen, Nelly."

„Ich werde nicht mit dir schlafen", funkelte sie ihn wütend an.

„Ich kann mich nicht entsinnen, dass ich das von dir verlangt habe", entgegnete er lässig, ehe er einen Schluck Whisky trank. „In dieser Suite gibt es zwei große Schlafzimmer. Ich glaube, in deinem wirst du dich ganz wohl fühlen."

Sie errötete bis an die Haarwurzeln. „Ich bleibe nicht in dieser Suite. Jeder wird glauben, dass ich ... dass wir ..."

„Wie kommt es eigentlich, dass du so nervös bist?" Er machte sich offensichtlich über sie lustig, und genau das schürte ihren Zorn. „Dein guter Ruf ist ohnehin nicht mehr zu retten, Nelly. Da du mich hierher begleitet hast, nimmt natürlich jeder an, dass du meine Geliebte bist. Aber wir beide wissen es ja besser", fuhr er fort. „Also kann uns auch egal sein, was die Leute reden. Solltest du allerdings den Wunsch verspüren, das Gerücht Wahrheit werden zu lassen, lasse ich mich gern von dir verführen."

„Oh ...! Du eingebildeter, unverschämter, rücksichtsloser ..."

„Das klingt nicht gerade verführerisch." Percy tätschelte ihren Kopf in einer Art und Weise, die sie wütend machte. „Gehe ich dann recht in der Annahme, dass du ein anderes Schlafzimmer beanspruchst?"

„Da jetzt keine Hauptsaison ist", fauchte Nelly, „gibt es in diesem Hotel bestimmt noch freie Zimmer."

Lächelnd streichelte er ihren Arm. „Hast du Angst, du könntest doch schwach werden, Nelly?"

„Natürlich nicht", entgegnete sie hochmütig, obwohl ihre Haut unter seiner Berührung zu glühen schien.

„Dann wäre das also erledigt." Er leerte sein Glas. „Falls du befürchtest, dass ich mitten in der Nacht lüstern in dein Zimmer eindringe, kann ich dich beruhigen. Die Tür zu deinem Schlafzimmer ist mit einem einbruchsicheren Schloss ausgestattet. Ich gehe jetzt hinunter zu Bailey. Zieh dich inzwischen um und vertreib dir die Zeit am Strand. Dein Zimmer ist das zweite links, vom Flur aus gesehen." Er ließ sie allein, bevor ihr eine passende Antwort einfiel.

Noch ehe Nelly den Koffer in ihr Zimmer trug, wusste sie einige bissige Kommentare auf Percys Herausforderung. Doch leider war es zu spät. Sie beruhigte sich langsam wieder und betrachtete die Lage in einem anderen Licht.

Anstatt sich aufzuregen, wollte sie die luxuriöse Umgebung lieber genießen. Darüber hinaus war die Suite tatsächlich geräumig genug für sie und Percy.

Sie zog sich knapp sitzende rehbraune Shorts und ein hellgrünes luftiges Oberteil an und machte sich auf den Weg zum Strand. Ihren Koffer konnte sie später immer noch auspacken.

Die Lage des Hotels faszinierte Nelly. Die gepflegte Anlage am Meer unter freiem Himmel war mit allem erdenklichen Komfort ausgestattet. Ein riesiges mosaikgekacheltes Schwimmbecken war für die Gäste bestimmt, die das gefilterte Wasser dem offenen Meer vorzogen. Auf ihrem Spaziergang zum Strand kam Nelly an einer Reihe von Tennisplätzen vorbei. In diesem Hotel fehlte es den Gästen an nichts. Die gesamte Hotelanlage war der Inbegriff von Vornehmheit und Eleganz. Nelly suchte nach einem passenden Vergleich zum „Lakeside“: Wie Eiernudeln und Kaviar, fiel ihr ein. Beides passt einfach nicht auf denselben Teller.

„Hallo.“

Überrascht drehte Nelly sich um, blinzelte im grellen Sonnenlicht und erblickte einen fabelhaft aussehenden jungen Mann.

„Hallo.“ Sie erwiderte das Lächeln in dem ungemein attraktiven Gesicht. Zu der tief gebräunten Haut bildete das hellblonde Haar einen interessanten Kontrast.

„Wollen Sie das Meerwasser ausprobieren?“

„Heute noch nicht.“

„Das ist ungewöhnlich.“ Er begleitete sie über den weichen Sand. „Normalerweise geht hier jeder Neuankömmling gleich am ersten Tag ins Wasser.“

„Woher wissen Sie, dass ich gerade erst eingetroffen bin?“ fragte Nelly.

„Weil ich Sie vorher noch nie gesehen habe. Sonst wären Sie mir bestimmt aufgefallen.“ Er musterte sie mit typisch männlichem Kennerblick. „Und weil Sie immer noch eine Haut haben wie Milch und Honig und nicht aussehen wie ein gegrilltes Hühnchen.“

„Bei mir zu Hause hat die Sonne um diese Jahreszeit noch keine Kraft“, berichtete Nelly und bewunderte im Stillen die gleichmäßig gebräunte Haut des jungen Mannes. „Ich nehme an, Sie sind schon etwas länger hier.“

„Seit zwei Jahren“, antwortete er freundlich. „Ich bin Tennislehrer. Mein Name ist Chad Hardy.“

„Nelly Clark.“ Sie ging auf den Weg zu, der zum Hotel zurückführte. „Wieso sind Sie am Strand und nicht auf den Tennisplätzen?“

„Heute ist mein freier Tag“, erklärte er. Zu ihrer Überraschung griff er in ihr Haar und wickelte sich eine Strähne um den Finger. „Aber wenn Sie gern eine Privatstunde hätten, ließe sich das leicht einrichten.“

„Nein, danke“, lehnte sie ab und trat den Rückweg an.

„Darf ich Sie zum Abendessen einladen?“ Chad nahm ihre Hand und zog sie sanft, aber entschlossen an sich.

„Ich habe leider keine Zeit.“

„Dann möchte ich Sie jetzt wenigstens zu einem Drink einladen.“

Sie amüsierte sich über seine Hartnäckigkeit. „Vielen Dank, aber dafür ist es etwas zu früh.“

„Dann warten wir noch etwas ab.“

Lachend schüttelte Nelly den Kopf und entzog ihm die Hand. „Nein, das geht leider nicht, aber trotzdem vielen Dank für die Einladung. Auf Wiedersehen, Mr. Hardy.“

„Ich heiße Chad.“ Er kehrte mit ihr zum Hotelgelände zurück. „Haben Sie denn morgen Zeit? Ich stehe Ihnen zur Verfügung. Wir können gemeinsam frühstücken, zu Mittag essen oder das ganze Wochenende in Las Vegas verbringen.“

Nelly lächelte. Diesem unbekümmerten Charme konnte sie nicht widerstehen. „Es wird Ihnen bestimmt nicht schwer fallen, eine andere Begleitung zu finden.“

„Im Gegenteil“, erwiderte er. „Haben Sie Mitleid mit mir.“

Nelly überlegte kurz und gab schließlich nach. „Na schön, dann laden Sie mich zu einem Glas Orangensaft ein.“

Eine halbe Minute später saß Nelly an einem Tisch neben dem Swimmingpool.

„So früh ist es doch gar nicht mehr“, meinte Chad, als sie auf ihrem Fruchtgetränk bestand. „Die meisten Gäste treffen jetzt ein, duschen sich den Sand ab und kleiden sich zum Essen um."

„Ich trinke aber um diese Zeit nicht gern Alkohol." Nelly nippte an dem eisgekühlten Saft. Sie betrachtete die tropischen Fächerpalmen und die Blütenpracht in den Marmorkübeln. „Sie haben Glück, dass Sie hier arbeiten können."

„Ja, mir gefällt es", bestätigte Chad und spielte mit seinem Glas. „Ich mag meine Arbeit, und ich mag die Sonne." Er hob das Glas an die Lippen und lächelte ihr über den Rand hinweg zu. „Und dieses Leben ist äußerst reizvoll." Ehe sie seine Absicht erkannte, hatte er ihre Finger ergriffen und hielt sie fest. „Wie lange bleiben Sie?"

„Nur ein paar Tage." Sie überließ ihm ihre Hand, denn sie fand es kindisch, sich zu sträuben. „Es ist eher ein Blitzbesuch als ein Urlaub."

„Dann trinke ich auf Ihren Blitzbesuch", erwiderte Chad und prostete ihr zu.

Chads Charme siegte, und unwillkürlich erwiderte Nelly sein strahlendes Lächeln. „Hofieren Sie eigentlich alle weiblichen Gäste auf diese Weise?"

„Nur wenn sie jung und hübsch sind und lange schlanke Beine haben."

„Nelly!"

Sie hob erstaunt den Kopf und sah direkt in Percys finsteres Gesicht. „Ach, du bist's, Percy. Hast du deine Konferenz mit Mr. Bailey schon beendet?"

„Ich habe sie nur unterbrochen." Sein Blick heftete sich auf Chads Hand, die immer noch Nellys Finger umschloss, und kehrte dann zu Nelly zurück. „Ich habe dich überall gesucht."

„Ach, wirklich?" Aus einem unerklärlichen Grund fühlte sie sich plötzlich schuldbewusst. „Tut mir leid. Das ist übrigens Chad Hardy."

„Das weiß ich. Hallo, Hardy."

„Guten Tag, Mr. Reynolds", entgegnete Chad betont höflich. „Ich wusste gar nicht, dass Sie im Hotel sind."

„Ich bleibe auch nur ein paar Tage. Wenn du ausgetrunken hast", wandte er sich frostig an Nelly, „kommst du besser nach oben und ziehst dich zum Dinner um. Was du jetzt anhast, ist wohl kaum für den Speisesaal geeignet." Er nickte Chad Hardy knapp zu und machte auf dem Absatz kehrt.

„Du liebe Zeit." Chad ließ Nellys Hand los und lehnte sich zurück. Er betrachtete sie interessiert. „Warum haben Sie mir nicht gesagt, dass Sie die Freundin des Chefs sind? Ich möchte meinen Job hier nämlich nicht gern verlieren."

Nelly schnappte ein paarmal nach Luft wie ein Fisch, ehe sie antwortete. „Ich bin nicht Percys Freundin", widersprach sie scharf.

Chad grinste schief. „Das sollten Sie lieber ihm sagen. Schade." Er seufzte übertrieben. „Ich hatte mir schon die schönsten Hoffnungen gemacht, aber ich werde mich hüten, mich auf gefährliches Gebiet zu begeben."

Er stand auf und strahlte sie an. „Sollten Sie einmal allein hierher kommen, melden Sie sich bei mir."

10. KAPITEL

Herzhaft schlug Nelly die Tür zur Suite ins Schloss und klopfte energisch an Percys Tür.

„Suchst du mich?" hörte sie eine trockene Stimme.

Sie drehte sich um. Percy lehnte mit dem Rücken gegen die Badezimmertür. Er hatte lediglich ein Handtuch um seine schmalen Hüften geschlungen. Das Haar fiel ihm in feuchten Strähnen ins Gesicht.

„Ja, ich …" Sie stockte und schluckte heftig. „Ja", wiederholte sie fest und dachte an Chads Bemerkungen. „Vorhin hast du dich unmöglich benommen. Du hast bei Chad bewusst den Eindruck erweckt, als sei ich deine …" Sie zögerte, und ihre Augen verdunkelten sich zornig.

„Mätresse?" half Percy nach.

Nelly blitzte ihn an. „Er gebrauchte zumindest den Ausdruck Freundin." Sie übersah die kräftigen, muskulösen Arme und das dunkle Haar auf seiner Brust und näherte sich ihm, bis ihre Zehenspitzen sich beinahe berührten. „Du hast mich absichtlich wie deine Geliebte behandelt, und das lasse ich mir nicht gefallen."

„Wirklich nicht? Angesichts der Tatsache, dass Hardy es innerhalb weniger Minuten geschafft hat, dich um den Finger zu wickeln, scheinst du für Männer seines Schlags leichte Beute zu sein. Ich hielt es für meine Pflicht, mich um dich zu kümmern."

„Du als Beschützer. Dass ich nicht lache!"

„Und wie willst du dich dagegen wehren?" Er lächelte so arrogant, dass Nelly die Beherrschung verlor. „Wenn meine Verhaltensweise Hardy und seine Kumpane dazu veranlasst, die Finger von dir zu lassen, und dich daran hindert, dich zu blamieren, bin ich zufrieden. Du solltest mir dankbar sein, dass ich so gut auf dich aufpasse."

„Dankbar soll ich dir sein?" Nelly hob die Stimme. „Dir soll ich gehören? Du hast Angst, ich könnte mich blamieren?"

Sie holte zu einem Schlag aus, doch er fing ihren Arm ab und presste ihn gegen ihren Rücken. Dann zog er sie an sich, bis sie seinen nackten Oberkörper berührte.

„Versuch das nicht noch mal", warnte er sie sanft, aber eindringlich. „Das könnte Folgen haben." Seine freie Hand legte sich auf ihre

Taille. „Mir scheint, wir haben uns nicht an unseren Waffenstillstand gehalten."

„Du hast ihn zuerst gebrochen", beschuldigte Nelly ihn.

„Meinst du wirklich?" flüsterte Percy, ehe er sie küsste.

Widerstandslos vertraute sie sich seiner Umarmung an. Dann ließ er sie los und streichelte ihren Rücken. Nelly verschränkte die Arme in seinem Nacken und wünschte sich nichts sehnlicher als seine Zärtlichkeit.

Unvermittelt ließ er sie frei. Sie verlor das Gleichgewicht und taumelte gegen die Wand.

„Zieh dich jetzt um." Er wandte sich ab und umschloss den Türgriff.

Impulsiv streckte Nelly die Hand nach ihm aus. „Percy …"

„Umziehen sollst du dich", wiederholte er scharf und warf die Tür zu seinem Zimmer hinter sich zu.

Noch lange rätselte Nelly über Percys seltsames Benehmen. War es verletzter Stolz? Oder war er wütend auf sie? Sein Verhalten konnte sie sich beim besten Willen nicht erklären.

Der Morgen dämmerte. Die Sterne verblassten und erloschen ganz, als die Sonne sich dem Horizont näherte. Nelly stand auf und war froh, dass sie die Nacht überstanden hatte.

Das Dinner mit Percy war ein Fehlschlag wegen der gespannten Atmosphäre gewesen. Sie unterhielten sich betont höflich miteinander, und Nelly hatte den Eindruck gehabt, als säße sie mit einem wildfremden Mann am Tisch. Gleich nach dem Essen schützte sie Müdigkeit vor und zog sich in ihr Zimmer zurück. Die ganze Nacht lang fand sie keine Ruhe.

Sehr spät hörte sie, wie Percy die Suite betrat. Sie hielt den Atem an, damit er nicht wahrnahm, dass sie noch immer wach lag. Erst nachdem er die Tür zu seinem Zimmer leise ins Schloss gezogen hatte, atmete sie erleichtert auf.

Und nun, da der Morgen graute, fühlte sich Nelly wie zerschlagen. Bekümmert erinnerte sie sich an die Ereignisse des vergangenen Tages und gestand sich offen ein, dass sie Percy liebte. Doch gleichzeitig wusste sie, dass sie nicht auf Gegenliebe stieß.

Sie zog sich einen Bikini an, griff nach einer Frotteejacke und schlich auf Zehenspitzen aus ihrem Zimmer.

Der Ausblick aus dem Fenster des Wohnraums zog sie magisch an. Sie beobachtete den Sonnenaufgang. Die ersten Sonnenstrahlen tauchten den Horizont bereits in ein goldenes Licht.

„Wirklich ein herrlicher Anblick."

Erschrocken drehte Nelly sich um und wäre beinahe mit Percy zusammengeprallt, dessen Schritte sie auf dem dicken Teppichboden nicht gehört hatte.

„Ja, wirklich", pflichtete sie ihm bei, „ich finde, es gibt nichts Schöneres als einen Sonnenaufgang." Sie merkte, wie gekünstelt ihre Worte klangen.

Percy trug lediglich ausgefranste Jeans. „Wie hast du geschlafen?" fragte er höflich.

Sie zuckte nur die Schultern und wich einer direkten Antwort aus. „Ich wollte schwimmen gehen, ehe der Strand überfüllt ist."

Er nahm ihr Gesicht in die Hände und sah sie prüfend an. „Du hast Ringe unter den Augen." Mit der Fingerspitze berührte er die zarten Stellen unter ihren Augen. „So müde habe ich dich noch nie gesehen. Normalerweise wirkst du immer ausgeruht und quicklebendig. Jetzt siehst du blass und zerbrechlich aus, gar nicht mehr wie das Mädchen mit den Hängezöpfen, das sich mit jungen Burschen auf dem Sportplatz prügelt."

Sie fühlte, wie ihr die Knie weich wurden, und wandte sich ab. „Ich glaube, die erste Nacht in einem fremden Bett ist immer etwas ungemütlich."

„Du meinst, es hätte am Bett gelegen?" Er zog die Brauen hoch. „Du bist sehr großzügig, Nelly."

Sein Lächeln wirkte auf sie wie ein Lebenselixier, und plötzlich fühlte sie sich nicht mehr so matt. „Percy, ich möchte … ich fände es schön, wenn wir Freunde sein könnten."

„Freunde?" lächelte er vergnügt. „Ach, Nelly, du bist süß, wenn auch ein bisschen naiv." Er ergriff ihre Hände und zog sie, eine nach der anderen, an seine Lippen. „Na schön, meine Freundin, dann lass uns schwimmen gehen."

Außer Nelly und Percy hielten sich nur Möwen am Strand auf. Breit und einladend lag der weiße Sand vor ihnen. Die Luft versprach einen heißen Tag, und Nelly schaute sich beglückt um.

„Mir kommt es vor, als wären wir ganz allein auf der Welt."

„Menschenmassen scheinen dir nicht zu liegen, Nelly."

„Nein, ich glaube nicht." Sie hob die Schultern und ließ sie wieder sinken. „Ich mag Menschen, aber es muss ein persönlicher Kontakt bestehen. Ich möchte immer wissen, was sie von mir verlangen. Auf kleine Probleme verstehe ich mich gut. Ich kann hier einen Stein einmauern, dort einen Nagel einschlagen. Aber ich wäre nicht im Stande, ein Gebäude dieses Ausmaßes zu errichten, so wie du es tust."

„Ohne Leute, die Steine aufeinander setzen und Nägel einhämmern, kann man aber kein Gebäude hochziehen", entgegnete er. Sie freute sich über diese Bemerkung. Lachend zauste er ihr Haar. „Los, wir machen ein Wettrennen. Mal sehen, wer zuerst am Wasser ist."

Nelly blickte Percy abschätzend an und schüttelte den Kopf. „Du bist viel größer als ich, also befindest du dich im Vorteil."

„Ich weiß doch längst, wie schnell du rennen kannst." Er senkte die Augen. „Du bist zwar sehr zierlich, hast aber trotzdem erstaunlich lange Beine."

„Na schön." Sie schürzte die Lippen und holte tief Luft. Ohne noch länger zu warten, lief sie los und stürzte sich ins Wasser.

Sie schwamm, was ihre Kräfte hergaben, doch plötzlich merkte sie, dass Percy ihr folgte und ihre Taille packte. Lachend wehrte sie sich, aber er tauchte sie unter.

„Percy, willst du mich ertränken?" prustete sie, während sie wieder hochschnellte.

„Das hatte ich eigentlich nicht vor", entgegnete er. „Halt still, dann passiert das nicht noch mal."

Nelly sträubte sich nicht mehr gegen seinen festen Griff. In seinen Armen fühlte sie sich geborgen, und sie spürte das laue Wasser wie Seide auf ihrer Haut.

Seine Lippen küssten ihren nassen Scheitel und glitten dann ihren Hals bis zur Schulter entlang.

Erwartungsvoll öffnete sie den Mund. Sein Kuss war sanft und zärtlich, und sie wehrte sich nicht gegen seine Leidenschaft. Seine Hand schob sich unter den Träger ihres Bikinis und liebkoste ihren Busen.

Nelly genoss träumerisch Percys Zärtlichkeiten, das wogende

Wasser und die Hitze der aufgehenden Sonne. Am liebsten wäre sie noch lange so neben Percy auf dem Meer dahingetrieben. Sie zitterte vor Glück.

„Dir wird kalt.“ Percy ließ Nelly los, um sie anzuschauen. „Komm, schwimm dich wieder warm.“ Der Zauber verflog. „Wir paddeln zurück und legen uns in die Sonne.“

Nelly setzte sich in den bereits warmen Sand, und Percy streckte sich neben ihr aus. Sie versuchte seinem Blick auszuweichen.

Er hat mir ja gesagt, wie es kommen würde, erinnerte sie sich. Leider hat er Recht behalten. Ich kann mich nicht gegen ihn wehren, und bald werde ich eine neue Eliza in seinem Leben sein. Sie zog die Knie an, stützte ihr Kinn darauf und beobachtete den Horizont.

Aus irgendeinem Grund findet er mich attraktiv, dachte sie. Vielleicht, weil ich mich von den übrigen Frauen unterscheide, die er bisher kannte. Ich bin nicht so weltgewandt und erfahren wie sie, und vermutlich findet er gerade das reizvoll und amüsant.

„Wo bist du mit deinen Gedanken?“ Percy richtete sich auf, schob seine Finger in ihr nasses Haar und sah ihr ins Gesicht.

Nelly erhob sich. Sie spürte, dass sie Percy eines Tages nachgeben würde, doch das Unvermeidliche wollte sie so lange wie möglich hinauszögern. Sie war ihm nicht gewachsen. Er war ihr weit überlegen, weil er offenbar viel Erfahrung im Umgang mit Frauen hatte.

„Ich habe Hunger“, rief sie. „Spendierst du mir ein Frühstück? Eigentlich müsstest du das, denn immerhin habe ich den Wettlauf gewonnen.“

„Meinst du?“ Er erhob sich ebenfalls, während sie in die kurze Frotteejacke schlüpfte.

„Das meine ich nicht nur, das weiß ich“, bekräftigte sie. „Ich war der eindeutige Sieger.“ Sie sah zu, wie er sich seinen blauen Pullover über den Kopf zog.

„Dann müsstest du mich zum Frühstück einladen. Der Gewinner gibt immer etwas aus.“ Lächelnd reichte er ihr die Hand. Zögernd griff sie zu.

„Hast du Appetit auf eine Schüssel Cornflakes?“

„Cornflakes sind mir zu billig.“

„Tja“, bedauernd hob sie die Schultern, „da ich so überraschend nach Florida entführt wurde, sind meine finanziellen Mittel leider begrenzt.“

„Bei mir hast du Kredit.“ Er ließ ihre Hand los und legte den Arm kameradschaftlich um ihre Schulter. Gemeinsam gingen sie zum Hotel zurück.

Gegen Mittag befand Nelly sich in Hochstimmung. Percy behandelte sie erstaunlich galant und zuvorkommend.

Er führte sie durch das Hotel. Nelly bewunderte den ganz in Silber und Kobaltblau ausgestatteten Aufenthaltsraum, stöberte entzückt in den beiden Boutiquen und besichtigte sachverständig die riesige Küche.

Im Spielsalon ließ sie sich von Percy Kleingeld geben, und er sah nachsichtig zu, wie sie sich begeistert mit den verschiedenen Automaten beschäftigte. Er stand neben ihr und beobachtete, wie sie per Computer das nächste Auto zu Schrott fuhr.

„Weißt du was“, bemerkte er, als sie die Hand aufhielt, um eine neue Münze entgegenzunehmen. „Wenn du an allen Automaten spielst, dann wird das ebenso teuer wie das Kleid, das dir in der Boutique so gut gefiel. Für diese lauten Apparate lässt du dir von mir Geld geben. Warum durfte ich dir dann nicht das hübsche Kleid kaufen?“

„Das ist etwas ganz anderes“, antwortete sie zerstreut, während sie sich darauf konzentrierte, das nächste Computerauto um die Hindernisse herumzusteuern.

„Warum?“ Percy zog eine Grimasse, als sie haarscharf an einem nichts ahnenden Fußgänger vorbeifuhr und der Wagen schleudernd um die Ecke bog.

„Du hast mir noch gar nicht erzählt, ob ihr euer Problem gelöst habt“, warf Nelly ein und riss das Lenkrad herum, um einem Lastzug auszuweichen.

„Problem?“

„Ja, die Angelegenheit, deretwegen du hierher geflogen bist.“

„Ach so, ja.“ Er lächelte und strich ihr eine Haarsträhne aus der Stirn. „Alles hat sich zum Besten gewendet.“

Nelly schimpfte laut, als ihr Wagen gegen einen Telegrafenmast prallte, durch die Luft geschleudert wurde und geräuschvoll in Stücke zerschellte.

„Ich glaube, du hörst jetzt lieber auf." Percy ergriff ihre Hand, die sie ihm hoffnungsvoll entgegenhielt. „Lass uns zu Mittag essen, ehe ich vollkommen pleite bin."

Auf der Terrasse über dem Swimmingpool aßen sie Quiche Lorraine und tranken dazu einen Chablis. Einige Gäste tummelten sich in dem türkisblauen Wasser.

Nach dem Essen schaute Nelly versonnen auf die Schwimmer und Sonnenanbeter hinab. Als sie den Blick wieder hob, fiel ihr auf, dass Percy sie lächelnd beobachtete.

„Ist irgendwas?" Um ihre Verlegenheit zu überspielen, nahm sie einen Schluck Wein.

„Nein, es macht mir nur Spaß, dich anzusehen. Deine Augen wechseln ständig die Farbe. Einmal sind sie dunkelgrau wie der Rauch eines Torffeuers, im nächsten Moment hell wie das Wasser eines Sees. Solltest du jemals Geheimnisse haben, würden deine Augen sie sofort verraten." Er lächelte breit, als sie errötete. Sie blickte in ihr Weinglas, in dem der Chablis golden funkelte. „Du bist eine unglaublich hübsche Frau, Nelly."

Sie hob überrascht den Kopf. Er lachte leise, ergriff ihre Hand und führte sie an seine Lippen. „Aber ich glaube, das sollte ich dir nicht zu oft sagen. Sonst wirst du dir deines guten Aussehens bewusst und verlierst vielleicht deinen natürlichen Charme."

Er stand auf und zog sie mit sich. „Jetzt bringe ich dich in das Fitnesszentrum. Es ist mit allem ausgestattet, was Körper und Seele gut tut, und du sollst dir einen gründlichen Eindruck verschaffen."

„Das interessiert mich schon, aber …"

„Ich werde Bescheid sagen, dass man dir das volle Programm bietet", fiel er ihr ins Wort. „Und wenn wir uns um sieben zum Dinner treffen, will ich keine Ringe mehr unter deinen Augen sehen."

Percy überließ Nelly der Obhut einer energischen dunkelhaarigen Frau, und das gesundheitsfördernde Programm begann. Man setzte Nelly zuerst in ein sauerstoffhaltiges Sprudelbad, dann in eine Sauna. Danach wurde sie massiert. Drei Stunden lang dauerte die Behandlung.

Einmal spielte sie mit dem Gedanken, sich wieder anzuziehen

und sich heimlich fortzuschleichen. Als sie feststellte, dass ihre Kleidung nirgends zu sehen war, ergab sie sich jedoch in ihr Schicksal und bemerkte bald, wie sich die unbewusst aufgestauten Spannungen lösten.

Während der Massage dämmerte sie langsam in einen Halbschlaf hinüber. Wie aus weiter Ferne nahm sie die Unterhaltung der beiden Frauen wahr, die sich der gleichen Behandlung unterzogen wie sie.

„Vor zwei Jahren war ich schon einmal hier … er sieht fantastisch aus … eine blendende Partie … und das viele Geld dazu … Reynolds ist unermesslich reich."

Als Percys Name fiel, öffnete Nelly die Augen und horchte auf.

„Erstaunlich, dass es noch keinem raffinierten Weibsbild gelungen ist, sich diesen attraktiven Junggesellen zu angeln." Die rothaarige Frau strich sich eine schweißnasse Strähne hinter das Ohr und verschränkte die Arme unter dem Kinn.

„Herzchen, du kannst dich darauf verlassen, dass Dutzende es schon versucht haben." Die dunkelhaarige Gesprächspartnerin unterdrückte ein Gähnen und lächelte viel sagend. „Er hat bestimmt nichts dagegen, dass die Frauen ihm hinterherlaufen. Ein Mann wie Reynolds sonnt sich gern in weiblicher Bewunderung."

„Ich schwärme auch für ihn."

„Hast du seine Begleiterin gesehen? Ich beobachtete sie gestern Abend und heute am Swimmingpool."

„Mm. Ich habe ihre Ankunft miterlebt, aber ich muss gestehen, dass ich nur Augen für ihn hatte. Sie ist doch so eine zierliche Blonde, nicht wahr?"

„Ja, aber ich glaube nicht, dass sie von Natur aus so blond ist."

Nelly war anfänglich über diese Unterstellung empört, doch dann amüsierte sie sich. Soso, überlegte sie, man hält mich also allgemein für Percys neueste Errungenschaft. Es kann nicht schaden, wenn ich mir die Meinung des Volkes einmal anhöre.

„Glaubst du, dass die Neue ihn halten kann? Wer ist sie eigentlich?"

„Genau das wollte ich herausfinden." Die dunkelhaarige Frau verzog das Gesicht. „Es hat mich zwanzig Dollar gekostet, um zu erfahren, dass sie Nelly Clark heißt. Mehr war beim besten Willen nicht herauszubekommen. Nicht mal der gute alte Paul Bailey scheint etwas zu wissen. Es sieht so aus, als wäre sie vom Himmel gefallen. Hier war sie jedenfalls noch nie. Und ob sie ihn auf die Dauer halten kann ..." Sie hob die gleichmäßig gebräunten Schultern. „Man kann nie wissen. Er verschlingt sie buchstäblich mit den Augen. Unsereins könnte vor Neid erblassen."

Skeptisch zog Nelly eine Augenbraue hoch.

„Ich glaube", fuhr die Brünette fort, „er spricht auf große graue Augen und eine blonde Mähne an. Tatsächlich ist das Mädchen auch ausgesprochen hübsch, frisch und natürlich."

Nelly stützte sich auf den Ellenbogen und lächelte die beiden Frauen an.

„Vielen Dank", sagte sie fest. Dann legte sie wieder den Kopf auf die verschränkten Arme und schmunzelte über die plötzliche Stille.

11. KAPITEL

Erfrischt und mit sich und der Welt zufrieden, kehrte Nelly in Percys Suite zurück. Unter dem Arm trug sie eine lange flache Schachtel. Trotz ihrer Auseinandersetzung mit der resoluten Verkäuferin war sie gut gelaunt.

Nach der dreistündigen Behandlung im Fitnesszentrum war Nelly in die Boutique zurückgegangen. Sie probierte das Kleid aus silberglänzender Seide an, das Percy so bewundert hatte, und richtete sich innerlich darauf ein, ihre Ersparnisse anzubrechen. Zu ihrer Verwunderung belehrte die Verkäuferin sie, dass Mr. Reynolds Nellys Rechnungen begleichen würde.

Verärgert über Percys Eigenmächtigkeit, stritt sie sich mit dem Mädchen, das sich jedoch nicht beirren ließ. Schließlich verließ Nelly die Boutique mit dem Kleid und schwor sich, das finanzielle Problem später mit Percy persönlich zu regeln.

Wenn sie schon als die geheimnisvolle Fremde galt, die Percy Reynolds umgarnte, benötigte sie auch die entsprechende Ausstattung.

Lächelnd ließ Nelly das Badewasser ein und fügte einen stark schäumenden Badezusatz hinzu. Sie genoss das heiße, duftende Wasser, als die Tür plötzlich aufging.

„Da bist du ja wieder", sagte Percy und lehnte sich gegen den Türrahmen. „Hat's dir gefallen?"

„Percy!" Nelly rutschte tiefer ins Wasser und bedeckte sich mit Schaum. „Ich bade gerade."

„Ja, das sehe ich. Aber es ist nicht nötig, dass du dich dabei ertränkst. Möchtest du etwas trinken?" Seine Stimme klang höflich und unpersönlich.

Nelly fiel die Unterhaltung der beiden Frauen wieder ein, und ihr Stolz regte sich. Es wird höchste Zeit, fand sie, es ihm mit gleicher Münze heimzuzahlen.

„Ja, gern." Sie schaute ihn so unbekümmert wie möglich an. „Bring mir bitte einen Sherry, wenn's dir keine Mühe macht."

Innerlich triumphierte sie, als er erstaunt die Brauen hochzog. „Es macht mir durchaus keine Mühe." Er wandte sich ab und ließ die Tür halb offen. Nelly hoffte, dass der Schaum sich nicht auflöste, ehe sie aus der Wanne steigen und in ihren Bademantel schlüpfen konnte.

„Hier hast du deinen Sherry." Percy kam mit dem Glas zurück.

Nelly lächelte strahlend und probierte das Getränk. „Danke. Ein halbtrockener Sherry, genau richtig. Ich bin gleich fertig, falls du ins Bad möchtest."

„Du brauchst dich nicht zu beeilen", erwiderte er. „Ich kann ja das andere Bad benutzen."

„Wie du willst", entgegnete sie liebenswürdig. Sie atmete auf, als Percy den Raum verließ und die Tür hinter sich schloss. Erleichtert stellte sie das Glas mit dem restlichen Sherry auf den Wannenrand.

Ganze fünf Minuten lang blickte Nelly in den großen Spiegel. Silberglänzende Seide umschmeichelte ihren Busen und wurde von schmalen Schulterträgern gehalten. Der Schnitt des Kleides ließ ihren Rücken bis zur Taille frei. Der Rock fiel gerade über die sanft geschwungenen Hüften und die schlanken Beine, und ein Schlitz, der bis zur Mitte des Oberschenkels reichte, verschaffte ihr die nötige Bewegungsfreiheit. Das Haar hatte sie sich in duftigen Locken hochgesteckt. Nur einige Strähnen fielen ihr wie unabsichtlich in die Stirn.

Eine fremde Frau blickte Nelly aus dem Spiegel entgegen, und sie fühlte sich unbehaglich. Selbstkritisch gestand sie sich ein, dass die echte Nelly Clark das Versprechen, das die Frau im Spiegel andeutete, nicht halten konnte.

„Bist du fertig?" Percy klopfte, und seine Frage riss sie aus ihren Betrachtungen.

„Ja, ich komme gleich." Sie schüttelte den Kopf und lächelte sich aufmunternd zu. „Es ist ja nur ein Kleid", hielt sie den beiden Nellys entgegen und wandte sich vom Spiegel ab.

Als sie das Wohnzimmer betrat, schenkte Percy sich gerade einen Aperitif ein. Seine Hand erstarrte mitten in der Bewegung. Er holte tief Luft.

„Na so was", sagte er gedehnt, „du hast dir das Kleid also doch gekauft."

„Ja." Selbstbewusst näherte sie sich ihm. „Ich fand, meine jetzige Garderobe passt nicht zu einer Frau mit zweifelhaftem Ruf."

„Könntest du mir das bitte näher erklären?" Er reichte Nelly ein Glas.

Mechanisch ergriff sie es. „Ach, zufällig hörte ich, wie sich zwei

Damen im Massageraum unterhielten.“ Sie blickte ihn spitzbübisch an, als sie das Glas auf die Bartheke stellte. „Percy, das war wirklich komisch. Du hast wahrscheinlich keine Ahnung, mit welchem Eifer die Gäste hier Anteil an deinen Affären nehmen.“ Während sie das Gespräch wiedergab, kicherte sie leise.

„Ich kann dir gar nicht sagen, wie gut es für mein Selbstbewusstsein ist, als geheimnisumwitterte Frau zu gelten und beneidet zu werden. Hoffentlich spricht es sich nicht herum, dass ich nur die Managerin eines Familienhotels in der Provinz bin. Das würde meinem Ansehen schaden.“

„Selbst wenn es herauskäme, würde es ohnehin niemand glauben.“ Percy schien die Angelegenheit nicht so amüsant zu finden wie Nelly. Ernst nippte er an seinem Drink.

Verwundert fragte Nelly: „Ärgerst du dich, weil ich mir daraufhin das Kleid gekauft habe? Im Schaufenster gefiel es dir doch noch.“

„Ich finde es immer noch schön.“ Er nahm ihre Hand, und endlich lächelte er. „Jetzt müssen wir natürlich Champagner trinken. Zu diesem eleganten Kleid passt kein anderes Getränk.“

Percy und Nelly begannen das Essen mit Austern und Champagner. Ihr Tisch stand ganz oben in dem in mehrere Ebenen unterteilten Speisesaal, direkt vor einem Aquarium, das fast die ganze Wand einnahm. Als die klare Fleischbrühe serviert wurde, probierte Nelly den Wein und sah sich um. „Es ist wunderschön hier, Percy.“

„Ich lege auch Wert darauf, dass meine Gäste sich wohl fühlen.“ Er sprach zuversichtlich wie ein Mann, dessen Leistung höchstes Lob verdient.

„Wer sich in diesem Paradies nicht wohl fühlt, ist selbst schuld. Das Personal ist so höflich und gut geschult, dass man es kaum bemerkt. Man sieht nicht, wie gearbeitet wird. Trotzdem klappt alles vorzüglich. Ich nehme an, dass während der Wintermonate hier jedes Zimmer belegt ist.“

„Das stimmt. Und wenn es sich einrichten lässt, vermeide ich es, meine Hotels während der Hochsaison zu besuchen.“

„In ein paar Wochen beginnt bei uns die Sommersaison“, begann sie.

Im nächsten Moment griff Percy nach ihrer Hand und hielt sie fest, während er gleichzeitig Champagner nachschenkte. „Es ist mir gelungen, dich den ganzen Tag über von deinem Lieblingsthema abzulenken. Mal sehen, ob wir es schaffen, auch den Abend über das Hotel Lakeside zu vergessen. Wenn wir morgen wieder zurück sind, können wir uns über Zimmerreservierungen und Stornierungen unterhalten. Ich rede nicht gern über Geschäftliches, wenn ich mit einer schönen Frau das Dinner genieße."

Nelly lächelte nachsichtig. „Worüber sprichst du denn am liebsten, wenn du mit einer schönen Frau zusammen bist?" entgegnete sie, vom Champagner beflügelt.

„Mehr über private Dinge." Er streichelte ihren Handrücken. „Zum Beispiel mache ich ihr gern Komplimente. Ich sage ihr dann, dass ihre Stimme wie das Rieseln eines Bachs im Frühling klingt, dass ich glaube, in ihren Augen den Sonnenaufgang zu sehen, und dass ich sie am liebsten küssen möchte, wenn sie lächelt." Er nahm Nellys Hand und drückte einen Kuss genau auf die Stelle, wo ihr Puls schlug.

Misstrauisch fragte sie: „Percy, machst du dich über mich lustig?"

„Nein." Seine Stimme klang weich. „Ganz im Gegenteil, Nelly."

Nelly lächelte glücklich und gestattete Percy, das Gespräch auf die angenehmen Dinge des Lebens zu lenken. Flackerndes Kerzenlicht, das gedämpfte Klirren von Kristall und Silber, leises Stimmengemurmel, dazu Percys verliebte Blicke ... Nelly wusste, dass sie diesen Abend nie vergessen würde.

„Lass uns einen Spaziergang machen." Percy stand auf und zog ihren Stuhl zurück. „Sonst schläfst du noch über deinem Champagner ein." Hand in Hand gingen sie zum Strand.

Sie schwiegen, genossen ihr Beisammensein und die laue Nacht. Orangenblüten dufteten betörend. Dieser Duft würde Nelly immer an den Mann erinnern, dessen Hand sie jetzt hielt. Konnte sie jemals wieder den Mond anschauen und im Sternenlicht spazieren gehen, ohne an ihn zu denken?

Morgen, dachte Nelly, dreht sich alles wieder ums Geschäft, und in ein paar Tagen wird Percy abreisen. Für mich ist er dann nur noch ein Name auf einem Briefkopf. Aber das „Lakeside" darf ich behalten, tröstete sie sich. Von irgendwelchen Änderungen war nicht mehr die Rede gewesen. Sie hätte dann ihre Heimat, ihre Arbeit und ihre

Erinnerungen, was schon mehr wäre, als manche Menschen je besessen hatten.

„Frierst du?“ fragte Percy, weil sie erschauerte. Hatte er ihre Gedanken gelesen? „Du zitterst.“ Er legte den Arm um ihre Schultern. „Dann gehen wir lieber zurück.“

Sie nickte stumm und zwang sich, nicht mehr an den nächsten Tag zu denken. Ihre Spannung löste sich. Der Champagner tat seine Wirkung, und sie beschloss, ihrer beschwingten Laune nachzugeben.

„Ach, Percy“, flüsterte sie, als sie das Foyer durchquerten. „Da ist eine der Frauen, die ich heute bei der Massage belauscht habe.“ Nelly deutete auf die dunkelhaarige Dame, die sie mit unverhohlener Neugier musterte.

„Soso.“ Percy drückte auf den Knopf, um den Aufzug herbeizuholen.

„Ob ich ihr zuwinken soll?“ fragte Nelly übermütig.

„Nein, ich habe eine viel bessere Idee.“

Ehe sie seine Absicht erkannte, zog er sie in die Arme und küsste sie mit einer Glut, die ihr beinahe den Atem nahm. Als Percy sie wieder losließ, sah Nelly, wie die Brünette die Augen weit aufriss und staunend hinter ihr hersah.

Als die Tür der Suite hinter ihnen zufiel, lachte Nelly Percy an. „Wirklich schade, dass ich keine ruchlose Vergangenheit habe, die sie ausgraben könnte.“

„Mach dir darüber keine Gedanken. Sie wird dir schon eine andichten. Möchtest du einen Cognac?“ Er trat an die Bar und ließ die Spiegelwand zurückgleiten.

„Nein, meine Nase ist ganz taub.“

„Ach so. Ist das ein Geburtsfehler oder ein vorübergehender Zustand?“

„Das ist“, erklärte Nelly, während sie sich auf einen Barhocker schwang, „das Signal, keinen Alkohol mehr zu trinken. Wenn meine Nase taub wird, habe ich schon mehr getrunken, als ich vertrage.“

„Aha.“ Percy schenkte sich einen Cognac ein. „Dann wird also nichts aus meinem Plan, dich erst unter Alkohol zu setzen und dann zu verführen.“

„Leider nein.“

„Wofür hast du eine besondere Schwäche, Nelly?“

Für dich, hätte sie beinahe geantwortet. Doch sie besann sich noch rechtzeitig. „Ich habe eine Schwäche für schummrige Beleuchtung und sanfte Musik."

„Tatsächlich?"

Ein Zauber tauchte den Raum plötzlich in gedämpftes Licht und leise Musik.

„Wie hast du das gemacht?"

Er setzte sich neben sie. „Hinter dem Regal befindet sich eine Schaltanlage."

„Wunder der Technik." Nellys Sinne waren hellwach, als Percy die Hand auf ihren Arm legte.

„Ich möchte mit dir tanzen." Er zog sie vom Barhocker. „Dein Haar duftet nach Wiesenblumen. Lass es fallen, damit ich es berühren kann."

„Percy, ich ..."

„Pst." Vorsichtig zog er eine Haarnadel nach der anderen heraus, bis die Locken weich über die Schultern fielen. Er streichelte ihr Haar, ehe er Nelly in die Arme schloss.

Langsam bewegten sie sich zum Rhythmus der Musik, wobei er Nelly fest an sich zog. Ihre anfängliche Nervosität legte sich, und sie fühlte sich beinahe schläfrig und wohlig entspannt. Zärtlich schmiegte sie die Wange an seine Schulter.

„Willst du mir nicht endlich verraten, wie du mit vollem Namen heißt?" flüsterte er ihr ins Ohr.

„Das weiß keiner außer mir", antwortete sie verträumt. „Selbst das FBI rätselt daran herum."

„Dann werde ich mich wohl an deine Mutter wenden müssen."

„Auch sie erinnert sich nicht mehr", seufzte Nelly.

„Wie unterschreibst du denn amtliche Dokumente?" Er streichelte ihre Hüfte.

„Mit Nelly Clark."

„Aber in deinem Reisepass muss doch der richtige Name stehen."

Sie hob die Schultern. Dabei streiften ihre Lippen unabsichtlich seinen Hals. „Bisher habe ich noch nie einen Reisepass benötigt."

„Aber du brauchst einen, wenn du nach Rom fliegst."

„Ja, wenn ich demnächst meine Weltreise antrete, werde ich mich um einen Pass kümmern müssen. Dann unterschreibe ich natürlich mit Petronella." Sie amüsierte sich köstlich, weil er nicht merkte, dass sie ihm ihren ursprünglichen Namen verraten hatte. Spitzbübisch lächelnd blickte sie ihn an, und er gab ihr einen Kuss.

„Nelly", flüsterte er und presste sie an sich. „Ich möchte ..."

„Küss mich noch einmal, Percy." Champagner und Liebe umnebelten ihre Sinne. „Küss mich richtig", flüsterte sie. Ohne auf die warnende Stimme der Vernunft zu achten, schloss sie die Augen.

Erneut flüsterte er ihren Namen. Dann stöhnte er leise und riss sie heftig an sich.

Nelly taumelte, als er sie leidenschaftlich wie nie zuvor küsste. Der Raum schien zu kreisen, und dann bettete Percy sie auf den weichen Teppich.

Während er ihr Gesicht und ihren Hals liebkoste, schob sich seine Hand unter die kühle Seide ihres Rocks und streichelte ihre glühende Haut.

Nelly erwiderte seine Zärtlichkeiten. Scheu tastete sie über seinen muskulösen Rücken. Er begehrte sie fordernd, seine Lippen und Hände erregten sie und erweckten ihre Sehnsucht und Erwartung.

Unvermittelt hob Percy den Kopf und sah ihr in die Augen, in denen sich ihre Wünsche, aber auch ihre Angst widerspiegelten. Dann stand er auf und zog sie mit sich.

„Geh jetzt ins Bett", befahl er rau. Er trat an die Bar und schenkte sich noch einen Cognac ein.

Nelly erstarrte. Sie begriff nicht, dass er sie zurückstieß.

„Hast du mich nicht gehört? Ich sagte, du sollst jetzt ins Bett gehen." Mit einem Zug leerte er das Glas und zog dann eine Packung Zigaretten aus der Tasche.

„Percy, das verstehe ich nicht. Ich dachte ..." Vor Scham und Enttäuschung kamen ihr beinahe die Tränen. „Ich dachte, du begehrst mich."

„Das stimmt auch." Er inhalierte den Rauch der Zigarette. „Und jetzt geh schlafen."

„Percy." Sie prallte vor seiner Wut zurück.

„Geh, sonst vergesse ich alle Anstandsregeln."

Nelly straffte die Schultern und schluckte ihre Tränen mühsam herunter. „Na schön, du bist der Boss." Ohne Rücksicht auf seinen Zorn fuhr sie fort: „Aber etwas solltest du dir merken. Was ich dir eben anbot, wird sich nicht wiederholen. Nie wieder lasse ich mich von dir in die Arme nehmen. Von jetzt an ist unsere einzige Verbindung das ‚Lakeside'."

„Darüber reden wir später", entgegnete er kurz und wandte sich ab, um sich den nächsten Cognac einzugießen. „Mach jetzt, dass du ins Bett kommst."

Nelly lief hinaus und schloss die Tür zu ihrem Zimmer hinter sich ab.

12. KAPITEL

Wie ein verletztes Kind, das sich in die Arme der Mutter wirft, flüchtete Nelly sich in die Arbeitsroutine. Auf dem Rückflug hatte sie mit Percy kaum drei Worte gewechselt. Er beschäftigte sich mit irgendwelchen Papieren, und sie vergrub sich hinter einer Zeitung.

Für sie war es kein Problem, Percy während der nächsten drei Tage aus dem Weg zu gehen. Und auch er mied jede Begegnung.

Hingebungsvoll baute Nelly um sich herum einen Schutzwall aus Hass und Groll auf, hinter dem sie sich verschanzen konnte, wenn Percy sie und das Hotel verlassen würde.

Zu ihrem größten Verdruss hielt Eliza sich immer noch im „Lakeside" auf. Obwohl Nelly bemerkte, dass Percy sich Eliza nur selten widmete, wirkte die Anwesenheit dieser Frau auf sie wie Salz in einer offenen Wunde. Jedes Mal, wenn sie Eliza sah, erinnerte sie sich kläglich und verwirrt an ihre Beziehung zu Percy.

Nelly begriff Percys Verhalten nicht. Sie war fest davon überzeugt, dass er sie in der letzten Nacht in seinem Hotel begehrt hatte. Aber er war wohl von ihrer Unerfahrenheit enttäuscht.

Um jeden unnötigen Kontakt mit ihm zu vermeiden, richtete Nelly sich für die Dauer seines Aufenthalts im Familienhotel „Lakeside" ein Büro in ihrem Zimmer ein. Eines Nachmittags, als sie sich mit den Papieren beschäftigte, wurde sie plötzlich aus ihrer Arbeit gerissen.

Erschrocken sprang sie auf. Rechnungen und Lieferscheine fielen zu Boden. Über ihrem Zimmer hörte sie Schreie und trampelnde Schritte. Blitzartig stürmte Nelly in das dritte Geschoss. Die Geräusche kamen eindeutig aus Zimmer 314. Sie riss die Tür auf und schnappte entsetzt nach Luft. Im ersten Moment blieb sie wie gelähmt auf der Schwelle stehen.

Mitten auf dem handgeknüpften runden Teppich focht Eliza mit einem Zimmermädchen einen wilden Streit aus. Eddie tanzte aufgeregt um die beiden Frauen herum und versuchte vergeblich, den Kampf zu schlichten.

„Meine Damen, bitte." Nelly stürzte sich mutig in das Handgemenge. Beschimpfungen und Anschuldigungen waren die Folge.

Nelly breitete die Arme aus, um die beiden streitbaren Frauen voneinander zu trennen.

„Louise, Miss Trainor ist unser Gast. Was ist denn in dich gefahren?“ Erfolglos versuchte sie das stämmige Zimmermädchen zur Seite zu ziehen, dann wandte sie sich Eliza zu. „Bitte, schreien Sie doch nicht so, ich kann ja kein Wort verstehen.“

Nelly merkte, dass sie selbst geschrien hatte, senkte bewusst die Stimme und drängte Eliza von Louise zurück. „Bitte, Miss Trainor, Louise ist halb so groß und doppelt so alt wie Sie. Nehmen Sie doch bitte Rücksicht. Sie tun ihr ja weh.“

„Fassen Sie mich nicht an!“ Abwehrend hob Eliza den Arm, und ihre Faust traf scheinbar zufällig Nellys Kinn.

Nelly taumelte zurück und stürzte mit dem Kopf gegen einen Bettpfosten. Vor ihren Augen tanzten Sterne, die ganz plötzlich erloschen. Sie spürte nur noch, wie sie an der Bettstelle entlang langsam zu Boden sackte.

„Nelly!“ Ihr schien, als riefe jemand durch einen langen Tunnel ihren Namen. Sie stöhnte und öffnete langsam die Augen. „Bleib ganz still liegen“, befahl Percy. Vorsichtig blickte sie in sein besorgtes Gesicht. Er beugte sich über sie und strich ihr sanft das Haar aus der Stirn.

„Was ist passiert?“ Sie wollte sich aufrichten, Percy drückte sie jedoch zurück.

„Genau das möchte ich auch gerne wissen.“ Er drehte den Kopf, und Nelly folgte seiner Bewegung. Auf dem kleinen zweisitzigen Sofa saß Eddie und hielt die schluchzende Louise im Arm. Eliza stand am Fenster und wandte ihnen das Profil zu. Ihr Mund war ein schmaler Strich.

„Ach du meine Güte.“ Die Erinnerung kehrte zurück, und Nelly schloss wieder die Augen. Bewusstlosigkeit hatte auch ihre Vorteile. „Diese Leute veranstalteten mitten im Zimmer einen Ringkampf. Leider gab mir Miss Trainor dabei einen Kinnhaken.“

Percy hörte auf, Nellys Wange zu streicheln. „Sie hat dich geschlagen?“

„Das habe ich nicht absichtlich getan, Percy.“ Eliza ließ Nelly nicht zu Wort kommen. Sie schien aufrichtig bekümmert zu sein. „Ich wollte nichts weiter als die vorsintflutlichen Gardinen abnehmen, als dieses Dienstmädchen hereinkam." Hoheitsvoll deutete sie auf Louise. „Sie schrie und griff mich tätlich an. Dann kam der da." Sie zeigte auf Eddie, ehe sie die Hand über ihre Augen legte. „Und plötzlich tauchte Miss Clark wie aus heiterem Himmel auf, brüllte mich auch noch an und stieß mich zurück. Es war schrecklich." Eliza schüttelte sich und rang sichtlich nach Fassung. „Ich wollte mich doch nur wehren. Wie kommt sie eigentlich dazu, in mein Zimmer einzudringen? Keiner von diesen Leuten hier hat das Recht dazu."

„Und sie hat kein Recht, die Gardinen abzunehmen", mischte sich Louise ein und zerknüllte nervös Eddies Taschentuch. Mit dem feuchten Lappen deutete sie so lange auf das Fenster, bis alle Anwesenden ihrem Blick folgten. Der weiße Tüll hing schlaff und unordentlich an der Stange. „Sie bezeichnete die Vorhänge als unmodern und unpraktisch, wie alles andere in diesem Haus. Dabei habe ich sie erst vor zwei Tagen gewaschen." Louise bedeckte ihren wogenden Busen mit der Hand. „Es kommt gar nicht infrage, dass sie wieder schmutzig werden. Ich habe Miss Trainor höflich gebeten, sie nicht anzufassen."

„Höflich?" rief Eliza schrill. „Sie sind über mich hergefallen wie eine Wilde."

„Ich wurde erst deutlicher", entgegnete Louise würdevoll, „als sie nicht vom Stuhl steigen wollte. Stell dir vor, Nelly, sie stand auf dem guten Bentwood-Stuhl. Wie kann sich jemand nur auf so ein schönes Stück stellen!" Louise vergrub ihr Gesicht an Eddies Schulter, unfähig, weiterzusprechen.

„Percy." Eliza strich sich eine Locke hinter ihr Ohr und trat auf ihn zu. In ihren Augen blitzten Tränen. „Erlaubst du, dass dieses Weibsbild so über mich spricht? Ich will, dass du sie sofort entlässt. Sie hätte mir wer weiß was antun können, als sie mich vom Stuhl zog. Die Frau ist ja nicht ganz richtig im Kopf." Flehend legte Eliza Percy die Hand auf die Schulter, und die ersten Tränen tropften über ihre Wangen.

Entrüstet über diesen weiblich-hilflosen Auftritt richtete Nelly sich auf. Sie wehrte Percy ab, der sie zurückdrücken wollte. „Mr. Reynolds, bin ich noch Managerin dieses Hotels?"

„Jawohl, Miss Clark."

Seine Stimme klang wütend, aber Nelly achtete nicht darauf.

„Großartig, Miss Trainor, ich entscheide, wer hier eingestellt oder entlassen wird. Wenn Sie sich beschweren wollen, tun Sie das bitte schriftlich. Ich möchte Sie jedoch gleich darauf hinweisen, dass Sie für jeden Schaden, den Sie in diesem Zimmer oder sonst wo anrichten, aufkommen müssen. Und nehmen Sie bitte zur Kenntnis, dass Louise in diesem Fall die volle Unterstützung des Hauses genießt."

„Percy!" Eliza schäumte vor Zorn. „Muss ich mir das gefallen lassen?"

„Mr. Reynolds", schnitt Nelly ihr das Wort ab, während sie sich nach einem Aspirin und Ruhe sehnte, „bringen Sie Miss Trainor bitte in den Aufenthaltsraum und bieten Sie ihr auf Kosten des Hauses etwas zu trinken an. Ich schlage vor, wir setzen diese Diskussion später fort."

Percy nickte zögernd. „In Ordnung, wir reden zu einem anderen Zeitpunkt weiter. Und du bleibst heute den ganzen Tag im Bett, Nelly. Ich sorge dafür, dass du nicht gestört wirst."

Erst nachdem Eddie und Louise sich mitfühlend bei Nelly bedankt hatten, konnte sie sich in ihr Zimmer zurückziehen. Sie stieg über die verstreut herumliegenden Rechnungen und Lieferscheine hinweg, holte sich das so dringend notwendige Aspirin und rollte sich dann auf ihrer Bettdecke zusammen. Vage bekam sie noch mit, dass die Tür aufging, und dann spürte sie, wie eine Hand über ihr Haar strich. Doch sie schlief schon halb und wusste nicht, ob der auf ihre Lippen gehauchte Kuss Traum oder Wirklichkeit war.

Als Nelly aufwachte, hatte das heftige Pochen in ihren Schläfen nachgelassen. Der Schmerz war zumindest erträglich geworden. Sie richtete sich auf und betrachtete staunend den ordentlichen Papierstapel auf ihrem Schreibtisch. Vielleicht habe ich nur geträumt, vermutete sie, als sie sah, dass auf dem Boden kein einziges Blatt mehr lag. Oder ich habe das alles selbst aufgehoben und weiß es jetzt nicht mehr.

Sie betastete ihren Hinterkopf und zuckte zusammen, als ihre Finger die Beule berührten. Wer einen Streit schlichten will, kriegt immer die meisten Prügel ab, dachte sie entrüstet. Sie beschloss, nach unten zu gehen und mit Percy zu sprechen.

In der Eingangsdiele begegnete sie Eddie, Maggie und Louise, die sich leise, aber dennoch heftig miteinander stritten. Seufzend ging

Nelly zu ihnen, um wieder einmal Frieden zu stiften.

„Ach, du bist es, Nelly“, wunderte sich Maggie. „Mr. Reynolds sagte, du dürftest nicht gestört werden. Wie geht es dir? Louise hat uns gesagt, Miss Trainor hätte dir einen Kinnhaken versetzt.“

„Alles halb so schlimm.“ Nellys Blick wanderte von einem ernsten Gesicht zum anderen. „Weswegen habt ihr euch gezankt?“

Die drei schwatzten gleichzeitig los. Mit einer Hand berührte Nelly den immer noch schmerzenden Kopf, die andere hob sie gebieterisch. „Eddie, du erzählst“, entschied sie.

„Es ging um den Architekten“, begann er, worauf sie fragend die Brauen hochzog.

„Welchen Architekten meinst du?“

„Na, den, der hier war, als du so plötzlich nach Florida abreisen musstest. Nur wussten wir natürlich nicht, dass er Architekt war. Liz meinte, er sei Künstler, weil er immer mit Block und Bleistift durch die Gegend lief und Skizzen machte.“

Nelly machte sich auf einen unzusammenhängenden Bericht gefasst, seufzte und fragte: „Wovon hat er denn Skizzen gemacht?“

„Vom Hotel natürlich“, rief Eddie nachdrücklich. „Aber er war gar kein Künstler.“

„Er war nämlich Architekt“, mischte sich Maggie ein, die sich nicht länger zurückhalten konnte. Eddie warf ihr einen tadelnden Blick zu.

„Und woher weißt du, dass er Architekt war?“ Nelly fragte sich, warum sie sich trotz ihrer Kopfschmerzen überhaupt mit dieser lächerlichen Angelegenheit befasste.

„Weil Louise hörte, wie er mit Mr. Reynolds am Telefon sprach.“

Nelly wandte sich an das Zimmermädchen und spürte ein flaues Gefühl in der Magengrube. „Du hast doch nicht etwa das Gespräch belauscht, Louise?“

„Ich habe nicht gelauscht“, verteidigte sich Louise würdevoll. Nelly blickte sie strafend an, und schließlich gab sie kleinlaut zu: „Na ja, ich wollte nicht horchen, bis ich hörte, dass es um das Hotel ging. Ich hatte nämlich vor, im Büro Staub zu wischen, und weil Mr. Reynolds telefonierte, wartete ich so lange draußen. Als er etwas von einem Neubau sagte und der Name Fletcher fiel, kam mir plötzlich wieder in den Sinn, dass der Mann so hieß, der ständig mit einem

Zeichenblock herumlief.“ Sie schaltete eine Pause ein, um die Spannung zu erhöhen, und blickte triumphierend in die Runde. „Eine Zeit lang drehte sich das Gespräch nur um Maße und Bauholz. Doch dann sagte Mr. Reynolds, er sei Mr. Fletcher sehr dankbar, weil er seinen eigentlichen Beruf verschwiegen hätte.“

„Nelly“, begann Eddie eindringlich und klammerte sich an ihren Arm, „glaubst du, er lässt das Hotel doch umbauen oder vielleicht sogar abreißen? Werden wir dann alle entlassen?“

„Nein.“ Nellys Kopf schmerzte bereits wieder höllisch, deshalb antwortete sie schärfer als gewöhnlich. „Nein, es kann sich nur um einen Irrtum handeln. Ich werde mich darum kümmern. Jetzt geht alle wieder an die Arbeit. Und erzählt keinem Menschen ein Wort davon.“

„Es handelt sich nicht um einen Irrtum.“ Eliza schwebte auf die Gruppe zu.

„Ich habe gesagt, ihr sollt wieder an die Arbeit gehen“, wiederholte Nelly in einem Ton, der keinen Widerspruch duldete.

Eddie und die beiden Frauen entfernten sich, und erst außer Hörweite tuschelten sie wieder miteinander.

„Ich habe keine Zeit für Sie, Miss Trainor, ich bin sehr beschäftigt.“

„Gewiss, aber Percy möchte gern mit Ihnen sprechen.“

Verdrossen nahm Nelly den Köder an. „Wirklich?“

„Oh ja. Er will Ihnen erläutern, was er mit diesem kleinen Betrieb vorhat. Sie werden staunen.“ Eliza musterte sorgfältig die Diele.

„Wissen Sie über seine Pläne Bescheid?“ erkundigte sich Nelly.

„Sie glauben doch nicht im Ernst, dass er hier alles beim Alten lässt, nur weil Sie es wünschen.“ Eliza lachte hell auf und schnippte eine winzige Fluse von ihrer türkisgrünen Bluse. „Zu so großzügigen Gesten lässt Percy sich nicht hinreißen. Dazu ist er viel zu praktisch und geschäftstüchtig. Es kann natürlich sein, dass er Ihnen eine untergeordnete Stellung einräumt, wenn das Projekt erst einmal vollendet ist. Sie sind wohl kaum im Stande, einen großen Hotelkomplex zu leiten, aber gewisse Fähigkeiten kann man Ihnen nicht absprechen. Ich an Ihrer Stelle würde mir natürlich die Demütigung ersparen und von selbst gehen.“

„Soll das heißen“, erwiderte Nelly und betonte jedes einzelne

Wort, „dass Percy fest entschlossen ist, aus diesem Familienhotel ein Ferienzentrum zu machen?"

„Natürlich, was dachten Sie denn?" Eliza lächelte nachsichtig. „Wozu sollte er sonst mich und einen Architekten engagieren? Aber machen Sie sich keine Sorgen. Wie ich ihn kenne, wird er das Personal nicht entlassen. Vorläufig jedenfalls nicht."

Eliza lächelte, drehte sich um und ließ Nelly stehen. Fassungslos sah sie Eliza nach.

Nachdem Nellys erste Verzweiflung abgeklungen war, spürte sie eine kalte Wut. Sie nahm jeweils zwei Stufen auf einmal und stürmte die Treppe hinauf in ihr Zimmer. Zehn Minuten später hetzte sie wieder wie wild die Treppe hinunter und platzte ins Büro, ohne anzuklopfen.

„Nelly." Percy stand vom Schreibtisch auf und blickte verdutzt in ihr hochrotes Gesicht. „Du sollst doch im Bett bleiben."

Schweigend warf sie ein Blatt Papier auf den Schreibtisch. Er nahm es in die Hand und überflog ihren Kündigungsbrief. „Das haben wir doch schon einmal durchexerziert."

„Du gabst mir dein Wort." Ihre Stimme zitterte enttäuscht über den Vertrauensbruch, doch trotzig schob sie das Kinn vor. „Von mir aus kannst du diese Kündigung auch zerreißen. Das ändert aber nichts an der Tatsache, dass ich gehe. Suchen Sie sich ein neues Spielzeug, Mr. Reynolds, ich bin mir für Ihre Verzögerungstaktik zu schade."

Als sie aus dem Büro rauschte, prallte sie mit Eddie zusammen. Sie stieß ihn rücksichtslos zur Seite und hastete wieder die Treppe hinauf. In ihrem Zimmer zerrte sie die Koffer aus dem Schrank und schleuderte planlos alles hinein, was ihr in die Hände kam – Kleidungsstücke, Kosmetikartikel und allerlei Kleinigkeiten.

Sie wirbelte herum, als sie hörte, dass jemand ihr Zimmer betrat. Es war Percy.

„Raus hier!" schnauzte sie ihn an und wünschte sich sehnlichst, sie wäre groß und stark genug, um ihn wahrhaftig aus dem Raum zu werfen. „Bis ich weg bin, ist das hier noch mein Zimmer."

„Das ist ja ein fantastisches Durcheinander", stellte er ruhig fest. „Hör lieber auf damit, denn du fährst nirgendwo hin."

„Doch, sobald ich meine Sachen gepackt habe, verschwinde ich."

Um ein Haar hätte sie den Topf mit dem Schwertfarn auf die Unterwäsche geworfen. „Ich will nicht mehr für dich arbeiten und auch nicht noch länger mit dir unter einem Dach wohnen. Du hast mir ein Versprechen gegeben und es gebrochen." Zornig blitzte sie ihn an und verwünschte sich, weil ihr die Tränen kamen. „Ich habe dir geglaubt. Ich habe dir vertraut. Wie konnte ich nur so dumm sein! Ich kann dich nicht davon abhalten, irgendwelche Änderungen vorzunehmen, und irgendwie hätte ich mich schon angepasst. Aber was ich nicht ertragen kann, ist Unehrlichkeit."

Ungeduldig wischte Nelly sich die Tränen mit dem Handrücken fort. „Ach, verflixt noch mal!" Sie drehte sich um und riss hektisch Bilder von der Wand. „Schade, dass ich kein Mann bin."

„Wenn du ein Mann wärst, hätten wir diesen Auftritt vermieden. Und wenn du nicht gleich damit aufhörst, das Zimmer auseinanderzunehmen, werde ich dich gewaltsam daran hindern. Das täte mir leid, denn ich finde, für heute hast du schon genug durchgemacht."

Percys Stimme klang gelassen und amüsiert. In ihre Wut über seinen Wortbruch mischte sich die Verzweiflung über ihre unglückliche Liebe.

„Lass mich jetzt allein."

„Leg dich hin, Nelly, und später unterhalten wir uns in aller Ruhe."

„Wage es nicht, mich anzurühren", fauchte sie, als er sie in die Arme ziehen wollte. „Ich meine es ernst, Percy. Wenn du mich anfasst, kannst du etwas erleben."

Er ließ die erhobenen Hände wieder sinken. „Na schön, wie du willst." Er sah sie grollend an. Mit trügerischer Ruhe fuhr er fort: „Vielleicht erklärst du mir mal, was ich dir angetan habe."

„Das weißt du sehr gut."

„Ich will es aber noch einmal von dir hören", beharrte er. Er trat einen Schritt zurück und zündete sich eine Zigarette an.

„Während wir in Florida waren, hast du einen Architekten herkommen lassen."

„Fletcher?" Er betrachtete sie aufmerksam. „Was ist mit ihm?"

„Das willst du noch wissen?" entrüstete sich Nelly. „Hinter meinem Rücken hat er ungehindert Skizzen angefertigt. Dir traue ich sogar zu, dass du extra mit mir nach Florida geflogen bist, um ihm freie Bahn zu verschaffen.“

„Das war tatsächlich ein Gesichtspunkt.“

Dieses offene Eingeständnis verschlug Nelly die Sprache.

„Nelly“, bat Percy drängend, „erzähl mir einmal der Reihe nach, was du weißt.“

„Eliza war so freundlich, mich aufzuklären“, erwiderte sie zynisch. „Wenn du genauer Bescheid wissen willst, dann geh doch zu ihr.“

„Eliza ist abgereist. Ich habe sie darum gebeten. Nelly, glaubst du, ich wollte sie noch hier behalten, nachdem sie dich geschlagen hat?“ Seine Stimme klang weich, und ihre Tränen flossen noch heftiger. Hastig wischte sie sie fort. „Erzähl mir, Nelly, was hat sie dir gesagt?“

„Sie hat mir alles berichtet. Dass du den Architekten bestellt hast, damit er Pläne entwirft, wie das Hotel in ein Ferienzentrum umgestaltet werden kann, und dass ich von meinem Posten abgesetzt werde, weil ich zu unerfahren bin, um einen großen Betrieb zu leiten.“ Sie brach ab und fuhr nach einer Weile leidenschaftlich fort: „Es ist schon schlimm genug, dass du mich belogen und dein Wort gebrochen hast, aber das alles könnte ich dir noch verzeihen. Viel schlimmer ist, dass diese Landschaft verändert werden soll. Viele Leute werden ihr Einkommen verlieren, damit du noch ein paar Dollar mehr verdienst! Dein Hotel in Palm Beach ist wunderschön und passt genau dorthin, aber dieses kleine Haus …“

„Sei still, Nelly.“ Er drückte die Zigarette aus und schob die Hände in die Taschen. „Ich habe Fletcher aus zwei Gründen herbeordert. Erstens sollte er mir ein Haus für ein Grundstück entwerfen, das ich letzte Woche über einen Makler gekauft habe. Es liegt ungefähr fünfzehn Kilometer außerhalb der Stadt auf einem Hügel mit Blick auf den See. Du kennst es bestimmt.“

„Wozu brauchst du ein Grundstück?“

„Zweitens“, fuhr er fort, ohne ihren Einwand zu beachten, „sollte er prüfen, ob es möglich ist, dieses Hotel zu vergrößern, ohne dass sich dadurch der Gesamteindruck ändert. Das Büro ist viel zu klein, Nelly. Ich brauche bedeutend mehr Platz, da ich vorhabe, mein Büro von New York hierher zu verlegen, wenn wir erst einmal verheiratet sind.“

„Ich verstehe nicht …" Verwirrt brach sie ab und erstarrte. Ihre Gedanken wirbelten durcheinander, und sie vergaß sogar ihre Kopfschmerzen. „Wie kommst du darauf, dass ich dich heiraten werde?" stieß sie schließlich hervor.

„Du wirst mich schon heiraten", antwortete er und lehnte sich gegen den Schreibtisch. „Aber geh lieber erst zu deinen Angestellten und sag ihnen Bescheid, dass hier alles beim Alten bleibt. Am Hotel wird nichts verändert, und du arbeitest auch künftig als Managerin. Mit einigen Einschränkungen natürlich."

„Einschränkungen welcher Art?" Ihre Knie wurden weich, und sie sank auf einen Stuhl.

„Es macht mir nichts aus, mein Büro in dieses Haus zu verlegen, aber eine Hotelzimmerehe möchte ich nicht führen. Wir werden in unserem neuen Heim am See wohnen, und Eddie kann dich vertreten, wenn du nicht hier bist. Es wird Zeit, dass er lernt, selbstständig zu arbeiten, denn in drei Wochen fliegen wir ja schon nach Rom."

„Rom?" wiederholte sie fassungslos. Sie erinnerte sich verschwommen, dass sie sich irgendwann einmal über einen Reisepass und Rom unterhalten hatten.

„Ja, deine Mutter schickt deine Geburtsurkunde, damit du einen Pass beantragen kannst."

„Meine Mutter?" Nelly kam sich vor wie ein Papagei. Sie stand auf und trat ans Fenster, um ihre Verwirrung abzuschütteln. „Du scheinst ja alles bis ins Kleinste geplant zu haben." Sie rang nach Fassung. „Nach meinen Gefühlen fragst du wohl gar nicht?"

„Deine Gefühle kenne ich." Er legte die Hände auf ihre Schultern, und sie verkrampfte sich. „Ich sagte dir doch schon einmal, dass deine Augen jedes Geheimnis verraten."

„Du kannst froh sein, dass ich dich liebe." Sie schluckte und beobachtete einen Sonnenstrahl, der durch das Laub der hohen Bäume fiel.

„Ja, das vereinfacht alles." Er massierte leicht ihre Schultern, doch ihre Verkrampfung löste sich nicht.

„Warum möchtest du mich heiraten, Percy?"

„Warum wohl, was glaubst du?"

Sie fühlte, wie er ihr Haar küsste, und schloss die Augen. „Du brauchst mich nicht zu heiraten, nur um mich in dein Bett zu ziehen, das wissen wir beide." Sie holte tief Luft und fuhr fort: „Am ersten Abend, als du mein Zimmer betratst, hattest du schon gewonnen."

„Das genügt mir nicht." Er umfasste ihre Taille und zog sie an sich. Sie kämpfte gegen ihre Gefühle an. „In dem Augenblick, als du in das Büro gestürmt kamst und mich beschimpftest, dass mir Hören und Sehen verging, stand für mich fest, dass ich dich heiraten wollte. Ich wusste, dass ich dich dazu bringen würde, mich zu lieben. Das spürte ich, als ich dich zum ersten Mal in den Armen hielt. Aber das reichte mir nicht. Ich wollte, dass du mich von ganzem Herzen liebst."

„Und bis du das erreichtest", ergänzte sie bitter, „hast du dich mit Eliza amüsiert."

Er schüttelte sie so heftig, dass ihr das Haar um den Kopf flog. „Ich habe weder Eliza noch eine andere Frau angerührt, nachdem ich dich kennen gelernt hatte. Als sie sich in ihrem Negligee produzierte, hat sie das nur getan, um dich zu ärgern. Und du warst so naiv, darauf hereinzufallen. Glaubst du, ich hätte eine andere Frau anrühren können, ohne mir vorzukommen wie ein Verräter?"

Nelly konnte Percy nicht antworten, denn er verschloss ihr den Mund mit einem Kuss.

„In den zwei Wochen, die wir uns jetzt kennen, hättest du mich beinahe zum Wahnsinn getrieben", sagte er zwischen zwei Küssen. Dann umfasste er ihr Gesicht und fragte: „Habe ich dir eigentlich schon gesagt, dass ich dich liebe?"

Nelly konnte vor Überraschung nicht antworten. Stumm schüttelte sie den Kopf.

„Dabei liebe ich dich, seit wir uns auf dem Sportplatz darüber stritten, wer recht hatte, die jungen Burschen oder du."

Sie schlang die Arme um seinen Hals und drückte ihn so fest an sich, als befürchtete sie, er würde fortlaufen. „Percy, warum hast du damit so lange gewartet?"

Amüsiert zog er die Brauen hoch, und beschämt erinnerte sie sich, dass sie sich erst seit zwei Wochen kannten.

„Die vierzehn Tage kommen mir wie Jahre vor", behauptete sie und lehnte ihren Kopf an seine Schulter. „Was habe ich gesagt? Wie Jahrhunderte."

„Und während dieser Jahrhunderte", erwiderte er, während er ihr

Haar streichelte, „hast du dich erfolgreich dagegen gewehrt, dass ich dir meine Liebe gestehen konnte. An dem Tag, als ich in das Aufenthaltszimmer kam und du die Whiskyflaschen zähltest, hatte ich vor, Freundschaft mit dir zu schließen. Doch du zeigtest mir wirkungsvoll die kalte Schulter. Schließlich kam ich auf die Idee, einen Ortswechsel vorzunehmen, um woanders ganz von vorn mit dir anzufangen. Es war wie ein Geschenk des Himmels, dass Bailey aus Florida hier anrief."

„Aber sagtest du nicht, du hättest in Florida ein Problem zu lösen?"

„Das war eine Lüge", gab er zu und lachte. „Ich hatte im Sinn", erklärte er, während er sich in einen Sessel sinken ließ und Nelly auf seinen Schoß zog, „dich für einige Tage von deinem Hotel fortzulocken. Ich wollte dich ganz für mich allein haben. Du solltest vollkommen gelöst und nicht ständig auf der Hut sein." Er lachte wieder und kniff sie liebevoll ins Ohrläppchen. „Und prompt sah ich, wie Hardy dir den Hof machte."

„Du warst eifersüchtig", stellte sie erfreut fest und sah ihm forschend in die Augen.

„Das ist noch milde ausgedrückt. Dabei hatte ich alles so schön geplant. An unserem letzten Abend wollte ich dir in aller Form einen Heiratsantrag machen."

„Und warum hast du das nicht getan?"

„Du hast mich von meinem Vorsatz abgelenkt." Seine Lippen strichen über ihren Hals, und sie erinnerte sich an ihre leidenschaftliche Umarmung an diesem Abend. „Ich hatte nicht die Absicht, es so weit kommen zu lassen, aber es gelang dir immer wieder, meine Selbstbeherrschung herauszufordern." Er seufzte und drückte seine Wange gegen ihr Haar. „Ich war wütend auf mich, weil mir die Situation so aus der Hand glitt."

„Und ich dachte, dein Zorn galt mir."

„Sei froh, dass es so gekommen ist. Sonst hätte ich dich noch auf dem Teppich geliebt. Aber ich war nicht in der Stimmung, dich behutsam in die Liebe einzuführen. Keine Frau habe ich jemals so begehrt wie dich in dieser Nacht."

Sie sah ihn groß an. „Brauchst du mich, Percy?"

Er streichelte ihre Wange. „Ja, Nelly, ich brauche dich."

Sein Mund berührte leicht ihre Lippen, doch dieser Hauch genügte ihr nicht. Sie schlang einen Arm um seinen Hals, zog seinen Kopf zu sich herunter und verlangte mehr. Ihr schien, als öffnete sich das Tor zum Paradies. Ihre Finger gruben sich in sein dichtes Haar, und sie wünschte sich, der Kuss möge nie aufhören.

„Wir müssen uns unbedingt um die Heiratslizenz kümmern, Nelly", sagte er heiser.

„Ich werde mal mit dem hiesigen Standesbeamten sprechen", flüsterte sie verträumt. „Er ist Eddies Onkel."

„Ich sehe schon, Kleinstädte sind das Salz der Erde." Erneut küsste er sie leidenschaftlich. Gleich darauf hämmerte jemand laut gegen die Tür.

„Nelly", klagte Eddie, „Mrs. Frank möchte Julius füttern, und ich kann sein Essen nicht finden. Und die Schwestern Bodwin haben für Titus keine Sonnenblumenkerne mehr."

„Wer, um alles in der Welt, ist Titus?" fragte Percy leise.

„Der Wellensittich der Bodwins."

„Sag Eddie, er soll Titus an Julius verfüttern", schlug Percy vor und blickte finster zur Tür.

„Die Idee ist gut." Nelly überlegte kurz und rief: „Julius' Futter steht auf dem Regal rechts vom Kühlschrank, drittes Brett. Schick jemanden in die Stadt, um ein Paket Sonnenblumenkerne zu kaufen. Und jetzt geh, Eddie, ich habe zu tun. Mr. Reynolds und ich haben eine wichtige Besprechung."

Lächelnd verschränkte sie die Arme wieder um Percys Hals. „Nun, Mr. Reynolds, möchten Sie meine Meinung dazu hören, ob es möglich ist, am ‚Lakeside' anzubauen, ohne dass der Stil des Gebäudes dadurch beeinträchtigt wird?"

„Nelly, sei still."

„Du bist der Boss", räumte sie ein, ehe sich ihre Lippen zu einem langen Kuss trafen.

– ENDE –

Penny Jordan

Schön wie Aphrodite

Roman

Aus dem Amerikanischen von
Dorothea Ghasemi

MIRA®

1. KAPITEL

Feierabend um halb fünf", rief die Empfangsdame. „Sie haben es gut!"

Saskia schnitt ein Gesicht, während sie durch das Foyer des Bürogebäudes, in dem sie arbeitete, zum Ausgang eilte. Da sie bereits spät dran war, hatte sie keine Zeit, stehen zu bleiben.

Andreas, der auf den Aufzug für die leitenden Angestellten wartete, runzelte missbilligend die Stirn in Richtung Empfangsdame. Die junge Frau, die soeben das Gebäude verließ, hatte ihn gar nicht bemerkt. Er jedoch hatte sie gesehen. Sie hatte atemberaubend lange Beine und welliges dunkelbraunes Haar mit einem leicht rötlichen Schimmer, der auf ein hitziges Temperament schließen ließ. Andreas ermahnte sich, an etwas anderes zu denken. Sich mit einer Frau einzulassen war das Letzte, was er momentan gebrauchen konnte, und außerdem …

Seine Miene wurde noch finsterer. Seit es ihm gelungen war, seinen Großvater davon zu überzeugen, nur noch in beratender Funktion für die Hotelkette tätig zu sein, die er nun leitete, hatte dieser es sich zur Aufgabe gemacht, ihn mit einer Cousine zweiten Grades verheiraten zu wollen. Damit wollte er nicht nur beide Familienzweige miteinander verbinden, sondern auch die Reederei, die seine Cousine geerbt hatte, und die Hotelkette.

Andreas wusste jedoch, dass sein Großvater sich mehr von seinen Gefühlen leiten ließ, als er zugab. Schließlich hatte er seiner Tochter, Andreas' Mutter, erlaubt, einen Engländer zu heiraten.

Normalerweise hätte er sich über die etwas unbeholfenen Versuche seines Großvaters, ihn mit seiner Cousine Athena zu verkuppeln, lediglich amüsiert. Das Problem war nur, dass Athena noch mehr als sein Großvater daran interessiert war, ihn zu heiraten. Sie hatte es ihm unmissverständlich zu verstehen gegeben. Athena war sieben Jahre älter als er, verwitwet und hatte zwei Kinder aus ihrer Ehe mit einem wohlhabenden Griechen. Vermutlich hatte sie seinen Großvater auf die verrückte Idee gebracht.

Der Aufzug stoppte in der obersten Etage, und Andreas betrat den Flur. Dies war nicht der richtige Zeitpunkt, um über seine Privatangelegenheiten nachzudenken. Die konnten warten. In weniger als zwei Wochen sollte er auf die Insel in der Ägäis fliegen, die seinem Großvater gehörte und auf der die Familie immer ihren Urlaub verbrachte. Zuerst erwartete sein Großvater allerdings einen ausführlichen Bericht darüber, wie er die britische Hotelkette, in die sie sich kürzlich eingekauft hatten, zu sanieren gedachte.

Obwohl Andreas nun Generaldirektor des Unternehmens war, verspürte sein Großvater immer noch das Bedürfnis, seine Entscheidungen infrage zu stellen. Trotzdem war es eine lohnende Investition. Die Hotels waren zwar altmodisch und herunterkommen, hatten jedoch alle eine sehr gute Lage.

Man erwartete ihn zwar erst am nächsten Tag in der Zentrale der Hotelkette, doch Andreas hatte seinen Besuch auf diesen Nachmittag vorverlegt. Und wenn alle Mitarbeiter es sich zur Gewohnheit gemacht hatten, so früh nach Hause zu gehen wie die junge Frau eben, hatte er offenbar zumindest eine Möglichkeit entdeckt, wie man die Rentabilität steigern konnte.

Von wegen früh Feierabend! Saskia schnitt ein Gesicht, als sie es schaffte, ein vorbeifahrendes Taxi anzuhalten. Genau wie jeden Morgen im vergangenen Monat hatte sie seit halb acht an ihrem Schreibtisch gesessen und nicht einmal Mittagspause gemacht. Man hatte sie alle gewarnt, dass das Unternehmen Demetrios Hotels, das ihre kleine Hotelkette übernommen hatte, radikal Kosten sparte. Morgen würden sie ihren neuen Boss kennenlernen, und Saskia freute sich nicht gerade darauf, zumal Gerüchte darüber kursiert hatten, wie Furcht einflößend Andreas Latimer war.

„Der alte Herr, sein Großvater, soll ein strenges Regiment geführt haben, und sein Enkel soll noch schlimmer sein."

„Für beide gilt die Devise ‚Der Gast hat immer recht, auch wenn er im Unrecht ist', und wehe dem Mitarbeiter, der das vergisst. Deswegen sind ihre Hotels natürlich auch so bekannt … und so profitabel."

So hatte der Klatsch im Wesentlichen gelautet.

Das Taxi hielt vor dem italienischen Restaurant. Schnell bezahlte Saskia den Fahrer, stieg aus und eilte hinein.

„Oh, Saskia, da bist du ja. Wir dachten schon, du würdest es nicht mehr schaffen."

„Tut mir leid", entschuldigte Saskia sich bei ihrer besten Freundin und setzte sich auf den letzten freien Platz an dem Tisch für drei. „Bei uns in der Firma ist Panik ausgebrochen. Morgen kommt der neue Boss.“ Sie krauste die fein geschnittene Nase und kniff die blauen Augen zusammen. Dann merkte sie, dass ihre Freundin ihr gar nicht richtig zuhörte und bedrückt wirkte.

„Was ist los?“, fragte sie sofort.

„Ich habe Lorraine gerade erzählt, wie durcheinander ich bin“, erwiderte Megan.

Lorraine, ihre Cousine, war die Dritte im Bunde. Sie war etwas älter als sie, hatte eine kühle Ausstrahlung und machte einen ziemlich abgespannten Eindruck.

„Durcheinander?“ Hungrig griff Saskia nach einem Brötchen.

„Es ist Julian“, erwiderte Megan. Ihre Stimme bebte, und in ihren braunen Augen lag ein verzweifelter Ausdruck.

„Julian?“ Saskia legte das Brötchen auf ihren Teller. „Ich dachte, ihr wolltet bald eure Verlobung bekannt geben?“

„Ja, das wollten ... wollen wir auch ... Jedenfalls möchte Julian es ...“, begann Megan, verstummte jedoch, als Lorraine für sie das Wort ergriff.

„Megan glaubt, er hätte eine andere“, sagte sie grimmig.

Da Lorraine fast zehn Jahre älter war als Megan und bereits eine gescheiterte Ehe hinter sich hatte, hielt sie nicht viel von den Männern.

„Bestimmt nicht, Megan“, protestierte Saskia. „Du hast mir doch selbst erzählt, wie sehr er dich liebt.“

„Das dachte ich auch“, bestätigte Megan. „Aber ... ständig bekommt er diese Anrufe. Und wenn ich ans Telefon gehe, wird am anderen Ende aufgelegt. Diese Woche ist es schon drei Mal passiert. Wenn ich ihn frage, wer dran ist, sagt Julian immer, es habe sich wohl jemand verwählt.“

„Vielleicht stimmt es auch“, versuchte Saskia sie zu trösten, aber Megan schüttelte den Kopf.

„Nein. Julian schleicht permanent ums Telefon. Als ich gestern Abend reinkam, telefonierte er mit seinem Handy und beendete das Gespräch sofort, sobald er mich sah.“

„Hast du ihn gefragt, was los ist?“, erkundigte Saskia sich besorgt.

„Ja. Er meint, ich würde es mir nur einbilden“, erwiderte Megan unglücklich.

„Typisch Mann“, verkündete Lorraine grimmig. „Mein Ex hat alles darangesetzt, mich zu überzeugen, dass ich langsam paranoid werde. Und was macht er dann? Er zieht mit seiner Sekretärin zusammen. Na bitte!“

„Ich wünschte nur, Julian wäre ehrlich zu mir.“ Megan traten Tränen in die Augen. „Wenn es tatsächlich eine andere gibt ... Ich dachte, er liebt mich ...“

„Sicher liebt er dich“, versuchte Saskia sie zu trösten. Noch hatte sie den neuen Partner ihrer Freundin nicht kennengelernt, doch ihren Schilderungen zufolge schien er perfekt zu Megan zu passen.

„Es gibt eine todsichere Möglichkeit, es herauszufinden“, verkündete Lorraine. „Ich habe mal einen Artikel darüber gelesen. Es gibt da so eine Agentur. Wenn man an der Treue seines Partners zweifelt, kann man sich an sie wenden, und sie setzen ein Mädchen auf ihn an, das versucht, ihn zu verführen. Genau das solltest du tun.“

„Nein, das könnte ich nicht“, protestierte Megan.

„Du musst“, beharrte Lorraine. „Nur so findest du heraus, ob du ihm vertrauen kannst oder nicht. Ich wünschte, ich hätte die Möglichkeit auch gehabt, bevor ich geheiratet habe. Du *musst* es tun“, bekräftigte sie. „Seitdem er sich selbstständig gemacht hat, hält Julian sich nur mühsam über Wasser, und du hast das Geld, das du von deiner Großtante geerbt hast.“

Saskia wurde das Herz schwer, als sie zuhörte. Sie mochte ihre Freundin sehr, doch ihr war klar, dass diese sich von ihrer älteren Cousine bevormunden ließ. Sie mochte Lorraine auch, wusste allerdings aus Erfahrung, dass diese nicht mehr lockerließ, wenn sie sich etwas in den Kopf gesetzt hatte. Vermutlich war das auch einer der Gründe, warum ihre Ehe gescheitert war. Saskia griff zur Speisekarte. Bei allem Mitgefühl für Megan – sie war halb verhungert.

„Na ja, es klingt vernünftig“, lenkte Megan ein. „Aber ich bezweifle, dass es so eine Agentur in Hilford gibt.“

„Wer braucht denn eine Agentur?“, erwiderte Lorraine. „Was *du* brauchst, ist eine atemberaubend attraktive Freundin, die Julian nicht kennt und die versuchen kann, ihn zu verführen. Wenn er darauf eingeht ...“

„Eine atemberaubend attraktive Freundin?“, wiederholte Megan nachdenklich. „Eine wie Saskia, meinst du?“

Beide blickten sie an, während Saskia wieder in ihr Brötchen biss.
„Genau", flüsterte Lorraine. „Saskia würde sich perfekt dazu eignen."

„Was?" Beinah hätte Saskia sich verschluckt. „Das ist nicht dein Ernst", fügte sie hinzu, als sie den entschlossenen Ausdruck in Lorraines und den flehenden in Megans Augen sah. „Oh nein, auf keinen Fall. Meg, dir ist hoffentlich klar, wie verrückt das ist", versuchte sie an den gesunden Menschenverstand und das Gewissen ihrer Freundin zu appellieren. „Wie könntest du Julian so etwas antun? Du liebst ihn doch ..."

„Wie soll sie es riskieren, sich an ihn zu binden, wenn sie nicht weiß, ob sie ihm vertrauen kann?", warf Lorraine scharf ein. „Also, das wäre erledigt. Jetzt müssen wir uns nur noch darauf einigen, wo Saskia Julian zufällig über den Weg laufen und unseren Plan in die Tat umsetzen soll."

„Heute ist sein Männerabend", sagte Megan zaghaft. „Und gestern Abend hat er mir erzählt, dass er mit seinen Freunden in die Weinstube gehen will, die gerade eröffnet hat. Einer seiner Freunde kennt den Besitzer."

„Ich kann das nicht machen", wandte Saskia ein. „Es ... es ist unmoralisch." Sie warf Megan einen entschuldigenden Blick zu und schüttelte den Kopf. „Meg, es tut mir leid, aber ..."

„Ich dachte, du würdest Meg helfen, Saskia. Nach allem, was sie für dich getan hat ...", bemerkte Lorraine scharf.

Schuldbewusst biss Saskia sich auf die Lippe. Lorraine hatte recht. Sie schuldete Megan einen großen Gefallen.

Vor sechs Monaten hatte ihre Firma versucht, die Übernahme durch Demetrios zu verhindern. Damals hatte sie jeden Tag bis spätabends und auch an den Wochenenden gearbeitet. Ihre Großmutter, die sie nach der Trennung ihrer Eltern aufgezogen hatte, war an einer Virusinfektion schwer erkrankt. Megan, die von Beruf Krankenschwester war, hatte ihre Freizeit und einen Teil ihres Urlaubs geopfert, um sie zu pflegen.

Noch jetzt schauderte Saskia, wenn sie daran dachte, was hätte passieren können, wenn Megan sich nicht um ihre Großmutter gekümmert hätte. Dass sie sich dafür nie würde revanchieren können, belastete seitdem ihr Gewissen. Sie liebte ihre Großmutter über alles, denn diese hatte ihr ein Zuhause voller Zuneigung und Geborgenheit geboten, als sie es am meisten brauchte. Ihre Mutter, die sie mit siebzehn zur Welt gebracht hatte, spielte in ihrem Leben keine große Rolle. Zu ihrem Vater, dem Sohn ihrer Großmutter, hatten sie beide keinen Kontakt mehr. Er hatte wieder geheiratet und lebte mit seiner Frau und seinen Kindern in China.

„Ich weiß, dass du es nicht gut findest, Saskia", sagte Megan leise zu ihr, „aber ich muss unbedingt wissen, ob ich Julian vertrauen kann." Wieder traten ihr Tränen in die Augen. „Er bedeutet mir so viel. Er hat alles, was ich mir immer bei einem Mann gewünscht habe. Aber ... er hatte so viele Freundinnen, bevor wir uns kennengelernt haben, als er noch in London gewohnt hat." Sie machte eine Pause. „Er schwört, dass keine von ihnen ihm etwas bedeutet hat und er mich liebt."

Saskia wusste nicht genau, ob sie sich vorstellen konnte, sich auf eine Beziehung mit einem Mann einzulassen, dem sie nicht vertrauen konnte – und zwar so bedingungslos, dass es für sie keinen Grund gab, seine Treue auf diese Art und Weise auf die Probe zu stellen. Allerdings musste sie sich eingestehen, dass sie vielleicht eine andere Einstellung zur Liebe hatte als ihre Freundin. Schließlich waren ihre Eltern davon überzeugt gewesen, dass sie sich liebten, als sie heimlich heirateten und sie zeugten. Doch nach zwei Jahren hatten sie sich getrennt und ihrer Großmutter die Verantwortung für sie übertragen.

Ihre Großmutter! Als Saskia Megans tränenverschmiertes Gesicht betrachtete, wusste sie, dass sie keine Wahl hatte.

„Also gut", erwiderte sie schicksalsergeben. „Ich werde es tun."

Nachdem Megan sich bei ihr bedankt hatte, sagte Saskia trocken: „Du musst mir deinen Julian unbedingt beschreiben, Megan, sonst erkenne ich ihn nicht."

„Oh doch, das wirst du", erklärte Megan nachdrücklich und seufzte hingebungsvoll. „Er wird der attraktivste Mann in der Weinstube sein. Er ist einfach umwerfend, Saskia ... wahnsinnig gut aussehend, mit dichtem schwarzem Haar und einem verführerischen Mund. Ach, und er wird ein blaues Hemd tragen – in der Farbe seiner Augen. Das macht er immer. Ich habe ihm die Hemden gekauft."

„Was meinst du, wann er da ist?", fragte Saskia. „Mein Wagen ist momentan in der Werkstatt, und da Grans Haus ziemlich weit außerhalb ist ..."

„Mach dir darüber keine Sorgen. Ich bringe dich hin", erbot sich Lorraine zu ihrer Überraschung. Sonst war sie nämlich nicht besonders großzügig.

„Ja, und Lorraine holt dich später auch ab und bringt dich wieder nach Hause. Nicht, Lorraine?" Megan wirkte ungewohnt bestimmt. „In der Nähe der Weinstube gibt es keinen Taxistand."

Ein Ober wartete in der Nähe, um ihre Bestellung aufzunehmen, doch Lorraine schüttelte den Kopf und erklärte entschlossen: „Jetzt haben wir keine Zeit mehr zu essen. Saskia muss nach Hause fahren und sich umziehen. Was meinst du, wann Julian in der Weinstube ist, Megan?", wandte sie sich an ihre Cousine.

„Gegen halb neun, schätze ich", antwortete Megan.

„Okay, dann musst du gegen neun da sein, Saskia. Ich hole dich um halb neun ab."

Es klingelte an der Tür, als Saskia zwei Stunden später nach unten ging. Ihre Großmutter war für eine Weile zu ihrer Schwester nach Bath gefahren. Ein wenig nervös strich Saskia sich über den Rock ihres schwarzen Kostüms und eilte hin, um zu öffnen.

Lorraine war allein gekommen. Sie hatten sich darauf geeinigt, dass Megan sie nicht begleiten sollte, für den Fall, dass jemand sie sah. Lorraine musterte Saskia stirnrunzelnd.

„Du musst etwas anderes anziehen", sagte sie scharf. „In dem Kostüm siehst du wie eine unnahbare Karrierefrau aus. Und Julian darf dich nicht für unnahbar halten. Außerdem finde ich, du solltest einen anderen Lippenstift benutzen und die Augen stärker schminken. Und wenn du mir nicht glaubst, lies das hier." Sie hielt ihr eine aufgeschlagene Zeitschrift unter die Nase.

Widerstrebend überflog Saskia den Artikel und krauste die Stirn, als sie las, wie weit die Mitarbeiterinnen der Agentur gingen, um die Treue der Männer ihrer Kundinnen auf die Probe zu stellen.

„So etwas kann ich nicht tun", erklärte sie. „Und was mein Kostüm betrifft ..."

Lorraine trat in den Flur, schloss die Tür hinter sich und stemmte die Arme in die Hüften. „Du musst – Megan zuliebe. Ist dir denn nicht klar, in was für einer Gefahr sie sich befindet? Sie ist völlig vernarrt in diesen Kerl. Sie kennt ihn nicht einmal vier Monate und redet schon davon, dass sie ihm ihr ganzes Erbe geben will ... ihn heiraten und Kinder mit ihm bekommen will. Weißt du, wie viel ihre Großtante ihr hinterlassen hat?“, fügte sie grimmig hinzu.

Schweigend schüttelte Saskia den Kopf. Sie wusste, wie überrascht und schockiert Megan gewesen war, als sie erfuhr, dass ihre Großtante ihr gesamtes Vermögen ihr vermacht hatte. Allerdings hatte sie Megan aus Taktgefühl nicht gefragt, um wie viel Geld es ging.

Lorraine hingegen hatte offenbar keine Bedenken gehabt.

„Megan hat fast drei Millionen Pfund geerbt“, verkündete sie und nickte triumphierend, als sie Saskias Gesichtsausdruck sah.

„*Jetzt* ist dir hoffentlich klar, dass wir alles tun müssen, um sie zu schützen, oder? Ich habe unzählige Male versucht, sie zu warnen, dass ihr toller Julian vielleicht nicht ist, was er zu sein scheint, aber sie hört nicht auf mich. Jetzt zeigt er zum Glück sein wahres Gesicht. Setz alles daran, zu beweisen, was für ein Mistkerl er ist, Saskia – um ihretwillen. Stell dir nur vor, was passieren würde, wenn er ihr nicht nur das Herz brechen, sondern ihr auch das Geld wegnehmen würde. Dann hätte sie nichts mehr.“

Saskia konnte es sich lebhaft vorstellen. Sie unterstützte ihre Großmutter finanziell, denn diese hatte nur eine bescheidene Pension und hatte außerdem immer dafür gesorgt, dass sie nichts entbehren musste. Der Gedanke daran, ihre finanzielle Unabhängigkeit und das Gefühl der Sicherheit zu verlieren, das ihr eigenes Einkommen ihr gab, war schrecklich und beängstigend zugleich. Daher verspürte sie plötzlich das Bedürfnis, alles zu tun, um Megan zu schützen.

Megan, die liebenswürdige, vertrauensselige Megan, die trotz ihres Reichtums immer noch als Krankenschwester arbeitete, verdiente einen Mann, einen Partner, der ihrer wirklich wert war. Und wenn dieser Julian es nicht war ... Dann war es wohl besser, wenn sie es möglichst schnell herausfand.

„Es reicht vielleicht schon, wenn du die Jacke ausziehst“, sagte Lorraine. „Du musst doch irgendein sexy Sommertop haben, das du tragen könntest ... oder ...“ Sie verstummte, als sie Saskias Miene sah.

„Sommertop – ja“, erwiderte Saskia. „Sexy – nein!“

Als sie Lorraines Gesichtsausdruck bemerkte, unterdrückte sie einen Seufzer. Es hatte keinen Sinn, einer Frau wie Lorraine erklären zu wollen, dass es ein zweischneidiges Schwert war, wenn man wie sie über bestimmte Attribute verfügte. Sie hatte nämlich die Erfahrung gemacht, dass sie gar keine verführerischen Sachen zu tragen brauchte, um die Männer auf sich aufmerksam zu machen.

„Du musst doch *irgendetwas* haben", drängte Lorraine. „Eine Strickjacke zum Beispiel. Du könntest sie offen tragen ..."

„Eine Strickjacke? Ja, ich habe eine", erwiderte Saskia. Sie hatte sie in diesem Frühjahr gekauft, als man in der Firma Sparmaßnahmen einleitete und die Heizung ausschaltete. Allerdings würde sie sie nicht offen tragen!

„Und knallroten Lippenstift", beharrte Lorraine, „und mehr Augen-Make-up. Du musst ihm zeigen, dass du ihn attraktiv findest ..." Sie verstummte, als Saskia die Augenbrauen hochzog. „Du tust es für Megan."

Es war fast neun, als sie endlich aufbrachen, denn Lorraine hatte sich schließlich durchgesetzt. Ganz bewusst mied Saskia den Blick in den Spiegel im Flur. Ihre Lippen waren viel zu auffällig geschminkt. Auf der Fahrt nach Hilford musste sie dem Drang widerstehen, den Lippenstift wieder abzuwischen. Und die Strickjacke, die sie unter der Kostümjacke trug, würde sie sofort wieder zuknöpfen, sobald sie in der Weinstube und Lorraine außer Sichtweite wäre. Sie hatte zwar nur die obersten drei Knöpfe offen gelassen, doch das war ihrer Meinung nach schon viel zu aufreizend.

„Wir sind da", verkündete Lorraine, als sie vor der Weinstube hielten. „Ich hole dich um elf ab. Du müsstest also genug Zeit haben. Und vergiss nicht", zischte sie ihr zu, als Saskia ausstieg, „wir tun das alles für Megan."

Wir? wollte Saskia fragen, doch Lorraine war bereits weggefahren.

Ein Mann, der in die entgegengesetzte Richtung ging, blieb stehen und warf ihr einen bewundernden Blick zu. Automatisch wandte Saskia sich ab und wappnete sich innerlich, als sie auf den Eingang zur Weinstube zueilte.

Lorraine hatte ihr zahlreiche Anweisungen gegeben, und schon jetzt merkte Saskia, wie aller Mut sie verließ. Auf keinen Fall konnte sie da hineingehen und so hemmungslos mit Julian flirten, wie Lorraine es ihr nahe gelegt hatte. Aber wenn sie es nicht tat, würde er Megan womöglich das Herz brechen und sie um ihr Erbe betrügen.

Nachdem sie einmal durchgeatmet hatte, öffnete Saskia die Tür.

2. *KAPITEL*

Andreas sah die Frau in dem Moment, in dem sie die Weinstube betrat. Er saß an der Bar, die inzwischen von einer Gruppe junger Männer belagert wurde. Diese waren kurz vor ihr hereingekommen. Er hätte im Penthouse des Bürogebäudes bleiben und dort essen können, doch er hatte bereits zwei lange Telefonate über sich ergehen lassen müssen – eins mit seinem Großvater und eins mit Athena. Daher hatte er beschlossen, irgendwohin zu fahren, wo keiner der beiden ihn erreichen konnte, und absichtlich sein Handy „vergessen".

Als er die Weinstube betreten hatte, war er in keiner guten Stimmung gewesen. Er mochte solche Lokale nicht.

Er aß lieber in guten Restaurants, wo man in Ruhe miteinander plaudern konnte. Außerdem war ihm aufgrund seines griechischen Erbes eine familiäre Atmosphäre lieber. Bei der Weinstube handelte es sich offenbar um eine Abschleppkneipe.

Andreas presste die Lippen zusammen, als er an Frauen dachte. Athena gab ihm immer deutlicher zu verstehen, dass sie es auf ihn abgesehen hatte. Bereits mit fünfzehn hatte er sich ihrer Annäherungsversuche erwehren müssen. Sie war damals zweiundzwanzig gewesen und im Begriff zu heiraten.

Stirnrunzelnd betrachtete er Saskia. Sie stand vor der Tür und sah sich um, als würde sie nach jemandem Ausschau halten. Als sie den Kopf wandte, fiel das Licht auf ihre geschminkten Lippen.

Er atmete scharf ein, während er seine unerwünschte Reaktion auf ihren Anblick zu bekämpfen versuchte. Was, zum Teufel, war mit ihm los? Was sie mit ihrem starken Make-up beabsichtigte, war so offensichtlich, dass er sich eigentlich über sie hätte lustig machen müssen, statt … statt Verlangen zu spüren.

Selbstverachtung überkam ihn. Natürlich hatte er sie erkannt. Es war die Frau, die er am Nachmittag beim Verlassen des Bürogebäudes gesehen hatte. Zu dem Zeitpunkt war sie nur dezent geschminkt gewesen. Und sie trug ein Kostüm mit einem kurzen Rock – einem sehr kurzen Rock!

Saskia schnitt ein Gesicht, als sie daran dachte, dass sie ihren Rockbund umgekrempelt hatte. Sobald sie Julian entdeckt hätte, würde sie in die Damentoilette gehen und ihren Rock wieder auf seine normale Länge bringen. Lorraine hatte darauf bestanden, dass sie ihn ein wenig kürzer machte. Auch in der Strickjacke fühlte Saskia sich nicht wohl, und unwillkürlich begann sie, mit dem obersten Knopf zu spielen.

Andreas betrachtete sie mit zusammengekniffenen Augen. Wie leicht ihr Verhalten zu durchschauen war! Ganz bewusst lenkte sie den Blick auf ihre Brüste. Und was für Brüste! Wütend stellte er fest, dass er die Augen nicht von ihr lassen konnte.

Saskia spürte, dass sie beobachtet wurde. Als sie sich umdrehte und seinem Blick begegnete, erstarrte sie.

Sekundenlang war sie völlig benommen, so überwältigend maskulin war dieser Mann. Ihr Herz klopfte schneller, ihr Mund war ganz trocken, und ihr Körper ... Verzweifelt kämpfte sie mit ihren Gefühlen, denn das war Megans Julian – er musste es sein. Sie durfte nicht empfinden, was sie gerade empfand. Nicht sie und nicht für diesen Mann, Megans Mann!

Kein anderer Mann in der Weinstube entsprach auch nur annähernd Megans Beschreibung. Umwerfend, wahnsinnig gut aussehend, mit dichtem schwarzem Haar und einem verführerischen Mund. Ach, und Megan hatte erwähnt, dass er ein blaues Hemd tragen würde, passend zu seiner Augenfarbe. Seine Augenfarbe war in diesem schummrigen Licht zwar nicht zu erkennen, doch Saskia musste zugeben, dass Megan ansonsten recht gehabt hatte, und das Herz wurde ihr schwer. Kein Wunder, dass Megan so große Angst davor hatte, dass Julian ihr untreu sein könnte ... Einem Mann wie ihm liefen die Frauen scharenweise nach.

Es war komisch, aber das Wichtigste hatte Megan gar nicht erwähnt, und zwar seine autoritäre Ausstrahlung, die an Arroganz grenzte. Saskia hatte sie sofort gespürt. Das und seinen prüfenden Blick, der dann unverhohlene Verachtung verraten hatte.

Wie konnte er es wagen, sie so anzusehen? Plötzlich schwanden ihre Zweifel.

Lorraine hatte recht, wenn sie die Beweggründe eines Mannes wie Julian infrage stellte, vor allem wenn es um die naive, sanftmütige, unerfahrene Megan ging. Diese brauchte einen Partner, der ihre Liebenswürdigkeit zu schätzen wusste und sie dementsprechend behandelte. Dieser Mann strahlte Macht aus und war Furcht einflößend – und sie konnte den Blick nicht von ihm abwenden, wie Saskia bewusst wurde. Das liegt nur daran, dass ich ihn verachte, sagte sie sich schnell.

Entschlossen verdrängte sie das Kribbeln in ihrem Bauch, atmete tief durch und rief sich ins Gedächtnis, was sie in dem Artikel gelesen hatte, den Lorraine ihr unter die Nase gehalten hatte. In dem Moment war sie entsetzt darüber gewesen, wie weit die Mitarbeiterinnen der Agentur zu gehen bereit waren, um ihr Opfer der Untreue zu überführen. Ihr war sogar der Gedanke gekommen, dass wahrscheinlich kein Mann so standhaft war, die eindeutigen Angebote dieser Frauen auszuschlagen – zum Glück war es in diesen Fällen bei den Angeboten geblieben.

Ein Mann wie dieser hingegen war es sicher gewohnt, dass sich die Frauen ihm an den Hals warfen. „Er hatte so viele Freundinnen, bevor wir uns kennengelernt haben", hatte Megan in aller Unschuld erklärt.

Darauf wette ich, dachte Saskia. Und so sehr sie Megan schätzte, sie musste zugeben, dass diese nicht der glamouröse Typ war, den ein Mann wie dieser bestimmt favorisierte. Vielleicht liebte er aber auch gerade das an ihr – ihre Schüchternheit und ihre Häuslichkeit. Wenn er sie liebte … Jedenfalls war es ihre Aufgabe, das zu beweisen.

Ihre Augen funkelten kampflustig, als Saskia auf ihn zuging.

Neugierig und enttäuscht zugleich sah Andreas ihr entgegen. Sie kam auf ihn zu. Sie zog die Blicke aller Männer auf sich, doch ihr gespieltes Desinteresse bestätigte ihre eindeutigen Absichten. Es konnte nicht anders sein. Er kannte diese Frauen. Schließlich war Athena genauso.

„Oh, tut mir leid", entschuldigte die Frau sich, als sie die Bar erreichte und „zufällig" gegen ihn stieß. Sie lächelte gewinnend und rückte so dicht an ihn heran, dass er ihren Duft wahrnehmen konnte. Es war allerdings nicht ihr Parfüm, das überraschend blumig war, sondern ihr ureigener Duft – süß und sinnlich. Und als wäre er ein ausgemachter Narr, atmete er ihn tief ein und ließ sich davon berauschen … reagierte darauf … auf sie …

Lorraine hatte ihr Tipps gegeben, wie sie Julian am besten ansprach, und Saskia rief sich diese ins Gedächtnis. Dabei verzog sie angewidert das Gesicht.

Andreas zwang sich, einen Schritt zurückzutreten, um auf Abstand zu gehen. Da die Weinstube sehr voll war, konnte er aber nicht fliehen. Daher fragte er kühl: „Entschuldigung … Kennen wir uns?“

Sein Tonfall und sein Verhalten waren abweisend genug, und sie musste einfach merken, dass er sie durchschaut hatte. Andreas konnte sich jedoch beim besten Willen nicht vorstellen, warum eine Frau wie diese es nötig hatte, in Kneipen auf Männerfang zu gehen. Das hieß, er konnte es, wollte es allerdings nicht näher ergründen. Schließlich hatte er selbst die Erfahrung gemacht, dass es Frauen gab, die für Geld alles taten – alles und mit jedem.

Jetzt drehte die Frau sich zu ihm um und rang sich ein Lächeln ab. „Nein, wir kennen uns nicht“, erwiderte sie verführerisch. „Aber ich hoffe, das wird sich bald ändern.“

Saskia war froh, dass es in der Weinstube so schummrig war, denn sie spürte, wie sie errötete. Nicht einmal in ihren kühnsten Gedanken hätte sie es für möglich gehalten, dass sie sich einmal auf diese Art und Weise an einen Mann heranmachen würde. Schnell besann sie sich auf den nächsten Schritt. Sie lächelte aufreizend und befeuchtete sich die Lippen mit der Zungenspitze.

Dieser dicke Lippenstift war so widerlich!

„Wollen Sie mich nicht fragen, ob ich einen Drink möchte?“, erkundigte sie sich mit einem koketten Augenaufschlag. „Die Farbe Ihres Hemdes gefällt mir“, fügte sie heiser hinzu und beugte sich näher zu ihm. „Blau – genau wie Ihre Augen?“

„Wenn Sie das glauben, müssen Sie farbenblind sein. Meine Augen sind grau“, erklärte Andreas angespannt. Allmählich machte diese Frau ihn wütend. Ihre plumpen Annäherungsversuche waren einfach abstoßend. Allerdings nicht so abstoßend wie seine Reaktion auf sie. Was war er eigentlich? Ein unreifer Teenager? Eigentlich hatte er sich immer für einen Mann gehalten … einen lebenserfahrenen, weltgewandten Mann in den Dreißigern. Und trotzdem reagierte er auf die abgeschmackten Avancen dieser Frau, als ob … Als ob was? Als würde er in diesem Moment nichts lieber tun, als mit ihr ins Bett zu gehen, ihren heißen Körper unter sich zu spüren, hören, wie sie seinen Namen rief mit Lippen, die von seinen leidenschaftlichen Küssen geschwollen waren, während er …

„Hören Sie", sagte Andreas scharf und verdrängte diese unerwünschten Fantasien, indem er sich einfach weigerte, daran zu denken, „Sie machen einen großen Fehler."

„Oh nein", protestierte Saskia, als er sich abwenden wollte. Eigentlich hätte sie seine Abfuhr akzeptieren und zu Megan fahren und ihr sagen sollen, dass ihr geliebter Julian genauso war, wie er sein sollte. Trotzdem spürte sie instinktiv, dass er in Versuchung geraten war. *Jeder* Mann könnte in Versuchung geraten, sagte eine innere Stimme, die Saskia allerdings ignorierte.

„*Sie* könnten niemals ein Fehler sein", erwiderte sie verführerisch. „Für keine Frau ..."

Andreas fragte sich, ob er völlig übergeschnappt war. Allein die Vorstellung, eine Frau zu begehren, die ihn so offenkundig anmachte, widersprach allem, woran er glaubte. Wie konnte er sich auch nur im Entferntesten zu ihr hingezogen fühlen? Er tat es natürlich nicht. Es war unmöglich. Und was diesen unerklärlichen Drang betraf, sie mit zu sich zu nehmen, damit sie mit ihrem Aufzug nicht Gefahr lief, belästigt zu werden ... Er verlor tatsächlich den Verstand.

Wenn es eins gab, was er verachtete, dann waren es Frauen wie diese. Nicht, dass er prüde oder jungfräuliche Frauen bevorzugte. Am attraktivsten fand er die, die selbstbewusst waren und von den Männern respektiert werden sollten. Frauen, die sich nicht so verhielten, als wären sie nur ein Betthäschen, und sich von jedem Mann abwandten, der wollte, dass sie sich auch dementsprechend benahm. Diese Frau ...

„Es tut mir leid", erklärte Andreas kühl, „aber Sie verschwenden Ihre Zeit. Und wie ich sehe, ist Zeit Geld für eine Frau wie Sie", fuhr er trügerisch sanft fort. „Also, warum suchen Sie sich nicht einen anderen Mann, der für das, was Sie zu bieten haben, empfänglicher ist als ich?"

Saskia wurde blass und beobachtete, wie er sich von ihr abwandte und zur Tür ging. Er hatte sie abblitzen lassen. Er hatte ... er hatte ... Sie schluckte mühsam. Er hatte bewiesen, dass er Megan treu war, und er hatte ... Er hatte sie angesehen, als ob ... als ob ... Wie ein kleines Mädchen wischte sie sich mit dem Handrücken über den Mund und schnitt ein Gesicht, als sie den Lippenstift darauf sah.

„Hallo, schöne Frau. Darf ich Ihnen einen Drink spendieren?"

Benommen schüttelte Saskia den Kopf und ignorierte die säuerliche Miene des Mannes, der sie angesprochen hatte, indem sie zur Tür blickte. Megans Mann war verschwunden. Er war gegangen – und sie war froh darüber. Und sie würde Megan und Lorraine mit Vergnügen berichten, dass Julian ihren Reizen nicht erlegen war.

Saskia warf einen Blick auf ihre Armbanduhr und war frustriert, denn Lorraine würde sie erst in über einer Stunde abholen. Da sie auf keinen Fall in der Weinstube bleiben und weiterhin die Aufmerksamkeit der Männer erregen wollte, eilte sie zur Damentoilette.

Dort knöpfte sie ihre Strickjacke zu, wischte sich mit den Pads, die sie mitgebracht hatte, den restlichen Lippenstift und den Lidschatten ab und schminkte sich anschließend so dezent, wie sie es immer tat – mit beigefarbenem Lidschatten und rostrotem Lippenstift. Nachdem sie ihr Haar zu einem Knoten aufgesteckt hatte, wartete sie in der Toilette, bis sie endlich gehen konnte.

Als sie sich diesmal einen Weg durch die überfüllte Weinstube bahnte, erntete sie ganz andere Blicke von den Männern, die sie bewundernd ansahen.

Erleichtert stellte sie fest, dass Lorraine draußen parkte und auf sie wartete.

„Und?“, fragte sie neugierig, als Saskia die Wagentür öffnete, um einzusteigen.

„Nichts.“ Saskia schüttelte den Kopf. „Er hat mich abblitzen lassen.“

„Was?“

„Pass auf, Lorraine!“, rief Saskia, als ihre Freundin beim Ausparken vor Schreck fast den hinteren Wagen rammte.

„Bestimmt hast du dir nicht genug Mühe gegeben“, erklärte Lorraine bestimmt.

„Glaub mir, ich habe alle Register gezogen“, belehrte Saskia sie trocken.

„Hat er Megan *erwähnt*? Hat er dir gesagt, dass er verlobt ist?“, erkundigte sich Lorraine.

„Nein! Aber er hat mir deutlich zu verstehen gegeben, dass er nicht interessiert ist. Er hat mich angesehen …“ Saskia verstummte und schluckte, denn sie wollte nicht daran denken, geschweige denn irgendjemandem erzählen, wie Megans Schatz sie angeblickt hatte.

Aus irgendeinem Grund wollte sie nicht daran erinnert werden, wie sehr der verächtliche Ausdruck in seinen Augen sie getroffen hatte. Vor Wut und Enttäuschung hatte sie gezittert.

„Wo *ist* Megan?“, erkundigte sie sich.

„Sie musste kurzfristig für eine Kollegin einspringen. Sie hat mich angerufen, und ich habe ihr gesagt, dass wir zu ihr fahren und auf sie warten.“

Saskia lächelte schwach. Ihr war klar, dass sie eigentlich erleichtert hätte sein müssen. Allerdings vermutete sie, dass Megan die Einzige von ihnen war, die sich darüber freuen würde, dass Julian sich nicht von ihr in Versuchung hatte führen lassen.

Ihr Julian. *Megans* Julian. Saskia hatte plötzlich einen bitteren Geschmack im Mund, und das Herz war ihr schwer.

Was, in aller Welt, war bloß mit ihr los? Sie war doch nicht etwa eifersüchtig auf Megan, oder? Nein, das konnte nicht sein. Es *durfte* nicht sein!

„Bist du sicher, dass du dir wirklich Mühe gegeben hast?“, fragte Lorraine streng.

„Ich habe deine Anweisungen genau befolgt“, erwiderte Saskia wahrheitsgemäß.

„Und er hat überhaupt nicht darauf reagiert?“

Saskia merkte, dass Lorraine ihr nicht glaubte.

„Oh doch, das hat er“, antwortete sie grimmig. „Es war nur nicht die Reaktion …“ Sie verstummte und fügte dann ausdruckslos hinzu: „Er war nicht interessiert, Lorraine. Er liebt Megan offenbar wirklich.“

„Ja, wenn er sie attraktiver findet als dich, muss er sie lieben“, bestätigte Lorraine rundheraus. „Sie ist ein Schatz, und ich mag sie sehr, aber ich kann mir beim besten Willen nicht vorstellen … Ist es möglich, dass er dich durchschaut hat? Er kann doch nicht gewusst haben …“

„Nein, ich glaube nicht, dass er mich durchschaut hat“, sagte Saskia. Sie war müde und verspürte das dringende Bedürfnis, allein zu sein. Sich mit jemandem wie Lorraine auseinander zu setzen war das Letzte, wonach ihr momentan der Sinn stand. Allerdings war sie es Megan schuldig, ihr zu versichern, dass sie Julian vertrauen konnte.

Als sie vor Megans Haus hielten, sah Saskia dort ihren Wagen stehen. Ihr Magen krampfte sich zusammen. Sie stieg aus und ging den Weg durch den Garten entlang. Megan und Julian. Selbst ihre Namen passten zusammen und klangen harmonisch. Sie erinnerten an Häuslichkeit und eheliches Glück. Und dennoch … Falls sie je einem Mann begegnet war, der alles andere als häuslich wirkte, dann war es Julian. Er war von einer Aura der Macht umgeben und so männlich. In seinen Armen würde eine Frau ungeahnte sinnliche Freuden erleben und danach nicht mehr dieselbe sein.

Saskia verspannte sich. Was war bloß mit ihr los? Julian gehörte zu Megan, ihrer besten Freundin, der Freundin, der sie das Leben ihrer Großmutter verdankte.

Megan hatte sie offenbar kommen sehen, denn sie öffnete ihnen die Tür, bevor Saskia und Lorraine sie erreichten. Sie strahlte übers ganze Gesicht.

„Alles in Ordnung", verkündete Saskia ausdruckslos. „Julian hat nicht …"

„Ich weiß … ich weiß …", erwiderte Megan glücklich, während sie sie hereinzog. „Er hat mich heute bei der Arbeit besucht und mir alles erklärt. Ich bin so ein Idiot gewesen … Warum ich nicht darauf gekommen bin, was er vorhat, weiß ich nicht. Wir fliegen nächste Woche. Er hatte sogar seinen Kollegen davon erzählt. Deswegen auch die vielen Telefonate. Und die Frau aus dem Reisebüro hat andauernd angerufen. Oh Saskia, ich kann es immer noch nicht glauben! Ich wollte schon immer mal in die Karibik, und das Hotel, in dem wir wohnen werden, hat sich auf Urlaub für Paare spezialisiert. Es tut mir leid, dass du deinen Abend für mich geopfert hast. Ich habe versucht, dich anzurufen, aber du warst schon weg. Ich dachte, du würdest vielleicht eher kommen. Nachdem du gemerkt hast, dass Julian nicht in der Weinstube ist …" Sie verstummte, als sie ihre Gesichter sah.

„Was ist?", erkundigte sie sich unsicher.

„Du hast behauptet, du hättest mit Julian gesprochen", sagte Lorraine angespannt zu Saskia.

„Das habe ich auch", beharrte Saskia. „Er war genauso, wie du ihn uns beschrieben hast, Megan …"

Megan schüttelte den Kopf. „Julian war nicht da, Sas", bekräftigte sie. „Er hat mich bei der Arbeit besucht. Er kam um halb neun, und die Oberschwester hat mir erlaubt, mich mit ihm zu unterhalten. Er hatte gemerkt, dass es mir schlecht ging, und beschlossen, mir von seinen Plänen zu erzählen. Er meinte, er hätte es sowieso nicht mehr lange geheim halten können", fügte sie liebevoll hinzu.

„Und bevor du etwas sagst", wandte sie sich energisch an ihre Cousine, „Julian zahlt alles aus eigener Tasche."

Saskia fühlte sich plötzlich so schwach, dass sie sich an die Wand lehnen musste. Wenn der Mann, an den sie sich herangemacht hatte, nicht Julian gewesen war, wer dann? Saskia wurde noch blasser. Sie hatte sich einem Mann an den Hals geworfen, den sie nicht kannte ... einem Fremden ... einem Mann, der ... Ihr wurde übel, als sie daran dachte, wie sie ausgesehen und wie sie sich benommen hatte ... was sie gesagt hatte. Zum Glück war er ein Fremder. Zum Glück würde sie ihn nie wieder sehen.

„Du bist kreidebleich, Sas", hörte sie Megan sagen. „Was ist los?"

„Nichts", schwindelte sie, doch Lorraine hatte ihre Gedanken bereits erraten.

„Wenn der Mann in der Weinbar nicht Julian war, wer war er dann?", erkundigte sie sich scharf.

„Ja, wer?", wiederholte Saskia matt.

3. KAPITEL

Als Saskia zur Arbeit eilte, hörte sie, wie die Uhr am Rathaus acht schlug. Eigentlich hatte sie an diesem Morgen ganz früh anfangen wollen, doch leider hatte sie verschlafen. Sie hatte sich im Bett hin und her gewälzt und kein Auge zutun können, weil sie sich den Kopf über die Ereignisse des Abends und ihr Verhalten zerbrach.

Offiziell musste sie erst um neun im Büro sein. Allerdings konnte man sich eine solche Einstellung heutzutage nicht leisten, vor allem wenn der Arbeitsplatz bedroht war.

„Es wird zwangsläufig Einsparungen und Entlassungen geben", hatte ihr Abteilungsleiter sie alle gewarnt, und Saskia war sich dabei schmerzlich der Tatsache bewusst gewesen, dass man sie als Letzte im Team eingestellt hatte und ihr Job daher am meisten gefährdet war. In Hilford würde sie keine Stelle mit denselben Zukunftsaussichten bekommen, und wenn sie nach London zog, musste sie ihre Großmutter allein lassen. Obwohl diese mit fünfundsechzig zwar noch nicht besonders alt war und außerdem einen großen Freundeskreis hatte, machte Saskia sich Sorgen um ihren Gesundheitszustand. Sie fühlte sich ihr zutiefst verpflichtet, weil ihre Großmutter sie großgezogen und ihr viel Liebe geschenkt hatte.

Als Saskia in die Empfangshalle eilte, fragte sie Emma, die Empfangsdame, besorgt: „Ist er schon da?"

Es war klar, wen sie meinte, und Emma lächelte ein wenig überheblich. „Er ist gestern schon gekommen. Jetzt ist er oben", fügte sie selbstgefällig hinzu, „und führt mit allen Gespräche." Dann lächelte sie versonnen und seufzte. „Warte nur, bis du ihn siehst. Er ist einfach klasse …"

Emma verdrehte die Augen, während Saskia schwach lächelte.

Sie wusste inzwischen selbst, wie ein toller Mann aussah, und bezweifelte, dass ihr neuer, griechischer Boss diesem auch nur im Entferntesten das Wasser reichen konnte.

„Aber leider ist er schon verlobt", fuhr Emma fort, ohne darauf zu achten, dass Saskia es eilig hatte. „Oder jedenfalls wird er sich bald verloben. Ich habe mich mit der Empfangsdame in der Zentrale von Demetrios Hotels unterhalten, und sie hat mir erzählt, sein

Großvater möchte, dass er seine Cousine heiratet. Sie ist schwerreich und …“

„Tut mir leid, Emma, aber ich muss nach oben“, unterbrach Saskia sie energisch. Sie hatte keine Lust, sich an dem Büroklatsch zu beteiligen, und außerdem … Wenn ihr neuer Boss bereits Gespräche mit den Mitarbeitern führte, wollte sie keine Minuspunkte machen, indem sie nicht an ihrem Schreibtisch saß, wenn er sie holen ließ.

Sie arbeitete mit fünf Kollegen zusammen in einem großen Raum im dritten Stock. Das Büro ihres Abteilungsleiters war durch Glaswände davon abgetrennt. Momentan war nirgends jemand zu sehen.

Gerade als Saskia überlegte, was sie machen sollte, schwang die Tür auf, und ihr Chef kam mit ihren Kollegen herein.

„Ah, Saskia, da sind Sie ja“, begrüßte er sie.

„Ja. Ich wollte eigentlich schon früher kommen …“, begann Saskia, doch Gordon Jarman schüttelte den Kopf.

„Das können Sie mir ein andermal erklären“, unterbrach er sie scharf. „Gehen Sie jetzt lieber nach oben. Mr. Latimers Sekretärin erwartet Sie dort. Anscheinend will Mr. Latimer mit jedem ein Gespräch und zusätzlich eins mit dem ganzen Team führen, und er war nicht besonders erfreut über Ihre Abwesenheit …“

Ohne ihr die Gelegenheit zu geben, etwas zu erwidern, wandte er sich ab und betrat sein Büro, sodass ihr nichts anderes übrig blieb, als zum Aufzug zu gehen. Normalerweise war er nicht so schroff, sondern sehr gelassen. Ihr wurde noch unbehaglicher zumute, als sie daran dachte, wie Andreas Latimer sich seinen neuen Angestellten gegenüber verhalten musste, um Gordon so zu verstimmen.

Die Räume der Geschäftsführung hatte sie erst zwei Mal betreten – bei ihrem Einstellungsgespräch und vor Kurzem anlässlich einer Versammlung, als man sie über die Übernahme durch Demetrios Hotels informiert hatte.

Ein wenig unsicher verließ Saskia den Aufzug und ging auf die Tür zu, auf der „Assistenz der Geschäftsleitung“, stand.

Madge Fielding, die Sekretärin des früheren Besitzers, war nach der Übernahme in den Ruhestand getreten, und auf ihrem Platz saß nun eine elegant frisierte dunkelhaarige Frau. Offenbar hatte Andreas Latimer sie aus der Zentrale mitgebracht.

Nervös nannte Saskia ihren Namen und teilte ihr mit, sie würde in Gordon Jarmans Team arbeiten. Die Frau hörte ihr jedoch gar nicht richtig zu, sondern warf einen Blick auf eine Liste, die vor ihr lag. Ohne aufzusehen, sagte sie kühl: „Saskia? Ja. Sie kommen zu spät. Mr. Latimer mag es nicht ... Hm, ich weiß nicht ...“ Sie verstummte und musterte sie stirnrunzelnd. „Wahrscheinlich hat er jetzt keine Zeit, mit Ihnen zu sprechen“, warnte sie sie, bevor sie zum Hörer griff und in einem ganz anderen Tonfall sagte: „Ms. Rodgers ist hier, Andreas. Möchten Sie noch mit ihr reden?

„Sie können zu ihm“, teilte sie ihr dann mit. „Es ist die Tür dort drüben.“

Saskia, die sich wie ein ungezogenes Kind fühlte, unterdrückte ihren Ärger und ging zu der Tür, auf die die Assistentin gedeutet hatte. Nachdem sie einmal kurz angeklopft hatte, öffnete sie sie.

Als sie das Büro betrat, wurde sie zuerst von dem hellen Sonnenlicht, das hereinfiel, geblendet. Sie konnte nur die Silhouette eines Mannes sehen. Er stand vor der großen Fensterfront.

Andreas hingegen erkannte Saskia sofort. Es hatte ihn nicht überrascht, dass sie später als ihre Kollegen zur Arbeit erschienen war. Schließlich wusste er nun, wie sie ihre Abende verbrachte. Was ihn allerdings gewundert hatte, war die Tatsache, dass ihr Chef und ihre Kollegen so viel von ihr hielten. Anscheinend war sie sehr einsatz- und hilfsbereit.

„Ja, vielleicht ist es ungewöhnlich für eine junge Akademikerin“, hatte ihr Chef eingeräumt. „Aber sie ist bei ihrer Großmutter aufgewachsen, und vielleicht hat sie deswegen dieselben Wertvorstellungen und dasselbe Pflichtgefühl wie die ältere Generation. Wie Sie aus meiner Beurteilung ersehen können, leistet sie hervorragende Arbeit und ist hoch qualifiziert.“

Und sie ist eine wahnsinnig attraktive junge Frau, die zu wissen scheint, wie sie aus ihren Reizen Kapital schlagen kann, überlegte Andreas. Gordon Jarman hatte sich allerdings weiter über ihr Engagement, ihre soziale Kompetenz und ihre Beliebtheit ausgelassen.

Nachdem er die Beurteilungen, die ihr Gruppenleiter und Gordon verfasst hatten, gelesen und das Foto in ihrer Akte gesehen hatte, hatte Andreas sich eingestehen müssen, dass er Gordons Lobesbekundungen für bare Münze genommen hätte, wenn er nicht am Vorabend selbst erlebt hätte, wie Saskia auftreten konnte.

Sie war ganz offensichtlich eine Frau, die wusste, wie sie die Männer nehmen musste, auch wenn sie ihn falsch eingeschätzt hatte.

An diesem Morgen hatte sie sich zum Beispiel wieder in die ehrgeizige junge Frau verwandelt. Sie war adrett gekleidet und dezent geschminkt und hatte das Haar zu einem eleganten Knoten aufgesteckt. Andreas runzelte die Stirn, als sein Körper ihn eindringlich an die aufregenden Kurven erinnerte, die sich unter dem züchtigen dunkelblauen Kostüm verbargen.

Hatte er denn nicht schon genug Probleme? Als er am Vorabend aus der Weinstube zurückgekehrt war, hatte seine Mutter ihn angerufen und ihn gewarnt, dass sein Großvater auf dem Kriegspfad sei.

„Er hat gestern Abend mit einigen seiner alten Spießgesellen gegessen, und offenbar haben sie mit ihren jüngsten Geschäftsabschlüssen geprahlt." Sie seufzte. „Und einer hat zu deinem Großvater gesagt, er würde sich große Hoffnungen machen, dass Athena seinen Sohn heiratet …"

„Ich wünsche ihm viel Glück", erwiderte er kompromisslos. „Dann lassen sie und Großvater mich wenigstens in Ruhe."

„Hm, ja." Seine Mutter wirkte skeptisch. „Momentan sieht es allerdings so aus, als wäre er umso entschlossener, euch beide zu verkuppeln. Jetzt hat er ja auch wesentlich mehr Zeit, zu planen und sich Gedanken zu machen … Ich finde es so schade, dass es noch keine Frau in deinem Leben gibt." Wieder seufzte sie und fügte schließlich lachend hinzu: „Die Aussicht auf einen Urenkel würde ihn bestimmt so begeistern, dass er seine Pläne ganz schnell vergessen würde."

„Wie kommst du darauf, dass es keine Frau in meinem Leben gibt?", konterte er, ohne nachzudenken. Später wusste er nicht mehr, was ihn dazu bewogen hatte. War es Verzweiflung gewesen oder die Tatsache, dass der Erwerb der Hotelkette zahlreiche Probleme mit sich bringen würde?

Seine Mutter schwieg erschrocken und fragte dann aufgeregt: „Heißt das, es gibt eine? Oh Andreas! Wen? *Wann* lernen wir sie kennen? Wer ist sie? Wie hast du sie …? Oh Schatz, das ist ja wundervoll! Dein Großvater wird begeistert sein. Olympia, rate mal, was …"

Andreas hörte, wie sie es seiner Schwester erzählte.

Er hatte versucht, ihre Begeisterung zu dämpfen und ihnen klarzumachen, dass es keine Frau in seinem Leben gab, doch die beiden wollten es nicht hören. Und auch sein Großvater hatte nichts davon wissen wollen, als er ihn an diesem Morgen um fünf Uhr anrief und sich erkundigte, wann er seine Verlobte kennenlernen würde.

Seine Verlobte ... Andreas hatte keine Ahnung, wie seine Mutter und seine Schwester es geschafft hatten, seine Worte so zu verdrehen, aber er wusste, dass er in große Schwierigkeiten geraten würde, wenn er es nicht schaffte, eine Verlobte aus dem Ärmel zu zaubern.

„Du wirst sie natürlich mit auf die Insel bringen", hatte sein Großvater verkündet, und es war keine Frage, sondern ein Befehl gewesen.

Was sollte er bloß tun? Ihm blieben acht Tage, um eine Verlobte zu finden und ihr klarzumachen, dass ihre Liaison nur vorgetäuscht war. Acht Tage, und diese Frau musste eine sehr gute Schauspielerin sein, wenn sie nicht nur seinen Großvater, sondern auch seine Mutter und seine Schwestern täuschen wollte.

Gereizt trat Andreas aus dem Sonnenlicht und drehte sich um, sodass Saskia ihn zum ersten Mal richtig erkennen konnte.

Es gelang ihr nicht, ihren Schock zu verbergen. Sie stieß einen bestürzten Laut aus und wurde erst blass, und dann schoss ihr das Blut ins Gesicht.

„Sie!", brachte sie hervor und wich instinktiv zur Tür zurück. Die Erinnerungen an den vergangenen Abend stürmten auf sie ein, und damit kam auch die Einsicht, dass sie ihren Job verlieren würde.

Sie ist wirklich eine hervorragende Schauspielerin, dachte Andreas, während er sie beobachtete, und das in mehr als nur einer Hinsicht. An diesem Morgen verhielt sie sich ganz anders als am Vorabend. Allerdings konnte ihr Entsetzen angesichts der Erkenntnis, dass er der Mann war, an den sie sich herangemacht hatte, nicht gespielt sein. Und dennoch ... Dieser Ausdruck der Bestürzung in ihren Augen und das Beben ihrer Lippen ... Oh ja, sie war eine erstklassige Schauspielerin!

Plötzlich sah Andreas Licht am Ende des Tunnels.

„Also, Ms. Rodgers", begann er, „ich habe Gordon Jarmans Beurteilung über Sie gelesen, und ich muss Ihnen gratulieren. Anscheinend ist es Ihnen gelungen, sich seine höchste Anerkennung zu verdienen. Das ist sehr ungewöhnlich, wenn man Ihre kurze Betriebszugehörigkeit und Ihr junges Alter bedenkt. Und vor allem die Tatsache, dass Sie morgens später als Ihre Kollegen kommen und nachmittags früher gehen."

„Dass ich früher gehe?" Starr blickte Saskia ihn an, bemüht, die Fassung zu bewahren. Woher wusste er das?

Als hätte er ihre Gedanken gelesen, erwiderte er sanft: „Ich war in der Eingangshalle, als Sie gegangen sind – eine ganze Weile vor Ende der Kernzeit."

„Aber das war …", begann sie entrüstet.

Andreas Latimer ließ sie jedoch nicht aussprechen. Er schüttelte den Kopf und erklärte kühl: „Keine Ausreden, bitte. Bei Gordon Jarman funktioniert es vielleicht, aber nicht bei mir. Schließlich habe ich selbst erlebt, wie Sie sich in Ihrer Freizeit aufführen. Es sei denn …" Andreas presste die Lippen zusammen und musterte sie verächtlich. „Es sei denn, *das* ist der Grund für seine hervorragende Beurteilung."

„Nein!", entgegnete Saskia. „Nein! Normalerweise … Das gestern Abend war ein Irrtum. Ich …"

„Ja, das fürchte ich auch", bestätigte er. „Zumindest Ihrerseits. Soweit ich weiß, ist Ihr Gehalt nicht besonders hoch. Aber mein Großvater wäre alles andere als erfreut, wenn er erfahren würde, dass einige von unseren Angestellten es auf eine Art und Weise aufbessern müssen, die dem Ruf unseres Unternehmens schadet." Er lächelte humorlos, bevor er trügerisch freundlich fortfuhr: „Sie haben wirklich Glück gehabt, weil Sie Ihr Gewerbe nicht in einem von *unseren* Hotels ausgeübt haben und …"

„Wie können Sie es wagen?", unterbrach sie ihn wütend, und ihre Augen funkelten rebellisch.

„Wie ich es wagen kann? Das sollte ich wohl eher *Sie* fragen", sagte er scharf, und ein verächtlicher Ausdruck trat in seine Augen. „Von den moralischen Konsequenzen dessen, was Sie getan haben, oder besser gesagt, was Sie vorhatten, einmal abgesehen, ist Ihnen je in den Sinn gekommen, in was für eine gefährliche Situation Sie sich begeben könnten? Frauen wie Sie …"

Andreas machte eine Pause und schlug dann eine neue Richtung ein, indem er viel sanfter weitersprach. „Von Ihrem Chef habe ich erfahren, dass Sie unbedingt bei uns weiterarbeiten wollen."

„Ja. Ja, das möchte ich", bestätigte Saskia heiser. Es hatte keinen

Sinn, es zu leugnen. Sie hatte bereits mit Gordon über ihre Ängste, entlassen zu werden, gesprochen, und offenbar hatte er Andreas davon erzählt. Wenn sie es nun abstritt, würde Andreas annehmen, sie wäre obendrein eine Lügnerin.

„Hören Sie ... Das mit gestern Abend kann ich Ihnen erklären", sagte sie verzweifelt in einem Anflug von Panik. „Ich weiß, wie ich gewirkt haben muss, aber es war nicht ... Ich habe nicht ..." Saskia verstummte, als sie an seinem Gesichtsausdruck merkte, dass er nicht bereit war, ihr zuzuhören, geschweige denn ihr zu glauben.

Sie musste sich eingestehen, dass sie ihm daraus keinen Vorwurf machen konnte. Und sie konnte ihn auch nicht vom Gegenteil überzeugen, es sei denn, sie schleifte Lorraine und Megan in sein Büro, und dazu war sie viel zu stolz. Außerdem hatte Megan momentan nur Julian und ihren bevorstehenden Urlaub in der Karibik im Sinn, und Lorraine ... Sie würde sich köstlich über ihre Misere amüsieren.

„Ein kluger Entschluss", bemerkte Andreas, nachdem sie verstummt war. „Wissen Sie, Lügner verachte ich noch mehr als Frauen, die ..." Nun verstummte er, doch Saskia wusste, was er dachte, und errötete noch tiefer.

„Ich möchte Ihnen einen Vorschlag machen", sagte er schließlich unvermittelt.

Als sie einen entsetzten Laut ausstieß, faltete er die Hände und betrachtete Saskia wie ein Raubtier, das seine Beute beobachtete und sich an deren Angst weidete.

„Was für einen Vorschlag?", fragte sie argwöhnisch. Das heftige Pochen ihres Herzens bewies ihr allerdings, dass sie die Antwort bereits kannte – genauso wie sie wusste, warum sie so erregt und angewidert zugleich war.

„Nein, es handelt sich nicht um das, was Sie glauben", meinte Andreas leise. „Ich habe gelesen, dass es einigen jungen Frauen einen Kick verschafft, wenn sie so tun, als wären sie eine Hure ..."

„Das habe ich nicht getan", entgegnete sie hitzig, doch er ließ sie wieder nicht aussprechen.

„Ich war dabei, falls Sie es vergessen haben sollten", erinnerte er sie scharf. „Wenn mein Großvater davon wüsste, würde er verlangen, dass man Sie fristlos entlässt." So viel Entscheidungsbefugnis hatte sein Großvater nicht mehr, doch Andreas merkte, dass Saskia ihm glaubte.

„Sie müssen es ihm ja nicht erzählen." Er sah, wie viel Überwindung es sie kostete, ihren Stolz zu überwinden und mit bebender Stimme hinzuzufügen: „Bitte ..."

„Nein, muss ich nicht", räumte er ein. „Aber ob ich es tue oder nicht, hängt davon ab, wie Sie auf meinen Vorschlag reagieren."

„Das ist Erpressung", protestierte sie.

„Und Erpressung gibt es fast genauso lange wie das Gewerbe, das Sie gestern Abend ausgeübt haben", meinte er trügerisch sanft.

Wieder überkam Panik Saskia. Es konnte nur eins geben, was Andreas Latimer von ihr wollte, so unwahrscheinlich es war. Schließlich hatte sie ihm gestern Abend allen Grund zu der Annahme gegeben, dass ... Allerdings hatte sie ihn für Julian gehalten, und wenn er ihr die Gelegenheit gab, es ihm zu erklären ...

Angst stieg in ihr auf und veranlasste Saskia zu einer aggressiven Reaktion. „Es überrascht mich, dass ein Mann wie Sie eine Frau erpressen muss, damit sie mit ihm ins Bett geht. Auf keinen Fall werde ich ..."

„Ins Bett geht?" Zu ihrer Verblüffung warf er den Kopf zurück und lachte laut. Nachdem er sich wieder beruhigt hatte, fuhr er verächtlich fort: „Mit Ihnen? Auf keinen Fall. Ich will keinen Sex mit Ihnen", fügte er kühl hinzu.

„Keinen Sex? Was ... was dann?", fragte sie mit bebender Stimme.

„Was ich von Ihnen will", informierte er sie ruhig, „ist, dass Sie mir Ihre Zeit schenken und meine Verlobte spielen."

„Was?" Starr blickte sie ihn an. „Sie sind verrückt", meinte sie ungläubig.

„Nein, nicht verrückt", verbesserte Andreas sie streng. „Sondern fest entschlossen, mich von meinem Großvater nicht in eine Ehe drängen zu lassen. Und wie meine liebe Mutter mir vor Augen geführt hat, ist die beste Möglichkeit, ihn davon zu überzeugen, dass ich eine andere Frau liebe. Nur so kann ich ihn von seiner lächerlichen Mission abbringen."

„Sie ... wollen, dass ... *ich* ... *Ihre* Verlobte spiele?", erkundigte Saskia sich langsam, als hätte sie sich verhört. Als sie seinen Gesichtsausdruck sah, fügte sie heftig hinzu: „Nein. Auf keinen Fall. Das ist ausgeschlossen!"

„Nein?", meinte er erstaunlich liebenswert. „Dann bleibt mir leider nichts anderes übrig, als Ihnen mitzuteilen, dass wir Sie im Zuge unserer Sparmaßnahmen sehr wahrscheinlich entlassen müssen. Ich hoffe, ich habe mich klar genug ausgedrückt."

„Nein! Das können Sie nicht tun ...", begann sie, verstummte allerdings, als sie den zynischen Ausdruck in seinen Augen bemerkte.

Sie verschwendete ihre Zeit. Andreas würde ihr nicht zuhören, geschweige denn glauben. Er *wollte* ihr nicht glauben. Es passte nicht in seine Pläne, das war offensichtlich. Und wenn sie sich weigerte mitzuspielen, würde er seine Drohung wahr machen. Saskia schluckte. Sie saß in der Falle.

„Und?", hakte er spöttisch nach. „Sie haben mir noch keine Antwort gegeben. Nehmen Sie meinen Vorschlag an, oder ...?"

Saskia schluckte, denn sie hatte einen bitteren Geschmack im Mund. Ihre Stimme klang heiser ... Das Sprechen fiel ihr schwer, doch sie hob das Kinn. „Ich nehme ihn an."

„Ausgezeichnet. Ich schlage vor, dass wir so tun, als hätten wir uns vorher kennengelernt – zum Beispiel als ich vor der Übernahme in Hilford war. Wegen der Verhandlungen haben wir unsere Beziehung ... unsere Liebe zueinander geheim gehalten. Aber jetzt haben wir dazu keinen Grund mehr, und um es zu beweisen, werde ich heute Mittag mit Ihnen essen gehen."

Andreas runzelte die Stirn und machte eine Pause. „Wir werden Ende nächster Woche in die Ägäis fliegen, und man wird von uns erwarten, dass wir viel übereinander wissen."

„*Wohin* werden wir fliegen?", brachte Saskia hervor. „Nein, das geht nicht. Meine Großmutter ..."

Er hatte von Gordon Jarman erfahren, dass sie bei ihrer Großmutter lebte. „Du bist jetzt mit mir verlobt, Schatz. Da bin ich dir doch wohl wichtiger als deine Großmutter, oder?", erkundigte er sich sanft. „Sie wird natürlich überrascht sein, wenn sie von uns erfährt, aber sicher wird sie auch Verständnis dafür haben, warum wir unsere Liebe für uns behalten haben." Unvermittelt ging er wieder zum „Sie" über. „Ich komme selbstverständlich mit, wenn Sie ihr alles erklären."

„Nein!", entgegnete sie in einem erneuten Anflug von Panik. „Das ist nicht nötig. Sie ist gerade in Bath bei ihrer Schwester und wird noch einige Wochen dort bleiben. Das können Sie nicht machen“, fügte sie aufgewühlt hinzu. „Ihr Großvater wird merken, dass wir nicht … Und …“

„Er *darf* es eben nicht merken“, erwiderte Andreas ruhig. „Sie sind eine hervorragende Schauspielerin und finden sicher eine Möglichkeit, ihn davon überzeugen, dass wir tatsächlich verlobt sind. Und sollten Sie dabei Hilfe brauchen …“ Seine Augen wurden dunkler, und sie wich unwillkürlich einen Schritt zurück und errötete.

„Sehr gut“, lobte er sie. „Allerdings ist es vielleicht unklug, wenn Sie mit der jungfräulichen Masche übertreiben. Mein Großvater ist kein Idiot. Er wird es mir nicht abnehmen, dass ich mich in eine sexuell unerfahrene Frau verliebt habe. Schließlich bin ich Halbgrieche, und Griechen sind sehr leidenschaftlich.“

Am liebsten hätte sie die Flucht ergriffen, denn es wurde immer schlimmer. Wie würde Andreas wohl reagieren, wenn er erfuhr, dass sie tatsächlich unerfahren war und sich ihre einzigen Erlebnisse auf einige keusche Küsse und unbeholfene Zärtlichkeiten beschränkten? Als Teenager war sie besonders vorsichtig gewesen, weil sie nicht denselben Fehler begehen wollte wie ihre Eltern. Allerdings konnte er das unmöglich wissen.

„Jetzt ist es fast zehn“, informierte er sie nach einem Blick auf seine Armbanduhr. „Ich schlage vor, dass Sie in Ihr Büro zurückkehren und ich Sie um eins zum Mittagessen abhole. Je eher wir uns als Paar zeigen, desto besser. Und vergessen Sie nicht, mich in Gegenwart anderer zu duzen.“

Während er sprach, kam er auf sie zu. Wieder geriet Saskia in Panik und stieß einen erschrockenen Laut aus, als die Tür geöffnet wurde und seine Assistentin hereinkam – im selben Moment, als er die Hand ausstreckte und ihr Handgelenk umfasste.

Seine Haut war sonnengebräunt, aber nicht so dunkel, dass sie auf seine Abstammung schließen ließ. Seine Augen waren tatsächlich grau, wie Saskia nun feststellte, und sein schwarzes Haar war dicht und glatt. Seine klassischen Züge hingegen verrieten seine Abstammung, denn sie erinnerten an die antiken Statuen.

„Oh Andreas“, rief seine Assistentin und beobachtete verlegen und ungläubig zugleich, wie Andreas Saskia an sich zog. „Ich wollte Sie nicht stören, aber Ihr Großvater hat zwei Mal angerufen.“

„Ich rufe ihn zurück, sobald ich kann", sagte er lässig und fügte genauso lässig hinzu: „Ach, und zwischen eins und halb drei möchte ich nicht gestört werden. Ich gehe mit meiner Verlobten essen."

Er wandte sich an sie und sah sie mit einem so zärtlichen und zugleich sinnlichen Ausdruck in den Augen an, dass Saskia sich für einen Moment beinah hätte täuschen lassen. Wie gebannt erwiderte sie seinen Blick. Wenn er sie gestern Abend so angesehen hätte ... Hör auf, warnte sie sich sofort, verstört über diesen Gedanken.

Seine Assistentin war offenbar noch schockierter als sie. Saskia beobachtete, wie sie scharf einatmete und den Kopf schüttelte, als Andreas sie gewandt fragte, ob etwas nicht stimme.

„Nein. Ich habe mich nur ... Das heißt ... Nein, es ist alles in Ordnung."

„Gut. Ach, noch etwas. Ich möchte, dass Sie einen weiteren Platz für die Maschine nach Athen in der nächsten Woche buchen. Neben meinem ... für Saskia ..." Wieder wandte er sich Saskia zu und fügte rau hinzu: „Ich kann es kaum erwarten, dich meiner Familie vorzustellen, vor allem meinem Großvater. Aber zuerst ..."

Bevor sie erraten konnte, was er vorhatte, hob er ihre Hand an den Mund und liebkoste die Innenfläche. Sobald sie seinen warmen Atem spürte, begann sie zu zittern. Ihr wurde schwindelig, und sie war völlig durcheinander, erregt und entsetzt zugleich, als hätte sie sich in einen anderen Menschen verwandelt und ein anderes Leben begonnen – ein Leben, das viel aufregender war als ihres, ein Leben, in dem sie magische, gefährliche Erfahrungen machen konnte, die sie nie für möglich gehalten hätte.

Wie aus weiter Ferne hörte sie Andreas fortfahren: „Zuerst, mein Schatz, müssen wir etwas Hübsches für deinen Finger finden. Mein Großvater wäre nicht besonders erfreut, wenn ich dich ohne einen Ring mitbringen würde, der meine Absichten erkennen lässt."

Saskia hörte, wie seine Assistentin erneut scharf einatmete, doch diese konnte nicht schockierter sein als sie. Andreas hatte behauptet, sie sei eine gute Schauspielerin, aber er war auch nicht schlecht. Allein der Blick, den er ihr jetzt zuwarf, ganz zu schweigen von den Dingen, die er gesagt hatte ...

Nachdem seine Assistentin sein Büro verlassen und die Tür hinter sich geschlossen hatte, erkundigte Saskia sich mit bebender Stimme:

„Ihnen ist doch klar, dass es sich bis Mittag im ganzen Büro herumgesprochen hat, oder?"

„Im ganzen Büro?", wiederholte Andreas und betrachtete sie verlangend. „Meine Liebe, es würde mich sehr überraschen und vor allem enttäuschen, wenn es sich bis dahin nicht viel weiter herumgesprochen hätte."

Als sie ihn verständnislos ansah, fügte er hinzu: „Ich hoffe, dass es bis heute Mittag bis Athen vorgedrungen ist ..."

„Zu Ihrem Großvater", mutmaßte sie.

„Unter anderem", erwiderte er kühl.

Plötzlich fielen ihr Dutzende von Fragen ein, die sie ihm gern gestellt hätte – über seine Familie, insbesondere seinen Großvater, die Insel, auf die er sie bringen wollte, und über die Frau, mit der sein Großvater ihn verkuppeln wollte. Sie konnte sich gut vorstellen, dass Griechen großen Wert darauf legten, die Interessen der Familie zu wahren, und Emma zufolge war seine Cousine „schwerreich", genau wie Andreas.

Plötzlich wurde Saskia bewusst, dass er ihre Hand losgelassen hatte und sie durch die Tür ging, die er ihr aufhielt.

„Fertig, Saskia?"

Saskia spürte, wie sie vor Verlegenheit errötete, als Andreas sich ihrem Schreibtisch näherte. Obwohl ihre Kollegen sich bemühten, woanders hinzusehen, war ihr klar, dass Andreas und sie im Mittelpunkt der Aufmerksamkeit standen.

„Gordon, Saskia wird etwas später aus der Mittagspause zurückkommen", wandte Andreas sich an ihren sichtlich verwirrten Abteilungsleiter, als dieser aus seinem Büro kam.

„Hast du ihm die Neuigkeit schon erzählt, Schatz?", fragte er sie liebevoll.

„Hm ... nein ..." Saskia schaffte es nicht, ihn anzublicken.

„Saskia", hörte sie Gordon matt sagen, „ich verstehe nicht ganz ..."

Er würde noch weniger verstehen, wenn sie ihm zu erklären versuchte, was *tatsächlich* vorging. Ihrer Meinung nach war es ausgesprochen unfair, den Mann zu belügen, der so nett zu ihr war, doch sie hatte keine andere Wahl.

„Sie dürfen Saskia keinen Vorwurf daraus machen“, verteidigte Andreas sie. „Es ist meine Schuld. Ich habe darauf bestanden, unsere Beziehung geheim zu halten, bis die Übernahme bekannt wird. Ich wollte vermeiden, dass man Saskias Loyalität infrage stellt. Und sie hat es zur Bedingung gemacht, nicht über die Übernahme zu sprechen. Aber über die Arbeit zu reden stand für mich sowieso nicht an erster Stelle, wenn wir zusammen waren.“ Er warf ihr einen sinnlichen Blick zu, der sie noch tiefer erröten und ihre Kolleginnen aufhorchen ließ.

„Musste das sein?“, fragte Saskia, sobald Andreas und sie allein und außer Hörweite waren.

„Was?“

„Sie wissen genau, was ich meine“, warf sie ihm vor. „Warum hätten wir uns nicht einfach irgendwo treffen können?“

„Heimlich?“ Nun wirkte er vielmehr gelangweilt und betrachtete sie mit zusammengezogenen Augenbrauen. Er war ungefähr einen Meter neunzig groß und überragte sie damit um ein ganzes Stück, und es war anstrengend für sie, zu ihm aufzusehen. Sie wünschte, er würde nicht so dicht neben ihr gehen, denn es machte sie nervös, und sie war sich ihrer Weiblichkeit auf ungewohnte Weise überdeutlich bewusst.

„Habe ich Ihnen nicht klargemacht, dass der Sinn dieser Übung ist, unsere Beziehung bekannt zu machen? Deswegen …“ Er lächelte grimmig und wechselte dann das Thema. „Ich habe uns einen Tisch in der Weinstube reservieren lassen. Ich habe gestern Abend dort gegessen. Das Essen war wirklich hervorragend – auch wenn das, was danach passiert ist, nicht so erfreulich war …“

Nun reichte es ihr.

„Hören Sie, ich habe Ihnen schon gesagt, dass es ein Irrtum war. Ich …“

„Ich bin ganz Ihrer Meinung“, meinte Andreas. „Sie haben einen Fehler gemacht. Und da wir gerade davon sprechen, möchte ich Sie warnen, Saskia. Wenn Sie sich auch nur im Entferntesten so verhalten, solange Sie mit *mir* verlobt sind, wenn Sie einen anderen Mann auch nur *ansehen* …“ Er verstummte, als sie entsetzt zu ihm aufblickte.

„Ich bin Halbgrieche, meine Liebe“, erinnerte er sie leise. „Und wenn es um *meine* Frau geht, bin ich mehr Grieche als Engländer … sehr viel mehr …“

„Ich bin nicht Ihre Frau“, war alles, was Saskia dazu einfiel.

„Nein“, bestätigte er zynisch. „Sie gehören jedem Mann, der Sie sich leisten kann, stimmt’s? Aber …“ Wieder verstummte er, als er ihren Protestlaut hörte.

„Sie haben kein Recht, so mit mir zu reden“, brachte sie mühsam beherrscht hervor, nachdem sie erst blass geworden und dann errötet war.

„Als Ihr Verlobter habe ich sehr wohl das Recht“, neckte er sie. Und bevor sie ihn daran hindern konnte, strich er ihr mit dem Finger über die Wange und wischte die Träne weg, die sie nicht hatte zurückhalten können. „Tränen?“, meinte er spöttisch. „Sie sind ja noch besser, als ich dachte.“

Inzwischen hatten sie die Weinstube erreicht, und Saskia musste sich zusammenreißen, als Andreas die Tür öffnete und sie hineinführte.

„Ich möchte nichts essen. Ich habe keinen Hunger“, sagte sie ausdruckslos, nachdem ein Ober sie zu ihrem Tisch geführt hatte.

„Schmollen Sie etwa?“, fragte Andreas prompt. „Ich kann Sie nicht zwingen, etwas zu essen, aber ich werde es mir nicht verweigern. Wir müssen einige Dinge besprechen“, fuhr er in geschäftsmäßigem Tonfall fort, während er die Speisekarte zur Hand nahm und darin zu blättern begann. „Ich kenne die meisten persönlichen Fakten über Sie aus Ihrer Akte. Wenn wir allerdings meine Familie und besonders meinen Großvater überzeugen wollen, dass wir ein Liebespaar sind, muss ich noch mehr über Sie erfahren … und Sie über mich.“

Ein Liebespaar … Saskia schaffte es gerade noch, einen Schauder zu unterdrücken. Wenn sie sich von ihm erpressen ließ, würde sie das Spiel nach seinen Regeln spielen müssen, sonst konnte er sie zerstören.

„Ein Liebespaar.“ Sie lächelte humorlos. „Ich dachte, Sex vor der Ehe wäre in Griechenland verpönt.“

„Was Frauen betrifft, schon“, bestätigte er. „Aber da Sie *keine* Griechin sind und ich halber Engländer bin, wird mein Großvater sich bestimmt tolerant zeigen …“

„Aber er wäre es nicht, wenn Sie mit Ihrer Cousine verlobt wären?“, hakte sie nach, ohne zu wissen, warum sie es tat und warum der Gedanke an seine Cousine eine solche Feindseligkeit in ihr weckte.

„Athena, meine Cousine, ist verwitwet, und deswegen …“ Andreas machte eine Pause und fuhr schließlich trocken fort: „Außerdem würde sie es sich niemals gefallen lassen, wenn mein Großvater sich in ihr Leben einmischte. Sie ist eine Furcht einflößende Frau.“

„Sie ist *verwitwet?*“ Aus irgendeinem Grund hatte sie angenommen, seine Cousine wäre eine junge Frau.

„Stimmt“, erwiderte er. „Und sie hat zwei Kinder im Teenageralter.“

„Teenager!“

„Sie hat mit zweiundzwanzig geheiratet“, erklärte er schulterzuckend. „Das war vor fast zwanzig Jahren.“

Erstaunt blickte sie ihn an, während sie nachrechnete. Offenbar war Athena älter als Andreas. Eine einsame und zweifellos verletzliche Frau, die zu einer Ehe gedrängt wurde, die sie vielleicht gar nicht wollte.

„Aber zerbrechen Sie sich nicht den Kopf über sie, denn vermutlich werden Sie sie nie kennenlernen. Athena führt ein sehr rastloses Leben. Sie hat Wohnungen in Athen, New York und Paris und pendelt ständig zwischen den drei Städten hin und her. Außerdem leitet sie die Reederei, die sie geerbt hat.“

Eine Reederei und eine Hotelkette. Kein Wunder, dass sein Großvater die beiden unbedingt verheiraten wollte. Saskia konnte nicht begreifen, dass Andreas nicht genauso erpicht auf diese Verbindung war.

Als hätte er ihre Gedanken erraten, beugte er sich vor und sagte grimmig: „Im Gegensatz zu Ihnen bin ich nicht bereit, mich zu verkaufen.“

„Ich *habe* mich nicht verkauft“, entgegnete sie hitzig und riss sich zusammen, als der Ober mit zwei Tellern erschien.

„Entschuldigung, ich habe kein Essen bestellt“, wandte sie sich an ihn, als er erst einen Teller vor sie, dann vor Andreas stellte.

„Nein, das habe ich getan“, erklärte Andreas. „Ich mag es nicht, wenn meine Frauen wie verhungerte Kaninchen aussehen. Ein Grieche darf seine Frau vielleicht schlagen, aber er würde nie so tief sinken, sie verhungern zu lassen."

„Schlagen …", wiederholte sie wütend, verstummte jedoch, als sie das Funkeln in seinen Augen bemerkte und ihr klar wurde, dass er sie aufzog.

„Ich schätze, Sie gehören zu den Frauen, die einen Heiligen dazu bringen können, sie zu unterwerfen, zu beherrschen und anschließend zu wünschen, er wäre in der Lage gewesen, sich zu beherrschen."

Angesichts seiner sinnlichen Worte erschauerte sie heftig. Was hatte er nur an sich, dass er sie so nervös machte?

Um sich abzulenken, begann sie zu essen, ohne den amüsierten Blick zu bemerken, mit dem er sie betrachtete.

Wenn er es nicht besser gewusst hätte, dann hätte er behauptet, sie sei so unerfahren wie eine Jungfrau. Allein die Anspielung auf alles, was mit Sex zu tun hatte, bewirkte, dass Saskia zu zittern anfing und seinen Blick mied. Zum Glück wusste er, dass sie ihre Rolle nur spielte, sonst … Sonst was? Sonst wäre er versucht gewesen, seine Worte in die Tat umzusetzen und sich zu vergewissern, ob sie genauso bebte, wenn er sie berührte.

Um seine Gefühle zu verdrängen, erklärte Andreas in geschäftsmäßigem Tonfall: „Wenn Sie meinen Großvater davon überzeugen wollen, dass wir verliebt sind, müssen Sie einige Dinge über mich wissen."

Dann erzählte er ihr einiges über seine Familie und über den Gesundheitszustand seines Großvaters.

„Das bedeutet allerdings nicht, dass er nicht ganz auf der Höhe ist", fuhr er fort. „Er arbeitet jetzt zwar weniger, mischt sich dafür aber noch mehr in mein Leben ein als vorher. Ständig sagt er zu meiner Mutter, er habe Angst davor, zu sterben, bevor ich ihm Urenkel schenke. Wenn das keine Erpressung ist, weiß ich auch nicht", fügte er mürrisch hinzu.

„Offenbar liegt Erpressung bei Ihnen in der Familie", konterte Saskia zuckersüß und erntete dafür einen vernichtenden Blick.

„Irgendwann müssen wir unsere Verlobung natürlich lösen", erklärte er überflüssigerweise. „Bei unserem Aufenthalt auf der Insel werden wir zwangsläufig Eigenschaften aneinander entdecken, die unvereinbar sind, und wenn wir nach England zurückkehren, bedeutet es auch das Ende unserer Beziehung. Aber wenigstens habe ich dadurch etwas Zeit gewonnen ... und Athena hat sich hoffentlich dazu durchgerungen, sich mit einem der vielen Verehrer zufrieden zu geben, die meinem Großvater zufolge ganz versessen darauf sind, sie zu heiraten."

„Und wenn nicht?", fühlte sie sich gezwungen zu fragen.

„Wenn nicht, müssen wir das Ende unserer Beziehung so lange hinauszögern, bis sie es tut oder bis ich eine andere Möglichkeit finde, meinen Großvater davon zu überzeugen, dass eine meine Schwestern ihm die ersehnten Urenkel schenken kann."

„Wollen Sie denn niemals heiraten?", erkundigte sie sich verblüfft.

„Hm, sagen wir, nachdem ich mit fünfunddreißig noch keine Frau gefunden habe, ohne die mein Leben nicht mehr lebenswert wäre, kann ich es mir nicht vorstellen. Sich zu verlieben ist das Vorrecht der Jüngeren. Bei einem Mann über dreißig ist es schlichtweg idiotisch."

„Mein Vater hat sich mit siebzehn in meine Mutter verliebt", platzte Saskia heraus. „Die beiden sind zusammen durchgebrannt ..." Ein trauriger Ausdruck trat in ihre Augen. „Es war ein Fehler. Schon als ich geboren wurde, haben sie sich nicht mehr geliebt. Ein älterer Mann hätte sich zumindest für das Baby verantwortlich gefühlt. Mein Vater dagegen war selbst noch ein Kind."

Andreas runzelte die Stirn. „Er hat Sie im Stich gelassen?"

„Alle beide", erwiderte sie angespannt. „Wäre meine Großmutter nicht gewesen, wäre ich im Heim gelandet."

Andreas betrachtete sie ernst. Ging sie deswegen in Kneipen auf Männerfang? War sie auf der Suche nach der Liebe, die ihr Vater ihr verweigert hatte? Sein Bedürfnis, ihr Verhalten zu rechtfertigen, irritierte ihn. Er war doch nicht etwa auf ihre Tränen hereingefallen?

„Wir sollten gehen", erklärte er schroff.

4. KAPITEL

Wenn jemand ihr vor zwei Wochen gesagt hätte, dass sie alles hinter sich lassen und in Begleitung eines ihr unbekannten Mannes, der angeblich ihr Verlobter war, auf eine ihr unbekannte griechische Insel fliegen würde, dann hätte Saskia amüsiert den Kopf geschüttelt.

Es bewies, was ein ebenso entschlossener wie überheblicher Mann alles bewirkten konnte, vor allem wenn er sie in der Hand hatte.

In weniger als fünfzehn Minuten würde Andreas sie zum ersten Abschnitt ihrer Reise nach Aphrodite abholen, die Insel, die sein Großvater für seine Frau gekauft und nach der Liebesgöttin benannt hatte.

„Es war eine Liebesheirat, aber beide Familien waren damit einverstanden", hatte Andreas ihr erzählt.

Eine Liebesheirat … ganz im Gegensatz zu ihrer vorgetäuschten Verlobung. Saskia fühlte sich schuldig, weil sie dabei mitspielte, auch wenn es gegen ihren Willen geschah – allerdings nicht annähernd so schuldig, wie sie sich gefühlt hatte, als sie ihre Großmutter anrief und ihr sagte, sie würde geschäftlich verreisen.

Andreas hatte sie gedrängt, ihre Großmutter über ihre vermeintliche Verlobung zu informieren, doch sie hatte sich geweigert.

„*Ihnen* macht es vielleicht nichts aus, Ihre Familie anzulügen", hatte sie gesagt und ihn verzweifelt angesehen. „Aber ich kann meine Großmutter nicht belügen, wenn es um etwas so …" Sie war unfähig gewesen weiterzusprechen, denn sie wollte sich nicht verraten, indem sie zugab, dass ihre Großmutter ihr niemals glauben würde, dass sie einen Mann heiraten wollte, den sie nicht liebte.

Nachdem sich die Aufregung über ihre Beziehung mit Andreas gelegt hatte, waren ihre Kollegen auf Distanz gegangen und hatten sie misstrauisch beäugt. Sie war nun die Verlobte des Chefs und gehörte damit nicht mehr zu ihnen.

Alles in allem hatte sie sich im Lauf der Woche zunehmend unbehaglicher und einsamer gefühlt, doch sie war zu stolz, um sich jemandem anzuvertrauen. Das lag wohl in ihrer Kindheit begründet. Damals hatte sie sich in der Schule nie dazugehörig gefühlt, weil alle wussten, dass ihre Eltern sie im Stich gelassen und zu ihrer

Großmutter abgeschoben hatten.

Trotzdem hätte niemand sie so lieben können, wie ihre Großmutter es getan hatte. Sie hatte ein mindestens genauso liebevolles Zuhause gehabt wie ihre Altersgenossen.

Saskia warf einen Blick auf ihre Armbanduhr. Noch knapp fünf Minuten. Ihr Herz pochte. Ihr Koffer stand im Flur. Sie hatte sich den Kopf darüber zerbrochen, was sie mitnehmen sollte, und sich schließlich entschieden, die Sommersachen mitzunehmen, die sie vor drei Jahren anlässlich eines Urlaubs in Portugal mit Megan gekauft hatte, sowie einige leichte Outfits, die sie sonst im Büro trug.

Andreas hatte sie seit dem gemeinsamen Mittagessen nicht mehr gesehen. Nicht, dass es ihr etwas ausmachte! Er hatte ständig Besprechungen gehabt, und wenn man dem Klatsch Glauben schenken durfte, wurde er geradezu heldenhaft mit den Problemen fertig, die aus der angespannten Lage vor der Übernahme resultiert waren.

„Er hat jedes einzelne Hotel besucht", hatte jemand anerkennend berichtet, „und sich mit allen Arbeitsläufen vertraut gemacht. Und wisst ihr was?"

Sie hatte am Rande der Gruppe, die gespannt zuhörte, gestanden und unbehaglich geschluckt, weil sie nun vermutlich erfahren würde, dass Andreas im Zuge der Sparmaßnahmen Massenentlassungen durchführte. Umso erstaunter war sie gewesen, als sie Folgendes hörte: „Er hat allen mitgeteilt, ihr Arbeitsplatz sei sicher, vorausgesetzt, man würde die von ihm gesetzten Ziele erreichen. Überall hat er die Mitarbeiter motiviert, indem er ihnen gesagt hat, dass er vom Vorstand zur Rechenschaft gezogen wird, wenn er die Hotelkette nicht in die schwarzen Zahlen bringt."

Dem Klatsch zufolge hatte Andreas eine gewisse Art, die seine neuen Angestellten nicht nur dazu veranlasste, ihm Treue zu schwören, sondern auch dazu, ihn in den Himmel zu heben. Offensichtlich hatten sie ihn nicht von seiner anderen Seite kennengelernt.

Es war jetzt halb elf, und Andreas war noch nicht … Saskia verspannte sich, als sie die große Limousine vor dem Haus ihrer Großmutter vorfahren sah. Pünktlich auf die Minute! Aber natürlich würde er keine Minute seiner kostbaren Zeit verschwenden, schon gar nicht auf sie.

Als er die Haustür erreichte, hatte sie diese bereits geöffnet und blickte ihm entgegen, ihren Koffer in der einen und den Schlüssel in der anderen Hand.

„Was ist das?"

Stirnrunzelnd betrachtete er ihren schlichten Koffer, und sofort besann sie sich auf ihren Stolz. „Mein Koffer", erwiderte sie scharf.

„Geben Sie ihn mir", wies er sie an.

„Ich kann ihn selbst tragen", informierte sie ihn grimmig.

„Das glaube ich Ihnen gern", bestätigte er genauso grimmig. „Aber ..."

„Aber was?", erkundigte sie sich wütend. „Aber Griechen erlauben es ihren Frauen nicht, ihr Gepäck selbst zu tragen und eigenständig zu sein?"

Andreas presste ärgerlich die Lippen zusammen. Aus irgendeinem Grund verspürte sie den Drang, ihn zu provozieren, obwohl das Funkeln in seinen Augen ihr Unbehagen verursachte.

„Diesmal sollten Sie die Schuld eher meinem englischen Vater als meiner griechischen Mutter geben", erklärte er eisig. „In der Privatschule, auf die er mich geschickt hat, legte man großen Wert auf gute Manieren." Er warf ihr einen unfreundlichen Blick zu. „Ich muss Sie warnen. Mein Großvater ist sehr altmodisch, was solche Dinge betrifft. Er wird kein Verständnis dafür haben, wenn Sie auf politisch korrektem Verhalten bestehen, und solange Sie auf der Insel sind ..."

„Muss ich tun, was *Sie* sagen", beendete Saskia bitter den Satz für ihn.

Wenn das ein Vorgeschmack auf die nächsten Wochen war, wusste sie nicht, wie sie diese überstehen sollte. Die offenkundige Feindseligkeit zwischen ihnen hatte allerdings einen entscheidenden Vorteil. Niemand, der sie zusammen beobachtete, wäre überrascht, wenn sie ihre vermeintliche Verlobung beendeten.

„Wir fliegen morgen Früh um neun von Heathrow. Deswegen müssen wir das Apartment zeitig verlassen", teilte Andreas ihr mit, als sie im Wagen saßen.

„Das Apartment?", wiederholte Saskia argwöhnisch.

„Ja, ich habe ein Apartment in London. Dort werden wir übernachten. Heute Nachmittag machen wir einen Einkaufsbummel."

„Einen ...?", begann sie, doch er ließ sie nicht ausreden.

„Ja, einen Einkaufsbummel. Sie brauchen einen Verlobungsring und ...“ Er verstummte und musterte sie so abschätzend, dass sie ihn am liebsten aufgefordert hätte, sofort anzuhalten. Nur zu gern hätte sie ihm mitgeteilt, sie habe ihre Meinung geändert und würde sich auf keinen Fall von ihm erpressen lassen. Doch ihr war klar, dass es nicht ging.

„Sie brauchen passende Sachen.“

„Falls Sie Sommersachen meinen, ich habe welche dabei, und ...“

„Nein, das meine ich nicht“, fiel er ihr grimmig ins Wort. „Ich bin ein reicher Mann, Saskia. Ihre Abteilung hat vor der Übernahme recherchiert, und daher sind Sie sicher genau über die Höhe des gesamten Fondsvermögens informiert. Mein Großvater ist Multimillionär, und meine Mutter und meine Schwestern kaufen nur Designerkleidung, auch wenn sie keine Modepuppen sind und ständig ihre Garderobe wechseln. Als meine Verlobte ...“

Nachdem Saskia einmal tief durchgeatmet hatte, sagte sie: „Falls Sie glauben, ich würde mir von *Ihnen* Sachen kaufen lassen ...“

„Warum nicht?“, erkundigte Andreas sich lässig. „Schließlich wollten Sie sich Ihre Dienste auch bezahlen lassen – von mir oder jedem anderen Mann, der dazu bereit gewesen wäre.“

„Nein, das stimmt nicht!“, entgegnete sie entsetzt.

„Sehr gut“, bemerkte er spöttisch. „Aber die Spezialeffekte können Sie sich für meine Familie aufheben. Ich weiß genau, was Sie sind, falls Sie es vergessen haben sollten. Betrachten Sie diese Sachen einfach als Bonus.“ Er lächelte humorlos. „Allerdings werden Sie nichts ohne meine Zustimmung kaufen, denn Sie müssen elegant und geschmackvoll gekleidet sein.“

„Was wollen Sie damit andeuten?“, zischte sie. „Dass ich mir sonst Sachen kaufen würde, die eher zu einer ...?“ Sie verstummte, unfähig, das Wort auszusprechen.

Zu ihrer Überraschung beendete er den Satz nicht für sie, sondern erklärte: „Offenbar sind Sie es nicht gewohnt, teure Sachen zu kaufen. Deswegen möchte ich verhindern, dass Sie am falschen Ende sparen und somit den Zweck der Übung verfehlen. Sie dürfen also nichts aussuchen, was nur zu einer jungen Frau mit einem bescheidenen Gehalt passt.“

Ausnahmsweise wusste sie nicht, was sie darauf erwidern sollte. Doch sie war wütend und schämte sich zutiefst. Ihr war klar, dass sie ihn nicht davon abbringen konnte, seine Pläne in die Tat umzusetzen. Allerdings würde sie sich merken, was er ausgab, und ihm alles zurückzahlen, selbst wenn sie dafür ihre eiserne Reserve opfern musste.

„Keine weiteren Einwände?“, erkundigte Andreas sich lässig. „Das ist gut, denn ich werde meinen Willen durchsetzen – selbst wenn ich Sie dafür eigenhändig an- und ausziehen muss. Passen Sie auf, dass Sie keinen Fehler machen. Wenn wir auf Aphrodite eintreffen, sind Sie meine Verlobte.“

Als er die Autobahnauffahrt entlangfuhr und dann beschleunigte, beschloss Saskia, sich aus Sicherheitsgründen vorerst nicht mit ihm zu streiten. Erst über eine halbe Stunde später wurde ihr bewusst, dass sie das wichtigere Thema gar nicht angesprochen hatte, nämlich dass sie die Nacht mit ihm unter einem Dach verbringen musste.

Aber was hatte sie zu befürchten? Andreas würde sicher keine Annäherungsversuche machen. Schließlich hatte er ihr unmissverständlich zu verstehen gegeben, was er von ihren Moralvorstellungen hielt.

Und sie war viel zu stolz, um zuzugeben, dass der Gedanke, ein Apartment mit ihm zu teilen, ihr Angst machte. Auf der Insel wäre es etwas anderes. Dort würden sie mit seiner Familie und den Angestellten in dem großen Villenkomplex zusammenwohnen.

Nein, es war besser, den Mund zu halten, als sich der Lächerlichkeit preiszugeben.

Während sie darauf wartete, dass der Chauffeur ihr Gepäck in den Kofferraum des gemieteten Rolls-Royce lud, klopfte Athena ungeduldig mit dem Fuß auf den Boden.

Als sie gehört hatte, dass Andreas sich verlobt hatte und seine zukünftige Braut mit nach Aphrodite bringen würde, um sie seiner Familie vorzustellen, war sie aktiv geworden. Zum Glück war eine Verlobung keine Heirat, und sie, Athena, würde dafür sorgen, dass es gar nicht dazu kam.

Natürlich wusste sie, warum Andreas das getan hatte. Schließlich war er durch und durch Grieche, auch wenn er stets betonte, dass sein Vater Engländer gewesen war, und wie jeder Grieche, jeder *Mann* musste er immer die Kontrolle über alles haben.

Seine Behauptung, er würde diese Frau lieben, war seine Art, diese Macht zu demonstrieren.

Als der Chauffeur losfuhr, beugte Athena sich vor und nannte ihm die Adresse des luxuriösen Apartmentkomplexes mit Blick auf den Fluss. Sie besaß keine Wohnung in London, denn sie hielt sich lieber in New York auf, um dort auszugehen, oder in Paris, um dort zu shoppen.

Andreas glaubte vielleicht, er hätte sie kaltgestellt, indem er seine Verlobung mit dieser Engländerin, die zweifellos unweiblich und kühl war, bekannt gab. Doch sie würde alldem bald ein Ende bereiten und ihm vor Augen führen, wo seine eigentlichen Interessen lagen. Wie sollte er *ihr* auch widerstehen? Sie konnte ihm alles bieten, was er sich wünschte, und er hatte alles, was *sie* wollte.

Es war schade, dass er sie daran gehindert hatte, ihn bei seinem letzten Geschäftsabschluss zu überbieten. Diese Hotelkette bedeutete ihr im Grunde nichts, aber es wäre ein guter Köder gewesen, da sie Andreas offenbar sehr wichtig war. Warum, war Athena ein Rätsel. Doch es gab vieles, was sie bei ihm nicht verstand. Unter anderem das machte ihn für sie so begehrenswert. Das Unerreichbare war für sie schon immer am reizvollsten gewesen.

Dass sie Andreas wollte, war ihr zum ersten Mal bewusst geworden, als er fünfzehn war und sie im Begriff zu heiraten. Athena lächelte anzüglich und befeuchtete sich die Lippen mit der Zunge. Schon damals war er so groß und breitschultrig wie ein Mann gewesen, durchtrainiert und so umwerfend attraktiv, dass sie allein bei seinem Anblick vor Sehnsucht vergangen war.

Vergeblich versuchte sie, ihn mit allen Mitteln zu verführen, und einen Monat später war sie verheiratet.

Griechischen Maßstäben zufolge war sie mit zweiundzwanzig keine besonders junge Braut, und über ein Jahr lang hatte sie mit ihrem zukünftigen Ehemann, der zehn Jahre älter als sie und sehr reich war, ein regelrechtes Katz-und-Maus-Spiel gespielt, bevor er schließlich kapituliert hatte. Und auf keinen Fall wollte sie diese Ehe, die sie so hart erkämpft hatte, für die Leidenschaft aufs Spiel setzen, die sie für Andreas, einen Teenager, empfand.

Dann schlug jedoch das Schicksal zu. Ihr Mann starb unerwartet, und sie war plötzlich Witwe. Eine sehr reiche Witwe … eine sehr reiche und sexuell frustrierte Witwe. Und Andreas war inzwischen ein Mann – und was für ein Mann!

Das Einzige, was ihnen im Weg stand, war sein Stolz. Was hätte Andreas sonst für einen Grund haben sollen, sie zurückzuweisen?

Als der Chauffeur vor dem Apartmentkomplex hielt, betrachtete Athena sich im Schminkspiegel. Die Schönheitsoperation, der sie sich im letzten Jahr bei dem amerikanischen Chirurgen unterzogen hatte, war ihr Geld wirklich wert gewesen. Sie sah jetzt aus, als wäre sie Anfang dreißig.

Ihr schwarzes Haar war von einem der besten Stylisten der Welt geschnitten worden, ihre Haut schimmerte dank der teuren Cremes, die sie benutzte, ihr gekonntes Make-up betonte ihre leicht schräg stehenden dunklen Augen, und ihre Finger- und Zehennägel waren perfekt manikürt.

Athena lächelte zufrieden. Nein, Andreas' langweilige Verlobte, irgend so eine Büromaus, in die er sich angeblich während der Verhandlungen verliebt hatte, konnte ihr nicht das Wasser reichen. Ein harter Ausdruck trat in ihre Augen. Wer immer dieses Mädchen sein mochte, es würde bald merken, was für ein Fehler es gewesen war, Anspruch auf den Mann zu erheben, der ihr gehörte. Ein sehr großer Fehler sogar.

Von einer Wolke ihres schweren Parfüms umgeben, das sie sich in Paris anmischen ließ, stieg Athena aus dem Rolls-Royce.

Ihre Töchter hassten diesen Duft und flehten sie ständig an, sie solle ihn wechseln, aber sie hatte nicht die Absicht. Es war ihr Julianenzeichen und machte ihr Wesen als Frau aus. Andreas' Verlobte benutzte sicher etwas so Fades wie Lavendelwasser!

„Ich lasse den Wagen hier", sagte Andreas zu Saskia, als er seine Limousine in einem mehrstöckigen Parkhaus in der Londoner City abstellte.

Verblüfft hatte sie die Preise gelesen. Unvorstellbar, dass man fürs Parken so viel bezahlen konnte. Doch die Reichen waren eben anders, wie man sagte.

Wie anders die Reichen waren, wurde Saskia noch deutlicher im Lauf des Nachmittags bewusst, als Andreas sie durch Geschäfte führte, von deren Existenz sie nicht einmal etwas geahnt hatte. Die

Verkäuferinnen begegneten ihm so ehrerbietig, dass sie die Lippen zusammenpresste. Natürlich bemerkte sie den bewundernden und zugleich fragenden Ausdruck in den Augen dieser Frauen, während diese ihm verschiedene Outfits zeigten – *ihm* und nicht ihr. Mit jedem Geschäft, das Andreas und sie aufsuchten, wuchsen ihr Frust und ihr Groll.

„Ich bin keine Puppe und auch kein Kind“, fuhr Saskia ihn irgendwann an, nachdem sie sich kategorisch geweigert hatte, den cremefarbenen Hosenanzug anzuprobieren, der den Worten der Verkäuferin zufolge perfekt für sie wäre.

„Nein? Den Eindruck habe ich aber nicht“, erwiderte Andreas grimmig. „Der Anzug war ...“

„Der Anzug kostet über tausend Pfund“, unterbrach sie ihn wütend. „So viel Geld würde ich niemals für ein Outfit ausgeben – nicht einmal für mein Brautkleid!“

Als er lachte, funkelte sie ihn an. „Was ist daran so komisch?“

„Sie“, meinte er ungerührt. „Meine liebe Saskia, haben Sie eine Ahnung, was für ein Brautkleid Sie für weniger als tausend Pfund bekommen?“

„Nein, habe ich nicht“, gestand sie. „Aber ich weiß, dass ich mich in Sachen, die ein Vermögen kosten, nie wohl fühlen würde. Außerdem ist ein teures Brautkleid keine Garantie für eine glückliche Ehe.“

„Oh, sparen Sie sich diese Vorträge“, meinte er verzweifelt. „Haben Sie sich schon mal Gedanken darüber gemacht, wie viele Leute arbeitslos werden würden, wenn alle in Sack und Asche herumlaufen würden, wie Sie es offenbar befürworten?“

„Das ist nicht fair“, verteidigte sich Saskia. Schließlich hatte sie wie die meisten anderen Frauen auch ein Faible für schöne Kleidung und wollte so gut wie möglich aussehen. Und in dem Hosenanzug hätte sie zweifellos gut ausgesehen, wie sie zugeben musste. Allerdings war sie sich der Tatsache bewusst, dass sie jeden Penny zurückzahlen musste, den Andreas für sie ausgab.

„Ich weiß nicht, warum Sie so hartnäckig sind“, fuhr sie trotzig fort. „Ich brauche keine neuen Sachen, das habe ich Ihnen bereits gesagt. Und Sie brauchen auch nicht mit Geld um sich zu werfen, um mir zu imponieren.“

„Ihnen oder sonst jemand“, sagte er scharf, und die Röte, die seine Wangen überzog, war ein Beweis dafür, dass sie ihn verärgert hatte.

„Ich bin Geschäftsmann, Saskia. Ich werfe niemals mit Geld um mich, schon gar nicht um eine Frau zu beeindrucken, die ich sogar für weniger als den halben Preis für diesen Hosenanzug hätte kaufen können. Lassen Sie das“, warnte er sie leise und umfasste ihr Handgelenk, als sie ihm eine Ohrfeige verabreichen wollte.

Er hielt es so fest umklammert, dass es wehtat, doch Saskia war zu stolz, um ihn darauf hinzuweisen – und um zuzugeben, dass sie vorübergehend die Kontrolle über ihre Gefühle verloren hatte. Erst als sie kreidebleich wurde und benommen schwankte, ließ er ihre Hand fluchend los und begann, sie zu massieren, um die Durchblutung zu fördern.

„Warum haben Sie mir nicht gesagt, dass ich Ihnen wehtue?“, erkundigte er sich schroff. „Sie sind ja so zerbrechlich wie eine Porzellanpuppe.“

Selbst in diesem Moment, da er den Kopf über ihre Hand gebeugt hatte, durfte sie nicht schwach werden und an sein Mitleid appellieren.

„Ich wollte Ihnen nicht den Spaß verderben“, erwiderte sie scharf. „Sie haben es ganz offensichtlich genossen, mir wehzutun.“

Sie verspannte sich, als er ihre Hand fluchend losließ, und noch mehr, als er mit einem grimmigen Ausdruck in den Augen sagte: „Es reicht jetzt. Sie führen sich auf wie ein kleines Kind. Erst wie ein Flittchen und dann wie ein Kind. Es gibt nur *eine* Rolle, die Sie von nun an spielen sollen, Saskia, und das ist die meiner Verlobten. Ich warne Sie, wenn Sie irgendetwas tun oder äußern, das meine Familie misstrauisch macht, werden Sie es bereuen. Haben Sie mich verstanden?“

„Ja, das habe ich“, antwortete Saskia steif.

„Ich meine es ernst“, bekräftigte er. „Und es wäre nicht nur meine Hotelkette, für die Sie nicht mehr arbeiten könnten. Wenn Sie mir einen Strich durch die Rechnung machen, werde ich dafür sorgen, dass Sie *nirgendwo* mehr einen Job bekommen. Eine Wirtschaftsprüferin, die nicht vertrauenswürdig ist und entlassen wurde, weil man sie des Diebstahls verdächtigt hat, ist für keine Firma tragbar.“

„Das können Sie nicht tun“, flüsterte sie, doch ihr war klar, dass er es sehr wohl konnte.

Jetzt hasste sie ihn … sie hasste ihn abgrundtief. Und als Andreas mit ihr das nächste Geschäft betrat und die Verkäuferin ihn genau wie alle anderen anhimmelte, dachte Saskia, dass sie ihn haben konnte. Es wäre ihr nur allzu recht.

Erst am Spätnachmittag war Andreas zufrieden und erklärte, ihre Garderobe sei nun angemessen für seine Verlobte.

Im letzten Geschäft hatte er die Dienste der Chefeinkäuferin in Anspruch genommen, und diese hatte ihr alle Sachen gezeigt, die Saskia sonst immer nur in Hochglanzmagazinen gesehen hatte.

Sie hatte fast alles abgelehnt, aber Andreas hatte sie bis auf eine Ausnahme jedes Mal überstimmt. Sie waren sich lediglich einig, als die Einkäuferin einen Bikini zu Tage förderte, der ihren Worten zufolge perfekt für ihren Typ und den Anlass wäre. Ungläubig betrachtete Saskia die winzigen Stoffdreiecke und war entsetzt, als ihr Blick auf das Preisschild fiel.

„Darin kann ich nicht schwimmen“, platzte sie heraus.

„*Schwimmen?*“ Die Einkäuferin wirkte verblüfft. „Du liebe Güte, natürlich nicht! Der Bikini ist nicht zum Schwimmen gedacht. Hier, sehen Sie sich mal den dazu passenden Pareo an. Ist er nicht wunderschön?“, erkundigte sie sich eindringlich und zeigte ihr das paillettenbesetzte Teil.

Der Preis dafür war vierstellig, und Saskia glaubte, jeden Moment in Ohnmacht zu fallen. Erleichtert und überrascht zugleich stellte sie allerdings fest, dass Andreas den Kopf schüttelte.

„Ich möchte nicht, dass meine Verlobte so etwas trägt“, verkündete er ohne Umschweife und fügte für den Fall, dass sie ihn nicht verstanden hatte, hinzu: „Ihr Körper ist aufreizend genug, und dieses Outfit würde eher zu einem Callgirl passen.“

Die Einkäuferin war so diplomatisch, das Thema nicht weiterzuverfolgen, und ging weg, um kurz darauf mit mehreren Einteilern zurückzukommen.

Saskia entschied sich für den billigsten und erlaubte es Andreas widerstrebend, noch einen dazu passenden Pareo auszusuchen.

Während er alles bezahlt und seine Adresse hinterlassen hatte, damit man ihm die Sachen in sein Apartment lieferte, trank sie den Kaffee, den die Einkäuferin ihr hatte bringen lassen.

Vielleicht fühlte sie sich deswegen so benommen, weil sie den ganzen Tag nichts gegessen hatte. Es konnte nicht daran liegen, dass Andreas und sie nun zu seinem Apartment fahren würden, wo sie allein wären, oder?

„In der Nähe meiner Wohnung ist ein hervorragendes Restaurant“, informierte er sie, sobald sie wieder im Wagen saßen und zurückfuhren. „Ich lasse uns etwas schicken und …“

„Nein“, protestierte Saskia sofort. „Ich möchte lieber essen gehen.“

Andreas runzelte die Stirn.

„Ich glaube, das ist keine gute Idee“, entgegnete er ausdruckslos. „Eine Frau, die allein unterwegs ist, und vor allem eine Frau wie Sie fällt auf. Außerdem sehen Sie müde aus. Ich muss noch mal weg, und ich habe keine Ahnung, wann ich wiederkomme.“

Er fuhr noch einmal weg. Sie entspannte sich ein wenig. Die Füße taten ihr weh, und sie konnte kaum noch einen klaren Gedanken fassen, nachdem sie die ganze Zeit mitgerechnet hatte, wie viel Geld Andreas und damit auch sie ausgegeben hatte.

Es war viel mehr, als sie veranschlagt hatte. Allein beim Gedanken an die Summe wurde ihr übel. Von ihrer eisernen Reserve würde kaum noch etwas übrig sein, wenn sie ihre Schulden bei ihm beglichen hätte.

Abgespannt folgte Saskia Andreas durch die Tiefgarage ins Foyer des Apartmentkomplexes. Den Aufzug konnte man nur mit einem Spezialschlüssel benutzen, und der Lift glitt so schnell nach oben, dass sie völlig verblüfft war, als er wieder hielt.

„Hier entlang.“ Andreas berührte ihren Arm und führte sie zu einer von vier Türen, die von der Halle abgingen. Er trug ihren Koffer und stellte ihn ab, bevor er die Tür aufschloss und ihr bedeutete voranzugehen.

5. KAPITEL

Das Erste, was Saskia in Andreas' Wohnung auffiel, waren nicht die sichtlich teuren modernen Gemälde an den Wänden, sondern es war der Geruch, der in der Luft hing – ein moschusartiger, schwerer Duft, der ihr schier den Atem nahm.

Dass Andreas ihn ebenfalls bemerkte, bezweifelte sie nicht. Sie beobachtete, wie er innehielt und schnupperte.

„Verdammt", fluchte er leise. Dann stieß er zu ihrem Entsetzen die Tür zum Wohnzimmer auf und umfasste ihren Arm. Seine Finger bohrten sich ihr schmerzhaft in die Haut, und seine Augen funkelten warnend, als er sie ansah ...

„Endlich sind wir allein. Den ganzen Tag hast du mich provoziert, und nun kann ich dich dafür bestrafen ..."

Sein sanfter Tonfall und seine Worte brachten sie vollends um den Verstand, und benommen klammerte Saskia sich an ihn. Im nächsten Moment presste Andreas die Lippen auf ihre, sodass sie nicht protestieren konnte, und küsste sie so verführerisch, dass ihr Widerstand dahinschmolz.

Sie flüsterte seinen Namen und versuchte ihn dazu zu bewegen, dass er aufhörte und ihr sein Verhalten erklärte. Ihr Körper weigerte sich jedoch, auf das zu hören, was ihr Verstand ihr sagte. Allmählich wich ihr Entsetzen ungezügeltem Verlangen.

Ohne sich dessen bewusst zu sein, stellte sie sich auf die Zehenspitzen und drängte sich ihm entgegen. Sie hatte ihm die Hände auf die Arme gelegt und spürte seine kräftigen Muskeln. Ihr Herz pochte schneller unter dem Ansturm der Gefühle.

Noch deutlicher als den Duft jenes schweren Parfüms nahm sie seinen Duft wahr. Seine Körperwärme ... seine Leidenschaft ... seine Männlichkeit ... Und zu ihrer Bestürzung wurden Emotionen in ihr wach, von deren Existenz sie nicht einmal etwas geahnt hatte. Bereitwillig erwiderte sie das erotische Spiel seiner Zunge und gab Andreas zu verstehen, dass er sie noch enger an sich ziehen sollte.

Benommen schlug Saskia die Lider auf und erschauerte, als sie den verlangenden Ausdruck in seinen Augen sah. Es war, als würde sie sich in Schwindel erregender Höhe an einem sicheren Ort befinden, wo ihr die Gefahr und die Tatsache, dass ihr nichts passieren konnte, gleichermaßen bewusst waren.

„Du küsst wie eine Unschuldige … eine Jungfrau“, sagte Andreas rau, und das Funkeln in seinen Augen wurde noch intensiver, als wäre er darüber sehr erfreut.

Hilflos erwiderte sie seinen Blick. Das Herz schlug ihr bis zum Hals, und sie verspürte eine schmerzliche Sehnsucht. Wenn er sie doch berühren und diese Sehnsucht stillen würde! Allein der Gedanke daran verstärkte ihr Verlangen, und sie stöhnte auf.

„Das gefällt dir … Du willst mich …“

Saskia hörte das Drängen in seiner Stimme, spürte seine Erregung. Begierig presste sie sich an Andreas und erstarrte, als sie plötzlich eine scharfe Frauenstimme hörte: „Andreas? Willst du mich nicht vorstellen?“

Erst in diesem Moment wurde ihr bewusst, was sie tat, und sie wurde von Schamgefühlen überwältigt. Sie versuchte, sich von ihm zu lösen, verzweifelt bemüht, ihre Verwirrung zu verbergen. Doch Andreas hielt sie fest und zog sie noch enger an sich, sodass sie sich an ihn schmiegte, als ob …

Saskia erschauerte heftig, als sie sein Bein zwischen ihren spürte, und das Blut schoss ihr ins Gesicht. Allerdings schien die Frau, die sie beobachtete, nicht annähernd so befangen zu sein wie sie.

Saskia hielt den Atem an, als Andreas seinen Griff so weit lockerte, dass sie den Kopf wenden und die Frau ansehen konnte.

Sie war groß und dunkelhaarig und perfekt gestylt. Aber trotz des warmen Schimmers ihrer gebräunten Haut und der leuchtend rot geschminkten Lippen und lackierten Nägel strahlte sie eine Kälte aus, die Saskia schaudern ließ.

„Athena! Wie bist du hier hereingekommen?“, erkundigte Andreas sich kurz angebunden.

„Ich habe einen Schlüssel. Hast du das etwa vergessen?“, fragte die Frau in verführerischem Tonfall.

Der sinnliche Blick, den sie ihm zuwarf, und die Tatsache, dass sie sie völlig ignorierte, veranlassten Saskia, ihr Bild von der trauernden Witwe, die sich in eine zweite Ehe drängen ließ, zu revidieren.

Niemand würde *diese* Frau zu irgendetwas drängen. Und ihre dunklen Augen verrieten nur ein Gefühl – und das hatte nichts mit Trauer zu tun.

Saskia bekämpfte die Übelkeit, die in ihr aufstieg, als sie die unverhohlene Begierde in Athenas Augen sah. Nie hätte sie es für möglich gehalten, geschweige denn beobachtet, dass eine Frau einen Mann so anblicken konnte.

Jetzt verstand sie, warum Andreas sich eine „Verlobte" zugelegt hatte, um sich zu schützen. Was sie allerdings nicht begriff, war die Tatsache, wie er Athenas Verlangen widerstehen konnte.

Athena war unglaublich attraktiv und begehrte ihn ganz offensichtlich. Und sicher war es das, wovon alle Männer träumten – eine Frau, die unersättlich war.

Naiverweise hatte sie, Saskia, angenommen, Athenas Gefühlskälte würde nur Frauen abstoßen.

Andreas hatte sie offenbar geküsst, weil er erraten hatte, dass Athena in seiner Wohnung war. Und nun, da Athena ihnen so nahe war, wusste Saskia auch, warum. Der aufdringliche Geruch ihres Parfüms war unverkennbar.

„Willst du gar nicht sagen, wie sehr du dich darüber freust, mich zu sehen?", fragte Athena schmollend, während sie dichter an Andreas heranging. „Dein Großvater hat sich furchtbar über deine Verlobung aufgeregt. Du weißt ja, was er sich erhofft hatte", fügte sie bedeutungsvoll hinzu, bevor sie sich an Saskia wandte. „Oh, tut mir leid", fuhr sie abfällig fort, „ich wollte Ihre Gefühle nicht verletzen, aber sicher hat Andreas Sie gewarnt, wie schwer es seiner Familie, vor allem seinem Großvater, fallen wird, Sie zu akzeptieren …"

„Athena", warf Andreas drohend ein, und Saskia konnte sich lebhaft vorstellen, wie sie Athenas Worte aufgefasst hätte, wenn sie tatsächlich mit ihm verlobt gewesen wäre.

„Es stimmt aber." Athena zuckte die Schultern und lenkte damit die Aufmerksamkeit auf ihre Brüste. Es war offensichtlich, dass sie keinen BH unter der Bluse trug.

Schnell wandte Saskia den Blick von Athenas festen Knospen ab. Sie wagte es nicht, Andreas anzusehen. Bestimmt konnte kein Mann dieser Verlockung widerstehen. Ihre Brüste waren zwar auch fest und wohlgeformt, ihre Knospen allerdings nicht so prall wie die von Athena. Und selbst wenn es der Fall gewesen wäre, hätte sie sie nicht so zur Schau gestellt.

Aber vielleicht wollte Athena damit nur Andreas provozieren …

Vielleicht sollte sie ihn damit an die Intimitäten erinnern, die sie möglicherweise mit ihm ausgetauscht hatte. Schließlich hatte sie einen Schlüssel zu seiner Wohnung, und sie gab ihr deutlich zu verstehen, dass sie etwas ganz Besonderes mit ihm verband.

Als hätte sie ihre Gedanken gelesen, beugte Athena sich plötzlich vor und legte Andreas die Hand auf die Wange. „Willst du mich nicht küssen?“, erkundigte sie sich verführerisch. „Das tust du doch immer. Und deine Verlobte hat bestimmt Verständnis dafür, dass die griechischen Familien großen Wert auf solche Dinge legen.“

„Saskia weiß, dass ich sie liebe und heiraten will.“ Er wich vor Athena zurück und zog Saskia mit sich. Als er von hinten die Arme um sie legte und den Kopf auf ihre Schulter stützte, rief sie sich ins Gedächtnis, *warum* er das tat und was für eine Rolle sie spielte.

„Ganz reizend!“ Athena warf ihr einen eisigen Blick zu, bevor sie sich wieder an Andreas wandte und behauptete: „Ich möchte dein Glück ja nicht trüben, Andreas, aber dein Großvater ist momentan nicht besonders erfreut über dein Verhalten. Er hat mir erzählt, dass er sich Sorgen wegen der letzten Übernahme macht. Ich verstehe natürlich, wie wichtig es für dich ist, dich zu beweisen, aber der Erwerb dieser Hotelkette war ziemlich wagemutig, genauso wie dein Entschluss, die Angestellten alle zu behalten.

So wirst du nie Profit machen“, fuhr sie gespielt freundlich fort. „Nachdem ich einen besseren Einblick in die Finanzen der Hotelkette bekommen habe, bin ich allerdings froh, dass ich nicht mitgeboten habe. Obwohl ich es mir natürlich leisten kann, ein paar Millionen zu verlieren. Schade nur, dass du mein Angebot, die Reederei für mich zu leiten, nicht angenommen hast. Dann hättest du einen viel größeren Kompetenzbereich gehabt als jetzt, da du nur Laufbursche für deinen Großvater bist.“

Saskia spürte, wie sie sich angesichts der Beleidigungen Athenas verspannte, doch zu ihrer Überraschung wirkte Andreas völlig ungerührt. Wenn *sie* dagegen auch nur die kleinste Bemerkung machte, verlor er sofort die Beherrschung.

„Wie du bereits weißt, Athena“, erwiderte er beinah gut gelaunt, „war es der Entschluss meines Großvaters, die britische Hotelkette zu kaufen, und ich habe dem Geschäft nur zugestimmt. Und was ihre zukünftige Rentabilität betrifft ... Meine Recherchen haben ergeben, dass die Nachfrage nach Luxushotels in Großbritannien sehr groß ist, vor allem wenn diese erstklassige Freizeitmöglichkeiten und eine hervorragende Küche bieten – und das wird bei uns der Fall sein.

Und was die Angestellten angeht, ist es langfristig viel teurer, Abfindungen zu zahlen. Saskia ist Wirtschaftsprüferin und wird es dir sicher bestätigen. Und als Geschäftsfrau solltest du es selbst wissen. Wenn Stellen frei werden, dann werden wir sie einfach nicht mehr besetzen, und die Mitarbeiter, die bleiben wollen, können das Hotel wechseln und sich weiterbilden.

Saskia und ich fliegen morgen nach Athen. Wir hatten heute einen anstrengenden Tag, und wenn du uns jetzt bitte entschuldigen würdest … Diese Nacht ist für uns etwas ganz Besonderes."

Als sie sich noch mehr verspannte, verstärkte er seinen Griff und wiederholte: „Etwas *ganz* Besonderes. Dabei fällt mir ein …"

Mit der anderen Hand griff er in seine Jacketttasche und nahm eine kleine Schatulle heraus. „Ich habe ihn heute abgeholt. Er müsste dir jetzt passen."

Bevor Saskia etwas erwidern konnte, steckte er die Schatulle wieder in seine Tasche und sagte leise: „Das können wir später herausfinden."

Das Telefon im Wohnzimmer hatte zu klingeln begonnen. Andreas ließ sie los und ging hin.

„Es wird nicht lange dauern", sagte Athena giftig, als sie an ihr vorbei zur Tür ging. „Er wird Sie nicht heiraten. Wir beide gehören zusammen, das *weiß* er. Es ist nur sein Stolz, der ihm im Weg steht. Sie können genauso gut jetzt auf ihn verzichten, denn *ich* werde es niemals tun."

Saskia war klar, dass Athena es ernst meinte, und zum ersten Mal empfand sie so etwas wie Mitgefühl für Andreas. Mitgefühl für einen Mann, der sie so behandelte? Für einen Mann, der sie so falsch eingeschätzt hatte? Anscheinend habe ich den Verstand verloren, dachte sie grimmig.

Ängstlich beobachtete Saskia, wie die neuen Koffer, in denen sich ihre neuen Sachen befanden, aufs Laufband gestellt wurden. Die Angestellte der Airline überprüfte ihre Pässe.

Saskia trug den Ring, den Andreas ihr am Vorabend gegeben hatte.

„Es ist erstaunlich, wie täuschend echt unechte Diamanten heutzutage aussehen, nicht?", hatte sie ihn gefragt, damit er nicht merkte, wie unglücklich sie darüber war. Bisher hatte sie immer angenommen, sie würde nur einen Ring von dem Mann tragen, der sie liebte, einen Ring, den sie niemals ablegen würde.

„Ja, nicht?", erwiderte Andreas beinah verächtlich. „Ich würde es auch nicht merken."

Seine Bemerkung alarmierte sie. „Dieser ... Er ist doch nicht echt, oder?"

Seine Miene war sehr aufschlussreich.

„Er *ist* echt!" Saskia schluckte, unfähig, den Blick von dem herrlichen Solitär abzuwenden.

„Athena hätte einen falschen Diamanten sofort erkannt", meinte er wegwerfend, nachdem sie erklärt hatte, dass sie auf keinen Fall ein so wertvolles Stück tragen könne.

„Wenn sie einen falschen *Diamanten* so leicht erkennt", wandte sie ein, „wird sie bestimmt auch einer falschen Verlobten auf die Schliche kommen."

„Für Athena zählen nur harte Fakten, keine Gefühle", hatte Andreas geantwortet.

Harte Fakten, überlegte Saskia. Genau wie der Kuss, den Andreas ihr am Vorabend gegeben hatte, wohl wissend, dass Athena sie beobachtete. Er hatte kein Wort mehr darüber verloren, doch ihr war klar gewesen, dass sie sein Verhalten richtig interpretiert hatte, als er nach dem Telefonat die Klimaanlage einschaltete und grimmig sagte: „Wir brauchen frische Luft."

Später war er, wie bereits angekündigt, noch einmal weggefahren, und sie war ins Bett gegangen – allein.

„Wann landen wir auf Aphrodite?", fragte Saskia, als sie an Bord des Flugzeugs gingen.

„Diesmal wird es länger als sonst dauern", erwiderte Andreas, während die Stewardess sie zu ihren Plätzen führte – Plätzen erster Klasse, wie Saskia nervös feststellte. Sie war noch nie erster Klasse geflogen und hatte auch sonst nie etwas getan, was ihr einen Eindruck vom Leben der Superreichen vermittelt hätte.

„Wenn wir in Athen sind, musst du dich leider ein paar Stunden allein beschäftigen, bevor wir unsere Reise fortsetzen. Das war mein Großvater gestern Abend am Telefon. Er möchte mich sehen."

„Er ist also nicht auf der Insel?", fragte sie.

„Noch nicht. Wegen seiner Herzschwäche muss er sich regelmäßig untersuchen lassen – zum Glück ist es eine reine Vorsichtsmaßnahme. Daher wird er wohl noch einen Tag in Athen bleiben."

„Athena hat mir gesagt, das mit uns würde nicht lange dauern, weil sie zu dir gehört", erklärte Saskia.

„Sie versucht, dich einzuschüchtern." Das Lächeln, das Andreas der Stewardess geschenkt hatte, verschwand, und er machte eine finstere Miene.

Wieder verspürte Saskia Mitgefühl für ihn. Sie wandte sich ihm zu und erwiderte leise: „Aber sicher haben Sie Ihrem Großvater klargemacht, dass Sie keine Frau heiraten können, die Sie ... die Sie nicht heiraten wollen." Nun, da die Stewardess außer Hörweite war, sah sie keine Veranlassung mehr, ihn weiter zu duzen.

„Mein Großvater ist stur wie ein Maulesel. Und außerdem ist er viel verletzlicher, als er glaubt. Sein Herz ..." Er seufzte. „Momentan ist sein Gesundheitszustand stabil, aber er darf sich nicht aufregen. Wenn ich ihm sagen würde, dass ich Athena nicht heiraten will, ohne Sie gleich als Ersatz zu liefern, würde er sich maßlos aufregen. Abgesehen davon, dass er unsere Firmen zusammenführen möchte, legt er großen Wert auf männliche Erben.

Meine ältere Schwester hat schon zwei Töchter, und Athena hat auch zwei. Und da ich sein direkter männlicher Nachfolger bin, wünscht sich mein Großvater verzweifelt einen Urenkel."

„Aber selbst wenn Sie Athena heiraten würden, wäre es keine Garantie dafür, dass Sie auch Kinder bekommen, ganz zu schweigen von einem Sohn", protestierte Saskia. „Warum machen Sie sich über mich lustig?", fuhr sie bestürzt fort, als sie das amüsierte Funkeln in seinen Augen bemerkte, und er lachte.

„Dafür, dass Sie so erfahren sind, können Sie manchmal ganz schön naiv sein. Sie sollten einem Mann – und vor allem einem Griechen – niemals sagen, dass er vielleicht nicht in der Lage ist, einen Sohn zu zeugen!"

Beim Start umklammerte sie automatisch die Armlehnen und verspannte sich dann, als Andreas ihre Hand umfasste.

„Haben Sie Angst vorm Fliegen?“, erkundigte er sich amüsiert. „Das brauchen Sie nicht. Ein Flugzeug ist das sicherste Verkehrsmittel.“

„Das weiß ich“, erwiderte sie giftig. „Es ist nur … na ja, Fliegen erscheint mir so unnatürlich, und wenn …“

„Wenn Gott gewollt hätte, dass der Mensch fliegt, hätte er ihm Flügel gegeben“, bemerkte er trocken. „Ikarus hat es versucht.“

„Das ist eine sehr traurige Geschichte.“ Sie schauderte, und ein trauriger Ausdruck trat in ihre Augen. „Besonders für seinen armen Vater.“

„Hm … Gehe ich richtig in der Annahme, dass Sie mit der griechischen Mythologie vertraut sind?“

„Nicht direkt vertraut“, gestand sie. „Aber meine Großmutter hat mir immer aus einem Buch über griechische Sagen vorgelesen, als ich klein war, und ich fand diese sehr faszinierend … auch wenn ich oft den Tränen nahe war.“

Sie verstummte unvermittelt, als ihr zwei Dinge klar wurden. Zum einen, dass sie nun die normale Flughöhe erreicht hatten, und zum anderen, was für ein schönes Gefühl es war, dass Andreas ihre Hand hielt. Saskia errötete verlegen und entzog ihm schnell ihre Hand, genau in dem Moment, als die Stewardess kam, um ihnen ein Glas Champagner anzubieten.

„Champagner!“, sagte sie verblüfft und trank einen Schluck, nachdem Andreas ihr ein Glas gereicht hatte.

Es musste an dem Champagner liegen, dass sie sich plötzlich so entspannt fühlte, wie sie sich etwas später eingestand. Und als der Pilot die Landung ankündigte, stellte sie überrascht fest, wie schnell die Zeit vergangen – und wie anregend die Unterhaltung mit Andreas gewesen war. Noch mehr verblüffte es sie, wie selbstverständlich es war, seine Hand zu nehmen, sobald das Flugzeug auf der Landebahn aufsetzte.

„Wenn Sie sich ausruhen wollen, kann ich Sie von unserem Chauffeur in unsere Wohnung in Athen bringen lassen. Aber wenn Sie sich die Stadt ansehen möchten, kann er Sie herumfahren“, meinte Andreas, während er lässig das Gepäck vom Laufband nahm.

Er trug ein kurzärmeliges Poloshirt und eine helle Hose, und aus irgendeinem unerfindlichen Grund weckte der Anblick seiner Muskeln, als er die Koffer auf den Boden stellte, die seltsamsten Gefühle in ihr. Als eine allein reisende Frau ihn anlächelte, ging Saskia instinktiv näher an ihn heran.

Was, in aller Welt, war bloß mit ihr los? Es musste tatsächlich an dem Champagner liegen ... oder an der Hitze ... oder an beidem! Ja, das ist es, entschied sie fieberhaft, erleichtert darüber, dass es eine vernünftige Erklärung für ihr Verhalten gab. Gestern Morgen noch hatte sie Andreas gehasst ... verachtet. Die Aussicht darauf, eine Zeit lang seine Verlobte spielen zu müssen, hatte sie mit Angst erfüllt – und tat es immer noch. Es war nur ...

Nach der Begegnung mit Athena war es nur natürlich, dass sie ein *bisschen* Mitgefühl für ihn hatte. Und die Geschichten, die Andreas ihr während des Flugs erzählt hatte, waren sehr faszinierend gewesen – Geschichten, die ältere Familienmitglieder ihm erzählt hatten, eine spannende Mischung aus Mythen und Folklore. Und es war eine angenehme Erfahrung, sich nicht mit schwerem Gepäck abmühen zu müssen. Wenn sie sonst verreiste, dann entweder mit mehreren Freundinnen oder mit ihrer Großmutter, und ...

„Saskia?"

Schuldbewusst stellte Saskia fest, dass Andreas immer noch auf eine Antwort wartete.

„Oh, ich würde mir lieber die Stadt ansehen", erwiderte sie.

„Sie haben allerdings nicht viel Zeit", warnte er sie. „Unser Pilot muss pünktlich starten."

Sie wusste bereits, dass Andreas und sie mit einem kleinen Privatflugzeug nach Aphrodite fliegen würden, das seinem Großvater gehörte. Und was sie weitaus mehr beeindruckt hatte als das war die Tatsache, dass er einen Pilotenschein hatte.

„Leider musste ich das Fliegen aufgeben", hatte er bedauernd hinzugefügt. „Man muss regelmäßig Flugstunden nehmen, um auf dem Laufenden zu bleiben und genügend Praxis zu haben, und die Zeit habe ich nicht. Außerdem hatte ich Probleme mit meiner Lebensversicherung."

„Hier entlang", erklärte er jetzt und legte ihr die Hand auf die Schulter, um sie in die richtige Richtung zu führen.

Aus den Augenwinkeln sah Saskia ihr Spiegelbild in einer Säule und verspannte sich prompt. Musste sie sich so an Andreas schmiegen? Als würde es ihr gefallen ... als würde es ihr Spaß machen, das hilflose Weibchen zu spielen.

Sofort löste sie sich von ihm und straffte sich.

„Das hätte Athena gern gesehen“, bemerkte er scharf. „Wir sind ein Liebespaar, falls Sie das vergessen haben sollten.“

„Athena ist nicht hier“, erwiderte sie schnell.

„Nein, zum Glück nicht“, bestätigte er. „Aber wir wissen nicht, wer uns zufällig beobachten könnte. Wir sind ein *Paar,* bis über beide Ohren verliebt, frisch verlobt ... und Sie werden mich nach Hause begleiten und meine Familie kennenlernen. Ist es deshalb nicht ganz natürlich, wenn ...?“

„Wenn ich nervös bin ... mir Sorgen mache, ob ich gut genug für Sie bin“, unterbrach Saskia ihn wütend. „Und was soll ich machen? Mich verzweifelt an Sie klammern, aus Angst, Ihre Familie könnte mich zurückweisen, aus Angst, Sie zu *verlieren,* nur weil ...“

Sie verstummte, als sie den ungeduldigen Ausdruck in seinen Augen bemerkte.

„Was ich sagen wollte“, meinte Andreas grimmig, „war: Ist es deshalb nicht ganz natürlich, wenn ich Sie in den Armen halten möchte und Sie diese Nähe auch suchen? Wenn wir uns so oft wie möglich berühren wollen?“ Nach einer kurzen Pause fuhr er fort: „Und was das andere betrifft – ich bin fünfunddreißig und längst aus dem Alter heraus, in dem ich von irgendjemand Bestätigung brauche. Es ist einzig und allein meine Sache, was ich tue und wen ich liebe.“

„Aber Sie ...“ Erneut verstummte sie, als ihr klar wurde, was sie hatte sagen wollen. Sie brauchte ihn nicht daran zu erinnern, dass er sie nicht liebte.

„Was?“, hakte er nach, doch sie schüttelte nur den Kopf.

„Du möchtest also zuerst die Akropolis besichtigen?“, fragte Andreas, bevor er aus der Limousine stieg. Zuvor hatte er dem Chauffeur Anweisungen auf Griechisch gegeben.

„Ja“, bestätigte Saskia.

„Ich habe Spiros gesagt, er soll dich pünktlich am Flughafen abliefern. Er wird sich um dich kümmern. Es tut mir leid, dass ich dich allein lassen muss“, entschuldigte er sich förmlich und erinnerte sie damit an seine Herkunft.

Ihr wurde bewusst, wie gut er hierher passte und wie deutlich er sich gleichzeitig von der Masse abhob. Er war größer als die meisten Männer, seine Haut war nicht ganz so tief gebräunt, und seine grauen Augen verrieten seine nordeuropäische Herkunft.

Saskia seufzte leise, als sie sich schließlich von der Akropolis abwandte und zum Wagen zurückkehrte. Sie hatte dem Chauffeur klargemacht, dass sie wunderbar allein zurechtkam, doch es hatte sie einige Überzeugungskraft gekostet. Und tatsächlich hatte sie das Alleinsein genossen, während sie ehrfürchtig die Atmosphäre des berühmten Bauwerks auf sich wirken ließ.

Nun war es allerdings Zeit, zu gehen. Die Limousine stand am vereinbarten Treffpunkt, der Chauffeur hingegen war nirgends zu sehen.

In der Nähe des Wagens stand ein Mann, aber er war älter und hatte weißes Haar. Saskia runzelte die Stirn, als sie merkte, dass er in einer Notlage zu sein schien, denn er hielt sich die Seite, als hätte er Schmerzen. Da sonst niemand in der Nähe war, lief sie zu ihm.

„Ist alles in Ordnung?“, erkundigte sie sich besorgt, als sie ihn erreichte. „Sie sehen nicht gut aus.“

Zu ihrer Erleichterung antwortete er auf Englisch. „Es ist nichts … die Hitze … leichte Schmerzen. Vielleicht habe ich mich etwas überanstrengt.“

Noch immer machte sie sich Sorgen um ihn. Es war sehr heiß. Der Mann wirkte angegriffen, und sie konnte ihn auf keinen Fall allein lassen. Allerdings war nach wie vor niemand in der Nähe, und sie hatte keine Ahnung, wie lange die Fahrt zum Flughafen dauern würde.

„Es ist *sehr* heiß“, sagte sie sanft, da sie seinen Stolz nicht verletzen wollte, „und ein langer Spaziergang kann bei den Temperaturen furchtbar anstrengend sein. Vielleicht können wir Sie mitnehmen?“ Während sie sprach, ließ sie den Blick die Straße entlangschweifen. Wo steckte der Chauffeur bloß? Andreas würde wütend auf sie sein, wenn sie zu spät am Flughafen eintraf, aber zuerst musste sie sich vergewissern, dass es dem alten Mann besser ging.

„Sie haben einen Wagen? Diesen hier?“ Er deutete auf die Limousine.

„Na ja, es ist nicht meiner“, gestand sie. „Er gehört … jemandem, den ich kenne. Wohnen Sie hier in der Nähe?“

Inzwischen hielt er sich nicht mehr die Seite, und sie stellte fest, dass er eine gesündere Gesichtsfarbe hatte und ihm das Atmen leichter fiel.

„Sie sind sehr nett“, sagte er lächelnd. „Aber ich habe auch einen Wagen … und einen Chauffeur …“ Sein Lächeln wurde noch breiter, und Saskia hatte fast das Gefühl, dass er sich über sie lustig machte.

Erst jetzt stellte sie fest, dass in einiger Entfernung ein zweiter Wagen stand.

„Ist *das* Ihr Wagen?“, fragte sie. „Soll ich den Fahrer holen?“

„Nein“, entgegnete der alte Mann prompt. „Ich kann laufen.“

Ohne ihm die Gelegenheit zum Widerspruch zu geben, meinte sie sanft: „Vielleicht erlauben Sie mir, Sie hinzubringen …“ Ruhig erwiderte sie seinen Blick.

Sie brauchten länger, als Saskia erwartet hatte, denn es ging dem alten Mann schlechter, als er zugeben wollte. Als sie den Wagen erreichte, beobachtete Saskia erleichtert, wie die Fahrertür geöffnet wurde und der Chauffeur ausstieg. Sofort eilte er auf sie zu und sprach dabei ihren Begleiter auf Griechisch an. Dieser sah inzwischen wesentlich besser aus und hielt sich aufrecht. In strengem Tonfall antwortete er dem Chauffeur.

„Er macht viel zu viel Aufhebens um mich“, beschwerte er sich dann bei ihr auf Englisch und fügte herzlich hinzu: „Vielen Dank, meine Liebe, es hat mich *sehr* gefreut, Sie kennenzulernen. Aber Sie sollten nicht allein in den Straßen von Athen herumlaufen“, ermahnte er sie. „Und ich werde …“ Unvermittelt verstummte er und wandte sich wieder an seinen Fahrer, der daraufhin die Stirn runzelte und besorgt die Straße entlangblickte.

„Yannis wird Sie zu *Ihrem* Wagen zurückbringen und warten, bis der Fahrer zurückkommt.“

„Das ist wirklich nicht nötig“, protestierte Saskia, doch ihr neuer Freund blieb stur.

„Sie brauchen nicht mitzukommen“, sagte sie zu dem Chauffeur, sobald sie außer Hörweite waren. „Es wäre mir lieber, wenn Sie bei Ihrem Arbeitgeber bleiben würden. Er hat vorhin einen sehr erschöpften Eindruck gemacht.“

Kaum hatte sie zu Ende gesprochen, sah Saskia zu ihrer Erleichterung Spiros aus Andreas’ Wagen steigen.

„Sie brauchen mich nicht weiter zu begleiten.“ Sie lächelte erleichtert und runzelte dann die Stirn. „Ihr Arbeitgeber … Ich weiß, es geht mich nichts an, aber vielleicht sollte er zum Arzt gehen …“ Unsicher verstummte sie.

„Das war er bereits“, versicherte Yannis. „Aber er … Wie sagt man in England? Er hört nicht immer auf den Rat anderer …“

Dass er so gelassen blieb, beruhigte sie und erleichterte ihr Gewissen. Der alte Mann war offenbar in guten Händen, und ihr Chauffeur wartete auf sie.

6. KAPITEL

Saskia warf Andreas einen flüchtigen Blick zu und unterdrückte einen erfreuten Aufschrei, als sie aus dem Fenster des kleinen Flugzeugs auf die blaugrüne Ägäis in der Tiefe sah. Er hatte eine finstere Miene gemacht und sehr beschäftigt gewirkt, als sie sich am Flughafen trafen, und sie nicht einmal gefragt, ob ihr die Stadtrundfahrt Spaß gemacht habe. Und nun wurde sie mit jeder Meile, die sie Aphrodite näher brachte, angespannter. Es war eine Ironie des Schicksals, dass sie immer davon geträumt hatte, irgendwann einmal hier Urlaub zu machen, und es nun, da ihr Traum in Erfüllung gegangen war, gar nicht genießen konnte.

Sein harter Gesichtsausdruck veranlasste Saskia zu fragen: „Stimmt etwas nicht? Du machst keinen besonders glücklichen Eindruck." Natürlich tat sie es aus Höflichkeit und nicht aus Besorgnis, wie sie sich einredete. Und sie hatte beschlossen, ihn von nun an zu duzen, da ihr der ständige Wechsel vom Du zum Sie zu anstrengend war.

Daraufhin wurde seine Miene noch finsterer. Andreas wandte sich zu ihr um und musterte sie scharf.

„Übst du es schon mal, die liebende Verlobte zu spielen?", erkundigte er sich zynisch. „Wenn du auf einen Bonus aus bist, mach dir keine Sorgen."

Ihre alte Feindseligkeit ihm gegenüber machte sich wieder bemerkbar.

„Im Gegensatz zu dir wäge ich nicht jedes Mal ab, wie ich am besten von etwas profitieren kann", konterte Saskia wütend. „Ich habe mir nur Gedanken gemacht, ob dein Treffen gut gelaufen ist."

„*Du*? Hast dir Gedanken um *mich* gemacht? Es gibt nur einen Grund für deine Anwesenheit, Saskia, und wir wissen beide, dass es das nicht ist."

Was erwartet er eigentlich von mir? dachte sie zornig und zwang sich, darauf nichts zu erwidern. Schließlich war sie nur deswegen hier, weil er sie erpresst hatte. Er benutzte sie. Er hatte sich eine Meinung über sie gebildet, ohne ihr die Gelegenheit zu geben, sich zu verteidigen oder ihr Verhalten zu erklären. Und trotzdem schien er sich für etwas Besseres zu halten. Warum, in aller Welt, hatte sie überhaupt Mitgefühl für ihn verspürt? Andreas und Athena hatten einander verdient.

Dann musste sie sich jedoch eingestehen, dass es nicht stimmte. Athena hatte auf sie völlig gefühlskalt gewirkt. Andreas mag viele Dinge getan und gesagt haben, mit denen ich nicht einverstanden bin, aber er kann leidenschaftlich sein ... *sehr* leidenschaftlich sogar, dachte sie und erschauerte ein wenig, als sie sich unwillkürlich an seinen Kuss erinnerte. Obwohl er sie lediglich Athenas wegen geküsst hatte, hatte sie sich ihm tief verbunden gefühlt. So stark, dass sie fast seine Lippen auf ihren spürte, wenn sie die Augen schloss und es sich ins Gedächtnis rief.

„Mein Treffen ist übrigens *nicht* gut gelaufen."

Überrascht öffnete Saskia die Augen, als sie sein unvermitteltes Eingeständnis hörte.

„Zum einen war mein Großvater nicht da. Anscheinend hatte er Wichtigeres zu tun. Aber leider hat er sich nicht die Mühe gemacht, mich darüber zu informieren, und ich habe über eine halbe Stunde auf ihn gewartet. Allerdings hat er mir mitteilen lassen, dass er momentan nicht besonders zufrieden mit mir ist."

„Meinetwegen ... unseretwegen?", fragte sie.

„Mein Großvater weiß, dass ich niemals eine Frau heiraten würde oder könnte, die ich nicht liebe – bei ihm und meiner Großmutter und bei meinen Eltern war es auch eine Liebesheirat, obwohl meine Mutter ihm erst damit drohen musste, wegzulaufen, bis er sein Einverständnis gegeben hat. Als mein Vater gestorben ist, hat mein Großvater zugegeben, wie sehr er ihn bewundert hatte. Er war Baugutachter und hatte sich nie in seine Abhängigkeit begeben."

„Du musst ihn vermissen", bemerkte Saskia leise.

„Ich war fünfzehn, als er starb. Es ist lange her. Und ihm Gegensatz zu dir wusste ich immer, wie sehr mein Vater mich liebt."

Zuerst glaubte sie, er wollte sie bewusst verletzen, und verspannte sich. Als er jedoch unerwartet die Hand auf ihre gefalteten Hände legte, wurde ihr klar, dass sie ihn missverstanden hatte.

„Meine Großmutter hat es mit ihrer Liebe mehr als wettgemacht", sagte sie – und meinte es auch so.

Noch immer hatte er die Hand auf ihre gelegt, und das seltsame Gefühl, das sie bereits zuvor verspürt hatte, wurde wieder in ihr wach. Seine Hand war sehr maskulin – schmal, aber kräftig, gebräunt und mit kurzen Fingernägeln, groß genug, um ihre Hände zu bedecken. Sie vermittelte Stärke und Geborgenheit. Genau wie er den Eindruck vermittelte, dass er seine Frau und seine Kinder immer beschützen würde.

Was war bloß mit ihr los? Nervös rutschte Saskia auf ihrem Sitz hin und her und entzog ihm ihre Hände.

„Bist du sicher, dass es eine gute Idee ist?“, erkundigte sie sich leicht atemlos, während sie sich den Grund für ihre Anwesenheit ins Gedächtnis rief. „Ich meine, wenn dein Großvater unsere Verlobung schon nicht gutheißt …“

Er ließ sich mit der Antwort so viel Zeit, dass sie bereits annahm, sie hätte ihn mit ihrer Frage verärgert. Dann stellte sie allerdings fest, dass der zornige Ausdruck in seinen Augen nicht ihr, sondern Athena galt.

„Athena führt ihm ständig vor Augen, dass sie mit ihm blutsverwandt ist, und das schmeichelt meinem Großvater. Sein älterer Bruder, ihr Großvater, ist vor einigen Jahren gestorben. Sie würde sich zwar niemals in ihre Geschäfte hineinreden lassen, schon gar nicht von meinem Großvater, aber trotzdem umgarnt sie ihn so sehr, dass es sein Urteilsvermögen trübt. Meine Mutter sagt immer, dass er sie eines Tages durchschauen wird.“

„Athena muss doch klar sein, dass du sie nicht heiraten willst“, bemerkte Saskia ein wenig unbehaglich. Allein der Gedanke, jemanden zu einer Ehe zu zwingen, lag ihr völlig fern. Daher konnte sie sich kaum vorstellen, warum Athena ihr Ziel so hartnäckig verfolgte.

„Das ist es auch“, bestätigte Andreas grimmig. „Aber sie hat bisher immer bekommen, was sie wollte, und jetzt …“

„Will sie dich“, beendete sie den Satz für ihn.

„Ja.“ Er seufzte. „Und so gern ich ihr zu verstehen geben würde, dass ich es nicht will, ich muss an meinen Großvater denken.“

Im nächsten Moment setzte die Maschine zum Landeanflug an, und Saskia blickte aus dem Fenster. Ein Lächeln umspielte Andreas’ Lippen, als er ihren Gesichtsausdruck sah.

„Der Pilot hat doch wohl nicht vor, auf dieser winzigen Insel zu landen“, sagte sie ungläubig.

„Und ob. Es ist nicht so gefährlich, wie es den Anschein hat“, beruhigte er sie. „Sieh mal." Er deutete auf das imposante Anwesen hinter der Start- und Landebahn.

„Es ist so grün hier", meinte sie verwirrt.

Die Insel war fast oval, und das satte Grün des Gartens und der Bäume bildete einen faszinierenden Kontrast zum Weiß der Sandstrände und Blau des Meeres.

„Das liegt daran, dass die Insel eine eigene Wasserversorgung hat", erklärte Andreas. „Da sie so klein ist, kann man hier weder Ackerbau noch Viehzucht betreiben, und deshalb war sie vorher auch unbewohnt. Und wie du siehst, liegt sie abseits der anderen Inseln."

„Sie sieht perfekt aus", flüsterte Saskia. „Wie eine Perle."

Er lachte, doch der Ausdruck in seinen Augen verriet eine Empfindung, die sie erröten ließ, als sie leise hinzufügte: „Das sagt meine Großmutter immer."

Sie atmete scharf ein, als das Flugzeug mit einem Ruck aufsetzte, und merkte erst jetzt, dass Andreas bewusst versucht hatte, sie abzulenken. Er konnte so unterhaltsam sein, wenn er wollte, so charmant und locker. Ein wenig sehnsüchtig fragte sie sich, ob er sie anders eingeschätzt hätte, wenn er sie unter anderen Umständen kennengelernt hätte. Dann riss sie sich zusammen und sagte sich, dass ihre Situation ohnehin schon unhaltbar war und sie nicht alles noch schlimmer machen wollte, indem sie sich lächerlichen Fantasien und Tagträumen hingab.

Als Andreas Saskia aus dem Flugzeug führte, überlegte er, in welch krassem Widerspruch sein anfängliches Bild von ihr zu dem jetzigen stand. Um seines Seelenfriedens willen wünschte er, sie hätte seinen ersten Eindruck bestätigt. Die Verletzlichkeit, die sie so entschlossen zu verbergen suchte, berührte ihn, wie eine so gefühlskalte Frau wie Athena ihn niemals zu berühren vermochte. Saskia besaß eine Wärme, eine Herzensgüte und eine Weiblichkeit, auf die er auf eine äußerst gefährliche Weise reagierte.

Grimmig verdrängte er den Gedanken daran, was er bei dem Kuss empfunden hatte. Er hatte gewusst, dass Athena in seiner Wohnung war – der schwere, aufdringliche Duft ihres Parfüms war unverkennbar –, und instinktiv gehandelt. Wie sie in den Besitz des Schlüssels gekommen war, konnte er sich nicht erklären. Offenbar hatte sie ihn seinem Großvater abgeluchst. Er hatte Saskia geküsst, um Athena zu beweisen, dass er unerreichbar für sie war, und sich dabei etwas eingestehen müssen, das er immer noch nicht wahrhaben wollte.

Er *wollte* Saskia nicht begehren. Und er wehrte sich auch gegen den Beschützerinstinkt, der in ihm erwacht war.

In Athen war es drückend heiß gewesen, doch hier wehte eine sanfte Brise. Saskia beschattete die Augen gegen das gleißende Sonnenlicht, als sie auf der Start- und Landebahn stand, und blickte ein wenig unsicher die drei Leute an, die Andreas und sie abholten.

„Hier, Schatz, die hast du vergessen“, sagte Andreas rau und reichte ihr eine Sonnenbrille.

Das verwirrte sie noch mehr, allerdings bei weitem nicht so wie die Tatsache, dass er ihr dann den Arm um die Taille legte, sie an sich zog und hinzufügte: „Die grelle Sonne hier ist nicht gut für deine wunderschönen Augen.“

Ihre Hand zitterte, als Saskia die Sonnenbrille entgegennahm. Sie stellte fest, dass diese ein Designerlogo trug und sehr teuer gewesen sein musste. Er nahm sie ihr wieder ab und setzte sie ihr auf. Sie passte wie angegossen.

„Mir ist eingefallen, dass du eine brauchst“, flüsterte er ihr ins Ohr, wobei er immer noch ihre Taille umfasste und mit der anderen Hand ihre Schulter, als wollte er sie noch enger an sich ziehen.

Auf die anderen muss es sehr intim wirken, dachte Saskia. Und zweifellos hatte er genau das beabsichtigt.

Also würde sie mitspielen. Ohne über die Folgen nachzudenken oder ihr Verhalten infrage zu stellen, legte sie ihm den Arm um den Nacken, blickte zu ihm auf und erwiderte: „Danke, Schatz. Du bist so fürsorglich.“

Zufrieden bemerkte sie, dass er überrascht war. Sie sah es an seinem Blick – und sie las noch etwas anderes in seinen Augen, etwas ausgesprochen Maskulines und Gefährliches, das sie veranlasste, sich schnell von ihm zu lösen und einen Schritt zurückzuweichen. Andreas ließ es allerdings nicht zu. Er umfasste ihr Handgelenk und zog sie zu der kleinen Gruppe.

„Mama. Das ist Saskia“, stellte er sie der älteren der beiden Frauen vor.

Aufmerksam betrachtete Saskia sie, wohl wissend, dass ihr das

Herz bis zum Hals hätte klopfen müssen, wenn Andreas und sie tatsächlich verlobt gewesen wären, aus Angst, von ihr nicht akzeptiert werden. Auf den ersten Blick sah sie Athena verblüffend ähnlich, doch das warme Funkeln in ihren Augen revidierte diesen Eindruck.

Außerdem wirkte Andreas' Mutter ausgesprochen sanftmütig, beinah schüchtern, und Saskia spürte, dass sie eine Frau war, die immer ihrer großen Liebe nachtrauern würde.

„Es freut mich, Sie kennenzulernen, Mrs. Latimer …", begann sie, aber Mrs. Latimer schüttelte den Kopf.

„Du wirst meine Schwiegertochter, Saskia. Also sag bitte Helena zu mir oder auch Mama, wie Andreas und meine Töchter es tun." Sie beugte sich vor und legte ihr die Hände auf die Arme.

„Sie ist reizend, Andreas", fügte sie an ihren Sohn gewandt hinzu.

„Das finde ich auch, Mama", bestätigte dieser lächelnd.

„Äußerlich und innerlich gleichermaßen", sagte sie leise.

„So habe ich es auch gemeint", erwiderte er genauso bewegt.

Er ist wirklich ein toller Schauspieler, dachte Saskia. Wenn sie nicht gewusst hätte, was er tatsächlich für sie empfand, hätte der zärtliche Blick, den er ihr gerade zugeworfen hatte, sie glauben lassen, dass … Einem Mann wie ihm müsste eigentlich klar sein, dass er einer empfindsamen Frau nicht so einen Blick zuwerfen darf, überlegte sie entrüstet und vergaß in diesem Moment, dass sie in seinen Augen alles andere als empfindsam war.

„Und das ist Olympia, meine Schwester", fuhr Andreas fort und drehte sie zu der jüngeren der beiden Frauen um. Obwohl diese genauso ein dunkler Typ war wie ihre Mutter, hatte sie die gleichen hellen Augen wie Andreas. Ihr fröhliches Lächeln machte sie auf Anhieb sympathisch.

„Du meine Güte, ist es heiß hier! Die arme Saskia ist bestimmt völlig geschafft", sagte sie mitfühlend.

„Ihr hättet in der Villa auf uns warten und uns einen Fahrer mit dem Landrover schicken können", meinte Andreas. „Das hätte gereicht."

„Nein, hätte es nicht", widersprach sie und zuckte die Schultern, als ihre Mutter einen schwachen Protestlaut ausstieß. Besorgt sah sie ihre Mutter an. „Na ja, er muss doch wissen …"

„Was muss ich wissen?", warf er ein.

„Athena ist hier", informierte seine Mutter ihn unglücklich. „Sie ist vor euch eingetroffen, und sie …"

„Was?"

„Sie behauptet, dein Großvater hätte sie eingeladen."

„Dir ist klar, was das bedeutet, nicht, Andreas?", fragte Olympia wütend. „Sie hat Großvater so lange bearbeitet, bis er ihr erlaubt hat zu bleiben. Und das ist noch nicht alles …"

„Pia …", begann ihre Mutter bekümmert, doch Olympia ließ sie nicht ausreden.

„Sie hat diesen Widerling Aristotle mitgebracht. Angeblich ist sie gerade dabei, ein wichtiges Geschäft abzuschließen, und braucht ihn, weil er ja ihr Berater ist. Aber wenn dieses Geschäft so wichtig ist, warum hatte sie dann Zeit, hierher zu kommen? Oh, wie ich diese Frau hasse! Heute Morgen hat sie sich lang und breit darüber ausgelassen, was für Sorgen Großvater sich um die Firma macht und dass er sie um Rat gefragt hat, weil er glaubt, du …"

„Pia!", ermahnte ihre Mutter sie, und diesmal verstummte Olympia, allerdings nur für einige Sekunden.

„Ich verstehe beim besten Willen nicht, was Gramps an ihr findet", platzte sie heraus. „Schließlich ist sie so leicht zu durchschauen. Sie will dir nur eins auswischen, weil du sie nicht heiratest, Andreas."

„Das alles tut mir leid", entschuldigte Helena Latimer sich bei Saskia. „Für dich ist es bestimmt unangenehm. Ich weiß, du hast Athena noch nicht kennengelernt …"

„Doch, das hat sie", unterbrach Andreas sie und erklärte auf ihren und Olympias fragenden Blick hin: „Irgendwie hat sie es geschafft, einen Schlüssel für die Wohnung in London zu bekommen."

„Sie ist schlimm, nicht?", wandte Pia sich an Saskia. „Ich habe sie die Schwarze Witwe getauft."

„Pia!", wies Andreas sie scharf zurecht.

„Mama hat dir noch nicht alles erzählt", konterte sie. „Athena hat darauf bestanden, das Zimmer zu bekommen, das Mama für Saskia herrichten lassen wollte. Es ist das neben deiner Suite …"

„Ich habe versucht, sie umzustimmen", unterbrach Helena sie unglücklich. „Aber du kennst sie ja."

„Sie meinte, Saskia könnte das Zimmer am Ende des Flurs haben. Du weißt ja, den Raum, den wir nur benutzen, wenn so viele Gäste hier sind, dass wir aus allen Nähten platzen. Es gibt darin nicht einmal ein richtiges Bett."

„Du musst mit Athena reden, Andreas. Vielleicht sieht sie dann ein, dass sie ... dass sie das Zimmer nicht haben kann, weil Saskia es braucht."

„Nein, das wird sie nicht", entgegnete er ausdruckslos. Er verstärkte den Griff um ihre Taille und zog Saskia so eng an sich, dass sie seine Mutter und Schwester nicht sehen konnte. „Saskia wird *mein* Zimmer und *mein* Bett mit mir teilen ..."

Sie spürte, wie schockiert die beiden waren. Nun war ihr klar, warum er sie so eng an sich gepresst hatte. Niemand konnte ihren Gesichtsausdruck sehen oder den Protestlaut hören, den sie ausstieß.

Darauf war sie nicht vorbereitet gewesen. Wie hätte sie es auch sein sollen? Als sie es ihm sagen wollte und dabei zu ihm aufblickte, wurde der Körperkontakt allerdings noch intimer.

Seine Reaktion machte alles nur noch schlimmer, denn als Andreas den Kopf neigte, streifte sie versehentlich mit den Lippen sein Kinn.

Es musste an der Hitze und an dem Schock liegen, denn sie fühlte sich plötzlich ganz schwach, und ihr wurde schwindelig. Es konnte jedenfalls nicht das Gefühl seiner Haut sein oder das gefährliche Funkeln in seinen Augen, als er auf sie herabsah. Gleichzeitig hatte er die Hand höher gleiten lassen, sodass sie nun unter ihren Brüsten ruhte und er diese fast berührte.

„Saskia wird dein Zimmer mit dir teilen!", wiederholte Pia leise und verlieh damit dem Entsetzen Ausdruck, das Saskia empfand und das seine Mutter sich aus Rücksicht auf sie vermutlich nicht anmerken ließ.

„Wir sind verlobt ... und werden bald heiraten", erklärte Andreas lässig und fügte rau hinzu: „Saskia gehört mir, und ich werde dafür sorgen, dass alle es erfahren."

„Besonders Aristotle", bemerkte Pia. „Ich weiß nicht, wie Athena ihn erträgt." Sie schauderte. „Er ist wie eine Schlange, Saskia. Kalt und kriecherisch, mit stechendem Blick und klammen Händen ..."

„Athena erträgt ihn wegen seiner Fähigkeiten in ‚kreativer' Buchführung", informierte Andreas sie trocken.

„Du meinst, er ist nicht ehrlich", brachte sie es auf den Punkt.

„Das habe ich nicht gesagt", warnte er sie und schob sie dann alle drei zum Landrover.

Inzwischen hatte der Fahrer ihr Gepäck verladen. Als er Helena, Olympia und ihr die Tür aufhielt, hörte Saskia, wie Andreas sich nach seiner Familie erkundigte und interessiert zuhörte. Stolz berichtete der Fahrer, sein Sohn würde studieren.

„Großvater war überhaupt nicht erfreut, als Andreas ihm mitgeteilt hat, dass er das Geld, das unser Vater hinterlassen hatte, für die Ausbildung unserer Angestellten verwenden wollte", erzählte Pia Saskia.

„Pia, du bist Großvater gegenüber nicht fair", wandte ihre Mutter ein.

Das hatte Andreas getan? Saskia wollte sich nicht eingestehen, wie beeindruckt sie war.

Hatte er es wirklich ernst gemeint, dass sie sein Zimmer mit ihm teilen sollte? Bestimmt nicht – oder doch? Im Grunde war es ihr egal, wo sie schlief, selbst wenn es ein Raum war, der sonst nicht benutzt wurde. Die Hauptsache war, dass sie ihn für sich hatte.

„Wir haben beide einen anstrengenden Tag hinter uns, und Saskia möchte sich vor dem Abendessen sicher ausruhen", verkündete Andreas, während der Fahrer in einem kühlen, gepflasterten Innenhof hielt, in dessen Mitte sich ein Springbrunnen befand.

„Ich sorge dafür, dass euch niemand stört", erwiderte seine Mutter, während sie ausstiegen. „Aber vielleicht möchte Saskia vorher eine Kleinigkeit essen oder etwas trinken …"

Bevor Saskia antworten konnte, sagte er: „Ich kümmere mich darum." Dann umfasste er ihren Ellbogen und fügte mit einem drohenden Unterton an sie gewandt so leise hinzu, dass nur sie es hören konnte: „Hier entlang, Saskia …"

7. KAPITEL

„Ich kann nicht mit dir in diesem Zimmer schlafen!"

Saskia hatte gezittert, als Andreas sie zahlreiche Flure entlangführte. Ihr war klar gewesen, dass er ihre Nervosität auch spürte, doch irgendwie war es ihr gelungen, sich zu beherrschen, bis Andreas und sie das große, elegant eingerichtete Schlafzimmer betreten und die Tür hinter sich geschlossen hatten.

Momentan war sie allerdings nicht in der Stimmung, ihre Umgebung zu würdigen. Sie wirbelte herum und fügte entschlossen hinzu: „Das gehörte nicht zu unserer Abmachung."

„Die Abmachung lautete, dass du meine Verlobte spielen sollst, und dazu gehört alles, was unser kleines Spielchen glaubwürdig macht", erklärte Andreas wütend.

„Ich werde nicht hier mit dir schlafen", beharrte sie. „Ich will nicht …" Panik befiel sie, sodass Saskia keinen klaren Gedanken zu fassen vermochte, und sie konnte es kaum ertragen, das große Bett anzusehen. Sie hatte so viel durchgemacht, und nun war sie völlig erschöpft und hatte große Angst. Ihre Gefühle drohten sie zu überwältigen.

Schnell wandte sie sich ab, als sie Andreas beinah nüchtern sagen hörte: „Ich gehe jetzt duschen und rate dir, es auch zu tun. Wenn wir uns dann beide etwas abgekühlt haben, können wir ganz sachlich über alles reden."

Duschen! Mit Andreas! Entsetzt blickte sie ihn an. Glaubte er wirklich, sie würde … sie könnte …?

„Du kannst zuerst ins Bad", meinte er.

Zuerst! Er hatte also nicht gemeint … Zuerst war Saskia erleichtert, doch gleich darauf flammte Zorn in ihr auf.

„Ich will überhaupt nicht ins Bad", platzte sie heraus. „Ich möchte nach Hause, wo ich ein eigenes Bad und ein eigenes Bett habe. Ich habe keine Lust mehr auf diese … diese alberne Farce. Ich möchte …" Sie verstummte und rang um Fassung, konnte sich allerdings nicht beherrschen. „Wie konntest du deiner Mutter und deiner Schwester den Eindruck vermitteln, dass du … dass wir …?" Sie schüttelte den Kopf, unfähig, es in Worte zu fassen.

Andreas schien diesbezüglich keine Hemmungen zu haben.

„Dass wir miteinander schlafen?", beendete er den Satz für sie. „Was sollen sie denn sonst glauben? Ich bin ein Mann, Saskia, und wir beide sind angeblich verlobt. Und wenn wir es tatsächlich wären, meinst du wirklich, ich würde nicht …?"

„Die Ware prüfen, bevor du sie kaufst?", fuhr sie ihn an. „Oh, natürlich, für einen Mann wie dich ist es selbstverständlich, sich zu vergewissern …"

Als sie die Wut und die Bitterkeit in seinen Augen sah, verspannte sie sich.

„So eine Bemerkung ist typisch für eine Frau wie dich", stieß er hervor. „Alles aufs Finanzielle zu reduzieren. Aber lass dir gesagt sein …"

Saskia ließ ihn nicht ausreden. *„Du* warst derjenige, der gesagt hat …"

„Was ich gesagt habe oder vielmehr sagen *wollte,* bevor du mich unterbrochen hast", fiel er ihr schroff ins Wort, „war, dass ich, wenn ich dich wirklich lieben würde, weder mir noch dir das Vergnügen vorenthalten würde, dir diese Liebe auch zu zeigen. Ich könnte es nicht ertragen, dich nicht in der Nähe zu haben, schon gar keine ganze Nacht lang."

Sie stellte fest, dass sie am ganzen Körper zu zittern begonnen hatte, denn seine Worte weckten Empfindungen in ihr, von deren Existenz sie nicht einmal etwas geahnt hatte. Eine starke Sehnsucht, die ihr aus irgendeinem unerfindlichen Grund fast die Tränen in die Augen trieb. Erneut wurde sie von Panik erfasst, und das Herz klopfte ihr bis zum Hals.

Saskia wollte Andreas mitteilen, dass sie ihre Meinung geändert habe und nach Hause zurückkehren wolle, dass sie nicht bereit sei, auch nur eine Minute länger auf Aphrodite zu bleiben, ungeachtet der Tatsache, dass er sie erpresse. Doch sie fürchtete sich nicht vor ihm, wie sie sich eingestehen musste, sondern vor sich selbst, vor ihren Gefühlen und ihren Gedanken. Sie *durfte* nicht so für ihn empfinden. Sie *konnte* sich nicht zu ihm hingezogen fühlen. Er war überhaupt nicht ihr Typ. Und er hatte sie völlig falsch eingeschätzt und schlecht behandelt. Trotzdem konnte sie das schockierende Verlangen, das sie verspürt hatte, nicht ignorieren.

„Ich kann nicht …", begann sie, verstummte aber, als Andreas warnend die Hand hob. Jemand klopfte an die Tür.

Nervös beobachtete sie, wie er hinging, um zu öffnen, und dann jemand ihr Gepäck hereinbrachte. Es war nicht der Fahrer des Landrovers, sondern ein kleiner, älterer Mann. Andreas plauderte auf Griechisch mit ihm und lachte, als dieser ihm strahlend auf die Schulter klopfte, nachdem er sie gesehen hatte.

„Worum ging es?", erkundigte sie sich neugierig, sobald Andreas und sie wieder allein waren.

„Stavros meinte, es sei höchste Zeit für mich, zu heiraten ... und ich solle mich beeilen und einen Sohn zeugen", fügte er hinzu.

Das Blut schoss ihr ins Gesicht, und sie wandte sich ab, wobei sie es vermied, das Bett zu betrachten.

Obwohl das Zimmer klimatisiert war, glaubte sie zu ersticken. Es schien ihr, als würde sie in der Falle sitzen.

„Ich gehe jetzt duschen", riss Andreas sie aus ihren Gedanken und ging auf eine der drei Türen zu.

Nachdem er verschwunden war, blickte sie zu der Tür, die zum Flur führte. Hätte sie doch den Mut gehabt, das Zimmer zu verlassen und von Helena zu verlangen, man möge sie sofort nach Athen fliegen. Wenn sie es tat, würde sie allerdings ihren Job verlieren – dafür würde Andreas schon sorgen.

Krampfhaft versuchte Saskia, sich auf etwas anderes zu konzentrieren, um nicht daran denken zu müssen, in was für einer schrecklichen Situation sie sich befand. Was Andreas mit ihr machte, war unfassbar. Sie hasste ihn – oder?

Unfähig, eine ehrliche Antwort auf diese Frage zu finden, betrachtete sie ihre Umgebung. Die hohen Verandatüren führten in einen Innenhof, in dem sich ein einladender Swimmingpool sowie ein Whirlpool befanden.

Das Pflaster wurde durch kleine Oasen mit Grünpflanzen aufgelockert, und bequem wirkende Liegestühle im Schatten von Sonnenschirmen luden zum Entspannen ein. Das Ganze wirkte wie ein Foto aus einem exklusiven Reiseprospekt, wie sie sie bisher immer nur in dem Bewusstsein durchgeblättert hatte, dass sie sich so etwas niemals leisten konnte. Und trotzdem sehnte sie sich momentan nach ihrem Zuhause.

Andreas konnte nicht allen Ernstes von ihr erwarten, dass sie sein

Zimmer mit ihm teilte, ganz zu schweigen von seinem Bett. Es war undenkbar.

„Das Bad ist frei ..."

Saskia erstarrte. Sie hatte gar nicht gemerkt, dass er wieder das Schlafzimmer betreten hatte. Er stand direkt hinter ihr, wie ihr bewusst wurde, als ihr der Duft seines Duschgels in die Nase stieg.

„Ich gehe in die Küche und organisiere dir eine Kleinigkeit. Abendessen gibt es erst in ein paar Stunden, und ich würde dir raten, dich vorher ein bisschen auszuruhen. In Griechenland isst man sehr spät und geht noch später ins Bett."

„Ich dachte, wir würden in getrennten Zimmern schlafen", platzte sie heraus, da sie ihre Panik nicht länger unterdrücken konnte. „Ich wäre niemals mitgekommen, wenn ich geahnt hätte, dass ... Nein! Wag es ja nicht, mich anzufassen", protestierte sie, als sie spürte, wie er näher kam und die Hand nach ihr ausstreckte. Sie würde es nicht ertragen, wenn er sie berührte, wenn er ...

Verzweifelt wandte sie sich ab und eilte zur Tür, doch Andreas schaffte es, diese vor ihr zu erreichen und ihr den Weg zu versperren. Mit eisernem Griff umfasste er ihre Arme.

„Was soll das, verdammt?", fuhr er sie an. „Wovor hast du angeblich solche Angst? Davor? Eine Frau wie du!"

Saskia atmete scharf ein und begann, von Kopf bis Fuß zu zittern, als er die Arme um sie legte und die Lippen auf ihre presste. Er trug einen Bademantel, doch als sie sich aus seinem Griff zu befreien versuchte, spürte sie seine nackte Haut unter den Händen. Warm, feucht ... darunter die kräftigen Muskeln. Seine Brust war von dunklen Härchen bedeckt. Saskia wollte ihn wegstoßen, schaffte es allerdings nicht.

Andreas küsste sie so leidenschaftlich, dass sie ganz weiche Knie bekam und ihr das Blut in den Adern rauschte. Benommen machte sie sich bewusst, dass sie sich gegen seine Arroganz und den Ansturm ihrer Gefühle nicht zu wehren vermochte.

„Hör auf, dich wie eine Klosterschülerin zu benehmen", sagte er, den Mund an ihrem. Dann liebkoste er ihre Lippen mit der Zunge, während er sich an die Tür lehnte und sie noch enger an sich zog, sodass sie zwischen seinen gespreizten Beinen stand und seine Körperwärme spürte. Die andere Hand ließ er aufreizend langsam über ihre Taille zu ihren Brüsten gleiten.

Saskia verspannte sich, als er eine Brust umfasste und mit dem Daumen die Knospe reizte, bis diese sich aufrichtete.

Andreas war sehr erregt, und in ihre Wut mischten sich weibliche Neugier und Erregung ... der gefährliche Drang, seine Zärtlichkeiten zu erwidern und ihrem verräterischen Körper mehr zu gestatten.

Ohne sich dessen bewusst zu sein, hatte sie die Lippen geöffnet und begonnen, seinen Kuss und schließlich das erotische Spiel seiner Zunge zu erwidern.

„Andreas? Bist du da? Ich bin's, Athena ... Ich muss mit dir reden."

Saskia erstarrte, als sie Athenas Stimme im Flur hörte. Andreas hingegen wirkte nicht im Mindesten irritiert oder verlegen. Ohne sie loszulassen, öffnete er die Tür und sagte ausdruckslos zu Athena. „Jetzt nicht, Athena. Saskia und ich sind beschäftigt, wie du siehst."

„Sie ist bei *dir*", fuhr diese ihn an und warf ihr einen giftigen Blick zu. „Warum ist sie nicht in ihrem Zimmer?"

„Das ist sie", informierte er sie kühl. „Mein Zimmer ist Saskias Zimmer. Mein Bett ist ihr Bett. Mein Körper ist ..."

„Dein Großvater wird dir niemals erlauben, sie zu heiraten", flüsterte Athena, doch er schloss bereits die Tür, ohne ihre Worte, er solle ihr zuhören, zu beachten.

„Lass mich los, Andreas", sagte Saskia. Sie konnte es nicht ertragen, ihn anzusehen. Und sie konnte es nicht ertragen, daran zu denken, wie sie auf seine Zärtlichkeiten reagiert hatte ... wie sie ihn ermutigt hatte ...

Andreas betrachtete sie verächtlich.

„Okay Saskia, das reicht", meinte er. „Ich weiß, ich habe von dir verlangt, dass du deiner Rolle gerecht wirst, aber das bedeutet nicht, dass du die Jungfrau spielen musst, die noch nie ..." Unvermittelt verstummte er und runzelte die Stirn. Angesichts ihres blassen Gesichts und des gequälten Ausdrucks in ihren Augen kam ihm ein Verdacht.

Obwohl er sie losgelassen hatte, zitterte sie immer noch am ganzen Körper. Und als er sie eben in den Armen gehalten und geküsst hatte ... berührt hatte, hätte er schwören können, dass er der erste Mann war, der diese Gefühle in ihr weckte ...

Nachdem er seine Gedanken und seine Gefühle einen Moment lang analysiert hatte, verwarf Andreas den Verdacht wieder. Saskia konnte auf keinen Fall so unerfahren sein. Als Halbgrieche war er davon überzeugt, dass ihre Jungfräulichkeit, ihre Reinheit, eines der größten Geschenke war, das eine Frau einem Mann machen konnte. Das Erbe seines britischen Vaters und seiner britischen Erziehung bewog ihn allerdings, eine solche Denkweise abzulehnen.

Würde eine Frau von einem Mann erwarten, dass er sich für die Richtige aufbewahrte? Nein. Also warum sollte es bei einem Mann anders sein? Als erwachsener Mann akzeptierte und respektierte er das Selbstbestimmungsrecht der Frau. Er wusste allerdings auch, dass er sich als Geliebter und Ehemann in seinem tiefsten Inneren danach sehnen würde, der einzige Partner seiner Frau zu sein und sie in die Freuden der sinnlichen Liebe einzuweisen. Und momentan rief Saskias Verhalten eine Reaktion in ihm hervor, die er unterdrücken musste, ein typisch männliches Verlangen.

„Ich schlafe nicht mit dir in diesem Zimmer“, bekräftigte Saskia benommen. „Ich …“

Wenn sie tatsächlich schauspielerte, hatte sie einen Oscar verdient. Eine Verlobte, die allein bei der Vorstellung, mit ihm zusammen zu sein, verängstigt wirkte, war allerdings das Letzte, was er brauchte. Er musste sie beruhigen – und sich auch.

„Komm mit.“ Andreas nahm ihre Hand und zog sie zu der dritten Tür, die vom Schlafzimmer abging.

Als er sie öffnete, stellte Saskia fest, dass das Zimmer dahinter als Büro eingerichtet war und über die modernsten Geräte verfügte.

„Fühlst du dich besser, wenn ich dir sage, dass ich da schlafe?“, erkundigte er sich.

„Da? Aber das ist ein Büro. Es gibt kein Bett“, flüsterte sie.

„Ich kann mir eine Liege holen und darauf schlafen“, erklärte er ungeduldig.

„Du meinst es ernst …“ Sie wusste nicht, ob sie ihm glauben sollte.

Andreas nickte grimmig und überlegte, warum, in aller Welt, er sich in eine so lächerliche Situation begab, nur weil er ein schlechtes Gewissen hatte. Auf keinen Fall war Saskia so naiv, auch wenn sie den Eindruck vermittelte.

„Es würde doch bestimmt jemand merken, wenn du eine Liege wegnehmen würdest, oder?“, fragte sie unsicher.

„Nur mein Zimmer geht auf diesen Hof hinaus. Es ist mein Bereich. Der große Pool, den alle benutzen, liegt auf der anderen Seite der Villa.“

Andreas hatte einen eigenen Pool. Sie wollte sich davon nicht beeindrucken lassen. Allerdings gelang es ihr offenbar nicht, denn er warf ihr einen ungeduldigen Blick zu.

„Es liegt mir fern, zu prahlen, Saskia. Mein Großvater ist vielleicht Millionär, aber ich bin es nicht.“

Das stimmte nicht ganz, doch der Ausdruck in ihren Augen weckte in Andreas den Wunsch, ihr zu verstehen zu geben, dass er kein Playboy war, der den ganzen Tag am Swimmingpool verbrachte.

„Es ist nur so, dass ich frühmorgens gern schwimme, wenn ich hier in der Villa bin. Und da meine Schwestern immer behauptet haben, ich würde sie aufwecken, habe ich zusätzlich diesen Pool einbauen lassen. Schwimmen hält mich fit und hilft mir dabei, meine Gedanken zu ordnen.“

Saskia wusste, wovon er sprach, denn Spazierengehen war für sie die beste Therapie. Wann immer sie sich Sorgen um etwas machte oder ein Problem hatte, ging sie spazieren.

Während er Saskia betrachtete, fragte Andreas sich grimmig, warum er so viel auf sich nahm, um sie zu beruhigen. Ihr Misstrauen musste gespielt sein.

Saskia biss sich auf die Lippe und wandte sich ab. Es war offensichtlich, dass Andreas wirklich in seinem Büro schlafen wollte. Momentan war es allerdings nicht das Problem, wer wo schlief, was sie am meisten beschäftigte, sondern das, was tagsüber passierte – und die Gefühle, die sie bei seinem Kuss verspürt hatte.

Sie konnte sich unmöglich insgeheim danach gesehnt haben. Es hätte ihr bewusst sein müssen. Aber welche andere Erklärung gab es für ihre Reaktion?

„Also gut“, hörte sie Andreas trocken sagen, „nachdem wir *das* geklärt haben, muss ich einiges erledigen. Warum isst du nicht etwas und ruhst dich dann aus?“

„Ich muss meine Sacken auspacken“, protestierte sie, doch er schüttelte den Kopf.

„Das wird eins der Hausmädchen für dich machen, während du dich ausruhst."

Als er ihren Gesichtsausdruck sah, fügte er leise hinzu: „Sie arbeiten für uns, Saskia. Sie sind Hausangestellte und arbeiten genauso wie du und ich für ihren Lebensunterhalt."

„Oh, tut mir leid. Ich habe dich doch nicht geweckt, oder?", erkundigte Pia sich leise. „Aber wir essen bald, und ich dachte, du brauchst vielleicht noch etwas Zeit, um dich fertig zu machen."

Es dauerte einen Moment, bis Saskia richtig wach war. Sie setzte sich im Bett auf und stellte dann fest, dass es sich bei ihrer Besucherin um Andreas' Schwester Olympia handelte.

„Normalerweise laufen wir hier in Freizeitsachen herum, aber Athena will bestimmt Eindruck schinden." Ihr breites Lächeln machte ihr Pia noch sympathischer.

„Wo ist ...?", begann Saskia nervös, kam allerdings nicht weiter.

„Wo Andreas ist?", meinte Pia. „Großvater hat angerufen, um mit unserer Mutter zu sprechen, und anschließend wollte er mit ihm reden." Sie zuckte die Schultern. „Wahrscheinlich telefoniert er noch. Leider ist er in keiner guten Stimmung." Als sie den argwöhnischen Ausdruck in ihren Augen bemerkte, versicherte sie schnell: „Oh, es ist nicht deinetwegen. Er ist wütend auf Athena. Sie hat ihren Wirtschaftsprüfer mitgebracht, und er kann ihn nicht ausstehen. Keiner von uns mag ihn, aber Athena hat darauf bestanden, dass Großvater Aristotle persönlich einlädt."

Während Pia im Zimmer hin und her ging, um die Lampen einzuschalten, schwang Saskia die Beine aus dem Bett. Sie war eingeschlafen, ohne sich vorher auszuziehen, und nun waren ihre Sachen völlig zerknittert. Sie freute sich nicht gerade darauf, mit Andreas und Athena zusammen zu Abend zu essen, aber in einem Punkt hatte Pia recht: Andreas würde zweifellos von ihr erwarten, dass sie die anderen mit ihrem Äußeren beeindruckte. Und da er ihr diese ganzen neuen Sachen gekauft hatte, musste sie sich schick machen.

„Maria hat deine Sachen schon ausgepackt", informierte Pia sie. „Ich habe ihr dabei geholfen. Das kleine Schwarze, das du mitgebracht hast, ist einfach umwerfend. Deine Kleider sind überhaupt wunderschön. Andreas ist ständig hereingekommen und hat gesagt, ich soll nicht so viel Krach machen, sonst wachst du noch auf." Sie schnitt ein Gesicht. „Er ist wirklich sehr besorgt um dich.

Mama und ich sind so froh, dass er dich kennengelernt hat", fuhr sie leise fort und bedachte sie mit einem ebenso freundlichen wie vertrauensvollen Blick, der sofort schreckliche Schuldgefühle in Saskia weckte. „Wir lieben ihn natürlich über alles und sind deshalb nicht unparteiisch. Aber wir hatten uns schon große Sorgen gemacht, dass er Großvaters und Athenas Drängen nachgeben könnte. Und wir wissen beide, dass er sie *niemals* lieben könnte. Bestimmt hat er dir erzählt, was sie getan hat, als er jünger war, oder?"

Ohne auf ihre Antwort zu warten, fuhr Pia fort: „Offiziell kenne ich die Geschichte gar nicht. Lydia, meine Schwester, hat sie mir anvertraut und mich zum Stillschweigen verdonnert. Aber mit dir kann ich natürlich darüber sprechen, weil Andreas sie dir sicher erzählt hat. Er war damals erst fünfzehn, also noch ein richtiges Kind, und Athena viel älter und im Begriff zu heiraten. Der Altersunterschied hätte keine Rolle gespielt, wenn sie beide erwachsen gewesen wären, aber das war Andreas nicht. Er ging noch zur Schule, und sie ... Ich finde es bewundernswert, dass er sich geweigert hat, mit ihr ins Bett zu gehen. Und weißt du, was? Athena *behauptet* zwar, sie würde ihn lieben, aber eigentlich möchte sie ihn dafür bestrafen, dass er sie damals hat abblitzen lassen."

Athena hatte Andreas zu verführen versucht, als er noch ein Schuljunge war! Es kostete Saskia großen Mühe, sich ihren Schock und ihren Abscheu nicht anmerken zu lassen.

Es stimmte, der Altersunterschied zwischen den beiden war nicht so groß. Doch wenn eine Frau von Anfang zwanzig sich an einen Fünfzehnjährigen heranmachte, war es Verführung Minderjähriger, oder? Saskia schauderte.

Würde sich eine Frau, die so weit ging, von einer falschen Verlobten den Mann wegnehmen lassen, den sie unbedingt wollte? Und Athena war offenbar ganz versessen darauf, Andreas zu heiraten – selbst wenn ihre Beweggründe etwas mysteriös waren.

Andreas war ein so maskuliner Mann, dass man ihn sich schwer in der Rolle der Beute vorstellen konnte. Für sie, Saskia, war er vielmehr der Inbegriff des Jägers. Ihre Gefühlskälte, ihre Begierde, ja Besessenheit waren Saskia allerdings so fremd, dass Athena für sie keine richtige Frau war.

Dass Athena so entschlossen war, Andreas zu heiraten, machte Saskia Angst.

„Wenn Großvater gesundheitlich nicht so angegriffen wäre, dann wäre das Ganze natürlich kein Problem“, meinte Pia zerknirscht. „Das ist uns allen klar. Großvater glaubt, Andreas wäre finanziell von ihm abhängig, weil er für ihn arbeitet, aber …“ Sie verstummte und schüttelte den Kopf.

„Du wirst das kleine Schwarze tragen, nicht? Ich kann es kaum erwarten, dich darin zu sehen. Schwarz steht dir. Ich sehe darin furchtbar aus. Aber du kannst darauf wetten, dass Athena es trägt. Oh!“ Wieder schnitt sie ein Gesicht, als draußen im Flur energische Schritte zu hören waren. „Das ist bestimmt Andreas. Er wird mich skalpieren, wenn er denkt, dass ich dir auf die Nerven gehe.“

Saskia verspannte sich, als Andreas das Zimmer betrat, und beobachtete, wie er den Blick vom Bett zu ihr schweifen ließ.

„Pia“, begann er in einem Unheil verkündenden Ton, „ich habe dir doch gesagt …“

„Ich war wach, als sie hereingekommen ist“, unterbrach Saskia ihn. Sie mochte Pia, und wenn sie ihn wirklich geliebt und vorgehabt hätte, ihn zu heiraten, dann wäre sie entzückt darüber gewesen, in dieser warmherzigen, impulsiven Frau eine Freundin gefunden zu haben.

Lachend umarmte Pia ihn und sagte triumphierend: „Siehst du? Du hast dich geirrt, großer Bruder, und du darfst mich nicht so herumkommandieren, sonst wird Saskia dich nicht heiraten. Und jetzt, da ich sie kenne, möchte ich sie unbedingt zur Schwägerin haben. Wir haben gerade darüber gesprochen, was sie zum Abendessen anzieht“, fügte sie hinzu. „Ich habe sie schon gewarnt, dass Athena sich aufdonnern wird.“

„Wenn du dich nicht in dein Zimmer verziehst, damit wir uns *alle* fertig machen können, wird Athena die Einzige sein, die überhaupt angezogen ist“, bemerkte Andreas trocken.

Nachdem sie ihm einen Kuss auf die Stirn gegeben hatte, ließ Pia ihn los und eilte zur Tür. Dort blieb sie noch einmal stehen, lächelte Saskia verschwörerisch an und erinnerte sie: „Zieh das kleine Schwarze an!“

„Tut mir leid“, entschuldigte Andreas sich, nachdem Pia die Tür hinter sich geschlossen hatte. „Ich hatte sie gebeten, dich nicht zu stören.“

Er hat mir also nicht geglaubt, dachte Saskia.

„Das macht nichts. Ich mag sie“, erwiderte sie wahrheitsgemäß.

„Hm ... Ich fürchte, Pia nutzt die Tatsache, dass alle sie mögen, manchmal aus. Als Jüngste ist sie es gewohnt, ihren Willen durchzusetzen“, sagte er mit einem verzweifelten Unterton. Dann warf er einen Blick auf seine Armbanduhr. „Du hast noch eine halbe Stunde.“

Saskia atmete tief durch, um sich zu beruhigen. Pias Enthüllungen hatten ihr Mitgefühl geweckt, und ohne den Grund dafür zu kennen, sah sie Andreas plötzlich in einem ganz anderen Licht. Er war nicht mehr ihr Unterdrücker, den sie gleichermaßen fürchtete wie verachtete, sondern jemand, der ihre Unterstützung verdiente. Nun war sie entschlossen, ihre Rolle so gut wie möglich zu spielen.

„Eine halbe Stunde“, wiederholte sie betont sachlich. „Dann würde ich gern zuerst ins Bad gehen.“

8. KAPITEL

„Also, Saskia, was meinen Sie, wie Sie sich in die Rolle einer griechischen Ehefrau einfügen wollen – falls Sie und Andreas tatsächlich heiraten?“

Saskia hörte, wie Pia bei Athenas Frage entrüstet einatmete, doch sie würde sich von dieser Frau nicht einschüchtern lassen. Seit sie alle ihren Platz am Tisch eingenommen hatten, war Saskia klar, dass Athena es darauf angelegt hatte, sie zu verunsichern und zu verärgern. Andreas kam ihr allerdings mit der Antwort zuvor.

„Es gibt kein ‚falls‘, Athena“, erklärte er unerbittlich. „Saskia *wird* mich heiraten.“

Nun war Saskia diejenige, die einen schockierten Laut unterdrücken musste. Trotzdem konnte sie nicht dem Drang widerstehen, Andreas einen besorgten Blick zuzuwerfen. Was würde er machen, wenn er Athena irgendwann eingestehen musste, dass er die Verlobung gelöst hatte? Das ist *sein* Problem und nicht meins, rief sie sich ins Gedächtnis.

Irgendetwas Seltsames war mit ihr geschehen, davon war sie überzeugt. Vor dem Abendessen war Andreas aus dem Büro neben „ihrem“ Schlafzimmer gekommen, vor ihr stehen geblieben und hatte leise gesagt: „Kein Mann, der dich jetzt ansehen würde, würde sich nicht wünschen, dass du seine Frau bist, Saskia.“

Noch nie hatte sie den Wunsch verspürt, Schauspielerin zu werden. Und dennoch hatte sie sich von dem Moment an gefühlt, als hätte sie eine andere Identität angenommen. Plötzlich war sie zu seiner Verlobten geworden, und wie jede Frau, die einen Mann liebte, war sie nicht nur stolz darauf, mit ihm zusammen zu sein, sondern wollte ihn auch schützen. Der ängstliche Ausdruck in ihren Augen galt *Andreas.* Wie mochte ihm zumute sein, wenn Athena ihm seine Worte irgendwann vorhielt? Wie hatte er sich wohl gefühlt, als ihm damals klar wurde, was sie von ihm wollte?

„Ehefrauen. Ich liebe Ehefrauen.“ Aristotle, Athenas Wirtschaftsprüfer, lächelte anzüglich und beugte sich zu Saskia herüber, um ihr die Hand auf den Arm legen zu können.

Sofort wandte sie sich ab. Sie hielt genauso wenig von ihm wie Pia. Er war ein bulliger Typ, trug reichlich Pomade im dichten schwarzen

Haar und sah in dem weißen Anzug mit dem schwarzen Hemd nicht besonders vorteilhaft aus. Andreas hingegen trug ein weißes Baumwollhemd und eine elegant geschnittene Hose und wirkte gleichermaßen lässig wie sexy.

Zuerst hatte sie fast befürchtet, dass das schwarze Kleid etwas zu schick sein könnte. Dann war ihr jedoch klar geworden, dass Pia mit ihrer Anspielung auf Athenas Outfit recht gehabt hatte.

Das hautenge weiße Kleid überließ nichts der Fantasie.

„Es wurde eigens für mich entworfen", hatte Athena süffisant zu Andreas gesagt. „Und man muss es so tragen, wie ich es liebe – direkt auf der Haut", hatte sie so laut hinzugefügt, dass Saskia es hören konnte. „Dabei fällt mir ein ... Hoffentlich hast du deine Verlobte gewarnt, dass ich morgens gern mit dir schwimmen würde, damit sie nicht schockiert ist." Dann hatte sie sich an sie gewandt. „Andreas ist wie ich. Er schwimmt am liebsten nackt."

Nackt. Unwillkürlich warf sie Andreas einen entsetzten Blick zu, den Athena zum Glück darauf zurückzuführen schien, dass sie eifersüchtig war.

Während sie diese Neuigkeit verarbeitete, hörte sie, wie Andreas schroff erwiderte: „Ich kann mich nur an ein einziges Mal entsinnen, als du morgens mit mir schwimmen wolltest, Athena. Und ich erinnere mich auch daran, dass ich dir gesagt habe, wie ungern ich gestört werden möchte."

„Ach, du meine Güte!" Athena tat so, als würde sie schmollen. „Hast du Angst, dass ich etwas verraten habe, was deine Verlobte nicht wissen soll? Ihr ist doch sicher klar, dass ein so attraktiver und maskuliner Mann wie du schon andere Frauen vor ihr hatte", fügte sie heiser hinzu und legte ihm die Hand auf den Arm.

Ihre Unverfrorenheit raubte Saskia schier den Atem. Sie konnte sich lebhaft vorstellen, wie ihr zumute gewesen wäre, wenn sie tatsächlich mit Andreas verlobt gewesen wäre – wie eifersüchtig und unsicher Athenas Äußerungen sie gemacht hätten. Keine Frau wollte an die Verflossenen ihres Geliebten erinnert werden.

Andreas hingegen wirkte völlig ungerührt. Er entzog sich ihrer Berührung, indem er einen Schritt zurückwich und Saskia den Arm um die Schultern legte. Er zog sie so eng an sich, dass er ihr Zittern spüren musste. Und sie zitterte noch mehr, als er beinah geistesabwesend ihre nackte Schulter zu streicheln begann.

„Saskia weiß, dass sie die einzige Frau ist, die ich je geliebt habe – die Frau, mit der ich mein Leben verbringen möchte“, hatte er erklärt.

Je länger sie Athena zuhörte und sie beobachtete, desto mehr gelangte sie zu derselben Überzeugung wie Pia – dass Athena Andreas nicht aus Liebe heiraten wollte. Manchmal sah sie ihn an, als würde sie ihn hassen und am liebsten vernichten.

Aristotle oder „Ari“, wie er nach eigenem Bekunden genannt werden wollte, versuchte immer noch, ihre Aufmerksamkeit zu erregen. Ganz bewusst tat Saskia so, als würde sie es nicht merken. Sie empfand eine so tiefe Abneigung gegen ihn, dass sie allein bei der Vorstellung, seine feuchte Hand auf dem Arm zu spüren, schauderte. Trotzdem zwang sie sich, seine aufdringlichen Fragen so höflich wie möglich zu beantworten. Er hatte ihr bereits erzählt, dass er, würde er für Andreas arbeiten, ihm zu einem Ehevertrag geraten hätte, damit er im Fall einer Scheidung keine finanziellen Einbußen hatte.

Zu ihrer Verblüffung mischte Andreas sich ein und belehrte Aristotle grimmig, dass er die Frau, die er liebte, niemals bitten würde, einen solchen Vertrag zu unterschreiben.

„Geld ist im Gegensatz zu Liebe völlig unwichtig“, sagte er energisch und meinte es so offensichtlich ernst, dass Saskia sich dabei ertappte, wie sie den Atem anhielt.

Anschließend hatte er sie angeblickt, und sie hatte sich daran erinnert, wie sie sich kennengelernt hatten und was er wirklich von ihr hielt. Sie war verzweifelt gewesen und hätte ihm am liebsten klargemacht, wie sehr er sich in ihr täuschte.

Wenigstens konnte sie sich damit trösten, dass seine Mutter und seine Schwester sie mochten. Pia hatte ihr außerdem versichert, Lydia wäre genauso erfreut darüber, dass Andreas sich verliebt hatte, und würde sich darauf freuen, sie kennenzulernen, wenn sie mit ihrem Mann und ihren Kindern gegen Ende des Monats auf die Insel kam.

„Ihr Mann ist Diplomat, und momentan sind sie in Brüssel. Aber Lydia kann es kaum erwarten, dich kennenzulernen“, hatte Pia hinzugefügt.

Ja, es wäre schlimm für sie gewesen, wenn seine Familie sie nicht ins Herz geschlossen und so freundlich aufgenommen hätte.

Plötzlich spürte Saskia, wie ihr das Blut ins Gesicht schoss. Was, in aller Welt, war bloß mit ihr los? Sie *spielte* die Rolle seiner Verlobten nur. Ihre Verlobung war eine Farce ... eine Lüge, mit deren Hilfe Andreas sich vor Athena retten wollte. Das durfte sie nicht vergessen – genauso wenig wie die Tatsache, dass er sie erpresst hatte.

Aristotle wandte sich wieder an sie und bot ihr an, ihr den Garten zu zeigen. Automatisch schüttelte Saskia den Kopf und errötete erneut, als sie merkte, dass Andreas sie mit einem wütenden und zugleich warnenden Ausdruck in den Augen beobachtete. Er glaubte doch nicht allen Ernstes, dass sie Aristotles Einladung annehmen würde?

„Saskia hatte einen anstrengenden Tag. Ich glaube, wir sollten jetzt Gute Nacht sagen“, hörte sie ihn unvermittelt verkünden, und er stand auf.

Schnell blickte sie in die Runde. Den Mienen der anderen war deutlich abzulesen, wie diese seine Worte interpretierten. Saskia errötete noch tiefer und war sich bewusst, dass es ihre Vermutung bestätigte.

„Andreas ...“, protestierte sie, als er zu ihr kam. „Ich bin nicht ...“

„Du verschwendest deine Zeit, Saskia“, meinte Pia lachend. „Mein lieber Bruder scheint fest entschlossen. Du brauchst mich gar nicht so anzusehen, Andreas.“ Wieder lachte sie und fügte dann schalkhaft hinzu: „Und ich wette, dass du nicht schwimmen willst ...“

„Pia!“, ermahnte ihre Mutter sie verlegen, während Athena Saskia einen hasserfüllten Blick zuwarf.

Schnell stand Saskia auf und erstarrte, als Aristotle es ebenfalls tat und sagte: „Ich muss auf mein Recht als Freund der Familie bestehen und dem neuen Familienmitglied einen Gutenachtkuss geben.“

Bevor sie ihm ausweichen konnte, streckte er die Hände nach ihr aus. Andreas kam ihm allerdings zuvor und informierte ihn grimmig: „Es gibt nur einen Mann, den *meine* Verlobte küsst ...“

„Hör auf meinen Rat, und halte dich von Aristotle fern. Er hat keinen guten Ruf, was seinen Umgang mit Frauen betrifft. Seiner Exfrau zufolge war er ihr gegenüber gewalttätig und ...“

Saskia wirbelte zu ihm herum, als sie das Schlafzimmer betrat.

„Das kann nicht dein Ernst sein", fuhr sie ihn an, während Andreas die Tür schloss. Wie kam er bloß auf die Idee, dass sie an einem Mann wie Aristotle interessiert sein könnte? Das würde sie sich nicht von ihm bieten lassen.

„Ach nein?", konterte er. „Du bist aus einem einzigen Grund hier, Saskia, und zwar um meine Verlobte zu spielen. Ich habe Verständnis dafür, dass die Versuchung, deine Schäfchen ins Trockene zu bringen und zu tun, was du offenbar am besten kannst, für dich groß ist. Aber ich warne dich. Wenn du der Versuchung nachgibst …"

Wenn sie es tat … Lieber würde ich sterben, als einen schmierigen Typen wie Ari an mich heranzulassen, dachte sie aufgebracht. Wenn sie daran dachte, dass sie beim Abendessen Mitgefühl für Andreas empfunden und das Bedürfnis verspürt hatte, ihn zu beschützen … Es kostete sie große Mühe, sich zu beherrschen.

„Wenn du die Wahrheit hören willst – ich finde Ari genauso widerwärtig wie dich", erklärte sie bitter.

„Du wagst es, von mir im selben Atemzug zu sprechen wie von diesem Kriecher? Wie kannst du es wagen, so über mich zu sprechen … oder mit mir?" Wutentbrannt umfasste Andreas ihre Handgelenke, und das Funkeln in seinen Augen verriet ein Gefühl, das außer Kontrolle zu geraten drohte.

„Dieser Mann ist ein Tier – schlimmer als ein Tier. Erst letztes Jahr wäre er beinah angeklagt worden. Ich verstehe nicht, wie Athena ihn erträgt, und das habe ich ihr auch gesagt."

„Vielleicht will sie dich eifersüchtig machen."

Das war ihr so herausgerutscht, und Saskia bereute es sofort, als er sie anfuhr: „*Sie* will mich eifersüchtig machen? Oder *du?* Oh ja, ich habe gesehen, wie er dich beim Abendessen angestarrt hat … dich berührt hat …"

„Ich habe ihn nicht dazu ermuntert", protestierte sie. Doch sie spürte, dass ihre Worte ihm nahe gegangen waren und etwas anderes seinen Zorn anfachte, etwas, das ihr verborgen blieb und das er offenbar unerträglich fand.

„Und was die Tatsache betrifft, dass du mich *widerwärtig* findest", brachte er hervor. „Vielleicht ist es unhöflich von mir, dich darauf hinzuweisen, aber was ich vorhin in deinen Augen gesehen habe, war kein Abscheu. Und ich habe auch keinen Abscheu aus deiner Stimme herausgehört oder deiner Reaktion entnommen ... Oder?“, fügte er scharf hinzu.

Saskia begann zu zittern.

„Ich weiß nicht“, schwindelte sie. „Ich kann mich nicht erinnern.“

Nur wenige Sekunden später wurde ihr klar, dass es das Schlimmste war, was sie hatte erwidern können. Denn Andreas griff es sofort auf und fragte leise: „Nein? Dann sollte ich deinem Gedächtnis vielleicht auf die Sprünge helfen ...“

Sie wollte protestieren, schaffte es allerdings nicht – nicht weil er nicht zuhörte, sondern weil sie kein Wort über die Lippen brachte.

„Also, wann genau hast du mich so widerwärtig gefunden, Saskia?“ Er legte die Arme um sie und hielt sie so fest umschlungen, dass an Flucht überhaupt nicht zu denken war. „Wann habe ich das hier getan?“ Aufreizend ließ er die Lippen über ihre gleiten und weckte heißes Verlangen in ihr. „Oder das hier?“

Nun drängte er ihre Lippen auseinander und liebkoste sie mit der Zunge, immer wieder, bis sie hilflos aufstöhnte und sie öffnete. Trotzdem schien er noch nicht genug zu haben.

„Was? Immer noch keine Antwort? Ich frage mich, warum“, neckte er sie und fügte scharf hinzu: „Muss ich mich das überhaupt fragen? Schließlich bist du es gewohnt, deinen Körper einem Mann zu schenken und Lust zu erleben. Und jetzt möchtest du diese Lust mit mir erleben.“

„Nein!“ Saskia versuchte, den Kopf abzuwenden und sich aus seiner Umarmung zu befreien.

„Doch“, beharrte er rau. „Doch. Gib es zu, Saskia ... Du *willst* mich. Dein Körper sehnt sich nach meinem. Er sehnt sich nach Erfüllung ...“

Saskia erschauerte heftig, als ihr bewusst wurde, dass er recht hatte. Sie wollte ihn tatsächlich, aber nicht in der Hinsicht. Sie wollte ihn als ihren Geliebten, nicht nur als ihren Sexualpartner, jemanden, der ihr Befriedigung verschaffen würde. Aber wie konnte sie ihn lieben? Sie konnte es nicht ... Und doch tat sie es.

Bereits bei ihrer ersten Begegnung hatte sie sich in ihn verliebt, wie sie sich verzweifelt eingestand. Aus Loyalität Megan gegenüber hatte sie sich allerdings eingeredet, er sei unerreichbar für sie, und sie dürfe nicht so empfinden, genau wie sie es jetzt nicht durfte, wenn auch aus ganz anderen Gründen. Megan stand ihrer Liebe zu Andreas nicht mehr im Weg. Es war Andreas selbst.

„Lass mich los", sagte Saskia.

„Erst wenn du zugibst, dass ich recht habe und du mich willst", erwiderte er. „Oder provozierst du mich nur, damit ich dir *beweise*, dass es so ist?"

Angst überkam sie, und gleichzeitig flammte heftiges Verlangen in ihr auf, sodass Saskia zusammenzuckte.

Sie zögerte, während sie nach einer geeigneten Antwort suchte. Dann wurde ihr klar, dass sie zu lange gewartet hatte, denn Andreas erklärte rau: „Du hast es zu weit getrieben, Saskia. Ich will dich, aber das weißt du bereits, stimmt's? Wie könnte eine Frau wie du es *nicht* wissen? Du fühlst es, nicht? Hier ..."

Hilflos lehnte sie sich an ihn, entsetzt darüber, dass er ihre Hand nahm und zwischen seine Beine führte. Sie wollte ihm ihre Hand entziehen und ihm zu verstehen geben, dass sie diese erzwungene Intimität nicht wollte. Aber ihr war klar, dass sie zu schwach war und die Gelegenheit nicht verpassen wollte, ihn zu berühren, seinen Körper zu erkunden ...

Saskia stöhnte leise auf, als sie vor Leidenschaft zu beben begann. Sein Herz klopfte so schnell, dass sie es beinah körperlich spürte. Als er vor dem Essen beinah geistesabwesend ihre Schulter gestreichelt hatte, war sie ebenfalls erschauert. Doch es war nichts im Vergleich zu den Gefühlen, die sie nun durchfluteten.

Sie sehnte sich nach Andreas, verzehrte sich nach ihm. Saskia schloss die Augen und sah ihn vor sich, wie Athena ihn beschrieben hatte – nackt, wie er im Pool seine Bahnen zog. Wieder stöhnte sie auf, lauter diesmal. Daraufhin presste er die Lippen auf ihre, und heißes Verlangen flammte in ihr auf.

Begierig erwiderte sie das erotische Spiel seiner Zunge, benommen von der Intensität ihrer Empfindungen.

„Du willst mich ... Du brauchst mich ..."

Saskia konnte es nicht leugnen. Sie war machtlos gegen den Ansturm ihrer Gefühle.

Saskia vergaß alles um sich her, alles und jeden. Alles, was sie brauchte ... Alles, was sie wollte ... Alles, was sie sich je wünschen konnte, war in greifbarer Nähe.

Sie erschauerte heftig und stöhnte lustvoll auf, als sie seine Hände überall spürte. Seine Bewegungen waren drängend und gefährlich maskulin. Seinen Körper so intim zu spüren war so ungewohnt für sie, dass sie keinen klaren Gedanken mehr fassen konnte. Aber Denken war in dieser wundervollen neuen Welt auch nicht wichtig.

„Ich möchte dich ansehen ... dich beobachten, wenn ich dich liebe", brachte Andreas hervor. „Ich möchte, dass *du* mich ansiehst ... Verdammt, jetzt verstehe ich, warum all die anderen Männer deinen Reizen erlegen sind. Du hast etwas an dir ... Was ist los?", fragte er, als er merkte, wie sie sich verspannte.

Saskia konnte es nicht ertragen, ihn anzublicken.

Mit diesen wenigen, abfälligen Worten hatte er alles zerstört, ihre wundervolle neue Welt zum Einstürzen gebracht. Ihr wurde übel angesichts ihres Verhaltens und ihrer Naivität.

„Nein, ich will das nicht", protestierte sie verzweifelt und stieß ihn weg.

„Was, zum ...?", begann er mühsam beherrscht, ließ sie jedoch los.

„Wenn das irgendein Spielchen ist ..." Er verstummte erneut und schüttelte ungläubig den Kopf. „Verdammt, ich muss den Verstand verloren haben ... Das kommt wohl davon, wenn ein Mann zu lange enthaltsam lebt", fügte er vorwurfsvoll hinzu. „Ich hätte nie gedacht, dass ich so idiotisch sein könnte ..." Er sprach nicht weiter.

„Keine Angst", fuhr er grimmig fort, als sie erstarrte, „ich werde dich nicht anfassen. Auf keinen Fall ..." Wieder schüttelte er den Kopf und verließ dann das Zimmer. „Ich habe noch zu tun."

Im Schlafzimmer war es dunkel, als Saskia aufwachte, und zuerst wusste sie nicht, was sie geweckt hatte. Dann hörte sie es wieder – jemand schwamm. Die Terrassentüren standen offen, und als sie den Kopf wandte, sah sie das gedämpfte Licht im Innenhof.

Andreas schwamm ... Sie blickte auf ihre Uhr. Es war drei Uhr morgens, und Andreas schwamm. Unermüdlich zog er im Pool seine Bahnen. Vorsichtig setzte sie sich im Bett auf, um ihn eingehend zu beobachten. Als er am Ende des Beckens angekommen war und umdrehte, legte sie sich wieder hin, denn sie wollte nicht, dass er merkte, wie sie ihn beobachtete.

Bis auf einen Slip trug sie nichts, denn offenbar hatte Andreas vergessen, ihr Nachtwäsche zu kaufen. Sie hatte es im Bad festgestellt und war daher fast eine Viertelstunde länger darin geblieben und hatte sich den Kopf zerbrochen, was sie tun sollte. Schließlich hatte sie sich überwunden, die Tür geöffnet und sich förmlich ins Bett gestürzt, obwohl sie sich ein Handtuch umgewickelt hatte. Allerdings hätte sie sich keine Sorgen zu machen brauchen, weil Andreas sein Büro nicht verlassen hatte.

Nun war er jedoch nicht in seinem Büro. Nun schwamm er im Pool.

Fieberhaft dachte Saskia nach. War es nicht gefährlich, wenn er nachts allein schwamm? Was wäre, wenn …? Fast im selben Moment, als sie sich das fragte, wurde ihr bewusst, dass es inzwischen still geworden war. Schnell zog sie die Decke ein Stück hinunter und blickte besorgt zum Pool. Niemand war zu sehen.

Andreas! Wo …? Saskia umklammerte die Decke, als sie ihn aus dem Wasser klettern sah. Er war splitternackt! Vergeblich versuchte sie, den Blick von ihm abzuwenden. Sie schaffte es einfach nicht. Wie gebannt betrachtete sie ihn.

Vermutlich hätte jeder Frau beim Anblick seines nackten Körpers der Atem gestockt. Saskia beobachtete, wie Andreas die Fliesen entlangging. Er hatte ihr den Rücken zugewandt, und der Anblick seiner schimmernden Haut und des Spiels seiner Muskeln übte eine beunruhigende Wirkung auf sie aus.

Naiverweise hatte sie bisher angenommen, es wäre kein großer Unterschied, ob man die Statue oder das Gemälde eines nackten Mannes betrachtete oder einen nackten Mann in natura. Nun wusste sie, wie sehr sie sich getäuscht hatte. Vielleicht war es ihre Liebe zu ihm, die den Unterschied machte, vielleicht war es … Saskia atmete scharf ein, als Andreas sich plötzlich umdrehte. Konnte er sie sehen? *Wusste* er, dass sie ihn beobachtete? Sie lag regungslos da und hoffte, er konnte es nicht, denn sie hätte seinen Spott nicht ertragen, wenn er jetzt hereingekommen wäre. Wenn er …

Saskia schaffte es gerade noch, ein sehnsüchtiges Seufzen zu unterdrücken. Wenn er jetzt zu ihr kam und sie in die Arme nahm, berührte, küsste ... mit ihr schlief, wie sie es sich so wünschte, wäre es nicht aus Liebe, sondern vor Verlangen. Will ich das wirklich? fragte sie sich streng. Nein, natürlich wollte sie es nicht. Sie wollte, dass Andreas sie so liebte wie sie ihn.

Er wandte sich wieder ab, und sein Körper zeichnete sich gegen das Licht ab. Wieder atmete sie scharf ein und kämpfte vergeblich gegen ihre urweiblichen Instinkte. Andreas sah ... Er war ... Er ist perfekt, dachte sie und stellte fasziniert fest, dass er noch männlicher war, als sie es sich in ihren kühnsten Träumen ausgemalt hatte.

Erneut blickte er zum Schlafzimmer, und sie hielt den Atem an, hoffend ... *wartend* ... Sie atmete aus, als er sich bückte, um seinen Bademantel aufzuheben. Nachdem er ihn übergestreift hatte, entfernte er sich. Wohin geht er? überlegte sie. In sein Büro?

Noch eine ganze Weile nachdem Andreas gegangen war, lag Saskia regungslos da. Sie konnte nicht schlafen, hatte Angst davor, sich zu bewegen, und noch mehr Angst davor, nachzudenken. Was war bloß mit ihr los? Wie konnte sie einen Mann lieben, der sie so behandelt hatte wie Andreas? Der sie erpresst und bedroht und ihr nicht die Gelegenheit gegeben hatte, ihm die Wahrheit über sich zu erzählen. Einen Mann, der so wenig von ihr hielt und sie trotzdem geküsst hatte. Saskia schloss die Augen. Sie wusste keine Antwort auf diese Frage. Sie wusste nur, dass ihre Gefühle und ihr Herz ihr sagten: Wie konnte sie ihn *nicht* lieben?

„Du sonnst dich und faulenzt? Ich hätte nie gedacht, dass ich das noch einmal erleben würde“, neckte Pia ihren Bruder, als sie in einem winzigen Bikini aus der Villa geeilt kam und es sich auf der freien Liege neben Saskia bequem machte.

„Saskia hat schlecht geschlafen. Sie muss sich ausruhen, und ich möchte nicht, dass sie sich übernimmt oder zu lange in der Sonne ist“, erklärte er.

„Ach, du Arme“, meinte Pia mitfühlend, während sie ihr blasses Gesicht betrachtete.

Saskia schwieg schuldbewusst. Schließlich konnte sie nicht zugeben, dass sie deswegen so übernächtigt war, weil sie stundenlang an den Mann neben sich gedacht und von ihm geträumt hatte. Bei Tageslicht traute sie sich nicht, sich diese intimen Fantasien ins Gedächtnis zu rufen, denn wenn sie es tat, würde ihr das Blut ins Gesicht schießen. Zum Glück hatte Andreas ihre Erschöpfung auf die anstrengende Reise zurückgeführt.

„Na, dann hast du ja schon einen positiven Einfluss auf den Lebensstil meines Bruder ausgeübt", bemerkte Pia beifällig. „Normalerweise müssen wir ihn mit Gewalt aus dem Büro holen, wenn er hier ist. Wann wollte Großvater kommen?", wandte sie sich an Andreas.

„Ehrlich gesagt, überrascht es mich, dass euer Großvater momentan überhaupt kommen will", mischte Athena sich ein. Sie und ihr Wirtschaftsprüfer verließen gerade das Haus, um sich zu ihnen zu gesellen.

Saskia war enttäuscht. Beim Frühstück hatte Ari wieder so offenkundige Annäherungsversuche unternommen, dass sie froh gewesen war, vor ihm fliehen zu können.

Als Pia die Stirn krauste, fügte Athena boshaft hinzu: „Er ist nicht gerade glücklich über dein Verhalten, Andreas ..."

„Mein Großvater ist nie glücklich, wenn jemand eine andere Meinung vertritt als er", konterte Andreas trocken. „Er ist sehr aufbrausend, aber zum Glück vergisst er auch schnell ..."

Er hatte darauf bestanden, dass sie sich wegen ihrer hellen, empfindlichen Haut nicht direkt in die Sonne legte. Doch während Saskia Athena betrachtete, die nun ihren Pareo abnahm und darunter einen noch knapperen Bikini als Pia trug, beneidete sie sie um ihre Sonnenbräune.

„Im Schatten ist es bestimmt nicht schön", sagte sie gehässig. „Ich fände es schrecklich, wenn ich eine so helle Haut hätte. Es sieht immer so ..."

„Saskias Haut erinnert mich an Alabaster", unterbrach Andreas sie lässig.

„Alabaster ... Oh. Aber der ist so kalt." Athena lächelte und musterte sie abschätzend. „Mach nicht so ein mürrisches Gesicht", fuhr sie sanft fort. „Ich kenne ein Mittel dagegen. Lass mich dich einreiben, und dann ..."

Saskia konnte es selbst kaum glauben, als sie sich energisch sagen hörte: „Das mache ich für dich, Schatz." Sie wandte sich an Athena. „Es ist das Privileg einer Verlobten." Und ungeachtet seines fragenden

Blicks und ihrer zittrigen Hände stand sie auf, nahm lächelnd die Flasche mit Sonnenöl entgegen, die Pia ihr reichte, und ging zu Andreas.

Vorsichtig goss sie etwas Öl in ihre Hand und beugte sich anschließend noch vorsichtiger über ihn. Dabei achtete sie darauf, dass sie ihm die Sicht auf Athena versperrte, die sich so hingelegt hatte, dass ihre vollen Brüste besonders gut zur Geltung kamen.

Das Haar fiel ihr ins Gesicht, als Saskia das Öl nervös auf seinen Schultern zu verteilen begann. Seine Haut war warm und geschmeidig. Genauso geschmeidig, wie sie in der Nacht ausgesehen hatte. Saskia verharrte mitten in der Bewegung, als ihre Hände noch stärker zitterten. Daran durfte sie jetzt nicht denken! Trotzdem konnte sie nicht anders. Und fast wie von selbst glitten ihre Hände über seine Haut, streichelten und massierten ihn.

Andreas lag auf dem Bauch und hatte die Augen geschlossen. Plötzlich öffnete er sie jedoch und erklärte: „Das reicht. Ich wollte sowieso schwimmen gehen."

Dennoch dauerte es noch einige Sekunden, bis er schließlich aufstand, zum Ende des Pools ging und mit einem gekonnten Kopfsprung ins Wasser tauchte. Erst als er schon fast am anderen Ende angelangt war, kam er wieder an die Oberfläche und begann, mit kräftigen Kraulzügen zu schwimmen.

Andreas versuchte, sich aufs Schwimmen zu konzentrieren, um einen klaren Kopf zu bekommen. Für ihn war Schwimmen immer die beste Möglichkeit, sich zu entspannen – oder zumindest war es das bisher gewesen. Momentan war er alles andere als entspannt. Selbst ohne die Augen zu schließen, konnte er sich daran erinnern, wie es gewesen war, Saskias Hände zu spüren …

Andreas tauchte unter und schwamm unter der Wasseroberfläche weiter, um das schmerzliche Verlangen in den Griff zu bekommen, das ihn erfasst hatte. Er sehnte sich so nach ihr, begehrte sie so sehr! Noch nie hatte er so für eine Frau empfunden, noch nie hatte er eine Frau so gebraucht, noch nie war er in einer Situation gewesen, in der er sich weder körperlich noch gefühlsmäßig beherrschen konnte. Sie *musste* wissen, was sie ihm antat, eine Frau mit ihrer Erfahrung … eine Frau, die nachts in Bars auf Männerfang ging. Natürlich wusste sie es. Und dennoch …

Und dennoch stand das, was er über sie wusste, in krassem Widerspruch zu ihrer Reaktion auf seine Zärtlichkeiten – der Leidenschaft, mit der sie seinen Kuss erwidert hatte, dem Verlangen in ihren Augen, das dann unverhohlenem Entsetzen gewichen war. Und eben hatte sie ihn überrascht, indem sie Athena nicht erlaubte, ihn zu berühren – überrascht und mit Stolz erfüllt, weil sie sich so besitzergreifend verhielt. Aber das tat sie natürlich nicht, oder? Sie spielte lediglich die Rolle, die er ihr aufgezwungen hatte.

Andreas runzelte die Stirn, als sein Gewissen sich meldete. Es war völlig untypisch für ihn und verstieß gegen seine moralischen Grundsätze, jemanden zu etwas zu zwingen. Allerdings hatte er befürchtet, dass er keinen Ausweg aus seiner Lagen finden konnte, ohne die Gesundheit seines Großvaters zu gefährden. Das ist eine Erklärung, aber keine Entschuldigung, ermahnte er sich. Und wenn er nun festgestellt hatte, dass er ein noch größeres Risiko einging, war es einzig und allein seine Schuld.

Ob Saskia gemerkt hatte, wie erregt er war, bevor er die Flucht ergriffen hatte? Athena war es nicht entgangen. Athena ... Grimmig presste er die Lippen zusammen.

Mit fünfzehn hatte er sich einzureden versucht, dass er reif genug sei, um in die Fußstapfen seines Vaters zu treten, und stark genug, um seine Mutter und seine Schwestern zu unterstützen und zu beschützen. Andererseits war er noch ein Kind gewesen und hatte sich nachts oft in den Schlaf geweint, verwirrt und wütend, weil sein Vater gestorben war und sie einfach allein gelassen hatte.

Diese Zeit war die schlimmste seines Lebens – der Verlust seines Vaters und Athenas Versuche, ihn zu verführen. Ohne darauf vorbereitet zu sein, wurde er innerhalb kürzester Zeit erwachsen.

Athenas Werben hatte nichts Romantisches an sich. Seit er nach Ferienbeginn zu Hause eingetroffen war, belagerte sie ihn. Allerdings dachte er, sie würde lediglich irgendein Spielchen mit ihm spielen – bis er sie eines Tages in seinem Zimmer antraf, und zwar nackt!

Als sie ihm den Vibrator reichte, mit dem sie sich stimulierte, und ihm sagte, er solle weitermachen, musste er sich zusammenreißen, um nicht Hals über Kopf aus dem Zimmer zu stürmen. Doch so etwas taten nur Jungen, und er wollte kein Junge, sondern ein Mann sein ... so wie sein Vater es sich gewünscht hätte.

„Ich glaube nicht, dass du hier sein solltest, oder?“, erkundigte er sich gestelzt und vermied es dabei, ihren nackten Körper anzusehen. „Du bist verlobt und willst bald heiraten."

Athena lachte, aber das Lachen verging ihr, als er die Tür aufhielt und ihr befahl zu gehen. Anderenfalls würde er sie mit Hilfe einiger Angestellter aus dem Zimmer befördern.

Daraufhin ging sie, allerdings erst nachdem sie versucht hatte, ihn umzustimmen.

„Du hast den Körper eines Mannes", erklärte sie aufgebracht. „Aber du weißt nichts damit anzufangen. Warum lässt du es mich dir nicht zeigen? Wovor hast du solche Angst?"

„Ich habe keine Angst", hatte er wahrheitsgemäß entgegnet. Und tatsächlich war es nicht Angst gewesen, was ihn davon abhielt, die Situation auszunutzen, sondern Wut und Verachtung.

Athena war jedoch eine Frau, die seine Zurückweisung nicht ertragen konnte. Pech für sie! Ihre Gefühle – falls sie überhaupt welche hegte, was er bezweifelte – waren ihr Problem. Bei seinem Großvater lagen die Dinge allerdings anders, und selbst wenn sein Gesundheitszustand nicht so ernst gewesen wäre, hätte er sich nicht gern mit ihm gestritten. Aber sein Großvater war ausgesprochen schwierig und stur. Und ob das an Athena lag oder an seiner Angst vor dem Älterwerden und der Zukunft, vermochte Andreas nicht zu sagen.

Es war eine Ironie des Schicksals, dass er sich nun noch mehr Probleme aufgehalst hatte.

„Der Ring, den Sie tragen, ist wirklich hübsch", bemerkte Athena abfällig, als sie von der Liege aufstand und zu Saskia kam.

Sie waren allein am Pool. Ari war wieder ins Haus gegangen, um einige Anrufe zu erledigen, und Pia half ihrer Mutter bei den Vorbereitungen für die Ankunft ihres Vaters.

„Aber ein Verlobungsring ist keine Garantie für eine Hochzeit", fuhr Athena fort. „Sie scheinen ein vernünftiges Mädchen zu sein, Saskia. Andreas ist ein sehr wohlhabender und erfahrener Mann. Männer wie er langweilen sich schnell. Das wissen Sie sicher selbst. Ich schätze, Ihre Chancen, es tatsächlich bis zum Altar zu schaffen, stehen nicht gut, und sie werden noch schlechter stehen, wenn Andreas' Großvater eintrifft. Er hat andere Pläne für seinen Enkel und für das Unternehmen, das er aufgebaut hat."

Sie machte eine Pause und betrachtete sie geringschätzig. Saskia war klar, was in ihr vorging. Athena hatte auch andere Pläne für Andreas.

„Wenn Sie Andreas wirklich lieben würden, wäre er Ihnen viel wichtiger als Ihre Gefühle. Er liebt seinen Großvater über alles. Oh, ich weiß, er zeigt es vielleicht nicht, aber Sie können es mir glauben. Stellen Sie sich vor, was für ein Schlag ein Zerwürfnis mit ihm für ihn wäre, nicht nur psychisch, sondern auch finanziell. Seine Mutter und seine Schwestern sind finanziell von seinem Großvater abhängig ... Wenn er den Kontakt zu Andreas abbrechen würde, dann würde er auch aus *ihrem* Leben verschwinden."

Athena seufzte theatralisch und erkundigte sich dann gespielt sanft: „Was meinen Sie, wie lange er *Sie* noch will, wenn das passiert? Und ich kann dafür sorgen, dass es so weit kommt, Saskia, das ist Ihnen hoffentlich klar. Sein Großvater hört auf mich, weil er eine Verbindung zwischen unseren Firmen wünscht. So ist es nun mal in Griechenland." Sie lächelte falsch. „Und ein griechischer Millionär würde seinem Erben niemals erlauben, eine mittellose Ausländerin zu heiraten.

Und nun lassen Sie uns über etwas Angenehmeres reden. Es gibt keinen Grund, warum wir nicht zu einer Übereinkunft kommen sollten, von der wir beide profitieren – Sie und ich. Ich könnte abwarten, bis Andreas Sie verlässt, aber ich will ehrlich zu Ihnen sein. In meinem Alter dürfte es nicht so einfach sein, Andreas die Söhne zu schenken, die er sich wünscht. Um es uns beiden leichter zu machen, möchte ich Ihnen einen Vorschlag unterbreiten. Ich bin bereit, Ihnen eine Million Pfund zu zahlen, damit Sie für immer aus seinem Leben verschwinden."

Saskia war schockiert. Sie spürte, wie das Blut aus ihrem Gesicht wich. Irgendwie schaffte sie es, sich hinzusetzen und dann aufzustehen, sodass sie Athena gegenüberstand.

„Mit Geld kann man keine Liebe kaufen", erklärte sie heftig. „Und mich auch nicht. Nicht mit einer Million Pfund, nicht mit hundert Millionen Pfund!" Tränen traten ihr in die Augen. „Wenn Andreas unsere Verlobung irgendwann lösen will, dann ist es sein gutes Recht, aber ..."

„Sie sind eine Närrin, wissen Sie das?", flüsterte Athena. Ihr Gesicht war wutverzerrt. „Glauben Sie wirklich, dass es sein Ernst war, als Andreas gesagt hat, er sei gegen einen Ehevertrag? Ha! Sein Großvater wird ihn dazu *zwingen,* einen aufzusetzen, und wenn Andreas Ihrer irgendwann überdrüssig wird – was zweifellos der Fall sein wird –, werden Sie *nichts* bekommen … nicht einmal Ihr Kind, falls Sie bis dahin eins haben. Griechische Männer verzichten nicht auf ihre Kinder. Griechische *Familien* verzichten nicht auf ihre Erben."

Das reichte. Ohne sich die Mühe zu machen, ihren Pareo aufzuheben, wandte Saskia sich ab und ging aufs Haus zu. Dabei musste sie sich an sich halten, um nicht zu laufen.

Kurz bevor sie es erreichte, kam Pia durch die offene Terrassentür heraus.

„Saskia …", begann sie besorgt, doch Saskia schüttelte den Kopf, weil sie nicht in der Lage war, mit ihr oder sonst jemandem zu reden. Sie fühlte sich gedemütigt und war wütend. Wie konnte Athena es wagen, ihr zu unterstellen, dass ihre Liebe käuflich wäre … und Geld ihr wichtiger wäre als Andreas … dass sie jemals …? Saskia riss sich zusammen. Sie drehte sich um und ging wieder zurück, am Pool vorbei zu den Klippen. Sie musste allein sein.

Erst allmählich wurde ihr die Ironie dessen, was passiert war, bewusst. Sie war nur auf die Insel gekommen, weil Andreas sie erpresst hatte und sie es sich nicht leisten konnte, ihren Job zu verlieren. Doch als Athena ihr eine Summe angeboten hatte, mit der nicht nur sie, sondern vor allem ihre Großmutter versorgt gewesen wäre, und ihr gleichzeitig die Möglichkeit geboten hatte, dieser unerträglichen Situation zu entkommen, hatte sie abgelehnt.

Aufgebracht eilte Pia zu Athena, die es sich wieder auf der Liege bequem gemacht hatte. Nach allem, was sie gerade gehört hatte, würde sie ihr sagen, was sie von ihr hielt. Wie konnte Athena es wagen, Saskia so zu behandeln? Sie hatte versucht, sie zu bestechen, damit sie Andreas verließ.

Andreas!

Abrupt blieb Pia stehen. Vielleicht sollte sie ihrem Bruder sagen, was Athena sich geleistet hatte, und sie ihm überlassen. Saskia hatte so verstört gewirkt. Ja, er würde es sicher nicht gern sehen, wenn sie ihm zuvorkam. Also kehrte Pia in die Villa zurück, um ihn zu suchen.

9. KAPITEL

Nachdem sie nicht einmal ein Drittel des Weges zurückgelegt hatte, der um die Insel führte, blieb Saskia stehen und drehte sich um. Sie konnte nicht weitergehen, sie hatte genug. Andreas zu lieben, ihm jeden Tag einerseits so nahe zu sein und andererseits diese tiefe Kluft zwischen ihnen zu spüren, war mehr, als sie ertragen konnte. Ihre Liebe zu ihm, ihr Verlangen nach ihm machten sie kaputt.

Langsam kehrte Saskia zur Villa zurück. Sie hatte keine Ahnung, was sie machen sollte. Sollte sie auf sein Mitleid hoffen und ihn bitten, sie aus ihrer „Vereinbarung" zu entlassen? Es hatte keinen Sinn, ihm zu erzählen, was Athena getan hatte. Er würde ihr kaum glauben, und außerdem wollte sie auch nicht, dass er es erfuhr. Falls er es erfuhr … Andreas war nicht dumm. Er war ein cleverer Geschäftsmann und würde schnell merken, was passiert war, wie ihr zumute war, und das würde sie nicht aushalten.

Zurück in der Villa, ging Saskia direkt in „ihr" Zimmer, das zum Glück leer war. Die Hausangestellte war inzwischen da gewesen und hatte das Bett gemacht. Nachdem Saskia ihren Badeanzug ausgezogen hatte, ging sie ins Bad, um zu duschen.

„Andreas", sagte Athena verführerisch, als sie Andreas aus dem Büro seines Großvaters kommen sah.

„Nicht jetzt, Athena", wies er sie ab. In den vergangenen Stunden hatte er sich mit den Gefühlen abzufinden versucht, die ihn so überrascht hatten und die er nie hatte empfinden *wollen.* Und nun, da er sich entschieden hatte, wollte er auch die Konsequenzen daraus ziehen.

Es hatte keinen Zweck, die Wahrheit länger zu leugnen.

Er hatte sich in Saskia verliebt. Wie? Warum? Wann? Verzweifelt hatte er festgestellt, dass er auf diese Fragen keine logische Antwort fand. Sein Herz, sein Körper und seine Seele sagten ihm etwas ganz anderes als sein Verstand. Er liebte und brauchte sie und sehnte sich nach ihr.

Vergiss nicht, was für eine Frau sie ist, hatte er sich ins Gewissen geredet, doch seine Gefühle sprachen dagegen. Er liebte Saskia so, wie sie war, ungeachtet seiner Fehleinschätzung. Fehleinschätzung? Sie schleppte Männer in Bars ab, und das war fast so schlimm, als würde sie sich verkaufen – wenn nicht für Geld, dann für die vermeintliche Liebe, die sie ihr boten.

Es war nicht ihre Schuld, hatte sein Herz protestiert. Sie wurde als Kind nicht von ihrem Vater geliebt und war nur auf der Suche nach einem Ersatz. Mit *seiner* Liebe konnte er sie davon kurieren. Sie würde ihre Vergangenheit vergessen und er auch. Nur das Hier und Jetzt zählte und die Zukunft, die sie gemeinsam verbringen würden ... eine Zukunft, die er sich ohne Saskia nicht mehr vorstellen konnte.

Und so hatte er sich weiter den Kopf zerbrochen, obwohl er eigentlich arbeiten sollte. Schließlich war ihm keine andere Wahl geblieben, als nachzugeben, und nun war er auf der Suche nach Saskia, um ihr zu sagen ... sie zu fragen ... sie anzuflehen, wenn es nötig war.

„Ist Saskia noch draußen?“, erkundigte er sich ungeduldig.

Athena kniff die Augen zusammen. Sie wusste, was dieser Ausdruck in den Augen eines Mannes bedeutete, und ihn jetzt bei dem Mann zu sehen, den sie wollte, war unerträglich. Falls sie Saskia nicht dazu bringen konnte, Andreas zu verlassen, dann musste *er* sie zurückweisen. Und Athena war klar, wie sie es bewerkstelligen konnte.

„Oh ...“ Schnell setzte sie eine besorgte Miene auf. „Wusstest du das nicht? Sie geht spazieren ... mit Ari. Du hörst das bestimmt nicht gern, aber ... na ja, wir wissen schließlich alle, wie gern Ari die Frauen mag, und Saskia hat ihm unmissverständlich zu verstehen gegeben, dass sie seine Gefühle erwidert ... natürlich nicht in deiner Gegenwart ...“

„Andreas ...“, versuchte Pia ihn einige Minuten später aufzuhalten.

„Nicht jetzt, Pia“, erwiderte Andreas schroff, bevor er den Flur entlang zu seiner Suite ging.

Du meine Güte, sieht er wütend aus, dachte sie, während sie ihm nachblickte. Was sie ihm erzählen wollte, würde seine Stimmung nicht bessern, aber sie musste es ihm sagen.

Andreas hörte das Wasser in der Dusche rauschen, als er das Schlafzimmer betrat und die Tür hinter sich zuknallte.

„Saskia?“ Er eilte zum Bad und riss die Tür auf.

Saskia wurde blass, als sie Andreas sah. Sie war gerade aus der Dusche gekommen und hatte sich ein Handtuch umgewickelt – zum Glück.

„Warum hast du geduscht?“, erkundigte er sich argwöhnisch.

Verblüfft blickte sie ihn an.

„Ich bin gerade spazieren gegangen. Es war heiß, und …“

Brennende Eifersucht durchzuckte ihn fast wie ein körperlicher Schmerz. Seine Fantasie ging mit ihm durch, und lebhaft stellte Andreas sich vor, warum Saskia sich abgekühlt hatte. Wie jeder liebende Mann konnte er den Gedanken nicht ertragen, dass seine Angebetete in den Armen eines anderen lag.

Mit eisernem Griff umfasste Andreas ihre Arme. „Du konntest es nicht abwarten, stimmt’s? Wohin hat er dich gebracht?“

„Er?“, wiederholte sie verwirrt. „Was …?“

Doch er hörte nicht zu.

„Habt ihr es im Freien gemacht, wo jeder euch hätte beobachten können? Willst du das, Saskia … dich so erniedrigen, dass …? Ja, natürlich. Das weiß ich ja, nicht? Du *willst* schlecht behandelt werden, benutzt und fallen gelassen werden wie … Dann sehen wir mal, ob ich deinen Erwartungen gerecht werde, oder? Ob ich dir geben kann, was du willst.“

Er hatte sich nicht mehr unter Kontrolle und war nur noch von dem Gedanken beherrscht, sie zu nehmen, damit sie ihm gehörte, und jegliche Erinnerung an andere Männer auszulöschen.

Verwirrt fragte Saskia sich, was diese Wandlung hervorgerufen hatte. Der kühle, distanzierte Andreas, den sie kannte, war geradezu besessen von Wut und Leidenschaft – Leidenschaft, die sie körperlich spürte, wie sie benommen feststellte. Sie verbrannte sie förmlich und ließ Saskia ihre Vorsicht vergessen.

Hatte sie sich danach nicht insgeheim gesehnt? Dass er sie so ansah, wie er es jetzt tat, mit dem heftigen, elementaren Verlangen eines Mannes, der sich nicht mehr beherrschen konnte?

Ihn so zu erleben erlaubte es ihr, ihren Gefühlen endlich freien Lauf zu lassen.

„Du gehörst mir“, sagte Andreas rau und zog sie ungestüm an sich. „Mir. Und über das, was mir gehört, will ich auch verfügen.“

Saskia spürte, wie ihre Haut zu prickeln begann, als er sie berührte. Aufreizend langsam ließ er die Hände über ihre nackten Arme nach oben und über ihre Schultern gleiten und liebkoste mit den Fingerspitzen ihren Nacken. Selig bog sie sich ihm entgegen und erschauerte heftig bei seinen Berührungen.

„Küss mich, Andreas …"

Hatte sie das tatsächlich gesagt? Hatte ihre Stimme so heiser und verführerisch geklungen, dass seine Augen noch verlangender funkelten?

„Oh, ich verspreche dir, dass ich viel mehr tun werde, als dich nur zu küssen", versicherte er, während er ihr das Handtuch abnahm. „Viel, viel mehr", wiederholte er sinnlich. „Aber wenn du einen Kuss willst …"

Er hatte ihr die Hände auf die Schultern gelegt und streifte mit den Lippen ihren Hals.

„Wo soll ich dich küssen, Saskia?", fragte er. „Hier? Hier? Oder hier?"

Als er die Lippen höher gleiten ließ und jeden Zentimeter ihres Gesichts liebkoste, ohne jedoch ihren Mund zu berühren, seufzte Saskia ein ums andere Mal sehnsüchtig auf. Unfähig, diese süße Folter noch länger zu ertragen, legte sie schließlich die Hand auf seine Wange und bot ihm die Lippen zum Kuss. Und endlich erfüllte er ihr den Wunsch …

„Andreas … Andreas …", hörte sie sich flüstern, während sie die Finger in sein Haar schob und seinen Kopf umfasste. Beinah verzweifelt liebkoste sie seine Lippen mit der Zungenspitze.

Über ihre Schulter hinweg fiel sein Blick in den Spiegel. Eng umschlungen standen sie da. Ihr nackter Körper war genauso perfekt geformt wie eine klassische Statue. Doch Saskia war aus Fleisch und Blut, und allein das Gefühl ihrer festen Brüste, ganz zu schweigen von ihren süßen Liebkosungen, löschte jeden Gedanken an etwas anderes als sie aus.

Im Vergleich zu ihrer hellen, zarten Haut wirkten seine gebräunten Hände beinah erschreckend maskulin, als er sie streichelte, festhielt, sie so eng an sich presste, dass sie spüren musste, wie erregt er war. Er wollte sich seiner Kleidung entledigen, um ihr noch näher sein zu können, aber erst musste er sie bestrafen, weil sie ihn so folterte.

Andreas erschauerte heftig, als er die Lippen öffnete, um das erotische Spiel ihrer Zunge zu erwidern, und die Führung übernahm.

Saskia atmete scharf ein und begann zu zittern. Begierig schmiegte sie sich an ihn. Was zwischen ihnen passierte, war sicher der Höhepunkt ihres Lebens, als hätte sie nur auf diesen Moment gewartet. Hier, in seinen Armen, erfuhr sie die perfekte Vereinigung von Liebe und Leidenschaft.

Sie hatte ganz vergessen, was sie ihm eigentlich sagen wollte, warum sie die Insel unbedingt verlassen musste. *Danach* hatte sie sich seit ihrer ersten Begegnung mit Andreas gesehnt.

Ohne den Kuss zu unterbrechen, hob Andreas Saskia hoch und trug sie ins Schlafzimmer zum Bett. Was sie vorher gewesen war, spielte keine Rolle mehr. Von nun an würde sie ihm gehören.

Die schweren Leinenvorhänge, die sie vorher zugezogen hatte, filterten das Sonnenlicht, sodass ihre Haut beinah durchscheinend wirkte. Als er Saskia aufs Bett legte, gab Andreas der Versuchung nach, eine ihrer Knospen mit den Lippen zu reizen, bis Saskia vor Erregung bebte.

„Nein, ich will nichts überstürzen“, erklärte er rau, sobald sie sich unter ihm zu winden begann. „Ich möchte mir Zeit lassen und jeden Moment auskosten.“ Nun streichelte er eine Brust und umkreiste dabei mit dem Daumen die feste Knospe.

„Ich will dich so sehr“, brachte Saskia hervor. „Ich will dich …“ Sie verstummte, und ein ängstlicher und unsicherer Ausdruck trat in ihre Augen, als ihr bewusst wurde, in welcher Gefahr sie sich befand.

Es war zu spät. Andreas hatte sie gehört. Er war gerade dabei, sich auszuziehen, und verharrte mitten in der Bewegung. Dann beugte er sich über sie und stützte die Arme auf, sodass seine Muskeln sich anspannten. „Wo willst du mich haben, Saskia?“, erkundigte er sich rau. „Sag es mir … Zeig es mir …“

Allerdings wusste er es bereits. Er hob die Hand und ließ sie von ihrem Hals über ihren flachen Bauch immer tiefer gleiten, bis sie schließlich an ihrem Schoß ruhte.

„Du hast meine Frage nicht beantwortet, Saskia“, erinnerte er sie sanft, während er ihre empfindsamste Stelle mit den Fingerspitzen reizte.

Saskia glaubte vor Lust zu vergehen.

„Sag es mir … Sag mir, was du willst“, beharrte Andreas und küsste sie zwischendurch so zärtlich, dass sie förmlich dahinschmolz.

Für sie war er zum Mittelpunkt ihres Universums geworden, der Mittelpunkt all ihrer Erfahrungen, von allem, was sie war und je sein wollte.

„Ich will dich“, erwiderte sie fieberhaft. „Ich will dich, Andreas. Ich …“ Sie erschauerte, unfähig weiterzusprechen, denn er hatte die Lippen besitzergreifend auf ihre gepresst. Als er sie umarmte, klammerte sie sich verlegen an ihn und streichelte seine Wange.

„Sieh mich an“, befahl er.

Zögernd tat sie es und begegnete seinem Blick, der unverhohlene Begierde verriet.

Ganz langsam und zärtlich fuhr er fort, sie zu streicheln. Unter seinen Händen wurde ihr Körper nachgiebiger und hieß ihn willkommen.

„Wir haben nicht mehr viel Zeit … Ich halte es nicht länger aus“, sagte Andreas rundheraus und entschärfte seine Worte mit einem weiteren erotischen Kuss, der sie veranlasste, sich ihm begierig entgegenzudrängen.

„Das nächste Mal können wir es langsamer angehen lassen“, sagte er schroff, den Mund an ihren Brust.

Das nächste Mal … Saskia glaubte vor Glück zu sterben. Es bedeutete, dass er ihre Gefühle erwiderte.

Die Leidenschaft, die Andreas und sie miteinander verband, erschien Saskia beinah greifbar. Ihre Körper harmonierten so perfekt miteinander, wie es nur bei Menschen möglich sein konnte, die sich liebten.

Jeder Seufzer, jedes Stöhnen, jeder Herzschlag brachte sie ihm näher, sowohl seelisch als auch körperlich, bis sie seine Gefangene war und keinen Hehl mehr aus ihrer Begierde, ihrer Liebe machen konnte.

Als er schließlich „Jetzt, Saskia … jetzt!“, flüsterte, wusste sie, dass sie bereit für ihn war. Automatisch schlang sie die Beine um ihn und hob sich ihm entgegen, um ihn spüren zu können. Sie hörte ihn gequält und triumphierend zugleich aufschreien, als er eins mit ihr wurde. Dann erfüllte er sie mit seiner Wärme, und nach einem kurzen Schmerz hieß ihr Körper ihn willkommen, sodass Andreas mit jedem Stoß tiefer in sie eindrang.

Andreas war schockiert, als er merkte, dass Saskia noch Jungfrau war, doch sein Körper weigerte sich, darauf zu reagieren. Es war so erregend, sie auf diese Weise zu spüren. Er wollte vergessen, was er gerade erlebt hatte, und ihr die ersehnte Erfüllung schenken. Mit jeder Bewegung schien sie ihm zu sagen, dass er noch tiefer und kräftiger in sie eindringen sollte, bis er am Ziel war. Ja, am Ziel …

Andreas glaubte, sein Herz müsste zerspringen, als er sie beide zum Gipfel der Ekstase führte.

Saskia schrie auf, als sie erfuhr, was echte Erfüllung war … was es bedeutete, eine Frau zu sein … von so intensiven Empfindungen durchflutet zu werden, dass ihr Tränen in die Augen traten.

Irgendjemand zitterte. War sie es … oder sie beide? Sie hatte Andreas in jenen letzten, unglaublichen Sekunden aufstöhnen hören, bevor er seinen Griff verstärkt und sie in ungeahnte Höhen entführt hatte.

Andreas betrachtete Saskia, während er versuchte, sich wieder unter Kontrolle zu bekommen.

Sie weinte still vor sich hin. Aus Kummer? Seinetwegen? Weil er …?

Selbst jetzt wollte er es nicht wahrhaben. Sie konnte nicht Jungfrau gewesen sein … Es war unmöglich.

Seine Wut auf sich selbst und seine Schuldgefühle sagten ihm jedoch etwas anderes. Er hatte ihr wehgetan und sie zum Weinen gebracht. Er hatte auf Kosten ihrer Unschuld nur an sein Vergnügen gedacht und war nicht in der Lage gewesen aufzuhören, als er es hätte tun sollen.

Angewidert von seinem Verhalten, löste er sich von ihr.

„Andreas …“ Unsicher streckte Saskia die Hand nach ihm aus. Warum zog Andreas sich von ihr zurück? Warum hielt er sie nicht weiter fest, streichelte sie … liebte und beruhigte sie?

„Was ist los?“, erkundigte sie sich.

„Musst du das wirklich fragen?“, erwiderte er angespannt. „Warum hast du es mir nicht gesagt … mich nicht davon *abgehalten?*“

Angesichts seines ärgerlichen Tonfalls wich ihre Seligkeit Angst und Verzweiflung. Nun war Saskia klar, dass dieses wundervolle, *einmalige* Erlebnis für ihn eine ganz andere Bedeutung gehabt hatte.

Andreas war wütend auf sich selbst, weil er nichts geahnt hatte. Saskia war noch Jungfrau gewesen, und er hatte sich ihr praktisch aufgezwungen ... Und er schämte sich nicht nur seines Verhaltens, sondern auch, weil er sie so falsch eingeschätzt hatte.

„Du hättest mich davon abhalten sollen", bekräftigte er, als er aufstand und ins Bad ging. Wenige Sekunden später kehrte er zurück, ein Handtuch um die Hüften geschlungen und seinen Bademantel in der Hand. Nachdem er ihr den Bademantel gereicht hatte, setzte er sich aufs Bett und wandte sich ab.

Saskia versuchte in den Bademantel zu schlüpfen. Was würde Andreas sagen, wenn sie ihm klarmachte, dass sie ihn auf keinen Fall hatte aufhalten wollen? Ihre Hände zitterten so stark, dass sie Probleme hatte, den Bademantel überzustreifen, geschweige denn den Gürtel zu verknoten. Als Andreas sich umdrehte und merkte, wie sie sich abmühte, seufzte er ungeduldig, schob ihre Hände weg und half ihr hinein.

„Es ist gefährlich, wenn du allein weggehst. Das ist dir doch klar, oder?", fuhr er sie an. „Selbst wenn *ich* es nicht getan hätte, dann hätte Aristotle ..."

„Aristotle!", wiederholte sie abfällig und schauderte. „Nein, niemals ... Er ist widerwärtig und ..."

„Aber du bist mit ihm spazieren gegangen ..."

„Bin ich nicht!", protestierte sie.

„Athena hat mir erzählt, du seist spazieren gegangen", beharrte er, doch sie ließ ihn nicht ausreden.

„Ja, bin ich auch, und zwar allein. Ich wollte über einige Dinge ..." Sie verstummte und senkte den Kopf. Dann fuhr sie mit bebender Stimme fort: „Ich möchte nach Hause, Andreas. Ich kann nicht ..."

Er wusste, was sie sagen wollte, und er kannte auch den Grund dafür. Natürlich wollte sie weg von ihm, nach allem, was er getan hatte.

„Du hättest es mir erzählen sollen", unterbrach er sie scharf. „Wenn ich gewusst hätte, dass du noch Jungfrau bist ..."

Es macht ihm vielleicht zu schaffen, dass er mir die Unschuld geraubt hat, aber es schert ihn offenbar überhaupt nicht, wenn er mir das Herz bricht, überlegte Saskia wütend. Für sie war der Verlust ihrer seelischen Unschuld wesentlich schlimmer.

Wie hatte sie so naiv sein können anzunehmen, dass Andreas ihre Gefühle erwiderte? Sie musste verrückt gewesen sein. Verrückt vor Liebe zu ihm!

„Ich dachte ...“, hörte sie ihn sagen, doch nun ließ sie ihn nicht ausreden.

„Ich weiß, was du gedacht hast“, fiel sie ihm genauso scharf ins Wort. „Du hast mir bereits deutlich zu verstehen gegeben, was du von mir hältst, Andreas. Du dachtest, ich wäre ein billiges Flittchen, das sich dir deines Geldes wegen an den Hals wirft. Und als ich versucht habe, es dir zu erklären, hast du mich nicht gelassen. Du *wolltest* das Schlimmste von mir glauben. Wahrscheinlich hat dein männlicher Stolz dir nicht erlaubt, dir einzugestehen, dass du dich vielleicht in mir täuschst ...“

Andreas blickte sie an. Seine Eifersucht hatte dazu geführt, dass er Saskia so behandelt hatte. Er hätte sie so gern in die Arme genommen und die Tränenspuren auf ihren Wangen weggeküsst, sie festgehalten und ihr ins Ohr geflüstert, wie sehr er sie liebte, dass er sie beschützen und für sie sorgen wollte ... wie sehnlich er sich wünschte, alles wiedergutzumachen. Und wenn er ehrlich war, musste er sich eingestehen, dass er sich auch danach sehnte, ihr den Bademantel wieder auszuziehen, sich mit ihr aufs Bett zu legen und jeden Zentimeter ihres herrlichen Körpers zu küssen, ihr zu sagen, was er für sie empfand, und es ihr zu zeigen. Allerdings konnte er es nicht tun ... nicht in dieser Situation ...

Um sich auf andere Gedanken zu bringen, antwortete er schroff: „Erklär es mir jetzt.“

Einen Moment lang war Saskia versucht, sich zu weigern, aber was hätte es für einen Sinn gehabt? Sie würde es ihm sagen, und anschließend würde sie ihm mitteilen, dass sie abreisen wollte – den Grund dafür würde sie ihm allerdings nicht nennen.

Einige verrückte Sekunden lang wünschte sie, er würde sie an sich ziehen, ihren Kummer mit Worten lindern, die sie nicht hören wollte, und sie streicheln und küssen, bis sie glaubte, dass er ihre Gefühle im selben Maße erwiderte.

Doch zum Glück war ihr Selbsterhaltungstrieb stark genug. Stattdessen begann sie also, Andreas alles über Megan und Julian sowie Lorraine zu erzählen.

„*Was* hat sie von dir verlangt?", erkundigte er sich wütend.

Zögernd berichtete sie ihm von Lorraines Plan und davon, wie ihre Freundin darauf bestanden hatte, dass sie sich so verführerisch wie möglich zurechtmachte.

Plötzlich klopfte es an der Tür, und Pia platzte herein. „Großvater ist da. Er möchte euch beide sehen."

„Ich ziehe mich lieber an", sagte Saskia verlegen.

Pia schien ihre Unsicherheit nicht zu bemerken und fuhr eindringlich fort: „Ach, Andreas, ich muss dir noch etwas erzählen, bevor du mit Großvater sprichst."

„Wenn du mich um einen Vorschuss auf deinen Unterhalt bitten willst, hast du dir keinen guten Zeitpunkt ausgesucht", meinte Andreas unwirsch, während er mit seiner Schwester zur Tür ging und Saskia den Vortritt ins Badezimmer ließ.

10. KAPITEL

Unbehaglich betrachtete Saskia sich im Schlafzimmerspiegel. Sie sah eine Frau, die gerade die körperliche Liebe in ihrer schönsten Form genossen hatte und es stolz der ganzen Welt verkünden wollte.

So wollte sie *nicht* aussehen, wenn sie Andreas' Großvater gegenübertrat – dem Mann, dem sie ihre Anwesenheit hier zu verdanken hatte … dem Mann, der glaubte, sie wäre nicht gut genug für seinen Enkel … dem Mann, dem es lieber war, wenn dieser Athena heiratete. Und sie wollte auch nicht, dass Andreas sie so sah.

Andreas war kurz danach in ihr Zimmer zurückgekehrt und hatte geduscht und sich angezogen. Dann hatte er ihr mitgeteilt, dass er zuerst einige Dinge mit ihr besprechen müsse, obwohl sein Großvater sie so schnell wie möglich kennenlernen wolle.

„Es wird nicht lange dauern", hatte er grimmig erklärt und dann das Zimmer wieder verlassen, bevor sie ihm sagen konnte, dass sie um ihres Seelenfriedens willen am liebsten die Flucht vor ihm ergriffen hätte.

Nun würde er sie bald abholen, um sie seinem Großvater vorzustellen.

Ärgerlich verzog Saskia das Gesicht, denn sie wirkte immer noch wie der Inbegriff einer liebenden Frau. Selbst ihre Augen funkelten und verrieten, dass sie nun ein kostbares Geheimnis barg.

Immer wieder hatte sie versucht, ihren Körper auszutricksen – vergeblich. Deswegen … Saskia zuckte nervös zusammen, als sie hörte, wie die Schlafzimmertür geöffnet wurde.

Andreas atmete tief durch, bevor er die Klinke der Schlafzimmertür umfasste.

Pia war so wütend und so besorgt um Saskia gewesen, dass es einige Minuten gedauert hatte, bis sie sich beruhigt hatte und ihm erzählen konnte, was zwischen Athena und Saskia vorgefallen war.

„Athena hat tatsächlich versucht, Saskia zu bestechen, damit sie dich verlässt. Sie hat ihr eine Million Pfund versprochen. Saskia hat sich natürlich geweigert, aber ich sehe nicht ein, warum Athena mit einer solchen Unverschämtheit ungeschoren davonkommen sollte. Man sollte Großvater über ihren Charakter aufklären – und wenn du nicht dazu bereit bist …“, hatte sie finster hinzugefügt.

„Andreas?“, hatte sie nachgehakt, als er nicht antwortete. Doch er hatte sich immer noch mit *seinem* unverschämten Verhalten Saskia gegenüber auseinander gesetzt. Nun, da er wusste, was Athena sich geleistet hatte und wie nobel Saskia reagiert hatte, fühlte er sich … Wie hatte er sich nur so in ihr täuschen können?

Eine innere Stimme sagte ihm, dass er die Antwort darauf bereits kannte. Von der ersten Sekunde an hatte er gewisse Empfindungen verspürt, die er zu unterdrücken versucht hatte. Sein Stolz hatte ihm verboten, sich in eine Frau wie sie zu verlieben, und da er auf seinen Stolz gehört hatte und nicht auf sein Herz, hatte er idiotischerweise etwas zerstört, das das Kostbarste in seinem Leben hätte sein können. Es sei denn … Es sei denn, er konnte Saskia dazu bringen, ihm eine zweite Chance zu geben.

Ob sie ihm die Chance geben würde, ihr seine Liebe zu beweisen? Eines *musste* er tun. Als Halbgrieche war er davon überzeugt, dass sie erst seinen Namen tragen musste, bevor die anderen erfuhren, dass sie vielleicht ein Kind von ihm erwartete. Sie hatte ihm ihre Unschuld geschenkt, und dafür würde er sie beschützen, ob sie es wollte oder nicht.

Er hatte seinem Großvater von seinen Plänen erzählt und wahrheitsgemäß hinzugefügt, dass Saskia ihm viel wichtiger sei als Reichtum und Macht und sogar seine Liebe und sein Respekt.

Er hatte sogar mit dem Gedanken gespielt, seinem Großvater die Begegnung mit ihr zu verweigern, um Saskia jegliche Aufregung oder Kummer zu ersparen. Auf keinen Fall sollte dieser jedoch glauben, er würde sie vor ihm verstecken, weil er fürchtete, sie wäre in seinen Augen nicht gut genug für ihn. Nicht gut genug … Sie war *zu* gut, *zu* wundervoll …

Bevor er zu seiner Suite zurückgekehrt war, hatte er Athena aufgefordert, die Insel sofort zu verlassen.

„Komm nicht auf die Idee, meinen Großvater umzustimmen. Er wird dir nicht erlauben zu bleiben“, hatte er wahrheitsgemäß hinzugefügt.

Nun zögerte Andreas, bevor er das Zimmer betrat. Er sah Saskia, wie sie auf ihn wartete, und sein Herz klopfte vor Sehnsucht und Liebe schneller.

Sie wirkte so strahlend wie eine Braut. Ihre Augen funkelten, und ein glückliches, wissendes Lächeln umspielte ihre Lippen. Sie sah aus …

Sie sah aus wie eine Frau, die gerade mit ihrem Geliebten das Bett geteilt hatte.

Doch als sie ihn bemerkte, veränderte sich ihr Gesichtsausdruck. Saskia verspannte sich und blickte ihn misstrauisch an.

Hilflos schloss Andreas die Augen, überwältigt von Liebe und Schuldgefühlen. Verzweifelt sehnte er sich danach, die Tür zuzumachen und damit den Rest der Welt auszuschließen, Saskia in die Arme zu nehmen und sie nie wieder loszulassen, während er sie um Verzeihung bat und darum, den Rest seines Lebens mit ihm zu verbringen.

Allerdings hatte er gewisse Pflichten, und zuerst musste er das Versprechen erfüllen, das er seinem Großvater gegeben hatte, und sie ihm vorstellen.

Und er vertraute darauf, dass sein Großvater wiederum sein Versprechen halten würde, höflich zu Saskia zu sein.

Als Andreas das Zimmer durchquerte und ihre Hand nahm, zuckte Saskia zurück, aus Angst, ihre Gefühle zu verraten. Dabei war ihr bewusst, dass sie am ganzen Körper zitterte, nur weil er sie berührte.

Sicher würde er eine ungeduldige oder sogar ärgerliche Bemerkung machen, was ihre Rolle als seine Verlobte betraf. Wider Erwarten ließ er sie aber los und sagte leise: „Es tut mir leid, dass ich dir das angetan habe, mein … Saskia …"

„Deswegen hast du mich mit hierher genommen", erinnerte sie ihn schonungslos, wobei sie seinen Blick mied. Seinen bedauernden Tonfall bildete sie sich bestimmt nur ein.

Als sie das Zimmer verließen, kam die hübsche, zierliche Hausangestellte, die es in Ordnung hielt, herein. Andreas sagte etwas auf Griechisch zu ihr, bevor er Saskia in den Flur folgte.

In Anbetracht der Umstände war es nur natürlich, dass er ihre Hand nahm und sie näher an sich zog. Als sie den klimatisierten, einfach möblierten Raum betraten, der zum großen Innenhof hinaus lag, vermittelten sie daher den Eindruck, als würden sie sich über alles lieben. Nicht so natürlich war jedoch die Tatsache, dass sie sich in seiner Nähe so geborgen fühlte.

Um sich abzulenken, blickte Saskia zu den drei Personen, die dort standen und sich unterhielten – Helena und Pia und dem älteren weißhaarigen Mann, bei dem es sich zweifellos um Andreas' Großvater handelte.

Als sie auf ihn zugingen, wandte er sich um. „Großvater, ich möchte dir Saskia vorstellen", sagte Andreas förmlich.

Sie hörte allerdings gar nicht richtig zu, weil sie sich auf das Gesicht des Mannes konzentrierte, der sie nun ansah. Es war derselbe Mann, dem sie in den Straßen von Athen begegnet war, der Mann, der anscheinend einen Schwächeanfall gehabt hatte und um den sie sich solche Sorgen gemacht hatte. Jetzt wirkte er jedoch überhaupt nicht krank. Er strahlte sie beide an und kam dann auf sie zu, um Saskia mit kräftigem Griff die Hand zu schütteln.

„Du brauchst mich nicht vorzustellen, Andreas." Er lachte. „Deine schöne Verlobte und ich kennen uns bereits."

Sie merkte, wie viel Spaß es ihm machte, seine Familie mit dieser Ankündigung zu schockieren. Offensichtlich war er ein Mann, der gern das Gefühl hatte, dass er alles unter Kontrolle hatte, und seine Mitmenschen gern provozierte und überraschte. Während diese Eigenschaft sie bei Andreas gestört hatte, fand Saskia sie bei ihm hingegen beinah liebenswert.

„Du und Saskia kennt euch bereits?", wiederholte Andreas und blickte stirnrunzelnd von seinem Großvater zu ihr.

„Ja. Wir sind uns in Athen begegnet", bestätigte sein Großvater, bevor sie etwas sagen konnte. „Sie war sehr nett zu einem alten Mann und sehr besorgt um ihn. Mein Fahrer hat mir erzählt, dass Sie sich Gedanken um meine Gesundheit gemacht haben", fügte er lächelnd an sie gewandt hinzu. „Und ich muss gestehen, dass der Spaziergang bei der Hitze und das Warten auf Sie vor der Akropolis ein bisschen … unangenehm waren. Aber für Andreas war es sicher unangenehmer, in mein Büro zu kommen und festzustellen, dass ich unsere Besprechung habe ausfallen lassen." Wieder lachte er.

„Du hast doch nicht wirklich geglaubt, ich würde meinem einzigen Enkel erlauben, eine Frau zu heiraten, über die ich gar nichts weiß, oder?"

Sein Großvater klang so wichtigtuerisch, dass Saskia sich ein Lächeln verkneifen musste. Er war ein typischer Grieche, ein echter Macho. Eigentlich hätte sie sich ärgern müssen, doch er wirkte so zufrieden mit sich, dass sie ihm gar nicht böse sein konnte.

Andreas hingegen ließ sich nicht so leicht beschwichtigen, wie sich herausstellte.

„Du hast beschlossen, Saskia zu überprüfen …?“, fuhr er ihn an und bedachte ihn mit einem strengen Blick.

„Du hast eine gute Wahl getroffen, Andreas“, fiel sein Großvater ihm ins Wort. „Sie ist charmant … und sehr nett. Nicht viele junge Frauen hätten sich die Zeit genommen, sich um einen fremden alten Mann zu kümmern. Ich musste sie auf eigene Faust kennenlernen. Schließlich kenne ich dich, und …“

„Damit hast du sie beleidigt“, unterbrach Andreas ihn kühl, und Saskia betrachtete ihn verblüfft. Er verteidigte sie? Was hatte das zu bedeuten? Dann fiel ihr ein, dass er lediglich die Rolle des besorgten Verlobten spielte.

„Und eins lass dir gesagt sein, Großvater“, fuhr er fort. „Ob du Saskia magst oder nicht, ist mir egal. Ich *liebe* sie und werde sie immer lieben, und nichts wird daran etwas ändern – egal, ob du mir drohst, mich zu bestechen versuchst oder mir schmeichelst.“

Es entstand eine kurze Pause. Schließlich nickte sein Großvater.

„Gut“, meinte er. „Das freut mich zu hören. Eine Frau wie Saskia verdient es, für ihren Ehemann der Mittelpunkt des Lebens zu sein. Sie erinnert mich sehr stark an meine Elisabeth.“ Plötzlich schimmerten seine Augen feucht. „Sie war genauso warmherzig und mitfühlend.“ Als er ihren Ring bemerkte, runzelte er die Stirn.

„Was ist das denn?“, fragte er entrüstet. „Das ist nicht gut für die Braut eines Demetrios. Du überraschst mich, Andreas … ein armseliger Solitär. Sie soll Elisabeth’ Ring haben, und …“

„Nein!“, unterbrach Andreas ihn schroff, und Saskia verspannte sich. Wollte er seinem Großvater jetzt beichten, dass alles nur eine Lüge war? Konnte er die Vorstellung nicht ertragen, dass sie ein so kostbares Familienerbstück wie den Ring seiner Großmutter trug?

„Nein“, fuhr er fort. „Wenn Saskia einen anderen Ring haben möchte, soll sie sich selbst einen aussuchen. Vorerst möchte ich, dass sie den trägt, den *ich* für sie gekauft habe. Einen Diamanten, der genauso schön und rein ist wie sie.“

Sie bemerkte die verblüfften Mienen seiner Mutter und seiner Schwester, und auch sie war überwältigt von dieser zärtlichen und fast poetischen Erklärung.

Tränen traten ihr in die Augen, als sie den Solitär betrachtete. Er war wunderschön. Das dachte sie jedes Mal, wenn sie ihn ansteckte. Allerdings hätte Andreas ihn ihr aus Liebe schenken müssen, damit sie ihn wirklich geschätzt hätte. Die Gefühle, die damit verbunden waren, machten einen solchen Ring für eine Frau kostbar, nicht sein materieller Wert.

Andreas' Großvater schien sich mit solchen Nichtigkeiten jedoch nicht abzugeben. „Von mir aus", erwiderte er jovial. „Und jetzt möchte ich wissen, wann ihr heiraten wollt. Ich lebe schließlich nicht ewig, Andreas, und wenn ich deine Söhne noch sehen will …"

„Großvater …", begann Andreas warnend.

Nach dem festlichen Mittagessen, bei dem sie etwas zu viel Wein getrunken hatte, kehrte Saskia ernst in ihr Zimmer zurück. Andreas begleitete sie, wie es sich für einen liebevollen und besorgten Verlobten gehörte.

Vor der Tür berührte er sie leicht am Arm, sodass sie stehen blieb und ihn ansah.

„Was in Athen passiert ist, tut mir leid", erklärte er schroff und fuhr ärgerlich fort: „Mein Großvater hatte kein Recht, dich …"

„An seiner Stelle hätte ich genau dasselbe getan", unterbrach sie ihn leise. „Es ist eine ganz natürliche Reaktion. Ich erinnere mich noch gut daran, wie meine Großmutter sich verhalten hat, als ich mein erstes Rendezvous hatte." Sie lachte, wurde jedoch wieder ernst, als er den Kopf schüttelte.

„Es ist verständlich, dass sie sich Sorgen um dich gemacht hat", bestätigte er ausdruckslos. „Aber ist meinem Großvater denn nicht klar gewesen, wie gefährlich es für dich hätte sein können? Was wäre gewesen, wenn er dich verpasst hätte? Du warst allein in einer fremden Stadt. Er hat deinem Chauffeur Anweisung gegeben, sich nicht zu zeigen, bis er ihn zu seinem Wagen zurückkehren sehen würde."

„Es war helllichter Tag, Andreas", erklärte Saskia ruhig, merkte jedoch, dass er sich nicht so leicht beschwichtigen ließ. „Na, zumindest wird dein Großvater jetzt nicht mehr darauf drängen, dass du

Athena heiratest“, fuhr sie fort, während Andreas und sie das Schlafzimmer betraten. Sie blieb abrupt stehen, als sie die neuen Koffer, die er für die Reise gekauft hatte, mitten im Raum stehen sah. „Was …?“, begann sie unsicher, aber er ließ sie nicht ausreden.

„Ich habe Maria gebeten, unsere Sachen zu packen. Wir fliegen morgen mit der ersten Maschine nach Heathrow.“

„Wir reisen ab?“

Selbst während sie das fragte, wurde ihr bewusst, dass es dumm war, sich anmerken zu lassen, wie erschrocken sie war. Natürlich reisten sie ab. Schließlich hatte Andreas keinen Grund mehr, sie hier zu behalten. Sein Großvater hatte beim Mittagessen unmissverständlich klargestellt, dass Athena in seinem Haus nicht mehr willkommen war.

„Wir haben keine Wahl“, erwiderte Andreas ausdruckslos. „Du hast gehört, was mein Großvater gesagt hat. Nun, da der Arzt ihm Gesundheit bescheinigt hat, braucht er unbedingt eine Beschäftigung. Und er will es sich nicht nehmen lassen, unsere Hochzeit zu organisieren. Meine Mutter und meine Schwester werden ihm in nichts nachstehen, fürchte ich.“ Er machte eine finstere Miene. „Designeroutfits, ein aufwendiges Brautkleid, Umbaupläne, damit die Kinder, die meine Mutter und mein Großvater sich so von uns wünschen, hier genug Platz haben …“

Begierig nahm Saskia jedes Wort in sich auf. Das Bild, das er zeichnete, wurde immer verlockender. Selig gestattete sie sich, von dem zu träumen, was unerreichbar für sie war – bis seine nächsten Worte ihr schier den Atem nahmen.

„Wir müssen sofort heiraten. Wir können einfach nicht mehr länger warten. Nicht nachdem … Wenn du schon ein Kind von mir erwartest, dann …“

Sie wurde blass. „Was sagst du da? Das kann nicht dein Ernst sein. Wir können nicht heiraten, nur weil …“

„Nur weil was?“, fragte er bitter. „Weil du noch Jungfrau warst, noch nie vorher mit einem Mann geschlafen hattest? Ich … ich bin Grieche, Saskia, und wenn ich ein Kind zeugen würde, dann würde ich es niemals im Stich lassen. Unter den Umständen haben wir keine andere Wahl.“

„Du bist nur Halbgrieche“, erinnerte sie ihn benommen. „Und

außerdem bin ich vielleicht gar nicht schwanger. Nein, bestimmt nicht."

Andreas bedachte sie mit einem beinah vernichtenden Blick.

„Und in solchen Dingen bist du natürlich Expertin. Du, eine Frau, die nicht einmal …"

„Man wird nicht immer … nicht beim ersten Mal …", wandte sie halbherzig ein, sah ihm allerdings an, dass er genauso wenig an dieses Ammenmärchen glaubte wie sie.

„Ich will das nicht, Andreas", versuchte sie es schließlich anders. Mittlerweile zitterte sie am ganzen Körper. „Selbst wenn ich … ein Kind bekomme, bedeutet das heutzutage nicht, dass … Ich könnte es allein großziehen …"

„Wovon?", erkundigte er sich herausfordernd. „Offenbar nicht mit der Million, die Athena dir angeboten hat und die du ausgeschlagen hast."

Verwirrt sah sie ihn an. „Ein Kind braucht mehr als nur Geld. Viel, viel mehr", verteidigte sie sich schnell. Woher wusste er von Athenas Angebot? Athena hatte es ihm bestimmt nicht erzählt. „Ein Kind braucht Liebe."

„Glaubst du, ich wüsste das nicht?", konterte Andreas. „Ich habe als Kind Liebe von meinen Eltern bekommen. Und ich verspreche dir, dass mein Kind niemals ohne meine Liebe aufwachsen würde …"

Er verstummte abrupt, als sie gequält aufseufzte, und ein bedauernder Ausdruck trat in seine Augen.

„Meine geliebte Saskia, es tut mir so leid. Ich wollte dich nicht verletzen, sondern dir nur begreiflich machen, dass ich ein Kind genauso wenig im Stich lassen könnte wie dich."

Starr blickte sie Andreas an, unfähig, etwas zu sagen, sich zu bewegen oder nur zu atmen. Er spielte seine Rolle. Es konnte nicht anders sein. Er liebte sie nicht. Und trotzdem war es mehr, als sie ertragen konnte, diese Worte aus seinem Mund zu hören und zu wissen, dass es gelogen war.

Verzweifelt zerrte sie an dem Ring, den er ihr geschenkt hatte. Ihre Augen waren dunkel vor Zorn, und Tränen schimmerten darin, während Andreas sie betrachtete, wie er sie auch während des Essens und danach betrachtet hatte.

„Ich war so wütend, als Athena Saskia das Geld angeboten hat", hatte Pia ihm leidenschaftlich erzählt. „Und so stolz auf Saskia. Sie liebt dich über alles. Ich dachte immer, keine Frau wäre gut genug für dich, aber jetzt ist mir klar, dass ich mich geirrt habe. Sie liebt dich so, wie du es verdienst und wie ich auch einmal den Mann lieben werde, den ich heirate …"

„Sie passt perfekt zu dir, mein Schatz", hatte seine Mutter ihm zugeflüstert.

„Sie ist eine schöne junge Frau und hat ein gutes Herz", hatte sein Großvater sichtlich bewegt erklärt.

Nach dem Essen hatte Saskia sich einen Moment lang unbeobachtet gefühlt. Sein Großvater hatte sie mit etwas aufgezogen, und sie hatte sich ihm, Andreas, zugewandt, als würde sie bei ihm Schutz suchen. Der Ausdruck in ihren Augen hatte in ihm den Wunsch geweckt, sie hochzuheben und an einen Ort zu entführen, wo er mit ihr allein war und diesen Ausdruck immer wieder hervorrufen konnte.

Schließlich gelang es ihr, den Ring abzustreifen. Hoch erhobenen Hauptes hielt sie ihn ihm hin. „Ich würde niemals einen Mann heiraten, der mich nicht liebt."

Andreas schloss die Augen und ließ die Worte noch einmal Revue passieren, um sicherzugehen, dass er sich nicht verhört hatte. Einige Sekunden später öffnete er die Augen wieder und ging entschlossen auf sie zu. Noch nie in seinem Leben hatte so viel für ihn auf dem Spiel gestanden. Wenn er verlor, würde er alles verlieren. Wenn er gewann …

Nachdem er einmal tief durchgeatmet hatte, fragte er leise: „Sollte es nicht heißen, du würdest nie einen Mann heiraten, den du nicht liebst?"

Saskia erstarrte und wurde erst blass, dann errötete sie.

„Ich … Das habe ich gemeint …", begann sie und verstummte, als Panik sie überkam. „Ich kann dich nicht heiraten, Andreas", protestierte sie, als er weiter auf sie zuging und sie an sich zog.

„Und ich würde dich nicht gehen lassen, Saskia", sagte er rau.

„Weil wir miteinander … Weil ich schwanger sein könnte?", fragte sie undeutlich, denn er hielt sie eng an sich gepresst und hauchte unendlich zärtliche Küsse auf ihren Hals und ihr Kinn, bis er sich ihrem Mund näherte.

„Ja, deswegen", bestätigte er. „Und deswegen ... und deinetwegen ..."

„Meinetwegen?" Ihre Stimme überschlug sich beinah.

Er umfasste ihr Gesicht und blickte sie an. Der Ausdruck in seinen Augen verriet Schmerz, Reue, aber auch Liebe und Verlangen. „Bitte lass mich dir zeigen, wie es zwischen uns sein könnte, Saskia. Wie schön es sein könnte ... sein *kann* ..."

„Was willst du damit sagen?", erkundigte Saskia sich benommen.

„Ich versuche mit Worten auszudrücken, was mein Herz, meine Seele und mein Körper dir schon bewiesen haben, meine geliebte Saskia. Sicher hast du es gespürt, als wir uns geliebt haben, oder?"

Forschend sah sie ihm an, um sich zu vergewissern, ob er es ernst meinte. Ihr Herz klopfte vor Freude und Aufregung schneller. Kein Mann konnte so gut schauspielern, und sein Körper sandte außerdem eine unmissverständliche Botschaft aus. Sie spürte, wie sie wieder errötete, als ihr Körper darauf reagierte.

„Ich ... ich dachte, es wäre nur Sex gewesen", erwiderte sie tapfer.

„Was ist?", fragte sie verwirrt, als Andreas zu lachen begann.

„Meine Liebe", meinte er, immer noch lachend, „wenn du mir nicht längst den Beweis für deine Unschuld geliefert hättest, dann hättest du es mit diesen Worten getan. Jede Frau, die schon mal ‚nur Sex' hatte, hätte sofort gewusst, dass ..."

Er lächelte sie an und küsste sie zärtlich, bevor er schroff fortfuhr: „Nein. Warum sollte ich mir die Mühe machen, es dir zu erklären? Schließlich wirst du niemals erfahren, was es bedeutet, ‚nur Sex' zu haben. Wir beide, Saskia, werden uns lieben und uns bis an unser Lebensende Liebe schenken."

„Oh Andreas", flüsterte Saskia selig, als er sie an sich zog.

„Nein, Andreas, das geht nicht", protestierte sie fünf Minuten später, als er sie zum Bett trug und auszuziehen begann. „Meine sauberen Sachen sind alle im Koffer ... Ich habe nichts mehr anzuziehen und ..."

„Gut", sagte Andreas ungerührt. „Ich kann mir momentan nämlich nichts Schöneres vorstellen, als dass du nackt in meinem Bett liegst und nicht vor mir fliehen kannst."

„Hm, das ist komisch", erwiderte sie schalkhaft. „Genau das dachte ich auch gerade!"

EPILOG

Dein Großvater hat sich vielleicht nicht durchsetzen können, was unsere Hochzeit betraf, aber eine Taufe im engsten Familienkreis hat er auf jeden Fall verhindert!“ Saskia lachte mit Andreas, während sie beide den Blick über die Menge gleiten ließen, die sich im Festsaal ihres namhaftesten Hotels versammelt hatte.

„Hm … Bist du sicher, dass Robert sich bei ihm wohl fühlt?“, erkundigte sich Andreas besorgt. Auf der anderen Seite des Raumes führte sein Großvater seinen drei Monate alten Urenkel stolz seinen Freunden und Geschäftspartnern vor.

„Na, dein Großvater betont doch ständig, dass er schon viel mehr Babys in den Armen gehalten hat als wir“, meinte Saskia lachend.

„Vielleicht, aber keines davon war *unser* Sohn“, konterte Andreas. „Ich glaube, ich hole ihn lieber, Sas. Er sieht aus, als würde er gleich anfangen zu schreien, und die letzte Flasche hat er nicht leer getrunken …“

„Wie war das mit liebenden Vätern?“, sagte Pia leise zu Saskia, während sie Andreas nachblickten, der zu seinem Sohn eilte. „Ich habe ja immer gewusst, dass Andreas ein guter Vater sein würde …“

Saskia lächelte sie an und betrachtete dann ihren Mann, der nun ihren Sohn in den Armen hielt. Robert war genau neun Monate und einen Tag nach ihrer Hochzeit zur Welt gekommen, drei Wochen nach dem errechneten Entbindungstermin. Aber *das* wussten natürlich nur Andreas und sie … genau wie nur sie beide wussten, dass er an seinem ersten Geburtstag einen Bruder oder eine Schwester haben würde.

„Ist das nicht ein bisschen zu früh?“, hatte Andreas eingewandt, als sie ihm von ihrer Vermutung erzählte. Sie war erst errötet und hatte dann gelacht, weil sie sich daran erinnerte, dass sie nach Roberts Geburt wieder die Initiative ergriffen hatte.

Andreas war ein wundervoller Vater und der wundervollste Ehemann und Liebhaber überhaupt. Saskia seufzte leise, und in ihre Augen trat ein Ausdruck, den Andreas nur zu gut kannte.

Falls seine Mutter überrascht darüber war, dass Andreas ihr nun seinen Sohn anvertraute und erklärte, er müsse dringend etwas mit seiner Frau unter vier Augen besprechen, ließ sie es sich nicht anmerken. Sie ging zu Saskias Großmutter, zu der sie bereits ein sehr herzliches Verhältnis hatte.

„Andreas! Das geht nicht", protestierte Saskia, als er sie in die luxuriöseste Suite führte und die Tür von innen schloss.

„Warum nicht?", neckte er sie. „Das Hotel gehört uns, und wir sind verheiratet – und ich begehre dich so sehr."

„Andreas ..." Sie stöhnte auf, sobald er mit den Lippen ihren Hals zu liebkosen begann.

„Andreas ... Was?", flüsterte er, den Mund an ihrer Haut.

Saskia erwiderte nichts, sondern zog seinen Kopf zu sich herunter und öffnete die Lippen.

„Gleich bei unserer ersten Begegnung war mir klar, dass du ein kleines Luder bist." Andreas lachte zärtlich. „*Mein* kleines Luder ..."

– ENDE –

Linda Lael Miller

Die Geliebte des Leoparden

Roman

Aus dem Amerikanischen von
Michael Kanzler

MIRA®

1. KAPITEL

Sie hatten Olivia Stillwell die Hände auf dem Rücken gefesselt, und bei jedem Schlagloch stieß sie schmerzhaft gegen den dreckigen, rostigen Wagenboden. Morgen würde sie von blauen Flecken übersät sein! Noch immer benommen von dem Schrecken, den diese Männer ihr eingejagt hatten, dachte sie daran, dass ihr dieses Abenteuer bestimmt einen großzügigen Bonus einbringen würde – vorausgesetzt, sie überlebte diese Tortur.

Die heiße mexikanische Sonne brannte unbarmherzig auf sie herab. Ihre ärmellose weiße Bluse und die khakifarbenen Hosen boten wenig Schutz, und das schulterlange, kastanienbraune Haar klebte an ihrem Gesicht und Nacken. Sie kam sich vor wie ein Hummer auf dem Weg zum Kochtopf, und sie war sicher, dass sie sich bald übergeben müsste, wenn die Fahrt noch lange andauerte.

Nicht, dass sie unbedingt herausfinden wollte, wohin ihre Entführer sie bringen würden oder welches Schicksal sie dort erwartete! Olivia schloss die Augen und versuchte, sich in sich selbst wie in eine dunkle Höhle zu verkriechen, doch auch hier fand sie keine Geborgenheit. Vor ihrem geistigen Auge wiederholten sich in grellen Farben Szenen aus billigen Abenteuerfilmen, die sie vor Jahren gesehen hatte.

Sie hatte keine Ahnung, was ihr bevorstand, und um ihre unerträgliche momentane Situation vergessen zu können, ließ sie ihre Gedanken zurück in die Vergangenheit schweifen.

Bis zu diesem Morgen war eigentlich alles in Olivias Leben glatt verlaufen.

Ihr Onkel Errol schrieb ausgesprochen erfolgreiche romantische Abenteuerromane – vorwiegend für ein weibliches Publikum – und hatte sie vor fünf Jahren nach Abschluss der Universität als Mitglied seines Rechercheteams eingestellt. Gleich von Anfang an war Olivia begeistert von ihrer Arbeit gewesen, und der Erfolg ließ nicht lange auf sich warten. Durch Standvermögen und mit wachsender Erfahrung gewann sie bald eine Führungsposition über die anderen Mitarbeiter, und sie konnte entscheiden, welche Aufträge sie annehmen wollte, die ihr Onkel vergab.

All dies hatte sie sich durch harte Arbeit und Einfallsreichtum verdient, doch einige Leute wollten ihr persönliches Verdienst nicht anerkennen. Sie war Errol McCauleys einzige lebende Verwandte, er hatte sie aufgezogen und für ihre Ausbildung gesorgt. So nahm fast jeder an, ihre aufregende Karriere sei ihr auf dem silbernen Tablett serviert worden.

Zum tausendsten Mal schlug Olivia mit der rechten Wange gegen den Boden des Jeeps. Mit bitterer Ironie dachte sie daran, dass sie im Augenblick jedem gern ihren Job abtreten würde, der ihn haben wollte.

Tränen traten ihr in die Augen. Noch heute Morgen hatte sie gut gelaunt und vor der prallen Sonne geschützt auf der Terrasse ihres Hotelzimmers gefrühstückt. Sie hatte ihren zweiwöchigen Auftrag beendet. Onkel Errol schrieb gerade über eine reiche amerikanische Erbin, die nach vielen Irrungen und Wirrungen einen Matador geheiratet hatte, und als Belohnung hatte Olivia sich einige Töpferwaren aus einer nur Eingeweihten bekannten Künstlerkolonie spendiert, über die sie einen Artikel gelesen hatte.

Olivia hatte selbst eine Töpferscheibe und einen kleinen Brennofen zu Hause stehen. Sie war kunsthandwerklich sehr begabt und träumte manchmal davon, ihre Arbeiten auf Ausstellungen und in Galerien zu verkaufen. So sehr sie die Arbeit für ihren Onkel liebte und die Abwechslung, die diese mit sich brachte, zeigte sich langsam eine andere Seite ihrer Persönlichkeit. Neue Wege wollte sie beschreiten, und sie sehnte sich nach einem Baby – nicht, dass das eine etwas mit dem anderen zu tun gehabt hätte.

Nachdem ein gutmütiger Hotelangestellter ihr die Richtung beschrieben hatte, hatte sie sich in ihrem Mietwagen auf den Weg zur Künstlerkolonie gemacht. Irgendwo in der Wüste war sie dann der falschen Abzweigung gefolgt, und die Horrorstory, die sich daran anschloss, hätte sogar einen Stephen King zur Schreibmaschine eilen lassen.

Zuerst überhitzte der kleine Wagen, der ihr so zuverlässig erschienen war, als sie damit den abgelegenen Ferienort San Carlos verließ. Kurz darauf explodierte der Kühler, heißer Dampf zischte unter der Motorhaube, und es war aus mit der Weiterfahrt.

Trotzdem war Olivia nicht sonderlich besorgt. Immerhin war sie mit weit schlimmeren Unannehmlichkeiten in den Einöden Kolumbiens, Marokkos und Nepals fertig geworden. Ihr Onkel nannte solche Zwischenfälle „die Atmosphäre in sich aufnehmen". Sie hatte eine Feldflasche mit Wasser, ihre Baseballkappe und sogar Sonnenmilch mitgebracht, und sie war sicher, dass sie ihren Bestimmungsort nach einem kurzen Fußmarsch erreichen würde.

Von dort würde sie jemand zurück ins Hotel bringen.

Olivia rieb Gesicht und Arme mit Sonnenmilch ein, setzte ihre Baseballkappe und Sonnenbrille auf und machte sich selbstsicher und zuversichtlich auf den Weg. Einige Wüstenkreaturen kreuzten die Straße, und sie versuchte, sich Farbe und Größe zu merken. Je mehr Einzelheiten sie zu berichten hatte, desto glücklicher würde Onkel Errol sein; lebhafte Beschreibungen benutzte er gern in seinen Büchern.

Doch auch nach einer Stunde war noch kein Zeichen der Künstlerkolonie zu entdecken. Alles, was sie umgab, waren Wüste, Kakteen und eine weit entfernte Bergkette. Sie brach in Schweiß aus – aus ihrer Selbstsicherheit war nackte Angst geworden.

Dann hatte sie den Jeep entdeckt, der in der Entfernung auf dem braunen Band der Straße Staubwolken hinter sich aufwirbelte.

Das Fahrzeug kam schlingernd neben Olivia zum Stehen, und sie erkannte sofort, dass ihr diese Männer mit ihren Gewehren und abschätzenden Blicken nicht helfen würden. Sie hatte in die Wüste zu fliehen versucht. Selbst noch durch die Sohlen ihrer Sandalen brannte der heiße Sand unter ihren Füßen. Doch es war vergeblich, die Männer holten sie mit Leichtigkeit ein.

Olivia schrie und wehrte sich verzweifelt, sicher, im nächsten Augenblick vergewaltigt und in der Wüste zurückgelassen zu werden. Der jüngere der beiden Banditen holte aus, um sie zu schlagen, doch sein Partner schrie aufgeregt etwas auf Spanisch und hielt ihn am Arm fest.

Dann hatten sie ihr die Hände auf dem Rücken gefesselt, ihre Fußgelenke mit Klebeband umwickelt und sie geknebelt. Im Handgemenge hatte Olivia ihre Baseballkappe verloren.

Olivia hatte keine Ahnung, wie lange sie schon unterwegs waren; ihr kam es wie Tage vor, doch sie wusste, wenn überhaupt, konnten es nur Stunden sein.

Sie bewegte sich unruhig und stöhnte leise. Galle stieß ihr bitter auf, und jeder Muskel und Knochen in ihrem Körper schmerzte. Doch die Angst machte ihr am meisten zu schaffen. Die Szenen aus drittklassigen Filmen, in denen junge Frauen in Mexiko gefangen gehalten wurden, gingen ihr nicht aus dem Sinn.

Als der Jeep ruckartig und unerwartet anhielt, schlug Olivia mit dem Kopf heftig gegen den Fahrersitz. Ihr Herzschlag setzte aus, und die Angst schnürte ihr die Kehle zu.

Der ältere Mann im durchgeschwitzten Hemd kam nach hinten, fasste sie unter den Achseln und richtete sie auf. Einen Moment lang verschwamm sein Bild, und es wurde Olivia schwarz vor den Augen.

Hastig und undeutlich sagte er wieder etwas auf Spanisch, zu schnell für sie, um es zu verstehen, nahm ihr den Knebel ab und hielt eine Wasserflasche an ihren Mund. Sie trank gierig, doch er beschimpfte sie und zog die Flasche weg, bis sie verstand, dass sie in kleinen Schlucken trinken sollte. Sie nickte, und das kühle Nass floss erneut über ihre Zunge; metallisch und nach Schwefel riechend, doch wohlschmeckender als Nektar.

Der Mann nahm die Flasche an sich und bedeutete ihr, sich wieder hinzulegen. Ihr blieb keine andere Wahl, als zu gehorchen, und er legte eine gestreifte Decke über sie, von der Art, wie sie auf Märkten für die Touristen angeboten werden, zusammen mit Gipsfiguren, Tischtüchern und billigem Modeschmuck.

Der Jeep fuhr wieder an.

Die Hitze unter der schweren, gewobenen Decke war qualvoll, doch Olivia erkannte die freundliche Absicht. Ohne diesen Schutz wäre sie in der prallen Sonne regelrecht bei lebendigem Leibe gegrillt worden.

Die Fahrt ging weiter und weiter, und Olivia nickte mehrmals ein. Es gab so viel, das sie noch erreichen wollte: ihren Platz in der Welt der Kunst finden, heiraten, Kinder haben ... Sie wollte leben! Wenn sie jedoch als Sklavin verkauft werden sollte, wie sie annahm, war ihr ein gnädiger Tod lieber.

Als ob ihr irgendjemand die Wahl lassen würde!

Als der Jeep das nächste Mal anhielt, war Olivia in einen tiefen Erschöpfungsschlaf gefallen. Sie träumte von dem alten Haus in Connecticut, das sie mit ihrem Onkel bewohnte, wo sie auf dem Speicher

Vasen und Obstschalen töpferte, um sie auf der nächsten Ausstellung zu verkaufen.

Die unerträgliche Hitze ließ langsam nach, und die zunehmende Kälte brachte Olivia fröstelnd in die Gegenwart zurück. Sie war nicht gerade dankbar, aber doch froh über die wärmende Decke.

Unter ihr rollte der Jeep unbarmherzig über jedes Schlagloch und scherte manchmal so unerwartet aus, dass sie hin- und hergeschleudert wurde und gegen die Sitzhalterung stieß. Es war ihr möglich, sich so weit zu bewegen, dass sie mit einem Auge über den Rand der Decke blicken konnte. Ein Meer von silbernen Sternen breitete sich über ihr aus.

Leb wohl, Olivia, zu schade, dass du so viele Dinge verpassen wirst! Der Gedanke zu sterben schnürte ihr die Kehle zu. Sie war gerade sechsundzwanzig Jahre alt, und die Welt war viel zu schön, um sie jetzt schon zu verlassen.

Sie fuhren weiter und weiter, eine Steigung hinauf, dann hinab und wieder hinauf. Als der Jeep endlich anhielt, hörte Olivia unbekannte Männerstimmen im einheimischen Dialekt. Dann wurde sie ohnmächtig.

Als Olivia erwachte, dachte sie, sie sei gestorben. Der Raum, in dem sie sich befand, war angenehm kühl, und fast alle Möbel waren mit weißen Laken zugedeckt.

Sie versuchte zu sprechen, doch ihre Kehle schmerzte, und sie brachte keinen Ton heraus.

Sie setzte sich auf und strich mit den Händen über die weiche Decke und die kostbar bestickten Bettlaken. Sie trug ein weites Nachthemd aus Baumwollsatin, und die verbrannte, blasige Haut auf ihren Armen war mit einer kühlenden Creme bedeckt.

Auf dem Nachttisch neben ihr stand eine Karaffe mit kühlem Wasser und eine Obstschale voll mit Früchten. Trotz der angenehmen, fast luxuriösen Atmosphäre, die der Raum um sie herum ausstrahlte, erfüllte Olivia Angst. Dies konnte kein freundlicher Ort sein, nicht nachdem sie von diesen Banditen hierher verschleppt worden war. Vielleicht war sie in eine Art Durchgangslager geraten, um später nach Südamerika oder Libyen gebracht zu werden.

Sie musste zuerst ihre Sachen finden, dann über die Terrasse klettern und versuchen zu entkommen. Falls notwendig würde sie zu

Fuß gehen, und mit ein bisschen Glück konnte sie vielleicht sogar ein Auto stehlen. Sie brauchte keinen Zündschlüssel – glücklicherweise hatte sie bei ihren Recherchen zum letzten Buch ihres Onkels gelernt, Motoren kurzzuschließen.

Die Blutergüsse und der Sonnenbrand machten sich bemerkbar, und Olivia zuckte vor Schmerz zusammen. Vorsichtig schob sie die Bettdecke zurück und stieg aus dem luxuriösen Bett. Ihre Knie gaben nach, und sie konnte sich kaum aufrecht halten.

Sie tastete sich zum Bett zurück. Ihr Kopf schmerzte von dieser geringen Anstrengung, und sie fühlte sich übel. Sie musste versuchen von hier wegzukommen – so schrecklich auch ihre Entführung gewesen war, glaubte sie, dass ihr das Schlimmste noch bevorstand, aber ihr fehlte die Kraft.

Ihr stockte der Atem, als sich plötzlich die Tür öffnete, doch der Eindringling entpuppte sich als eine sanft aussehende, ältere Mexikanerin. Man konnte sie weder als dick noch schlank bezeichnen, und ihr hellrosafarbenes Baumwollkleid, ihre bloßen Füße und das beruhigende Lächeln machten einen recht harmlosen Eindruck.

Diese Frau sah nicht aus, als wäre sie in den Sklavenhandel mit weißen Frauen verwickelt. Sie wünschte Olivia auf Spanisch einen guten Morgen – das erste Wort, das sie verstand, seit sie ihr Hotel in San Carlos verlassen hatte – und trat ans Bett.

Zögernd fragte Olivia die Frau, ob sie Englisch spräche, doch sie erhielt als Antwort nur ein bedauerndes Kopfschütteln.

„Maria", sagte die Frau und legte die gespreizte Hand an ihre Brust. Dann deutete sie mit dem Zeigefinger auf Olivia und sah sie fragend an.

„Olivia", erwiderte die Gefangene.

Maria lächelte, füllte ein Glas mit Wasser und hielt es behutsam an Olivias Lippen.

Sie trank dankbar, und ihr Schwindelgefühl ließ nach. Sie lehnte sich vorsichtig in die makellosen Kissen zurück und starrte an die Decke. Es gab so viele Dinge, die sie erfahren wollte, doch mit der wohlmeinenden Maria zu plaudern, hätte nur ihre heisere Kehle und ohnehin schon angespannten Nerven strapaziert.

Sie musste eingeschlafen sein, denn als sie die Augen öffnete, war das Sonnenlicht schwächer und fiel in einem anderen Winkel durch die Terrassentür. Wieder klopfte es an die Tür. Olivia war nicht beunruhigt, sie dachte, es sei Maria.

Das änderte sich jedoch schnell, als ihr Besucher den Raum betrat.

Er war der bestaussehende Mann, dem Olivia bisher begegnet war. Er war mittelgroß, und sein Haar war dicht und dunkel und eine Spur zu lang. An den Seiten war es zurückgekämmt, fast wie die Schwingen eines Vogels. Seine Haut hatte die Farbe von feinem Sandelholz, und seine Zähne waren unglaublich weiß. Seine Augen zogen Olivia magisch an. Sie waren weder braun noch schwarz wie bei den meisten Mexikanern, sondern dunkelblau mit einem violetten Schimmer.

Olivia glaubte, er sei der Sklavenhändler und öffnete den Mund zu einem krächzenden Schrei.

Er hielt inne und schaute sich um, lächelte und schloss dann die Tür hinter sich.

Wieder krächzte Olivia heiser, tastete nach der Obstschale neben ihrem Bett, nahm einen Granatapfel heraus, warf ihn durchs Zimmer und schrie: „Bleib, wo du bist, du mieser Zuhälter!"

Der Mann lachte und legte seine behandschuhten Hände an die schmalen Hüften. Er trug eine weiße Baumwollhose mit silbernen Knöpfen an den Seiten, schwarze Reitstiefel und ein cremefarbenes Hemd, das zur Hälfte geöffnet war. Er sah aus, als wäre einer von Onkel Errols legendären Helden zum Leben erwacht.

„Ich bin froh zu sehen, dass ich eine Frau mit Humor gekauft habe", sagte er.

2. KAPITEL

Da die Obstschale neben dem Bett voll mit Äpfeln, Bananen, Granatäpfeln und Orangen war, erwartete Esteban Ramirez mit einer ganzen Ladung Früchten bombardiert zu werden, doch nichts dergleichen geschah. Sein hübscher, wenn auch vom Sonnenbrand im Gesicht etwas geröteter Gast kniete in der Mitte des Bettes und starrte ihm mit weit aufgerissenen Augen stolz und unnachgiebig entgegen.

Er spürte einen Stich in der Herzgegend, und ihn überkam eine Ahnung, dass diese Begegnung sein Leben grundlegend verändern würde.

Doch er sammelte sich schnell. Wurde er etwa sentimental?

Esteban hatte Mitleid mit der Frau, aber er hatte auch den leisen Verdacht, dass sein Mitgefühl unter diesen Umständen fehl am Platz war. Er hob seine Hände in einer versöhnenden Geste und versuchte ihr ein Gefühl der Sicherheit zu vermitteln.

„Wie heißen Sie?“, fragte er höflich und in freundlichem Ton. Es war natürlich möglich, dass ihr schreckliches Erlebnis und die unbarmherzige mexikanische Sonne momentan ihren Geist verwirrt hatten.

„Was kümmert Sie, wie ich heiße?“, erwiderte sie scharf nach kurzem Zögern. Sie verschränkte die Arme über ihren wohlgeformten Brüsten und schob das Kinn trotzig vor. Trotz Brandblasen und blauer Flecken war sie von schlichter, natürlicher Schönheit, vergleichbar mit der unberührten Landschaft Mexikos.

Esteban schluckte, selbst auf seinen häufigen Besuchen in den USA war er nie einer so unerschrockenen Frau begegnet, und ihre Kaltblütigkeit bezauberte und verärgerte ihn zugleich.

„Ich verlange, dass Sie mich sofort gehen lassen!“, fauchte sie ihn an. „Falls Sie sich weigern, verspreche ich Ihnen, dass ich einen Weg finden werde, die Polizei zu benachrichtigen!“

Esteban lachte, entzückt von ihrem Kampfgeist und mehr als erleichtert. Hinter ihren grauen Augen erkannte er denselben scharfen Verstand, den auch er besaß. „Wir befinden uns hier in einem ziemlich abgelegenen Teil von Mexiko“, sagte er und betonte das letzte Wort in einheimischem Akzent. „Glauben Sie mir, Sie sind besser bei mir aufgehoben als bei den Federales, unserer Polizei." Er verschränkte die Arme. „Ich frage Sie noch einmal, Señorita, wie heißen Sie?"

„Erst wenn Sie mir Ihren Namen genannt haben", entgegnete sie, gereizt wie ein in die Enge getriebener Skorpion.

Er hätte sie beruhigen sollen, das wusste er – Maria würde ihn tagelang keines Blickes würdigen, wenn sie herausfand, dass er seinem Gast nicht von vorneherein die Angst genommen hatte –, doch er fand zu viel Gefallen an diesem Spiel. In der Nähe dieser Frau zu sein, war wie nach einer langen Durststrecke kühles Quellwasser zu trinken. „Esteban Ramirez", stellte er sich vor und hob seine Mundwinkel zu einem Lächeln.

Hochmütig sah sie ihn an und schob eine wundervolle, kupferfarbene Strähne aus ihrem Gesicht. „Esteban! Ist das nicht die mexikanische Version von Steven?" Er nickte bejahend, und sie musterte ihn, als prüfte sie, ob der Name zu ihm passte. Er nahm an, dass sie wahrscheinlich einen anderen Namen für ihn finden würde, der ihr mehr zusagte, falls sie seinen Namen nicht passend fand. „Sie sind eigentlich nicht der Typ, den man Steve nennen würde", bemerkte sie kühl.

Esteban konnte sich kaum ein Lachen verkneifen. Er befürchtete, dass sein Vergnügen in den dunkelblauen Augen, die er von seiner amerikanischen Großmutter geerbt hatte, sichtbar sein würde. „Ja", stimmte er ihr zu. „Ich finde auch, dass Steve nicht zu mir passen würde." Er hielt inne und wartete. Obwohl er sicher war, dass sie nicht bemerkt hatte, welchen Eindruck sie auf ihn machte, hatte diese wilde Amazone mit der Haarfarbe eines Pumas ihn verunsichert.

„Olivia", erwiderte sie mit sichtlichem Unwillen. „Olivia Stillwell, obwohl ich nicht einsehe, welchen Unterschied das macht. Eine Sklavin braucht schließlich keinen Namen."

„Sie sind keine Sklavin, Miss Stillwell – es ist doch Miss, oder nicht?" Esteban stellte die Frage in lässigem Ton und mit leichtem Achselzucken. Plötzlich schien es ihm, als hingen die Ranch, die Silberminen seines Großvaters und alles andere, was er besaß und sich erträumte, ja, alles, was er war, nur von ihrer Antwort ab.

Erstaunlich!, dachte er. Ich sollte vielleicht öfter ausgehen.

„Würden Sie mich gehen lassen, wenn ich verheiratet wäre? Denn wenn Sie eine Jungfrau erwartet haben, bin ich nicht die Richtige."

Estebans Herz schlug unregelmäßig. Es sollte ihm eigentlich egal sein, ob Olivia Stillwell jemals mit einem Mann zusammen gewesen war, doch es machte ihm etwas aus. „Wie ich bereits erwähnte, sind Sie keine Gefangene. Wenn es Ihnen wieder besser geht, steht es Ihnen frei zu tun, was Sie wollen."

Ihre wunderbaren grauen Augen verengten sich und betrachteten ihn mit Misstrauen. „Señor Ramirez, ich bin entführt und gegen meinen Willen hierhergebracht worden. Sie selbst haben gesagt, dass Sie mich gekauft haben!"

„Ja, ich habe Sie gekauft. Ich dachte, das wäre besser, als Sie an den nächsten Interessenten weiterzugeben. Der würde vielleicht nicht so …", er zuckte die Achseln, „… verständnisvoll sein."

„Ich will nach Hause."

„Das werden Sie auch, sobald Sie sich ausreichend erholt haben."

„Nein, ich möchte sofort gehen. Wenn Sie mich nur meinen Onkel in Connecticut anrufen ließen. Ich bin sicher, er wird eine Transportmöglichkeit für mich arrangieren."

Sie hatte also keinen Ehemann oder Geliebten, folgerte Esteban, sonst hätte sie nicht vorgeschlagen, ihren Onkel anzurufen. Diese Erkenntnis erfüllte ihn mit einer seltsamen Freude, doch dieses Gefühl mischte sich bei dem Gedanken an ihre Abreise mit Niedergeschlagenheit.

Dieser innere Konflikt, den er vor Olivia zu verbergen suchte, machte Esteban wütend auf sich selbst. Er konnte sich überall in der Welt Frauen aussuchen. Es gab genug, die gebildeter und hübscher waren als Olivia. Er brauchte sich nicht mit diesem unbedeutenden, tollkühnen, rothaarigen Weibsstück abzugeben, das mit seinem Sonnenbrand und den Sommersprossen im Gesicht reichlich komisch wirkte.

„Bis zum nächsten Telefon sind es zweihundertfünfzig Kilometer", sagte er und versuchte überzeugend zu klingen. Er hatte ihr bereits zweimal versichert, dass sie keine Gefangene war, aber offensichtlich glaubte sie ihm nicht.

Es schien unmöglich, doch Olivias Gesicht rötete sich noch mehr. „Mein Onkel wird sich Sorgen machen."

„In Mexiko geht alles ziemlich langsam“, sagte Esteban.

„Sie müssen ein Kurzwellenradio für Notfälle haben. Auf diesem Weg könnten Sie eine Nachricht durchgeben.“ Sie wollte nicht aufgeben, was eigentlich nicht überraschend war. Was sie erlebt hatte, hätte manchen anderen an den Rand der Verzweiflung gebracht.

Sie folgte seinem Blick zur Petroleumlampe auf dem Nachttisch, dann an die Decke, wo in einem modernen Haus ein elektrisches Licht angebracht gewesen wäre. Offensichtlich erkannte sie, was das bedeutete. „Es gibt einen Generator für heißes Wasser und für die Küchengeräte“, erklärte er.

Sie schüttelte verärgert den Kopf. „Kein Radio?“, fragte sie ungläubig. „Kein Telefon, kein Fernseher, kein Faxgerät?“

Er unterdrückte ein Lachen und wäre am liebsten zu ihr gegangen, um sie zärtlich in seine Arme zu nehmen, doch er wollte sie nicht erschrecken. „Tut mir leid, Hightech werden Sie hier kaum finden. Maria hat ein kleines Fernsehgerät, das mit Batterien betrieben wird. Ich glaube jedoch nicht, dass Sie viel Gefallen an spanisch synchronisierten Wiederholungen von ‚Dallas‘ finden werden.“

Schmollend rutschte Olivia nach hinten und zog die leichte Bettdecke bis zum Kinn hoch. „Sie sind keine große Hilfe, Señor Ramirez“, sagte sie.

Er lächelte und griff nach dem Türknopf. Er hatte genug von dieser Frau, zumindest für den Moment. Sie glaubte kein Wort von dem, was er sagte, und das störte ihn erheblich. Nichts schätzte Esteban so sehr wie Aufrichtigkeit. „Bin ich nicht? Wenn ich Ihnen nicht geholfen hätte, würden Sie jetzt wünschen, nicht mehr am Leben zu sein.“

Beim Gedanken an das, was ihr hätte passieren können, weiteten sich ihre Augen, doch sie funkelte ihn bald wieder an. „Entschuldigen Sie bitte, wenn ich mich nicht bei Ihnen dafür bedanke, in diesem Haus gefangen gehalten zu werden“, sagte sie steif.

Esteban seufzte und öffnete die Tür. Er wollte gehen, doch ihre schlanke Figur schien unter der locker gewebten Decke elektromagnetische Wellen auszusenden. Sein ganzes Ich, Geist und Körper, sehnte sich nach ihr, und es kostete ihn seine ganze Kraft, ihrem Charme zu widerstehen. „Ich erwarte keine Dankbarkeit von einem verwöhnten amerikanischen Schulmädchen, das nichts Besseres zu tun hat, als alleine in der Wüste umherzuspazieren“, erwiderte er. Diese harten Worte dienten hauptsächlich seiner eigenen Verteidigung. Gerade machte er die Tür hinter sich zu, da wurde diese von einer weiteren Frucht getroffen. Er grinste, als er den Hausflur entlangging.

So sehr er die Ranch liebte, war es ziemlich einsam hier draußen, und Miss Stillwell würde zumindest für die nächsten Tage sein eintöniges Leben ein wenig aufheitern.

Kurz nachdem Esteban fort war, brachte Maria eine wunderbare Gazpacho zum Mittagessen. Ihre wohlgemeinte Besorgnis beschämte Olivia, und sie bereute, dass sie die Früchte durchs Zimmer geworfen hatte. Während sie verlegen ihre Suppe aß, räumte Maria mit einem verschmitzten Lächeln um den Mund auf.

„Ich wünschte, Sie könnten Englisch sprechen“, sagte Olivia nach dem Essen, als Maria das Tablett von ihrem Schoß nahm. „Dann könnten wir uns unterhalten. Ich könnte Ihnen alles über meinen Onkel Errol erzählen und die Preise, die ich mit meiner Töpferei gewonnen habe. Sie würden mir dann alles über ihren Boss berichten. Er ist ein regelrechter Mistkerl – Señor Ramirez, nicht mein Onkel –, aber Sie mögen ihn wahrscheinlich.“

Maria hörte ihr höflich zu, obwohl sie kaum mehr als einige Wortfetzen verstand. Als Olivia sich beruhigt hatte, lächelte Maria und sprach ihr sanft zu.

Nachdem Maria gegangen war, stieg Olivia aus dem Bett und machte sich mit weichen Knien auf den Weg ins Badezimmer. Zumindest gab es sanitäre Einrichtungen in diesem Haus! Ein schwacher Trost.

Zurück im Bett plante sie, wie sie am besten entkommen könnte, doch sie war immer noch zu verwirrt – kein Wunder, nachdem gestern ihr Gehirn in der Sonne geröstet worden war. Sie schloss die Augen und schlief ein.

Sie erwachte erst Stunden später, als Maria die Lampe auf ihrem Nachttisch anzündete. Eine einfache Mahlzeit war auf dem weißen Rattantisch in einer Ecke des Raumes angerichtet.

„Buenas noches!“, begrüßte Maria sie.

Das Lampenlicht verlieh dem Raum eine gemütliche Atmosphäre, und Olivia vergaß fast, dass sie praktisch eine Gefangene in diesem Haus war. Das Abendessen bestand aus Reis und einer nicht zu stark gewürzten Mischung aus Hühnchen, roten und grünen Paprikaschoten, Möhren und Zwiebeln.

Sie legte Wert darauf, sich auf Spanisch zu bedanken, als Maria die Teller und das Silberbesteck abräumte. Die Haushälterin strahlte.

Der sie umgebende Luxus ließ Olivia für einige Minuten vergessen, in welcher ungewöhnlichen und gefährlichen Lage sie sich befand.

Ohne Maria kam Olivia sich ziemlich verlassen vor. Die Gesellschaft der Haushälterin heiterte sie trotz der Sprachschwierigkeiten ein wenig auf, und sie war dankbar für Marias Hilfe.

Sie erinnerte sich vage daran, dass Maria sie gebadet hatte, als sie auf der Ranch angekommen war. Es kam ihr jetzt vor wie ein Traum. Maria hatte ihre Schürfwunden mit Jod behandelt und ihren Sonnenbrand mit einer kühlenden Lotion gelindert. Sie stand tief in der Schuld ihrer verschwiegenen Freundin.

Da sie keine Ruhe finden konnte, fasste Olivia den Entschluss, sich auf die Terrasse zu wagen. Vielleicht gab es an der Mauer des Hauses ein Obstspalier, an dem sie hinunterklettern konnte, wenn sie wieder zu Kräften gekommen war. Vielleicht befand sich ihr Raum auch im Erdgeschoss des Hauses, was sie aber für ziemlich unwahrscheinlich hielt.

Sie öffnete die Flügelfenster zur Terrasse und trat hinaus. Die überwältigende Schönheit der Tropenflora um sie herum verschlug ihr den Atem.

Dies war nicht das Mexiko, das nur aus Sand, Spinnen und Kakteen bestand. Nein, hier wiegten sich Palmen unter einem sternenbedeckten Himmel, und das silberne Mondlicht spiegelte sich im Wasser, dessen tiefblaue Farbe sie sogar in der relativen Dunkelheit erkennen konnte.

Direkt unter der Terrasse war ein Innenhof mit Backsteinen und Marmor ausgelegt, mit einem riesigen Springbrunnen, tropischen Blumen in paradiesisch anmutenden rosa, blauen und gelben Farben und weiße, schmiedeeiserne Sitzbänke. Diese zauberhafte Szene wurde vom Mondlicht und großen Kerzen in Glaskugeln erhellt.

Olivia ging am Geländer entlang und suchte nach einem Weg, der sie nach unten bringen würde. Doch es gab weder ein Spalier noch Bäume, an denen sie hinunterklettern könnte. Sie hätte in den Whirlpool unter ihr springen können, doch das kam ihr nun doch etwas zu abenteuerlich vor. Sie prägte sich aber alles genau ein.

Plötzlich begann das smaragdgrüne Wasser im Whirlpool zu sprudeln. Auf Estebans Erscheinen war sie völlig unvorbereitet gewesen; er überquerte den gekachelten Boden in schattenumspielter Nacktheit und ließ sich ins Wasser gleiten.

Olivia stand eine Weile lang wie hypnotisiert da. Sie wusste, sie konnte sich jederzeit zurückziehen. Sie wäre aber am liebsten im Erdboden versunken, als er zu ihr hinaufsah, seine Zähne so weiß wie die Orchideen entlang des Innenhofes.

„Möchten Sie sich nicht zu mir gesellen?“, fragte er.

Vor Scham, dass sie dabei entdeckt worden war, wie sie einen nackten Mann beobachtet hatte, und um ihre Verwundbarkeit zu verbergen, griff Olivia ihn an. „Da Sie mich gekauft haben, könnten Sie mich wohl auch dazu zwingen.“

Estebans Lachen wirkte auf sie in der warmen Dunkelheit wie eine Liebkosung. Sie spürte ein Schwellen in ihren Brüsten, es kam ihr vor, als wären sie voller und schwerer geworden, und ein scharfer Schmerz wühlte in ihrem Unterleib.

„Wenn ich Ihnen befehlen würde herunterzukommen, würden Sie gehorchen?“

„Natürlich nicht!“

Er breitete seine Hände aus und sah nach oben, „Das habe ich erwartet“, seufzte er resigniert. „Es ist heutzutage fast unmöglich, eine gute Liebessklavin zu finden.“

Olivia biss sich auf die Unterlippe und war heilfroh, dass sie nicht versucht hatte, von der Terrasse in den Whirlpool zu springen, denn das Wasser reichte gerade bis an Estebans Taille. Sie hätte nach dem Aufprall wie eine Ziehharmonika ausgesehen! „Ich dachte, es gäbe hier keinen elektrischen Strom.“ Herausfordernd sah sie ihn an. Sie versuchte das Thema zu wechseln, denn plötzlich schien die Vorstellung, Estebans Gefangene zu sein, recht angenehm.

„Meinen Sie das?“, fragte er und zeigte auf das geheizte Wasserbecken. „Ich sagte Ihnen doch, dass wir einen Generator haben. Mehrere, um genau zu sein.“

Olivia verschränkte die Arme. „Ich glaube, Sie machen sich über mich lustig, Señor Ramirez. Ich verlange, dass Sie mich sofort gehen lassen."

„Wie Sie wollen", antwortete Esteban mit einer ausladenden Armbewegung zum Tor hin. „Ich würde Ihnen raten, nach Norden zu gehen und so viel Wasser mitzunehmen, wie Sie tragen können. Vermeiden Sie bloß, wieder entführt zu werden! Das letzte Mal hatten Sie noch einmal Glück."

Verdammt, er hatte recht! Olivia hasste ihn dafür. Er könnte zumindest ab und zu im Unrecht sein.

„Also gut", sagte sie spröde, „ich danke Ihnen."

Esteban machte es sich im warmen Wasser gemütlich und legte seine muskulösen Arme auf den Beckenrand. Olivia glaubte zu sehen, wie er diese schönen, sinnlichen Augen schloss und sich der wohltuenden Wärme des sprudelnden Wassers hingab.

„Nichts zu danken, Olivia", sagte er heiter und entspannt. „Das nächste Mal, wenn Sie durch die Wüste taumeln, lassen Sie sich von Ihren Entführern wieder zu mir bringen. Ich kaufe Sie gern noch ein zweites Mal; obwohl ich glaube, dass der Preis dann nicht mehr so hoch sein wird."

Olivia wusste, dass er das nicht ernst meinte, doch sie fand die ganze Sache überhaupt nicht lustig. „Ich werde Ihnen natürlich alles zurückzahlen, sobald ich meine Bank erreichen kann …"

Sie wusste instinktiv, dass er die Augen geöffnet hatte, und spürte förmlich, wie sein Blick durch ihr leichtes, durchsichtiges Nachthemd drang. „Das steht Ihnen frei", gab er förmlich zurück. „Ich habe aber mehr Geld, als ich brauche, und Sie müssen sich schon etwas anderes einfallen lassen, um Ihre Schulden bei mir abzuzahlen, Miss Stillwell."

3. KAPITEL

Olivia war sprachlos. Das war doch sicher nicht Estebans Ernst! Erwartete er etwa von ihr, das Lösegeld mit Liebesdiensten zu bezahlen? Je mehr sie darüber nachdachte, desto unsicherer und nervöser wurde sie.

Sie rannte in ihr Zimmer und verriegelte die Terrassentür. Ihre Wangen pochten vor Hitze. Sie stand im romantischen Schein der Petroleumlampen im Halbdunkel des Raumes und presste die Hände ans Gesicht. Es hatte einfach keinen Sinn, sich selbst etwas vorzumachen und ihre Gefühle zu leugnen.

Ihre einzige Erfahrung mit Männern bestand aus einer unbedeutenden, längst vergessenen Affäre während ihres Universitätsstudiums. Und die war, um ehrlich zu sein, eher ein abschreckendes Beispiel gewesen. Ihrer Meinung nach maß man dem Thema Sex eine viel zu große Bedeutung bei.

Doch mit Esteban Ramirez war alles anders. Nur in seiner Nähe zu sein, auch ohne seine Stimme zu hören, erregte sie so sehr, dass es ihr manchmal vorkam, als wäre sie mit Starkstrom geladen.

Sie legte sich wieder ins Bett, doch sie konnte nicht einschlafen. Immer wieder musste sie an Esteban denken. Die Art, wie er unbekleidet durch den Innenhof gegangen war, erinnerte sie an die anmutigen Bewegungen einer Wildkatze. Eine Flut wilder Fantasien schoss ihr durch den Kopf.

Was in Onkel Errols Büchern zwischen Männern und Frauen passierte, war kaum mit den schüchternen Annäherungsversuchen ihres idealistischen Dichterfreundes bei der Nordwest-Versicherung zu vergleichen. Ein süßer Schauer überlief sie bei dem Gedanken, all diese Dinge mit Esteban zu erleben … zu spüren. Sie stellte sich vor, wie sich sein fester Körper über sie schob und Besitz von ihr ergriff.

Olivia schloss die Augen. Ein unerträgliches Verlangen erfüllte jede Faser ihres Körpers. Sie hatte Mühe, ihre Gedanken unter Kontrolle zu bringen, und biss sich auf die Unterlippe. Sie versuchte nicht mehr an Esteban zu denken, doch sie konnte der Versuchung nicht widerstehen. Sie hatte geglaubt, wahre Liebe gäbe es nur in Geschichten und im Fernsehen. Nun wusste sie, dass nicht alles frei erfunden sein konnte. Sie tastete nach dem Bettpfosten und klammerte sich daran fest in der Angst, von einer unsichtbaren Flut der Sehnsucht fortgespült zu werden.

Vielleicht gab es wirklich etwas in ihr, das bisher unerforscht und unberührt geblieben war? Nur ein Mann wie Esteban konnte dieses Geheimnis ergründen und sie dorthin führen.

Sie war der Verzweiflung nahe. „Schluss damit!", zischte sie. Señor Ramirez behauptete, sie nur zu ihrem eigenen Schutz gekauft zu haben. Möglicherweise war das nicht die ganze Wahrheit, und er war doch ein Sklavenhändler. Sie wurde vielleicht nur gehegt und gepflegt, bis sie in gutem Zustand war und mehr Geld einbringen würde. Warum verweigerte er sonst seine Hilfe, ihren Onkel zu benachrichtigen?

Olivia sollte sich eigentlich ausruhen, doch sie hatte fast den ganzen Tag geschlafen und fühlte sich überhaupt nicht müde. Sie starrte an die Decke und dachte darüber nach, in welch unglaublicher Lage sie sich befand.

Beim Gedanken, als Gespielin eines schrecklichen alten Mannes zu enden oder zur Prostitution gezwungen zu werden, überlief es sie eiskalt vor Angst. Doch dann dachte sie wieder an Esteban. Mit ihm in diesem Bett zu liegen und endlich all das zu tun, worüber sie bisher nur gelesen hatte ... Sie brach in Schweiß aus.

Wenn sie so weitermachte, würde sie sich noch eine Lungenentzündung holen. Sie musste sich zusammenreißen!

Kurz vor Sonnenaufgang schlief Olivia ein. Sie war von ihren Gefühlen hin- und hergerissen, ihre Träume waren voll greller Farben. Als sie am späten Morgen aufwachte, fühlte sie sich wie gerädert.

Ihre Zuversicht wuchs, als sie ihre eigene Bluse und Hose sah, die über die Stuhllehne gehängt waren. Sie waren zum Teil geflickt, aber frisch gewaschen und gebügelt. Ihre Unterwäsche lag auf dem Stuhl. Bei der Aussicht, in ihre eigenen Sachen schlüpfen zu können, fühlte sie sich weniger als Gefangene.

Sie duschte. Bevor sie sich anzog, cremte sie ihre Haut mit Marias Aloe-Vera-Lotion ein. Sie kämmte ihr Haar, putzte sich die Zähne und machte das Bett. Dann wagte sie sich zum ersten Mal seit ihrer Ankunft aus der Tür.

Das Haus hatte eine Galerie mit Geländern an allen vier Seiten. Darunter befand sich der weite Innenhof. Hier wuchsen die verschiedensten Pflanzen in prächtigen Steintöpfen, und in der Hofmitte plätscherte ein Springbrunnen, umgeben von einer steinernen Sitzbank. Aus der Entfernung vernahm sie leises Vogelgezwitscher.

Olivia schwirrte der Kopf, und sie ging langsam die Steintreppen hinunter. Bis sie etwas zum Schreiben auftreiben konnte, versuchte sie sich jedes Detail ihrer Umgebung im Gedächtnis einzuprägen, um Onkel Errol alles genau berichten zu können. Vielleicht würde er in seinem nächsten Buch darüber schreiben?

Nach einer Weile wurde sie mutiger und begann alles genau zu erkunden. Sie merkte sich so viele Einzelheiten wie möglich. Sie kam in ein großes Esszimmer; also hatte Esteban selbst an diesem abgelegenen Ort Gäste, die er hier bewirtete. Die Wandregale des Arbeitszimmers nebenan standen voller Bücher. Nicht nur in Englisch und Spanisch, sondern auch Französisch. Ihr Gastgeber schien also eine gute Ausbildung genossen zu haben. Sie betrachtete den massiven Schreibtisch, der mit wunderbaren Schnitzereien verziert war, und folgerte, dass Esteban sich offensichtlich gern mit schönen Dingen umgab.

Olivia ging weiter. Sie entdeckte einen kleinen Raum, der mit verschiedenen Sportgeräten ausgestattet war. Sie musste unwillkürlich grinsen. Hier war also die Erklärung für Estebans körperliche Fitness. Er machte Bodybuilding.

An der Vorderseite des Hauses, mit Ausblick zum Meer, befand sich ein herrlicher Raum mit hohen Fenstern, die fast bis zur Decke reichten. Die vorwiegende Farbe war ein beruhigendes Beige, betont durch Türkis und Blau. Sie hatte den Eindruck, als wäre der Raum in magischer Harmonie mit dem Meer verbunden.

Olivia fühlte sich erfrischt und belebt und ließ sich von der stillen Schönheit dieses Ortes verzaubern. Wie gern hätte sie versucht, diese prächtigen Farben in ihren Töpferarbeiten einzufangen! Hier hatte sie die wahre Seele Mexikos entdeckt.

„Guten Morgen."

Sie schrak bei der unerwarteten Begrüßung zusammen und wirbelte herum. Esteban stand an der obersten Stufe der drei Steintreppen, die in das Wohnzimmer führten. „Guten Morgen", brachte sie gerade noch heraus und zwang sich, gelassen zu wirken. Er brauchte nicht zu wissen, welche Angst er ihr einjagte, wie er sie in ihren Gedanken verfolgte und zu geheimen Orten ihrer Seele vordrang, die ihr selbst unbekannt waren.

Er trug schwarze, staubige Reithosen, wieder mit diesen auffälligen Silberknöpfen an der Außennaht. Sein ebenfalls staubiges, weißes Hemd enthüllte seine schweißbedeckte, muskulöse Brust unter einer kurzen Lederweste.

Jeder andere würde in diesem Aufzug lächerlich wirken. Er jedoch weckte gefährliche Fantasien in ihr.

Esteban sah an sich hinunter. „Stimmt etwas nicht?"

Olivia stieg das Blut ins Gesicht; er musste gemerkt haben, dass sie ihn nicht nur wegen seines Aufzugs angestarrt hatte.

„Ich nehme an, es ist eine ziemlich harte Arbeit, diesen Betrieb zu leiten." Sie zögerte. „Was ist das hier eigentlich?"

Er schenkte ihr sein blendendstes Lächeln. „Ich dachte, Sie wüssten es", sagte er und lehnte sich an den Türrahmen. „Es ist eine Ranch. Wir züchten Pferde und Rinder." Er zuckte die Achsel. „Außerdem gibt es hier noch ein paar Silberminen."

Das konnte alles gelogen sein, sagte sich Olivia. Ein Deckmantel für Drogen- oder Sklavenhandel mit weißen Frauen. Sie trat einen Schritt zurück. Ihre Augen weiteten sich.

Einen Moment lang war Esteban verwirrt, doch überfiel er sie gleich wieder mit seinem unwiderstehlichen Lächeln. „Beruhigen Sie sich, Miss Stillwell!", sagte er. „Wenn ich Sie gnadenlos zu meinem Vergnügen ins Bett schleppen wollte, hätte ich dann so lange damit gewartet?"

Olivia war gleichzeitig verletzt und erleichtert. Natürlich wollte sie nicht gegen ihren Willen in sein Bett geschleppt und missbraucht werden, doch dieser Mann weckte ein ungeahnt primitives Verlangen in ihr. Wenn er wüsste, was in ihr vorging, würde er sich wahrscheinlich über sie lustig machen.

Sie war verunsichert und wandte sich ab. Es sah so aus, als bewunderte sie den Ausblick, sie dachte jedoch nur an den Mann, der hinter ihr stand.

Sie zuckte zusammen, als er unerwartet seine Hände auf ihre Schultern legte.

Esteban berührte sie sanft und zärtlich. Er hätte ein Dichter sein können und kam ihr in diesem Moment überhaupt nicht wie ein hartgesottener Verbrecher vor. Er drehte sie zu sich und betrachtete sie mit Erstaunen, blickte sie mit seinen wunderbaren Augen zärtlich an. Dann küsste er sie.

Olivia zuckte. Selbst nach den erotischen Träumen der letzten Nacht war sie auf so etwas nicht vorbereitet. Die Kraft seiner Umarmung erschütterte sie. Sie fühlte sich wie vom Blitz getroffen, und ihr wurde schwindlig. Esteban zog sie enger an sich.

Er umspielte sanft ihre Lippen und brachte sie dazu, ihren Mund zu öffnen. Seine Zunge drang zärtlich, doch fordernd in sie ein. Es war ein Kuss, nicht mehr, doch damit hatte er Olivia erobert. Hier, mitten in diesem hellen Wohnzimmer.

Erregung brannte in ihrem Körper, und ihre Brustspitzen wurden steif, als er sie in seine Arme nahm und ihre Brüste gegen ihn gepresst wurden. Ein unbeschreibliches Verlangen überkam sie.

Er streichelte ihre Wange und fuhr mit dem Daumen über ihre Unterlippe. „Es tut mir leid“, sagte er. „Sie sind mein Gast, das sollte ich respektieren.“

Olivia traute sich nicht zu antworten; sie glaubte in Tränen ausbrechen zu müssen, wenn sie versuchen würde zu sprechen. Sein Kuss hatte sie überwältigt, und sie war sich bewusst, dass sie eine wichtige Schwelle in ihrem Leben überschritten hatte. Auf unerklärliche Weise hatte Esteban Ramirez sie für immer verändert. Sie fühlte sich stark und unglaublich lebendig, mehr sie selbst als jemals zuvor.

Er betrachtete sie einen Moment lang schweigend, als ob sie ein ihm unbekanntes Wesen wäre, drehte sich dann um und ging aus dem Zimmer.

Olivia stand lange Zeit bewegungslos wie eine Statue im Zimmer. Sie wünschte sich, er würde zurückkommen, war jedoch gleichzeitig froh, allein zu sein. Das Feuer, das er in ihr entfacht hatte, loderte noch, und eine heiße Sehnsucht erfüllte ihren ganzen Körper. Sie wagte nicht, sich zu rühren, fürchtete zu explodieren, wenn sie auch nur einen Schritt machte.

Endlich, nachdem Olivia sich ein wenig, wenn nicht ganz gefasst hatte, setzte sie ihre Erkundungen fort. Sie traf Maria in der Küche, einem großen, luftigen Raum voller Licht und Farben. Maria brachte ihr ein Frühstück aus frischem Brot, Früchten und Joghurt und bestand mit sanftem Nachdruck darauf, dass sie es aß.

Olivia wollte danach ihre Teller abspülen, doch Maria trieb sie, aufgeregt ihre weiße Schürze schwingend und unter einem Schwall spanischer Worte aus der Küche. Auf der Veranda hinterm Haus fand Olivia auf einer Bank einen großen Strohhut und setzte ihn auf, um sich vor der prallen Sonne zu schützen. Dann machte sie sich daran, den Rest der Umgebung zu erkunden.

Esteban und seine Männer waren drüben am Korral mit den Pferden beschäftigt, schrien und wirbelten eine Menge Staub auf. Die starke Sonne machte Olivia trotz des Strohhutes zu schaffen, und sie zog sich ins Haus zurück. Sie ging ins Arbeitszimmer und blätterte ziellos in den in Leder gebundenen Alben. Die Seiten waren mit englischen und spanischen Zeitungsausschnitten übersät, die ausschließlich von den Taten eines El Leopardo erzählten. Der Leopard.

Olivia zitterte. Wahrscheinlich hatte Maria die Ausschnitte gesammelt, und El Leopardo war niemand anders als Esteban Ramirez. Erschüttert überflog sie einige Artikel, ohne jedoch genau deren Inhalt zu erfassen. Sie war sich aber sicher, dass Esteban eine Art Doppelleben führte.

Beunruhigt verließ Olivia das Haus und ging hinunter zum Meer mit seinem weißen Sandstrand. Der Leopard! Wenn sie es nicht besser gewusst hätte, hätte sie geglaubt, sich in einer der Erzählungen ihres Onkels zu befinden. Wäre das Ganze nicht so unheimlich gewesen, und hätte sie sich nicht so stark zu Esteban hingezogen gefühlt, sie hätte es sogar zum Lachen gefunden.

Der Name Leopard passte genau zu Esteban, das musste sie zugeben. Er besaß die schlanke Geschmeidigkeit und todbringende Kraft eines Leoparden. Und was sonst noch in ihm steckte. Vielleicht war er bösartig. Möglicherweise machte er sich leise wie die Raubkatze an sein Opfer heran, um sich dann darauf zu stürzen und es zu reißen.

Der Weg zum Strand führte Olivia einen Pfad entlang, der von dichtem Buschwerk gesäumt war. Sie nahm ihre Umgebung kaum wahr, ihre Gedanken drehten sich immer wieder um das eine Thema.

El Leopardo. War Esteban vielleicht wirklich ein Sklavenhändler oder Drogenkönig, für den sie ihn anfangs gehalten hatte? Oder auch nur ein ganz gemeiner Verbrecher? Er hatte sich auffällig beeilt, ihr zu versichern, dass sie nach Hause zurückkehren konnte, sobald sie sich erholt hatte. Und obwohl er sie damit bedroht hatte, hatte er sie nicht angerührt. Es gab keinen Gegenbeweis, dass die Männer, die sie entführt hatten, in Wirklichkeit nicht doch für ihn arbeiteten.

Olivia hatte sich in ihrem Leben schon mit mancher verzwickten Situation auseinandersetzen müssen, doch dies stellte alles in den Schatten.

Sie kam zu einer Bachmündung im Schatten einer Gruppe von Palmen und hohen Büschen. Sie setzte sich hin, nahm den Hut vom Kopf und zog sich die Sandalen aus. Wie weiß und weich der Sand war! Sie ließ ihn sich durch die Finger rinnen.

Der Bach war zu einem tiefen, klaren Becken aufgestaut, das ins Meer abfloss. Friedlich und ungestört lag das Becken vor ihr und lud zum Schwimmen ein. Schließlich konnte sie der Versuchung einfach nicht mehr widerstehen. Sie zog sich die Bluse und Hose aus und watete hinein.

Im hüfttiefen Wasser spiegelte sich das tiefe Blau des Himmels wider, und es war so klar, dass Olivia die kleinen Kieselsteine auf dem Beckengrund ausmachen konnte. Das kühle Bad tat ihrer entzündeten Haut gut, und sie tauchte unter, um auch ihr Haar nass zu machen.

Als sie wieder nach oben kam, ihr die Tropfen noch übers Gesicht strömten und sie sich dem paradiesischen Frieden dieses Ortes hingeben wollte, sah sie Esteban am Ufer stehen. Er starrte sie an.

Der Leopard!, dachte sie. Dann überfiel sie Panik. Er bewegte sich wirklich so leise wie eine Raubkatze!

4. KAPITEL

Zu spät verschränkte Olivia die Arme, um ihre Brüste zu bedecken, Es war ein geringer Trost, dass Esteban genauso überrascht zu sein schien, sie hier am Becken zu finden. Was die Situation nicht weniger gefährlich machte.

Er stemmte seine Hände in die Hüften. „Was machen Sie hier?“, fragte er sie schließlich in barschem Ton. Er war von Kopf bis Fuß – von seinem dunklen Haar bis hinunter zu seinen Lederstiefeln – mit Sand und Staub bedeckt.

Olivia blieb vor Überraschung der Mund offenstehen. Dasselbe hatte sie ihn gerade fragen wollen. Sie zögerte. „Was meinen Sie damit?“, fragte sie. Ihre Stimme überschlug sich und klang wie ein heiseres Krächzen.

„Das hier ist mein Privatplatz“, sagte Esteban. Unversehens glaubte Olivia, sich wieder im Paradies zu befinden, sie war Eva und der Mann am Ufer Adam. „Tut mir leid“, sagte sie trotzig.

Er grinste. „Sie sehen nicht so aus, als täte es Ihnen leid.“

Olivia war immer noch verwirrt. „Ich wusste nicht, dass ich um Erlaubnis fragen muss, wenn ich im Meer schwimmen will, das ist alles.“

Er begann sich auszuziehen, seine Bewegungen waren geschickt und bedacht. „Das hier ist nicht das Meer“, widersprach er. „Dieses Becken wird mit Quellwasser gespeist.“ Er stand da, neigte seinen Kopf und betrachtete sie eingehend. „Ich hoffe, Sie werden nicht so unvorsichtig sein und im Meer schwimmen, Miss Stillwell. Die Strömung ist ziemlich gefährlich, und hier gibt es Haie.“

Haie und Strömungen waren ihr geringstes Problem. „Vielleicht könnten Sie später wiederkommen?“, schlug Olivia mit gezwungener Leichtigkeit vor. Esteban streifte sein Hemd von den Schultern und begann seinen Gürtel zu öffnen. Sie wurde nervös. Was sollte sie tun?

Esteban schüttelte den Kopf. Er setzte sich in den Sand und zerrte sich den Stiefel vom Fuß. „Genauso gut können Sie doch später wiederkommen.“ Ungerührt zog er sich den zweiten Stiefel aus und warf ihn zum anderen. Er sah gereizt aus. „Madre de dios, ihr amerikanischen Frauen seid die reinsten Nervensägen, mit eurem ganzen

Gerede über Unabhängigkeit und individuelle Freiheit."

Olivias Augen verengten sich, sie hockte in dem kristallklaren Wasser und versuchte, ihre Blöße mit den Armen zu bedecken. „Das ist nicht fair. Ich wollte schließlich nicht Ihren männlichen Stolz verletzen, sondern habe Ihnen nur vorgeschlagen, dass Sie Ihr Bad später nehmen. Außerdem kann ich wohl kaum aus dem Wasser kommen, solange Sie hier sitzen und mich anstarren." Sie holte tief Luft. „Ich wäre Ihnen auch sehr dankbar, wenn Sie nicht jede Amerikanerin beleidigen würden, nur weil Sie mich nicht ausstehen können!"

Esteban hatte sich aufgerichtet und begann seine Hose auszuziehen. Er grinste, und sie wandte sich ab. „Mir ist heiß, ich bin völlig verdreckt und hundemüde, Miss Stillwell", sagte er. „Ich habe mich schon den ganzen Tag auf dieses kühle Bad gefreut. Darum steigen Sie besser aus dem Wasser, wenn Sie es nicht mit mir teilen wollen." Für ihn war die Sache damit erledigt – der Patron spricht zu seinen Untergebenen –, und er sprang ins Wasser.

Obwohl Olivia versuchte ihre Augen von ihm abzuwenden, wurde ihr Blick wie von einem Magnet angezogen.

Selbst Michelangelo hatte nie einen solchen Mann in Stein gehauen. Nur ein Gott konnte diese Anmut und Perfektion erschaffen haben.

Bald stand Esteban nur einige Meter neben ihr im klaren Wasser des Beckens. Es kam ihr vor, als wäre die Zeit stehen geblieben, und alles um sie herum verstummte.

„Sie sind sehr schön." Er sagte diese Worte so lässig und ungerührt, als bewunderte er ein Kunstwerk in einem Museum.

„Hören Sie auf mich anzustarren!", zischte Olivia ihn an, doch sie klang nicht so überzeugend, wie sie es sich gewünscht hätte. Sie war voll und ganz damit beschäftigt, all die Gefühle zu registrieren, die dieser Mann in ihr hervorrief.

Sein helles Lachen klang fast wie ein Freudenschrei. Er zuckte mit den Schultern. „Damit ist nichts", erwiderte er, nachdem sich seine Heiterkeit gelegt hatte.

Olivia bewegte sich langsam ans Ufer, wo sie ihre Kleidung zurückgelassen hatte. Sie krabbelte aus dem Becken, griff sich ihre Hose und Bluse und verschwand so schnell sie konnte im dichten Gebüsch. Sie begann sich anzuziehen – keine angenehme Aufgabe bei ihrer nassen, gereizten Haut.

„Das ist eine feine Art, seine Gäste zu behandeln!", brach es aus ihr hervor. „Nach allem, was ich durchgemacht habe, sollte man annehmen, dass ich zumindest in Ruhe ein Bad nehmen könnte, aber nein ..."

Esteban lachte. Olivia konnte nicht anders, als ihn anzusehen, die Sonne spiegelte sich in den Wassertropfen in seinem Haar, den Augenbrauen und auf seiner sonnengebräunten Brust. „Gehen Sie nicht!", bat er sie. „Ihre Unschuld ist vor mir sicher, ich verspreche es."

„Wie gut!", schnappte Olivia. Ihre Enttäuschung, aus dem Bad getrieben worden zu sein, ließ sie ihre guten Manieren vergessen. „Sie sind nichts als ein mieser Macho."

„Bitte!", sagte er sanft, aber bestimmt. „Bleiben Sie!"

Olivia hatte sich vorgenommen, ihn einfach stehen zu lassen, doch auf sein Bitten hin änderte sie ihre Meinung und setzte sich in den warmen Sand. Sie hatte es nicht eilig, in die Realität zurückzukehren oder, um es genau zu sagen, auf die Nähe dieses charmanten und attraktiven Mannes zu verzichten. Außerdem fühlte sie sich nach den heutigen Unternehmungen ziemlich erschöpft.

„Ich bleibe nicht hier, weil Sie mich gebeten haben", erwiderte sie mit erhobenem Kinn. Ihre Kleider klebten an ihrer feuchten Haut. „Ich will mich nur ausruhen, das ist alles." Unter Wasser war Estebans Körper so verschwommen wie ein Zerrbild.

„Aber selbstverständlich!", gab er förmlich zurück. „Macht es Ihnen etwas aus, mir die Seife herüberzureichen?"

Eine einfache Aufgabe. Die Seife, die er mitgebracht hatte, war in Reichweite. Olivia warf sie ihm zu, und er fing sie geschickt auf. Esteban begann sich die Haare zu waschen, und plötzlich war er ihr so vertraut, dass es ihr vorkam, als wäre sie schon immer mit ihm zusammen gewesen.

Ihr Blut siedete, und allein ihre Gedanken würden ihr ewige Verdammnis sichern!

Sie legte die Stirn auf ihre angezogenen Knie und versuchte, regelmäßig zu atmen, um ihren Herzschlag zu verlangsamen. Das war nicht einfach, immer wieder sah sie in ihrer Vorstellung Esteban neben sich liegen, nicht hier im Sand, sondern in einem schattigen, kühlen Raum auf einem Bett mit glatten Leinenlaken. Eigentlich sollte sie auf der Stelle zurück ins Haus, sagte sie sich in aller Strenge, doch sie blieb, wo sie war, von ihrer sonst so starken Willenskraft war wenig zu sehen.

Olivia war nicht darauf vorbereitet, dass Esteban sich neben ihr niederließ, seine Haut feucht und kühl vom Wasser des Beckens.

Aus den Augenwinkeln sah sie, dass er außer einem Handtuch um seine Hüften nichts trug.

„Gütiger Himmel!", stöhnte sie kaum hörbar.

Er umfasste ihr Kinn mit seiner Hand, drehte sanft ihren Kopf zu sich und küsste sie. Als seine Zunge in ihren Mund eindrang und seine Hand sich leicht um ihre Brust legte, sein Daumen ihre Brustspitze berührte, schien es Olivia, als erreiche das Beben, das er in ihr ausgelöst hatte, mindestens 9,9 auf der Richterskala.

Sie zitterte, als er sie langsam nach hinten auf den Boden sinken ließ und sich neben ihr ausstreckte. Obwohl sie ihre Hände gegen seine behaarte, feuchte Brust stemmte, konnte und wollte sie ihn nicht zurückstoßen. Seine Anziehungskraft war einfach überwältigend, doch Olivia wusste, dass es ihre freie Entscheidung war, sich ihm hinzugeben.

Er bewegte sich über ihr, ließ sie die Kraft und Härte seines Körpers spüren, doch ohne sie mit seinem Gewicht zu erdrücken. Nur das Handtuch und ihre Kleidung trennten sie.

Endlich gab er ihren Mund frei. Olivia war erleichtert und atmete tief ein. Ihr stockte jäh der Atem, als er begann, an ihrem Hals zu knabbern. Er öffnete ihre Bluse, entblößte die ihn erwartende Brust und liebkoste sie mit Mund und Zunge. Sie vergrub ihre Finger in seinem Haar und zog ihn näher an sich. Als sie seinen Mund an ihrer Brustspitze spürte, wurde ihr heiß, und sie wünschte, dass dieses süße Gefühl niemals enden würde.

Als Olivia sich unter ihm im Sand hin und her wand, drehte er sich gekonnt auf den Rücken und zog sie sanft mit sich, sodass ihre Brüste sich genau über seinem Mund befanden wie reife Trauben an einem Rebstock. Er brachte seinen Oberschenkel zwischen ihre Beine, hielt sie sanft bei der Hüfte, und rieb sie verführerisch gegen den stahlharten Muskel. Gierig sog er an ihrer Brustspitze.

Olivia war in einer anderen Welt.

Was mit ihr geschah, kannte sie bisher nur aus Büchern. Ein neues Universum öffnete sich vor ihr, süßes Verlangen durchströmte ihren Körper.

Nach unendlichen Glücksmomenten erreichte sie eine Erfüllung, nach der sie sich mit Körper und Seele gesehnt hatte. Ihr Körper bäumte sich bei der atemberaubenden Explosion ihrer Erregung auf, sie warf ihren Kopf nach hinten und schrie heiser auf. Esteban trank von ihrem Vergnügen, bis die süßen Beben nachließen und sie erschöpft neben ihm in den Sand gesunken war.

„El Leopardo“, flüsterte sie, immer noch zu benommen, um einen klaren Gedanken fassen zu können.

Doch Esteban griff sie hart an den Schultern und zerrte sie hoch. „Was hast du da gesagt?“

Einen Moment lang starrte Olivia ihn an, wie betrunken von ihrem süßen Erlebnis, ihre Brüste noch immer unbedeckt. „Ich habe dich El Leopardo genannt“, antwortete sie verwirrt.

„Sag mir, warum!“, herrschte er sie an und schüttelte sie.

Seine Heftigkeit machte ihr angst, deshalb gab sie nicht gleich zu, die Zeitungsausschnitte in seinem Arbeitszimmer gesehen zu haben. Dies waren seine Privatsachen, und vielleicht wollte er nicht, dass sie über seine Angelegenheiten Bescheid wusste.

Was immer es war, das er vor ihr verbergen wollte.

„Ich habe zufällig etwas über den Leoparden gelesen, das ist alles“, erwiderte sie. Ihr Körper bebte immer noch von seinen geschickten Liebkosungen. „Es war nicht schwer zu erraten, dass du damit gemeint warst.“

Er ließ sie los, und es tat ihr fast leid, dass ihr Körperkontakt damit unterbrochen war. Er hatte ihr nicht wehgetan, doch die Art, wie er sie festgehalten hatte, hatte etwas Befehlendes an sich, das starke Frauen manchmal nie in ihrem Leben erfahren.

„Du hast niemanden gehört, der mich so genannt hat?“, fragte er nach einer langen Zeit. Er sah Olivia nicht an, sondern betrachtete die blaugrüne Oberfläche des Beckens. „Du hast keine Männer gesehen, die unter den anderen irgendwie auffällig wirkten?“

Sanft berührte sie seine Schulter. Dann knöpfte sie nachdenklich ihre Bluse zu. Ein unsicheres Lächeln zuckte über ihre Lippen.

„Ich glaube nicht – aber ich kenne ja noch nicht einmal die Namen deiner Männer“, bemerkte sie leise. „Was ist los, Esteban? Warum bist du so aufgeregt?“

Er stand ruckartig auf, schnappte sich seine Hose und ließ das Handtuch in den Sand fallen, ob Olivia ihm nun zusah oder nicht.

Sie zog es vor, sich abzuwenden.

„Das kann ich dir jetzt nicht erklären“, antwortete er kurz angebunden und begann sich anzuziehen. „Geh zurück ins Haus, Olivia, und bleib dort, bis ich dir sage, dass es auf der Ranch sicher ist.“

Olivia bemerkte, wie förmlich Estebans Englisch wurde, wenn er besorgt war. Sie hatte das instinktive Bedürfnis, ihn zu trösten, doch der Gedanke an eine weitere Einschränkung ihrer Bewegungsfreiheit hinderte sie daran.

„Kommt gar nicht infrage!“, sagte sie aufgebracht. „Ich bin schließlich kein Maulwurf – ich brauche Licht, Sonne und frische Luft. Außerdem hast du mir versichert, dass ich keine Gefangene bin.“

In Estebans Blick loderte der Zorn so heiß wie die mexikanische Sonne. „Ich habe gemeint, was ich gesagt habe“, erwiderte er. „Ich erzähle keine Lügengeschichten.“

Olivia stand auf, legte die Hände an ihre Hüften und sah ihn an. „Du bist nicht gerade gesprächig“, konterte sie. „Du willst mich hier festhalten – zumindest für eine Weile –, aber du weigerst dich, mir den Grund zu nennen. Nun deutest du an, dass ich vielleicht in Gefahr bin, doch ich erhalte auch dafür keine Erklärung. Nennst du das fair?“

„Es ist unvermeidlich“, beschied er sie, als wäre damit alles erledigt. Abrupt drehte er sich um und machte sich dann auf den Weg zurück zu seinem prächtigen Haus. Olivia folgte ihm. Auf einmal hatten die Bucht und die üppige Vegetation ihren paradiesischen Zauber verloren. Aus diesem Grund folgte sie ihm, nicht, weil er es ihr befohlen hatte.

Esteban konnte seine Beunruhigung nicht abschütteln, nachdem Olivia die dunklen Erinnerungen an die Zeit in ihm geweckt hatte, als man ihn den Leoparden genannt hatte. Ein Schauer lief ihm über den Rücken. Seit Olivias Ankunft auf der Ranch war er das Gefühl nicht losgeworden, dass Unheil in der Luft lag. Was sich nun zu bestätigen schien. Obwohl schon Jahre vergangen waren, seit er die Überfälle angeführt hatte, war sein Überlebensinstinkt immer noch geschärft. Damals hatte er sich eine kleine, doch lebensgefährliche Armee von Feinden eingehandelt. Sein Gefühl hatte ihn gewarnt, dass irgendetwas nicht stimmte. Er war von dieser amerikanischen Frau so bezaubert gewesen, dass er die Alarmsignale in seiner Magengrube und seinem Unterbewusstsein nicht wahrgenommen hatte.

Das sah ihm überhaupt nicht ähnlich.

Er sah sich nach Olivia um, die lustlos in einiger Entfernung den Pfad entlangkam. Er befürchtete das Schlimmste. Vielleicht gehörte sie zu den anderen und war auf die Ranch geschickt worden, um Rache zu nehmen.

Du leidest ja unter Verfolgungswahn!, sagte er sich und richtete seine Aufmerksamkeit wieder auf den Pfad vor sich. Nach der Zeit als der Leopard hatte Esteban nicht überlebt, weil er naiv war oder seine Feinde unterschätzte. Er würde genau herausfinden, was Sache war, sich der Situation stellen und damit fertigwerden.

In der Zwischenzeit würde er darauf achten, dass Olivia weder sich selbst noch anderen ein Leid zufügen konnte.

5. KAPITEL

Wenige Minuten später stürmte Olivia in ihr Zimmer. Maria hatte während ihrer Abwesenheit auf der Glasplatte des Tisches ein einfaches Mittagessen für sie angerichtet. Auf dem Bett lag ein knöchellanges, grünes Kleid aus zartem, fast durchsichtigem Gewebe, mit weiten Ärmeln und einem schulterfreien, gekräuselten Ausschnitt.

Olivia war immer noch ziemlich verärgert, doch der Beweis der Freundlichkeit und Fürsorge der schweigsamen Haushälterin heiterte sie ein wenig auf. Sie ging hinüber zum Bett, um das Kleid aus der Nähe zu betrachten. Wahrscheinlich gehörte es Maria, die vorsichtig und mit winzigen Stichen die Nähte und den Saum geändert hatte, sodass Señor Ramirez' amerikanischer Gast außer Hose und Bluse auch noch etwas anderes anzuziehen hatte.

Olivia ließ das hübsche Kleid liegen, wo es war, ging nach nebenan ins Badezimmer und benetzte ihr Gesicht mit kaltem Wasser. Sie vermied es jedoch, ihr Spiegelbild zu betrachten, denn sie befürchtete, ihre strahlenden Augen und glühende Haut würden sie an ihr leidenschaftliches Erlebnis mit Esteban erinnern.

Zurück in ihrem Zimmer setzte sie sich mit so viel Würde an den gedeckten Tisch, als dinierte sie mit ihrem berühmten Onkel zu Gast im Weißen Haus, anstatt allein in dieser luxuriösen Gefängniszelle eingeschlossen zu sein. Sie kostete von den Sandwichecken und beendete ihre Mahlzeit mit Salat und Früchten. Dann hing sie das Kleid in den leeren Schrank, zog ihre Sandalen aus und legte sich aufs Bett.

Der Sonnenbrand und die blauen Flecke, die sie sich bei dem qualvollen Erlebnis mit ihren Entführern eingehandelt hatte, machten ihr immer noch zu schaffen, und nach Estebans Küssen und Liebkosungen beim Bachbecken fühlte sie sich so kraftlos, dass es ihr einfach zu anstrengend war, wieder wütend zu werden.

Olivia schloss die Augen und schlief ein.

Nach einiger Zeit wurde ihre Ruhe gestört. Sie glaubte Schritte und Flüstern zu hören. Nur langsam wachte sie auf, verließ die behütete Welt ihrer Träume und setzte sich erschrocken auf. Einen Moment lang glaubte sie immer noch in den Händen ihrer Entführer zu sein und erinnerte sich weder an Marias Freundlichkeit noch an Estebans zärtliche Berührungen, sondern nur an die Schrecken, die ihr widerfahren waren.

Als ihr Blick sich langsam klärte und sie einige Male tief durchgeatmet hatte, wusste sie wieder, wo sie sich befand. Hier war sie, trotz Zweifel und Misstrauens, bisher sicher gewesen und gut behandelt worden.

Olivia versuchte sich zu beruhigen, doch sie hatte das Gefühl, als stimmte etwas nicht. Draußen vor ihrer Tür schien jemand zu sein.

Sie brachte ihre Bluse und ihr hoffnungslos zerzaustes Haar ein wenig in Ordnung, ging zur Tür und öffnete sie, um die Lage zu erkunden.

Zwei Männer, die aussahen, als gehörten sie zu Pancho Villas Bande, standen im Korridor. Beide waren mit Gewehren bewaffnet. Olivia holte tief Luft und hielt eine Hand vor ihre Brust.

„Wo ist Señor Ramirez?“, fragte sie knapp, nachdem sie ihren ersten Schock überwunden hatte.

Die beiden Männer begannen gleichzeitig auf Spanisch auf sie einzureden, doch so schnell und unverständlich, dass die Worte an ihr vorbeiflogen wie ein Schwärm aufgeschreckter Vögel. Olivia fand schließlich heraus, warum sie sich vor ihrer Tür postiert hatten. Sie waren mit ihrer Bewachung beauftragt worden und sollten darauf achten, dass sie ihr Zimmer nicht verließ, und niemand sonst den Raum betrat. Olivia war beunruhigt.

„Macht nichts“, sagte sie forsch. „Ich werde ihn schon finden.“ Sie wollte aus der Tür treten, doch ihre Bewacher kreuzten die Gewehre und hinderten sie daran.

Somit war zumindest eine ihrer Fragen beantwortet: Sie war eingeschlossen.

Olivia weigerte sich, die Fassung zu verlieren. Mit dem rechten Zeigefinger deutete sie auf den Boden, in der Hoffnung, ihrem Gegenüber ausreichende Autorität zu vermitteln. „Bringt Señor Ramirez auf der Stelle hierher!“, befahl sie mit erhobener Stimme und betonte jedes einzelne Wort, um sich verständlich zu machen.

Der größere der beiden Männer legte seine ungepflegte Hand auf ihre Schulter und schob sie sanft, aber bestimmt ins Zimmer zurück. Dann, als wäre ihm nachträglich etwas eingefallen, nahm er ein zusammengefaltetes Blatt Papier aus seiner Westentasche und hielt es ihr hin.

„Olivia, die Männer sind hier, um Dich zu beschützen. Sei so nett, und versuche sie nicht zum Wahnsinn zu treiben." Estebans Handschrift war klar und ausdrucksvoll. Beim Lesen stand ihr sein Gesicht deutlich vor Augen. Er schien zu lächeln. „Wenn Du Angst hast, allein zu sein, kannst Du bei mir schlafen. E.R."

„Die ganze Sache erinnert mich mehr und mehr an eine von Onkel Errols Geschichten!", beschwerte Olivia sich laut. Ihr wurde heiß, als sie an seine Einladung dachte, und am liebsten wäre sie gleich zu ihm gegangen. Beschämt, dass er sie so einfach in sein Bett beorderte, und wütend über ihre eigene Bereitwilligkeit zerknüllte sie das Stück Papier und warf es in den Korridor, vorbei an den schnauzbärtigen Gesichtern ihrer Bewacher.

Höflich schloss der eine Bewacher die Tür hinter ihr. Dann hörte sie, wie von draußen ein Schlüssel im Schloss umgedreht wurde.

Olivia war von dem Kreuzfeuer ihrer Gefühle überwältigt – Niedergeschlagenheit, Wut, Verwirrung und Angst mischten sich in ihr. Sie wollte sich ablenken und vermied krampfhaft jeden Gedanken an Esteban, um nicht noch mehr durcheinanderzugeraten. Sie brachte sich schließlich dazu, an ihren Onkel zu denken.

Sie war hier, eine Gefangene in Mexiko, und wer konnte sagen, was ihr noch alles bevorstand! Alles nur, weil Errol McCauley sich entschlossen hatte, ein Buch über eine reiche Erbin, einen Matador und Geschäfte auf dem Schwarzmarkt zu schreiben. Er saß wohlbehütet in seinem Haus aus dem achtzehnten Jahrhundert in Connecticut, seinem Apartment in Vail oder dem Strandhaus an der Küste Georgias und hatte nichts zu befürchten. Ohne Zweifel im unbeschwerten Gespräch und bei einem Glas Weißwein mit seinem langjährigen Lebensgefährten. Olivia ging jede Wette ein und hätte sogar ihre besten italienischen Schuhe aufs Spiel gesetzt, dass keiner von beiden auch nur ahnte, wie sie in der Wüste entführt und an einen Mann verkauft worden war, den man den Leoparden nannte.

Olivia verschränkte die Arme und ging wütend auf und ab. Schlimmer noch, wenn sie endlich wieder zurück in Amerika war und von ihren Erlebnissen berichtete, würde Onkel Errol sich die Hände reiben und mit Sicherheit jede Einzelheit von ihr erfahren wollen. Solche Abenteuer brachten ihn erst richtig auf Trab, und anstatt Mitleid mit ihr zu zeigen, würde er seiner Nichte einen großzügigen Bonus auszahlen, ihr ein Flugticket in die Hand drücken und sie auf die nächste Reise schicken, die sie irgendwo hinbrachte, wo sie vielleicht erneut in Schwierigkeiten geriet.

Sie stand in der Mitte des Raumes. Ihr Onkel war vielleicht exzentrisch und schon immer ungewöhnlich gewesen, doch sie liebte ihn und vermisste ihn mehr als je zuvor. Vor fünfzehn Jahren, als sie als unglückliche Elfjährige bereits schon seit einigen Jahren in einem strengen Internat in New England untergebracht war, kamen ihre Eltern bei einem Autounfall in Frankreich ums Leben. Onkel Errol war unverzüglich angereist, hatte das betrübte und verwirrte Kind bei sich aufgenommen und in eine Privatschule in Connecticut geschickt, wo sie keine Schuluniform tragen musste und jeden Tag nach Hause kommen konnte, wenn der Unterricht beendet war.

Olivia seufzte bei dieser Erinnerung. Sicher, ihr Leben mit Onkel Errol war ziemlich unkonventionell – es hätte auch nicht anders sein können, er saß Seite an Seite mit seinem Lebensgefährten James im Publikum, wenn sie auf Schulveranstaltungen auf dem Klavier vorspielte –, doch er schenkte ihr mehr Aufmerksamkeit und Zuneigung, als es ihre Eltern jemals getan hatten. Bei ihm fühlte sie sich sicher und geborgen. Die Leute in der Stadt waren ausgesprochen tolerant, dort lebten viele Künstler, und jeder wusste, dass sie anders waren.

Sie setzte sich auf die Bettkante und runzelte die Stirn. Olivia hatte sich immer schuldig gefühlt, weil sie Onkel Errol so sehr liebte und glücklich darüber war, mit ihm zu leben. Sie kam sich vor wie eine Verräterin, vermisste ihre Eltern nicht, trauerte nicht um sie, und wenn sie ehrlich war, hatte sie Jack und Susan Stillwell eigentlich gar nicht richtig gekannt. Sie war von ihnen mit sechs Jahren ins Internat geschickt worden, und sie besuchten oder schrieben ihr nur selten. In den Ferien, wenn Onkel Errol sie nicht abholen konnte, blieb sie entweder im Internat oder wurde zu Freunden der Familie geschickt, wo die Erwachsenen sie nicht beachteten und die Kinder sie grausam hänselten und quälten.

Für Olivia schien ihre Kindheit, die sie erstaunlicherweise als glucklich bezeichnete, erst mit elf Jahren begonnen zu haben, nachdem der Bruder ihrer Mutter sie zu sich genommen und für sie einen Platz in seinem ungewöhnlichen Leben fand.

Tränen stiegen ihr in die Augen. Onkel Errol war seitdem immer für sie da gewesen, doch jetzt war sie erwachsen und musste selbst mit dieser Situation fertig werden.

Die Frage war nur, wie?

Esteban stand vor der Fensterfront im Salon und beobachtete den tropischen Sonnenuntergang, der das unruhige Meer zu entflammen schien. Nachdem er vom Strand zurückgekommen war, duschte er – der kalte Guss hatte jedoch die in ihm lodernden Flammen nicht löschen können. Im Moment musste er sich mit anderen Problemen beschäftigen, als sein glühendes Verlangen zu befriedigen.

Die Vergangenheit hatte ihn eingeholt.

Vor zehn Jahren, nachdem er längst seine Studien in England abgeschlossen hatte und nach Europa gegangen war, wo er ziemlich verschwenderisch lebte, wurde er von seinem Großvater nach Hause zurückgerufen.

Es war unmöglich gewesen, seiner Forderung nicht nachzukommen; Abuelito, sein Großvater, besaß weitaus mehr Autorität als nur die eines Patron auf einer abgelegenen, wenn auch einträglichen, mexikanischen Ranch. Estebans Vater, der verwöhnte zweite Spross einer Nachbarsfamilie, hatte sich vor seiner Geburt aus dem Staub gemacht, ohne seine entehrte junge Mutter zu heiraten. Estebans Großvater kümmerte sich mit Marias Hilfe um ihn, nachdem seine Mutter bei einem Reitunfall ums Leben gekommen war.

Es war immer schon vorgesehen, dass Esteban eines Tages als Patron die Nachfolge antreten sollte, so sehr er auch versucht hatte, sich vom Gegenteil zu überzeugen. Als sich die Gesundheit seines Großvaters verschlechterte und er erkannte, dass selbst lautstarke Auseinandersetzungen mit diesem bewundernswerten alten Mann seine Bestimmung nicht ändern würden, fand er sich schließlich damit ab und versuchte sein Bestes zu geben.

Er lernte alles, was er wissen musste, und mehr, über die Züchtung reinrassiger Rinder und Pferde sowie die Leitung der Silberminen. Die Minen produzierten mittlerweile nur noch wenig und waren so gut wie ausgebeutet, doch sein Großvater hatte in weiser

Voraussicht den Erlös von Anfang an investiert, und über die Jahre war dieses Kapital zu einem stattlichen Vermögen angewachsen, das auf Bankkonten in Amerika und der Schweiz hohe Zinsen brachte.

Die Abgelegenheit der Ranch war immer schon ein Problem für Esteban gewesen, besonders aber nach dem Tod seines Großvaters. Obwohl er seine Arbeit liebte, wurde er manchmal so unruhig, dass er weder essen noch schlafen konnte.

Diese Unruhe veranlasste ihn eines Tages, nach Mexiko City zu fahren, um sich zu vergnügen. Dort war er dem Amerikaner begegnet – für Esteban war er immer nur der „Amerikaner" gewesen, denn obwohl er ihm versichert hatte, sein Name sei Tom Castleberry, hatte Esteban ihm nie geglaubt.

In den folgenden Monaten schien der Amerikaner überall dort aufzutauchen, wo Esteban sich gerade aufhielt. Nach einiger Zeit erzählte der ältere Mann Esteban eine lange und faszinierende Geschichte über eine feindliche fremde Regierung, die beabsichtigte, in der Wildnis Mexikos einen strategischen Stützpunkt zu errichten. Die Papiere, mit denen er sich auswies, waren ziemlich beeindruckend gewesen, und er besaß Unterlagen, die seine Geschichte glaubwürdig machten. Schließlich wurden Esteban und einige andere vertrauenswürdige Männer rekrutiert, um die Gegenseite auszuspionieren.

Esteban lächelte verbittert. Es waren so viele Jahre vergangen. Er stand am Fenster und erinnerte sich. Damals war dieses Angebot genau das Richtige für einen hitzköpfigen jungen Mann gewesen, der nach Aufregung und Abenteuer suchte.

Davon hatte er mehr bekommen, als ihm lieb war. Als die Söldner ihre Basis aufgebaut hatten, sie waren sogar mit Raketen ausgerüstet, führte Esteban die Überfälle auf das Lager an. Die Gegenseite verteidigte sich – die Narben aus diesen Kämpfen blieben ihm als ständige Erinnerung –, aber nach einer Weile zogen sie sich wieder nach Mittelamerika zurück.

All dies ereignete sich ohne öffentliche Beteiligung der amerikanischen oder mexikanischen Regierung.

Estebans Deckname bei diesem Unternehmen war El Leopardo, und er hatte diesen Ausdruck nicht mehr gehört, seit er dem Amerikaner das letzte Mal in einer kleinen Bar in Mexiko City begegnet war. Der Agent warnte Esteban eindringlich, bevor er sich von ihm verabschiedete. „Sei vorsichtig, dieses Mal haben wir vielleicht gewonnen, aber es gibt viele Leute, die von diesem Raketenprojekt profitiert hätten, und einige kennen deine wahre Identität. Du hast dir ein paar gefährliche Feinde geschaffen."

Esteban erinnerte sich noch genau an seine Worte, als er jetzt der untergehenden Sonne den Rücken zuwandte. Es machte ihm nichts aus, dass er sich selbst in Gefahr gebracht hatte – er blühte geradezu auf, wenn er solchen Schwierigkeiten gegenüberstand –, doch Olivia war ohne seine Absicht in eine gefährliche Lage geraten, und der Gedanke, ihr könnte etwas zustoßen, erfüllte ihn mit Wut und Schrecken.

Er erblickte Maria, die wahrscheinlich schon eine ganze Weile dagestanden und ihn betrachtet hatte. Sie lächelte und gab ihm ein Glas Brandy, das er, wie er jetzt feststellte, gut gebrauchen konnte. Sie sprach zu ihm auf Spanisch: „Die hübsche Olivia ist nicht gerade erfreut darüber, in ihrem Zimmer eingeschlossen zu sein. Sie verlangt dich zu sehen."

Esteban nippte dankbar und nachdenklich an seinem Brandy. Als er vom Strand zurückgekommen war, hatte ein Bote mit einer Nachricht aus Amerika auf ihn gewartet. Tom Castleberry, der amerikanische Agent, von dem er den Decknamen El Leopardo erhalten hatte, war in einem billigen Hotelzimmer tot aufgefunden worden. Die Umstände seines Todes waren ungeklärt, und das amerikanische State Department hatte es für nötig gehalten, ihn und auch andere, die sich in Gefahr befanden, zu benachrichtigen.

Esteban war nicht besorgt um sich selbst, doch als er sich vorstellte, was diese rachsüchtigen Schurken Olivia antun würden, besonders wenn sie erfuhren, was er für sie empfand, hatte er zur Sicherheit zwei seiner besten Männer vor ihrer Tür postiert.

Er gab Maria das leere Glas und nickte dankend. „Miss Stillwell", erwiderte er in seiner sanften, melodischen Muttersprache, „kann verlangen, was sie will. Ich bin immer noch der Patron und lasse mir von einer Frau keine Befehle erteilen."

Maria hob eine Augenbraue. „Ich glaube, diese Frau ist anders", wagte sie zu widersprechen. „Sie gehört zu dieser Ranch und zu dir, wie die Worte zu einem Liebeslied."

Esteban küsste Maria auf die Stirn; sie war sein Kindermädchen gewesen und jetzt seine beste Freundin. „Du hast wieder zu viele amerikanische Fernsehserien gesehen“, neckte er sie. Doch insgeheim stellte er sich vor, neben Olivia zu liegen, mit ihr am Tisch zu sitzen und mit ihr durch sein geliebtes Land zu reiten. Er sah sie aufblühen, wenn sie sein Kind erwartete, und das Verlangen, ihren Körper an seinem zu spüren, war stark und schmerzvoll.

Seine Sporen klirrten, als er über den Innenhof auf den Haupteingang zuging. Er kam unter ihrem Balkon vorbei, doch widerstand er dem Drang, nach oben zu sehen. Selbst wenn er mit seinen momentanen Schwierigkeiten und seinen alten Feinden fertig wurde, bestand wenig Hoffnung auf eine gemeinsame Zukunft mit Olivia. Sie sah in ihm eher den Feind als den Freund, und außerdem kamen sie aus zwei zu unterschiedlichen Kulturen, fast wie aus zwei verschiedenen Jahrhunderten. Die ganze Sache war ziemlich hoffnungslos, entschied er, und je eher er Olivia für immer aus seinem Leben verbannte, desto besser würde es für ihn sein.

6. KAPITEL

Für Stunden der Ungewissheit war Olivia mit ihrer Frustration allein gelassen, wütend über ihre Hilflosigkeit. Später kam Maria und brachte ihr einen Stapel reich eingebundener Bücher und eine kleine, mit Samt bezogene Schachtel.

Mit anmutigen Bewegungen und Gesten erreichte es die Haushälterin, Olivia verständlich zu machen, dass sie noch für ein paar Stunden ausruhen und sich dann zum Essen umziehen sollte. Die Schachtel, die Maria ihr gegeben hatte, enthielt ein Set antiker silberner Haarkämme, und die Bücher waren wertvolle englische Klassiker, offensichtlich gedacht, ihr die nötige Ablenkung zu bieten.

Olivia blieb kaum eine andere Wahl, und sie stimmte Marias freundlicher Einladung mit einem Nicken zu. Sie war ausgesprochen dankbar über die Bücher, ließ sich auf dem Bett nieder und begann „Jane Eyre“, einen ihrer Lieblingsromane, zu lesen. Glücklicherweise wurde sie dadurch für einige erholsame Stunden von ihrer misslichen Lage abgelenkt.

Vor dem Abendessen zog Olivia sich um. Sie trug das fließende, sehr feminine, grüne Kleid, das Maria für sie geändert hatte. Dann steckte sie ihr volles, kastanienbraunes Haar nach oben und schmückte es mit den hübschen Kämmen. Der Schnitt des Kleides entsprach zwar nicht gerade der neuesten Mode, doch passte es gut zu ihrer klassischen Frisur und dem Silberschmuck. Sie musste zugeben, sie sah überraschend gut aus.

Sie betrachtete sich im Badezimmerspiegel. Die Frau, die ihr entgegenblickte, kam ihr wie eine Fremde vor, der sie nie zuvor begegnet war; sinnlich und aufregend, sich der Macht ihrer weiblichen Reize bewusst. Sie konnte alles erreichen, was sie sich vorgenommen hatte.

Mit einiger Beunruhigung erkannte Olivia, dass dieser neue Aspekt ihrer Persönlichkeit nicht nur eine vorübergehende Erscheinung war. Ihr neues Ich hatte vor zu bleiben und brachte einen ganzen Koffer voller strahlender, leuchtender Träume, Hoffnungen, Ziele und Wünsche mit sich.

Olivia lächelte, und ihr Spiegelbild lächelte natürlich zurück. „Ich habe lange auf dich gewartet“, sagte sie leise.

Doch sie war immer noch eingesperrt.

Esteban kam persönlich, um sie abzuholen. Seine wunderbaren, violett schimmernden Augen schienen bei ihrem Anblick zu schmelzen. Leise sagte er etwas auf Spanisch, und obwohl Olivia seine Worte nicht verstand, kamen sie ihr vor wie eine zärtliche Berührung. Sie stand ihm aufrecht gegenüber und sah ihn an.

„Ich lasse mich nicht länger einsperren, Esteban", sagte sie mit entschlossener, wenn auch bebender Stimme. „Wenn du kein Vertrauen zu mir hast, spiel mir dann auch bitte nicht vor, mein Freund zu sein."

Er sah aufregend aus, trug dunkle Hosen, ein weites Hemd und eine mit glänzenden Silberknöpfen verzierte Lederweste. Seine Kleidung hätte an jedem anderen Mann, wäre er noch so gut aussehend, übertrieben ausgesehen; an Esteban wirkte sie wie eine zweite Haut. „Ich vertraue dir", antwortete er nachdenklich, „obwohl ich zugeben muss, dass ich nicht weiß, warum." Er bot ihr seinen Arm an. „Du siehst heute Abend wunderschön aus", bemerkte er bewundernd und führte sie an den Wachen vorbei, die mit ernsten Mienen und einem Anflug von Missbilligung im Gesicht auf beiden Seiten der Tür standen.

Ein süßes Beben ging durch Olivias Körper, doch ihre Zweifel ließen sich nicht so einfach verscheuchen. Sie musste erst sicher sein, dass Esteban auch meinte, was er sagte! „Du wirst also die Wachen wegschicken?"

Er blickte zurück über seine Schulter und sprach leise mit den beiden Männern, die auf der Stelle ihren Posten verließen.

„Siehst du?", sagte er. „Sie sind weg." Dann führte er sie nach unten, nicht über die Seitentreppe, sondern durch eine geschwungene Doppeltür am Ende des Korridors.

Hier befanden sich seine Privaträume, die im Moment nur von gedämpftem Kerzenlicht erhellt waren. Olivia konnte nur wenige Einzelheiten erkennen, doch sah sie, dass die Zimmer sehr geräumig und mit rustikalen, maskulin wirkenden Möbeln eingerichtet waren. Auf der gegenüberliegenden Seite entdeckte sie eine weitere Doppeltür, die hinaus auf die Terrasse führte, und halb offen stand. Sie konnte den Nachthimmel sehen, der mit Sternen übersät war.

Aus den Augenwinkeln sah sie Estebans Bett, groß, mit massiven

Pfosten und einem Baldachin. Sie schluckte, erfüllt mit einem Gefühl süßer Vorahnung.

Diese neue, sinnliche Olivia wollte hierbleiben und sich Esteban in dieser romantischen mexikanischen Sommernacht hingeben. Sie wollte ihn in sich aufnehmen und ihm ein Kind gebären, das seinem Vater in Schönheit und Arroganz gleichkam. Auch wünschte sie sich eine Töpferscheibe und einen Brennofen, um die raue, überwältigende Schönheit dieses Landes in Ton einzufangen.

Maria hatte den Tisch auf der Terrasse gedeckt. Das Kerzenlicht flackerte, und die warme Abendluft war mit dem Duft der üppigen tropischen Blütenpracht erfüllt. Auf dem Tisch stand Wein in einem silbernen Kühler, und ihre Mahlzeit befand sich in mehreren kunstvoll verzierten Porzellanschüsseln. Limoges-Porzellan – Olivia kannte sich mittlerweile in solchen Dingen aus, denn Onkel Erroll war selbst ein passionierter Sammler – und Sterling-Silber, unbezahlbare Familienerbstücke. Der Tisch war für zwei gedeckt.

Esteban schob Olivia galant den Stuhl unter, als sie sich hinsetzte. Sein altmodischer Charme gefiel ihr, und sie fühlte sich total verändert. Sie hatte eine ganze Menge über Psychologie gelesen und fragte sich, ob die seelischen Erschütterungen der letzten Tage für diesen erstaunlichen Wandel ihrer Persönlichkeit verantwortlich waren.

Verzweifelt versuchte sie den Zauber von Estebans Nähe, dem silbernen Mondlicht und dem in Dunkelheit gehüllten Schlafzimmer zu brechen. „Du versprichst mir also, mich nicht mehr einzusperren“, unterbrach sie das Schweigen. „Weißt du, ich fand das ziemlich barbarisch.“

Esteban probierte den Wein mit dem Ritual eines wahren Kenners und schenkte Olivia ein. „Das Wort ‚barbarisch‘ reicht andererseits kaum aus, um das Schicksal zu beschreiben, das eine Frau ereilen kann, die sich allein in bestimmte Gegenden Mexikos wagt. Und das hier ist so eine Gegend“, sagte er.

Olivia seufzte. Sie wollte weder diesen Mann noch sein aufregendes Land verlassen, hatte jedoch schwerwiegende Zweifel, dass sich zwischen ihr und Esteban eine längere dauerhafte Beziehung entwickeln könnte. Immerhin kamen sie aus zwei verschiedenen Kulturen, verschiedenen Welten, um genau zu sein. „Ich glaube, wir beide sind nirgendwo sicher“, sagte sie nachdenklich.

Es sprach für Esteban, dass er nicht vorgab, sie missverstanden zu haben. Auch er versuchte, sich seine Freiheit zu erhalten; er liebte seine Ranch, unter anderem, weil es ihm möglich war, sich von einer entfernten Grenze seines Besitzes bis zur anderen frei zu bewegen, mit ebenso wenigen Einschränkungen wie ein Bandit des neunzehnten Jahrhunderts. „Si", stimmte er ihr zu. „Aber vielleicht ist es auch gar nicht so erstrebenswert, immer sicher zu sein."

Olivia trank von ihrem Wein. Ein ausgesprochen guter Jahrgang; Onkel Erroll hätte sich vor Entzücken überschlagen und gleich einige Kisten bestellt, um sie seinen Freunden zu schicken. „Lebst du hier das ganze Jahr über?", wollte sie wissen, schon etwas mehr entspannt.

„Nein." Esteban ging so behende und geschickt mit Messer und Gabel um, wie Olivia es selten bei Männern seines Alters gesehen hatte. „Ich habe noch ein Grundstück in Santa Fe und gehe oft auf Reisen."

Olivia dachte an die Länder und Städte, die sie besucht hatte, und runzelte die Stirn. „Ich reise auch gern", sagte sie, „doch ich würde mich am liebsten irgendwo niederlassen und meine Eindrücke und Erfahrungen in meiner Kunst umsetzen."

„Kunst?" Esteban schien aufrichtig interessiert zu sein. Bisher hatte sich zwischen ihnen eine Art Hassliebe entwickelt, sie hätten beinahe miteinander geschlafen, und er wusste nichts über ihre Leidenschaft für die Töpferei.

Einige Minuten lang vergaß sie die unangenehmen Seiten ihrer Beziehung und erzählte ausführlich von ihren Preisen und kleinen Erfolgen. „Natürlich verdiene ich damit nicht viel Geld, zumindest nicht am Anfang, aber das ist eigentlich kein Problem. Ich habe ein gutes Einkommen und dazu eine ansehnliche Summe gespart, denn für meinen Lebensunterhalt gebe ich recht wenig aus."

Er lächelte. „Erzähl mir von deiner Kindheit", bat er sie. „Ich wette; du hattest Sommersprossen und Zöpfe und bist häufig auf die Knie gefallen."

Olivia lachte. „In zwei Punkten hast du recht. Ich hatte wirklich Zöpfe und Sommersprossen, aber mir war es nicht erlaubt herumzutollen und auf die Knie zu fallen, wenigstens nicht bis Onkel Erroll mich aus dem Internat gerettet hat."

Sie erzählte ihm eine kurz gefasste, doch ehrliche Version ihres Lebens und kam sich am Ende ein wenig albern vor. Normalerweise gab sie nicht so viele persönliche Einzelheiten preis, denn eigentlich war sie von Natur aus eher zurückhaltend.

Esteban berichtete seinerseits von seinem Großvater und wie er auf der Ranch aufgewachsen war. Man hatte auch ihn für seine Ausbildung von zu Hause fortgeschickt, hauptsächlich nach Europa, doch für ihn hatte es andere Auswirkungen gehabt. Im Wesentlichen lernte er, die alte und die neue Welt in Einklang zu bringen, und er zeigte dabei eine natürliche Anmut, um die Olivia ihn beneidete.

Seine Sprache hörte sich so weich und elegant an wie der Wein, den sie tranken, und schien eine ähnliche, berauschende Wirkung zu haben, vor der sie sich nicht schützen konnte. Obwohl sie schrecklich hungrig war, ein sicheres Zeichen, dass sie sich von den Strapazen der letzten Tage erholt hatte, wäre sie lieber mit Esteban ins Schlafzimmer gegangen, statt am Tisch zu sitzen. Sie hoffte, dass es ihm genauso ging. Das beunruhigte sie im Moment mehr als alles andere.

Als sie ihre Mahlzeit fast beendet hatten, lehnte Esteban sich in seinem Stuhl zurück. Er wirkte plötzlich unruhig und abwesend. „Du musst sehr vorsichtig sein, Olivia. Da sind Männer …"

Olivias Herz klopfte heftig, als sie sich an die Zeitungsausschnitte in Marias Alben erinnerte. Sie wünschte, sie hätte bei dieser Gelegenheit jedes einzelne Wort gelesen. „Welche Männer?"

Esteban zögerte lange mit einer Antwort. „Männer, die meine Feinde sind", sagte er endlich. „Wenn sie von dir erfahren – und ich würde mir etwas vormachen zu glauben, sie wüssten nicht, dass du hier bist –, würdest du die beste Möglichkeit bieten, sich an mir zu rächen. Sie haben lange auf so eine Gelegenheit gewartet."

Ihr lief ein kalter Schauer über den Rücken, doch mit dieser Schlussfolgerung wollte sie sich nicht zufriedengeben. „Ich glaube nicht, dass jemand ins Haus eindringen könnte", widersprach sie. „Die Wachen würden niemanden durchlassen."

Esteban dachte nach und erwiderte: „Ja, ich bin sicher, dass ich meinen Männern vertrauen kann."

Olivia konnte es kaum erwarten, ihm zu antworten. Sie verschluckte sich fast an ihrem Bissen. „Du könntest mich doch einfach nach Amerika zurückschicken", sagte sie und war selbst erstaunt, wie sehr sie sich wünschte, dass er ablehnen würde.

Er betrachtete sie lange, bevor er ihr antwortete. „Zwischen uns beiden spielt sich irgendetwas ab. Ich möchte gern herausfinden, was es ist."

Sie sah nach oben und betrachtete den Himmel, an dem die Sterne so hell glänzten wie die polierten Silberknöpfe an Estebans Weste. Im Moment fühlte sie sich trotz allem eigentlich recht wohl. Der Mond warf sein silbernes Licht über das Meer und die zerklüfteten Berge am Horizont. „Ich auch", flüsterte sie.

Seine Hand umschloss die ihre, und die Kraft seiner Berührung ließ das Blut schneller durch ihre Adern rinnen. Mit seinem rauen Daumen strich er sanft über die zarte Haut auf der Innenseite ihres Handgelenks. „Du wirst dich von nun an in diesem Haus freier bewegen können", sagte er mit belegter Stimme, als ob er dieses Zugeständnis nur widerwillig gemacht hätte. „Aber du musst mir versprechen, noch nicht einmal ohne Begleitung auf die Terrasse zu gehen."

Olivia war froh über diesen kleinen Erfolg, doch etwas in ihr erlaubte ihr nicht, so einfach nachzugeben. Sie hob eine Augenbraue, nahm einen Schluck Wein und fragte: „Sind wir jetzt nicht auf der Terrasse?"

Esteban spannte die kräftigen Schultern. „Offensichtlich, aber ich bin ja bei dir. Manolito und Luis sind unten im Innenhof. Du wärst hier sonst nicht sicher."

Ihre Gefühle verwirrten sie, und Olivia wusste einen Moment lang nicht, was sie erwidern sollte. Sie war nicht sicher, wovor sie am meisten Angst hatte: Von Estebans mysteriösen Feinden entführt zu werden, oder sich so sehr in ihn zu verlieben, dass sie gern bereit war, ihr Leben im zwanzigsten Jahrhundert aufzugeben wie ein abgelegtes Kleid. Hier mit Esteban zu leben, wäre wie ein romantisches Märchen ...

... und eine oder mehrere Hauptfiguren würden dafür vielleicht mit dem Leben bezahlen! Dieser Gedanke dämpfte ihre Schwärmereien, doch ihr Körper glühte noch immer wie ein Vulkan. Jede seiner Bewegungen und jedes Wort wühlte ihre Gefühle nur noch mehr auf, wenn auch von ihm unbeabsichtigt.

Am Ende des Abends war Olivia ziemlich enttäuscht, doch andererseits auch erleichtert, als er sie nicht in sein Bett trug. Sie fühlte sich wohlig warm und ein wenig benommen vom Wein und ließ sich von ihm zurück in ihr Zimmer führen.

In dieser Nacht schlief Olivia sehr unruhig und wachte mehrmals auf; ihr Körper sehnte sich nach ihm und der Befriedigung, die sie mit ihm zum ersten Mal erlebt hatte. Am Morgen traf Olivia dann eine überraschende und, wie es schien, endgültige Entscheidung.

Alle ihre romantischen Träume waren eben nur Träume und hatten nichts mit der Wirklichkeit zu tun. Sie musste weg von diesem abgelegenen Ort und zurück nach Hause, in die Welt, die sie kannte, doch nicht liebte, bevor sie so süchtig nach Estebans Liebkosungen war wie andere nach Kokain oder Opium. Ihr Verlangen war jetzt schon so stark und tief, ein elementarer Drang, der sie fast zu verzehren drohte. Ihre einzige Hoffnung war, von hier zu verschwinden.

Zu vergessen.

Sie duschte und zog ihre verknitterte Hose und Bluse an. Da auf dem Tisch kein Frühstück auf sie wartete, nahm sie an, dass Esteban seine Meinung nicht geändert hatte und die Wachen auf dem Korridor verschwunden waren. Sie ging hinüber zu der massiven Tür und versuchte ihr Glück.

Die Tür war nicht verschlossen, und sie konnte kein Lebenszeichen der beiden Rancharbeiter entdecken, die am Vortag Wache gestanden hatten.

Olivia stürmte die Treppe hinunter und schlich ins Arbeitszimmer, um herauszufinden, ob Marias Alben mit den Zeitungsausschnitten immer noch dort waren, doch sie konnte sie nirgendwo entdecken. Sie war wütend auf sich selbst, weil sie die englischen Berichte über den Leoparden nicht gelesen hatte, als es ihr möglich gewesen war.

Vielleicht wollte sie die ganze Wahrheit gar nicht erfahren?

Dann ging sie in die Küche. Dort fand sie Maria, die in einer Schüssel Teig anrührte. Sie lächelte und bedeutete Olivia, sich an den Tisch in der Nähe des Fensters zu setzen. An der geöffneten Tür saß einer der Männer, der für Esteban arbeitete. Ein Gewehr lag über seinen Knien, und er gähnte ausgiebig, während Olivia ihren Platz zum Frühstück einnahm.

Selbst nachdem sie Teller und Besteck abgespült und eingeräumt hatte, hielt sie es für besser, in der Küche zu bleiben. Sie gab vor, an der spanischen Radiosendung interessiert zu sein, der Maria gerade zuhörte, während sie eine Anzahl weißer Baumwollhemden bügelte, die sicherlich Esteban gehörten. Olivia beobachtete die Wache bei der Tür.

Vielleicht hatte er Nachtwache geschoben, oder er war einfach faul. Wie auch immer, er gähnte fast ununterbrochen, und in diesem Moment sackte er gerade gegen den Türrahmen. Olivia zwang sich, Ruhe zu bewahren, um keinen Verdacht zu erregen, denn sie wusste, wie aufmerksam Maria war.

Es kam ihr vor wie eine Ewigkeit, als Maria vor sich hin sum mend endlich mit den frisch gebügelten Hemden die Küche verließ. Olivia wartete, bis sie mindestens eine Minute lang außer Sichtweite war, um sicherzugehen, dass sie nichts vergessen hatte und unerwartet zurückkommen würde. Dann verriegelte sie die Tür.

Es war ein Leichtes, an der Wache vorbeizukommen, die schnarchend am Türrahmen lehnte.

Vielleicht war es weibliche Intuition, die sie zu den Stallungen führte – an denen sie ohnehin interessiert war. Oder es war einfach Glück. Wer weiß? Sie konnte Glück gebrauchen.

Als sie mit viel Mühe die Tür des größten Gebäudes geöffnet hatte, entdeckte sie eine auffällige und sehr vertraute Form, verborgen unter einer staubigen Plane. Sie hob eine Ecke der Abdeckung an und spürte mit einem Mal neue Hoffnung in sich aufsteigen.

Im Gegensatz zu dem Eindruck, den er ihr vermitteln wollte, hatte Esteban sich nicht völlig von der neuen Welt gelöst. Versteckt unter dem schweren Tuch befand sich ein Geländewagen, ein Blazer mit Allradantrieb und vielen Extras.

Sie hielt die Luft an und versuchte es mit der Fahrertür. Sie war nicht verschlossen und ließ sich leicht öffnen. Zu ihrem Erstaunen fand sie die Wagenschlüssel unter der Fußmatte neben dem Gaspedal. Sie kroch wieder zurück zur Stalltür, die sie einen Spaltbreit offengelassen hatte, um besser sehen zu können. Dann sah sie sich vorsichtig nach allen Richtungen um.

Nachdem sie die Tür wieder geschlossen hatte, ging sie zum

Wagen, setzte sich hinters Lenkrad und drehte den Zündschlüssel im Schloss.

Der Blazer sprang an.

Nahezu überwältigt von dieser plötzlichen Glückssträhne fiel ihr Blick auf die Tankanzeige. So weit ging also das Wohlwollen der Götter nicht: der Tank war fast leer.

Sie stellte den Motor ab und lehnte sich mit der Stirn gegen das Lenkrad, um mit ihrer Frustration und einem überraschenden Gefühl der Freude fertig zu werden. Nun hatte sie endlich eine Möglichkeit gefunden, hier wegzukommen, ein Fahrzeug, das für das unwegsame Gelände Mexikos wie geschaffen war, aber ohne Benzin im Tank.

„Hölle und Halleluja", sagte sie leise, denn beide Worte waren nötig, um die Spannweite ihrer Gefühle zu beschreiben.

7. KAPITEL

Hier gab es ein Auto und außerdem noch mehrere Generatoren, die Teile des Hauses mit Strom versorgten, also musste sich auch irgendwo eine Benzinpumpe finden lassen, sagte Olivia sich und deckte den Wagen wieder mit der schweren Plane ab. Unglücklicherweise hatte sie jedoch nicht die Zeit, lange danach zu suchen, denn jeden Moment konnte sie entdeckt werden.

Sie sah sich vorsichtig um und trat aus der Stalltür, die groß genug war, um ein Fahrzeug durchzulassen, und sich nach beiden Seiten öffnen ließ. Olivia schloss die Tür hinter sich, atmete tief ein und ging zurück zum Haus.

Die Wache – Maria hatte ihn Pepito genannt – schlief immer noch, sein großer, staubiger Sombrero gegen den Türrahmen gepresst. Er schien jedoch aufzuwachen, denn er schnarchte mittlerweile nicht mehr so laut und schnüffelte leise.

Olivia schlich vorsichtig an ihm vorbei und nahm eine Dose Mineralwasser aus dem großen, ebenfalls mit Strom aus dem Generator betriebenen Kühlschrank. Pepito wachte auf, drehte sich mit einiger Anstrengung in ihre Richtung und sah sie misstrauisch an. Olivia lächelte unschuldig. Sie prostete ihm mit dem kalten Getränk zu. „Auf die Vereinigten Staaten!“, sagte sie.

Pepito machte ein Geräusch, das wie die mexikanische Version eines zivilisierten Räusperns klang. Offensichtlich war er kein großer Anhänger von Mexikos nördlichem Nachbarn und glaubte wahrscheinlich ohnehin, dass es unter seiner Würde war, den Babysitter für eine Frau zu spielen.

Olivia lächelte gewinnend, drehte sich um und verließ den Raum. Sie wollte nicht in ihr Zimmer zurück, auch wenn es dort noch so angenehm war, und ging stattdessen in den Salon. Sie sah aus dem Fenster und genoss den herrlichen Ausblick auf das wunderbar blaue Meer, das üppige Grün der Bäume und die prächtigen Farben der tropischen Blumen. Sie sehnte sich danach, wieder im weißen Sand neben dem Bachbecken am Strand zu liegen, Estebans Hand auf ihrem Körper und seinen hungrigen Mund an ihren Brustspitzen zu spüren …

Sie wandte sich ab, erfüllt von dem herrlichen Ausblick und ihren Gedanken an Esteban, und war nicht sicher, ob sie sich aufrecht halten konnte, als plötzlich Esteban eintrat.

„Ich kann verstehen, warum sie dich den Leoparden nannten", sagte sie leichthin. Ihre Beobachtung war eigentlich als eine lustige Anspielung gedacht, doch ihr war sofort klar, dass dies ihr misslungen war. Sein unerwartetes Erscheinen hatte sie überrascht, und ihre Stimme klang viel zu weich und sanft.

Esteban war von Kopf bis Fuß mit Staub bedeckt, doch das ließ ihn nicht weniger vornehm und aufregend erscheinen. Er war ein Mann, der wusste, wer und was er war, und der an sich glaubte. Die Art und Weise, wie er Olivia ansah, machte sie fiebern.

Es war einfach demütigend! Sie hatte sich ihm ergeben, und er nahm von ihrem Verlangen genauso viel Notiz wie von einem einzelnen Neonlicht an einer Kasinofassade in Las Vegas. Unwiderstehlich schien Esteban sie nicht gerade zu finden.

„Maria hat diese Sachen für dich gefunden, sie gewaschen und gebügelt", sagte er und warf ihr ein Bündel mit Baumwollhemden und Jeans in die Arme. Sie hatte überhaupt nicht bemerkt, dass er etwas in der Hand hielt. „Zieh dich um und treffe mich dann im Esszimmer. Zuerst essen wir zu Mittag, und nach der Siesta reiten wir aus."

Olivias Herz machte einen Freudensprung, doch zur gleichen Zeit überkam sie ein Gefühl der Enttäuschung. „Bedeutet das, du bringst mich zurück in die Stadt?"

Stumm betrachtete Esteban sie eine Weile lang, sein edles Gesicht ausdruckslos, und schüttelte dann den Kopf. „Nein. Ein paar meiner besten Pferde streunen irgendwo herum, wir glauben, sie sind in südlicher Richtung entlaufen. Wir müssen hinterher und sie zurücktreiben."

Sie ging einen Schritt auf ihn zu, blieb jedoch verunsichert stehen. Ihre Gefühle waren so verwirrt, dass sie nicht klar denken konnte. „Und du willst mich mitnehmen? Warum?"

„Weil ich dich nicht alleine hierlassen kann."

Olivia schluckte. Wenn sie hierbleiben könnte, hätte sie vielleicht die Möglichkeit, die Benzinpumpe zu finden, den Blazer aufzutanken und sich aus dem Staub zu machen. „Du hast selbst gesagt, ich wäre nur hier im Haus sicher, unter Bewachung."

Er fuhr mit seiner Hand durch sein tiefschwarzes Haar, das wie alles andere total verstaubt war. „Ich könnte mich nicht darauf konzentrieren, die Pferde zu finden, wenn ich mir die ganze Zeit um dich Sorgen machen müsste. Bitte, tu einfach das, was ich gesagt habe.“

Seit Olivia diesen Mann getroffen hatte, kam es ihr vor, als bestünde sie aus zwei verschiedenen Personen. Einerseits wollte sie entkommen und nach Hause zurück, hauptsächlich um diesem arroganten Leoparden eins auszuwischen, musste sie zugeben. Doch auf der anderen Seite bedeutete der Gedanke, mit ihm und seinen Männern auszureiten, die Erfüllung ihrer Träume.

„Ich bin keine gute Reiterin“, gestand sie, als Esteban bereits dabei war, den Raum zu verlassen.

Er drehte sich nicht um. „Ich dafür ein umso besserer“, erwiderte er, als wäre die Sache damit erledigt, und trat aus der Tür.

Olivia ging nach oben und löste die Schnur, die das Bündel mit Kleidung zusammenhielt, das Esteban ihr gebracht hatte. Sie fand zwei abgetragene, langärmelige Baumwollhemden und zwei Paar uralte Jeans.

Sie zog ihre Bluse und Hose aus und probierte die anderen Kleidungsstücke, die möglicherweise einem Rancharbeiter gehört hatten, und zurückgeblieben waren, als er die Ranch verließ. Er musste ein kleiner Mann gewesen sein, die Hemden passten Olivia ausgezeichnet, doch die Hosen waren an der Hüfte ein wenig zu eng und der Bund stand an der Taille ab.

Immerhin, als Olivia zehn Minuten zu spät das Esszimmer betrat, erkannte sie an dem Ausdruck in Estebans Augen, dass ihm gefiel, was er sah. Er erhob sich von seinem Stuhl, führte sie an den Tisch, ließ sie Platz nehmen und setzte sich dann wieder hin.

Er musste in der Zwischenzeit am Bachbecken gewesen sein, denn der Staub war aus seinem Haar und Gesicht verschwunden, und er trug frische Kleidung. Olivia beneidete ihn aus mehreren Gründen – Esteban hatte so viel Freiheit, er konnte die kühle Einsamkeit der Bucht genießen, während sie hier im Haus schwitzte. Außerdem erinnerte sie sich nur zu gut an das angenehme Gefühl, im weichen, weißen Sand zu liegen.

Maria servierte ihnen in Scheiben geschnittene Früchte, kaltes Fleisch und frisch gebackenes Maisbrot. Dann verließ sie den Raum mit einem verschmitzten Lächeln, als wüsste sie etwas, das Esteban und Olivia noch nicht einmal erahnten.

„Was ist mit Maria?", fragte Olivia. „Wird sie hier allein sicher sein?"

„Sie wird nicht allein sein", erwiderte Esteban, lehnte sich in seinem schweren, reichgeschnitzten Stuhl zurück und betrachtete Olivia mit einer unverschämten Gelassenheit. „Zwei Männer bleiben hier, um Wache zu halten. Außerdem ist Maria nicht in Gefahr."

Während des Essens sprach Esteban außerordentlich wenig, doch schien er Olivia mit seinen Augen verschlingen zu wollen. Nachdem sie ihre Mahlzeit beendet hatten, kam Maria und räumte den Tisch ab. Esteban stand auf, zog Olivias Stuhl zurück und legte seine Hand leicht, doch bestimmt auf ihren Rücken.

„Was …?"

Er schob sie durch den Innenhof zur Treppe. „Es ist Zeit für die Siesta", sagte er. „In Mexiko ruhen wir uns während der Mittagshitze aus."

Olivia schlug das Herz bis zum Hals. Schon seine leichte Berührung ihres Rückens hatte sie erregt, dazu kamen die aufregenden Gedanken, die ihr bei dem Wort Siesta einfielen. „Ich … ich bin überhaupt nicht müde", sagte sie stockend, neugierig, wie er reagieren würde.

Sein strahlendes Lächeln erfüllte sie mit Beunruhigung und süßer Vorahnung. „Du wirst müde sein, glaube mir", versprach er.

Er führte sie an ihrem Zimmer vorbei in seine Privaträume, zog die schwere, mit Schnitzereien verzierte Tür hinter sich zu und verriegelte sie.

Olivias Wangen glühten, nur diesmal lag es nicht am Sonnenbrand. „Ich bin nicht dein Spielzeug", flüsterte sie, wütend, weil sie alles für ihn tun würde, was er verlangte.

Und das wusste er genau.

Esteban zog das großkarierte Baumwollhemd aus ihrer Jeanshose. „Du bist wie eine reife Frucht – wie ein süßer, saftiger Pfirsich. Mich bis nach dem Essen zurückzuhalten, war schon schwer genug, am liebsten hätte ich mich gleich auf dem Esstisch mit dir vergnügt."

Olivia versuchte ihm zu widerstehen, doch es kam ihr so vor, als hätte einer ihrer Urtriebe die Überhand gewonnen. Esteban griff beide Seiten des Hemdes und zog es nach hinten. Die Perlmuttknöpfe lösten sich, und das Hemd glitt von ihren Schultern.

Um Olivia herum versank die Welt.

Wegen ihres Sonnenbrandes und der mexikanischen Hitze trüg Olivia keinen Büstenhalter. Ihre vollen Brüste boten sich unverhüllt seinen Blicken dar, die rosafarbenen Spitzen verhärteten sich und streckten sich ihm entgegen.

„Madre de Dios“, flüsterte er heiser und fast andächtig. Er umschloss ihre Taille mit beiden Händen, beugte sich über sie und umspielte ihre Brüste mit seiner Zunge, bis Olivia in seiner Umarmung stöhnend nach hinten sank. Erst als sie fast verrückt war vor Verlangen, begann er zu saugen, zuerst sanft und dann gierig.

Bald hatte er sie auf die Bettkante gesetzt und zog ihr die Jeans und Sandalen aus. Als sie versuchte, sich aufzurichten, beunruhigt über die starke Leidenschaft, die er sie empfinden ließ, legte er seine Hände auf ihre Hüften und hielt sie zurück. Sie wimmerte leise und warf die Arme über ihren Kopf, während er sie liebkoste, die Innenseite ihrer bebenden Oberschenkel küsste und endlich ihr intimstes Geheimnis mit Zunge und Lippen eroberte.

Olivias Hände verkrallten sich in den Bettlaken, und sie warf mit wilder Hingabe den Kopf hin und her. „Esteban!“, flüsterte sie. „Oh … Esteban!“

Er glitt mit seinen Händen unter ihren Po, hob sie leicht an und ergötzte sich an ihr wie an dem reifen, saftigen, süßen Pfirsich, den er vorher erwähnt hatte. Olivia legte ihre Füße an seine Schultern; doch nicht um ihn wegzustoßen. Sie musste sich irgendwo verankern, etwas anderes spüren als seine Zunge und seine Hände.

Er rutschte näher und griff hart nach ihren Knöcheln. Olivia schrie vor Lust auf, als der Höhepunkt ihren Körper erbeben ließ. Sie warf sich in wilden Zuckungen auf dem Bett hin und her. Wenn Esteban sich Sorgen machte, dass jemand sie hören könnte, ließ er sich nichts anmerken. Er blieb bei Olivia, bis sie den letzten Funken ihrer Ekstase ausgekostet hatte und erschöpft und betäubt auf der Matratze lag, ihre Augen verschwommen, ihre Atemzüge flach und schnell.

Sie nahm kaum wahr, als Esteban sich bewegte, seine Kleidung auszog und sich neben sie ins Bett legte. Er strich mit seiner Hand in beruhigenden kreisförmigen Bewegungen über ihren Bauch, und seine Blöße reizte ihre überempfindliche Haut wie eine Feder.

„Bitte!“, flüsterte sie nach einiger Zeit. Ihr blieb gerade genug Kraft, um dieses eine Wort hervorzustoßen; Esteban hatte sie erschöpft.

Er wusste, was sie wollte, doch er lehnte ab; sie spürte seine Handbewegung mehr, als dass sie sie wahrnahm. „Nein, Baby. Ruhe dich jetzt aus.“ Seine Stimme war tief und hypnotisch.

„Schlaf.“

Olivias Wimpern flatterten, als sie versuchte ihre Augen offenzuhalten, und selbst diese beunruhigende Erkenntnis konnte sie nicht wachhalten. Sie schlief, doch die quälende Gewissheit war da, wie eine raue Kante in den sanften Falten ihrer Seele.

Für Esteban war vielleicht alles nur ein Spiel. Er liebte es, wenn er sie sexuell erregte, doch hatte er sich bisher geweigert, sich ihr hinzugeben. Sie war nur eine Ablenkung für ihn.

Sie fiel in einen unruhigen Schlaf und weinte in ihren Träumen vor Enttäuschung und Kummer.

In der Dämmerung wachte sie auf, eine sanfte Brise wehte über ihren Körper und die feuchten Wimpern. Estebans Seite des Bettes war leer, doch sein Geruch war noch in den Laken, und die Luft duftete nach seinem Rasierwasser. Sie setzte sich auf und umschloss ihre Beine mit den Armen, lehnte die Stirn gegen ihre Knie und schluchzte. Es war schlimm genug, dass sie den Leoparden liebte und ihn verlassen musste, aber herauszufinden, dass er nur mit ihrem Körper und ihren Gefühlen spielte, war einfach zu viel für sie.

Er kam ins Zimmer, wie von ihren Gedanken herbeigerufen, und trat leise ans Bett. Sie sah ihn mit roten, aufgequollenen Augen an.

„Fass mich nicht an, ich könnte dich verfluchen!“, zischte sie und versuchte, von ihm wegzurutschen. „Du hast deinen Spaß gehabt!“

Er war schnell, wie das Tier, nach dem er benannt war, und bevor sie das Ende des Bettes erreichen konnte, holte er sie ein, wickelte sie in eines der Laken und zog sie zurück.

„Was ist los?“, wollte er wissen. „Wovon redest du?“

Olivia versuchte, sich in einem Anfall von Wut auf ihn zu stürzen, doch sie war immer noch in das Laken gewickelt. Wie in eine Zwangsjacke! „Du findest das alles lustig, oder? Erst machst du mich fast verrückt vor Sehnsucht, lässt mich vor Vergnügen aufschreien und verschwindest dann einfach ohne mich richtig geliebt zu haben!"

Esteban hätte Schauspieler werden sollen statt Rancher. Er wurde blass und sah erstaunt aus, dann kühl und wütend. „Hat es dir keinen Spaß gemacht?"

„Hat es mir Spaß gemacht?" Olivia war ziemlich aufgeregt und fühlte sich verletzt, doch er hatte sie wie ein Hühnchen verpackt. „Du hast es nicht mir zum Gefallen getan, sondern um mich auszuprobieren! Wie eine Probefahrt in einem Auto, das du für eine Weile mieten willst!"

Esteban biss die Zähne zusammen; es war offensichtlich, dass er sich nur schwer unter Kontrolle halten konnte. „So?", flüsterte er. „Es stört dich also, dass ich versucht habe, deine Ehre zu respektieren. Du verdienst nicht, wie eine Dame behandelt zu werden." Mit einer Hand griff er das Laken und knöpfte sich mit der anderen das Hemd auf. „Nun, meine hübsche kleine Gefangene, wie du willst."

8. KAPITEL

Geschickt befreite Esteban sie aus dem Laken, in dem sie wie in einen Kokon eingewickelt war. Er erinnerte sie an einen Zauberkünstler, der mit einer gewandten Handbewegung ein Tuch vom Tisch zieht, ohne das darauf befindliche Porzellan und Besteck zu bewegen. Doch anders als bei dem Trick des Magiers wurde Olivia ziemlich durchgeschüttelt; sie machte eine ganze Umdrehung in der Luft über Estebans Federmatratze und landete entblößt auf dem Rücken, nackt wie am ersten Tag.

Sie schluckte und beobachtete mit geweiteten Augen, wie ihr Gastgeber sich erneut entkleidete. Ihre Ehre verlangte es, ihm zu widerstehen, doch sie ließ sich gern besiegen, das fühlte sie.

„Du versuchst es am besten erst gar nicht!“, warnte sie ihn leise.

Seine Augen blitzten. „Wenn ich so weit bin“, sagte er, „wirst du mich anflehen, dich zu nehmen.“ Er streckte sich neben ihr aus, nahm ihren Kopf in seine starke Hand und küsste sie. Sie versuchte, ihren Mund geschlossen zu halten, doch seine Zunge war zu überzeugend, zu geschickt, und schließlich gab sie ihm mit einem leisen Wimmern nach.

„Du bist ein aufgeblasenes Ekel!“, brachte sie heraus, als er von ihr abließ.

„Ach ja?“, erwiderte Esteban. Er schien zu wissen, dass ihr Widerstand nur oberflächlich war, und lächelte über ihr kleines Spiel. „Du bist keine Jungfrau, richtig?“ Er erkundigte sich erst, als er sie mit seinen Küssen und Liebkosungen schon fast verrückt gemacht hatte.

„Nein“, gab Olivia stöhnend zu.

„Dann kannst du mich also in dich aufnehmen, ohne Schmerzen zu haben, und wirst nur reines Vergnügen empfinden?“, fragte Esteban mit tiefer, schläfriger Stimme. Er drehte sich gewandt auf den Rücken und setzte Olivia auf sich, die gespreizten Beine über seinen Hüften.

Sie spürte seine Größe und Kraft, die sich gegen ihren Unterleib presste, und schloss überwältigt die Augen.

Esteban hob sie leicht an, und sie fühlte, wie seine Männlichkeit für sie bereit war. Wie eine Rakete auf der Abschussrampe.

„Oh, Esteban!“, flüsterte sie heiser, als er langsam und kraftvoll in sie eindrang.

„Mach deine Augen auf, und sieh mich an!“, befahl er ihr.

Olivia blinzelte erstaunt und sah ihn ziemlich benommen an. Das Letzte, was sie jetzt wollte, war eine tiefsinnige Unterhaltung.

Esteban hielt sie an den Hüften und schob sie mit unglaublicher Gelassenheit über sich hin und her. Einmal … zweimal … dreimal … dann hörte er auf. „Was mache ich bloß mit dir, Olivia?“, fragte er.

Eine Welle der Begierde durchlief ihren Körper, sie begann zu zittern, zögerte einen Moment lang und antwortete ihm dann mit zwei sehr intimen Worten.

Sie saß auf ihm, spürte seine Männlichkeit in sich, während er mit geschickten Fingern zärtlich ihre Brustspitzen umspielte. „Würde es so gut zwischen uns beiden sein, wenn ich dich nur benutzen wollte?“

Olivia war nicht in der Lage, ihm zu antworten.

Dann legte er seine Hände auf ihre Hüften und gab ihr drei lange, tiefe Stöße.

„Bitte nicht!“, schluchzte sie, sie spürte in sich eine Explosion von Verzweiflung und Hingabe.

„Warum nicht?“ Er streichelte ihren Bauch und ließ sie warten. Er beherrschte sie.

Olivia war von diesem wilden, primitiven Verlangen erfüllt, das der Menschheit ermöglicht hatte, über so viele Jahrtausende hin zu überleben. „Oh … Esteban … ich weiß nicht … ich schwöre, ich weiß es nicht!“

Esteban richtete sich auf und saugte lange und süß an ihrer Brustspitze. „Ich habe dich geliebt. Von heute an wirst du meine Frau sein.“

„Ja“, stöhnte Olivia. Dieses Wort schien in diesem Moment so viel für sie zu beinhalten: Hingabe, Freude, Trotz, Wut.

Er drehte sich, ohne sich von Olivia zu lösen, lag nun über ihr und küsste sie wild und leidenschaftlich. Dann hob er den Kopf, betrachtete sie mit seinen dunklen Augen, als suchte er in ihrem Gesicht nach einem Zeichen.

Dann gab er sich ihr hin, kraftvoll und ungezügelt.

Olivias Fingernägel gruben sich in das geschmeidige Fleisch seines Rückens – darüber hatte sie bisher nur in Büchern gelesen, doch heute war es Wirklichkeit geworden. Die kräftigen, stoßenden Bewegungen seiner Hüften und das rhythmische Eindringen seiner Männlichkeit machten sie fast wahnsinnig.

Dann passierte es endlich, eine Welle der Befriedigung überflutete sie, ihr Körper bäumte sich auf, und ihr Geist schien in die Lüfte zu steigen. Es kam ihr vor, als wäre sie aus einem Flugzeug gesprungen, und der Fallschirm öffnete sich nicht, doch sie hatte keine Angst. Sie stürzte kopfüber durch die Wolken, und wusste, wenn sie den Boden erreichte, würde eine heftige und herrliche Erlösung auf sie warten. Und dann nichts mehr.

Sie war kurz davor, hart auf dem Boden aufzuschlagen. Olivia verspannte sich in Estebans Armen, stieß einen durchdringenden Schrei aus, wie ein wildes Tier in der Dunkelheit, und für einige Sekunden hörte sie auf zu existieren, sie hatte sich und alles, was sie war und besaß, dem Mann gegeben, den sie liebte.

Als sie wieder zu sich kam, überquerte Esteban die Schwelle der Leidenschaft. Er warf mit entblößten Zähnen seinen Kopf nach hinten, die Muskeln seiner Brust und Arme waren angespannt, dann drang er tief in sie ein.

Eine Reihe sanfter, spanischer Worte entkam seinen Lippen, als er sich in ihr ergoss. Olivia konnte nicht dem Drang widerstehen, ihn zu liebkosen, und flüsterte ihm zärtlich zu.

Sein schlanker, muskulöser Körper begann sich langsam zu entspannen. Esteban fiel erschöpft neben sie, stöhnte zufrieden und zog sie eng an sich heran. Seine Umarmung war vollkommen, kraftvoll und beschützend, doch nicht einschränkend.

Olivia lächelte, obwohl sie nun in größerer Gefahr war als vorher, und schloss ihre Augen. Ein sanfter Windhauch drang durch die gewobenen Vorhänge der Terrassentür und kühlte ihre nackte Haut.

Er war ein Dummkopf, dachte Esteban, als er auf einen Ellbogen gelehnt auf dem Bett lag und Olivia im Schlaf beobachtete. Er hatte sich doch entschieden, dieser amerikanischen Verführerin zu widerstehen – seiner Ansicht nach hätte er ihr den Hintern versohlen sollen, anstatt sie mit diesem süßen, fiebrigen Erlebnis zu verwöhnen –, doch jetzt, nachdem er ihr Verlangen befriedigt hatte, war auch in ihm die Begierde erwacht.

Ihre Brustspitzen waren aufgerichtet und boten sich ihm an wie einladendes Konfekt. Esteban schluckte und bewunderte den Rest ihres schlanken, reizvollen Körpers. Ihre Hüften waren breit genug, um Kinder zu gebären und ihn in sich aufzunehmen. Gerade richtig. Ihre Schenkel erinnerten an straffe Kissen, die den Ansturm seiner Leidenschaft polsterten, und ihr Bauch war flach und zart.

Er genoss die Vorstellung, wie sie reifen und fülliger werden würde, wenn sie sein Kind in sich trug.

Bei diesem Gedanken wurde er hart – hart genug, um ihn davon abzuhalten, bei Sonnenuntergang auszureiten, den südlichen Teil der Ranch zu erkunden und nach den streunenden Pferden zu suchen.

Er wollte im Moment nicht an die Pferde denken, so wertvoll sie auch waren, und folgte den Linien von Olivias sanften, vom Küssen geschwollenen Lippen mit seinem Zeigefinger. Ihre Wimpern flatterten. Sie erwachte, sah ihn mit ihren wunderbaren, erzfarbenen, verträumten Augen an und lächelte.

Ein bitterer und starrer Kern schien tief in Esteban zu schmelzen. Er kostete ihre Lippen. „Ich brauche dich", sagte er mit heiserer Stimme. Er hoffte, dass die verzweifelte Wahrheit seiner Aussage nicht erkennbar war.

„Komm!", gab sie zurück. „Lass dich von mir verwöhnen." Sie seufzte leise und verführerisch und wand sich zwischen den Laken, so einladend wie das kühle Wasser des Bachbeckens an einem heißen Tag.

Esteban kam es so vor, als würde sich alles in ihm anspannen und mit jedem ihrer Worte vibrieren, wie eine zu stark angezogene Gitarrensaite, die bei der nächsten Umdrehung entweder reißen oder das Instrument zerbrechen würde. Mit einem Stöhnen zog er sie an sich, ließ sich auf ihr nieder und umschloss ihren Mund mit dem seinen.

Sie war bereit, ihre Augen träumerisch und ihre Weiblichkeit warm und feucht. Sie hieß ihn willkommen, bog ihren Rücken und nahm ihn in sich auf. Esteban fühlte sich, als wäre er nach langer Wanderschaft endlich wieder zu Hause.

Als sie eine lange Zeit später wieder klar denken konnte, war Olivia mehr überzeugt als zuvor, dass sie so bald wie möglich aus Mexiko verschwinden musste. Estebans Einfluss auf sie war schon beunruhigend genug, und wenn sie hierblieb, bis er sie schwängerte, würde alles nur noch schlimmer werden. Außerdem führte Señor Ramirez ein gefährliches Leben. Hierzubleiben bedeutete, dass sie, und möglicherweise auch ihr Kind, diese Gefahr mit ihm teilen müssten.

Sie beobachtete, wie Esteban und seine Männer in der Dämmerung ihre Pferde sattelten. Olivia nahm an, sie könnte vielleicht mit alldem fertig werden – Frauen in der ganzen Welt waren viel Schlimmerem ausgesetzt –, doch da war etwas anderes, das ihre Träume unmöglich erscheinen ließ. Esteban würde sie niemals heiraten; sie wäre zwar seine Frau, doch nicht seine Ehefrau. Männer wie Esteban Ramirez heirateten nur Frauen mit gleichem Status und gleicher Religion, jede andere würde man nur als seine Geliebte bezeichnen.

Olivia besaß eine relativ gute Ausbildung; ihr Onkel war ziemlich abenteuerlustig und hatte sie mit nach Afrika auf Safari genommen, ihr die Pyramiden in Ägypten gezeigt und war mit ihr in Tibet zum Bergsteigen gewesen. Bei den Recherchen für ihren Onkel erlebte sie auch ziemlich aufregende Dinge, doch sie hatte niemals reiten gelernt.

Sie musste ziemlich bedrückt ausgesehen haben, als Pepito mit seinem abgearbeiteten Pferd auf sie zukam und eine kleine, dunkelbraune Stute hinter sich herführte. Er sagte etwas auf Spanisch und warf ihr die Zügel zu.

Olivia gab auf und hielt sich am Sattelknauf fest, wie sie es bei den anderen beobachtet hatte, setzte einen Fuß in den Steigbügel und zog sich nach oben. Unglücklicherweise fielen ihr dabei die Zügel aus der Hand.

Die Stute wurde unruhig und wich aus. Olivia befürchtete, das Tier würde sie im nächsten Moment abwerfen, und verkrampfte ihre Hand um den Knauf. Esteban ritt zu ihr herüber und beugte sich mit einem Grinsen nach unten, um die Zügel aufzunehmen. Er drückte sie Olivia in die Hand. Dabei fuhr er mit der Zungenspitze über seine Oberlippe als eine kleine Erinnerung, und Olivia spürte, wie ihr das Blut ins Gesicht stieg.

Sie bewahrte sich ihren Stolz und dachte nicht mehr an ihre hingebungsvolle, leidenschaftliche Reaktion in Estebans Bett. Stattdessen lenkte sie sich mit ihren Fluchtplänen ab. Sie hatte jetzt ein Pferd; vielleicht bestand eine Möglichkeit zurück zur Ranch zu reiten, die

Benzinpumpe zu finden und mit dem aufgetankten Blazer so schnell wie möglich nach Hause zu fahren.

Eine Frage beschäftigte sie aber doch. Was genau würde sie mit dem Rest ihres Lebens anfangen?

Sie dachte gerade über diese weltbewegende Frage nach, als Esteban seinen Männern einen Befehl zurief. Er nahm ihre Stute beim Zaum, um sie auf gleiche Höhe mit seinem temperamentvollen Hengst zu bringen, und Olivia rutschte unbequem auf dem harten Sattel hin und her, wobei sie bestimmte Vergleiche zog. Bald ritten sie durchs offene Gelände, Esteban und Olivia an der Spitze und vierzehn bewaffnete Männer kurz hinter ihnen.

Für eine ganze Weile hüpfte Olivia schmerzhaft im Sattel auf und ab, bis sie den Dreh herauskriegte und sich dem Rhythmus der Gangart anpasste. Sie wusste, dass sie am nächsten Tag wund sein würde.

Aus ihren Augenwinkeln beobachtete sie Esteban, wartete darauf, dass er ermüdete. Die Nacht war schon lange angebrochen, doch bei ihm war kein Zeichen von Müdigkeit zu entdecken.

Endlich, als der Mond schon hoch über den fernen Bergen stand und die Kojoten ihr trauriges Konzert anstimmten, hielten sie an einer ländlichen Hütte an, die mit der Rückseite an einem steilen Abhang stand. In der Umgebung befanden sich Sträucher, ein wenig Gras und eine Pferdetränke mit einer rostigen Pumpe.

Esteban sagte etwas zu seinen Männern. Sie waren genauso durstig wie ihre Pferde, nahm Olivia an. Dann schwang er ein Bein über den Sattel und rutschte vom Pferd; er konnte wahrscheinlich schon reiten, bevor er laufen gelernt hatte, so mühelos bewegte er sich in der Gegenwart dieser schnaubenden, tänzelnden, temperamentvollen Tiere.

Esteban fasste Olivia um die Taille, hob sie aus dem Sattel und ließ ihren Körper an seinem entlangleiten, bis ihre Füße endlich wieder festen Boden berührten. Seine Hände ruhten auf ihren Hüften, und einen Moment lang sah es so aus, als würde er sie küssen. Olivia war nicht überrascht, als er es nicht tat; hier vor seinen Männern Zärtlichkeit zu zeigen, würde seine Autorität untergraben.

Er deutete auf die Hütte, die wie ein müder Wanderer gegen den Steilhang lehnte. „Geh hinein!“, sagte er. „Du findest auf dem Tisch auf der linken Seite eine Laterne und Streichhölzer."

Er kam Olivia ziemlich eingebildet vor, dass er annahm, sie würde ihm wie ein abgerichteter junger Hund gehorchen. „Vielleicht sind Spinnen oder Ratten in der Hütte, was dann?", flüsterte sie und verschränkte die Arme.

„Ich werde dich schon beschützen", flüsterte Esteban. Seine Augen funkelten im hellen Mondlicht.

„Bis jetzt", gab Olivia schnippisch zurück, „hast du dich benommen wie ein waschechter Rinderzüchter." Dann stampfte sie auf die Hütte zu und hoffte, ihre spitze Bemerkung würde Esteban von der Tatsache ablenken, dass sie ihm tatsächlich aufs Wort gehorchte.

9. KAPITEL

Die Hütte schien lange nicht bewohnt worden zu sein, der Innenraum war dunkel und stickig, es roch nach Staub und Mäusen. Olivia wäre am liebsten sofort wieder durch die klapprige Tür nach draußen gerannt, um sich an Esteban festzuklammern, so zäh wie Kaugummi an einer Schuhsohle, doch sie wollte sich vor den anderen auch nicht lächerlich machen.

Sie versuchte sich zusammenzureißen, atmete tief durch und tastete nach den Streichhölzern, die Esteban vorher erwähnt hatte, fand sie und entzündete eins an dem rauen Holz des Türriegels. Schwaches Licht flammte auf, und der Geruch von Phosphor stieg ihr in die Nase. Sie erblickte die versprochene Lampe, einen Tisch mit einer Kerze in der Mitte, zwei einfache Stühle und ein Bettgestell mit einem geflochtenen Rahmen. Es gab weder eine Matratze noch Sprungfedern.

Leise vor sich hinfluchend schob sie den verdreckten Glaskamin der Lampe nach oben und versuchte den Docht anzuzünden, wobei sie sich an dem abgebrannten Streichholz die Finger verbrannte. Sie hörte scharrende Geräusche hinter sich und von draußen das raue, ungenierte Gelächter von Estebans Männern.

Was wusste sie wirklich über diesen Mann?, fragte sie sich und fühlte nach einem anderen Streichholz, um endlich die Lampe anzuzünden. Vielleicht hatte sie Esteban völlig falsch eingeschätzt? Was, wenn sie sich alle betrinken würden und Esteban sie seinen Männern auslieferte?

Sie schaute sich in der kümmerlichen Behausung um und verschränkte die Arme. Als sie erneut das unmögliche Bett betrachtete, schüttelte sie energisch den Kopf. Er konnte doch nicht von ihr erwarten, hier zu schlafen! Aber wenn nicht hier, wo sonst?

Ohne ein Geräusch auf dem uralten Holzboden zu machen, selbst das Klirren seiner Sporen war nicht zu hören, betrat Esteban den Raum. Olivia wusste jedoch, dass er da war, sie spürte seine Nähe wie die Wärme eines Feuers.

Leise schloss er die Tür hinter sich. „Als Junge“, sagte er mit einer Stimme voller Erinnerungen, „war diese Hütte einer meiner Lieblingsplätze. Ich habe mich hier versteckt, wenn ich wütend oder verletzt war, und mein Großvater ließ mich für eine lange Zeit in dem Glauben, dass er nichts von ihrer Existenz wusste."

Olivia drehte sich um und erhaschte gerade noch einen flüchtigen Eindruck von dem Jungen, bevor dieser sich wieder in einen verborgenen Teil von Estebans Seele zurückzog. „Wir bleiben doch nicht etwa hier, oder?", erkundigte sie sich, nur um das Gespräch in Gang zu halten und eine Welle der Zärtlichkeit zu verbergen. Es wäre nicht gut, sich zu sehr an Esteban zu gewöhnen, besonders wenn sie bald fortgehen und ihn nie wiedersehen würde.

Esteban seufzte, doch Olivia war nicht vollkommen sicher, ob er ihren Täuschungsversuch nicht durchschaut hatte. Er zog seine Handschuhe aus und legte seinen breitkrempigen Hut ab, der an einer Schnur auf seinem Rücken hing, wenn er ihn nicht aufgesetzt hatte. „Doch", antwortete er ruhig. „Heute Nacht bleiben wir hier. Sei froh – morgen werden wir vor den Moskitos nicht mehr sicher sein."

Olivia schüttelte sich, was ein weiteres Lächeln Estebans hervorrief. Er drehte die Petroleumlampe herunter, damit sie nicht rauchte, und ging dann wieder nach draußen. Einige Minuten später kam er mit zwei zusammengerollten Decken, einer Feldflasche und den beiden Satteltaschen zurück.

Obwohl sie sich in seiner Gegenwart immer noch unsicher fühlte und ihr klar war, dass sie diesmal in ihr größtes Abenteuer gestolpert war, freute Olivia sich, ihn zu sehen.

Er ging hinüber zum Bett, rüttelte es vom gröbsten Staub frei und breitete eine der beiden Decken darüber aus. Die andere faltete er zusammen und legte sie ans Fußende.

„Du willst tatsächlich auf diesem Ding schlafen?", fragte Olivia, die Hände in ihre Hüften gestemmt. Sie wollte eigentlich gar nicht gemein zu ihm sein, doch sie war müde, abgespannt und verängstigt.

Esteban antwortete ihr mit einem Nicken. „Ja, mein Schatz. Und du wirst es auch – wenn du nicht mit den Ratten schlafen willst."

Olivia hob nur eine Augenbraue und sagte nichts. Esteban lachte. Er zog einen der kümmerlichen Stühle vom Tisch, und anstatt ihn abzuwischen, stieß er ihn ein paarmal auf dem Boden auf.

„Hier", sagte er, „setz dich, damit wir endlich zu Abend essen können."

Olivia wunderte sich, was das wohl für ein Abendessen sein

würde. Vielleicht gegrillter Kojote? Aber sie setzte sich. Sie war zum Umfallen erschöpft und ziemlich hungrig.

Esteban holte Früchte sowie zwei leicht angeschlagene amerikanische Schokoladenriegel aus der Satteltasche, einen Plastikbeutel mit mehreren von Marias Maisplätzchen und einige Dosen Frühstücksfleisch.

„Was ist mit den Männern?“, fragte Olivia. Sie kam sich recht egoistisch vor. Immerhin waren draußen mehr als zwölf Reiter, zwar nicht gerade vertrauenerweckende Gestalten, aber Menschen, denen wahrscheinlich auch der Magen knurrte.

Esteban beugte sich zu ihr und küsste sie sanft. „Sie haben ihre eigene Verpflegung mitgebracht, Kleines“, erwiderte er.

Olivia war beruhigt und begann mit Appetit zu essen. Sie wusste nicht, was sie morgen erwarten würde, und sie brauchte ihre Kraft.

Während sie aß, ging Esteban nach draußen, er schien offenbar überhaupt nicht hungrig zu sein. Als er zurückkam, hatte Olivia bereits ihre Mahlzeit beendet und ging in dem kleinen Raum auf und ab.

Sie sah ihn mit einem verletzten Ausdruck an, den er ganz richtig deutete. Er kicherte und streckte ihr seine Hand entgegen. Die Männer hatten ihre Schlafsäcke ausgerollt und saßen um ein Lagerfeuer herum, während die Pferde in einer behelfsmäßigen Koppel untergebracht waren.

Weit entfernt von der Hütte befand sich dichtes Gestrüpp. Esteban deutete darauf. „Dort hinten, würde ich sagen“, schlug er vor.

Er wartete draußen mit verschränkten Armen, während Olivia außer Sichtweite ihrem Bedürfnis nachging. Esteban brachte sie in die Hütte zurück, verschwand aber gleich wieder nach draußen.

Olivia kam sich verlassen vor, sie dachte, er würde vielleicht die ganze Nacht mit seinen Männern Karten spielen, doch er war bald zurück und brachte ihr eine alte Blechschüssel bis zum Rand voll mit heißem Wasser. Er schob einen der Stühle nah ans Bett und stellte die Schüssel auf den Sitz.

Dann ging er zur Lampe und löschte das Licht.

Der Raum war plötzlich in undurchdringliches Dunkel gehüllt – bestimmt hatte sich eine Wolke vor den Mond geschoben –, und Olivia, die sich noch in der Nähe des Tisches befand, geriet innerlich ins

Schwanken. Es kam ihr vor, als wäre sie in der absoluten Dunkelheit auf dem Grund des Meeres, wo die Fische keine Augen brauchen.

Dann spürte sie Estebans Arm um ihre Taille. Offensichtlich konnte er wie ein Leopard auch im Dunkeln sehen, denn er trug sie ins Bett, ohne irgendwo anzustoßen, und begann sie zu entkleiden.

Als er sie völlig ausgezogen hatte, wusch er sie mit dem warmen Wasser und einem Tuch, wahrscheinlich seinem großen Taschentuch. Zuerst reinigte er Gesicht und Hände, doch dann begann sein Bad mehr intim zu werden.

Olivia zitterte.

„Ist dir kalt?", fragte Esteban. In der Dunkelheit schien seine Stimme von seinem Körper losgelöst zu sein.

Olivia schüttelte den Kopf. „Nein. Du willst mit mir schlafen, nicht?", fragte sie beunruhigt.

„Ja, Schatz", antwortete er. „Sehr ausgiebig und gründlich", fügte er hinzu.

„Aber ...", begann Olivia mit einem Flüstern, „ich werde schreien ... mich nicht zurückhalten können ... und all diese Männer draußen werden mich hören!"

Esteban kicherte und setzte das Bad fort. „Sie wissen genau, was heute Nacht hier passiert", sagte er. „Und wegen der Schreie, nun ja, das hast du schon am Strand getan und dann wieder heute während der Siesta. Es ist kein Geheimnis mehr, dass du Vergnügen daran hast, wenn wir uns lieben, meine Kleine."

Olivias Wangen brannten wie Feuer.

Er legte sie behutsam aufs Bett, das unter ihr nachgab wie eine Hängematte und sie sanft hin- und herwiegte, dann legte er die zweite Decke über sie. Sie hörte das leise Plätschern, als auch er sich wusch, doch konnte sie noch nicht einmal die Umrisse seines Körpers erkennen.

„Warum hast du mich eigentlich hergebracht?", fragte sie, als sie ihren Stolz überwunden hatte.

„Das habe ich dir bereits erklärt." Er kam zu ihr.

Doch statt sich neben sie zu legen, kniete er sich hin, drehte sie auf den Bauch und hob sie auf ihre Hände und Knie. „Ich wollte dich vor meinen Feinden beschützen."

Olivia spürte seine Männlichkeit an ihrem Unterleib, atmete

scharf ein und schloss für einen Moment die Augen. „Wer wird mich vor dir beschützen, Leopard?“, fragte sie.

Er neckte sie für eine Weile, drang nicht vollständig in sie ein. „Niemand“, erwiderte er, langsam tiefer gleitend, und tastete mit seinen Händen nach ihren vollen Brüsten, um sie zu umschließen.

Sie wimmerte, ein Ausdruck ihrer Sehnsucht und Hingabe.

„Was willst du, Kleines?“, fragte er, obwohl er die Antwort ziemlich genau kannte.

„Alles will ich“, stieß Olivia keuchend hervor. „Alles von dir.“

Esteban umspielte ihre Brustspitzen, während er sie für ihre Hingabe belohnte. Er bewegte sich tief in ihr, tiefer, als Olivia sich je erträumt hatte.

Sie schluchzte kurz und leise, doch aus reinem Vergnügen, was Esteban genau zu wissen schien. Er ließ von ihr ab, nur um ihr einen Moment später mehr zu geben als vorher. „Ich werde schreien!“, flüsterte sie aufgeregt, suchte ihn, bäumte sich unter ihm auf wie eine Stute unter ihrem Hengst. „Oh, bitte, Esteban, ich kann mich nicht mehr zurückhalten, ich werde schreien.“

„Gut, lass die ganze Welt erfahren, dass meine Frau glücklich mit mir im Bett ist.“

Olivia befürchtete auf dem Boden zu landen, so kraftvoll waren Estebans Stöße, so heftig ihre eigenen Bewegungen unter ihm, doch das Bett schien zu halten.

Endlich hatte Olivia ihre Reise beendet. In den letzten Minuten dieser gewitterartigen Glückseligkeit war ihre Haut mit Schweiß bedeckt und roch nach Moschus. Sie warf sich nach hinten gegen Esteban, in einem Ansturm von Leidenschaft, genoss seine unterdrückten Schreie, als sich sein kraftvoller Körper verkrampfte. Sie bebte noch Minuten später, während er ihre Brust umschlossen hielt und zärtlich ihren feuchten Rücken küsste.

„Ich habe geschrien“, sagte sie bekümmert, als sie wieder in der Lage war zu sprechen.

„Ich glaube schon“, erwiderte Esteban und hielt sie eng an sich. Ihm schien es überhaupt nichts auszumachen.

Olivia nahm ihre letzte Kraft zusammen und trat ihm gegen das Bein. „Macho-Mistkerl!“, sagte sie.

Er lachte, legte seine Arme um sie und zog sie auf sich. „Sei vor sichtig, oder ich lasse dich wieder schreien, diesmal vielleicht eine Oktave höher."

Olivia bezweifelte nicht, dass er könnte und würde, und zwang sich dazu, ihr aufbrausendes Temperament im Zaum zu halten. Sie blieb auf ihm liegen, spielte mit dem Haar auf seiner Brust und legte ihr Kinn an seine Schulter. „Glaubst du, wir werden morgen die Pferde finden?", fragte sie.

Esteban strich das feuchte Haar aus ihrem Gesicht. „Vielleicht morgen, vielleicht übermorgen. Aber wir werden sie finden."

Olivia seufzte und schob sich ein wenig nach oben, um ihren Kopf an seine Schulter zu legen. Sie fragte sich, wie Esteban reagieren würde, wenn sie ihm gestand, dass sie sich in ihn verliebt hatte.

Für ihn wäre es wahrscheinlich lediglich ein guter Witz.

„Versuche zu schlafen", sagte er, als wüsste er von ihrem inneren Konflikt. Olivia schloss die Augen.

Als sie erwachte, war der Raum schwach vom ersten Licht der Dämmerung erhellt, und Esteban lag immer noch unter ihr.

Er lächelte sie an. „Wie vorteilhaft", meinte er.

Olivia starrte ihn an und versuchte von ihm wegzurutschen, doch er griff sie bei den Hüften und hielt sie fest. Er liebte sie erneut, diesmal mit allen Raffinessen, und sie vergrub ihr Gesicht in seinem Nacken, um ihr lautes Stöhnen zu dämpfen.

Nachdem sie sich gewaschen, ihre Morgentoilette beendet und ein ziemlich ungesundes Frühstück verzehrt hatten, bestiegen sie ihre Pferde und machten sich mit den anderen auf den Weg. Olivia war froh über den Strohhut, den Maria ihr vor dem Ausritt gegeben hatte, er schützte sie nicht nur vor der Sonne, sondern auch vor den Blicken der neugierigen Rancharbeiter.

Als sie es wagte, Pepito einen kurzen Blick zuzuwerfen, lächelte er ihr zu. Olivia wandte sich beschämt ab. Ihr Ruf war ruiniert, die Männer hatten den Respekt vor ihr verloren, falls sie das jemals für sie empfunden hatten. Sie begann wieder mehr und mehr an ihre Flucht zu denken.

Am Mittag, als die Sonne am höchsten stand, machten sie bei einem kleinen, entzückenden Missionshaus mit getünchten Mauern aus Lehmziegeln und einem Glockentürmchen Rast. Während die Pferde an der Tränke ihren Durst löschten und die Männer sich auf dem Boden des schattigen Innenhofes ausruhten, sprachen Esteban und Olivia mit dem Priester in der Kapelle. Das heißt, Esteban sprach. Olivia verstand nicht viel von ihrer Unterhaltung, sie setzte sich an einen Klapptisch und trank das ihr in einer einfachen Tasse angebotene, erfrischend kühle Wasser.

„Wusste der Padre etwas über die verlorenen Pferde?", fragte Olivia beim Verlassen der Kapelle. Das einzige Wort, das sie während der Unterhaltung verstanden hatte, war Siesta, und sie nahm an, dass sie und Esteban sich ausruhen würden, bis die Mittagshitze ein wenig nachließ.

„Ich habe ihn nicht wegen der Pferde gefragt", erklärte Esteban und öffnete eine Tür, die zu einem schlichten, nur mit einem Kruzifix geschmückten Raum führte, in dem sich zwei unbequem aussehende Feldbetten befanden.

„Worüber habt ihr euch dann unterhalten?", fragte Olivia, setzte sich auf eines der Betten und zog ihre Schuhe aus.

Esteban ergriff den Bund ihrer Jeans und zog sie mühelos auf die Füße, dann presste er sie eng an sich. „Er meinte, wir sollten heiraten."

10. KAPITEL

Der glatte Steinboden des kleinen Raumes schien unter ihren Fußsohlen zu schwanken. Zur selben Zeit war ihr verräterischer Körper voll und ganz damit beschäftigt, auf Estebans Nähe zu reagieren.

„Heiraten?“, fragte sie heiser, als hätte sie dieses Wort zum ersten Mal im Leben gehört. Sie hatte nicht damit gerechnet, dass Esteban dieses Thema anschneiden würde, selbst dann nicht, nachdem sie sich geliebt hatten.

Er berührte ihre Nasenspitze. „Der Padre sagte, wir würden mit Sicherheit für alle Ewigkeit in der Hölle schmoren, wenn wir diese kleine Nachlässigkeit nicht auf der Stelle korrigieren“, berichtete er.

„Das sind ja angenehme Aussichten“, antwortete sie und versuchte unbeschwert zu klingen.

Esteban lächelte und legte seine Hand auf ihre Schulter. Mit dem Daumen strich er ihr über den Hals. „Ich weiß, das war nicht gerade ein romantischer Heiratsantrag“, gab er zu.

Olivia schluckte. „Das war ein Antrag?“

„Ja“, bekräftigte Esteban mit einem Seufzer, als ob er von sich selbst überrascht war. „Heirate mich, Olivia! Bleib bei mir! Lach mit mir, schlaf mit mir und setz die Schönheit dieses Landes in deiner Kunst um!“

Sie schwankte, es kam ihr vor, als hätte sie einen Kloß im Hals. Manchmal war Hoffnung eine gefährliche Sache. „Esteban, es gibt so viele Probleme ...“

„Wir werden sie gemeinsam lösen“, erwiderte er, seine Lippen warm und auffordernd an den ihren. „Wo steht geschrieben, dass alle Probleme, bestehende oder zu erwartende, vor der Heirat aus der Welt geschafft werden müssen?“ Er zögerte, Olivia spürte seinen Atem, ihr wurde heiß, und ihr Herz begann zu rasen. „Was zwischen uns angefangen hat, ist nicht mehr aufzuhalten, Schatz. Ich kann nichts dagegen tun, dich berühren zu wollen, und ich bin so erzogen worden, dass die eine Frau im Leben eines Mannes geliebt und respektiert werden muss, über allen anderen.“

Olivia stiegen Freudentränen in die Augen, doch sie war auch besorgt. Wie genoss sie den zärtlichen Kuss, der folgte!

Esteban wiegte ihr Gesicht in seinen Händen und wischte mit seinem Daumen eine Träne von ihrer Wange. „Ich glaube, du bist diese Frau", sagte er schlicht.

Ihre praktische Veranlagung nahm überhand. „Aber wir haben noch keine Bluttests gemacht, keine Papiere besorgt ..."

Esteban entblößte seine Zähne zu einem fröhlichen Grinsen, und seine Augen tanzten, als er sie aufklärte. „Wie oft muss ich dich noch daran erinnern, meine kleine, hartnäckige Wüstenblume? Wir befinden uns im Herzen von Mexiko – dem alten Mexiko. Hier passieren Dinge, die sonst in keinem anderen Teil dieses Landes möglich wären, und schon gar nicht nördlich der Grenze."

Olivias Herz hämmerte. Sie dachte an Onkel Errol und welchen Spaß ihm diese eigenartige Situation bereiten würde. Wie er sie immer dazu gedrängt hatte, mutig zu sein und Risiken einzugehen, das Leben mit beiden Händen zu greifen. Sie entschied sich zu nehmen, was sie wollte. Sie war hoffnungslos in Esteban verliebt und sehnte sich danach, seine Ehefrau zu werden und nicht nur seine Frau zu sein.

„Na gut", sagte sie. „Aber ich habe Angst."

Esteban beugte sich zu ihr und liebkoste die zarte Haut unter ihrem Ohr, dann gestand er: „Ich auch."

Sie gingen zu dem Padre zurück und heirateten im Innenhof unter dem schattigen Blätterdach eines Baumes, und obwohl Olivia die Bedeutung der meisten Worte nicht kannte, verstand sie doch deren Sinn in ihrem Herzen. Das Einzige, was sie bei der Zeremonie als störend empfand, war der Umstand, dass Esteban ihr bisher noch nicht gesagt hatte, dass er sie liebte.

Olivia wusste aus jahrelanger Erfahrung, das nichts im Leben perfekt war, doch sie war für ihn diese „eine Frau" in seinem Leben, die er schützte und respektierte. Hinter seinen Worten erkannte sie die alte, aus Spanien stammende Tradition.

„Würde diese Heirat auch in den Vereinigten Staaten anerkannt werden?", fragte sie, als sie wieder in dem kleinen Raum mit dem Steinboden allein waren.

Esteban verschränkte die Arme, neigte seinen Kopf zur Seite und sah zufrieden mit sich aus. „Sie wurde im Himmel geschlossen. Wenn du nach Hause zurückkehren und einen anderen Mann heiraten würdest, wäre das Bigamie."

Olivia spürte, wie ihr das Blut aus dem Gesicht wich. Sie war zwar nicht gerade religiös, doch sie glaubte an Gott und die Verbindlichkeit des Heiratsversprechens.

Esteban stieß einen Seufzer aus und setzte sich auf eines der harten Feldbetten, um seine Stiefel auszuziehen. Danach streckte er sich, anscheinend um sich auszuruhen, seufzte und machte es sich gemütlich, was bei Olivia einen Sturm von Gefühlen hervorrief. Doch er gähnte, legte seinen Hut übers Gesicht und schlief ein, ohne ein weiteres Wort zu sagen.

Olivia hätte ihn umbringen können!

Bald legte sie sich jedoch auf das andere Feldbett. Sie war ziemlich durcheinander und versuchte sich an den Gedanken zu gewöhnen, dass sie jetzt verheiratet war.

Ihre Flitterwochen fingen ja ausgezeichnet an! Ihr Bräutigam schlief, und als Ehebett musste sie mit der Pritsche eines Einsiedlers vorliebnehmen.

Trotz allem war sie glücklich, zu glücklich, um einschlafen zu können. Sie stand auf, schlich sich aus dem Zimmer, blieb draußen an der Mauer der Mission stehen und schaute hinaus auf die Wüste. Sie entdeckte eine rosafarbene Blüte, die in einiger Entfernung an einem Kaktus blühte, und hatte plötzlich das Bedürfnis, sie aus der Nähe zu betrachten, zu berühren und herauszufinden, ob sie duftete. Sie wollte diesen bestimmten Farbton genau im Kopf behalten und eine Glasur in derselben Farbe mischen.

Sie sah sich um und stellte fest, dass die Mission nahezu verlassen war – wie der Leopard pflegten auch seine Männer der Siesta. Olivia beschloss über die Mauer zu klettern und sich die Kaktusblüte aus der Nähe anzusehen. Sie würde zurück sein, bevor irgendjemand sie vermisste. Doch Esteban war nicht der einzige Grund, warum sie sich beeilen wollte – sie wusste, welche Wirkung die gnadenlose mexikanische Sonne auf sie hatte, wenn sie nicht vorsichtig war.

Die Kaktusblüte war so zart und schön, dass Olivia bei ihrem Anblick Tränen in die Augen stiegen. Sie wollte gerade zurück zur Mission gehen und war ungefähr hundert Meter entfernt, als sie weiter draußen eine Felsenformation entdeckte, die sie sich genauer anschauen wollte. Die ungewöhnliche Form gab ihr neue Ideen für ihre Töpferei, und sie ging darauf zu.

Danach waren es die weichen Pastellfarben, die in der Entfernung mit dem Horizont verschmolzen. Olivia war wie hypnotisiert, wunderbare neue Ideen schwirrten ihr durch den Kopf, und sie ging weiter. Erst als sie unter dem Dach eines alten Schuppens, der keine Wände mehr besaß, Schutz vor der Sonne suchte, stellte sie fest, dass sie die Mission nirgendwo entdecken konnte.

Sie kaute auf ihrer Unterlippe und studierte die zerklüftete, raue und doch so schöne Landschaft, die sie umgab. Alles, was sie tun musste, war in diese Richtung zu gehen …

Oder war es die andere Richtung?

Als Esteban von seiner Siesta erwachte, reckte er sich genüsslich. In der Kühle der nahenden Dämmerung könnten er und Olivia und die anderen sich wieder auf die Suche nach den Pferden machen. Er sah zu dem gegenüberliegenden Feldbett hinüber und erwartete, Olivia dort zusammengerollt und fest schlafend vorzufinden, vielleicht in aufreizender Nacktheit, wegen der starken Hitze. Doch das Bett war leer.

Ein eiskalter Schreck durchfuhr Esteban, doch er unterdrückte die in ihm aufsteigende Panik. Olivia war einfach nur früher aufgestanden und hatte sich auf die Suche nach den Toiletten gemacht, vorausgesetzt, dass es hier an diesem abgelegenen Ort so etwas gab. Oder sie saß im Garten, wo der Padre sich am liebsten aufhielt, wenn er über die Mysterien des Glaubens nachdachte.

Jemand hatte einen Eimer mit frischem Quellwasser mit einer alten, emaillierten Schöpfkelle draußen vor die Tür gestellt. Esteban trug ihn ins Zimmer, trank durstig und schüttete sich den Rest des Kelleninhalts über den Nacken. Dann machte er sich daran, Olivia zu suchen.

Esteban wurde im Hof von dem Padre zur Seite genommen, der sich mit ihm über Schlafräume und Klassenzimmer unterhalten wollte, die es Kindern ermöglichen würden, hier zu leben und eine Ausbildung zu erhalten. Er hatte mit Vertretern von Hilfsorganisationen aus den Vereinigten Staaten gesprochen, die bereitwillig Bücher, Verpflegung und einige Lehrer zur Verfügung stellen würden, doch man brauchte Geld, um die Gebäude zu errichten. Eine ganze Menge Geld.

Esteban hörte ihm freundlich zu, doch die ganze Zeit über war er mit seinen Gedanken anderweitig beschäftigt. Er fragte sich, wo Olivia sein könnte und wo er anfangen sollte, sie zu suchen. Abwesend nickte er in passenden Momenten.

„Wir könnten hier vierzig Kinder beherbergen", schloss der Priester auf Spanisch. „Die Verlorenen und Verlassenen, die sonst versuchen müssten, sich allein in der Stadt durchzuschlagen."

Esteban empfand ein eigenartiges, ziehendes Gefühl, als ob jemand ein Band um seine Seele gewickelt hätte, und versuchte, ihn irgendwo hinzulenken. „Si", antwortete er dem Priester. „Sie wissen, dass ich helfen werde. Haben Sie Olivia gesehen?"

„Deine Ehefrau?", neckte Padre Tejada. „Ich dachte, sie wäre bei dir, mein Sohn."

Esteban konnte seine Besorgnis nicht länger unterdrücken – oder seine Wut.

Sie hatte ihn verlassen, nicht einmal eine Stunde nach ihrem Versprechen, das Leben mit ihm zu teilen. Für sie war alles nur ein Täuschungsmanöver gewesen, ein Weg, den Mann bei Laune zu halten, der sie gefangen hielt.

Schlimmer noch, sie hatte sich absichtlich in Gefahr gebracht! Die glühende Wüste beherbergte so viele Gefahren, so viele unerwartete Hinterhalte, und man konnte sich leicht verlaufen. Sie könnte in die Hand seiner Feinde fallen oder wieder den Banditen über den Weg laufen, die sie entführt hatten.

Esteban schob seinen Hut vom Kopf, sodass er nun zwischen seinen Schulterblättern baumelte, und verließ die schattige Stille der Kapelle. Er war seit dem Tod seines Großvaters nicht mehr in einer Kirche gewesen, doch die Rituale kamen schnell wieder zurück.

Er tauchte seine Finger ins Weihwasser, das sich in einem Becken auf der Rückseite der kleinen Sakristei befand, bekreuzigte sich und kniete kurz nieder. Auf dem Altar standen keine Statuen – die gab es nur in reicheren Gemeinden –, doch das einfache hölzerne Kreuz schien ihm heute mehr zu sagen als jemals zuvor.

Esteban kniete unter dem Kreuz beim Geländer und sprach das erste, ehrlich empfundene Gebet, seit er erwachsen war. Er faltete die

Hände. Beschütze sie, Herr! Er beugte den Kopf. Ich bitte dich, beschütze sie!

Die Nacht brach herein, und Olivia hatte immer noch keine Ahnung, wohin sie gehen sollte. Sie blieb, wo sie war, durstig und verängstigt, denn sie wusste, dass sie alles nur noch schlimmer machen würde, wenn sie weiter umherwanderte. Die Wüstenluft, so heiß sie auch tagsüber war, kühlte schnell ab, und ihr würde eine sehr kalte Nacht bevorstehen.

Sie dachte wieder an die gestrige Nacht, als sie sich stöhnend auf dem Bettgestell hin- und hergeworfen hatte, während Esteban ihr ein köstliches Vergnügen nach dem anderen schenkte. Wie sehr sehnte sie sich danach, in seinen Armen zu liegen!

Mit Gewalt brachte sie sich wieder zurück in die düstere Gegenwart. Sie überlegte. Mittlerweile hatte ihr Ehemann sicherlich herausgefunden, dass sie verschwunden war. Er würde annehmen, sie hätte ihn absichtlich verlassen, und war möglicherweise so wütend, dass er nichts mehr mit ihr zu tun haben wollte, und schon gar nicht ausreiten würde, um sie zu suchen.

„Esteban", flüsterte sie, und auch ihr Herz rief seinen Namen.

Es wurde dunkler, und sie versuchte zu schlafen. Sie schlang die Arme eng um ihren Körper und zitterte vor Kälte. Die Sterne strahlten hell und klar, und sie begann sie zu zählen. Doch dieses Spiel aus ihrer Kindheit, das ihr früher geholfen hatte, manchen Kummer zu vergessen, brachte ihr diesmal keinen Trost.

Sie nickte ein, wachte zitternd auf und nickte dann wieder ein. Im Traum glaubte sie, das Wiehern eines Pferdes zu hören und das Klirren von Zaumzeug. Dann spürte sie, wie ein harter Gegenstand ihre Brust berührte – und plötzlich war ihr klar, dass dies kein Traum war!

Sie öffnete die Augen und entdeckte mit Schrecken den Lauf eines Gewehres, gut erkennbar im hellen Mondlicht, der gegen ihre Brust gepresst wurde. Dahinter das Gesicht eines Mannes, den Olivia nie zuvor im Leben gesehen hatte.

Er lächelte, machte jedoch keine Anstalten, das Gewehr von ihrer Brust zu nehmen. „Aha!", sagte er. „Die Frau des Leoparden!" Er sprach Englisch mit einem starken Akzent, doch Olivia verstand ihn nur zu gut. Mit einer theatralischen Gebärde blickte er sich um. „Ramirez ist nicht hier?", fragte er spöttisch, obwohl dies ihm sicherlich längst klar gewesen sein musste. Er seufzte. „Seine Pferde streunen herum, seine Frau läuft ihm weg! Es ist wirklich ein Jammer. Könnte es sein, dass der Leopard nicht der Mann ist, für den wir ihn immer gehalten haben?" Dann warf der Mann seinen Kopf nach hinten und brüllte vor Lachen.

Um ein Haar wäre Olivia in Panik geraten, doch so leicht wollte sie sich nicht geschlagen geben. Trotz des Gewehrlaufs an ihrer Brust richtete sie sich langsam auf, Zentimeter für Zentimeter. Falls noch andere Banditen bei ihm waren, hielten sie sich gut versteckt, denn außer diesem einen Mann war niemand zu sehen.

„Wer sind Sie?", herrschte sie ihn an.

„Pancho", erwiderte er, beugte sich zu ihr hinunter und griff mit seiner freien Hand nach ihrem Hemd. Er zog sie kraftvoll und mit Leichtigkeit auf die Füße. „Wollen wir nicht Freunde sein?", fragte er mit einem Grinsen.

Olivia starrte ihn wütend an Und maß ihn mit einem kalten Blick. „Ja", sagte sie ruhig. „Wir könnten schon Freunde sein. Dazu müssen Sie sich nur auf Ihr Pferd setzen und von hier verschwinden. Lassen Sie mich in Ruhe!"

Pancho lachte und schüttelte den Kopf. „Du bist zu wertvoll für mich. Es gibt einen Mann, der eine Menge Geld für die Frau bezahlt, die der Leopard liebt." Seine kalten dunklen Augen glitzerten, und er strich mit dem Daumen über die Unterseite ihres Kinns. „Er wird dich mit Vergnügen nehmen und dann Esteban berichten, welchen Spaß er mit dir gehabt hat."

Olivia drehte sich fast der Magen um, und für einen schrecklichen Moment glaubte sie, sich über Panchos Stiefel übergeben zu müssen. Doch plötzlich überkam sie eine fast eisige Ruhe. Alle Rätsel schienen gelöst, und sie wusste, was jetzt am wichtigsten war.

Ihre Liebe zu Esteban. Ihr Kind, das sie schon in sich zu tragen hoffte.

Olivia nahm all ihren Mut zusammen. „Der Leopard liebt viele Frauen", antwortete sie so kühl und gelassen, wie sie konnte. „Eine wird er nicht vermissen."

Pancho schüttelte den Kopf; aus seiner Kehle drang ein Geräusch, das sich wie ein Knurren anhörte. „Nein. Esteban Ramirez liebt nur eine Frau, und das bist du. Wir wissen Bescheid. Wir haben euch beobachtet. Komm jetzt, wir gehen." Er fesselte Olivias Hände hinter ihrem Rücken und hob sie auf sein Pferd. Sie ritten in die Nacht hinein.

Olivia stand unter Schock, und ihr war schlecht vor Angst. Etwas sagte ihr, dass der Mann, zu dem sie wie ein Stück Beute geschleppt wurde, nicht so rücksichtsvoll sein würde wie Esteban.

Bei Sonnenaufgang ritten sie über eine steinige Erhebung, dann einen Berghang hinunter, der mit üppigem Grün bewachsen war, und kamen zu einem kleinen, doch recht ansehnlichen Bungalow. Olivia konnte einen Swimmingpool entdecken, einen Tennisplatz und einen Korral, in dem sich mehrere reinrassige Pferde befanden.

Ihr sechster Sinn sagte ihr, dass es sich dabei um die Pferde handelte, die zu Estebans Herde gehörten.

Ein großer blonder Mann mit auffallend blauen Augen kam ihnen entgegen. Er betrachtete sie abschätzend, als wäre sie ein Stück Vieh. Olivia ahnte, was diese Musterung zu bedeuten hatte.

„Die Frau des Leoparden!", gab Pancho stolz bekannt.

Die blauen Augen des Mannes begannen zu leuchten. „Ich verstehe", sagte er leise und drohend. Sein Englisch verriet zwar mehr Bildung als Panchos, doch sprach er ebenfalls mit einem starken spanischen Akzent. Er fuhr mit einer Hand über Olivias Bein und umklammerte ihren Knöchel mit einem schmerzhaften Griff, als sie es wegziehen wollte. „Ausgezeichnet", fügte er hinzu. „Wir brauchen jetzt nur zu warten. Früher oder später wird der Leopard sicherlich hier auftauchen."

11. KAPITEL

Olivia tat ihr Bestes, um nicht die Fassung zu verlieren, doch das war unter diesen Umständen keine einfache Aufgabe. „Was sind Sie?“, fragte sie den Fremden, der sie roh und brutal ins Haus geschleppt hatte, ohne ihr vorher die Fesseln abzunehmen. „Ein Drogenbaron? Ein Sklavenhändler?“

Der Mexikaner stand vor einer wunderbar geschnitzten Kommode in seinem geräumigen Wohnzimmer und goss sich einen Brandy in ein Kristallglas. Er kicherte und hob das Glas zu einem spöttischen Toast. „Nichts so Dramatisches. Ich verdiene meinen Lebensunterhalt mit dem Waffenhandel und arbeite mit bestimmten Regierungen zusammen.“

Seine Erklärung brachte Olivia wenig Erleichterung. Sie befand sich also in der Gewalt eines Mannes, der nicht davor zurückschreckte, ganze Länder zu verkaufen, solange der Preis stimmte. Was für einen Unterschied machte da schon das Schicksal einer Person?

„Was wollen Sie von Esteban?“, fragte sie, teils um Zeit zu gewinnen, und teils, weil sie wirklich neugierig war.

Der mysteriöse Mann lächelte. Er sah eigentlich recht gut aus – ein Eindruck, der jedoch von seiner abgrundtiefen Gemeinheit, die ihm anzuhängen schien wie ein übler Geruch, rasch verdrängt wurde. „Ramirez hat sich in ein Projekt eingemischt, das mir Millionen amerikanischer Dollars eingebracht hätte. Ich war fast ruiniert, und es hat mich einige Jahre gekostet, mir wieder eine finanzielle Grundlage zu schaffen. Mein Plan ist ziemlich einfach – ich werde Ramirez zurückzahlen, was er mir angetan hat, und gleichzeitig dafür sorgen, dass er in Zukunft nicht mehr in der Lage sein wird, mich bei meinen Geschäften zu stören.“

Olivia spürte, wie sie blass wurde. Dieser Mann wollte Esteban umbringen! Diese Gewissheit brachte sie fast um den Verstand vor Angst, doch sie ließ sich nichts anmerken und blieb nach außen ruhig und gelassen. „Er wird Sie auslachen“, sagte sie und ahmte sein förmliches, gestelzt klingendes Englisch nach. „Ich bedeute ihm gar nichts.“

Das Ungeheuer betrachtete sie mit einer Mischung aus Misstrauen und Interesse. „Umso besser. Du bist bereit zu lügen, um den Leoparden zu retten. Mein Instinkt sagt mir, dass er sogar noch weitergehen würde, um dich zu retten, Señorita. Ich bin sicher, er würde jederzeit sein Leben für dich aufs Spiel setzen."

Olivia schloss die Augen und versuchte verzweifelt, nicht die Kontrolle zu verlieren. Sie hätte am liebsten aufgegeben und sich ihrer panischen Angst überlassen, doch so viel hing davon ab, dass sie jetzt einen klaren Kopf behielt. Estebans Leben zum einen und wahrscheinlich auch ihr eigenes. „Sie machen einen Fehler."

„Wir werden sehen", erwiderte er. „In der Zwischenzeit müssen wir dafür sorgen, dass du deinen Wert nicht verlierst." Er stellte sein leeres Glas ab und klatschte laut in die Hände. Olivia zuckte zusammen.

„Juana!", rief er laut.

Ein blutjunges, schlankes mexikanisches Mädchen erschien nur wenige Sekunden später. „Si, Señor Leonesio?", sagte sie.

Trotz ihrer Angst bemerkte Olivia, dass Leonesio nicht gerade erfreut darüber war, dass das Mädchen ihn mit seinem Namen angesprochen hatte, den er wahrscheinlich lieber nicht erwähnen wollte. Er hatte offensichtlich nicht vorgehabt sich vorzustellen.

Der Herr des Hauses zischte seine Anweisungen in schnellem, wütendem Spanisch, und Juana zuckte zusammen. Olivia dachte, dass das Mädchen wahrscheinlich ebenso eine Gefangene war wie sie, sie tat ihr leid.

Als Leonesio seine Beschimpfungen beendet hatte, trat Juana zu Olivia und sagte nur ein einziges Wort, das alles zusammenzufassen schien. Bitte! Mit großen, dunklen Augen flehte sie Olivia stumm an, mit ihr zu kommen.

Olivia zog es vor, nicht in Leonesios Nähe zu sein. Jeder Muskel in ihrem Körper schien zu schmerzen. Sie stand vom Sofa auf, wo sie sich hingesetzt hatte, und folgte Juana aus dem Zimmer eine Holztreppe hinauf.

„Versuche ja nicht wegzulaufen!", flüsterte Juana ihr in schwerfälligem Englisch zu, als die beiden Frauen allein oben im Badezimmer waren. Sie nahm Olivia die Fesseln ab. „Der Wind bringt Leonesio Neuigkeiten von allem, was passiert."

Olivia sah Juana in die Augen und rieb ihre schmerzenden Handgelenke. „Du sprichst Englisch?", sagte sie erstaunt.

Juana zuckte mit den Schultern und füllte die große, gekachelte Wanne mit warmem Wasser. „Nicht viel. Ich höre zu. Ich wiederhole die Worte, bis ich sie kenne wie meinen Rosenkranz."

Olivia war gerührt. „Bist du ... liebst du Leonesio?"

Juana sah sie verbittert an. „Er sagt, ich werde seine Frau sein, wenn ich älter bin. Ich lerne, ihm Vergnügen zu bereiten."

Ein Schauer lief durch Olivias Körper. Sie schloss die Augen. „Wo ist seine Frau?"

„Er hat viele." Juana sah Olivia mitleidig an. „Ich glaube, auch du wirst sein Bett für eine Weile teilen."

Olivia schüttelte energisch den Kopf. „Lieber sterbe ich."

„Er wird dich auspeitschen lassen, wenn du nicht nachgibst", erklärte Juana in ihrem holprigen Englisch.

Allein der Gedanke ließ Olivia taumeln. „Oh, mein Gott!"

Juana streute nach Jasmin duftendes Badesalz ins Wasser und bedeutete Olivia ins Bad zu steigen. Sie wollte sich zuerst widersetzen, doch sie war am ganzen Körper verschwitzt und mit Staub bedeckt, und ein Bad würde sie entspannen und vielleicht ihren Verstand wieder auf Trab bringen.

Olivia zog sich aus und stieg ins Wasser. Juana wartete in der Nähe, ihre dunklen Augen abgewandt, während Olivia ihr Haar und ihren schmerzenden Körper reinigte. Als sie ihr Bad beendet hatte, gab Juana ihr ein riesiges, weiches Handtuch sowie ein langes, durchsichtiges weißes Gewand aus kostbarer Spitze, an dem immer noch das Preisschild befestigt war, und ein Paar Sandalen.

Die junge Mexikanerin führte Olivia in ein luxuriös ausgestattetes Schlafzimmer, drängte sie, sich an den Schminktisch zu setzen, und begann ihr Haar trocken zu bürsten. Als sie damit fertig war, sagte sie: „Ich bringe etwas zu essen. Macht stark."

Das Letzte, was Olivia wollte, war essen, doch sie wusste, dass Juana recht hatte. Sie brauchte körperliche Kraft, und es war wichtig, dass sie sich nicht von ihrer panischen Angst beherrschen ließ. Ihr eigenes Leben, und auch Estebans, könnten davon abhängen.

Sie wollte nichts unversucht lassen und alles in ihrer Kraft Stehende tun, so gering ihre Aussichten auch erscheinen mochten. Als Juana das Zimmer verließ und Olivia hörte, wie sie von außen die

Tür abschloss, rannte sie zu den Glastüren, die auf die Terrasse führten.

Unterhalb der Terrasse befand sich ein mit Steinen gepflasterter Innenhof, der bis zum Pool reichte. Sie würde mindestens zwei Stockwerke tief fallen und sich alle Kochen brechen, wenn sie hier heruntersprang, überlegte Olivia. Nachdenklich kaute sie an ihrer Unterlippe.

Sie ging zurück ins Schlafzimmer und schritt auf und ab. Wieder schmiedete sie Fluchtpläne. Doch diesmal fiel ihr absolut nichts ein. Olivia gab es nicht gern zu, da sie sonst lieber alles selbst in die Hand nahm: Wenn Esteban ihr nicht zu Hilfe kam, war sie verloren.

„Leonesio!“, folgerte Esteban, als er und Pepito in der Dämmerung die Stelle fanden, wo Olivia entführt worden war. In Krisenzeiten richtete er sich nach Murphys Gesetz: Alles, was schiefgehen kann, wird auch schiefgehen. Leonesio de Luca Santana war einer seiner hartnäckigsten Feinde, grausam und rachsüchtig. Wenn einer von Leonesios Männern Olivia gefunden hatte, war es das Schlimmste, das hätte passieren können.

„Die Gerüchte sind also wahr, Pepito. Er ist zurück.“

„Si“, war alles, was Pepito dazu sagen konnte. Weil Esteban immer darauf bestanden hatte, nicht an die alten Zeiten erinnert zu werden, sprachen sie nur selten über die Leute, die darin verwickelt waren.

„Reite zurück zur Mission und hole die anderen!“, befahl Esteban leise. „Du weißt, wo Leonesio sich aufhält, wenn er in Mexiko ist.“

Pepito nickte. „Si, das St.-Thomas-Grundstück.“ Er zögerte. „Es wird einen Kampf geben“, stellte er mit sichtlicher Genugtuung fest.

Esteban dachte an den Kampf und stellte sich dabei Olivia vor, die sich im Kreuzfeuer befinden würde. Er schloss die Augen. „Nicht, wenn wir es verhindern können“, erwiderte er heiser. „Alles, was ich will, ist meine Frau, lebendig und unverletzt.“

„Si“, stimmte Pepito automatisch zu, doch er sah ungläubig aus. Männer wie Leonesio liebten den Kampf, und sie beide wussten es.

Esteban verabschiedete sich von dem Gefährten, schwang sich in den Sattel und machte sich auf den Weg zu Leonesios geheimem

Versteck, das über die Jahre mehrere Bewohner beherbergt hatte. Er kannte das Haus gut. Als Esteban noch ein Kind war, wohnte dort einer seiner Freunde, Enrique St. Thomas. Rico, wie er von allen genannt wurde, hatte eine feurige mexikanische Mutter und einen nicht weniger temperamentvollen französischen Vater, und wenn Esteban und sein Großvater zu Besuch kamen, schien es, als vibriere das ganze Haus von der Leidenschaftlichkeit dieser Familie. Unglücklicherweise waren die Eltern bei einer Grippeepidemie vor ungefähr zehn Jahren ums Leben gekommen.

Er ritt weiter, näher zu Olivia – sie war für ihn das Wichtigste in seinem Leben, ein Magnet, dem er nicht widerstehen konnte!

Esteban fragte sich, was aus Enrique geworden war. Er würde sich freuen, seinen alten Freund wiederzusehen.

Die Dunkelheit war undurchdringlich, als Esteban endlich seinen Bestimmungsort erreichte. Er band sein Pferd an einem Baum fest, weit entfernt von den üppigen Palmen und tropischen Pflanzen, die das ihm so vertraute Haus umgaben.

Es waren Wachen aufgestellt, natürlich, aber von Leonesios kleiner Armee war nichts zu entdecken. Esteban konnte nur drei Männer ausmachen, einer lehnte an einem Pfosten beim Eingang, die beiden anderen patrouillierten auf dem Grundstück.

Offensichtlich wollte man ihn in eine Falle locken, dachte Esteban mit grimmigem Lächeln. Leonesio wollte sich rächen, weil er vor langer Zeit dessen Pläne vereitelt hatte. Er wusste, dass Esteban versuchen würde, Olivia zu befreien. Und wartete auf ihn.

Esteban atmete tief durch. Eigentlich hatte er sich geschworen, dieses Spiel nie wieder zu spielen, doch das war, bevor diese rothaarige amerikanische Frau sein Leben auf den Kopf gestellt hatte. Ihm blieb jetzt keine andere Wahl! Esteban Ramirez legte seine gewohnte Identität ab und wurde wieder der Leopard.

An den Wachen vorbeizukommen war so einfach, dass er beinahe enttäuscht war.

Das Abendessen wurde im Hof serviert, an einem Tisch mit Sonnenschirm in der Nähe des Pools. Olivia war befohlen worden zu erscheinen.

Sie begegnete Leonesio mit Würde, ihr Benehmen war gelassen

und ruhig, doch ihre Sinne nahmen alles wahr, jeden Grashüpfer und jedes Vogelzwitschern. Vielleicht war es nur Einbildung, aber sie hätte schwören können, dass Esteban irgendwo in der Nähe war – als spürte sie, wie sein Herz im Einklang mit ihrem schlug.

„Du wirst heute Abend das Bett mit mir teilen", gab Leonesio bekannt, nachdem er einen Schluck Rotwein getrunken hatte.

„Vielleicht in Ihren Träumen", erwiderte Olivia direkt. „Ich würde eher mit einem Alligator schlafen."

Leonesio warf seinen Kopf nach hinten und lachte. „So feurig! Kein Wunder, dass der Leopard von dir besessen ist."

Olivia zwang sich dazu, gelassen von ihrem Glas zu trinken, und nahm sogar einige Bissen der reichhaltigen Mahlzeit zu sich. „Sie werden ziemlich enttäuscht sein. Señor Ramirez hat mittlerweile genug von mir. Er hat sicherlich schon ein neues Spielzeug für sich gekauft."

„Er hat dich gekauft?" Leonesio setzte sein Weinglas ab und beugte sich interessiert nach vorne.

„Diese Idee musste Sie ja faszinieren", stellte Olivia fest. „Ich wette, Ihre Eltern verschwenden viel Zeit damit, zu überlegen was sie bei Ihrer Erziehung wohl falsch gemacht haben könnten."

Leonesio lachte wieder. „Ich bin genau das, wozu sie mich erzogen haben", erwiderte er, „aber wir unterhielten uns gerade darüber, dass Ramirez dich gekauft hat."

„Zwei Männer hatten mich auf der Straße entführt, nachdem mein Wagen nicht mehr anspringen wollte", antwortete sie so sachlich, als passierten solche Dinge jeden Tag. „Dann haben sie mich an Señor Ramirez verkauft, und ich entkam ihm, sobald ich die Möglichkeit dazu hatte. Mein Pech, Ihnen in die Hände zu fallen." Sie schwieg, seufzte philosophisch und hoffte, dass der Feind die Geschichte ihrer Flucht glauben würde.

Dann, ganz plötzlich, sah sie Esteban hinter Leonesio über den Zaun springen, und sie betete, dass man ihr nichts anmerken konnte. „Das Leben einer weißen Sklavin ist nicht leicht, Mr. Leonesio. Oder ist das nur Ihr Vorname? Haben Sie auch einen Nachnamen?"

Olivias Ablenkungsversuch beschäftigte ihn lange genug, um Esteban Zeit zu geben, sich mit einigen Sätzen an ihn heranzumachen, einen Arm um die Kehle seines Feindes zu legen und ihn vom Stuhl hochzuzerren.

„Si“, knurrte Esteban und verstärkte seinen Griff, dass Leonesios Gesicht blau anlief. „Das ist El pollo – das Hühnchen.“

Leonesio machte ein gurgelndes Geräusch und schlug wild um sich.

Estebans Augen verengten sich, als er Olivias kostbares weißes Kleid sah. „Wir werden deinen Anteil an diesem kleinen Abenteuer später besprechen. Für den Augenblick gehst du zurück ins Haus und bleibst dort, bis ich dich hole. Klar?“

Olivia war nicht ganz sicher, ob ihre Rettung wirklich eine Verbesserung ihrer Situation bedeutete. Esteban war offensichtlich ziemlich wütend, und sie konnte sich vorstellen, was sie erwartete, wenn er mit Leonesio und seinen Männern fertig war. Sie nickte nur, enttäuscht, dass er sie nicht in die Arme genommen und seine Freude gezeigt hatte, sie zu sehen. Wortlos ging sie ins Haus.

Sie saß mit Juana auf dem Ledersofa in Leonesios Arbeitszimmer und wartete. Sie hörten einen Schuss, beide sprangen erschrocken auf, Olivia rannte zur Tür, sicher, dass Esteban getroffen war, und sie ihn verloren hatte.

Sie stieß mit ihm auf der Türschwelle zusammen.

Wahrscheinlich war der Schuss nur ein Signal für seine Männer gewesen.

„Du befolgst Befehle nicht besonders gern, Kleines“, sagte er schroff.

Olivia fiel ihm in die Arme. „Darin werde ich wohl nie großen Erfolg haben“, sagte sie an ihn geschmiegt. „Aber ich liebe dich, Esteban Ramirez. Und ob du mir glaubst oder nicht, ich will immer in deiner Nähe sein!“

Er hielt sie auf Armeslänge von sich weg und sah sie ernst an. Tränen standen in ihren Augen. „Du wirst bleiben? Aber du bist doch weggelaufen …?“

„Ich bin nicht weggelaufen, du Dummkopf. Ich habe mir Kaktusblüten und andere Dinge angeschaut und mich einfach verlaufen“, gab Olivia kleinlaut zu. Sie schauderte und atmete dann tief ein. „Bevor ich in dieses verrückte Land gekommen bin und dich getroffen habe, lebte ich das Leben meines Onkels Erroll, nicht mein eigenes. Jetzt, zum ersten Mal, bin ich wirklich ich, und das will ich unter keinen Umständen aufgeben!“

Estebans Lächeln zeigte ihr, dass er verstand. Sein Kuss bewies es ihr.

Einen Monat später …

Onkel Errol trug einen weißen Anzug von Armani, perfekt für das tropische Klima, und sah so vergnügt aus, als wäre er die Mutter der Braut.

Er hatte Olivias Brennofen und Töpferscheibe gleich am nächsten Tag nach Mexiko geschickt, nachdem sie ihn aus Mexiko City angerufen hatte. Obwohl sie und Esteban schon verheiratet waren, hatten sie beschlossen, die formelle Trauungszeremonie auf der Ranch nachzuholen.

Olivia lächelte, als sie ihm von der Terrasse ihres Zimmers zusah. Der ganze Innenhof war mit Blumen und Girlanden geschmückt, und lange Tische bogen sich unter der Last von Marias erstklassigem Menü. Gäste aus allen Teilen der Welt waren angereist und tranken Champagner in der Nachmittagssonne.

Esteban stand hinter Olivia, legte seine Arme um sie und küsste sie auf die Schulter. Sie trug ein langes, weißes, schulterfreies Kleid und zeigte genug Haut, um ihn zu reizen.

„Glücklich?", fragte er.

Olivia lehnte ihren Kopf an seine Schulter.

„O ja!", antwortete sie. „Ich bin überglücklich."

Er drehte sie zu sich, gab ihr einen langen, leidenschaftlichen Kuss, der für die kommende Nacht noch viele Versprechen beinhaltete. Sie war immer noch ein wenig benommen, als er ihren Arm nahm und sie ins Haus führte, um mit ihr gemeinsam die Treppe zum Hausaltar hinunterzusteigen, vor dem sie ihre Schwüre zum zweiten Mal ablegen würden.

„Erwarte nicht, dass ich dir Gehorsam schwöre", sagte Olivia.

Esteban lachte. „Ich würde dir sowieso nicht glauben", antwortete er. „Ich liebe dich, Señora Ramirez."

Olivia sah ihn an, ihr Lächeln kam aus tiefstem Herzen. „Und ich liebe dich, mein Leopard."

– ENDE –

Sherryl Woods

Sommer der Entscheidung

Roman

Aus dem Amerikanischen von
Heike Warth

MIRA®

1. KAPITEL

Nebel fiel grau und dick ein, aber davon ließ Karyn sich die Stimmung nicht verderben. Im trüben Dämmerlicht konnte sie die Golden Gate Bridge kaum erkennen, aber auch das scherte sie nicht. Neben ihr auf dem Beifahrersitz lag wenigstens ein Dutzend Reiseprospekte über Hawaii, angefangen bei den aufregenden, sonnenüberfluteten Stränden von Honolulu bis hin zum weniger erschlossenen tropischen Maui. Sie hatte eine Stunde im Reisebüro verbracht und sich von bunten Bildern in Versuchung führen lassen, die sie bisher nur aus dem Fernsehen kannte. Schließlich hatte der Angestellte angesichts ihrer Träumerei und Unentschlossenheit die Geduld verloren, ihr den ganzen Packen in die Hand gedrückt und vorgeschlagen, dass sie sich erst einmal zu Hause damit beschäftigte und dann zum Buchen zurückkam.

Genau das hatte Karyn jetzt vor. Sie würde an diesem Wochenende nichts anderes tun, als ausführlich die ersten richtigen Ferien ihres sechsundzwanzigjährigen Daseins zu planen. Im Grunde ging es um viel mehr als nur um eine Reise. Diese sieben Tage sollten so aufregend werden wie keine Zeit zuvor in ihrem Leben, sie wollte eine Romanze und Abenteuer erleben und den Alltag weit hinter sich lassen.

Als sie die steile, gewundene Straße zu ihrer Wohnung einschlug, begann der Motor ihres Wagens zu spucken und zu stottern.

„Komm schon, Ruby! Du schaffst es. Du fährst hier doch jeden Tag hinauf", feuerte Karyn das alternde Gefährt an. Die Antwort war ein markerschütterndes Pfeifen. In Karyn regte sich die Panik. „Gib nicht auf", befahl sie ihrem fahrbaren Untersatz. „Draußen ist es kalt und nass."

Ruby gab eine Art Murmeln von sich, hüstelte noch einmal und gab trotz allem den Geist auf. Karyn zog die Handbremse an, als das Auto sich rückwärts in Bewegung setzen wollte. Dann legte sie den Leerlauf ein und versuchte mit viel Geduld, den Motor wieder anzulassen. Aber heute Abend reagierte der rote Volkswagen nicht darauf. Nach mehreren vergeblichen Versuchen, den Veteranen wieder zum Leben zu erwecken, stieß Karyn schließlich einen Seufzer aus und legte den Kopf aufs Lenkrad. Das sah ziemlich endgültig aus.

„Warum ausgerechnet jetzt, Ruby?“, wollte sie wissen. „Hättest du nicht noch vier Wochen warten können? Oder noch ein Jahr? Was habe ich dir angetan? Habe ich dich nicht immer gut mit Öl versorgt und dich sauber gewaschen? Zahlst du es mir so zurück, dass ich dich vor der Verschrottung gerettet und neu lackieren lassen habe?“

Auf die unwahrscheinliche Chance hin, dass der Wagen sich von ihrem Flehen hatte erweichen lassen, versuchte sie noch einmal, den Motor anzulassen. Nichts. Kein Hinweis darauf, es könnte noch Leben unter der Motorhaube sein. Karyn ließ den Wagen an den Bordstein rollen, legte die Handbremse wieder ein und stieg dann aus, um eine Telefonzelle zu suchen, von der sie den Abschleppwagen rufen konnte. Dank Rubys immer zahlreicher gewordenen Ausfällen kannte sie die Werkstattnummer auswendig.

„Wann wollen Sie die Schrottmühle eigentlich endlich abschreiben?“, erkundigte sich der grauhaarige Automechaniker brummelnd, als er den Wagen an den Haken genommen hatte und Karyn neben ihn auf den schon vertrauten Beifahrersitz gehüpft war.

„In einem Jahr“, erklärte sie fest.

Joe, der in den letzten acht Jahren jedes Teil an diesem Wagen mindestens ein halbes Dutzend Mal zusammengeflickt hatte, schüttelte den Kopf. „Das schafft er nicht mehr. Es wird viel zu gefährlich für Sie, in diesem Ding herumzufahren, vor allem nachts. Irgendwann einmal werden Sie nach Werkstattschluss liegen bleiben, was dann?“

„Ich lasse den Wagen stehen, oder ich rufe einen meiner Brüder an oder fahre mit dem Bus. Irgendetwas wird mir dann schon einfallen“, behauptete Karyn. Genau dasselbe hatte sie bereits letzte Woche und die Woche davor gesagt. „Joe, Sie wissen doch, dass ich mir im Moment keinen neuen Wagen leisten kann.“

„Aber einen teuren Urlaub können Sie sich leisten?“ Joe kannte ihre Hawaiipläne und war dagegen. „Was ist wichtiger, Ihre Sicherheit oder ein paar Tage irgendwo in so einer ausländischen Gegend, wo Sie keinen Menschen kennen?“

„Hawaii ist kein Ausland.“

„Das könnte es aber gut sein. Schließlich müssen Sie über einen großen Ozean, um hinzukommen, oder nicht?“

Karyn seufzte unhörbar. Joe hatte ihren Umzug von Oakland nach San Francisco schon für ein riskantes Unternehmen gehalten. Er fühlte sich noch mehr zu ihrem Schutz berufen als ihre Familie. Sie hätte gar nicht geglaubt, dass das überhaupt noch möglich war. „Ich werde diesen Urlaub machen“, sagte sie eigensinnig. „Ich habe mein Leben lang dafür gespart, dass ich einmal allein wegfahren und mir einen anderen Teil der Welt anschauen kann, und ich werde diese Reise nicht aufgeben. Bitte, Joe, reparieren Sie Ruby noch ein einziges Mal.“

Joe knurrte etwas und kaute an seiner kalten Zigarre. „Okay, okay. Ich werde tun, was ich kann.“

Als Karyn ihren Wagen aber am Samstag abholen wollte, wurde sie gleich von einer düsteren Ahnung beschlichen. Ruby stand irgendwo ganz im Abseits, und Joe sah aus, als wolle er zu einer Beerdigung gehen. Sogar seine Zigarre wies in einem traurigen Winkel nach unten. Karyn sank der Mut. „Der Motor ist im Eimer“, teilte ihr der Mechaniker mit. Eines musste man ihm zugestehen, er verschwendete weder Worte noch Mitgefühl.

„Können Sie ihn nicht reparieren? Sie sind doch der beste Mechaniker weit und breit. Da muss doch etwas zu machen sein.“

„Es lohnt sich nicht mehr“, sagte er und steckte den Kopf unter die Motorhaube eines Wagens, dessen Zukunft offenbar verheißungsvoller war.

„Für mich schon. Bitte, Joe.“

„Es würde Sie mehr kosten, als der Wagen wert ist.“

„Wie viel?“

„Fünf- vielleicht sechshundert. Vielleicht noch mehr, wenn ich die Teile nicht irgendwo auf dem Schrottplatz auftreibe.“

Das war die Hälfte ihrer Ersparnisse, die Hälfte des Geldes, mit dem sie die lang erträumte Reise nach Hawaii machen wollte.

„Ich weiß, dass Sie sich auf den Urlaub gefreut haben. Aber es lohnt sich wirklich nicht mehr.“ Joe gelang es sogar, einen Hauch von Mitgefühl in seine Stimme zu legen, und das sagte Karyn alles über den Zustand ihres Wagens. Joe war ein Genie auf seinem Gebiet, und wenn er freiwillig aufgab, dann war wirklich nichts mehr zu machen.

„Nehmen Sie das Geld, und zahlen Sie einen neuen Wagen an,

oder kaufen Sie sich einen guten gebrauchten – aus diesem Jahrhundert“, riet ihr Joe. „Wenn Sie einen gefunden haben, sehe ich ihn mir gern an. Die Reise können Sie auch noch nächstes Jahr machen.“

Karyn wusste, dass er es gut mit ihr meinte, und es wäre sicher auch vernünftig, seinem Rat zu folgen. Ihre Stimmung sank auf den Nullpunkt. Zutiefst niedergeschlagen ging sie zu ihrem alten roten Wagen. Am liebsten hätte sie ihm einen Tritt in die Reifen gegeben, aber sie brachte es nicht über sich. Im Gegensatz zu Ruby empfand sie immer noch einen Rest von Loyalität.

„Wie konntest du mir das antun?“, klagte sie und bedachte ihn mit einem letzten vorwurfsvollen Blick, bevor sie die Karten, Pullover und Regenschirme an sich nahm, die sich mit der Zeit auf dem Rücksitz angesammelt hatten. Dann machte sie sich auf den Weg über den Parkplatz. Als sie bei den Zapfsäulen angekommen war, öffnete sie ihre Tasche, nahm die Reiseprospekte heraus, zerriss sie feierlich und warf sie in die alte Öltonne, die jetzt als Abfallbehälter diente. Es war nur Papier, aber als die Schnitzel hinunterflatterten, war ihr, als ginge ein Traum verloren.

Es wurde Freitag, bis Karyn in der Lage war, das Unvermeidliche zu akzeptieren, und mit einer gewissen grimmigen Entschlossenheit den Autohändler aufsuchte, an dem ihr Weg zur Arbeit täglich vorbeiführte. Sie ging an den neuen Sportcabrios vorüber, auch an den nützlichen Mittelklassewagen, bis sie zu den Gebrauchtwagen kam. Dabei versuchte sie sich einzureden, dass es ausgesprochen aufregend war, einen Ersatz für Ruby zu kaufen, und einfach wunderbar sein würde, einen Wagen zu besitzen, der bei Rot an der Ampel nicht immer gleich seinen Geist aufgab und bei Steigungen streikte.

„Kann ich Ihnen helfen, Miss?“

Karyn stieß einen tiefen Seufzer aus und kehrte in die Wirklichkeit zurück, in diesem Fall zu einem eifrigen Verkäufer, der sich bereits jetzt in der Aussicht auf einen günstigen Verkaufsabschluss im Geiste die Hände rieb.

„Ich bin auf der Suche nach einem Auto“, sagte sie ohne große Begeisterung.

Der Verkäufer lachte glucksend, als hätte sie einen fantastischen Witz gemacht. „Nun, nun, da sind Sie bei uns sicherlich an der richtigen Adresse“, erklärte er mit solch gezwungener Fröhlichkeit, dass Karyn bereits erwog, für den Rest ihres Lebens mit dem Bus zu fahren. Nur die Tatsache, dass sie ihrer Arbeit wegen oft ein Auto brauchte, hinderte sie daran, auf der Stelle die Flucht zu ergreifen.

„Dort hinten hätten wir einen absoluten Traum“, sagte er. „Sehen Sie sich nur dieses Cabrio an. Nur zwei Jahre alt, niedriger Kilometerstand, genau das Richtige für eine hübsche junge Dame wie Sie, auffallend, sexy. Der Wagen verleiht ein gewisses Image, wenn Sie verstehen, was ich meine.“

Karyn betrachtete den knallroten Wagen, dessen Farbe – wenn auch sonst nichts – sie allzu sehr an Ruby erinnerte. Aber gebraucht oder nicht, er sah in jedem Fall zu teuer aus. Um gar nicht erst unrealistische Hoffnungen beim Verkäufer aufkommen zu lassen, hob sie nur gleichgültig die Schultern. „Wie viel?“

„Nun, ich denke, darüber können wir uns einigen. Warum drehen Sie keine Proberunde, damit Sie sehen, ob Ihnen der Wagen liegt?“

„Wie viel?“

„Sehen Sie sich allein die Innenausstattung an – alles Leder und wie neu. Nicht die geringste Schramme. Außerdem hat der Motor nur vierzigtausend drauf.“

„Wie viel?“

„Möchten Sie einen Wagen in Zahlung geben?“

Karyn schüttelte den Kopf. „Nein.“

„Hm.“

„Wie viel können Sie anlegen?“

„Nicht sehr viel.“

Diese Antwort dämpfte den Enthusiasmus des Verkäufers beträchtlich. „Ich verstehe. Vielleicht sollten wir uns zunächst anderweitig orientieren. Hier haben wir zum Beispiel einen richtigen Klassiker, ein sehr solides Modell. Es ist sehr zuverlässig, und das ist wichtig.“ Er führte sie zu einem langweilig blauen Auto, das etwa die Größe einer Konservendose hatte. Der Rost an den Türrahmen war nicht zu übersehen, und ein Kotflügel hatte eine Beule. „Nichts Auffallendes, natürlich, aber doch ein zuverlässiges Transportmittel. Ich bin davon überzeugt, dass wir uns über den Preis einigen können.“

Karyn betrachtete den Wagen mit Abneigung und sah dann zu dem Cabrio zurück. Wenn sie schon auf ihre Ferien verzichten musste, warum sollte sie dann eigentlich nicht ein Modell mit mehr Stil erstehen? Warum kaufte sie sich keinen Wagen, der seinen Besitzer oder seine Besitzerin als abenteuerlustig und wagemutig auswies und nicht ahnen ließ, dass er einer bescheidenen Anwaltsgehilfin gehörte, die jeden Donnerstag pflichtschuldig ihre Geranien goss und nie ihre Vitaminpillen vergaß? „Erzählen Sie mir mehr von dem Cabrio." Die Augen des Verkäufers leuchteten auf. „Aber gern. Ich hole Ihnen die Schlüssel, und Sie drehen einfach eine kleine Runde, damit Sie ein Gefühl für den Wagen bekommen. Wenn Sie ihn einmal gefahren haben, werden Sie sich nie wieder in ein anderes Modell setzen wollen."

Genau das befürchtete Karyn. Sie wurde nervös, als der Verkäufer das Dach aufklappte und ihr in den niederen Sportsitz half. Der Motor sprang sofort an und begann dann auch noch zu schnurren. Die Frühabendsonne schien warm auf Karyns Schultern, und ein sanfter Wind strich ihr durchs Haar. Ein Gefühl der Erregung erfasste sie, das sie schon kannte. Es war dasselbe Gefühl, das sie überkam, wenn sie Bilder von Waikiki ansah und von groß gewachsenen, dunkelhaarigen, gut aussehenden fremden Männern träumte. Dieser Hang zur Romantik würde vermutlich einmal ihr Untergang sein.

Kurz darauf stand Karyn im Verkaufsbüro und wappnete sich für die Verhandlungen. Der Verkäufer schilderte ihr die Vorzüge des Cabrios so glühend, als wollte er seine Tochter an den Mann bringen.

„Sie brauchen sich nicht solche Mühe zu geben", sagte Karyn. „Sagen Sie mir einfach, was er kosten soll."

Der Verkäufer schien in sich zusammenzusinken. Offenbar handelte es sich um keine ganz einfache Kundin. „Warum machen Sie mir nicht ein Angebot?", schlug er vor. „Damit wir darauf aufbauen können."

Darauf aufbauen? Das klang unheilvoll. Nun gut, sie würde ganz unten anfangen. „Tausend Dollar", sagte Karyn.

Der Verkäufer war erwartungsgemäß entsetzt. Er schüttelte hilflos den Kopf und schluckte mit Mühe. „Ich fürchte, damit liegen Sie etwas außerhalb unserer Vorstellungen. Mit diesem Angebot wage ich mich gar nicht zu unserem Manager. Er würde mich auslachen."

„Dann sind Sie an der Reihe. Ich habe Ihnen mein Anfangsgebot genannt."

„Ich bitte Sie." Er begann zu schwitzen. „Geben Sie mir irgendetwas, womit ich etwas anfangen kann."

„Das habe ich gerade getan."

„Das kann ich dem Chef so nicht unterbreiten. Tausend Dollar sind ein Witz für einen solchen Wagen."

Karyn sah ihn eine Weile an, und das angenehme Gefühl der Erregung verließ sie wieder. Sie würde das Cabrio nicht bekommen, wenn sie keine Schulden machen wollte. Aber dazu war sie nicht bereit, nicht gerade in dem Augenblick, in dem ihre Geldsorgen allmählich aufhörten. Aufgewachsen am Rande der finanziellen Katastrophe, waren ihr die Gefahren eines Lebens auf Kredit nur allzu bewusst. „Am besten reden wir nicht mehr davon", sagte sie und stand auf. Der Verkäufer kam ihr zuvor und stellte sich ihr in den Weg. Für einen Mann mit bestimmt dreißig Pfund Übergewicht war er erstaunlich schnell und beweglich.

„Nicht so schnell, Miss." Er bedachte sie mit einem strahlend falschen Lächeln. „Ich bin davon überzeugt, dass wir noch eine gemeinsame Basis finden werden."

„Das kann ich mir kaum vorstellen", meinte Karyn und ging an ihm vorbei.

„Aber, Miss", begann er verzweifelt und lief ihr nach.

Sie warf einen letzten sehnsüchtigen Blick auf das Cabrio und wandte sich dann endgültig ab – um gegen eine undurchdringliche Wand zu stoßen. Es war ein kräftiger Mann, der wie aus dem Nichts aufgetaucht war.

„Wo liegt das Problem, Nate?", sagte er. Karyn sah verblüfft auf und entdeckte, dass der Fremde sehr breite Schultern hatte. Seinem Gesicht gab ein Grübchen in einer der sonnengebräunten Wangen etwas verwegen Bübisches. Eine der dunklen Augenbrauen wurde von einer winzigen Narbe geteilt. Das Gesicht des Mannes war nicht ganz ebenmäßig, aber unverwechselbar und drückte umwerfenden Charme aus.

Karyn hatte zwar keine Erfahrung mit Autohändlern, aber ihr war sofort klar, dass das hier der Starverkäufer sein musste. Er konnte wohl dem Vorstand eines beliebigen Autowerks jeden Wagen der Konkurrenz verkaufen, und mit seinen dunkelgrünen Augen würde er vermutlich noch ihre altjüngferliche Tante verführen. Seine Hand lag leicht auf ihrer Hüfte, vermutlich, weil er ihr nach ihrem Zusammenstoß helfen wollte, das Gleichgewicht wieder zu finden. Karyn war es auf einmal, als wäre sie vom Blitz getroffen worden. Und so stand sie nur stumm da, während Nate zu erklären versuchte, wo die Schwierigkeiten lagen.

Zu ihrem Ärger spürte sie, wie ihr plötzlich Tränen in die Augen stiegen. Sie wollte doch nichts weiter als ein Auto kaufen. Warum war das auf einmal so kompliziert? Ein Autokauf sollte doch wohl eigentlich nicht schwieriger sein, als wenn sie sich einen neuen Toaster zulegte – wenn auch kostspieliger.

Aber jetzt stellte sich auf einmal heraus, dass es sich um eine Angelegenheit handelte, die höchstes Verhandlungsgeschick und die Geduld einer Heiligen erforderte. Beides fehlte ihr – und noch etwas Drittes, ebenso Wichtiges: das nötige Kleingeld.

„Hören Sie, ich weiß ja, dass es eine schlechte Idee war. Ich komme ein anderes Mal zurück."

„Das Cabrio gefällt Ihnen also", stellte der neu hinzugekommene Mann fest und sah ihr forschend ins Gesicht. Sie nickte nur. „Und wie viel wollten Sie dafür bezahlen?"

„Tausend Dollar", erwiderte sie mit einem Anflug von Trotz.

Bob, so hieß ihr Gegenüber, entging nichts, auch nicht das eigensinnig vorgeschobene Kinn – und vor allem nicht der Tränenschimmer in ihren großen blauen Augen. Weinenden Frauen war er noch nie gewachsen gewesen, sie hatten ihn schon öfter als einmal in Schwierigkeiten gebracht. Jetzt hatte er eine leise Ahnung, dass es wieder einmal so weit sein könnte.

„Ich verstehe", sagte er ernst. „Könnten Sie zwölfhundert aufbringen?"

„Aber …" Sein Verkäufer wollte Protest einlegen, wurde aber durch einen strengen Blick zum Schweigen gebracht.

Bob sah, wie Karyns Augen zu funkeln begannen, und sein Herz machte einen kleinen Sprung. Sie sah noch einmal zu dem Cabrio hinüber. „Wenn ich eine Weile von Erdnussbutter und Brot lebe."

„Fein", meinte Bob, bevor sie es sich anders überlegen konnte oder Nate anfing, über die verlorene Provision zu jammern. „Nate, kümmern Sie sich um den Papierkram. Miss ...“

„Chambers.“

„Ich werde mit Miss Chambers einen Kaffee trinken. Wenn Sie fertig sind, kommen Sie in mein Büro. Und sorgen Sie dafür, dass der Wagen gewaschen und gewachst und dass innen staubgesaugt wird.“

„Wie Sie wünschen, Mr. Willis.“

Bob sah, wie es Karyn dämmerte. „Willis wie Willis Motors?“, fragte sie beklommen nach.

„Gesetzmäßiger Erbe“, bestätigte Bob, nahm sie am Arm und führte sie durch den Hauptausstellungsraum und einen langen Korridor hinunter in ein Büro, das mit einem dicken Plüschteppich ausgelegt und erlesen möbliert war. An den Wänden hingen zahlreiche Fotos, auf denen Bob Willis neben irgendwelchen Rennwagen zu bewundern war. Zu viele Fotos, fand Karyn. Der Mann schien eitel zu sein.

Bob warf nur einen kurzen Blick darauf. Die Bilder erinnerten ihn an einen Lebensabschnitt, der erst vor kurzem geendet hatte. Das Opfer schmerzte immer noch. Wäre es nach ihm gegangen, er hätte die Bilder radikal entfernt, aber sie waren nun einmal der Stolz und die Freude seines Vaters. Hätte er sie vernichtet, hätte er ihm damit nur gezeigt, welch großes Opfer es für ihn gewesen war, seine Karriere als Rennfahrer aufzugeben. Und da er seinem alten Herrn ein schlechtes Gewissen ersparen wollte, blieben die Bilder also hängen.

Bob konzentrierte sich nun auf die zierliche dunkelhaarige Kundin, die neben ihm stand. Bevor sie sich in Luft auflösen konnte, hatte er sie schon zum Sitzen genötigt und ihr eine Tasse Kaffee in die Hand gedrückt. Sie schien Mitte zwanzig zu sein, wirkte aber im Vergleich mit den Frauen, in deren Gesellschaft er sich üblicherweise befand, sehr jung. Einen winzigen Augenblick war er sogar versucht, ihr ein Glas Milch statt Kaffee anzubieten. Er setzte sich auf die Schreibtischkante und betrachtete sie mit unverhohlenem Interesse. Das machte sie ganz offensichtlich verlegen, was er wiederum faszinierend fand.

„Wenn Sie öfter solche Geschäfte machen, werden Sie nicht besonders reich werden“, erklärte ihm Karyn jetzt streng. „Nicht, dass ich Ihnen nicht dankbar wäre, aber vorteilhaft ist es nicht für Sie.“

„Ich bin bereits reich“, vertraute ihr Bob an. Wenn sein Vater nicht schon dafür gesorgt hätte, hätten ihn seine eigenen Rennerfolge zu einem wohlhabenden Mann gemacht. Er wusste natürlich, dass Geld nützlich war, aber er hatte schon vor einiger Zeit entdeckt, dass man nicht alle Probleme der Welt damit lösen konnte.

„Und möchten Sie das gern bleiben?“, erkundigte sich Karyn, die sich offenbar immer noch Sorgen wegen seiner Preispolitik machte.

„Unbedingt. Aber ein paar hundert Dollar weniger von Ihnen werden in unserer Jahresbilanz gar nicht weiter auffallen, also machen Sie sich keine Gedanken“, riet er ihr und spielte so den Preisnachlass herunter. Er hatte das sichere Gefühl, dass, wüsste sie, wie viel der Wagen tatsächlich wert war, sie ihm unlautere Motive unterstellt und sein Büro fluchtartig verlassen hätte.

„Aber warum tun Sie das? Schließlich könnte es doch ein Trick von mir sein, arglose Männer dazu zu bringen, ihre Autos zu Ausverkaufspreisen zu verschleudern.“

Allein der Gedanke, jemand mit einer so unschuldigen Miene könnte sich so betrügerisch betätigen, brachte ihn zum Lachen. „Das bezweifle ich.“

„Warum?“

„Ich sah Sie aus dem Bus aussteigen und habe Sie beobachtet, als Sie sich die Autos ansahen. Ganz offenbar waren Sie in einer ziemlich grimmigen Stimmung und brauchten dringend etwas Aufmunterung.“ Das war auch der eigentliche Grund, warum er sein Büro überhaupt verlassen hatte. Er wollte ihrer Niedergeschlagenheit auf den Grund gehen. Eigentlich hätte er ein paar hundert Jahre früher leben sollen, dann hätte er seine ganze Ritterlichkeit daransetzen können, junge Damen aus ihren Nöten zu retten. Heutzutage waren Ritter in schimmernder Rüstung eindeutig aus der Mode. Die meisten Frauen zeigten wenig Neigung, vor irgendetwas gerettet zu werden – und Drachen gab es so gut wie keine mehr.

„Sie haben aber eine gute Beobachtungsgabe“, stellte sie überrascht fest.

„In Wirklichkeit wollten Sie gar kein Auto kaufen?“

„In Wirklichkeit wollte ich eine Reise nach Hawaii machen.“

Er nickte verständnisvoll. „Das haben wir leider gerade nicht im Angebot. Haben Sie es schon einmal in einem Reisebüro versucht?“

„Ja“, sagte sie und stieß einen tiefen, langen Seufzer aus. Sie hob die Hand, Daumen und Zeigefinger trennten nur Millimeter. „So nahe war ich schon an meinem Traum daran“, berichtete sie traurig.

„Und was kam dazwischen?“

„Ruby starb.“

Das klang so traurig, dass ihn großes Mitgefühl ergriff. Kein Wunder, dass sie so verloren wirkte. „Das tut mir aber leid. Ruby war Ihr …?“

„Mein Auto.“

„Oh.“ Sein Mitgefühl schwächte sich etwas ab, nicht aber sein Interesse. „Und deshalb kaufen Sie sich jetzt ein Auto, statt die Reise zu machen, auf die Sie sich so gefreut hatten.“

„Genau.“

„Sie können Ihre Reise ja auf nächstes Jahr verschieben. Hawaii läuft nicht davon.“

„Das hat Joe auch gesagt.“

Dass sie diesen Joe anführte, traf Bob ganz überraschend. Aus irgendeinem Grund störte es ihn, dass sie fremde Männer erwähnte, deren Meinung ihr offenbar wichtig war. „Joe?“, wiederholte er vorsichtig.

„Mein Mechaniker. Wir sind uns in den letzten Jahren näher gekommen.“

Er runzelte die Stirn. Es war schlimmer, als er gedacht hatte. „Ich verstehe“, murmelte er.

„Das möchte ich bezweifeln. Es sei denn, Sie haben auch einen VW, 68er Baujahr.“

„Du liebe Güte.“ Mit dem Verstehen ging ein merkwürdiges Gefühl der Erleichterung einher.

„Genau. Ich hatte eigentlich gehofft, Ruby würde es noch ein Jahr länger machen, damit ich mir den Urlaub leisten kann.“ Sie sah Bob betrübt an. „Das war doch nicht zu viel verlangt?“

„Nun, es war von einem VW in diesem Alter ziemlich viel verlangt. Warum ist Ihnen der Urlaub so wichtig?“

„Weil es mein erster gewesen wäre.“

Er betrachtete sie ungläubig. „Sie meinen, Ihr erster Urlaub auf Hawaii?“

„Ich meine, mein erster Urlaub überhaupt. Ich bin sechsundzwanzig und noch nie über San Francisco hinausgekommen. Wir waren sieben Kinder, und es war schon eine ziemliche Leistung, sonntags alle zusammen in die Kirche zu bekommen. Einmal machten wir ein Picknick, und ausgerechnet da musste es regnen."

„Aber wenn Sie sechsundzwanzig sind, leben Sie doch sicher schon seit einigen Jahren unabhängig von Ihrer Familie."

„Ich war nie unabhängig, jedenfalls nicht so, wie Sie das meinen. Ich bin die Jüngste und habe sechs ältere Brüder, die allein der Gedanke, dass ich nach Einbruch der Dunkelheit noch auf die Straße gehe, beunruhigt, um es einmal freundlich auszudrücken. Als ich die Schule endlich hinter mir hatte und genug verdiente, um mir eine eigene Wohnung zu leisten, standen sie abwechselnd nachts vor der Tür Wache, bis ich ihnen androhte, die Polizei auf sie zu hetzen. Jetzt rufen sie abends nur noch ständig an, bis ich zu Hause bin. Der Himmel allein weiß, was sie täten, wenn ich wirklich einmal ..." Sie verstummte verlegen. „Na ja, Sie wissen schon."

Er lachte. „Ja, ich weiß. Ich glaube, ich kann Ihnen nachfühlen, warum diese Reise so wichtig für Sie war."

„Verstehen Sie mich nicht falsch. Meine Brüder sind wirklich wunderbar. Ich wollte nur, sie hätten alle ein Dutzend eigener Kinder, damit sie mich endlich in Ruhe ließen."

„Sie sind sehr anhänglich."

„Ja, das habe ich Ruby auch noch mal zu verstehen gegeben." Plötzlich errötete sie zu seinem Entzücken. „Sie müssen mich für verrückt halten, weil ich von meinem Auto wie von einer Person spreche."

Aber gerade das gefiel Bob an ihr. Sie nahm offenbar vieles wichtig – Autos genauso wie Menschen. Das fand er sehr erfrischend, wenn er an die Oberflächlichkeit dachte, die so viele Menschen in seiner Umgebung an den Tag legten. Er beugte sich vor. „Meiner heißt Ralph", vertraute er ihr in verschwörerischem Ton an. „Natürlich traue ich mich nicht, ihn in der Öffentlichkeit so anzusprechen. Auf den Rennpisten würde man mich nur noch für eine Witzfigur halten."

„Dann sind das an der Wand nicht nur Werbefotos? Sie sind wirklich Rennfahrer?"

„Bis vor ein paar Monaten war ich es."

„Und jetzt haben Sie aufgehört?"

„Mehr oder weniger. Mein Vater hatte einen Herzanfall, und die Ärzte haben ihm dringend empfohlen, weniger zu arbeiten, wenn er das nächste Jahr überleben will. Wir haben zehn Autohandlungen in Kalifornien, und ich mache mich jeden Monat einmal auf Pilgerfahrt und klappere alle ab. Daneben versuche ich, meinen Vater davon abzuhalten, sich heimlich ins Büro zu schleichen. Da bleibt mir nicht viel Zeit für große Rennen."

„Sie sind offenbar auch sehr anhänglich. Es muss Ihnen schwer gefallen sein, das Fahren aufzugeben."

„Ich habe es mit demselben Gefühl getan, mit dem Sie sich ein Auto kaufen."

„Aber Sie haben es trotzdem getan. Ich finde das sehr nobel von Ihnen. Ich habe nichts aufgeben müssen."

„Außer Hawaii."

„Das war nicht nobel", erklärte sie. „Das war notwendig, und ich habe es nur unter größtem Protest getan. Wenn ich ohne Auto auskäme, hätte ich nicht auf die Reise verzichtet."

Bob hatte eine Idee. „Wann haben Sie Urlaub?", fragte er.

„Ich mache keinen Urlaub."

„Ich meine, wann haben Sie freigenommen? Oder haben Sie Ihrem Chef schon gesagt, dass Sie nicht wegfahren?"

„Noch nicht."

„Dann sagen Sie es ihm auch nicht. Sie werden Ihren Urlaub bekommen."

„Aber ich kann mir keine Reise leisten."

„Sie können Ihren Urlaub hier verbringen."

„Das macht keinen Spaß. Ich will nicht noch einen Urlaub darauf verschwenden, in meiner Wohnung zu sitzen und die Schränke sauber zu machen."

„Wer redet vom Schränke säubern? Hunderttausende von Menschen kommen jedes Jahr auf Besuch nach San Francisco, Lieder wurden über die Stadt geschrieben, sie ist eine der romantischsten, aufregendsten Städte der Welt. Interessiert Sie der Orient? – Hier finden Sie ihn! Wie wäre es mit Frankreich? – Das können Sie auch hier haben. Eine Felsenküste wie im italienischen Portofino? Fahren Sie auf die andere Seite der Bucht. Warum wollen Sie überhaupt woanders hinfahren?"

„Um meinen Brüdern zu entkommen."

„Stellen Sie Ihr Telefon ab. Behaupten Sie, Sie wollten wirklich verreisen, wenn das nötig ist. Sehen Sie die Stadt mit neuen Augen. Haben Sie sich die Golden Gate Bridge jemals in der Dämmerung angeschaut?"

Seine eigene Begeisterung wuchs mit jedem Wort. So sorglos, so aufgeregt hatte er sich in all den Monaten seit dem Herzanfall seines Vaters nicht mehr gefühlt, und er sprach mit der Inbrunst eines leidenschaftlichen Fremdenführers. Das Fremdenverkehrsamt hätte ihn vermutlich mit Handkuss genommen. „Na?", meinte er. „Haben Sie sich die Brücke schon einmal angesehen?"

„Jeden Abend, wenn ich im Stau stecke."

„Aber haben Sie sie wirklich bewusst gesehen?"

„Vermutlich nicht."

„Dann werden wir eine ganze Woche lang Urlaub in San Francisco machen und uns wunderbar dabei amüsieren."

Sie war wie vom Donner gerührt. Um ehrlich zu sein, er selbst war fast genauso verblüfft von seinem Vorschlag.

„Wir?", fragte sie vorsichtig nach.

Bob hob die Schultern. „Warum nicht? Ich war das letzte Jahr nobel genug. Das haben Sie selbst gesagt. Ich verdiene eindeutig einen Urlaub", behauptete er mit Nachdruck.

„Aber Sie könnten die ganze Welt bereisen."

„Das könnte ich", gab er zu. „Aber ich kann mir keinen schöneren Urlaub vorstellen als mit einer Frau zusammen, die gerade ihr erstes Cabrio gekauft hat!"

Er setzte seinen ganzen Charme ein, aber bei aller Übung merkte er zu seinem Erstaunen, dass es ihm nie im Leben ernster gewesen war. Die Welt durch ihre Augen neu zu sehen könnte sich zum aufregendsten Erlebnis seines Lebens entwickeln. Und vielleicht tauchten unterwegs sogar ein paar Drachen auf, vor denen er sie retten konnte.

2. *KAPITEL*

Karyn hatte noch nie impulsive Entscheidungen getroffen und dabei jede Vorsicht außer Acht gelassen. Ganz sicher hatte bei ihren Entscheidungen bisher auch nie ein hinreißend gut aussehender, witziger, reicher und offenbar auch berühmter Mann eine Rolle gespielt, der, den Fotos an der Wand nach zu schließen, mit wenigstens einem Dutzend der aufregendsten Schauspieler bekannt war. Aber in sechsundzwanzig Jahren hatte sie eine große Sehnsucht nach aufregenden Abenteuern und märchenhaften Romanzen entwickelt. Und der Mann, der ihr da gegenübersaß, hatte alle Anlagen zum idealen Prinzen.

Sie betrachtete ihn ausgiebig, während sie seinen verführerischen Vorschlag auf sich wirken ließ, und stellte dabei in Gedanken eine Liste seiner Vorzüge auf: Er hatte mit echter Zuneigung von seinem Vater gesprochen, obwohl er ihm offenbar ein ziemlich großes Opfer gebracht hatte. Er hatte Selbstvertrauen, ohne dabei arrogant zu sein. Er war tadellos und ohne jeden Anflug von Geckenhaftigkeit gekleidet, und er besaß eine Energie und Vitalität, die sich mit ihrer ruhigen Art ergänzte.

Am wichtigsten aber war ihr, dass er vertrauenswürdig zu sein schien, wenn sie ihm auch ein paar Punkte wegen dieses etwas beunruhigenden Glitzerns seiner Augen abzog. Sie hatte das Gefühl, dass es genau dieses Glitzern war, das ihre Brüder seit ihren Teenagerjahren auf Trab hielt. Eigentlich hatte sie nichts daran auszusetzen. Sie fand das Gefühl, das es in ihr auslöste, sogar schön.

Bob Willis hatte sich sehr nett und mitfühlend gezeigt, und sie hatte sofort einen Draht zu ihm gehabt, so unglaublich sie das auch anmutete, da der Mann sich normalerweise ja offensichtlich vorwiegend in Prominentenkreisen bewegte. Sie selbst war einer Berühmtheit am nächsten gekommen, als sie an dem Tag, an dem das Foto des Seniorpartners ihrer Kanzlei im „Chronicle“ erschienen war, dessen Sekretärin vertrat.

Natürlich hatte ein Leben mit all diesem Ruhm und diesen Verlockungen auch seine fragwürdigen Seiten: Bob Willis war vermutlich sehr routiniert im Umgang mit Frauen und konnte seine Wirkung auf sie genau im Voraus berechnen. Womöglich galt es in seinen

Kreisen als ganz normal, sich eine Frau anzulachen und dann wie ein gebrauchtes Kleidungsstück wieder abzulegen. Da Karyn sich nie für Autorennen interessiert hatte, wusste sie auch nicht, welchen Ruf Bob Willis in den entsprechenden Gazetten genoss. Sie begann bereits an ihrem eigenen Urteil zu zweifeln. Sie war nie viel mit Männern ausgegangen, schon aus Zeitmangel. Würde sie einen Schurken überhaupt erkennen, bevor es zu spät war?

Aber, so sagte sie sich, diese Bilder an der Wand zeigen ausschließlich Männer und Autos und nicht eine einzige Frau. Sie warf einen knappen Blick auf die braun gebrannten, gepflegten Hände ihres Gegenübers: Er trug keinen Ring. Das war viel versprechend, musste allerdings nichts bedeuten.

„Sind Sie verheiratet, Mr. Willis?", erkundigte sie sich so direkt, wie sie es von ihrem Chef vor Gericht, vor allem bei Kreuzverhören, gehört hatte.

Die Frage schien ihn nicht im Geringsten zu stören. Er lachte sogar. „Nennen Sie mich Bob", meinte er. „Offenbar war die Vorsicht Ihrer Brüder ansteckend."

Er wich aus, aber Karyn bestand auf einer Antwort. Ihre Beharrlichkeit hätte ihre Brüder und ihren Chef stolz gemacht. „Finden Sie es denn nicht angemessen, wenn man ein wenig über den Menschen wissen möchte, mit dem man seinen Urlaub verbringt? Auch wenn wir kein Hotelzimmer teilen, ist es doch wichtig, ob wir etwas gemeinsam haben."

„Sie möchten also als Erstes wissen, ob wir den Personenstand gemeinsam haben?"

Das verwegene Glitzern war in seine Augen zurückgekehrt, und Karyn hoffte, dass das ein gutes Zeichen darstellte. „Ja, so ähnlich", sagte sie. „Spielt es für Sie keine Rolle, ob ich verheiratet bin oder nicht?"

„Wenn Sie es wären, würden wir diese Unterhaltung nicht führen."

„Woher wollen Sie das wissen? Sie haben mich nicht gefragt."

„Sie tragen keinen Ring."

„Das muss nichts bedeuten."

„Es gibt keinen autoverständigen Ehemann, der die Nase unter die Motorhaube steckt."

„Vielleicht verstehe ich mehr davon als jeder Mann? Immerhin habe ich einen 68er VW in Gang gehalten."

„Das war Joe", erwiderte er siegesgewiss und setzte dabei wieder sein umwerfendes Lächeln auf.

„Das alles beantwortet aber meine Frage noch nicht."

„Welche? Woher ich weiß, dass Sie nicht verheiratet sind, oder ob ich es bin?"

„Beide. Aber wenn ich eine Wahl treffen muss: die zweite."

Bob faltete die Hände und beugte sich vor. Er sah ihr in die Augen und meinte feierlich: „Nein, Karyn Chambers, ich bin nicht verheiratet, und es bestehen und bestanden auch keine ernsthaften Bindungen. Ich fürchte, ich habe in mehr als einer Hinsicht ein unruhiges Leben geführt."

In diesem ehrlichen Geständnis schwang ein anrührender Unterton des Bedauerns mit. „Und führen Sie dieses rastlose Leben immer noch?", fragte Karyn neugierig und ein wenig bange.

„Ich habe Ihnen doch erzählt, dass ich das Rennfahren aufgegeben habe."

„Und was ist mit den Frauen?"

„Ich bin kein Mönch, aber die Zeiten haben sich geändert – falls Sie noch nichts davon gehört haben. Und ich werde ständig älter und weiser."

Karyn hörte es mit großer Befriedigung. An dieser Aussage hätten wohl selbst ihre Brüder nichts auszusetzen gehabt. „Wie alt sind Sie?"

„Zweiunddreißig. Möchten Sie meine Geburtsurkunde sehen?"

„Nein, Ihr Führerschein reicht mir."

Ohne auch nur einmal den Blick von ihr zu wenden, zog Bob die Brieftasche heraus, offenbar in der Erwartung, sie werde von diesem Ansinnen zurücktreten. Aber Karyn streckte die Hand aus. „Ich lasse doch keinen Fremden ans Steuer meines Wagens, wenn ich nicht sicher bin, dass er einen gültigen Führerschein besitzt."

Lachend reichte ihr Bob seine Brieftasche. Es waren mehr Kreditkarten darin, als man brauchte, um ein ganzes Warenhaus leer zu kaufen. Der Führerschein gab erschöpfende Auskunft: Bobs Augen waren grün, wie sie schon selbst festgestellt hatte, wenngleich sie es nicht so prosaisch ausgedrückt, sondern „faszinierendes Smaragd" hingeschrieben hätte. Offenbar hatte der Beamte nicht die Spur von Fantasie gehabt.

Er war einen Meter fünfundachtzig groß und wog achtzig Kilo, er lebte in Malibu, und seine Adresse beschwor Bilder von eleganten Sonnenterrassen herauf, auf denen Bougainvilleas wucherten und von denen aus man direkten Zugang zum Strand hatte. Sein Geburtstag am 15. Mai sagte ihr, dass er ein Stier war und somit stur, und in Anbetracht dieser Tatsache konnte sie seinem verrückten Urlaubsangebot genauso gut gleich zustimmen.

Andererseits wusste sie ohnehin seit einer Viertelstunde, dass sie Ja sagen würde.

Ihre Brüder würden völlig außer sich geraten – wenn sie von der Sache erfuhren.

„Wie ist die Reiseroute?“, fragte Karyn, bevor sie noch so richtig darüber nachdenken konnte, wie Bob wohl mit ihren Brüdern zurechtkommen würde, wenn sie jemals etwas herausfanden.

„Sie haben mir noch nicht gesagt, wann Ihre Ferien anfangen.“

„Am Montag in einer Woche.“

„Wunderbar! Das gibt mir genug Zeit, um nach Los Angeles zurückzufahren, ein paar Dinge zu regeln und mich freizumachen. Überlassen Sie die Gestaltung nur mir. Ich verspreche Ihnen Ferien, die Sie nie vergessen werden.“

„Ich bin nicht sicher, ob ich mir etwas so Dramatisches leisten kann.“

„Die Ferien werden Sie keinen Pfennig kosten.“

„Wenn Sie das schaffen, sollten Sie vielleicht ins Reisegeschäft einsteigen.“

„Ich habe schon jetzt mehr Geschäfte am Hals, als mir lieb sind. Mehr kann ich nicht brauchen.“

Karyn sah ihn besorgt an. „Sind Sie sicher, dass Sie das wirklich wollen?“, fragte sie. „Vielleicht sollten Sie noch einmal darüber nachdenken. Ich meine, es ist eine wunderbare Idee und alles, aber Sie kennen mich ja gar nicht.“

Er streckte ihr die Hand hin, und sie nahm sie. Seine Finger waren warm und kräftig und sehr angenehm. „Ich habe mir in meinem ganzen Leben noch nie etwas so sehr gewünscht.“

Das klang ehrlich, und Karyns Herzschlag beschleunigte sich. Ihr wurde von innen richtig warm. Dieser Mann hatte eindeutig Verkaufstalent. Aber es war mehr als das, wie sie gleich darauf feststellte, als sie ihm in die Augen sah.

Goldene Pünktchen tanzten darin, und sein Blick war fest. Er wollte ihr nichts verkaufen, sondern er versprach ihr den Mond und die Sterne.

Das war der Zauber, auf den sie immer gewartet hatte.

Ihren Brüdern nahe zu bringen, dass sie Urlaub machen wollte, das gestaltete sich ungefähr so aberwitzig, wie Karyn befürchtet hatte. Sie hatten sich alle in ihrem winzigen Apartment versammelt und wollten alles ganz genau wissen. Sie wich aus. Wäre dies ein Schachspiel gewesen, sie hätten das Ergebnis unentschieden genannt. Wenn ich doch nur nicht durch die Umstände gezwungen gewesen wäre, so lange zu Hause zu leben! dachte sie und seufzte unhörbar. In all den Jahren hatten es sich ihre Brüder zur Gewohnheit gemacht, sie zu bewachen und zu beschützen. Aber sie war so sehr mit ihrer Schule und Arbeit beschäftigt gewesen, dass sie ohnehin kaum Zeit fand, Männer kennen zu lernen und auszugehen. Deshalb hatte sie der Hang zum Beschützen bisher nicht übermäßig gestört. Sich jetzt davon zu befreien erforderte entweder ein außerordentliches Taktgefühl oder eine Stange Dynamit. Angesichts der brüderlichen Blicke überlegte sie sich schon einmal, woher sie das Dynamit nehmen sollte.

„Ich dachte, du musstest wegen des neuen Autos die Reise nach Hawaii streichen", sagte Frank, der Älteste, der seit dem Tod des Vaters eine Art Familienoberhaupt darstellte. Er hatte auch Alarm geschlagen, als er hörte, dass seine kleine Schwester trotz der Autokosten verreisen wollte. Und so hatten alle sechs Brüder innerhalb einer Viertelstunde auf ihrer Türschwelle gestanden und Einlass begehrt. Und keiner hatte sich darüber gewundert, dass die anderen auch da waren. Vereint schlagen, das war das Motto der Chambers, vor allem, wenn es um Karyn ging. Vielleicht wäre es nicht so schlimm, wäre sie groß, selbstsicher und rothaarig und nicht so klein und zierlich gewesen. Vielleicht würden sie dann endlich verstehen, dass sie schon lange alt genug war, um ihr eigenes Leben zu führen.

„Ich habe die Reise nach Hawaii verschoben."

„Und was hast du jetzt vor?“, erkundigte sich Peter.

„Ich bleibe hier“, erklärte sie.

Ihr fröhlicher Ton war offenbar ein Fehler gewesen. Jared betrachtete sie voller Misstrauen. „Das verstehe ich nicht. Ärgert dich das denn nicht?“

„Sie hat sich auch geärgert“, bestätigte Daniel. „Als ich letzten Samstag hier war, war sie ganz niedergeschlagen.“

„Und wie“, stimmte ihm Kevin zu. „Sie erschien mir am Sonntag noch ganz deprimiert.“

Karyn verdrehte die Augen, weil ihre Brüder, ganz als wäre sie nicht da, weiter eifrig ihre Stimmungslagen besprachen, als hätten sie alle Psychologie studiert. Aber erfahrungsgemäß würden sie sich nach einiger Zeit wieder an sie wenden. Frank war es schließlich, der das Wort ergriff. „Also gut, Schwesterchen, was ist passiert, dass du wieder so munter bist?“

Sie hob unschuldig die Hände. „Nichts ist passiert. Ich habe mich nur in mein Schicksal ergeben. Hat jemand etwas dagegen?“ Aber Ergebenheit war das Letzte, was sie fühlte, wenn sie an Bob Willis dachte. Sie musste sich die größte Mühe geben, um nicht ständig verträumt zu lächeln.

„Nein, natürlich nicht“, erklärte Timothy schnell. Timothy war der geborene Diplomat, und Karyn fand, dass er seine Talente als Angestellter der Verkehrsbehörden eindeutig verschwendete. Aber wenn er sein Abendcollege beendet hatte, war er vermutlich leider schon zu alt, um noch eine diplomatische Karriere zu beginnen.

„Ich bin davon überzeugt, dass Karyn auch in San Francisco viel unternehmen kann“, meinte er jetzt.

„Ja, natürlich kann sie das“, gestand Jared ihm etwas widerstrebend zu. „Zum Beispiel müsste dieses Apartment ganz dringend gestrichen werden. Was haltet ihr davon, wenn wir das morgen Abend erledigen? Ich kann die Farbe günstig bekommen.“

„Kommt überhaupt nicht infrage“, wehrte sich Karyn sofort und erntete von allen sechs fassungslose Blicke. Um keinen Verdacht zu erwecken, machte sie einen kleinen Rückzieher. „Ich meine, ich kann die Wände schließlich auch selbst streichen“, behauptete sie. „Außerdem wollte ich in den Ferien nicht in der Wohnung schuften. Das ist nicht der Sinn der Sache." Ein flüchtiges Bild von Aschenputtel und seinem Prinzen entstand vor ihrem inneren Auge, und sie hätte fast gelächelt, so viel Ähnlichkeit hatte der Prinz mit Bob.

„Was willst du dann tun?", fragte Frank verwundert. Er hatte seinen letzten Urlaub damit verbracht, die fünfzehn Jahre alte Waschmaschine ihrer Mutter auseinander zu nehmen und wieder zusammenzusetzen, und es hatte ihm tatsächlich Spaß gemacht. Die Mutter war natürlich begeistert gewesen, und Karyn war mehr denn je davon überzeugt, dass Frank endlich seine langjährige Freundin heiraten sollte. Aber jetzt war nicht der rechte Zeitpunkt, eine Diskussion darüber zu beginnen.

„Ich weiß es noch nicht. Vermutlich werde ich lange schlafen."

Fast wäre sie errötet, und so sprach sie schnell weiter. „Ich gehe vielleicht ins Museum und tue einfach, was mir einfällt. Was man eben im Urlaub so tut."

Sie hoffte von ganzem Herzen, dass sie überzeugend wirkte, damit ihre Brüder sie in der nächsten Woche wirklich in Ruhe ließen und sich nicht in den Kopf setzten, sie müssten ihr abwechselnd Gesellschaft leisten. Es wäre nicht das erste Mal, dass sie es für ihre Pflicht hielten, ihre „kleine Schwester" vor drohender Langeweile zu bewahren.

„Ich habe am Dienstag frei", begann Peter.

„Wirklich." Karyn klopfte ihm aufs Knie, bemüht, ihm nicht zu zeigen, dass sein Angebot ihr einen Schrecken versetzt hatte. „Du solltest deinen freien Tag für dich nutzen und dir nicht um mich Gedanken machen. Außerdem habe ich am Dienstag schon etwas vor." Sie hatte seit Freitag nicht mehr mit Bob gesprochen, aber sie wusste ganz genau, dass er am Montag auftauchen würde.

„Und was hast du vor?", fragte Frank misstrauisch, und seine Augen wurden schmal.

„Ich werde etwas mit Freunden unternehmen."

„Mit welchen Freunden?" So schnell gab Frank sich nicht zufrieden.

Timothy mischte sich ein. „Frank, ganz offensichtlich möchte sie uns nicht mehr erzählen."

„Es ist mir egal, was sie möchte oder nicht", erklärte Frank ganz in der Rolle des Familienoberhauptes. „Wenn sie uns ihre Freunde nicht vorstellen will, dann mache ich mir natürlich Gedanken darüber, warum das so ist. Dann kann mit diesen Freunden irgendetwas nicht stimmen."

„Meine Freunde sind völlig in Ordnung", fuhr Karyn ihn erzürnt an. Diese ganze Auseinandersetzung hatte sie erschöpft. Sie war zwar auf Widerstand von ihren Brüdern gefasst gewesen, aber jetzt verlangte es sie doch sehr nach radikalen Maßnahmen. „Würdet ihr jetzt bitte gehen? Ich bin müde."

„Es ist erst acht Uhr", wandte Jared ein.

„Ich glaube, sie will damit sagen, dass sie es leid ist, sich mit uns herumzustreiten", erklärte Timothy. „Kommt schon, Jungs. Gehen wir und lassen wir sie in Frieden."

Karyn sah ihn dankbar an. „Vielen Dank, Timmy."

Timmy zwinkerte ihr zu. Er war der Jüngste der Brüder und hatte auch die Beschützerinstinkte der anderen zu spüren bekommen. Als Karyn dann noch geboren wurde, als er schon sechs Jahre alt war, war er so dankbar gewesen, dass er ihr im Laufe der Jahre immer wieder zu Hilfe kam.

Mit deutlichem Widerstreben setzten sich die sechs endlich in Bewegung.

„Du kannst dir das mit dem Streichen ja noch einmal überlegen", sagte Frank an der Tür.

„Das werde ich ganz bestimmt nicht tun."

„Wer weiß. Vielleicht hältst du es am Mittwoch schon gar nicht mehr aus vor Langeweile."

Wieder sah Karyn Bob vor sich. Langweilen würde sie sich in ihrer Ferienwoche bestimmt nicht. Am Mittwoch steckte sie vermutlich schon mitten in ihrem romantischen Märchen.

Karyn zog sich mit einem unwilligen Laut das Kissen über den Kopf, als jemand an die Tür hämmerte. Aber das Hämmern wollte nicht verstummen. Sie hob das Kissen und sah auf die Uhr. Fünf Minuten vor sechs. Und das am Morgen ihres ersten Ferientages! Wer immer diesen Lärm veranstaltete, sie würde ihn umbringen – vorausgesetzt, sie wurde nicht selbst gleich zum Opfer. Aber ein Mörder, beruhigte sie sich, als sie sich verschlafen in ihren Morgenmantel kämpfte, klopft vermutlich nicht an. Und ihre Brüder besaßen alle einen Schlüssel zu ihrer Wohnung – eine Tatsache, die sie schon öfter als einmal zutiefst bereut hatte.

„Wer ist da?", rief sie.

„Bob."

Im nächsten Augenblick war sie hellwach, ihr Adrenalinspiegel stieg schneller, als es drei Tassen Kaffee geschafft hätten. Natürlich hatte sie damit gerechnet, dass Bob irgendwann im Laufe des Tages auftauchen würde, aber doch nicht, bevor sie geduscht hatte!

„Bob? Was suchen Sie hier? Es ist noch mitten in der Nacht."

„Falsch. Es ist der erste Morgen Ihrer Ferien, und Sie möchten keine Minute davon verpassen."

Karyn ließ sich kraftlos gegen die Tür sinken. Hatte sie vor zehn Tagen tatsächlich seine Energie bewundert? Hätte sie nicht im Grunde ahnen können, dass sie diese Eigenschaft morgens um sechs Uhr nicht annähernd so attraktiv finden würde wie nachmittags? Noch niemals hatte um diese Tageszeit ein Mann vor ihrer Tür gestanden und Einlass gefordert.

„Wollen Sie mir nicht die Tür öffnen?"

Sie sah an ihrem ausgewaschenen, unförmigen T-Shirt und dem alten Bademantel hinunter auf den Lack auf ihren Zehennägeln, der schon abblätterte. „Auf gar keinen Fall. Kommen Sie in einer Stunde wieder."

„In einer Stunde ist die Sonne schon aufgegangen."

„Genau. Sie haben es erfasst."

„Aber das ruiniert meinen ganzen Plan."

„Wir kennen uns nicht gut genug für irgendwelche Pläne, bei denen es dunkel sein muss", erklärte Karyn und wäre gleich darauf am liebsten im Boden versunken, als ihr klar wurde, wie er das verstehen konnte. Sie setzte sich und zog das T-Shirt über die Knie. Ein Segen, dass der Mann sie nicht sehen konnte. Was war nur in sie gefahren?

Die unschuldige, harmlose Karyn Chambers machte doch keine zweideutigen Bemerkungen! Aber sein Lachen bestätigte ihr, dass sie tatsächlich laut gesprochen hatte und dass er zu allem Überfluss diese Auseinandersetzung auch noch genoss. Kein Wunder, dass ihre Brüder sich um sie sorgten. Offenbar war sie trotz ihres braven Äußeren eine ziemlich frivole Person. Darüber musste sie lächeln.

„Also gut, ich bin in zehn Minuten fertig", teilte sie ihm schließlich mit. „Warten Sie auf mich."

„Vor der Tür?"

„Vor der Tür."

„Das habe ich mir wohl selbst zuzuschreiben, weil ich nicht angerufen habe?"

„So ist es."

„Kann ich daraus ableiten, wie Sie allgemein auf Überraschungen reagieren?"

„Das könnte man sagen. Aber ich habe nicht viel Erfahrung damit."

„Dann werden wir etwas dagegen unternehmen müssen. Und jetzt beeilen Sie sich, sonst wird der Kaffee kalt."

„Sie haben Kaffee dabei?"

„Natürlich."

Karyn öffnete die Tür, so weit es die Kette erlaubte, und streckte die Hand durch den Spalt. „Bitte." Ob man wohl in einer einzigen Woche lernen konnte, Herr jeder Situation zu sein?

Er drückte ihr den Becher mit dem heißen Kaffee in die Hand. „Möchten Sie ein Croissant dazu?"

Sie kam in Versuchung, aber die Aussicht, auf ihrer Seite der Tür allein zu frühstücken, während Bob draußen im Treppenhaus wartete, war auch nicht verlockender, als ihn in ihrem Aufzug zu empfangen. „Heben Sie die Croissants auf. Ich bin in fünf Minuten fertig."

Sie brauchte fast eine Viertelstunde, und als sie endlich die Tür öffnete, wurde ihr einen kurzen Moment schwindlig. Das musste mit Bob zu tun haben, der auf den Stufen saß und auf sie wartete. Im Anzug hatte er schon fantastisch ausgesehen, aber mit Jeans und Polohemd und den dunklen Haaren wirkte er einfach umwerfend sexy.

Sie hielt ihm zugute, dass er kein Wort darüber verlor, wie sie dastand und ihn mit offenem Mund anstarrte. Er steckte ihr einfach ein Stück seines Buttercroissants in den Mund und gab ihr dann einen freundschaftlichen Kuss auf die Wange. Das Croissant war köstlich, der Kuss trotz all seiner Harmlosigkeit überwältigend.

„Wohin gehen wir?", fragte Karyn, als sie sich schließlich wieder so weit gefasst hatte, dass sie einen zusammenhängenden Satz bilden konnte.

„Spazieren."

„Spazieren? Sie haben mich um sechs Uhr morgens geweckt, um mit mir spazieren zu gehen?"

„Ja, aber es ist ein besonderer Spaziergang", versprach er und steuerte die Treppe hinunter und durch die Tür ins Freie, bevor sie noch irgendwelche Einwände erheben konnte.

Karyn blieb mitten auf dem Gehsteig stehen und sah in Bobs smaragdgrüne Augen, um dort das Versprechen auf eine sehr aufregende Woche wieder zu finden. Ein seltsamer Glanz erhellte sie, den sie nicht ganz verstand, und ihr Magen zog sich vor Aufregung ein wenig zusammen.

Dann nickte sie, schob die Hand unter seinen Arm und sagte süß: „Ich kann Ihnen nur dringend raten, dass es wirklich ein ganz besonderer Spaziergang wird."

3. KAPITEL

Der Spaziergang wurde unglaublich und begeisternd schön! Es war dann allerdings nur die Fahrt dorthin, die Karyn beinahe an den Rand eines Nervenzusammenbruchs brachte.

Bob Willis raste durch die frühmorgendlichen Straßen von San Francisco, als befände er sich in einem Grand-Prix-Rennen. Der Motor von Karyns altem VW hätte solche Geschwindigkeiten niemals zugelassen, selbst wenn sie sich darin hätte versuchen wollen. Sie klammerte sich starr vor Furcht an ihren Sitz. Der Fahrtwind fuhr ihr durch die kurzen schwarzen Haare und brachte Farbe in ihre Wangen. Ihr Herz schlug wie wild. Sie hatte sich zwar einiges an Aufregung erhofft, aber keinesfalls hatte sie dem Tod ins Auge schauen wollen.

Sie wusste später nicht mehr, wann ihre Panik in Hochstimmung umgeschlagen war. Vielleicht passierte es in dem Augenblick, als Bob ihre Hand nahm und beruhigend drückte? Oder vielleicht, als sie bei einer scharfen Straßenbiegung die Erregung in seinem Blick, die Lust, die sein tiefes Lachen ausdrückte, registrierte?

Aber es war wohl geschehen, als sie ihm zu vertrauen begann. Er wusste sehr genau, was er tat und wie viel er sich und dem Wagen zumuten konnte. Als sie am Wasser angekommen waren, funkelten ihre Augen jedenfalls vor Vergnügen, und ihr Herz schlug schneller. Es war unglaublich, wie Mann und Auto – ihr Auto – zusammenpassten, wie Bob das Cabrio beherrschte, wie er es durch die Straße lenkte.

„Sie haben es sich gerade ziemlich schwer gemacht, mich mit dem Spaziergang zu beeindrucken“, meinte sie, als sie schließlich anhielten und ausstiegen. Ihr Herzklopfen hatte sich wieder ein wenig gelegt.

Bob lächelte nur. Als Karyn klar wurde, wohin er sie führte, sah sie ihn erstaunt an. „Zur Golden Gate Bridge?“

„Können Sie sich einen geeigneteren Ort vorstellen als Auftakt für eine Ferienwoche in San Francisco?“

„Die meisten Leute befahren sie einfach nur oder schauen sich die Brückenkonstruktionen von einem der Ausflugsboote an.“

„Aber wir sind nicht die ‚meisten Leute'. Wir sind Abenteurer", erinnerte Bob Karyn.

„Das ist wahr", stimmte sie ihm zu, aber ihre Antwort enthielt mehr Zweifel als Überzeugung, als sie jetzt die grandiose Brücke betrachtete, die San Francisco mit Marin County verband.

„Wussten Sie, dass 1937, als die Brücke eingeweiht wurde, zweitausend Leute darüber liefen und auch noch dafür bezahlten?"

„Es muss ziemlich voll gewesen sein", sagte Karyn, als sie zu den Art-Deco-Türmen hinaufsah, die im Morgennebel verschwammen. Die steilen Klippen von Sausalito waren in der Dämmerung noch nicht zu sehen.

Bob antwortete nicht, sondern nahm nur ihre Hand und zog sie weiter. Dabei erzählte er ihr alle möglichen Anekdoten über die berühmte Brücke.

„Ich dachte, Sie hätten letzte Woche in Los Angeles noch alles Mögliche erledigen müssen", meinte sie. „Aber offenbar haben Sie die Zeit damit verbracht, Geschichtsbücher zu lesen."

„Reiseprospekte und Stadtführer", berichtigte er. „Sie vergessen, dass wir Urlaub haben. Lektion eins: Urlaub macht noch mehr Spaß, wenn man vorher seine Hausaufgaben ordentlich erledigt."

„Ich werde in Zukunft versuchen, mich daran zu halten", versprach Karyn feierlich.

„Reine Übungssache. Je öfter man es macht, desto routinierter wird man."

Karyn fragte sich, ob sie wohl je genügend Übung im Verreisen erwerben würde, um die Vorbereitungen dafür zur Routine werden zu lassen.

„Sie werden es erleben", sagte Bob, als hätte er ihre Gedanken gelesen. „Und jetzt sollten wir uns beeilen, wenn wir nicht unser eigentliches Ziel verpassen wollen."

Als sie die Brückenmitte erreicht hatten, zog er sie an seine Seite und machte eine umfassende Armbewegung. Karyn war von so viel unerwarteter Nähe so überwältigt, dass sie kaum einen Blick für ihre Umgebung hatte. Als er die Hand auf ihre Hüfte legte, hielt sie unwillkürlich den Atem an. Nicht bei einem einzigen der wenigen Männer, mit denen sie während ihrer Schul- und Collegezeit ausgegangen war, hatte sie erlebt, wie sinnlich eine solche Berührung sein konnte.

„Hat sich das nicht gelohnt?“, erkundigte sich Bob.

Karyn musste sich dazu zwingen, ihre Aufmerksamkeit auf etwas anderes zu richten als auf den Mann an ihrer Seite, und sah sich pflichtschuldigst um.

Feuerrote Stahlseile streckten sich unter dem vernebelten Himmel. Unter ihnen rauschte die Brandung. Das Meer war im Dunst nicht zu sehen. Es war, als wären sie in einer Welt der Schatten und Fantasien gefangen. Die Morgenluft war kühl, und ein kleiner Schauder erfasste Karyn. Das war für Bob Anlass genug, die Arme um sie zu legen. Sie spürte, wie ihr daraufhin von innen her heiß wurde, und tiefste Zufriedenheit überkam sie trotz des kaltfeuchten Windes. Es war ein grandioses Gefühl.

„Na, was denken Sie jetzt?“, fragte er dicht an ihrem Haar.

Alle ihre Sinne waren in Hochspannung. „Mir ist, als wäre ich im Himmel.“

„Ja, man fühlt sich hier wirklich wie weit über den Wolken, nicht wahr? Ist es da ein Wunder, dass sich Menschen unsterblich in diese Stadt verlieben?“

„Ihnen ist natürlich klar, dass ich ab jetzt vermutlich jeden Tag zu spät zur Arbeit kommen werde“, sagte Karyn und kuschelte sich zufrieden in seine wärmenden Arme.

„Und warum?“

„Weil ich mir jeden Morgen diesen Spaziergang wünschen werde.“

„Dann machen Sie ihn.“

Sie seufzte reuevoll. „Nein. Dann würde er auch eines Tages zur Gewohnheit werden, und das wäre schade.“

„Nicht, wenn Sie für all die Kleinigkeiten aufgeschlossen bleiben: Die Richtung des Windes, den Farbschimmer, wenn die Sonne sich im Metall zu spiegeln beginnt, wie der Nebel sich langsam auflöst und wie die Sonnenstrahlen silbrig auf dem Wasser tanzen.“

Karyn wurde ganz wunderlich zumute. „Sie sollten aufhören, Autos zu verkaufen, sondern stattdessen Stadtführer schreiben.“

„Sie beflügeln meine Fantasie.“

Der Druck seiner Arme verstärkte sich fast unmerklich. Karyn sah ihn an und entdeckte einen Anflug von Sehnsucht in seinem Blick, der an ihr Herz rührte. Sie drehte sich ein wenig und berührte leicht seine Wange. Seine Haut war glatt und warm, sein Kinn kantig.

Er war ein Mann aus Fleisch und Blut, nicht nur ein Traum, aber sie verstand ihn ebenso wenig, wie sie eine Illusion hätte greifen können. Die Männer, mit denen sie bisher zu tun gehabt hatte, waren mehr von der soliden Sorte gewesen. Ihre Höflichkeit einer Frau gegenüber ging nicht über das Öffnen der Autotür hinaus. Ihre bisherigen Freunde sprachen über Fußballtore und Baseballergebnisse und ließen sich nicht über romantische Sonnenstrahlen im Nebel aus.

„Was ist wichtig für Sie, Bob? Was treibt Sie an?"

Er weigerte sich, ihre Frage ernst zu nehmen, und lachte nur. „Ich bin von Dämonen getrieben", behauptete er, aber Karyn hörte seiner Stimme an, dass in dieser Antwort ein Körnchen Wahrheit steckte. Aber bevor sie dem noch nachgehen konnte, ließ Bob sie wieder los und zauberte aus den Tiefen einer Tasche, die er bei sich trug, eine Flasche Champagner hervor.

„Damit stoßen wir auf den Sonnenaufgang an", erklärte er und ließ den Korken knallen.

„Sonnenaufgang?", wiederholte Karyn und hob die Augenbrauen, während sie sich suchend umsah. Der Himmel war zwar heller geworden, aber immer noch grau.

„Dort draußen ist sie schon", sagte Bob. „Das gehört zu den Dingen im Leben, die man einfach glauben muss."

„Das ist eine gefährliche Sache. Vor langer Zeit schon habe ich gelernt, mich auf nichts zu verlassen, was ich nicht sehen oder anfassen kann."

Das klang zynisch. Bob strich ihr mit dem Daumen über die Wange und sah ihr in die Augen. „Sie hatten keine leichte Kindheit?"

„Nein, leicht war sie nicht, aber immer noch viel besser als bei vielen Kindern. Ich habe zwar hart dafür arbeiten müssen, aber ich konnte ins College gehen, und ich habe einen interessanten Beruf mit guten Aufstiegsmöglichkeiten. Und vor allem habe ich eine Familie, in der ich mich immer geborgen und geliebt fühle."

„Schön. Aber das ist vielleicht nicht genug, um den Hunger zu stillen."

Karyn versuchte, wieder einen leichteren Ton in die Unterhaltung zu bringen. „So schlimm war es auch wieder nicht. Wir hatten immer genug zu essen, wenn wir auch nicht in Luxus schwelgten."

„Man kann nach mehr hungern als nach Essen“, meinte Bob nachdenklich, und das klang, als kenne er diesen Hunger selbst. „Zum Beispiel nach Hawaii.“

„Und einem Grand-Prix-Sieg?“, fragte Karyn.

„Ich hatte meine Erfolge.“ Das klang zwar, als sei Bob stolz auf diese Erfolge, aber seine Stimme blieb eher ausdruckslos.

„Aber vielleicht waren es nicht genug. Wenn man eine Schwäche für Pickles hat, zum Beispiel, bekommt man davon nie genug.“

„Pickles?“, wiederholte er und lachte über ihren Vergleich.

Auch Karyn lachte. „Sie gehörten immer zu den Höhepunkten meines Lebens. Wie Picknicks und Ferien. Bis heute kann ich an keinem Glas mit Dillpickles vorbeigehen. Zum Glück habe ich diese Sucht nicht für Diamanten entwickelt.“

„Ich werde Pickles ins Wochenprogramm aufnehmen“, versprach Bob feierlich. „Solange es nicht schon zum Frühstück sein muss, kann ich damit leben.“

„Nein, zum Frühstück ist nichts gegen Champagner mitten auf der Golden Gate Bridge einzuwenden.“ Sie sah ihn forschend an. „Wonach sehnen Sie sich noch, Bob? Abgesehen von Autorennen.“

Der Glanz in seinen Augen wurde intensiver, und Karyns Herz schlug plötzlich schneller. „Bis zu diesem Augenblick wusste ich das eigentlich gar nicht ganz genau“, sagte er, „aber ich glaube, jetzt weiß ich es.“ Und damit begann er sie mit einer solchen Leidenschaft zu küssen, dass Karyn die Luft wegblieb.

Niemals hatte sie eine solche Sehnsucht gespürt, nie dieses Von-einem-Mann-in-Besitz-genommen-werden erlebt. Sie gab sich ihren Gefühlen mit einem Verlangen hin, das sie zu überwältigen drohte, und eine tiefe Freude erfasste sie. Es war, als entdecke sie mitten in einem eisigen Winter den Frühling, als spüre sie die Wärme des Feuers nach einem Schneesturm. Fast machte ihr dieses Gefühl Angst.

Karyn war nach diesem Kuss völlig verwirrt und wagte es nicht, Bob in die Augen zu sehen. Er hob deshalb ihr Kinn hoch, bis sie keine andere Wahl mehr hatte und ihn ansehen musste. „Versteck dich nicht vor mir, Karyn, bitte“, sagte er leise.

Sie schüttelte benommen den Kopf. „Nein.“

„Ich hatte übrigens recht.“

„Womit?“

„Dass du es bist, nach der mich hungert. Du hast etwas so Frisches und Unschuldiges, wie ich es schon sehr lange nicht mehr erlebt habe."

Es waren nicht seine Worte, auch nicht sein Tonfall, was Karyn so benommen machte. Es war das Feuer in seinen Augen. Sie streckte spontan die Hand aus und berührte das kalte hochrote Metall der Brücke, als könne sie sich so in der Realität halten. Aber selbst das nahm ihr nicht das Gefühl, dass ihr der Boden unter den Füßen weggezogen war, dass Bob Willis, ein Mann, den sie erst seit so kurzer Zeit kannte, ihr Schicksal in den Händen hielt.

„Du zitterst", stellte er besorgt fest. „Geht dir das alles zu schnell?"

„Ein wenig", gestand sie unsicher und sah ihm in die Augen. Deren Grün war so geheimnisvoll wie das Grün des Wassers unter ihnen, das inzwischen zu sehen war. „Aber das macht nichts."

Er zog sie mit einem Seufzer wieder näher zu sich. „Gut. Ich glaube, ich könnte gar nicht anders, selbst wenn ich wollte."

Bob fuhr über ihr Haar und legte das Kinn auf ihren Kopf. Karyn hörte das rhythmische Klopfen seines Herzens, und der herbe Duft seiner Seife verwirrte ihre Sinne. Sie fühlte sich warm und geborgen. Schließlich sprach er wieder.

„Wo möchtest du deinen nächsten Urlaub verbringen?", fragte er. „In Italien? China? Frankreich?"

Karyn hob lächelnd den Kopf. Bobs Frage gefiel ihr. „Ich glaube, ich möchte nach Italien. Wird es lange dauern, bis wir dort sind?"

„Überhaupt nicht. Wenn du dich anstrengst, kannst du es sogar von hier sehen."

„Wirklich?"

„Ja, wirklich", sagte er ein wenig gekränkt, weil sie an ihm zweifelte, und wies zu den Klippen von Sausalito. „Siehst du die Blumen? Und erinnern sie dich nicht an einen kleinen italienischen Küstenort?"

„Ich habe offenbar keine so lebhafte Fantasie wie du. Für mich sieht es einfach aus wie Sausalito."

„Dann müssen wir dir unbedingt eine rosafarbene Brille kaufen. Wer nur ein bisschen romantisch ist, kann sehen, was ich sehe."

„Ich hatte in meinem Leben nicht viel Zeit, romantisch zu sein", gab Karyn zurück. Sie konnte es nicht ändern, dass sich ein etwas bitterer Unterton einschlich.

Bob strich ihr über die Wange. „Dann wird es Zeit, dass wir etwas dagegen tun."

Hand in Hand kehrten Karyn und Bob zum Wagen zurück. Karyn sah schweigend aus dem Fenster, als sie über die Brücke fuhren. Ihre ganze Welt stand auf einmal auf dem Kopf, sie entfernte sich immer weiter von der Realität, die sie kannte, von Langeweile und Unabänderlichkeit. Auf einmal war ihr Leben bunt, aufregend und leidenschaftlich. Würde sie nach dieser Woche jemals wieder mit ihrem ereignislosen Dasein zufrieden sein können?

Im Grunde spielte es keine Rolle. Dieser wunderbare Traum war jeden Katzenjammer wert. Entschlossen, diese kurze Zeit in vollen Zügen zu genießen, legte Karyn vertrauensvoll ihre Hand in Bobs Hand, als sie den Wagen in der Nähe der Anlegestelle abstellten und durch die gewundenen, schmalen Straßen des malerischen Ortes wanderten.

Bob zog Karyn in jeden kleinen Laden und beobachtete sie, während sie vorsichtig Schmuck betastete, Bilder bestaunte und sachte über handgewebte Schals oder feine Seidentücher strich. Sie verliebte sich auf der Stelle in einen rotgoldenen Schal, aber Bob schüttelte den Kopf und wählte einen in kräftigen Blautönen und leuchtendem Türkis aus. Als er ihn ihr an die Wange hielt, sah sie sofort, dass er recht hatte. Das Blau unterstrich den warmen Pfirsichton ihrer Haut und ließ ihre Augen noch mehr strahlen.

„Sie haben einen guten Blick für solche Dinge, Mr. Willis", zog sie ihn auf. „Widmen Sie einen großen Teil Ihrer Zeit der Auswahl von weiblichen Kleidungsstücken?"

„Gelegentlich, ja", antwortete er, und Karyn verspürte Enttäuschung. „Aber ich war noch nie so erfolgreich wie jetzt." Entschlossen ging er zur Kasse. „Wir nehmen ihn."

„Bob, nein", protestierte Karyn und sah voller Entsetzen auf das Preisschild. „Er ist viel zu teuer und überhaupt nicht praktisch."

Bob schüttelte den Kopf. „Was soll ich nur mit dir anstellen? In den Ferien darf man ruhig ein bisschen frivol und extravagant sein. Jetzt sag mir nach: Wenn ich in der nächsten Woche etwas sehe, das ich wirklich sehr gern haben möchte, dann werde ich es kaufen. Das ist Lektion zwei."

Karyn lachte über seinen Ernst. „Und wer soll all diese Extravaganzen bezahlen?“

Er machte eine wegwerfende Handbewegung. „Darüber kannst du dir in den langen Monaten bis zu den nächsten Ferien den Kopf zerbrechen. Außerdem ist der Schal ein Geschenk von mir an dich.“

„Das kann ich nicht annehmen. Es reicht schon, dass du mir eine ganze Woche opferst. Das geht zu weit.“

„Möchtest du, dass ich diese Ferien genieße?“

„Natürlich.“

„Dann wirst du dieses Geschenk annehmen. Es macht mich glücklich, wenn du glücklich bist und mich so anstrahlst wie jetzt.“

Karyn freute sich sehr über den Schal, aber sie freute sich noch viel mehr über Bobs erwartungsvollen Blick. Sie konnte kaum glauben, dass es ihm wirklich so wichtig war, ob sie sein Geschenk annahm oder nicht. „Danke“, sagte sie schließlich.

„Keine Ursache“, erwiderte Bob. Ihre Blicke trafen sich, als er ihr den Schal um den Hals legte. Dabei berührte er ihren Nacken und fuhr dann mit dem Finger am Ausschnitt ihres Pullis entlang. Wo er sie berührte, brannte ihre Haut wie Feuer, und Karyn wurde es ganz eigenartig zumute.

Nie hatte sie solche Zärtlichkeit erfahren, dieses Eingehen auf ihre Wünsche und Bedürfnisse. Es war nicht so sehr das Geschenk, das zählte, sondern dass er ihre Begeisterung überhaupt bemerkt hatte. Sie war ihm offenbar wichtig genug. So hatte er erkannt, welchen Schatz ein solcher Schal für sie bedeutete. Sie hob die Hände und berührte den dünnen, zarten Stoff. Er war so märchenhaft fein und einzigartig, und ihr war, als verkörpere er genau ihre Gefühle.

Wie lange dieses Märchen mit Bob wohl dauern würde?

Die Sonne löste die letzten Nebelschleier schnell auf. Während Karyn und Bob gemütlich in einem der zahlreichen Cafes in Sausalito saßen, tauchte San Francisco wie durch einen Zauber langsam auf der anderen Seite der Bucht auf. Bob unterhielt Karyn mit allerlei Geschichten von seinen Reisen und Rennen, aber trotzdem fielen Karyn die Blicke der anderen Cafegäste auf. Sie fand es ein wenig lästig, dass Bob so bekannt war. Denn sie war eher daran gewöhnt, ganz im Hintergrund zu bleiben.

Dabei war es nicht so schlimm, dass ein etwa zwölfjähriger Junge schüchtern um ein Autogramm bat. Viel unangenehmer fand sie es, dass eine auffallende rothaarige Frau in einem knallengen Minirock an ihren Tisch kam, Bob umarmte und überschwänglich auf die Wange küsste. Bob wurde dunkelrot, und Karyn konnte nicht sagen, ob vor Verlegenheit oder Verärgerung. Ihre eigene Reaktion war noch verwirrender für sie. Sie fühlte sich angesichts solcher zur Schau getragenen Vertraulichkeit nicht nur sehr unbehaglich, sondern sie entdeckte, dass sie richtig altmodisch eifersüchtig war.

„Bobby, Darling", schnurrte die Frau mit sexy-rauchiger Stimme. „Wir haben uns eine Ewigkeit nicht gesehen."

Bob warf Karyn einen um Entschuldigung bittenden Blick zu und versuchte dabei, die Hände der Frau aus seinem Haar zu lösen. Er stand schnell auf, warf ein paar Münzen auf den Tisch und griff nach Karyns Hand. „Nett, Sie wieder einmal getroffen zu haben", sagte er zu der ungebetenen Besucherin und ging dann entschlossen zur Tür. Seine Schritte waren so ausholend, dass Karyn ihm kaum zu folgen vermochte.

„Entschuldige", sagte er, als sie das Cafe in sicherer Entfernung hinter sich gelassen hatten.

„Den Dauerlauf oder diesen rothaarigen Überfall?", erkundigte sich Karyn außer Atem.

„Den Überfall."

„Wer war das?"

„Keine Ahnung."

„Du kennst die Frau überhaupt nicht?"

„Sagen wir, ich erinnere mich nicht an sie."

Karyn versteifte sich unwillkürlich, so kalt und uninteressiert hatte seine Antwort geklungen. „Das ist aber nicht sehr liebevoll. Sie schien dich sehr gut zu kennen."

Bob blieb stehen, legte ihr die Hände auf die Schultern und drehte sie zu sich um. „Es gibt sehr viele Frauen, die hinter bekannten Sportlern herreisen, gerade auch hinter Autorennfahrern. Sie tauchen auf jeder Party auf und nehmen sich ziemlich viele Intimitäten heraus. Vermutlich kenne ich diese Frau, habe mich vielleicht sogar mit ihr unterhalten, aber ich garantiere dir, dass unsere Bekanntschaft mit Sicherheit nicht weitergegangen ist. Ich mag meine wilden

Momente gehabt haben, aber an die kann ich mich alle erinnern."

Als Karyn ihn skeptisch ansah, bekräftigte er: „An alle, mein Herz."

Karyn spürte, wie sie sich nun langsam entspannte. Es war wohl wirklich so, wie Bob behauptete. Trotzdem – die Frau hatte schon sehr vertraulich getan. So ein auffallendes Benehmen in der Öffentlichkeit war Karyn völlig fremd. Darin zeigte sich der grundsätzliche Unterschied zwischen ihr und Bob. Ihm gefiel diese Aufdringlichkeit zwar vielleicht nicht, aber er war ganz offensichtlich daran gewöhnt.

„Passiert dir so etwas oft?", fragte sie, als sie weitergingen. Bob hatte freundschaftlich den Arm um sie gelegt. Es war ein schönes Gefühl, auch wenn die Geste etwas Besitzergreifendes hatte. Oder vielleicht gerade deshalb.

„Nicht mehr so oft wie früher", erwiderte Bob. „Ich fahre ja seit einiger Zeit schon nicht mehr, und die Leute vergessen schnell. Inzwischen gibt es neue Gesichter auf den Rennpisten."

„Hat dir dieses Leben in der Öffentlichkeit gefallen? Fandest du es schön, so viel Aufmerksamkeit auf dich zu ziehen?"

„Mir ging es immer nur darum zu gewinnen, der Rest war unvermeidlich. Um ganz ehrlich zu sein: Manchmal habe ich meinen Ruhm auch ausgenutzt, einfach um nicht einsam zu sein. Frauen wie du möchten mit einem Mann, der ständig wegen irgendwelcher Rennen unterwegs ist, nichts zu tun haben. Sie möchten einen Mann, auf den sie sich verlassen können, wenn die Kinder krank werden oder die Waschmaschine kaputtgeht."

„Einen Mann wie Frank", sagte Karyn trocken und musste dann lachen.

„Frank?"

„Das ist mein ältester Bruder. Er ist ein leidenschaftlicher Handwerker und gerät geradezu in Verzückung, wenn er nur irgendetwas Defektes sieht. Waschmaschinen sind seine Leidenschaft."

„Genau der Mann, den ich meine", gab ihr Bob Recht und musste ebenfalls lachen.

„Aber das genügt mir nicht", erklärte Karyn. Sie begann, sich für das Thema zu erwärmen. „Ich weiß, Zuverlässigkeit und Sinn für Verantwortung sind sehr wichtig, aber ich verlasse mich lieber auf mich selbst. Meine Mutter hatte wenig davon, dass mein Vater diese Eigenschaften besaß. Er war verantwortungsbewusst, aber er starb mit kaum fünfzig Jahren, und sie blieb ohne Beruf oder irgendwelche Fähigkeiten, mit denen sie hätte Geld verdienen können, zurück. Es ist nicht gut, wenn man als Frau auf jemand anderen als sich selbst baut."

„Das klingt aber reichlich zynisch."

„Nicht zynisch", widersprach sie, „realistisch. Ich sage ja auch gar nichts gegen die Liebe. Ich bin nach romantischen Liebesgeschichten mit Happy End geradezu süchtig, aber das Ziel sollte nicht sein, dass der Mann für die sichere, solide Zukunft sorgt und die Frau das Heimchen am Herde spielt."

„Aha", meinte Bob. „Ich glaube, ich beginne zu verstehen. Du schwebst irgendwo zwischen Feminismus und Märchenwelt umher."

„Jetzt lachst du mich aus", beschuldigte sie ihn gekränkt.

„Aber keineswegs, mein Herz. Ich beneide dich. Du bist dir so sicher darüber, was du dir vom Leben wünschst."

„Mache ich denn diesen Eindruck auf dich?"

„Und wie. Ich kenne keine Frau, die so an sich selbst und ihre Ziele glaubt. Das klingt für einen Mann, der gerade eine Lebenskrise durchmacht, richtig bedrohlich."

„Nur wenn du der Überzeugung bist, dass in einer Beziehung der Mann das Sagen haben soll. Bist du dir denn deiner selbst so wenig sicher, Bob? Kannst du dir denn nicht vorstellen, dass du mit einer Frau in einer echten Partnerschaft lebst?"

„Darüber habe ich noch nie nachgedacht", gestand er. „Wir werden wohl einfach abwarten müssen, wie es mit meinem Verhalten steht, ob ich wirklich so ein unverbesserlicher Macho bin."

„Und wann, glaubst du, wirst du es wissen?"

„Ach, ich würde sagen, am Ende dieser Woche werde ich schon ein etwas genaueres Bild von mir haben. Ich finde, jetzt sollten wir ein wenig von deinen eigenen Unsicherheiten sprechen."

„Von meinen? Ich denke, du hältst mich für so bedrohlich eigenständig?"

„Mit einer Ausnahme – soweit ich das bisher sagen kann. Du warst richtiggehend eifersüchtig, als diese Frau an unseren Tisch kam. Warum?"

„Sie kam mir wie der Typ Frau vor, der genau weiß, was er will, und auch bekommt.“ Dich einschließlich, fügte sie in Gedanken hinzu.

Bob schüttelte den Kopf. „Es sieht wohl so aus, als müsste ich dir den Rest der Woche zu beweisen versuchen, dass du von solchen Frauen absolut nichts zu befürchten hast.“ Er fuhr ihr durch die dunklen Locken und ließ die Hand an ihrer Wange liegen. „Du bist eine schöne, vitale, aufregende Frau. Kein Mann würde in deiner Gesellschaft eine andere Frau auch nur anschauen, wenn er nicht ein kompletter Narr ist.“

Sein Versuch, ihre Selbstzweifel zu vertreiben, war rührend, aber Karyn war schließlich nicht verrückt genug zu glauben, sie könnte im Ernst mit allen Schönheiten der Welt konkurrieren. „Das ist sehr lieb von dir, aber ...“

Er legte die Finger auf ihre Lippen. „Hör auf, an dir zu zweifeln.“

„Aber wie soll ich das nicht?“, gab sie zurück. Sie versuchte verzweifelt, auf dem Boden der Tatsachen zu bleiben und sich nicht von ihm in diesen verrückten, benommen machenden Strudel der Gefühle ziehen zu lassen. „Ich bin keine auffallende Erscheinung.“

„Ja, und?“

„Ich bin nicht raffiniert.“

„Ein Segen.“

„Ich habe von so vielen Dingen keine Ahnung.“

„Dann macht es umso mehr Spaß, diese Erfahrungen gemeinsam nachzuholen. Bist du jetzt fertig mit deiner Selbstherabsetzung?“

„Ich setzte mich nicht herab“, behauptete sie. „Ich habe für Selbstmitleid nichts übrig. Aber du sollst mich so sehen, wie ich bin. Ich habe meine Grenzen, aber ich bin stolz auf das, was ich geschafft habe. Das ist für einen Mann wie dich vielleicht nicht genug.“

„Liebes Herz, was du als deine Grenzen bezeichnest, ist für mich etwas ganz anderes. Möchtest du gern wissen, was ich sehe, wenn ich dich anschaue? Ich sehe Geist und Entschlossenheit. Ich sehe unschuldige Freude in deinen Augen. Ich sehe eine Frau, die gern lacht, die sich über Kleinigkeiten freut – über Pickles oder über einen Schal. Und ich sehe dir an, wie aufregend es für dich ist, etwas Neues kennen zu lernen.“

Alles, was er sagte, war für Karyn nur einfach ein ärgerlicher

Mangel an Erfahrung. „Das meinst du wirklich so, nicht wahr?“, fragte sie und sah ihn forschend an. Aber in seinem Blick entdeckte sie nichts als Aufrichtigkeit.

Bob nickte. „Ja. Komm, gehen wir weiter. Wir haben noch eine ganze Stadt zu entdecken und nur eine Woche Zeit. Meinst du, du kannst mit mir mithalten?“

Nach einem winzigen Zögern lächelte Karyn. Sie war wie befreit. Wenn Bob Willis mit ihrer Gesellschaft zufrieden war, warum sollte sie ihm dann vorher sagen, dass er ihrer bald müde werden würde? „Absolut“, antwortete sie mit neu erwachtem Selbstvertrauen. „Wie geht es weiter?“

„Fisherman’s Wharf. Wir haben heute Morgen als Touristen angefangen und sollten auch so weitermachen.“

4. KAPITEL

Die etwas schrille, muntere Atmosphäre von Fisherman's Wharf gefiel Karyn immer wieder. Kleine künstlerische Darbietungen am Straßenrand, viele kleine Läden und Cafés im Freien verlockten zu gemütlichem Dahinschlendern und vertrieben alle niederdrückenden Gedanken.

Sie hielten sich an der Hand, und Karyn entdeckte, dass Bob sich nicht nur für exklusive Angebote in teuren Boutiquen begeistern konnte, sondern ebenso für billige Souvenirs. Er bestand darauf, ihr ein T-Shirt zu kaufen, und legte dann schier endlose Geduld an den Tag, während sie ihre Wahl traf. Dann zog er ihr das Hemd über den Kopf und ließ dabei die Hände einen kleinen Augenblick unter ihrem Busen verweilen. Die leichte, fast unabsichtlich erscheinende Berührung verursachte ihr eine Gänsehaut, und Karyn dachte voller Wehmut, dass sie sich später daran immer, wenn sie dieses T-Shirt trug und Bob längst aus ihrem Leben verschwunden war, erinnern würde.

„Du zitterst", stellte Bob fest und sah ihr in die Augen.

Karyns Kehle wurde eng und trocken, dass sie kein Wort herausbekam. So nickte sie nur und hoffte, dass er nicht merkte, wie erregend sie seine Berührung empfand.

„Dann ist es Zeit für einen Irish Coffee", entschied Bob, der Karyns Zittern offenbar anderen Gründen zuschrieb. Das erleichterte sie, bis sie den Ausdruck in seinen Augen sah. Da wurde ihr klar, dass er ihr nur helfen wollte, sich wieder zu fassen. Und sie begriff, was sie gleich hätte wissen können: Bob wusste ganz genau, wie man Frauen behandeln musste, um sie zu verführen. Er spürte, wann er ein wenig schneller vorgehen konnte und wann er bremsen musste. Als wäre er bei einem Rennen, dachte Karyn. Aber statt nun doppelt auf der Hut zu sein, wurde sie von einer aufregenden Vorfreude erfasst.

Sie gingen ins überfüllte Cafe Buena Vista an der Hyde Street, das für seinen Irish Coffee berühmt war, und quetschten sich an den einzigen freien Tisch in einer Ecke. Karyn umfasste die Tasse mit dem dampfenden Getränk und dachte krampfhaft darüber nach, was sie Witziges sagen könnte. Aber ihr Vorrat daran war doch ziemlich begrenzt. Sie bezweifelte, dass Bob sich sehr für ihr Seminar über die richtige Zeugenbefragung vor Gericht oder ihre Schwierigkeiten beim Mitschreiben von Aussagen interessieren würde. Zum ersten Mal in ihrem Leben bereute sie, dass sie sich nie die Mühe und Zeit genommen hatte, auch die Fähigkeiten zu entwickeln, die man in gesellschaftlicher Hinsicht erwartete.

„Du bist schon wieder auf der Flucht", warf Bob ihr vor.

„Ja, du hast recht", gab sie zu. „Ich habe nicht viel Übung in der Kunst der leichten Unterhaltung."

„Solche Gespräche führen Fremde miteinander", meinte Bob. „Wir sind doch inzwischen mehr als das – oder nicht?"

„Eigentlich wissen wir nichts voneinander."

Bob lehnte sich zurück, schlug die Beine übereinander und lachte sie an. „Dann schieß los. Was willst du wissen?"

Karyn ergriff die Gelegenheit sofort beim Schopf. Sie stützte die Ellbogen auf den Tisch und sah ihn an. „Erzähl mir etwas von deiner Familie."

„Von meinem Vater habe ich schon gesprochen. Meine Mutter stammt aus den besten Kreisen. Ihre Eltern hatten ziemlich viel Geld und waren davon überzeugt, dass ihre Tochter unter ihrem Stand geheiratet hatte. Das ist vermutlich auch der Grund dafür, dass mein Vater so viel arbeitete und dauernd versucht, sich selbst zu beweisen. Bei meiner Mutter hatte er das im Grunde gar nicht nötig. Sie betet ihn an, und es war ihr immer völlig gleichgültig, was ihre Eltern von ihm hielten."

„Hast du Geschwister?"

„Einen jüngeren Bruder."

„Zeigt er kein Interesse, das Familiengeschäft zu übernehmen? Er könnte dir doch einiges an Verantwortung abnehmen, damit du wieder Rennen fahren kannst."

„Brian interessiert sich leider nur für seinen Anteil an Vaters Vermögen."

Karyn war entsetzt. „Verstehen sich die beiden nicht?"

„Das ist nicht das Problem. Brian ist ein Spieler, und seine Einsätze sind hoch. Ich halte ihn für süchtig, aber er will es nicht so sehen. Vater hat die Hoffnung schon vor langer Zeit aufgegeben. Er hat einen Fonds für ihn gegründet, damit es später keine Schwierigkeiten mit dem Testament gibt, und ihm gleichzeitig den Zugang zum Geschäft verwehrt. Das Risiko ist zu groß, dass Brian die ganze Firma verwettet. Er hat ein ziemlich großzügiges Einkommen aus den Zinsen des Fonds, aber das Geld reicht ihm nie. Ständig borgt er etwas von Mom, mir oder den Großeltern. Zu Vater wagt er sich nur, wenn er wirklich verzweifelt ist."

Karyn forschte in seinem Gesicht nach irgendwelchen Anzeichen von Verärgerung. „Das scheint dich gar nicht zu verbittern. Warum nicht? Schließlich macht er es dir unmöglich, dir deinen Lebenstraum zu erfüllen."

„Er tut mir leid. Das Spielen ist wie eine Krankheit, aber solange er das nicht erkennt, wird er sich nie ändern. Ich habe selbst entschieden, wie ich leben möchte und wie ich zu Dad stehe. Ich schulde ihm sehr viel. Ohne ihn hätte ich nie mit dem Fahren anfangen können. Im Augenblick stecke ich zwar noch in einer etwas schwierigen Phase der Neuorientierung, aber ich weiß, dass ich die richtige Entscheidung getroffen habe."

„Ich habe in deinem Büro ein Foto mit dir und deinem Vater gesehen. Er scheint sehr stolz auf dich zu sein."

„Ja, das war er auch, und er fühlt sich schuldig, weil alles so gekommen ist. Ich gebe mir wirklich Mühe, ihm nicht zu zeigen, wie schwer mir der Abschied vom Rennzirkus gefallen ist, aber manchmal spürt er es doch. Aber zum Glück wird es täglich leichter."

Bob nahm Karyns Hand und hob sie an die Lippen. Ein Schauer lief Karyn über den Rücken, als er aufreizend langsam und zärtlich über die Innenfläche strich. „Ich stelle fest, dass mir dieses ruhigere Leben immer besser gefällt", sagte Bob jetzt, und seine Stimme ging ihr durch und durch und ließ sie von innen erglühen. Aber vielleicht kam es ja auch von dem Whisky in ihrem Kaffee.

„Bob." Karyn brachte kaum seinen Namen heraus.

„Hm?"

„Vielleicht ist es besser, wenn ich jetzt nach Hause fahre. Es war ein langer Tag, und es wird spät."

Er lächelte halb. „Irgendetwas sagt mir, dass du allein nach Hause möchtest."

„Tut mir leid."

„Das braucht es nicht. Es gehört zu dir, und es ist ja ein Grund, warum du so etwas Besonderes bist. Komm, ich bringe dich zu deinem Auto."

„Ich fahre dich nach Hause", bot sie ihm an, plötzlich tat es ihr leid, den gemeinsamen Ausflug schon zu beenden. Sie fürchtete, dass ihre schöne Stimmung, diese Gefühle, die sie heute erst entdeckt hatte, sich auf einmal in nichts auflösen würden wie der Nebel in der Sonne.

„Lieber nicht. Wenn ich erst einmal im Auto sitze, wirst du mich nicht mehr los. Ich gehe zu Fuß zu meinem Hotel."

Karyn fiel der Abschied von ihm merkwürdig schwer. Wenn sie ihn jetzt allein nach Hause schickte, bewies ihm das nicht erst recht, wie wenig gewandt sie war und dass sie keine Umgangsformen besaß? „Wir sehen uns doch morgen früh, oder?" Ihr Ton war leicht, aber natürlich hörte er ihre Zweifel heraus. Aber sie konnte es nicht ändern.

„Vielleicht nicht wieder so früh, aber ich werde kommen", versprach Bob. „Du kannst dich darauf verlassen."

Er legte die Arme um sie und berührte mit dem Mund die empfindsamste Stelle an ihrem Hals, bevor er sie ein letztes Mal küsste. „Es war ein ganz besonderer Tag für mich, Karyn, ein Tag, den ich nie vergessen werde."

„Meinst du das im Ernst?", fragte sie ihn und sah ihm dabei in die Augen.

„Ja", antwortete er nur.

Karyn war warm ums Herz, als sie in ihr Auto stieg. Sie ließ den Motor an und setzte zurück. Im selben Augenblick tauchte ein Bus hinter ihr auf und blockierte ihr den Weg. Sie trat auf die Bremse und wartete. Der Bus bewegte sich nicht. Schließlich drehte sich Karyn verärgert nach dem Fahrer um.

Es war Timmy. Und der Blick, mit dem er sie und Bob, der noch neben ihrem Wagen stand, bedachte, drückte alles andere als brüderliche Liebe aus. Der einzige Grund, warum er nicht ausstieg und sich Bob vornahm, war vermutlich die Tatsache, dass er den Bus voller Fahrgäste hatte. Aber seine Empörung war deutlich genug.

„Bob, ich glaube, du solltest jetzt gehen", drängte Karyn.

Bob hörte ihr die Nervosität an und wollte ihr beruhigend über die Wange streichen, aber sie entzog sich ihm schnell. „Karyn, was ist los?“, fragte er verwirrt.

Sie warf einen schnellen Blick auf den Bus. „Der Fahrer“, flüsterte sie, „der uns so unfreundlich anschaut …“

„Ja?“

„Das ist mein Bruder Timmy.“

Bob drehte sich langsam um und sah sich den Fahrer an. Der brüderliche Zorn war nicht zu übersehen, und er bekam eine Ahnung von Karyns Problemen mit ihren Bewachern. Einerseits gefiel ihm dieser Familienzusammenhalt und auch die Tatsache, dass sich jemand um Karyn sorgte, wie er sich um sie gesorgt hätte. Was ihn beunruhigte, war ihre Reaktion. Eben noch war sie in seinen Armen dahingeschmolzen, ganz Frau, im nächsten Augenblick verhielt sie sich völlig unberechenbar.

Um Timmy zu entwaffnen und Karyn ihre Nervosität zu nehmen, winkte Bob ihrem Bruder freundlich zu. Das brachte Timmy offenbar aus dem Konzept. Er winkte halb zurück und fuhr dann, offenbar immer noch widerwillig, weiter.

Karyns Anspannung ließ sichtlich nach, aber sie zitterte noch am ganzen Körper. Bob war klar, dass er sie unmöglich allein nach Hause fahren lassen konnte. Sie würde sich nur mehr in ihre Angst vor einer Auseinandersetzung mit ihrem Bruder hineinsteigern. Bevor Karyn noch den Gang einlegen konnte, sprang er einfach über die Tür und machte es sich auf dem Beifahrersitz bequem.

Karyn sah ihn verblüfft an. „Was soll das, Bob?“

„Ich fahre mit dir nach Hause.“

„Aber das geht nicht“, protestierte sie.

„Warum nicht?“

„Weil …“

„Weil dein Bruder in Kürze an deiner Tür auftauchen wird und wissen will, was hier los war.“

„Wenn ich Glück habe“, erklärte Karyn seufzend.

„Und wenn du kein Glück hast?“

„Dann bringt er die anderen fünf mit.“

„Genau deshalb begleite ich dich. Wir haben nichts Verbotenes getan. Dass ich dir einen Gutenachtkuss gegeben habe, ist kein Grund, hysterisch zu werden.“

„Du kennst meine Brüder nicht. Seit meiner Geburt haben sie mich auf eine Art Podest gestellt und wollen mich nicht mehr hinunterlassen. Aber sie erlauben auch nicht, dass jemand zu mir heraufkommt."

„Eine sehr altmodische Einstellung", meinte Bob und lachte über Karyns Miene. „Ich freue mich richtig darauf, deine Brüder kennen zu lernen."

Karyn sah ihn mit fassungslosem Erstaunen an.

„Es ist wahr", bekräftigte er.

Sie betrachtete ihn düster. „Das ist wirklich nicht nötig."

„Ich weiß."

„Warum dann?"

„Weil wir beide uns weiter sehen werden, und das werde ich mit deinen Brüdern am besten gleich klären."

Ein Hoffnungsschimmer trat in Karyns Augen, er wurde immer sichtbarer. Das war selbst für Bob zu viel. Er spürte, wie er sich in diesem Moment Hals über Kopf in Karyn verliebte. Sie hatte ihm einen Drachen präsentiert, und ihrem Gesichtsausdruck nach zu schließen hatte er die erste Bewährungsprobe bestanden.

Karyn wachte mit verkrampften Halsmuskeln und Rückenschmerzen auf. Es war kurz nach sieben Uhr, und schon wieder hämmerte jemand an ihre Tür. Benommen stolperte sie zur Tür, als ihr einfiel, dass Bob auf dem Sofa lag, wo er kurz vor Einbruch der Morgendämmerung eingeschlafen war. Der Lärm schien ihn nicht zu stören, und Karyn bezweifelte, dass sie ihn wach bekommen und dazu bewegen könnte, aus dem Fenster zu klettern, bevor ihr morgendlicher Besucher eindrang.

Sie riss die Tür auf. „Mach nicht so einen Krach", sagte sie unfreundlich. „Da bekommt man ja Kopfweh."

„Wenn wir mit unserer Unterhaltung fertig sind, wird dir mehr wehtun als nur dein Kopf", knurrte Timmy.

Er war schon halb auf dem Weg in die Küchenecke, als er Bob entdeckte, der sich gerade zu rühren begann. Innerhalb von Sekunden wandelte sich der Ausdruck auf seinem Gesicht vom Schock über fassungslose Empörung zu Nachdenklichkeit. Zum Glück war Bob vollständig bekleidet, als er jetzt unter seiner Steppdecke auftauchte.

Tim packte Karyn am Ellbogen und zog sie hinter sich her. „Heraus damit: Wer ist er, und was hat er um diese Zeit hier zu suchen?"

„Wir haben auf dich gewartet", erwiderte Karyn und stellte die Kaffeemaschine an, nachdem sie noch eine zusätzliche Portion gemahlenen Kaffee eingefüllt hatte. Heute Morgen brauchte sie besonders starken Kaffee. „Mir war gestern schon klar, dass du dich furchtbar aufregen würdest." Sie warf ihm einen vorsichtigen Blick zu.

„Musstest du ihn mitten auf der Straße küssen? Warst du von allen guten Geistern verlassen?"

Karyn hakte die Frage als überflüssig ab. „Wie auch immer", fuhr sie fort. „Bob hat mich jedenfalls begleitet, damit ich mir deine Vorwürfe nicht allein anhören muss." Tim runzelte die Stirn. „Dann fiel mir ein, dass du vermutlich Nachtschicht hast, da waren wir beide viel zu erschöpft, um noch irgendwelche Energien aufzubringen. Bob schlief auf dem Sofa ein, und ich hatte nicht das Herz, ihm zu sagen, dass es sich dabei um mein Bett handelt. Er nahm vermutlich an, dass es noch ein Schlafzimmer gibt." Es schien, als könne sie einfach nicht aufhören zu reden.

Tim nickte. „In Ordnung soweit. Was mich interessiert: Wo hast du geschlafen?"

Urplötzlich hatte Karyn von diesem Verhör genug. Bisher hatte sie sich diese ständige Bevormundung gefallen lassen, und sie hatte ja auch nie etwas zu verbergen gehabt. Aber jetzt war wirklich die Zeit gekommen, dass sie sich diese lachhafte Einmischung in ihr Privatleben ein für alle Mal verbat.

„Das geht dich überhaupt nichts an", begann sie schwungvoll, aber unter Tims durchbohrendem Blick schwand ihre Entschlossenheit schnell dahin. „Also gut. Ich habe auf dem Boden geschlafen, und deshalb tut mir jetzt auch jeder Muskel weh. Wenn du mir wirklich ein guter Bruder sein willst, dann geh bitte wieder, damit ich endlich unter die heiße Dusche kann."

„Allein?", wollte Timmy wissen.

„Ja, zum Kuckuck! Ich kenne Bob Willis schließlich kaum. Aber, möchte ich hinzufügen, selbst wenn ich nicht allein duschen würde, ginge es dich überhaupt nichts an." Karyn stützte die Hände auf die Hüften. „Was ist eigentlich los mit dir? Ich dachte, ich könnte mich wenigstens bei dir darauf verlassen, dass du dich nicht wie ein überängstliches Kindermädchen benimmst."

„Du kannst sagen, was du willst, das interessiert mich nicht. Ich will nur eines wissen: Warum kennen wir diesen Kerl noch nicht?" Tim sah immer noch böse in Richtung Wohnzimmer, wo sich Bob inzwischen aufgesetzt hatte und dem Anschein nach aufstehen wollte.

„Weil ich ihm erst vor einer Woche begegnet bin", antwortete Karyn widerstrebend.

„Vor einer Woche? Bist du ganz und gar verrückt geworden, dass du einen Fremden mitten in der Nacht mit in deine Wohnung nimmst?" Tim betrachtete Bob ausgiebig von Kopf bis Fuß. Ein Verdächtiger in einem Mordfall wäre keiner peinlicheren Betrachtung unterzogen worden. Sollte sich Bob mit dem Familiensilber – oder eher dem rostfreien Stahl – auf- und davonmachen, Tim würde ihn jederzeit und überall wieder erkennen. Daran hatte Karyn nicht den geringsten Zweifel.

„Er kommt mir bekannt vor", sagte Tim nach einer Weile.

„Er war Rennfahrer."

„Rennfahrer!" Das klang, als hätte Karyn ihm gerade einen Massenmörder vorgestellt. „Wo kannst du einen Rennfahrer kennen lernen?"

„Vielen Dank für deine vorteilhafte Meinung von meiner Attraktivität."

„So habe ich das nicht gemeint, und das weißt du auch. Weiche nicht aus, sondern beantworte meine Frage."

„Wir haben uns kennen gelernt, als ich meinen Wagen kaufte."

„Das war nur ein Cabrio, nicht irgendein frisierter heißer Schlitten."

„Ich glaube nicht, dass Bob bei seinen Grand-Prix-Rennen frisierte heiße Schlitten fuhr."

„Bob Willis", sagte Tim langsam. „Natürlich. Ich habe sein Foto in der Zeitung gesehen. Karyn, er ist nicht dein Typ!"

„Und wer ist ihr Typ?", fragte Bob neugierig, zog sich einen Hocker an die Theke, die Küche und Wohnzimmer teilte, und schenkte sich eine Tasse Kaffee ein. Er schien sich hier ganz zu Hause zu fühlen.

Tim war es nicht im Geringsten peinlich, dass Bob offenbar mitgehört hatte. „Jemand, der weniger … ich weiß nicht, wie ich es sagen soll … der weniger …"

„Erfahrung hat?"

„Ja. Genau."

„Ihre Schwester ist sechsundzwanzig, und die meisten Männer, die sie kennen lernen wird, haben der Wahrscheinlichkeit nach mehr Erfahrung als sie."

„Ich habe nicht nur Sex gemeint", beschied ihn Tim sehr direkt.

Karyn legte aufstöhnend den Kopf auf die Arme.

„Ich auch nicht", gab Bob zurück.

Die Atmosphäre schien zum Zerreißen gespannt. Als Karyn das nicht mehr aushielt, stand sie auf, steckte Brot in den Toaster, bestrich die Scheiben dann mit Butter und Marmelade und stellte den Teller mit einem vernehmlichen Knall zwischen die Männer auf die Theke.

Die beiden sahen sich weiter so an, als müssten sie im nächsten Augenblick zusammen in den Boxring steigen.

Bob gab Zucker und Milch in seinen Kaffee und rührte langsam um. Den Toast ignorierte er und sah dafür Tim unverwandt an.

„Ich finde es ja schön, dass Sie immer so gut auf Ihre Schwester aufgepasst haben", sagte er. „Aber es ist an der Zeit, sie ihr eigenes Leben führen zu lassen. Meinen Sie nicht?"

Tims Augen wurden schmal vor Misstrauen. „Und wie sind Ihre Absichten in diesem Zusammenhang, wenn ich fragen darf?"

„Timmy!", entfuhr es Karyn in tödlicher Verlegenheit. Die Peinlichkeiten wollten an diesem Morgen offenbar kein Ende nehmen.

„Du hältst dich da heraus", befahl Tim. „Ich möchte wissen, was dieser Mann mit dir vorhat."

„Dieser Mann kennt mich ja noch nicht einmal richtig!"

„Er kennt dich immerhin gut genug, um in deinem Bett zu schlafen."

„Auf meinem Sofa", verbesserte ihn Karyn.

„Dein Sofa ist dein Bett", erinnerte sie ihr Bruder.

„Ist das wahr?" Bob sah Karyn erstaunt an. „Wo hast du denn geschlafen?"

„Auf dem Boden. Aber darum geht es nicht." Sie wandte sich an Timmy. „Es ist ein wesentlicher Unterschied, Timothy Michael

Chambers, ob ein Mann auf dem Sofa einschläft, oder ob ich ihn in mein Bett einlade!“

Nach einem Moment nickte Karyns Bruder verlegen. „Du hast recht. Ich entschuldige mich.“

„Vielleicht solltest du heimfahren und dich erst einmal ausschlafen“, schlug Karyn vor. Sie wollte ihn aus der Wohnung haben, bevor er anfing, Bob im Hinblick auf seine Aufstiegschancen und sein Bankkonto zu verhören.

„Findest du?“

„Ja, das finde ich.“

Tim warf Bob einen Blick zu. Dann entspannte er sich ein wenig, was ihn aber nicht davon abhielt, Bob zu warnen: „Wenn Sie Ihr wehtun, Willis, dann können Sie gar nicht so schnell laufen, dass wir Sie nicht doch bekommen.“

Bob lächelte schwach. „Das ist auch gut so.“

Karyns Herz machte einen kleinen Sprung, so viel Zärtlichkeit lag in seiner Antwort. Sie konnte kaum den Blick von ihm wenden, aber schließlich blieb ihr nichts anderes übrig. Tim machte nicht die geringsten Anstalten, freiwillig zu gehen, und so sah sie sich gezwungen, ihn zur Tür zu begleiten.

„Du sagst doch den anderen nichts, oder?“, bat sie.

Er sah über ihre Schulter zu Bob, der Bruder und Schwester mit Interesse beobachtete. „Ich glaube nicht, dass das ratsam wäre. Aber pass auf, Schwesterchen. Du könntest es mit jemandem zu tun haben, der in einer anderen Liga spielt.“

„Das dachte ich zuerst auch.“

„Jetzt nicht mehr?“

Sie lächelte. „Nein. Ich glaube, ich bin genau da, wohin ich gehöre.“

„Ich freue mich für dich, wenn es so ist.“

„Danke.“

Sie schloss die Tür hinter ihm und lehnte sich dann mit einem tief empfundenen Seufzer der Erleichterung dagegen. Bob kam zu ihr und nahm sie in die Arme, und sie schmiegte sich an ihn.

Sie war ganz überwältigt davon, wie wohl und geborgen sie sich bei ihm fühlte.

„Das hätten wir jetzt doch ganz gut überstanden“, meinte er erfreut.

Karyn gab ihm Recht. „Es hätte schlimmer kommen können. Frank hätte zuerst zugeschlagen und anschließend gefragt, worum es geht.“

„Dann bin ich aber froh darüber, dass ich es mit Tim zu tun hatte. Geht es dir denn gut?“

„Mit jedem Augenblick besser.“

Sie spürte seinen Seufzer mehr, als sie ihn hörte. „Darüber bin ich sehr froh.“ Bob hob ihr Gesicht an und küsste sie sehr sanft und zärtlich. Aber dann brach die Leidenschaft durch, und ihre Umarmung wurde so stürmisch, dass sie ihnen beiden den Atem nahm.

Bob war es, der sich als Erster löste. „Wir gehen es lieber ein bisschen langsamer an, sonst haben deine Brüder am Ende doch noch Grund, mich auseinander zu nehmen.“

Karyns Knie waren so schwach, dass sie sich auf ihre Couch sinken ließ. „Ich verstehe überhaupt nicht, was mit mir passiert.“ Sie sah Bob fast vorwurfsvoll an; „Ich habe mich eigentlich immer unter Kontrolle, aber wenn du mich anfasst, dann scheine ich Flügel zu bekommen und weiß nicht mehr, wo ich bin.“

„Und findest du das schlecht?“

„Es macht mir Angst.“

Bob setzte sich neben sie. „Ich verspreche dir, dass du nichts von mir zu befürchten haben wirst. Es war ernst gemeint, was ich zu deinem Bruder sagte. Ich will dir nicht wehtun.“

Das war zwar tröstlich, aber wohl nicht realistisch. „Dafür kannst du keine Garantie übernehmen.“

„Jetzt fängst du schon wieder an. Du siehst das alles zu misstrauisch. Aber gut, ich werde mich anders ausdrücken: Ich werde mein Bestes tun, um dich niemals zu verletzen.“

„Ich glaube, es gefällt mir doch besser, wenn du dich weniger vorsichtig ausdrückst.“

„Beides geht nicht. Aber jetzt sollten wir langsam aufbrechen. Wir vergeuden unsere Ferien.“

„Ich möchte nur schnell duschen und mich umziehen.“

„Es ist wohl nicht möglich, dass ich ...“, begann er und verstummte dann unter ihrem vernichtenden Blick. Er lachte. „Nein, ich sehe schon, es ist nicht möglich."

Karyn blieb länger unter der Dusche, als sie beabsichtigt hatte. Sie war noch ganz aufgewühlt von den intensiven Gefühlen, die Bob in ihr ausgelöst hatte. Zerstreut zog sie sich langsam an. Als sie zu Bob zurückkam, ringelte sich ihr Haar noch feucht um das Gesicht.

„Aus deinem Büro hat eine Mary Lee angerufen", berichtete Bob. „Du sollst gleich zurückrufen."

Karyn dachte gar nicht erst darüber nach, welchen Eindruck die Sekretärin ihres Chefs wohl davon gewonnen hatte, dass ein Mann am Telefon gewesen war, sondern nahm sofort den Hörer ab und wählte.

„Mary Lee, Karyn hier. Gibt es etwas Wichtiges?"

„Hallo. Mr. Wetherington möchte wissen, ob Sie vielleicht heute Nachmittag ins Büro kommen könnten? Er weiß natürlich, dass Sie Urlaub haben, aber da Sie nicht weggefahren sind, meinte er, es würde Ihnen vielleicht nichts ausmachen. Sie bekämen natürlich später einen entsprechenden Zeitausgleich."

Karyn sah Bob an und umfasste den Telefonhörer unwillkürlich fester. Dann sagte sie: „Es tut mir leid, aber es geht nicht. Ich habe heute schon etwas vor."

Das war wirklich außergewöhnlich mutig für ihre Verhältnisse gewesen. Die pflichtbewusste Karyn Chambers schlug Bitten ihres Chefs sonst nicht ab. Jetzt wartete sie darauf, dass dessen Sekretärin ihr befahl, im Büro zu erscheinen, wenn sie nicht in ernsthafte Schwierigkeiten geraten wolle.

„Kein Problem", sagte Mary Lee fröhlich. „Bis nächste Woche. Und schönen Urlaub noch."

Karyn seufzte vor Erleichterung tief auf. Erst jetzt wurde ihr bewusst, dass sie den Atem angehalten hatte.

„Es fiel dir schwer, Nein zu sagen, nicht wahr?" Das war eine Feststellung, keine Frage.

Karyn nickte. „In unserer Familie geht man in beruflichen Dingen kein Risiko ein. Dazu waren wir immer zu sehr auf das Geld angewiesen."

„Aber das ist jetzt anders, Karyn. Du darfst nicht zulassen, dass dein Chef mit dir tun und lassen kann, was er will. Es gibt andere Jobs."

„Das weiß ich. Ich habe ja auch ein bisschen Geld auf dem Sparbuch für den Notfall. Trotzdem ist es schwierig, mit alten Gewohnheiten zu brechen. Ich sehe immer den besorgten Blick meiner Mutter vor mir, wenn Zahltag war und das Geld trotzdem nicht für alle Rechnungen reichte. Es war nicht leicht für sie."

„Aber jetzt ist doch auch nichts passiert, als du abgelehnt hast, oder?" Karyn schüttelte den Kopf. „Den meisten Chefs ist es nämlich lieber, wenn ihre Angestellten ein gesundes Selbstbewusstsein haben und für ihre Bedürfnisse einstehen. Das darfst du nicht vergessen. Deine Zeit ist genauso viel wert wie die deines Chefs."

Karyn lachte ihn fröhlich an. „Warum verschwenden wir sie dann mit dieser albernen Diskussion?"

„Weil man dich offenbar in regelmäßigen Abständen daran erinnern muss, wie wichtig du selbst bist und dass du ein bisschen Aufmerksamkeit verdienst."

Karyn wurde etwas ernster. „Ja, du hast wohl Recht."

Zum ersten Mal in ihrem Leben hatte sie dieses Gefühl auch wirklich. So musste sich Aschenputtel auf dem Ball gefühlt haben. Aber genau wie ihre Märchenheldin wusste sie, dass die Uhr unerbittlich tickte und ihr Traum bald ein Ende haben musste. Es war wunderbar und aufregend mit Bob, aber wenn die Zeit kam, würde sie ihn gehen lassen.

5. KAPITEL

Als hätte Bob ihre melancholische Stimmung gespürt, organisierte er einen ganz und gar romantischen Tag. Sie machten die „Siebzehnmeilentour“ um die zerklüftete Halbinsel von Monterey, und hinter jeder Kurve schien der Ausblick noch schöner und überwältigender. Schließlich hielt Bob auf einem Parkplatz an, von dem aus man die Landschaft in Ruhe genießen konnte. Er war überfüllt von Touristen, die alle auf dieselbe Idee gekommen waren und jetzt ihrer Fotografierbegeisterung freien Lauf ließen. Karyn lehnte sich in ihrem Sitz zurück.

„Wunderschön ist es hier“, erklärte sie verträumt.

„Es freut mich, dass es dir gefällt. Ich wusste ja nicht, ob du nicht schon hier gewesen bist. Aber das kommt bei der kurzen Planungszeit Hawaii am nächsten. Es gibt natürlich ein paar Unterschiede, aber immerhin hast du den Strand und blaues Meer.“

Karyn war so gerührt, dass ihre Augen feucht wurden. „Du hast mich wirklich hierher gebracht, damit ich einen Hauch von Hawaii erlebe?“

Er strich ihr eine Haarsträhne aus dem Gesicht und streichelte ihre Wange. „Ja. Ich möchte, dass du noch viel mehr erlebst. Das ist nur der Anfang. Zufrieden?“

„Es ist fast vollkommen.“

„Nur fast?“

Sie musste über seine gekränkte Miene lachen. „Es fehlt noch der gewisse exotische Duft.“ Manchmal, wenn sie sich einen besonderen Luxus gönnen wollte, kaufte sie sich teures Badeöl, tauchte tief ins Wasser, schloss die Augen und träumte von einer einsamen Insel mit herrlichen Stränden und verschwenderischen Blüten. Sie sah zu Bob auf und bemerkte Genugtuung in seinem Blick.

„Du irrst dich“, sagte er und holte vom Rücksitz eine Schachtel, die er dort vor ihr versteckt hatte.

Karyns Augen wurden groß, als sie den Aufdruck eines Blumenhandels von Waikiki darauf entdeckte. „Aber wann … wie?“, stammelte sie.

Bob freute sich über die gelungene Überraschung. „Du warst so lange unter der Dusche heute Morgen, dass ich schnell nach Hawaii und zurück geflogen bin“, behauptete er.

„Nein, im Ernst. Wo hast du das her?“

„Ich habe gestern dort angerufen. Die Schachtel kam, während du im Bad warst. Dann bin ich zum Auto gelaufen und habe sie schnell versteckt.“

Mit unsicheren Fingern öffnete Karyn den Deckel und hob einen duftenden Blütenkranz vorsichtig heraus. „Genauso habe ich es mir immer vorgestellt“, flüsterte sie und sah Bob an. „Ganz genau so. Vielen, vielen Dank.“

„Du brauchst dich nicht zu bedanken, mein Herz. Dein Blick ist mir Dank genug. Komm, ich lege dir den Kranz um.“

Er legte ihr die Blüten um den Hals und küsste sie dann auf beide Wangen. Ihre Blicke verfingen sich ineinander, er sah ihre Sehnsucht, neigte langsam den Kopf und begann sie zu küssen. Aber der Kuss konnte Karyns Sehnsucht nicht stillen, er weckte nur noch neue Wünsche in ihr. Sie spürte seine Haut, seine feuchten Lippen, die kurzen Bartstoppeln, und ihr wurde so heiß vor Verlangen, dass es fast schmerzte. Sie schmiegte sich deshalb noch enger an ihn, nach der Erfüllung suchend, die ihr nur Bob geben konnte.

In der leidenschaftlichen Umarmung merkte Karyn nicht, dass ihr Blütenkranz zerdrückt wurde. Erst als Bob sich schließlich widerstrebend von ihr löste, ganz verspannt und die Hände immer noch auf ihrer Brust, sah Karyn den Schaden, den sie angerichtet hatten.

Aber nichts, dachte sie, gar nichts kann die Liebe zerstören, die zwischen uns wächst. Es ist zwar ein Wunder, aber manchmal werden Wunder vielleicht doch wahr.

Karyn ging tief in sich, bevor Bob sie am nächsten Morgen zu ihrem vorletzten Ferientag abholte. Wenn dieser Urlaub zu Ende war, würde Bob in seine Welt und sie in ihren normalen Alltag zurückkehren. Sie war für ihn letztlich nur eine nette Abwechslung im Hinblick auf die eleganten, weltgewandten Frauen, mit denen er sonst zu tun hatte. Wer täglich Kaviar und Champagner zu sich nahm, hatte eben gelegentlich Lust auf Bratwurst und Bier – und umgekehrt. Ein glückliches Ende nahm so etwas nur im Märchen.

Aber sie würde nichts bereuen. Es war ein Traum gewesen, wie man ihn einmal im Leben erlebt, und sie hatte jeden einzelnen Augenblick, jeden wunderbaren Kuss genossen. Aber damit musste es auch enden. Selbst Bob schien das zu verstehen und drängte nicht nach mehr. Gestern hatte er mit seinem Programm dafür gesorgt, dass sie ständig von Menschen umgeben waren: im Museum für orientalische Kunst wie in den engen, quirligen Gassen von Chinatown. Hatten die anderen Tage ihre Gefühle, ihre Seele angesprochen, hatte sie gestern vor allem viel gelernt.

Vor jeder kunstvoll geschnitzten Jadefigur, vor jedem fein gemalten Seidenbild fragte Karyn Bob nach dem Orient aus und wollte alles ganz genau wissen. Und Bob beantwortete ihre Fragen, ohne zu ermüden. Welten, die Karyn nur aus Büchern kannte, wurden auf einmal lebendig durch ihn. Er war der Lehrer, sie die Schülerin. Karyn war Bob dankbar gewesen, nicht nur weil sie so viel von ihm lernte, sondern auch dafür, dass er ihr Zeit gab, ihr Gleichgewicht wieder zu finden und zu vergessen, wie wunderbar es war, in seinen Armen zu liegen und ihn etwas in ihr Ohr flüstern zu hören.

Auch heute hatte er sie nicht ausschlafen lassen, sondern darauf bestanden, den Tag früh mit einer Heißluftballonfahrt über das Napa Valley zu beginnen. Der Start sollte kurz nach dem Einsetzen der Morgendämmerung sein, und das bedeutete wieder einmal eine allzu kurze Nacht.

Immer noch ein wenig verschlafen, wartete Karyn in der Eingangshalle ihres Hauses auf Bob. Er hatte einen Picknickkorb dabei, und ihr Anblick ließ seine Augen aufleuchten.

„*Comment allez-vous*?“, erkundigte er sich.

Karyn blinzelte verwirrt, und er lachte. „Wie geht es Ihnen?“ übersetzte er. „Ich wollte dich nur auf unseren Ausflug nach Frankreich vorbereiten.“

„Sag mir Bescheid, wenn wir da sind“, bat Karyn, als sie zu ihm in den Wagen stieg. Sie war noch nicht wach genug, um große Begeisterung an den Tag zu legen. „Dieser Urlaub bringt mich zur völligen Erschöpfung. Du bist vielleicht daran gewöhnt, spät ins Bett zu gehen und früh aufzustehen, aber ich nicht.“

„Ich auch nicht mehr“, meinte Bob. „Ob du es glaubst oder nicht.“

„Wenigstens machst du einen ganz lebendigen Eindruck im Gegensatz zu mir." Aber er war mehr als nur lebendig. Mit seiner engen Jeans und dem bunten Polohemd und Pulli darüber sah er dazu noch überwältigend gut und männlich aus.

„Du wirst auch bald wach sein", versprach ihr Bob, nahm sie in die Arme und verteilte winzige Küsse auf ihrer Stirn, den Augen, den Wangen und schließlich auf ihren Lippen. Ihr Herz schlug sofort schneller, und von einem Moment auf den anderen waren alle ihre Sinne hellwach. Seine Küsse waren wirkungsvoller als jeder Wecker und machten viel süchtiger als jeder Kaffee.

„Ganz erstaunlich", flüsterte sie und legte ihm die Arme um den Hals.

Er lächelte leicht, und sein Blick wurde rätselhaft. „Ja, nicht wahr?", murmelte er. „Karyn ...", begann er, schüttelte aber dann den Kopf. „Nein, nicht jetzt."

„Was?"

„Nichts. Wir unterhalten uns später. Jetzt müssen wir sehen, dass wir fortkommen."

Sie fuhren mit Bobs üblichem atemberaubenden Tempo durch die noch dunklen, leeren Straßen, über die Golden Gate Bridge und dann weiter in Richtung Norden auf dem Highway 101. Erst als sie in eine zweispurige Straße einbogen, die mitten ins Napa Valley führte, nahm Bob den Fuß vom Gaspedal.

„Bist du schon einmal mit einem Ballon gefahren?", wollte Karyn wissen.

„Einmal. In Frankreich. Es ist wunderbar, man fühlt sich unglaublich frei, wenn man so über der Erde schwebt."

„Anders als in einem Flugzeug?"

„Ganz anders. Erstens fliegt der Ballon nicht so hoch und zweitens auch nicht so schnell. Außerdem ist man dort oben allein, oder es sind höchstens noch eine Hand voll anderer Leute dabei. Man meint, man könne nach den Wolken greifen. Das Wetter muss natürlich gut sein, sonst macht es nicht so viel Spaß. Aber heute haben wir ideale Bedingungen."

Als sie am Startplatz ankamen, lagen mehrere Ballons auf dem Boden. Sie wurden gerade mit Luft gefüllt. Einige Leute hatten sich versammelt, Paare und Familien. Sie versorgten sich aus Thermosflaschen mit Kaffee und warteten darauf, dass die leuchtend roten und goldenen Streifen des Sonnenaufgangs am Horizont endlich dem tiefen Blau des Tages wichen. Karyn war fasziniert und löcherte Bob förmlich mit Fragen. Als er ihren Wissensdurst, vor allem auf technischem Gebiet, nicht mehr stillen konnte, gab er sie mit einem Lachen an den Piloten weiter, mit dem sie heute fahren wollten.

Kurz darauf hob er sie in den Korb und kletterte dann hinterher. Die Seile wurden aus der Verankerung gelöst, Flammen schossen hoch und erhitzten die Luft im Ballon, und im nächsten Augenblick hoben sie sich empor. Ihr Ballon startete als zweiter. Die ersten Meter waren ruppiger, als Karyn erwartet hatte, aber dann begann das Fahrzeug ruhig zu steigen und schwebte mit ihnen in den noch blassblauen Morgenhimmel davon.

Karyn hielt vor Aufregung unbewusst den Atem an, als die Erde unter ihnen wegtauchte. Sie klammerte sich an Bobs Hand, und es dauerte einige Minuten, bis sie den Blick von dem Panorama lösen und zu Bob aufschauen konnte. Er hatte sie die ganze Zeit über beobachtet.

„Glücklich?", fragte er jetzt leise.

„Ich werde dies nie vergessen", antwortete sie und strich über seine Wange. Bob war frisch rasiert, seine Haut glatt und weich. „Vielen, vielen Dank! Ich glaube, niemand hat jemals so schöne Ferien gehabt wie ich."

„Doch, ich. Das alles mit dir zu erleben hat mir gezeigt, wie wichtig es ist, das Leben bewusst zu genießen und sich daran zu freuen."

„Das finde ich schön", sagte Karyn. Ihre Blicke trafen sich, und sie sahen sich forschend in die Augen. Es waren Sekunden, an die sich Karyn ihr Leben lang erinnern würde.

Ihr fiel auf einmal ein, dass sie ja ihre Kamera dabeihatte. In späteren Jahren, wenn ihr das Leben langweilig und ereignislos erschien, konnte sie sich die Bilder anschauen und an diese Augenblicke voller Zauber erinnern.

Als sie sich von Bob lösen wollte, hielt er ihre Hand nur umso fester. „Hier oben kannst du nicht weglaufen", sagte er leichthin, aber seine Stimme klang dabei so intensiv, dass ihr ganz merkwürdig zumute wurde.

„Ich wollte nicht davonlaufen", sagte sie. „Ich wollte nur meine Kamera aus der Tasche holen."

Er sah geduldig und ein wenig amüsiert zu, wie sie ihre billige Kamera herausnahm und zuerst die Felder unter ihnen, dann den grandiosen bunten Ballon über ihnen fotografierte.

„Und jetzt du“, sagte sie und dirigierte ihn an die Stelle, wo er am besten zur Geltung kam.

„Jetzt ein Foto von uns beiden“, meinte Bob und gab die Kamera dem Ballonfahrer. Er zog Karyn an seine Brust und kitzelte sie genau in dem Augenblick, in dem der Verschluss klickte, um ihr Lachen mit einzufangen.

„Ich glaube, dieses Foto werde ich immer bei mir tragen“, sagte er. „Vielleicht lasse ich es auch vergrößern und hänge es mir ins Büro.“

„Dazu brauchst du zuerst das Negativ“, erinnerte sie ihn.

„Kein Problem.“ Er nutzte ihre Überraschung und nahm ihr die Kamera einfach ab, um sie in die Tasche zu stecken.

Karyn machte einen Satz auf ihn zu, ohne an das Schwanken des Ballonkorbs zu denken, und plumpste unversehens an Bobs Brust.

„Wieder eine neue Möglichkeit, dich in meine Arme zu bekommen“, sagte er entzückt. „Das muss ich mir merken.“

Als brauche sie dazu mehr als nur die leiseste Andeutung von ihm, dass er sie dort haben wollte! Aber er würde nie erfahren, welche Macht er in diesen wenigen Tagen über sie gewonnen hatte. Sie würde die Trennung mit Haltung durchstehen, auch wenn ihr Herz dabei in tausend Stücke sprang.

Der ganze Urlaubstag bestand aus bezaubernden Momenten. Melancholie wechselte sich bei Karyn mit fröhlichem Gelächter ab, verliebte Umarmungen folgten atemlosen Verfolgungsjagden, die doch wieder in einer neuen Umarmung endeten.

Nach der Ballonfahrt besuchten sie und Bob einige Weingärten und machten dann ihr Picknick. Die Sonne brannte herunter, und der Wein wärmte sie noch zusätzlich von innen.

Karyn streckte sich faul auf der Decke aus, an die Bob ebenfalls gedacht hatte, und sah in den Himmel hinauf. „Ein Traum“, sagte sie und seufzte aus schierem Wohlbefinden.

„Und wie gefällt dir das?“ Langsam senkte Bob den Mund auf ihre Lippen, und sie schmeckte den köstlichen Burgunder, den sie zu ihrem Essen getrunken hatten.

„Hm", murmelte sie nur. Mehr konnte sie nicht sagen, denn er hatte angefangen, sie gründlich zu küssen. Seine Hand glitt unter ihr T-Shirt und blieb auf ihrer nackten, festen Brust liegen. Karyn stieß einen kleinen Laut aus, als die wundersamsten Gefühle von ihr Besitz ergriffen. Eine Sehnsucht, wie sie sie noch nie gefühlt hatte und die ihr körperlich weh tat, beherrschte sie, und sie drehte sich zur Seite und schmiegte sich eng an ihn. Ihre Hand lag an seiner Brust, und sie konnte spüren, wie heiß ihm war und wie schnell sein Herz schlug.

„Ich möchte mit dir schlafen", sagte Bob ruhig und suchte in ihrem Gesicht nach einer Reaktion.

Karyn kämpfte verzweifelt darum, dass ihre Vernunft die Oberhand behielt. Sie sehnte sich ebenso nach ihm wie er sich nach ihr, aber es durfte nicht sein.

„Es wäre ein Fehler", sagte sie schließlich in einem schwachen Versuch, ihm deutlich zu machen, was ihr doch so klar war.

„Warum?"

„Weil in zwei Tagen alles vorbei ist. Dann sehe ich dich nicht wieder, und ich möchte nicht, dass du ein so großes Stück meines Herzens mitnimmst."

„Ich werde nur dann gehen, wenn du es willst."

Karyn schüttelte den Kopf. „Ich will es nicht. Aber es muss sein."

„Wie kann ich dich nur davon überzeugen, dass das nicht wahr ist?"

„Gar nicht", sagte Karyn traurig und wünschte selbst, sie würde sich irren.

Bob löste sich mit einem Seufzer von ihr, ließ aber die Hand auf ihrer Brust liegen und streichelte sie leicht. Er sah, wie sich ihr Blick verdunkelte, und wusste, welche Macht er über sie besaß. Karyn hasste ihn dafür fast. Sie wusste – und er wusste es –, dass er ihren Widerstand leicht überwinden konnte, wenn er es nur wollte.

Sie schob seine Hand verärgert beiseite und zog ihr T-Shirt glatt. „Also gut, du kannst mich erregen, wenn du willst", gab sie zu. „Und?"

„Nun, ich meine, das sagt einiges darüber aus, wie wir zueinander stehen."

„Leidenschaft sagt nicht viel aus. Selbst Tiere verspüren sie."

„Und du meinst, das ist alles? Wir haben nur Lust aufeinander, mehr nicht?"

„Natürlich. Du dringst wie ein Ritter in schimmernder Rüstung in mein Leben ein und wirfst mich völlig aus der Bahn. Natürlich reagiere ich darauf körperlich."

„Für dich ist das also Teil des Pauschalpakets: Fahren Sie mit Bob Willis durch San Francisco, Abenteuer im Heu eingeschlossen. Befriedigung garantiert, sonst Geld zurück."

Seine Bitterkeit erschreckte Karyn. Aber bevor sie etwas darauf erwidern konnte, sprach er schon weiter. „Lass mich eines ganz klarmachen. Wenn das alles gewesen wäre, dann wären wir schon am ersten Abend im Bett gelandet, das darfst du mir glauben. Ich habe mich beherrscht, weil ich wusste, wie unsicher zu bist. Du solltest Zeit haben, dich an uns zu gewöhnen. Aber es ist absurd, wenn du behauptest, wir unterschieden uns durch nichts von paarungswilligen Tieren. Du weißt es vielleicht noch nicht, aber ich: Unsere Beziehung ist etwas ganz Besonderes, und ich werde nicht zulassen, dass du sie einfach so abtust, nur weil du an diesen Unsinn von den zwei verschiedenen Welten glaubst, aus denen wir angeblich kommen. Wir könnten doch wenigstens einen Versuch machen."

„Einen Versuch womit? Mit einer Affäre? Das würden wir sicher schaffen, aber wie lange würde sie dauern? Ein paar Wochen, vielleicht auch ein paar Monate – bis du dich mit mir langweilst."

Bob schüttelte den Kopf. „Ich weiß nicht, was mich mehr ärgert, dein mangelndes Vertrauen zu mir oder deine eigenen Unsicherheiten."

Tränen stiegen Karyn in die Augen, als er so wütend reagierte. Sie hatte nicht gewollt, dass ihre Freundschaft auf diese Art endete. „Bob, es tut mir leid."

„Was tut dir leid?"

„Dass …" Ihr wurde klar, dass sie eigentlich gar nicht wusste, wofür sie sich entschuldigen wollte.

Sie hatte nur versucht, ehrlich zu ihm zu sein. „Vielleicht tut es mir gar nicht leid", sagte sie ruhig. „Du solltest nur wissen, was ich empfinde, und deine Reaktion gerade hat mir gezeigt, dass ich recht habe. Zwischen uns liegen wirklich Welten."

Bob stand auf und fing an, ihre Sachen einzusammeln. „Fahren wir“, sagte er böse.

Karyn wurde es ganz kalt, und ein Schauder lief ihr über den Rücken. Sie folgte ihm wortlos zum Wagen.

Die Fahrt nach San Francisco legten Karyn und Bob schweigend und in angespannter Stimmung zurück. Als sie die Stadtgrenze erreichten, stieg feuchter, unfreundlicher Nebel auf. Der Tag, der so wunderschön begonnen hatte, war mit einem Mal grau und düster, und Karyn fühlte sich wie damals, als ihr lang ersehnter Traum von Hawaii endgültig geplatzt war.

In ihrer unglücklichen Stimmung achtete sie gar nicht auf den Weg und sah erst auf, als Bob vor einem kleinen Hotel in Pacific Heights anhielt. Er hatte das Lenkrad so fest umklammert, dass seine Knöchel weiß hervortraten, und blickte starr auf die Straße hinaus. „Ich nehme an, dass du von hier aus nach Hause finden wirst.“

Karyn nickte. Sie warf ihm einen Blick von der Seite zu und bemerke die zusammengebissenen Zähne, das vorgeschobene Kinn, die verkrampfte Schulterhaltung. Die Vorstellung, nie wieder in seinen Armen zu liegen, war so unerträglich, dass sie fast aufgeschrien hätte.

„Bob“, begann sie zögernd.

Nur ein leichtes Zucken ließ erkennen, dass er sie überhaupt gehört hatte.

„Meinst du nicht, dass wir darüber reden sollten?“

Bob stieß einen tiefen Seufzer aus. „Dafür ist es zu spät.“

„Das glaube ich nicht. Ich würde gern einen Versuch machen.“

Es wurden die längsten sechzig Sekunden ihres Lebens. Dann sagte er nur: „Wo?“

Sie holte tief Luft. Ihr war klar, welches Risiko sie einging. Ihre ganze Zukunft konnte davon betroffen sein. „Hier. Und jetzt.“

Bob sah sie erstaunt an. „In meinem Hotelzimmer?“

„Ich vertraue dir“, sagte sie einfach nur. Er brauchte nicht zu wissen, dass sie sich und ihren Gefühlen nicht annähernd so traute wie ihm.

„Das solltest du wirklich nicht“, erwiderte er offen. „Ich möchte immer noch mit dir schlafen. Ich kann dir gar nichts versprechen.“

„Aber du würdest mir nicht weh tun."

„Nicht absichtlich."

„Dann brauchst du dir keine Sorgen zu machen. Wir müssen miteinander sprechen, und wir sind gerade hier. Dann ist es doch logisch, dass wir es hier tun."

„In Logik bist du wirklich hervorragend", sagte Bob trocken. „Ich mache dich nur ungern darauf aufmerksam, mein Herz, aber dieses Mal hast du dich vielleicht selbst hereingelegt."

„Vielleicht", meinte Karyn und nickte. Dabei stand sie unter Hochspannung. Aber sie stieg aus und ging hoch erhobenen Kopfes die Stufen zu Bobs Hotel hinauf.

6. KAPITEL

Karyn war von dem kleinen Hotel im viktorianischen Stil entzückt. Der Portier war sehr freundlich und begrüßte Bob gleich mit dem Namen. Sie gingen die geschwungene Treppe zu seinem Zimmer hinauf, und mit jeder Stufe schien es Karyn, als schlüge ihr Herz noch heftiger und schneller. Aber es war nicht die körperliche Anstrengung, die sie so atemlos machte. Sie wusste, dass sie ein gefährliches Gebiet betrat, und spürte bereits, wie ihre Entschlossenheit ins Wanken geriet. Sie begehrte Bob, und langsam gewann dieses Verlangen bei ihr die Oberhand über jede Vorsicht und Vernunft.

Bob öffnete seine Zimmertür, und Karyn trat ein. Sie hielt unwillkürlich den Atem an, als die Tür hinter ihr und Bob ins Schloss fiel.

Ihre Nerven waren zum Zerreißen gespannt, und sie warf Bob einen nervösen Blick zu, bevor sie sich hastig abwandte und in dem gemütlichen Zimmer umsah.

Altmodische Lampen spendeten romantisches Licht, aus einem Radio klang leise Musik. Es war eine Umgebung wie für eine Verführung geschaffen.

Das Fenster stand offen, und die feuchte Abendluft drang ins Zimmer. Karyn wusste, ohne jeden Zweifel, dass sie erst später reden würden. Sie begann einen letzten halbherzigen Protest, und dann lag sie endlich in seinen Armen.

Im selben Augenblick, in dem Bob sie festhielt, wusste Karyn, dass ihre Entscheidung richtig gewesen war. Ganz gleich, was später, nach dieser gemeinsamen Woche, passierte, jetzt wollte sie den Zauber dieser Ferien ganz und gar auskosten. Bobs Berührungen waren so zart, seine Küsse so zärtlich und werbend gewesen, jetzt wollte sie seine Leidenschaft, seine wilde Lust kennen lernen, seine Küsse, wenn sie sich auf dem Höhepunkt befanden. Sie würde es sich nie vergeben, wenn sie ihn so gehen ließ und nie erfuhr, wie schön die Liebe in seinen Armen war.

Bob trat einen kleinen Schritt zurück und wartete.

„Noch kannst du es dir anders überlegen“, sagte er sanft, aber in seinen Augen las sie sein ganzes Begehren.

Karyn schüttelte den Kopf. Die Entscheidung war bereits gefallen, bevor sich die Tür zu seinem Zimmer hinter ihnen geschlossen hatte. „Oh nein."

Sie schob das Kinn vor, und diese kleine eigensinnige Geste schien ihn zu erheitern. „Bist du ganz sicher?", fragte er. „Vor noch nicht allzu langer Zeit warst du noch ganz davon überzeugt, dass du das nicht willst."

Sie sah ihn ruhig an. „Ich muss es wissen", gestand sie hilflos.

„Was musst du wissen?"

„Wie es ist, mit dir zu schlafen. Mir ist auf der Fahrt klar geworden, dass ich es nicht aushalten würde, wenn ich es nicht wüsste."

„Und was wird deine Familie dazu sagen?"

Diese Frage irritierte sie vor allem deswegen, weil sie selbst immer ihre Familie vorgeschoben hatte. „Meine Familie hat nichts damit zu tun", fuhr sie ihn an und seufzte dann. „Ich habe nicht vor, darüber mit meinen Brüdern zu diskutieren, wenn du das befürchtest. Das geht nur dich und mich etwas an." Sie sah, wie ihn die Anspannung verließ, und ihre Stimme wurde zu einem Flüstern, als sie sich wieder an ihn schmiegte. „Nur dich und mich."

„Das hoffe ich sehr." Er strich ihr unsicher die Haare aus dem Gesicht. „Ich habe in dieser Woche entdeckt, wie selbstsüchtig ich sein kann", sagte er rau. „Ich möchte dich nicht teilen, Karyn, auch nicht mit deiner Familie."

Seine Worte verführten sie, so wie es seine Berührungen taten. Niemand hatte sie je so begehrt, für niemanden war sie wichtiger gewesen als alles andere.

Dass es ausgerechnet Bob war, der so viel in ihr sah, überwältigte sie. Karyn spürte, wie ihr letzter Widerstand schmolz und ihre Zweifel sich in nichts auflösten.

„Küss mich", bat sie und sah ihm in die Augen. „Zeig mir, wie sehr du mich begehrst."

Ihre Bitte ließ ihn den letzten Rest seiner Beherrschung vergessen. Er umfasste ihre Taille und begann, sie mit einem Seufzer schierer Lust zu küssen. Seine Zunge stieß heiß in ihren Mund vor, und ihre Körper schienen sich aneinander zu entzünden. Als er schließlich die Hände unter ihren Pullover schob und ihre Brüste umspannte, war ihr, als seien alle ihre Träume wahr geworden. Sie war wie elektrisiert unter seinen Händen, und sie passte sich schnell seinem Rhythmus an.

Karyn war so in ihren Gefühlen und Reaktionen gefangen, dass sie kaum merkte, wann ihre Kleider fielen. Erst die kühle Abendluft an der heißen Haut ließ sie für einen Augenblick aus ihrem Gefühlsstrudel auftauchen, dann verlor sie sich wieder im Wirbel. Bob zeigte ihr eine Welt, die sie sich kaum vorzustellen gewagt hatte.

Aber sie wusste dabei, dass das noch nicht alles sein konnte, wusste, dass ihr die Erfüllung fehlte, bis sie sich körperlich miteinander vereinigt hatten. Ihr war, als brenne sie lichterloh, aber sie war zu scheu, es mit Worten auszudrücken, und so zeigte sie es mit ihrem Körper. Ganz instinktiv bewegte sie sich so, dass Bob genau wusste, wie groß ihr Verlangen war, wie verzweifelt sie ihn in sich spüren wollte.

Bob kam mit einem kräftigen Stoß zu ihr. Karyn spürte einen winzig kleinen Schmerz, dann war er in ihr und nahm sie mit sich in eine andere Welt. Ihre sehnsüchtigen Rufe mischten sich, und es war, als wären sie für immer vereint, ganz gleich, was die Zukunft noch für sie bereithielt.

Eine unendliche Freude hatte Karyn erfasst, als sie sich schließlich in die Kissen zurücksinken ließ. Bob lag schwer auf ihr, aber als er sich von ihr heben wollte, hielt sie ihn fest. Sie hatte ihr Leben lang auf dieses Gefühl der vollkommenen Harmonie und Erfüllung gewartet und wollte nicht, dass es so schnell zu Ende ging.

„Beweg dich nicht“, bat sie. „Noch nicht.“

„Aber ich bin zu schwer für dich.“

„Nein, es ist schön so. Wenn du auf mir liegst, weiß ich, dass es Wirklichkeit ist. Am liebsten wäre es mir, wenn es immer so bliebe.“

„Dafür könnten wir vielleicht etwas tun“, meinte Bob, und seine Stimme klang so ernst, dass Karyn erschrak.

„Bob, nicht …“

Aber er ließ sie nicht aussprechen. „Jetzt höre mir einmal zu. Ich glaube, es ist allmählich an der Zeit, dass ich auch den Rest deiner Familie kennen lerne und dass wir uns über die Zukunft unterhalten.“

„Nein!“

Bob rollte sich auf die Seite. Karyn fühlte sich wie beraubt, und ihr wurde kalt. Sie zog an der Bettdecke, aber die Kälte kam von innen.

„Jetzt ist es aber genug, Karyn. Erzähl mir nur nicht, dass du immer noch glaubst, dass wir nicht zusammengehören und unsere Beziehung Bestand haben kann."

„Es kann nicht sein", erklärte sie hartnäckig. „Und ich will nicht, dass du meine Familie da hineinziehst. Meine Brüder würden sich nur aufregen, wenn sie wüssten, dass ich eine wilde, völlig unmögliche …"

Bob stieß einen Fluch aus und brachte Karyn damit zum Verstummen. „Unmöglich! Was ist daran unmöglich?"

„Es ist aber so." Sie hielt seinem wütenden Blick stand. „Ich will nicht …" Er musste doch einsehen, dass sie recht hatte!

Aber bevor sie noch weitersprechen konnte, klingelte das Telefon. Sie wollte keine Versprechungen, und sie erwartete auch nicht, dass ihre Freundschaft mit Bob bis in alle Ewigkeit halten würde. Es war einfach nicht möglich, ihre Familie da hineinzuziehen, diese Beziehung stand auf viel zu schwachen Füßen. Sie hatte auf mehr Zeit gehofft, auf wenigstens eine einzige Nacht voller Zärtlichkeit und Leidenschaft, bevor sie wieder in die Wirklichkeit zurückkehren musste.

Aber sie ahnte, dass das Telefon ihr einen Strich durch die Rechnung machte.

Bob stieß eine zweite Verwünschung aus, als er zum Hörer griff. Dabei sah er sie böse an. Offenbar ärgerte er sich über sie genauso wie über diese Störung. „Ja?" meldete er sich unfreundlich.

Es war Tim, Karyns Bruder. Und während er ihm zuhörte, wich sein Ärger, und er setzte sich auf. Er sah auf Karyn hinunter, die ihn immer noch voller Empörung anblickte. „Sie ist hier", sagte er knapp. „Möchten Sie selbst mit ihr sprechen?"

„Nein. Sehen Sie nur zu, dass Sie sie hinausschaffen. Frank und Jared sind schon unterwegs. Ich wollte sie aufhalten, aber Frank war taub für jedes Argument. Ein Glück, dass er kein Gewehr hat, er hätte es mitgenommen."

„Machen Sie sich keine Sorgen, ich werde damit schon zurechtkommen."

„Hören Sie, Willis, ich bin über die ganze Sache selbst nicht sehr begeistert, aber ich warne Sie. Schaffen Sie Karyn weg. Ich möchte nicht, dass sie in einen unappetitlichen Skandal verwickelt wird."

„Wie kommen Sie darauf, dass ich das zulassen würde?"

„Weil so ein widerlicher Schmierer hinter Ihnen her ist. So hat Frank überhaupt davon erfahren. Der Kerl war hier, um nach Schmutz zu graben. Ich weiß nicht genau, was er sagte, aber es war jedenfalls ausreichend, um Frank auf den Kriegspfad zu schicken. So wütend und außer sich habe ich ihn noch nie erlebt."

„Danke für die Warnung. Ich werde mich darum kümmern."

„Danken Sie mir noch nicht. Ich habe nämlich durchaus auch noch ein Hühnchen mit Ihnen zu rupfen. Aber das verschiebe ich, bis sich der Aufruhr wieder beruhigt hat."

Wieder ein Drachen, den er erlegen konnte! Aber der Zeitpunkt war denkbar schlecht. Bob legte den Hörer auf und stand auf.

„Wer war das?", wollte Karyn wissen.

„Nichts, was dich beunruhigen müsste."

„Aber du hast gesagt, ich sei hier. Es muss mit mir zu tun haben."

„Es war nur der Portier. Er wollte wissen, wie es morgen mit dem Frühstück steht."

Sie betrachtete ihn skeptisch. „Wenn das alles war, warum stürzt du dich dann in deine Kleider, als wäre der Teufel hinter dir her?"

Bob beugte sich über sie und küsste sie. „Mach dir keine Gedanken. Ich bin gleich wieder da."

„Du musst jetzt hinuntergehen, um das Frühstück zu besprechen? Es ist ja noch nicht einmal Zeit zum Abendessen."

Bob ärgerte sich über sich selbst, weil ihm keine bessere Ausrede eingefallen war. Er hätte wissen müssen, dass sie sich nicht so leicht abspeisen lassen würde. Er versuchte es also mit einem intensiveren Kuss. „Es dauert wirklich keine Minute", sagte er und ließ sie atemlos zurück. Bevor sie noch zu einer Reaktion fähig war, war er schon verschwunden.

Karyn sah Bob verwirrt nach. Irgendetwas Merkwürdiges ging da vor sich, was Bob ihr ganz offensichtlich nicht sagen wollte. Aber erst als sie die lauten Stimmen hörte, dämmerte ihr, was da im Flur passiert.

Ihre Brüder! Wie hatten sie nur herausgefunden, wo sie sich aufhielt? Und warum hatte Bob ihr nichts davon gesagt? Schließlich hatte sie ein Recht zu erfahren, wenn sich ihre Familie wieder auf dem Kriegspfad befand. Das Allerletzte, was ihr noch fehlte, war noch ein Mann mehr, der sich um sie kümmerte. Sie hatte sich mit Mühe ein wenig Unabhängigkeit erstritten und war nicht bereit, sie wieder aufzugeben. Da sie keine Lust hatte, darauf zu warten, ob die Auseinandersetzung mit einer Möbelschlacht endete, sprang sie schnell aus dem Bett und zog sich an. Sie hüpfte bei dem Versuch, in ihr zweites Jeansbein zu schlüpfen, immer noch auf einem Fuß herum, als Bob zurückkam. Er schien äußerst zufrieden mit sich zu sein.

Wenn sie nach ihrer wilden Begegnung noch ein bisschen Kraft zurückbehalten hätte, hätte sie ihm eine Ohrfeige gegeben, um dieses Lächeln aus seinem Gesicht zu vertreiben. Aber stattdessen zog sie nur ihre Jeans hoch, machte den Reißverschluss zu und sah ihn dann an. Mit nackten Füßen war sie so klein, dass sie ihm kaum ans Kinn reichte und deshalb nicht ganz so drohend wirkte, wie sie es gern gehabt hätte.

„Oh je", begann sie kopfschüttelnd. „Das war aber eine schwierige Frühstücksbesprechung. Konntet ihr euch nicht einigen, ob die Eier lieber gekocht oder gebraten sein sollen?"

Bobs Miene drückte leichte Zweifel aus. „Hast du etwas gehört?"

„Nicht alles. Aber genug, um mitzubekommen, dass meine Brüder offenbar hier waren. Es wundert mich, dass du noch vollständig bist."

„Deine Brüder sind nicht ganz unzugänglich, Karyn."

„Bist du sicher, dass wir über dieselben Brüder reden?", erkundigte sie sich ungläubig.

„Nun, sie behaupteten es wenigstens. Frank und Jared waren es."

„Du meine Güte", stöhnte sie auf. Sie hatte es zwar gewusst, aber gegen jede Vernunft gehofft, dass sie sich vielleicht irrte. „Sie waren tatsächlich hier?"

„Ja, natürlich. Der Portier musste sie fünf oder zehn Minuten in Schach halten, bis ich herunterkam. Der Mann ist unglaublich diskret. Vermutlich würde er nicht einmal die Feuerwehr rufen, wenn er annähme, die Feuerwehrleute würden einen Gast in eine peinliche Lage bringen."

„Und warum hast du die beiden dann nicht ihm überlassen und bist über die Hintertreppe zurückgekommen?"

„Weil sie dem Portier seine Geschichte nicht einen Moment abkauften. Frank war schon auf der Treppe, und Jared hielt ihn bereits am Kragen hoch. Sie hätten voraussichtlich jede Tür eingeschlagen, nur um ihre kleine Schwester zu finden."

„Und was hast du ihnen gesagt?"

„Dass ich dich liebe."

Ihr Puls beschleunigte sich, aber ihr Verstand blieb trotzdem wach. „Wie konntest du so etwas tun?", fuhr sie ihn an. „Verstehst du das denn nicht? Jetzt werden sie erwarten, dass du mich heiratest."

„Kein Problem. Ich habe ihnen gesagt, wir wären bereits mit der Gästeliste für die Hochzeit beschäftigt."

Karyn schlug die Hände vor das Gesicht. „Das darf nicht wahr sein! Sie werden dir nachstellen, Bob. Sie werden dich dazu zwingen, und wenn es sein muss, schlagen sie ihr Lager vor deinem Autohandel auf. Du wirst dich dort nie wieder zeigen können."

Bob lachte. Er wirkte kein bisschen beeindruckt. „Dann wirst du einfach einen anständigen Mann aus mir machen müssen. Was hältst du von einer Hochzeit im August? Oder wir könnten heute Abend nach Las Vegas fliegen. Was meinst du?"

Diese Überheblichkeit machte sie wütend. Er war nicht nur losgezogen, um an ihrer Stelle mit ihren Brüdern zu streiten, sondern hatte sie jetzt auch noch mit dem Rücken an die Wand gedrängt. „Was soll das eigentlich für ein Antrag sein?", wollte sie empört wissen.

„Ich wollte dich ohnehin gerade fragen, ob du mich heiraten willst, als Timmy anrief", erklärte er.

„Darum geht es nicht. Zum Teufel mit dir, Bob Willis, siehst du denn nicht, dass du um keinen Deut anders bist als meine Brüder? Du hast nicht ein einziges Mal darauf vertraut, dass ich meine eigenen Entscheidungen treffen kann. Mein ganzes Leben habe ich zugelassen, dass andere Menschen mir jeden Kampf und jede Entscheidung abnahmen. Aber damit ist endgültig Schluss! Ich werde mich doch nicht freiwillig vom Regen in die Traufe begeben!"

Karyn warf Bob einen letzten wütenden Blick zu, nahm ihre Tasche und marschierte zur Tür.

„Karyn“, sagte er ruhig. Sie drehte sich noch einmal um und sah, dass er sich aufs Bett gelegt und die Arme hinter dem Kopf verschränkt hatte. „An deiner Stelle würde ich noch nicht hinuntergehen“, warnte er sie lässig.

Karyn betrachtete ihn misstrauisch und versuchte, sich darüber klar zu werden, ob das eine ehrlich gemeinte Warnung oder nur ein Trick war, sie hier zu behalten. Jedenfalls schien er sie nicht ganz ernst zu nehmen. „Und warum nicht?“

„Weil ich davon überzeugt bin, dass Frank und Jared in der Halle Wache halten.“

Karyn seufzte. „Sie sind immer noch da?“

Bob nickte. „Ich glaube, sie trauen mir nicht ganz hundertprozentig.“ Aber das schien ihn nicht sonderlich zu berühren. Eher wirkte er wie ein Mann, der sich völlig sicher über den Ausgang einer Sache war.

Karyn hatte nicht die geringste Lust, bei Bob zu bleiben, aber wenn es wirklich stimmte, dass Frank und Jared noch da waren – und es stimmte vermutlich –, dann brauchte sie noch Zeit. Sie sah sich nach einem Stuhl um, aber die einzige Sitzgelegenheit war das Bett, und davon nahm Bob bereits einen beträchtlichen Teil ein. So setzte sie sich auf die Kante, so weit weg von ihm, wie es nur ging.

„Bleibst du?“

„Nur bis die Luft rein ist.“

Bob richtete sich auf und setzte sich neben sie. Ihre Schenkel berührten sich. „Wollen wir die Zeit bis dahin nicht nutzen?“

Seine Nähe und sein verführerischer Unterton brachten ihren ganzen Gefühlshaushalt in Unordnung, aber sie war entschlossen, nicht nachzugeben. Diesmal nicht. „Nein, Bob.“ Ihre Stimme klang fest, aber sie wagte nicht, ihn anzusehen, aus Angst, seinen grünen Augen nicht gewachsen zu sein. „Ich warte nur noch ein paar Minuten, um eine öffentliche Szene mit meinen Brüdern zu vermeiden. Dann gehe ich. Und wir werden uns nie wiedersehen.“

„Das ist nicht dein Ernst“, sagte Bob, aber sie hörte den Anflug von Unsicherheit in seiner Stimme.

„Und ob das mein Ernst ist! Ich brauche niemanden, der meine Kämpfe für mich ausficht, Bob. Ich brauche niemanden, der mich unterstützt oder für mich sorgt. Ich wollte immer nur jemanden, der mich liebt."

„Aber ich liebe dich."

„Das ist keine Liebe, Bob. Das ist etwas, was ich nur zu gut kenne. Ich habe immer damit gelebt."

Sie konnte den verletzten und verwirrten Ausdruck auf seinem Gesicht nicht ertragen, stand auf und ging. Was auch immer sich zwischen ihr und ihren Brüdern unten in der Hotelhalle abspielen mochte, es konnte nicht schlimmer werden, als wenn sie weiter hier mit dem Mann zusammenblieb, den sie liebte und der gar nicht wusste, was das Wort Liebe bedeutete.

Karyn hatte gedacht, ihr Schmerz könne nicht mehr schlimmer werden, aber sie hatte sich geirrt.

Ihre Brüder hatten das Hotel bereits verlassen, aber als sie auf die Straße trat, stieß sie fast mit dem Mann zusammen, der sie erst in diese Lage gebracht hatte.

Ein etwas ramponierter und trotzdem erstaunlich hartnäckiger Fotograf wartete bereits auf sie. Er lehnte faul an dem Kotflügel eines Wagens, erwachte aber sofort zum Leben, als er sie entdeckte. Es gelang ihm, mehrere Aufnahmen zu machen, bevor Karyn überhaupt klar wurde, was da geschah.

„Karyn", schrie Frank aus seinem Wagen. „Steig ein."

Sie drehte sich mit einem Ruck zu ihm um. „Für heute hast du mich oft genug gerettet. Ich habe genug davon."

Sie setzte sich in Bewegung, aber Frank folgte ihr mit seinem Wagen im Schritttempo. „Komm schon", bat jetzt Jared. „Ich weiß ja, dass du sauer bist. Wir wollten dich doch nur schützen."

„Ihr habt kein Recht, euch ständig in mein Leben einzumischen, überhaupt kein Recht. Ich bin sechsundzwanzig! Wenn ihr euch endlich alle einmal um euer eigenes Leben kümmern würdet, könnte ich vielleicht in Ruhe meines führen. Und jetzt fahrt, ich möchte allein sein."

„Was ist mit Willis?"

„Ihr braucht euch um ihn keine Gedanken mehr zu machen, obwohl er wunderbar zu euch passt. Es ist aus. Ich nehme an, das macht euch glücklich. Ihr habt jedenfalls eure Pflicht getan."

Sie warf einen Blick zur Seite und bekam gerade noch mit, wie ihre beiden Brüder einen schuldbewussten Blick tauschten. Das verschaffte ihr einen Augenblick lang tiefe Befriedigung. Dann lief sie hinter Franks Wagen über die Straße und erwischte gerade noch einen Bus in die entgegengesetzte Richtung. Es war ihr gleichgültig, wohin er fuhr. Heute war sie doch überall nur unglücklich.

7. KAPITEL

Wie, um alles in der Welt, sollte man einer Frau wie Karyn Chambers, die einen zum Wahnsinn trieb, beweisen, dass man sie liebte? Um diese Frage kreisten Bobs Gedanken unaufhörlich, seit er nach Los Angeles zurückgekehrt war. So glaubte er schon, er werde wirklich langsam verrückt. Was hatte er denn so Schreckliches getan? Er hatte versucht, Karyn vor dem Zorn ihrer Brüder zu schützen und ihr eine peinliche Situation zu ersparen. Und sie hatte sich benommen, als hätte er ein Verbrechen begangen!

Tagelang wanderte er ruhelos in seinem Büro auf und ab, verließ es nur, um es gleich darauf wieder zu betreten, und stürmte durch sein Haus. Frauen! Es gab welche, die hatten keine Ahnung davon, wie man mit einem liebenden Mann umging.

Dann schließlich versuchte er, sich an ihre Stelle zu versetzen. Für ihn war sie ein unschuldiges Geschöpf, das dringend Schutz benötigte, während sie selbst um ihre Selbständigkeit rang. Sie versuchte, sich – und ihren Brüdern – zu beweisen, dass sie auf eigenen Füßen stehen konnte.

Sein Verhalten, so gut es gemeint war, hatte ihr offenbar den Boden unter den Füßen weggezogen.

Bob war es gewöhnt, mit allen Mitteln zu kämpfen, wenn er etwas haben wollte. Er hatte seine Rennen nicht deshalb gewonnen, weil er vorsichtig gefahren war, sondern weil er viel riskiert hatte. Und jetzt wollte er Karyn Chambers haben, dieses durch und durch eigensinnige, hinreißende Geschöpf. Sie hatte sich in seinem Herzen eingenistet, das lange verwaist und unberührt gewesen war. Alles zog ihn zurück nach San Francisco. Er wollte dort seinen Anspruch auf sie anmelden.

Aber sein Instinkt sagte ihm, dass das genau das Falsche wäre. Er durfte sie jetzt nicht drängen. Sie musste erst verarbeiten, was zwischen ihnen geschehen war, und musste ihre eigenen Schlüsse ziehen. Dann würde sie erkennen, wie groß ihre Liebe war. Bob schwor sich, zu warten, Abstand zu halten, sie gewähren zu lassen.

Am Ergebnis hatte er nicht den geringsten Zweifel. Er hoffte nur, dass er in der Zwischenzeit nicht gänzlich verrückt wurde.

Das gestochen scharfe Farbfoto auf dem Titelblatt zeigte eine erschrocken dreinblickende Frau mit weit aufgerissenen Augen, die gerade ein Hotel verließ, auf dem zweiten Bild war Bob zu sehen. Karyn erkannte erst nach einer Schrecksekunde, dass sie selbst die Frau auf dem Foto war und ihr die Schlagzeile galt: „Rennfahrer Bob Willis auf Liebeskurs".

Der dazugehörige Artikel enthielt allerlei interessante Einzelheiten, einschließlich einer Liste seiner vergangenen Eroberungen, ihren eigenen Namen und die Adresse ihres „Liebesnestes". „Ist das die Frau, derentwegen Bob Willis seiner Leidenschaft für schnelle Wagen entsagt hat?", fragte der Verfasser, um gleich darauf fortzufahren: „Karyn Chambers ist schön, aber kann sie mit einem schnellen Wagen konkurrieren? Das haben schon andere Frauen versucht, gelungen ist es keiner."

Das klang ja grässlich! „Liebesnest"! Allein bei diesem Wort wurde es Karyn übel. Es war schon schlimm genug, dass sie sich lächerlich gemacht hatte, aber jetzt wusste auch noch die ganze Welt Bescheid.

Sie legte die Zeitschrift ins Regal zurück, ließ ihren vollen Einkaufswagen mit den Tiefkühlgerichten und dem Eis für den Nachtisch einfach stehen und verließ den Supermarkt. Eigentlich hatte sie mit dem Eisessen etwas gegen die Leere tun wollen, die durch Bobs Fehlen in ihrem Leben hinterlassen worden war, aber es hätte wohl ohnehin nichts genützt.

Er war erst wenige Tage fort, und doch fühlte sie sich bereits einsamer als jemals zuvor. Nicht ein einziges Mal hatte er sie angerufen. Zwar war sie es gewesen, die die Beziehung zu ihm abgebrochen hatte, aber sie bereute es mit jeder Stunde mehr. Die Zeit schien überhaupt nicht mehr vergehen zu wollen ohne ihn. Wenn sie in Liebesdingen mehr Erfahrung hätte, hätte sie vielleicht früher gemerkt, was sich da zwischen ihr und Bob entwickelt hatte. Vielleicht hätte sie dann mehr um diese Liebe gekämpft und wäre nicht gleich beim ersten Anzeichen einer Komplikation davongelaufen. Bob hatte sich möglicherweise falsch verhalten, aber sie war feige gewesen.

Kurz war sie fast versucht, zurückzugehen und sich das Foto auf dieser schrecklichen Zeitschrift noch einmal anzuschauen. Ironischerweise hatte der Fotograf Bob viel lebendiger getroffen, als sie ihn in ihrer Erinnerung sah. Ihre eigenen Bilder waren immer noch in der Kamera, die Bob ihr bei der Ballonfahrt weggenommen hatte.

Karyn war ganz benommen von der Erkenntnis, dass die Liebe nicht einfach deshalb verging, weil Illusionen zerstört wurden. Und es verwirrte sie, dass sie sich auf einmal in einer Zeitschrift wieder fand. Alles in ihr war in Aufruhr, und sie ging langsam nach Hause zurück. Als sie die Tür zu ihrem Apartment aufschloss, klingelte das Telefon, und das Lämpchen des Anrufbeantworters blinkte. Aber sie fühlte sich nicht dazu in der Lage, es mit auch nur einem der beiden Apparate aufzunehmen, und ignorierte sie deshalb einfach. Zuerst musste sie Klarheit in ihre Gedanken bringen, und zu diesem Zweck setzte sie sich aufs Sofa.

„Was jetzt?“, murmelte sie. Wie sollte sie mit der neuen Situation umgehen? In der Kanzlei, in der sie arbeitete, würde man über diese Art Werbung wenig begeistert sein. Eine Angestellte, deren Foto von jedem Zeitungskiosk heruntersah, war im Firmenkonzept nicht vorgesehen.

Karyn hatte nicht den geringsten Zweifel daran, dass einer ihrer Brüder die Zeitschrift mittlerweile auch entdeckt hatte und es nur noch eine Frage der Zeit war, bis sie alle anrückten. Vermutlich wurde sie jetzt wieder von der Familie bekniet, doch nach Hause zurückzukommen. Es würde sie nicht überraschen, wenn sie sich gleich erbötig machten, ihre Koffer für sie zu packen.

Aber das war sicher, wenn auch sonst nichts: Sie würde nicht mehr in den Schoß der Familie zurückkehren. Wenn man ihr nahe legte, sich nach einer anderen Stellung umzusehen, gut, dann konnte sie es nicht ändern.

Nichts würde sie aber jemals dazu bringen, diese Woche mit Bob zu bereuen. Er hatte ihr eine ganz neue Welt eröffnet, und auch wenn es Leute gab, die ihre Beziehung in den Schmutz zu ziehen versuchten, sie wusste es besser. Tief in ihrem Herzen glaubte sie, dass Bob und sie wirklich eine Art Liebe geteilt hatten. Es war vielleicht eine flüchtige Liebe gewesen, aber es war Liebe. Wenn er sich nur nicht ständig als Beschützer verstanden hätte! Oder wenn sie versucht hätte, seine Erklärung besser zu verstehen. Oder wenn er sich mehr Mühe gegeben hätte, ihre Zweifel zu zerstreuen … Ja, wenn!

Ein Rütteln an der Tür kündigte die Familie an. Eine Fluchtmöglichkeit hatte sie nicht, also blieb sie einfach sitzen, wo sie war, und wartete. Sie sah gar nicht ein, warum sie aufstehen und die Tür öffnen sollte. Schließlich besaßen ihre Angehörigen eigene Schlüssel.

Zum Glück war es Tim, der demonstrativ mit der Zeitschrift in der Hand hereinmarschierte.

„Hallo“, begrüßte sie ihn ohne große Begeisterung.

„Ich nehme an, du hast das schon gesehen“, sagte er.

„Ja.“

„Frank wird durchdrehen.“

„Kein Zweifel.“

„Und was wird Mutter denken?“

In diesem Augenblick ging die Tür erneut auf, und wie auf ein Stichwort kam Karyns Mutter herein. Besser hätte sie den Zeitpunkt gar nicht treffen können. Nur eine kleine Falte zwischen ihren Brauen ließ erkennen, dass sie sich Sorgen machte. Ihr Lächeln war herzlich und offen wie immer, als sie sich jetzt neben Karyn setzte und den Arm um sie legte.

„Geht es dir gut, Karyn Marie?“, fragte sie und sah ihre Tochter forschend an.

„Ja, danke. Ich nehme an, du bist nicht zufällig hier. Du hast diese Zeitschrift gesehen.“

„Mrs. Murtaugh hat sie mir gebracht.“

„Das tut mir leid.“

„Das braucht es nicht, Kind. Sie wollte sich wie üblich nur wichtig machen. Es interessiert mich nicht, was sie denkt. Aber ich mache mir um dich Sorgen. Timmy, sei so nett und koche uns Kaffee, während ich mich mit deiner Schwester unterhalte.“

„Aber ...“

„Geh! Und mach gleich eine ganze Kanne. Ich nehme an, es wird nicht mehr lange dauern, bis die anderen aufkreuzen.“

Tim verschwand in der Küchenecke, und Mrs. Chambers strich Karyn mütterlich über die Wange. „Liebst du diesen Mann?“

„Ja“, gestand Karyn. Sie war froh, als es endlich ausgesprochen war. „Aber es ist wohl nicht sehr vernünftig.“

„Wer sagt schon, dass Liebe etwas mit Vernunft zu tun hat? Ich weiß nur, dass man solche Gefühle nicht einfach ignoriert.“

„Aber er ist genau wie Frank und die anderen. Er bildet sich ein, er müsse auf mich aufpassen."

„Und ist das so schlimm?"

„Aber ich will für mich selbst sorgen. Ich will unabhängig sein und meine eigenen Entscheidungen treffen."

„Und du glaubst nicht, dass er das zulässt? Es ist ein großer Unterschied, ob sich jemand um dich sorgt oder ob er versucht, dein Leben zu dirigieren. Wenn ein Mann sich um eine Frau sorgt und sie beschützen will, mag er hin und wieder einen Fehler machen und zu weit gehen, aber das geschieht im Namen der Liebe. Damit nimmt er dir dein Leben nicht aus der Hand, Karyn! Ob du wirklich erwachsen bist, zeigt sich vielleicht daran, ob du bereit bist, um diesen Mann zu kämpfen, wenn du ihn wirklich so sehr liebst. Willst du mir nicht von ihm erzählen?"

Zu ihrer eigenen Überraschung war Karyn nur zu begierig darauf, über Bob zu reden, seinen Namen laut auszusprechen, sich einer mitfühlenden Seele anzuvertrauen.

„Wir haben uns erst vor kurzem kennen gelernt", begann sie.

„Wann?"

„Vor zwei Wochen", berichtete sie verlegen.

„Oje."

„Genau."

Mrs. Chambers tätschelte Karyns Hand. „Das soll deine geringste Sorge sein. Wo ist dein Bob jetzt?"

„Wieder in Los Angeles, nehme ich an."

„Kommt er wieder?"

„Ich weiß es nicht. Ich habe nichts mehr von ihm gehört."

„Oje."

„Nein, es ist nicht so, wie du denkst. Ich habe ihm gesagt, dass ich ihn nie wieder sehen will, weil ich keinen Mann lieben könne, der so über mein Leben bestimmen will, wie das meine Brüder immer getan haben."

Und wieder ging wie auf ein Stichwort die Tür auf. Angeführt von Frank, erschienen alle ihre anderen Brüder.

„Kaffee für euch?", fragte Tim schnell, bevor Frank nur ein Wort äußern konnte.

„Bier", antwortete Frank schroff. Er setzte sich und sah Karyn an, als wären ihr seit ihrer letzten Begegnung zwei neue Köpfe gewachsen.

„Spiel dich nur nicht als Sittenrichter über mich auf, Frank Chambers“, fuhr Karyn ihn an. „Oder habe ich mich eingemischt, als du mit diesem Luder aus Oakland herumgezogen bist? Habe ich ein Wort darüber verloren, dass du fünf Jahre gebraucht hast, um Megan einen Heiratsantrag zu machen, obwohl sie dich liebt und unverständlicherweise für den klügsten und schönsten Mann unter der Sonne hält? Habe ich ein Wort gesagt? Und du, Jared. Schreibe ich dir vor, wie du zu leben hast?“

„Das ist nicht dasselbe“, knurrte Frank.

„Genau“, gab ihm Jared Recht. „Du bist unsere …“

„Sprich es nicht aus“, warnte ihn Karyn. „Ich bin nicht mehr eure ‚kleine Schwester‘. Ich bin kein Baby mehr. Ich bin eine Frau, und wenn ich einmal etwas falsch mache, dann ist das ganz allein meine Sache.“

„Aber du musst zugeben, Schwesterlein, dass das schon ein harter Brocken ist“, meinte Tim milde, als er ihr ihre Tasse reichte.

„Auch du, treulose Seele?“, sagte sie verletzt.

„Tut mir leid, aber es stimmt. Wenn ich Bob vielleicht nicht gewarnt hätte …“

Empörte Blicke richteten sich auf ihn. „Du hast ihn gewarnt?“, fragte Frank angewidert.

„Wovor hast du ihn eigentlich gewarnt?“, erkundigte sich seine Mutter.

„Ja“, sagte Timmy trotzig zu Frank. „Ich habe ihm gesagt, dass du dich aufführst wie ein eifersüchtiger Vater, dem man sein Liebstes geraubt hat. Es war jedenfalls nicht notwendig, Karyn in eine peinliche Situation zu bringen.“

„Wenn sie sich über peinliche Situationen mehr Gedanken machen würde, wäre ihr Bild heute nicht neben dem von Cher in der Zeitung.“ Frank sah aus, als würde er jeden Augenblick explodieren. „Musste das ein, Timmy?“

„Würde mir einer von euch vielleicht erklären, worum es hier geht?“, fragte Mrs. Chambers streng.

Karyn hob die Schultern. „Sie haben herausgefunden, dass ich mit Bob zusammen war, und sind dann zu meiner Rettung ausgerückt. Timmy rief vorher an, um uns vor ihnen zu warnen. Bob ging hinunter, ohne mir ein Wort davon zu sagen, und deshalb wurde ich wütend und verließ ihn."

„Er hat uns angelogen", sagte Jared entrüstet. „Das wollen wir doch einmal festhalten. Offenbar warst du oben in seinem Zimmer, als wir kamen. Jedenfalls dauerte es nicht sehr lange, bis wir dich auf der Straße entdeckten."

„Was auch immer Bob euch erzählt hat, es war unter den Umständen mit Sicherheit gerechtfertigt", gab Karyn trotzig, aber mit fester Stimme zurück.

In diesem Moment ging Karyns Tür wieder auf. Offenbar hatten die Brüder sie bei ihrem Kommen unverschlossen gelassen. Der Mann, um den es die ganze Zeit ging, kam in Karyns Wohnung herein. Karyns Herz machte einen Sprung bei Bobs Anblick. Was auch geschehen war, sie war überglücklich, ihn zu sehen. Aber wenn sie es zeigte, dann wurde er vielleicht gelyncht, bevor er noch bei ihr war, um sie zu küssen? Das wäre ein Jammer. Gerade jetzt hätten ihr seine Küsse gut getan. Sie mussten noch viel besprechen, aber diesmal würde sie nicht davor weglaufen. Diesmal würde sie sich wie eine Frau verhalten, die genau wusste, was sie wollte.

Frank und Jared waren aufgesprungen, und Karyns Mutter schien überwältigt zu sein von dem großen, gut aussehenden Mann, der ihre Tochter so besitzergreifend ansah. Timmy kam einen Schritt näher.

„Was wollen Sie, Willis?", wollte Frank wissen.

Bob sah ihn ruhig an. „Ich möchte mich mit Ihrer Schwester unterhalten."

„Aber sie nicht mit Ihnen", behauptete Jared.

„Ich kann sehr gut für mich selbst sprechen", erklärte Karyn fest.

„Aber du willst doch nicht mit ihm reden, oder?", sagte Daniel, der zum ersten Mal das Wort ergriff und jetzt ebenfalls einen Schritt auf Bob zu machte. Er hatte die Hände zu Fäusten geballt.

„Doch, ich will mit ihm sprechen", widersprach ihm Karyn. Als sie in die erschütterten Mienen um sich herum sah, bekam sie ein flaues Gefühl im Magen, aber sie blieb dabei. „Unter vier Augen, bitte."

Ihre Mutter sah sie forschend an und nickte dann zufrieden. Offenbar sah sie etwas, was sonst niemand sah, auch ihre Tochter nicht.

„Los, kommt schon“, befahl sie. „Es ist an der Zeit, dass wir uns verabschieden und diese beiden allein lassen. Sie haben einiges zu bereden, was uns nichts angeht.“

„Ich lasse sie nicht mit ihm allein“, verkündete Frank.

Seine Mutter streckte die Hand aus und packte ihn am Ohr. „Hinaus!“ befahl sie. „Und zwar sofort. Und die anderen auch.“

„Danke, Mutter“, sagte Karyn und umarmte sie.

„Denk an das, worüber wir vorhin gesprochen haben. Und mach dir keine Gedanken über das, was vernünftig ist. Wichtig ist, dass die Gefühle stimmen.“

„Das kann nicht dein Ernst sein“, entrüstete sich Jared, als seine Mutter ihn zur Tür schob.

„Es hat mich sehr gefreut, Sie kennen zu lernen, junger Mann“, meinte Mrs. Chambers höflich. „Machen Sie sich nichts aus diesem Verein. Manchmal wissen die Burschen einfach nicht, wann es an der Zeit ist, sich zu verabschieden.“

„Ich danke Ihnen für Ihre Hilfe“, erwiderte Bob.

„Lassen Sie sich nicht täuschen, junger Mann“, gab sie zurück. „Im Augenblick bin ich auf Ihrer Seite. Aber wenn Sie meinem Mädchen weh tun, dann werde ich als Erste das Gewehr laden.“

Bob lachte sie an. „Ich werde mich daran erinnern.“

Karyn ging in ihre Küchenecke und schenkte sich noch eine Tasse Kaffee ein. „Du auch?“, fragte sie, als endlich alle gegangen waren und Bob von der Tür zurückkam.

„Ja, bitte.“ Er nahm seine Tasse entgegen. „Kommst du zu mir, oder willst du dich hinter der Theke verstecken?“

„Ich glaube, ich bleibe erst einmal hier“, erklärte sie.

„Feigling.“

„Ich finde, ich habe jedes Recht, bei einem Mann, der seine Frauen offenbar wie seine Hemden wechselt, ein bisschen Vorsicht walten zu lassen.“

„Findest du das nicht ein bisschen übertrieben?“

„Woher soll ich das wissen? Ich weiß nur, was ich in der Zeitung gelesen habe.“

„Ich bin ja ein großer Verfechter der Pressefreiheit, aber das heißt nicht unbedingt, dass alles stimmen muss, was in diesen Schmierblättern steht. Außerdem habe ich nie behauptet, dass ich ein Heiliger war, bevor wir uns kennen lernten."

„Aber mittlerweile sind dir Engelsflügel gewachsen?"

„Nein, mein Herz. Ich bin schließlich auch nur ein Mann. Und sehr oft war ich in meinem Leben ein sehr einsamer Mann. Beziehungen zu Frauen haben mir geholfen, die Leere zu füllen."

„Und habe ich das auch getan – die Leere gefüllt? Hattest du zufällig ein paar freie Tage, die du nicht allein verbringen wolltest?"

„Du weißt, dass es nicht so war. Ich musste mich auf den Kopf stellen, um mir überhaupt freinehmen zu können. Aber ich dachte, das sei es wert, um dich näher kennen zu lernen."

„Und hat es sich gelohnt?"

Er lächelte zum ersten Mal, seit er gekommen war, und Karyn spürte, wie sich etwas in ihr bewegte und sich die Hoffnung regte, dass es ihm genauso wichtig war wie ihr, ihre Probleme zu bereinigen.

„Das weißt du", sagte er. „Ich habe mich in dich verliebt und dachte, ich könnte dir etwas beibringen, deinem Leben eine neue Perspektive geben. Stattdessen hast du mir eine Lektion erteilt. Ich habe viel gelernt über Treue und Liebe, was mein ganzes Leben verändern wird."

„Es freut mich, dass ich dir zu Diensten sein konnte", bemerkte Karyn trocken. „Meinst du, ich sollte versuchen, damit meinen Lebensunterhalt zu verdienen?"

„Dazu wirst du keine Gelegenheit mehr haben. Heirate mich, Karyn. Ich hatte mir fest vorgenommen, nicht zu kommen, um dich zu drängen, aber ich habe es einfach nicht mehr ohne dich ausgehalten."

„Wenn du nicht gekommen wärst, wäre ich zu dir gefahren", gestand sie.

„Ist das wahr?"

„Ja. Ich habe endlich gemerkt, was ich aufgeben wollte. Und ich konnte es nicht. Zumindest nicht, ohne vorher noch einmal über alles mit dir zu sprechen."

„Wollen wir das jetzt tun?"

Karyn nickte, ohne einmal den Blick von ihm zu wenden.

„Gut. Ich verstehe, warum du so wütend warst. Ich habe versucht, mich in dein Leben einzumischen und für dich den Streit mit deinen Brüdern auszufechten. Ich verspreche, dass es nie wieder passieren wird. Aber du bist so unschuldig und so natürlich im Vergleich zu den Frauen, die ich bisher kennen gelernt habe, dass du damit einfach an meinen Beschützerinstinkt appellierst. Ich glaube, ich habe immer davon geträumt, für meine Prinzessin einen Drachen erschlagen zu dürfen."

„Ich kann meine eigenen Drachen erschlagen", gab Karyn ruhig zurück. „Und selbst wenn ich es nicht kann, heißt das nicht, dass du es dann für mich tun sollst."

„Ich werde versuchen, immer daran zu denken, wirklich! Aber ich weiß nicht, ob ich es immer schaffe, einfach zuzuschauen, wie dir weh getan wird, wenn ich es verhindern könnte."

„Und ich weiß nicht, ob ich den Unterschied erkennen werde", sagte Karyn. „Ich habe Angst davor, mein Glück von dir abhängig zu machen, dir alles zu überlassen und mich mit dem leichten Weg zufrieden zu geben."

„Ich habe das sichere Gefühl, dass du es mir schon sagen wirst, wenn ich zu fürsorglich bin. Du bist stärker, als du denkst. Vergiss nicht, dass du mich verlassen hast – obwohl du lieber geblieben wärst."

„Du bist dir sehr sicher."

„Ich bin mir unserer Gefühle sicher", berichtigte er sie. „Selbst deine Mutter hat es gemerkt. Das ist wohl der einzige Grund, warum sie dich hier allein bei mir gelassen hat."

Karyn seufzte. „Meine Mutter ist eine unheilbare Romantikerin, trotz allem, was sie durchgemacht hat."

„Genau wie ich", sagte Bob. „Ich glaube von ganzem Herzen, dass unsere Liebe ein Leben lang dauern kann. Deshalb bin ich zurückgekommen." Er lachte ein wenig reuig. „Außerdem hat mein Vater mir mit einem neuen Herzanfall gedroht, wenn er mir noch länger zuschauen muss, wie ich im Büro auf- und abmarschiere."

„Arbeitet dein Vater denn wieder?"

„Ja, wenn auch nicht mehr so viel. Aber genug, damit wir auf Hochzeitsreise gehen können."

„Aber wir haben doch gerade erst Urlaub gemacht." Sobald ihr milder Protest ausgesprochen war, merkte Karyn, was sie wirklich hatte sagen wollen: Ja – zu ihrer Liebe, zu ihrem Versprechen, ihre Probleme gemeinsam anzugehen, zur Ehe, zu Flitterwochen, zu langen, faulen Stunden in Bobs Armen.

„Betrachte das als Generalprobe", erklärte Bob und kam ihr so nahe, dass sie seinen Atem an der Wange spürte. „Dieses Mal wird es Ernst."

„Du kannst mit mir nach Paris oder Griechenland oder Tahiti fahren, aber es wird nie so romantisch werden wie diese eine wundervolle Woche", murmelte Karyn und fand sich auf einmal in seinen Armen wieder. Zufrieden lehnte sie den Kopf an seine Brust.

„Dann bleiben wir zu Hause. Ich bin nicht wählerisch. Die Hauptsache ist, dass du mich heiratest. Willst du?"

„Ja", sagte Karyn, und sie war sich ihrer Sache völlig sicher.

Bob begann sie zu küssen, und ihre Herzen schlugen vollkommen im gleichen Takt. Da fiel Karyn plötzlich noch etwas ein.

„Vielleicht war ich zu voreilig", sagte sie neben seinem Mund.

„Oh?"

„Ich glaube, Paris wäre doch eine gute Idee."

„Kein Problem", meinte Bob und knabberte an ihrer Unterlippe.

„Und vielleicht Griechenland."

„Wo immer du hin möchtest."

„Und ich wollte immer schon sehen, wo Gauguin diese wunderschönen Bilder malte."

„Tahiti. Unbedingt, wenn du das willst."

Karyn seufzte glücklich. „Lass uns aber nicht gleich fahren."

„Einverstanden. Wann?"

„Ich weiß nicht, vielleicht in ein oder zwei Jahren, wenn ich dich aus meinem Bett fortlassen kann."

– ENDE –

Kathie DeNosky
Die Erben von Emerald Larson
Band-Nr. 20019
8,95 € (D)
ISBN: 978-3-89941-825-5
384 Seiten

Karen Hawkins
Die Erben von Rochester
Band-Nr. 20012
8,95 € (D)
ISBN: 978-3-89941-747-0
576 Seiten

Lynne Graham
Liebessommer in Frankreich
Band-Nr. 20018
8,95 € (D)
ISBN: 978-3-89941-818-7
384 Seiten

Nalini Singh
Im Bann der Sinne
Band-Nr. 20017
8,95 € (D)
ISBN: 978-3-89941-809-5
384 Seiten

Miranda Lee
Ein Millionär und Gentleman
Band-Nr. 20014
8,95 € (D)
ISBN: 978-3-89941-783-8
368 Seiten

Emilie Richards
Am Ufer der Sehnsucht
Band-Nr. 20010
9,95 € (D)
ISBN: 978-3-89941-730-2
384 Seiten

Lisa Jackson
Rachels Geheimnis
Band-Nr. 20009
9,95 € (D)
ISBN: 978-3-89941-719-7
544 Seiten

Carly Phillips
Verliebt, skandalös & sexy
Band-Nr. 20011
8,95 € (D)
ISBN: 978-3-89941-738-8
400 Seiten